比較文學與世界文學

輯刊 第一輯

楊乃喬——主編

復刊前言

　　1998 年，教育部在學科專業目錄的調整上，把「比較文學」與「世界文學」整合為一體，並且明確地把「比較文學與世界文學」設定為中國語言文學方向下的一個二級學科，這無疑是中國學界的一件大事；因為學科觀念的發展與整合一定不完全是純粹的學理性問題，其背後更隱喻著歷史在轉型期所遭遇的不可遏制的諸種國際性因素。特別值得我們注意的是，不同於臺灣與香港，這兩個地區的高校是把「比較文學」設置在外國語學院，並且在教學與研究的傳統上沒有成立一門單獨被命名為「世界文學」的研究方向；其實，從跨民族、跨語言、跨文化與跨學科的交集研究視域來判斷，「世界文學」的命意已經可以被涵蓋在「比較文學」的解釋中了。說到底，無論是在哪一個國家、民族與地區，任何一門學科的發展及其學科邊界的移動，均是在不斷的自律性調整中以適應這個世界及其學術文化在多元格局中的選擇。然而無論如何，「比較文學與世界文學」作為中國語言文學方向下的一個二級學科設定，其從一個面向昭示了全球化時代中國學術文化的發展及學術研究走向國際化的必然趨勢。

　　早在 21 世紀初，我們曾在北京即策劃了以「比較文學與世界文學」這個二級學科的名義出版一部刊物，以建構《比較文學與世界文學》這樣一方開放的學術空間，希望把那些從事文學及相關學科研究且具有國際性視域的學者集結於此，為大家提供一方互照、互對、互比與互識的學術平臺。

　　2004 年，我們在商務印書館出版了第一輯《比較文學與世界文學》（38 萬字）；2005 年，我們又在北京大學出版社出版了第二輯《比較文學與世界文學：樂黛雲教授七十五華誕特輯》（80 萬字）。可以說，這兩輯《比較文學與世界文學》作為輯刊的不定期出版曾在國內外學界產生了一定的影響，我還清晰地記得，當時多位曾在歐美高校比較文學系與東亞系攻讀博士學位的青年學者來信索要這個刊物，並饋賜大作希望能夠在這個刊物上發表。後來，因為諸種原因，這部《比較文學與世界文學》輯刊沒有能夠延續出版下去，當然，依然是在後來的若干年中，很多同行學者在不同的場合曾向我詢問《比較文學與世界文學》何時能夠復刊等相關問題。實際

上，能夠再度復刊與出版這部《比較文學與世界文學》輯刊，其也成為多年來積攢於我心頭的一個不可捨棄的願望。

2013 年 5 月，我在臺灣結識了秀威資訊科技股份有限公司的宋政坤與蔡登山兩位出版家，在談聊中，我提出希望能夠有機會恢復出版《比較文學與世界文學》這個輯刊的願望，有幸的是當即就得到宋政坤與蔡登山兩位先生的同意，經商談後，我們決定以《比較文學與世界文學輯刊》的命名重新在臺灣推出第一輯。臺灣學界曾是比較文學研究中國學派的發祥地，並且中國學派的闡發研究在研究視域及方法論上也曾對大陸比較文學界有過重要的影響，此次《比較文學與世界文學輯刊》第一輯的推出及以後不定期地在臺灣出版，其不僅有著重大的學術紀念意義，當然也正是得助於兩位臺灣出版家的幫助而復刊的。

關於《比較文學與世界文學輯刊》的復刊，我們還是堅持以往不變的學術原則，為有實力的中青年學者提供一方敞開的思想對話平臺，專門刊發 16000 字以上與 50000 字以下厚重且獲有國際性學術視域的大文章。因此，我們企盼著海內外學人關注這個輯刊，並饋賜大作。

另外，此次《比較文學與世界文學輯刊》的復刊，我們重組了學術委員會，以回避那種妄得虛名而貼標籤式的做法，主要邀請在學術研究方面與我們有著切實交流的學者加盟，並且主要是以現下學術生命力旺盛的少壯派優秀學者為主體，同時，他們能夠以具體的參與和我們同行而推動這個輯刊的發展。

我們曾在《比較文學概論》（第四版）中為比較文學下過一個定義：「比較文學是以跨民族、跨語言、跨文化與跨學科為比較視域而展開的文學研究，在學科的成立上以研究主體的比較視域為安身立命的本體，因此強調研究主體的定位，同時比較文學把學科的研究客體定位於國族文學之間與文學及其它學科之間的三種關係：材料事實關係、美學價值關係與學科交叉關係，並在開放與多元的文學研究中追尋體系化的匯通。」[1]最後，我們想表達的是：由於跨民族、跨語言、跨文化與跨學科的文學研究已成為現下全球化時代國際學界的主流，在學術文化的心理邏輯上，自閉於文學研究的原教旨主義與文化部落主義，一定不是當下學人再度願意選擇的立場。事實上，人文學科研究的邊界依然在無限地擴大，在隱含的詮釋中，那麼還有怎樣的文學研究不可歸屬於比較文學研究呢？

---

[1] 楊乃喬主編：《比較文學概論》（第四版），北京大學出版社 2014 年版，第 123-124 頁。

既然如此，全世界比較文學研究者聯合起來！

楊乃喬

2014 年 1 月 27 日

於復旦大學中文系光華樓西主樓 1005 辦公室

目　次

形象學研究

文學與藝術的跨學科研究

世界文學研究

中國經學詮釋學研究

中國「經學詮釋學」：
「怪獸」抑或「事實」？
——中西方詮釋學的匯通性研究

姜 哲

[論文摘要]在西方學術文化中，「詮釋學」一詞的出現和詮釋學的系統發展均是在「宗教改革」時期。然而，「西方詮釋學」的發源卻可以「追溯」至古希臘對荷馬的「寓意解釋」及希伯來的釋經傳統。在中西方學術相交匯的語境下，我們亦可借用西方「詮釋學」的概念及理論體系，將「中國詮釋學」的發源「追溯」至「經學開闢時代」。而且，毫無疑問，作為「詮釋學」的「經學」或「經學詮釋學」，必然成為「中國詮釋學的主脈」。「經學詮釋學」與「傳統經學」的本質區別在於，前者要對後者的「基本概念」及「方法論體系」的「條件」或「基礎」予以揭示和闡明。此外，在創建和發展中國「經學詮釋學」的過程中，我們還應不斷反思西方詮釋學歷史中的某些基本概念和基本問題，並以此為基礎對「詮釋」在中西方詮釋學中的意義內涵進行匯通性考查。只有如此，我們才能不以「突發奇想」或「流俗觀念」的方式，進入我們早已不得不進入的「以今釋古」、「以西釋中」或「以中釋西」的「詮釋循環」之中。

[關 鍵 詞]非目的論；ἑρμηνεία／詮釋；詮釋學；經學詮釋學；基本概念

[作者簡介]姜哲（1978-），男，復旦大學比較文學與世界文學博士，中國人民大學博士後，瀋陽師範大學副教授，主要從事比較詩學、經學詮釋學及中西經文互譯等方面的研究。

一、限制與超越：「詮釋」在西方詮釋學中的意義內涵

在《中國「詮釋學」—— 一頭怪獸？對理解之差異的初步評述》（「Chinese『Hermeneutics』—A Chimera? Preliminary Remarks on Differences of Understanding」）一文中，德國漢學家顧彬（Wolfgang Kubin）指出：「只要歐洲詮釋學的歷史沒有得到充分的考慮，談論『中國詮釋學』是沒有意義的。我們只有在考查了歐洲有關理解的歷史之後，才能開始尋找中國詮釋學。」[1] 時至今日，距此文的發表也已有七八年的時間了，大陸漢語學界似乎並未正面對此做出理論性的回應。其實，「中國詮釋學」真的是一頭「怪獸」，還是被「想像」或「建構」成了「怪獸」，這才是問題的關鍵所在。然而，無論如何，對於「中國詮釋學」而言，我們確實有必要反覆考查西方詮釋學的歷史，並且不斷反思在其發展過程中的某些基本概念和基本問題。

1.「非目的論的進程」——西方詮釋學發展史的再認識

美國學者約埃爾・魏因斯海默（Joel Weinsheimer）在《哲學詮釋學與文學理論》（*Philosophical Hermeneutics and Literary Theory*）一書中對西方詮釋學的起源給出了重要表述：「在語文學（philology）、解經（exegesis）及注疏（commentary）的形式中，詮釋學起源於西元前 6 世紀對荷馬的寓意解釋（allegorical interpretation），以及猶太法學博士對摩西五經（Torah）的評注和注疏。」[2] 眾所周知，其後西方詮釋學主要經歷了神學詮釋學（theological hermeneutics）、普遍詮釋學（universal hermeneutics）和哲學詮釋學（philosophical hermeneutics）等重要階段，而當下的西方詮釋學已經深入到包括科學解釋在內的諸多領域。

然而，值得我們注意的是，加拿大學者讓・格龍丹（Jean Grondin）在其著作《哲學詮釋學導論》（*Einführung in die philosophische Hermeneutik*）一書中，卻拒絕將西方詮釋學的歷史展示為一個「目的論的進程」（einen

---

[1] Wolfgang Kubin, 「Chinese 『Hermeneutics』—A Chimera? Preliminary Remarks on Differences of Understanding,」 in *Interpretation and Intellectual Change: Chinese Hermeneutics in Historical Perspective*, ed. Ching-I Tu, New Brunswick: Transaction Publishers, 2005, p.318.

[2] Joel Weinsheimer, *Philosophical Hermeneutics and Literary Theory*, New Haven: Yale University Press, 1991, p.1.

teleologischen Prozeß）。其原因之一就是「詮釋學」一詞在西方的出現是較晚的事情：

> 在一篇細緻縝密的論文中，耶格爾（H.-E. Hasso Jaeger）表明不僅在 1629 年丹恩豪爾（Dannhauer）已經創造出了「詮釋學」（hermeneutica）這個新詞，而且在一篇寫於 1630 年、至今很少受人關注的文章《好的解釋者的觀念》（〈Die Idee des guten Interpreten〉）中，丹恩豪爾也已經在明確的一般詮釋學（hermeneutica generalis）的題目下表達其普遍詮釋學（einer *universalen* Hermeneutik）的設想。正是這一點才激起了我們對詮釋學的普遍性訴求作非目的論考查的興趣。[3]

此外，西方學界也普遍將「詮釋學」一詞在書名中的首次使用歸於丹恩豪爾，即其在 1654 年發表的題為《聖經詮釋學或聖書文獻解釋方法》（*Hermeneutica sacra sive methodus exponendarun sacrum literarum*）的論著。

不過，更為重要的是，格龍丹將有意識的詮釋學的普遍性訴求亦歸於丹恩豪爾，這實際上反駁了狄爾泰（Dilthey）將這一訴求歸於施萊爾馬赫（Schleiermacher）的作法。但是與此同時，格龍丹也不得不承認，即便是在詮釋學的「史前史」階段詮釋學的普遍性訴求也還是存在的：「這一訴求——以各種形式存在於斐洛（Philo）、奧利根（Origenes）、奧古斯丁（Augustin）、梅蘭希通（Melanchthon）或弗拉希烏斯（Flacius）這些作者之中——依賴於一種共同的洞見，它已經紮根於 ἑρμηνεύειν 和 ἑρμηνεία 這樣的語詞中，正如希臘人所意識到的那樣。」[4]

但是，在格龍丹之前，德國哲學家馬丁·海德格爾（Martin Heidegger）早已更加徹底地指出，施萊爾馬赫的「方法論」詮釋學在西方詮釋學的發展史中是某種意義上的「倒退」：

> 進而施賴爾馬赫將已被視為包容廣泛且富有生氣的詮釋學觀念（參見奧古斯丁！）限制在對他人話語（Rede）之理解的技藝（技

---

[3] Jean Grondin, *Einführung in die philosophische Hermeneutik*, Darmstadt: Wissenschaftliche Buchgesellschaft, 2001, s.78.

按：加著重號的字在原文中為斜體。

[4] Jean Grondin, *Einführung in die philosophische Hermeneutik*, Darmstadt: Wissenschaftliche Buchgesellschaft, 2001, s.75.

藝學）上，並將其作為與文法學和修辭學相關的學科而與邏輯論證（Dialektik）聯繫在一起；這種方法論是形式的，作為「普遍詮釋學」（對於陌生話語的理解的理論或技藝）它主要包括神學詮釋學和語文學詮釋學。[5]

其實，狄爾泰也基本上是在這一觀念下來構築其「人文科學方法論」（Methodenlehre der Geisteswissenschaften）的。然而，這種「方法論」詮釋學所導致的巨大局限使得教父時代與路德（Luther）的詮釋學被遮蔽起來，並使其對詮釋學的基本問題缺乏洞見或只能讓它們在一個狹小的範圍內活動。[6]因此，海德格爾早期的詮釋學思想，一方面可以說是在突破「方法論」詮釋學所帶來的巨大局限，而另一方面又是從「存在論」（Ontologie）上「恢復」教父時代和路德詮釋學的精神實質。

2.「詮釋」在西方詮釋學中的三重意義

基於上述海德格爾和格龍丹對西方詮釋學史所做出的「非目的論」反思，從邏輯上我們必然要進一步對「詮釋」在印歐語言及西方詮釋學中的意義內涵進行整體上的追問。

在《宗教的歷史與現狀：神學與宗教學簡明辭典》（*Die Religion in Geschichte und Gegenwart: Handwörterbuch für Theologie und Religionswissenschaft*）的「詮釋學」詞條中，德國福音教派神學家格哈特・埃貝林（Gerhard Ebeling）對「詮釋」在西方詮釋學中的三重意義給出了這樣的表述：

> 這個詞[詮釋]有三個義向（Bedeutungsrichtungen）：說出（aussagen）[表達（ausdrücken）]、解釋（auslegen）[說明（erklären）]和翻譯（übersetzen）[口譯（dolmetschen）]。哪一個意義應該處於優先地位在語言史上還未被確定。就理解問題（Verstehensproblems）的不同方式而言，這涉及到「為了理解而帶來」或「促成理解而導致」的本義的變化：即通過語詞事實被「解釋」，通過說明話語被「解釋」，

---

[5]　Martin Heidegger, *Ontologie: Hermeneutik der Faktizität*, in *Martin Heidegger Gesamtausgabe*, Bd.63, Frankfurt am Main: Vittorio Klostermann, 1988, s.13.
　　按：加著重號的字在原文中為斜體。

[6]　Martin Heidegger, *Ontologie: Hermeneutik der Faktizität*, in *Martin Heidegger Gesamtausgabe*, Bd.63, Frankfurt am Main: Vittorio Klostermann, 1988, ss.13-14.

通過翻譯外語被「解釋（interpretiert）」[拉丁語：等價物（Äquivalent）]。在此詮釋學的不同側重已經表明問題絕不僅僅在於它們的意義，而是在於指明其結構上的整體關係。[7]

而在《詮釋學：施萊爾馬赫、狄爾泰、海德格爾和伽達默爾的解釋理論》（*Hermeneutics: Interpretation Theory in Schleiermacher, Dilthey, Heidegger, and Gadamer*）一書中，美國學者理查・帕爾默（Richard E. Palmer）對「詮釋」的三重意義劃分，即「言說」（to say）、「說明」（to explain）和「翻譯」（to translate），實際上也正是源於埃貝林。[8]

此外，德國學者托瑪斯・澤博姆（Thomas M. Seebohm）在《詮釋學：方法與方法論》（*Hermeneutics: Method and Methodology*）一書中也將「詮釋」的意義規定為三重：「*Hermeneia* 或 *elocutio*：被先行給定的書寫文本；*Hermeneia* 或 *interpretatio*（*translatio*）：對文本的解釋或翻譯；*Hermeneia* 或 *explicatio*：作為他或她的解釋之結果的解釋者的文本。」[9]拉丁文名詞「elocutio」主要指的是「演說風格」或「演說術」，它源於異態動詞（deponent verb）「eloquor」，很明顯「eloquor」又是由介詞「ex」（out of）和動詞「loquor」（speak）組合演變而成，因此「eloquor」的基本意義就是「說出」（speak out）或「表達」（express）。所以，在這裡我們主張用「言說」這一比「演說風格」或「演說術」更具普遍意義的術語來翻譯「eloquor」的名詞形式「elocutio」。此外，在這一意義上我們也會更加清楚，作為「言說」的「詮釋」所體現出的「言說」、「詮釋」和「修辭」（即「演說術」）三位一體的統一性。這也就是說，在詮釋學的意義上「言說」本身就是一種「詮釋」，但同時也總是一種「修辭」。

在「詮釋」的第二重意義中，澤博姆提及了兩個相互關聯的拉丁語名詞「interpretatio」和「translatio」。「interpretatio」的主要意義內涵就是「解釋」，即英語的「interpretation」。很有趣的是，該詞的動詞形式仍然為一個異態動詞「interpretor」。從形式上看，這個動詞似乎應該由介詞「inter」

---

[7] Gerhard Ebeling, 「Hermeneutik」, in *Die Religion in Geschichte und Gegenwart: Handwörterbuch für Theologie und Religionswissenschaft*, Bd.3, Hrsg. Kurt Galling und Hans Campenhausen, Tübingen: J. C. B. Mohr (Paul Siebeck), 1959, ss.242-43.

[8] Richard E. Palmer, *Hermeneutics: Interpretation Theory in Schleiermacher, Dilthey, Heidegger, and Gadamer*, Evanston: Northwestern University Press, 1988, p.13.

[9] Thomas M. Seebohm, *Hermeneutics: Method and Methodology*, Boston: Kluwer Academic Publishers, 2004, p.12.

（between / among）和動詞「pretor」組成，然而拉丁語中並沒有「pretor」這個語詞。《牛津英語大詞典》（*Oxford English Dictionary*）在對「interpret」的詞源進行解釋時認為，「-pret」可以對應於梵語的 *prath-*，其意義為「spread abroad」，即「傳播」、「散佈」。[10]「interpretor」的另一個名詞形式為「interpres」，即「解釋者」，在法國語言學家阿爾弗雷德・埃爾諾（Alfred Ernout）和阿爾弗雷德・梅耶（Alfred Meillet）合著的《拉丁語詞源辭典：語詞的歷史》（*Dictionnaire étymologique de la langue latine: Histoire des mots*）一書中有對該詞的詞源解釋。他們認為構成「interpres」的第二個語詞「-pres」也許是一個名詞形式，它源於已消失意義的動詞「買」或「賣」，並與拉丁語名詞「pretium」（價值）有關。[11]而在「pretium」這一詞條中，埃爾諾和梅耶還提醒我們應該進一步參看法國語文學家米歇爾・布雷亞爾（Michel Bréal）發表於《巴黎語言學協會論文集刊》（*Mémoires de la Société de linguistique de Paris*）第三卷中的相關文章。

在該篇論文中，布雷亞爾首先否定了德國語文學家格奧爾格・庫爾提烏斯（Georg Curtius）將「interpres」追溯至希臘文「φράζω」（指出、顯示）的作法，並且認為這仍然僅僅是「後起之義」。[12]通過援引拉丁文文獻，布雷亞爾提出：「這個詞[interpres]表明其與『交易（négoce）中的中間人（l'intermédiaire）、經紀人』有關。」[13]在詞源方面，布雷亞爾認為「interpres」的動詞詞根為「per」或「pre」，我們可以在希臘文「πέρνημι」（出口、輸出）、「πρίασθαι」（購買）、「πιπράσκω」（出售）中發現它。「per」或「pre」也同樣存在於梵語中，但卻是以普拉克利特語（prâcrite）的形式出現的，如用以替代動詞「parṇatê」的「paṇatê」，其意義即為「他購買」。[14]

按照布雷亞爾的解釋，「interpres」的「本義」應為在交易過程中對價值起中介作用的中間人或經紀人。如果進行某種「過度闡釋」的話，英語

[10] John Simpson and Edmund Weiner, eds., *Oxford English Dictionary*, vol.VII, Oxford: Clarendon Press, 1989, p.1131.

[11] Alfred Ernout et Alfred Meillet, *Dictionnaire étymologique de la langue latine: Histoire des mots*, Paris: Klincksieck, 2001, p.320.

[12] Michel Bréal, 《Interpres. Pretium.》, dans *Mémoires de la Société de linguistique de Paris*, Tome.3, Fasc.5, Paris: F. Vieweg, Libraire-Éditeur, 1878, p.163.

[13] Michel Bréal, 《Interpres. Pretium.》, dans *Mémoires de la Société de linguistique de Paris*, Tome.3, Fasc.5, Paris: F. Vieweg, Libraire-Éditeur, 1878, p.163.

[14] Michel Bréal, 《Interpres. Pretium.》, dans *Mémoires de la Société de linguistique de Paris*, Tome.3, Fasc.5, Paris: F. Vieweg, Libraire-Éditeur, 1878, p.163.
　　按：普拉克利特語是起源于梵文或與梵文同時發展的古代印度語或印度方言。

中表示「價值」的「value」在語言學中恰恰就是指語詞的「意義」，因此在詮釋學的意義上我們完全有理由說「意義」的「中間人」就是「解釋者」。而在這種「意義」中介與交換的意義上，拉丁文「interpretatio」除了「解釋」的主要意義之外，其本身也已經包括了「translatio」，即「翻譯」的意義內涵。其實，拉丁文名詞「translatio」的「本義」是指「轉移」（transferring）或「移交」（handing over），它的動詞形式為「transfero」，由「trans」（cross / over）和「fero」（carry）組成。「fero」在拉丁語中是一個較為特殊的動詞，它的意義原來應該是由幾個不同的動詞來承擔，後來其他動詞逐漸消失而只剩下「fero」來表示「運送」、「攜帶」的意思，但是其他動詞的一些形式卻殘留在「fero」的變位形式中。就「transfero」來講，它的陽性完成時被動態分詞為「translatus」，名詞「translatio」就應該是從這一分詞形式中演化而來。而就意義內涵而言，「transfero」由其「本義」的「轉移」、「移交」又引申出在不同語言之間進行「轉移」、「互換」的意思，這也就是我們通常所說的「翻譯」。因此，在詮釋學的意義上，我們必須清楚「解釋」與「翻譯」在本質上是完全可以同義互換的，二者實際上指的都是在「語言」與「意義」之間進行「中介」和「轉換」。

與澤博姆所言「詮釋」的第三重意義內涵相對應的拉丁語名詞為「explicatio」，實際上它也是「解釋」的意思，但是為了與「interpretatio」相區別，我們將其翻譯為「闡明」。「explicatio」的動詞形式為「explico」，由介詞「ex」（out of）和動詞「plico」（fold / twine）組成，其「本義」為「展開」（unfold），進而引申為「闡明」（explication）。我們將「explicatio」譯為「闡明」也正是在該詞的「本義」上有所考慮的，《說文》曰：「闡，開也。從門，單聲。」[15] 可見，中文的「闡」字也有「打開」的意義內涵，而澤博姆在此處借「explicatio」所表達的，也就是通過「解釋」（interpretatio / translatio）這樣一種「中介」與「轉換」活動，使被解釋的「文本」（elocutio）之意義內涵得以「敞開」而「顯明」（explicatio）。同樣，我們將前文中帕爾默所言「詮釋」的第二重意義「explain」翻譯為「說明」也是出於這種考慮。雖然，「explain」與「explicate」、「interpret」在具體的使用中是可以互換的，但是無論從形式還是意義上「explain」都更接近於「explicate」。與「interpret」更強調「中介」的意義不同，「explain」與「explicate」則更

---

[15] [漢]許慎撰、[清]段玉裁注：《說文解字注》，上海：上海古籍出版社 1981 年影印經韻樓藏版，第 588 頁。

加側重於對意義的「闡明」或「說明」。英文「explain」源於拉丁文「explano」，而「explano」又是由介詞「ex」（out of）和形容詞「planus」（even / level）組成演化而成，因此它的「本義」為「使某物變平」（make something level），也就是使某物明白的顯現出來，由此又進一步引申出「解釋」、「說明」的意義內涵。

顯然，澤博姆對「詮釋」之三重意義的劃分與埃貝林及帕爾默不同。他實際上是以「解釋」或「翻譯」行為為中介將德國古典語文學家奧古斯特・柏克（August Boeckh）所說的「詮釋」的兩種類型，即作為「詮釋」或「言說」本身的文本與對這個文本進行「闡明」的文本，匯合為一個統一的整體。[16]然而，這兩種不同的劃分方式都有助於我們理解「詮釋」在西方詮釋學中的意義內涵。按照埃貝林所言，如果我們嘗試對「詮釋」的三重意義在「結構上的整體關係」進行概括的話，我們似乎可以得出這樣的表述：「言說」的目的就是為了把事情或問題解說明白，即「解釋」和「說明」；而「解釋」和「說明」又必須通過某種「轉換」，即廣義上的「翻譯」和狹義上的「翻譯」才能夠得以實現。

3.「赫爾墨斯」——詮釋學的責任與超越

下面，讓我們再進一步追問「詮釋」或「詮釋學」的詞源問題。德文「Hermeneutik」與英文「hermeneutics」都是起源於希臘文「ἑρμηνεύειν」（詮釋）一詞，埃貝林認為：「hermēneuō[對應的希臘文形式為 ἑρμηνεύω]包括它的派生詞的詞源學起源仍是存在爭議的，但它卻將其詞根的意義指示為『交談』（sprechen）與『言說』（sagen）[與拉丁語的『語詞』（verbum）或『交談』（sermo）有關]。」[17]在瑞典語言學家亞爾馬・弗瑞斯克（Hjalmar Frisk）主編的《希臘語詞源辭典》（Griechisches etymologisches Wörterbuch）與法國語言學家皮埃爾・尚特海納（Pierre Chantraine）主編的《希臘語詞源辭典：語詞的歷史》（Dictionnaire étymologique de la langue grecque: Histoire des mots）這兩部書中，他們都認為「ἑρμηνεύω」是由名詞「ἑρμηνεύς」（詮

[16] Thomas M. Seebohm, *Hermeneutics: Method and Methodology*, Boston: Kluwer Academic Publishers, 2004, p.12.

[17] Gerhard Ebeling,「Hermeneutik」, in *Die Religion in Geschichte und Gegenwart: Handwörterbuch für Theologie und Religionswissenschaft*, Bd.3, Hrsg. Kurt Galling und Hans Campenhausen, Tübingen: J. C. B. Mohr (Paul Siebeck), 1959, s.242.
按：引文中的方括號在原文中為圓括號。

釋者）而派生出的動詞，但對於「ἑρμηνεύς」一詞的詞源二者都給不出確切的解釋。[18]

　　然而，眾所周知，德國哲學家漢斯－格奧爾格‧伽達默爾（Hans-Georg Gadamer）在 1974 年為《哲學歷史辭典》（*Historisches Wörterbuch der Philosophie*）撰寫「詮釋學」詞條時則明確地將「詮釋學」一詞與「赫爾墨斯」聯繫在一起：「詮釋學（Hermeneutik）是 ἑρμηνεύειν，即宣告、口譯、說明和解釋的技藝（Kunst）。『赫爾墨斯』是信使神（Götterbote）的名字，他把諸神的消息轉達給人類。」[19]而澤博姆則認為：「赫爾墨斯是諸神的信使，於是他也是諸神的翻譯者（*hermeneus*）。這一詞源──與其他許多詞源一樣──是建立在錯誤的基礎上的。這個神的名字其語言學詞根是 *herme*，它是屬於古代宗教活動中一種呈金字塔狀的石堆的名字。」[20]

　　不過，在《希臘語詞源辭典：語詞的歷史》一書中，編者早已指出即便將「赫爾墨斯」這個神的名字追溯至「石柱」或「石堆」，這仍無法解決它的詞源問題：「然而被置於該神頭上的石柱的存在遠遠晚於他的名字的出現。這一分析無法排除該詞的愛琴起源，因為石柱（ἑρμα）一詞，不管它的詞形如何都同樣缺少詞源學的解釋。」[21]緊隨這一詞源分析之後，該書編者又提到了鮑斯哈特（E. Bosshardt）寫於 1942 年的學位論文《以-εύς 結尾的名詞》（「Nomina auf -εύς」）。在該文中，鮑斯哈特「禁不住[Ἑρμῆς ──赫爾墨斯]與 ἑρμηνεύς 的相似性……並設想赫爾墨斯是『諸神與人類之間的中間人（intermédiaire）、解釋者（interprète）』[?]。他假定了該詞的愛琴起源。」[22]

　　其實，在鮑斯哈特之前，柏克在《語文學百科全書與方法論》（*Encyklopädie und Methodologie der philologischen Wissenschaften*）一書中，就已經將「詮

---

[18] 參見 Hjalmar Frisk, Hrsg., *Griechisches etymologisches Wörterbuch*, Heidelberg: Carl Winter Universitätsverlag, 1973, s.563; Pierre Chantraine, édit., *Dictionnaire étymologique de la langue grecque: Histoire des mots*, Paris: Klincksieck, 1999, p.373.

[19] Hans-Georg Gadamer, 「Hermeneutik」, in *Historisches Wörterbuch der Philosophie*, Bd.3, Hrsg. Joachim Ritter, Karlfried Gründer und Gottfried Gabriel, Basel: Schwabe Verlag, 1976, s.1062.

[20] Thomas M. Seebohm, *Hermeneutics: Method and Methodology*, Boston: Kluwer Academic Publishers, 2004, p.11.

[21] Pierre Chantraine, édit., *Dictionnaire étymologique de la langue grecque: Histoire des mots*, Paris: Klincksieck, 1999, p.374.

[22] Pierre Chantraine, édit., *Dictionnaire étymologique de la langue grecque: Histoire des mots*, Paris: Klincksieck, 1999, p.374.

釋學」與「赫爾墨斯」作了某種理論聯繫。然而，在該書中柏克也無法提供二者在詞源上的確切聯繫：「詮釋學這一名稱源於 ἑρμηνεία，這個詞明顯地會與赫爾墨斯（Ἑρμῆς/Ἑρμέας）的名字聯繫在一起，但是它並不是由 Ἑρμῆς 所派生的，它們擁有相同的詞根。究竟哪一個是詞根，我們無法確定。」[23] 其實，這裡特別引起我們興趣的是，作為語文學家的柏克，在詞源不明的情況下仍將「詮釋學」與「赫爾墨斯」相聯繫的詮釋學主張。

同樣，海德格爾也將「詮釋學」與「赫爾墨斯」聯繫在一起，但是，他比柏克更具詮釋學上的自覺。在《在通向語言的途中》（*Unterwegs zur Sprache*）一書中，海德格爾對「詮釋學」給出了如下的解釋：

> 「詮釋學的」這個表達源自於希臘文動詞 ἑρμηνεύειν[詮釋]。這一動詞聯繫於名詞 ἑρμηνεύς[詮釋者]，在一種比科學的嚴格性（Strenge）更有責任感的（verbindlicher）思想遊戲中，我們可以將其與赫爾墨斯（ἑρμῆς）這個神的名字整體性地聯繫在一起（zusammenbringen）。赫爾墨斯是信使神，他帶來天命的消息（Botschaft）；ἑρμηνεύειν 是那樣一種展示（Darlegen），就其能夠聽到某種消息而言，它帶來音信（Kunde）。而這種展示發展成為對已由詩人所傳達之物的解釋（Auslegen），按柏拉圖對話《伊安篇》（534e）中蘇格拉底的話來說，詩人本身就是 ἑρμηνῆς εἰσιν τῶν θεῶν，即「諸神的使者（Botschafter sind der Götter）」。[24]

在海德格爾的表述中，最耐人尋味的就是他認為「思想遊戲」比之於「科學的嚴格性更有責任感」。其實，結合上述對「詮釋學」與「赫爾墨斯」的分析，我們應該可以對海德格爾這句話的內涵做出較為合理的解釋。詞源學在其考查「詮釋學」與「赫爾墨斯」的詞源意義時，由於它以科學的嚴格性為前提而顯露出自身的「限度」：在詞源不明的情況下，它只能放棄對意義做出理解和解釋的「責任」。然而，對於海德格爾來說，「思想遊戲」的起點也許恰恰就在如詞源學這樣的科學停住腳步的地方。前述作為語文

[23] August Boeckh, *Encyklopädie und Methodologie der philologischen Wissenschaften*, Leipzig: Teubner, 1877, s.80.

[24] Martin Heidegger, *Unterwegs zur Sprache*, in *Martin Heidegger Gesamtausgabe*, Bd.12, Frankfurt am Main: Vittorio Klostermann, 1985, s.115.
按：引文中的著重號為筆者所加。

學家的柏克與鮑斯哈特的例子就是很好的明證，他們都不願意在詞源不確定的情況下放棄解釋的權利，詮釋學的巨大誘惑力與責任感在此處彰顯無遺。

　　海德格爾所謂的「思想遊戲」其實一點也不缺乏「嚴格性」，只不過這是一種不同於科學的「嚴格性」罷了。在《存在與時間》（*Sein und Zeit*）一書中，海德格爾曾指出：

> 　　解釋已經理解它的首要的、經常的和最終的任務在於，始終不讓先行具有（Vorhabe）、先行視見（Vorsicht）和先行把握（Vorgriff）通過突發奇想和流俗觀念呈現自身，而是從事情本身的發展（Ausarbeitung）中來確保科學的主題。因為理解按照其生存論意義來說就是此在自身的能存在（Seinkönnen），所以歷史學認識的存在論前提在原則上超越了最精密的科學的嚴格性（Strenge）觀念。數學並不比歷史學更嚴格，而只是數學就其與之關係重大的生存論基礎的範圍而言更加狹窄罷了。[25]

實際上，在《存在論：事實性的詮釋學》（*Ontologie: Hermeneutik der Faktizität*）一書中，[26]海德格爾在對「詮釋學」的傳統概念進行梳理時就已清楚地表明：「ἑρμηνευτική [詮釋的]（ἐπιστήμη [科學]，τέχνη [技藝]）是源於ἑρμηνεύειν、ἑρμηνεία、ἑρμηνεύς 而構成的詞。它的詞源是不清楚的。」[27] 然而，緊隨其後，海德格爾就提出作為諸神的信使赫爾墨斯這個神祇的名字與ἑρμηνευτική 有關。因此，我們可以完全肯定地說，海德格爾並不像有

[25] Martin Heidegger, *Sein und Zeit*, in *Martin Heidegger Gesamtausgabe*, Bd.2, Frankfurt am Main: Vittorio Klostermann, 1977, ss.203-04.
　　按：引文中的著重號為筆者所加。

[26] 按：1923年夏季學期，海德格爾在弗萊堡大學開設了題為「存在論」（Ontologie）的每週一小時的課程。按照海德格爾的最初設想，該課程的名稱應為「邏輯學」（Logik），但在這一學期「邏輯學」的課程已經有人開設，所以海德格爾將其更名為「存在論」。在第一次課上，海德格爾引入了該課程的真正主題──「事實性的詮釋學」。後來，此次課程的講義被編入《海德格爾全集》第六十三卷，書名即為《存在論：事實性的詮釋學》。參見凱特·布赫克－奧爾特曼斯為該書所寫的「出版後記」（Käte Bröcker-Oltmanns,「Nachwort der Herausgeberin」, *Ontologie: Hermeneutik der Faktizität*, in *Martin Heidegger Gesamtausgabe*, Bd.63, Frankfurt am Main: Vittorio Klostermann, 1988, s.113.）。

[27] Martin Heidegger, *Ontologie: Hermeneutik der Faktizität*, in *Martin Heidegger Gesamtausgabe*, Bd.63, Frankfurt am Main: Vittorio Klostermann, 1988, s.9.

些學者所認為的那樣是基於詞源學而將「詮釋學」與「赫爾墨斯」聯繫在一起的。

那麼，究竟是什麼促使海德格爾在沒有詞源學根據的情況下仍然堅持將「詮釋學」與「赫爾墨斯」相聯繫呢？除了前文所提到的「責任感」之外，這種事實性的聯繫當然是源於柏拉圖（Plato）、亞里斯多德（Aristotle）經由施萊爾馬赫、狄爾泰的整個西方哲學傳統，這一傳統早已部分地構成了海德格爾自己在進行理解與解釋時的「先行結構」（Vor-Struktur）。海德格爾在解釋「詮釋學」與「赫爾墨斯」的關係時，首先就引用了柏拉圖在《伊安篇》（Ion）中借蘇格拉底之口所說的那句話「詩人就是諸神的『解釋者』（Sprecher）」，而史詩吟誦者（Rhapsoden）則是「解釋者的解釋者（die Sprecher der Sprecher）」。[28]引文中的德文「Sprecher」可譯為「說話者」、「代言者」、「吟誦者」或「解釋者」，該詞的動詞形式為「sprechen」，其亦包括「說話」、「講述」、「演說」、「吟誦」、「宣佈」等意義內涵。而「Sprecher」就是海德格爾對希臘文「ἑρμηνῆς」的翻譯，同時，「ἑρμηνῆς」又是與「ἑρμηνεύειν」、「ἑρμηνεία」、「ἑρμηνεύς」等詞同源的希臘文，由此我們亦可看出「言說」、「吟誦」本身就是一種「詮釋」，我們甚至可以在此基礎上更加大膽地提出「語言即詮釋」的命題。

此外，值得我們注意的是，在前文所引《在通向語言的途中》的一段表述時，海德格爾又將「ἑρμηνῆς」譯為「Botschafter」，即詩人是「諸神的使者」。[29]而這一翻譯使得「ἑρμηνῆς」與「赫爾墨斯」的關係更為接近，實際上赫爾墨斯最主要的職責就是「使者」與「解釋者」，作為「使者」他把諸神的命令或意旨轉換（解釋或者翻譯）為人類可以理解的話語。因此，海德格爾特別強調：「詮釋者（ἑρμηνεύς）就是這樣的人，他傳達（mitteilt）、宣告（kundgibt）他人的意思，也就是說他使這些被傳達和宣告之物能夠相應地被獲得（vermittelt）與理解（nachvollzieht）。」[30]

由此，我們也可以清楚地看到，海德格爾在將「詮釋學」與「赫爾墨斯」相聯繫時，並沒有使自己的「先行具有」、「先行視見」和「先行把握」

---

[28] Martin Heidegger, *Ontologie: Hermeneutik der Faktizität*, in *Martin Heidegger Gesamtausgabe*, Bd.63, Frankfurt am Main: Vittorio Klostermann, 1988, s.9.

[29] Martin Heidegger, *Unterwegs zur Sprache*, in *Martin Heidegger Gesamtausgabe*, Bd.12, Frankfurt am Main: Vittorio Klostermann, 1985, s.115.

[30] Martin Heidegger, *Ontologie: Hermeneutik der Faktizität*, in *Martin Heidegger Gesamtausgabe*, Bd.63, Frankfurt am Main: Vittorio Klostermann, 1988, s.9.

以「突發奇想」和「流俗觀念」的方式呈現自身，而是將二者的關係置入厚重的西方哲學和神學傳統中來思考。如前所述，「詮釋學」的發生也許正是在「詞源學」及「狹義語文學」無法超越其自身的限度之上。而在西方詮釋學的歷史中，對「詮釋學」與「赫爾墨斯」之關係的理解與解釋本身就是一個極為重要的「詮釋學事件」。當然，「詮釋學」對「詞源學」及「狹義語文學」的超越本身也是有其「限度」的，海德格爾所提出的理解的「先行結構」（包括「先行具有」、「先行視見」和「先行把握」這三個構成性要素）就是這樣的「限度」。對於「先行結構」及其三個構成性要素，我們可以在後文中展開較為詳細的討論。

二、接受與創建：中西方詮釋學交匯下的中國經學詮釋學

建國以來，大陸漢語學界對西方詮釋學的譯介與接受，至少可以追溯至上個世紀 70 年代。錢鍾書在《管錐編・左傳正義・隱公元年》中談及乾嘉「樸學」時曾提到「闡釋之循環」（die hermeneutische Zirkel）的問題，[31]並且在對該條的增訂中明確地將德文「Hermeneutik」一詞譯為「闡釋學」。[32]眾所周知，《管錐編》一書的成書大約是在上個世紀 60 至 70 年代，而其前四冊正式出版的時間則為 1979 年。「闡釋學」中的「闡釋」一詞在漢語中較早地見於《抱樸子・外篇・嘉遯》：「雖複下帷覃思，殫毫騁藻，幽贊太極，闡釋元本。」[33]從引文最後兩句的對偶結構來看，「幽贊」與「闡釋」可以互釋，《周易正義・說卦》注曰：「幽，深也；贊，明也。」[34]因此，「闡釋」一詞也可以在這一意義上來理解，「太極」和「元本」都是至精至微之物，需要闡幽發微才可以「通明」。除了錢鍾書採用的「闡釋學」譯名之外，大陸漢語學界的學者對英文「hermeneutics」或德文「Hermeneutik」還提出了不同的譯名，其主要為「解釋學」、「釋義學」和「詮釋學」。

[31] 錢鍾書著：《管錐編》，北京：中華書局 1979 年版，第 1 冊，第 171 頁。

[32] 錢鍾書著：《管錐編》，北京：中華書局 1994 年版，第 5 冊，第 146 頁。

[33] [晉]葛洪著：《抱樸子》，上海：上海書店 1992 年影印世界書局《諸子集成》本，第 103 頁。

[34] [魏]王弼、韓康伯注、[唐]孔穎達等正義：《周易正義》，見於《十三經注疏》，北京：中華書局 1980 年影印世界書局阮元校刻本，上冊，第 93 頁中欄。

1.從譯名看西方詮釋學在大陸漢語學界的接受[35]

在《道與邏各斯》的「中譯本序」中，張隆溪堅持使用「闡釋學」這一譯名，他認為：

> 闡釋學一詞乃西文譯名，德文稱 Hermeneutik，英文稱 hermeneutics，中文譯名有解釋學、詮釋學、解經學等等，不一而足。在這些不同的譯名當中，我認為解釋學雖然意義頗為明確，卻嫌太過尋常，不似專名，而西文原詞與尋常的解釋一詞有很明確的區別，譯名也應該有所區分才是。詮釋學則似乎太過強調文字訓詁的意義，不能完全傳達西文原詞較廣泛的含義。解經學意義最狹，因為闡釋學雖然濫觴於基督教聖經和古典作品的解釋，但其含義並不限於經典的解讀。由此可見，闡釋學一詞既可以包含其他數詞之意，又有別於較尋常的解釋、詮釋等詞，作為專名似乎最妥。[36]

但是，張隆溪對其採用「闡釋學」這一譯名的解釋略顯牽強，因為在漢語中「闡釋」一詞似乎也並未能傳達出比「解釋」、「詮釋」更多的意義內涵。

此外，在該書的「中譯本序」中，張隆溪還曾坦言其採用「闡釋學」譯名的另一個原因，即前文所提到的錢鍾書對「闡釋之循環」這一概念的翻譯。然而，我們認為儘管有錢鍾書的譯名在先，但這仍然不能成為其使用該譯名在學理上的依據。除此之外，張隆溪在 1984 年第二期的《讀書》上還發表了一篇名為《神・上帝・作者──評傳統的闡釋學》的文章，這也許是大陸漢語學界最早的對西方詮釋學的研究性（非翻譯或編譯性的）論文。這篇文章對大陸漢語學界的文學研究者瞭解西方傳統闡釋學起到了重要的作用，作者不僅介紹了闡釋學一詞的來源，而且對施萊爾馬赫、狄爾泰、赫施（Eric Donald Hirsch）等人的闡釋學思想都做出了精到的述評。

---

[35] 按：本文對英文「hermeneutics」或德文「Hermeneutik」採用「詮釋學」的譯名，至於採用該譯名的原因筆者將在後文中進行詳細闡述。因此，在一般性的論述中，本文全部使用「詮釋學」，但在涉及不同學者對該詞的使用或評述其觀點時，仍保留他們各自的譯名。

[36] 張隆溪著、馮川譯：《道與邏各斯・中譯本序》，成都：四川人民出版社 1998 年版，第 3 頁。

最後，張隆溪還對西方傳統闡釋學的理論本質進行了重要的剖析：「傳統闡釋學的弱點，在它的哲學基礎即胡塞爾現象學中已經看得清楚。追求恒定不變的抽象本質這種柏拉圖式唯心主義，在闡釋學中就表現為追求恒定不變的作者本意。」[37]由此，我們也可以很清楚地看到，該篇文章實際上是將西方傳統闡釋學接受為一種文學文本的闡釋理論。當然，這種接受本身無可厚非，而且張隆溪本人對西方傳統闡釋學的理論背景也是較為清楚的。然而，值得我們注意的是，這一接受取向卻普遍地成為了大陸漢語學界的文學研究者在接受西方詮釋學理論時的邏輯起點。

在張隆溪發表上述文章的同一年年底，張汝倫在《復旦學報》（社會科學版）該年第六期上發表了《理解：歷史性與語言性——哲學釋義學簡述》的論文。但與張隆溪不同的是，作為專業的哲學研究者，張汝倫幾乎直接從存在論的角度切入了西方「釋義學」，他認為：「在海德格爾看來，理解不是一種研究方法或技術，不是主體的行為方式，而首先是人在世上存在的方式。釋義學不是一種方法論，而是要深入方法論下面揭示它的基礎。」[38]此外，在《意義的探究——當代西方釋義學》一書的「引言」注釋中，張汝倫還對其採用「釋義學」的譯名進行了解釋：「正因為釋義學是對於意義的理解與解釋的研究，所以我認為把 hermeneutics 這個詞譯成『釋義學』比『解釋學』、『闡釋學』或『詮釋學』要好，因為它體現了 hermeneutics 這個詞的特點。」[39]

然而，「釋義學」的譯名本身並非出自張汝倫，只不過在當下的大陸漢語學界張汝倫幾乎成了唯一堅持使用該譯名的學者。「釋義學」的譯名，至少可以追溯至《國外社會科學文摘》1981 年第一期所刊登的《西德哲學現狀》一文，該文由前蘇聯學者 A.B.古雷卡和 A.Л.尼基福羅夫撰寫，並由鄭開琪摘譯、浦立民校對。[40]此外，在 1982 年第六期的《國外社會科學》上還刊登了由英國學者 J.布萊徹撰寫、段合珊轉譯的《現代釋義學》一文。但是，這兩篇文章的譯者均未說明其採用「釋義學」譯名的原因；不過，在第二篇

[37] 張隆溪著：《神·上帝·作者——評傳統的闡釋學》，見於《讀書》1984 年第 2 期，第 114 頁。
[38] 張汝倫著：《理解：歷史性與語言性——哲學釋義學簡述》，見於《復旦學報》（社會科學版）1984 年第 6 期，第 37 頁。
[39] 張汝倫著：《意義的探究——當代西方釋義學·引言》，瀋陽：遼寧人民出版社 1986 年版，第 2 頁。
[40] [蘇聯]A.B.古雷卡、A.Л.尼基福羅夫著，鄭開琪摘譯、浦立民校：《西德哲學現狀》，見於《外國社會科學文摘》1981 年第 1 期，第 14 頁。

文章的篇首，作者即已明確地將「釋義學」界定為「作為解釋意義的理論或哲學」，譯者採用「釋義學」的譯名也許與這一概念界定有關。[41]而且，「釋義」一詞在唐人注疏和佛經翻譯中已大量出現，上述幾位譯者在選擇譯名時是否受其影響亦未可知。

採用「解釋學」作為「hermeneutics」或「Hermeneutik」的譯名，較早地可以追溯至在《世界哲學》1979年第五期上刊登的《何謂「解釋學」？》一文，該文由前東德學者 W.R.伯耶爾撰寫、燕宏遠翻譯。[42]由於「解釋學」的譯名確實較為普通，在現有資料中我們並未發現有學者對其進行學理上的說明。「解釋」一詞在現代漢語中雖然普通，但是在古代典籍中卻出現得較早。西漢陸賈在《新語‧慎微》中曰：「誅鋤奸臣賊子之黨，解釋疑繩紕繆之結。」[43]而東漢王充在《論衡‧對作》中亦云：「況《論衡》細說微論，解釋世俗之疑，使後進曉見然否之分。」[44]由此可見，「解釋」在漢代典籍中常與「疑惑」、「紕繆」相關，也正是因為有了「疑惑」、「紕繆」才需要對其進行解釋和說明。

至於「詮釋學」的譯名，樂黛雲在《讀書》1983年第四期上發表的《「批評方法與中國現代小說研討會」述評》一文中已經提及。[45]在同年第十期的《讀書》上，金克木還撰寫了《談詮釋學》一文專門探討西方詮釋學的問題。但是，兩位學者在其文章中都未對「詮釋學」譯名本身做出任何解釋。而洪漢鼎在伽達默爾《真理與方法》（*Wahrheit und Methode*）的「譯後記」中則堅持使用「詮釋學」這一譯名，並且給出了自己的理由：

> 近代和現代詮釋學家之所以採用 Hermeneutik 這個古老的希臘字作為這一學科名稱，我想主要是為了儘量傳達出古代的遺風，特別是古代人的思想傾向和思維方式。在我國古代文化裡比較接近這

---

[41] [英]J.布萊徹著、段合珊轉譯：《現代釋義學》，見於《國外社會科學》1982年第6期，第42頁。

按：此文轉譯自蘇聯《國外社會科學文摘〈哲學和社會學類〉》1981年第3期。

[42] [東德]W.R.伯耶爾著、燕宏遠譯：《何謂「解釋學」？》，見於《世界哲學》1979年第5期，第73-74頁。

[43] [漢]陸賈著：《新語》，見於《諸子集成》，上海：上海書店1980年影印世界書局編印版，第7冊，第10頁。

[44] [漢]王充著：《論衡》，見於《叢書集成初編》，長沙：商務印書館1939年影印王謨刻本，第5冊，第306頁下欄。

[45] 樂黛雲著：《「批評方法與中國現代小說研討會」述評》，見於《讀書》1983年第4期，第121頁。

一概念的詞是「詮釋」。早在唐代，詮釋就被用來指一種「詳細解釋、闡明事理」的學問。……因此我在上述幾種中譯名中選用了「詮釋學」這一比較古雅而意蘊似乎又深厚的譯名。[46]

此外，洪漢鼎還在該文中表述了其採用「詮釋學」譯名的另一個原因，也即他為什麼不採用大陸漢語學界普遍使用的「解釋學」這一譯名：「正是鑒於『解釋』一詞通常帶有自然科學說明模式的含義，我認為選用『詮釋學』來翻譯 Hermeneutik 就更能表明自然科學的說明方法和人文科學的理解方法、也即科學論和詮釋學的對峙……。」[47]但是，實際上「詮釋」一詞並不古老，在古代典籍中它的出現時間與「釋義」相仿，大致是在唐代前期。如洪漢鼎自己所舉的例子「厥意如何？佇問詮釋」，就是出現在唐人顏師古的《策賢良問》之中。[48]相比之下，「詮釋」並沒有在漢代和晉代典籍中就已出現的「解釋」和「闡釋」更為古老。而且，值得我們注意的是，洪漢鼎所說的「解釋」與「詮釋」的「對峙」在漢語中也是不存在的，他實際上是無意中用德語的思維替換了漢語本身的思維。既然在漢語中這種「對峙」本不存在，那麼這也就不能構成其使用「詮釋學」這一譯名的學理依據。

2.作為中國詮釋學主脈的中國經學詮釋學

隨著大陸漢語學界對西方詮釋學的不斷接受，湯一介在上個世紀 90 年代末至本世紀初連續發表五篇文章討論「創建中國解釋學」的問題，並且還提出了先秦時期三種不同的注釋方式：

第一種我們把它稱為歷史事件的解釋，如《左傳》對《春秋經》的解釋……第二種是《繫辭》對《易經》的解釋，我們可以把它叫做整體性的哲學解釋。第三種是《韓非子》的《解老》、《喻老》，我們可以把它叫做實際（社會政治）運作型的解釋。[49]

---

[46] 洪漢鼎著：《真理與方法·譯後記》，見於[德]伽達默爾著、洪漢鼎譯《真理與方法》，上海：上海譯文出版社 1999 年版，第 959 頁。

[47] 洪漢鼎著：《真理與方法·譯後記》，見於[德]伽達默爾著、洪漢鼎譯《真理與方法》，上海：上海譯文出版社 1999 年版，第 961 頁。

[48] [唐]顏師古撰：《策賢良問五道》，見於[清]董誥等編：《全唐文》，上海：上海古籍出版社 1990 年縮印嘉慶十九年揚州官刻本，第 1 冊，第 655 頁上欄。

[49] 湯一介著：《再論創建中國解釋學問題》，見於《中國社會科學》2000 年第 1 期，第 85 頁。

緊隨其後，李清良的《中國闡釋學》、周光慶的《中國古典解釋學導論》和周裕鍇的《中國古代闡釋學研究》等專著也相繼問世。但是，這些論文及專著大都只是在西方詮釋學的方法論層面——作為技藝學的詮釋學層面——來提取理論資源；而存在論的詮釋學則並未能成為這些論文及專著真正的構成性因素，甚至在某些論述中原本具有存在論意義的詮釋學概念也被明顯地方法論化了。

因此，顧彬對「中國詮釋學」的質疑，可能也與這種方法論上的簡單比附有關。此外，顧彬在前述文章中還進一步表明：

> ……西方詮釋學有著漫長的歷史，在理論與實踐上也形成了諸多差異，且存在古希臘（柏拉圖）、拉丁（聖奧古斯丁）及德國（施萊爾馬赫、狄爾泰、海德格爾、伽達默爾）的背景。「詮釋學」一詞直到宗教改革時期才被創造出來，由此詮釋學才得到系統的發展。而中國既沒有給「理解的技藝」（the art of understanding）命名，自身也沒有發展出系統的理論。[50]

總體而言，這一表述是基本準確的。然而，這不僅不能成為否定「中國詮釋學」的理論依據，反倒應該成為創建「中國詮釋學」的邏輯起點。

趙敦華在《從古典學到解釋學的西學傳統的啟示》一文中業已指出：

> 從古典學到解釋學的西學傳統，對中國學術不乏啟示和借鑒作用。如果說經學與古典學相媲美，那麼，中國古代的「漢學」和「宋學」之爭，「小學」和「義理」的分殊，「我注六經」和「六經注我」的張力，也可視為現代解釋學問題。[51]

誠如顧彬所言，即使在西方詮釋學的產生與系統發展也是宗教改革時期的事情；那麼在此之前，所謂的詮釋學其實是以「古典語文學」和「神學」的形式存在的。在某種意義上，這也就是顧彬所說的「古希臘」和「拉丁」

---

[50] Wolfgang Kubin, 「Chinese 『Hermeneutics』—A Chimera? Preliminary Remarks on Differences of Understanding,」 in *Interpretation and Intellectual Change: Chinese Hermeneutics in Historical Perspective*, ed. Ching-I Tu, New Brunswick: Transaction Publishers, 2005, p.316.

[51] 趙敦華著：《從古典學到解釋學的西學傳統的啟示》，見於《光明日報·理論週刊》2009年6月30日，第11版。

背景，大體上也相當於海德格爾所提到的「語文學詮釋學」和「神學詮釋學」。

如果一定要在中國傳統中找到與之相當的「對應物」（equivalent），[52]那當然非「經學」莫屬了。中國的傳統「經學」既形成了訓詁學、音韻學、版本學、校勘學等相關學科，也不乏對「天人關係」的哲學化、甚至宗教化的理解與解釋。如果說，「在很大程度上，現代解釋學不過是對古典學為基礎的西學傳統作出哲學解釋」；[53]那麼，對以經學為基礎的中國古代傳統作出哲學解釋，尤其是生存論及存在論意義上的解釋，我們理應稱之為「經學詮釋學」。而且，「經學詮釋學」必然成為「中國詮釋學」的「主脈」。

如前所述，大陸漢語學界從事文學研究的學者在接受西方詮釋學理論的過程中，從一開始就傾向於將其作為文學文本的闡釋理論。對此，楊乃喬在《是技藝學詮釋學還是存在論詮釋學──談中國詮釋學的主脈：經學詮釋學》一文中，即提出了「將經學詮釋學作為中國詮釋學主脈」的理論命題：

> 從孔子刪「六經」的經學開闢時代，到經學在漢代被定制為官方學術思想的經學鼎盛時代，再到皮錫瑞撰寫《經學歷史》和劉師培撰寫《經學教科書》在研究中對經學進行總結的時代，經學無論是在經世致用的層面上對歷朝歷代官方主流意識形態的滲透，還是在技藝學詮釋學的層面上，均形成了中國詮釋學的主脈⋯⋯。[54]

此外，楊乃喬還進一步闡釋道：

> 我們為什麼要強調把經學詮釋學界定為中國詮釋學的主脈，是因為我們注意到，在過去 30 年來，國內學界受西方詮釋學理論的啟

---

[52] Wolfgang Kubin, 「Chinese 『Hermeneutics』—A Chimera? Preliminary Remarks on Differences of Understanding,」 in *Interpretation and Intellectual Change: Chinese Hermeneutics in Historical Perspective*, ed. Ching-I Tu, New Brunswick: Transaction Publishers, 2005, p.316.

[53] 趙敦華著：《從古典學到解釋學的西學傳統的啟示》，見於《光明日報・理論週刊》2009 年 6 月 30 日，第 11 版。

[54] 楊乃喬著：《是技藝學詮釋學還是存在論詮釋學──談中國詮釋學的主脈：經學詮釋學》（打印稿），第 2 頁。

按：本文以《是技藝學詮釋學還是存在論詮釋學──論中國詮釋學的主脈：經學詮釋學》的題目發表于《天津社會科學》2010 年第 2 期上，但是筆者所引之處已被刪節，因此仍以打印稿原文出注。

示在討論中國詮釋學思想時，來自於文學研究界的學者往往把自己
的思考規限在作者、審美的文學文本、讀者及其言、意的邏輯關係
上。於是在這個規限的定位上，關於中國詮釋學的思考在學科的性
質上一廂情願地蛻變為中國文學詮釋學的研究。……在這裡我們所
強調的是，不是說中國詮釋學研究拒絕關涉中國古代文學批評，而
是不能把中國古代文學批評關於文學閱讀與闡發的現象作為研究中
國詮釋學的主要路徑。[55]

總之，「經學詮釋學」必然是中西方學術文化相交匯的產物，這一方面可以
使我們不斷拓寬和加深對西方詮釋學的認識與接受，另一方面也使得我們
必須再度激活中國傳統經學中某些重要的理論資源。而作為「中國詮釋學主
脈」的「經學詮釋學」，其如何區別於傳統的經學研究是我們無法回避的理
論問題。

3.「經學詮釋學」的核心是「詮釋學」

對於上述問題，我們必須首先明確的是——「經學詮釋學」的核心是
「詮釋學」。因為，在許多學者看來，「經學詮釋學」已經是一個具有高度
自明性的命題，整個中國經學的歷史不就是對「五經」或《十三經》進行
理解與解釋的歷史嗎？然而，「理解與解釋」本身並非就是「詮釋學」，在
這一點上顧彬毫無疑問是正確的。[56]此外，如果「經學」就是「詮釋學」，
那麼我們也就根本沒有必要再提出「經學詮釋學」這一略顯累贅的表述。
之所以如此，正是為了凸顯「經學詮釋學」與「傳統經學」在研究的出發
點及研究路向上的深刻不同。這也就是說，「經學詮釋學」的研究基礎和重
心，主要不是放在對歷代的經文注釋進行梳理和總結，以及在此基礎上對
「孰是孰非」做出判斷，或者進一步對經文注釋本身提出新的理解與解釋。
這種僅在量上進行積累和遞增的研究，我們將其歸於傳統的經學研究就已
經足夠了。而「經學詮釋學」首先和始終要追問的不是經文注釋的「什麼」
（what）而是「如何」（how），即一種經學詮釋得以可能的先決條件

---

[55] 楊乃喬著：《是技藝學詮釋學還是存在論詮釋學——談中國詮釋學的主脈：經學詮釋
學》（打印稿），第 4 頁。
[56] Wolfgang Kubin,「Chinese『Hermeneutics』—A Chimera? Preliminary Remarks on Differences
of Understanding,」 in *Interpretation and Intellectual Change: Chinese Hermeneutics in
Historical Perspective*, Ching-I Tu, ed. New Brunswick: Transaction Publishers, 2005, p.313.

（prerequisite）。這也就是前文中張汝倫所說的，詮釋學「要深入方法論下面揭示它的基礎」。

伽達默爾在《真理與方法》的「第二版序言」中，對其哲學詮釋學的一貫主張也做出了重要的申明：「但是，我本人的真正主張過去是、現在仍然是一種哲學的主張：問題不是我們做什麼，也不是我們應當做什麼，而是什麼東西超越我們的意願和行動與我們一起發生。」[57]伽達默爾之所以做出這樣的申明，就是因為他使用「詮釋學」這一具有悠久傳統的術語引起了某些誤解。在該篇序言中，他首先表明了《真理與方法》一書的寫作目的：

> 理解的「技藝學」（Kunstlehre），如其在以前的詮釋學中那樣，這並不是我的目的。我並不想闡明一個技藝規則（Kunstregeln）的體系，以便能夠描述甚或引導人文科學的方法論程式。我的目的也不是為了探尋人文科學工作的理論基礎，進而使獲得的知識付諸實踐。[58]

同樣，我們提出「經學詮釋學」的概念，也絕不是要為理解經學和具體的經文以及經文的注疏等提供一套方法論的「技藝規則」，而是要對前人的經學研究做「前理論」或「前科學」的考查，而這正是經學自身的「基本概念」（Grundbegriff）和方法論體系所無法達到的。

從海德格爾的角度來看，任何學科都是建立在一些由其自身所設定的基本概念之上。我們以經學為例，在經學中「五經」、「六經」或「孔子」絕不僅僅是「歷史流傳物」或「歷史上的人物」而已，事實上它們已經成為經學得以確立其自身的基本概念。而對這些基本概念的不同理解與規定，又在某種意義上決定了經學歷史發展的不同形態。周予同在為清代經今文學大師皮錫瑞所著之《經學歷史》撰寫「序言」時，曾將中國傳統經學分為三大派別，即「西漢今文學」、「東漢古文學」和「宋學」。[59]而這三派的不同則表現為：

---

[57] Hans-Georg Gadamer,「Vorwort zur 2. Auflage」, in *Hermeneutik II: Wahrheit und Methode*, in *Hans-Georg Gadamer Gesammelte Werke*, Bd.2, Tübingen: J. C. B. Mohr (Paul Siebeck), 1993, s.438.

[58] Hans-Georg Gadamer,「Vorwort zur 2. Auflage」, in *Hermeneutik II: Wahrheit und Methode*, in *Hans-Georg Gadamer Gesammelte Werke*, Bd.2, Tübingen: J. C. B. Mohr (Paul Siebeck), 1993, s.438.

[59] 周予同著：《經學歷史·序言》，見於[清]皮錫瑞著、周予同注：《經學歷史》，北京：中華書局 2008 年版，第 1 頁。

　　……今文學以孔子為政治家，以「六經」為孔子致治之說，所以偏重於「微言大義」……古文學以孔子為史學家，以「六經」為孔子整理古代史料之書，所以偏重於「名物訓詁」……宋學以孔子為哲學家，以「六經」為孔子載道之具，所以偏重於心性理氣……。[60]

海德格爾在《對康德〈純粹理性批判〉的現象學解釋》（*Phänomenologische Interpretation von Kants* Kritik der reinen Vernunft）一書中已經深刻地向我們表明：「此外，一種認識在慢慢擴展──科學真正的發展和歷史不是通過對新的事實的發現而實現的，而是通過對其基本概念的改造（Umbildung），即通過對相關領域的存在構成（Seinsverfassung）之理解的轉變而實現的。」[61]由此，我們甚至可以更加深刻地理解中國經學史中的某些問題，如漢代經學「今、古文之爭」的根本原因並不在所謂「壁中書」的發現，而是在於二者對經學基本概念的理解存在分歧。同時，也只有在這一意義上，我們才能真正理解皮錫瑞在《經學歷史・經學開闢時代》中，為什麼會如此獨斷地將「六經」的「神聖製作權」歸於「孔子」：「故必以經為孔子作，始可以言經學；必知孔子作經以教萬世之旨，始可以言經學。」[62]

　　在《存在與時間》中，海德格爾對「基本概念」的問題也做了表述：「科學的真正『運動』（Bewegung）是通過對於基本概念的、或多或少是根本性的修正來完成的，並且它自身對這一修正缺乏透徹的理解。」[63]從海德格爾的理論來看，所有將某一「事實領域」（Sachgebiet）主題化為研究對象的學科（如物理學、化學、歷史學、心理學等）都是這樣發展的。它們之所以對自身發展的本質缺乏透徹的理解，主要就是因為這些學科只是簡單粗糙地劃定其事實領域，並在此基礎上來規定自己的基本概念。《白虎通・五經》曰：「經所以有五何？經，常也。有五常之道，故曰五經。《樂》仁、《書》義、《禮》禮、《易》智、《詩》信也。人情有五性，懷五常，不能自成。是

---

[60] 周予同著：《經學歷史・序言》，見於[清]皮錫瑞著、周予同注：《經學歷史》，北京：中華書局 2008 年版，第 3 頁。

[61] Martin Heidegger, *Phänomenologische Interpretation von Kants* Kritik der reinen Vernunft, in *Martin Heidegger Gesamtausgabe*, Bd.25, Frankfurt am Main: Vittorio Klostermann, 1977, s.34.

[62] [清]皮錫瑞著、周予同注：《經學歷史》，北京：中華書局 2008 年版，第 27 頁。

[63] Martin Heidegger, *Sein und Zeit*, in *Martin Heidegger Gesamtausgabe*, Bd.2, Frankfurt am Main: Vittorio Klostermann, 1977, s.15.

以聖人象天五常之道，而明之以教人，成其德也。」[64]以「五經」配「五常」是漢代經學展開的一個「存在構成」，而這一「存在構成」又是漢代經學得以建立自身和規定其基本概念的基礎。然而，皮錫瑞越是獨斷地為經學奠定基礎，越是表明這一基礎還需要、也必然要以一個更為元始的（ursprünglich）基礎為基礎。[65]因此，對於中國經學詮釋學而言，其主要任務就是對經學之基本概念及其得以成立的基礎予以詮釋學上的闡明。

三、融匯與貫通：「詮釋」在中國經學詮釋學中的意義內涵

既然我們已經對「經學詮釋學」與「傳統經學」進行了本質上的區分，那麼我們也應該對「詮釋」在中國經學詮釋學中的意義內涵加以考查。如前所述，古漢語中「詮」與「釋」相連用的情況出現得相對較晚，大約是在唐代的前期。但是，作為單字的「詮」與「釋」則出現得很早，而且二者在意義上也存在著相關性，這種相關性為其日後的連用奠定了重要的基礎。在古漢語中，「詮」字也可以在三個主要的意義層面上來理解，當然，我們不能簡單地將「詮」之「三義」與「Hermeneutik / hermeneutics」的「三重意義」相比附。然而，在中西方詮釋學相交匯的視域之下，「詮」之「三義」及其整體性內涵卻與西方哲學中的「λόγος」存在著極大的互通性。而且，在海德格爾的意義上，「λόγος」本身即有「詮釋」的特性。

1.「詮」之「三義」及其整體性內涵

《說文》曰：「詮，具也。從言，全聲。」[66]「具」在《說文》中又被解釋為「共置也，從廾，貝省」。[67]然而，僅憑《說文》我們似乎很難將「詮」、

---

[64] [漢]班固等撰：《白虎通》，見於《叢書集成初編》，上海：商務印書館1936年影印《抱經堂叢書》本，第2冊，第248頁。

[65] 按：「元始的」是海德格爾在《存在與時間》中經常使用的一個概念，在陳嘉映與王慶節的中譯本中譯為「源始的」，用以區別漢語中經常使用的「原始的」一詞。該詞的德文為「ursprünglich」，其名詞形式為「Ursprung」。前綴「ur」有「從……出來」、「開始」的意義內涵，而「Sprung」的意義主要為「跳躍」，二者合在一起則有「起源」、「源泉」、「根源」、「根由」的意思。我們主張用「元始的」來翻譯「ursprünglich」，《說文》曰：「元，始也。」（見於[漢]許慎撰、[清]段玉裁注：《說文解字注》，上海：上海古籍出版社1981年影印經韻樓藏版，第1頁。）「元」、「始」的互訓與連用，可以更加強調「ursprünglich」所內涵的「開始」、「生發」的意義，也似乎更為接近海德格爾對該詞的使用。

[66] [漢]許慎撰、[清]段玉裁注：《說文解字注》，上海：上海古籍出版社1981年影印經韻樓藏版，第93頁。

「具」與「共置」三者各自的意義以及三者之間的意義關聯解釋清楚。因此，《集韻》對「詮」字的解釋特別值得我們注意，《集韻》曰：「詮，逡緣切，《說文》：具也。一曰擇言；一曰解喻也。」[68]由此可見，從《說文》的「詮，具也」又主要引申出「擇言」與「解喻」兩種意義內涵。所以，我們不妨就按照這三個方向來追問「詮」的意義並對其加以整體性的把握。

段玉裁在《說文解字注》中對「共置」的「共」字給出了重要的解釋：「共、供古今字，當從人部作供。」[69]《說文》亦曰：「共，同也。從廿、廾。」[70]「具」與「共」皆從「廾」，可見其意義關係密切，在《說文》中「共」雖獨立為一部，而實際上將其與「具」字同歸為「収（廾）」部亦無不可。段玉裁對「共」的進一步解釋為：「廿，二十並也，二十人皆竦手是為同也。……《周禮》、《尚書》：供給、供奉字皆借共字為之。衛包盡改《尚書》之共為恭，非也。《釋詁》：供、峙、共，具也。郭云皆謂備具，此古以共為供之理也。」[71]《毛詩·小雅·小明》曰：「靖共爾位，正直是與，神之聽之，式穀以女。」[72]鄭箋云：「共，具。式，用。穀，善也。」[73]由《爾雅》和鄭箋我們可知「共」與「具」可以互訓。從《說文》段注我們亦可知，晉郭璞在《爾雅注》中又進一步將「具」解釋為「備具也」。[74]

如上所述，「共」、「具」二字可以互訓，此外它們亦可連用。《史記·荊燕世家》載：「田生盛帷帳共具，譬如列侯。」[75]《前漢書·食貨志》亦

---

67 [漢]許慎撰、[清]段玉裁注：《說文解字注》，上海：上海古籍出版社 1981 年影印經韻樓藏版，第 104 頁。

68 [宋]丁度等編：《集韻》，上海：上海古籍出版社 1985 年影印上海圖書館藏述古堂影宋鈔本，上冊，第 169 頁。

69 [漢]許慎撰、[清]段玉裁注：《說文解字注》，上海：上海古籍出版社 1981 年影印經韻樓藏版，第 104 頁。

70 [漢]許慎撰、[清]段玉裁注：《說文解字注》，上海：上海古籍出版社 1981 年影印經韻樓藏版，第 105 頁。

71 [漢]許慎撰、[清]段玉裁注：《說文解字注》，上海：上海古籍出版社 1981 年影印經韻樓藏版，第 105 頁。

72 [漢]毛公傳、[漢]鄭玄箋、[唐]孔穎達等正義：《毛詩正義》，見於《十三經注疏》，北京：中華書局 1980 年影印世界書局阮元校刻本，上冊，第 464 頁下欄。

73 [漢]毛公傳、[漢]鄭玄箋、[唐]孔穎達等正義：《毛詩正義》，見於《十三經注疏》，北京：中華書局 1980 年影印世界書局阮元校刻本，上冊，第 464 頁下欄。

74 [晉]郭璞注、[宋]邢昺疏：《爾雅注疏》，見於《十三經注疏》，北京：中華書局 1980 年影印世界書局阮元校刻本，下冊，第 2576 頁中欄。

75 [漢]司馬遷撰、[宋]裴駰集解、[唐]司馬貞索隱、[唐]張守節正義：《史記》，見於《二十五史》，上海：上海古籍出版社、上海書店 1992 年影印乾隆四年武英殿本，第 1 冊，第 233 頁第 1 欄。

載：「及當馳道縣，縣治宮儲，設共具，而望幸。」[76]這裡的「共具」都是指「酒食用具」，而它們亦可以用作動詞，表示「擺設酒食用具」，《前漢書·雋疏于薛平彭傳》載：「（疏） 廣既歸鄉里，日令家共具設酒食，請族人故舊賓客，與相娛樂。」[77]在通常的意義上，「共具」雖多與「擺設酒食用具」有關，然而我們不難推想「共具」在其更原初的意義上似乎應該是在「祭祀」時對器物用具的「陳列」。《前漢書·郊祀志》載：「又置壽宮、北宮，張羽旗，設共具，以禮神君。」[78]而與「共」為古今字的「供」字也同樣具有「祭祀」、「奉祀」的意義，《後漢書·禮儀志》載：「正月上丁，祠南郊。禮畢，次北郊、明堂、高廟、世祖廟，謂之五供。」[79]王筠在《說文句讀》中亦曰：「《周禮》以共為供，所云共王、共後、共祭祀、皆以下奉上之詞，故𠃟字手皆向上也。又非一人能了，故四手也。」[80]

「共」除了上述的意義內涵之外，在《集韻》中又被解釋為「設也」，[81]而「共置」中的「置」字也有「設」的意思。《鉅宋廣韻》曰：「置，安置也；驛也；設也。」[82]王念孫《讀書雜誌》在解釋《荀子》「威厲而不試，刑錯而不用」時亦曰：「錯，置也；置，設也。言威雖猛而不試，刑雖設而不用也。」[83]而《說文》亦將「供奉」之「供」解釋為「設也」，段玉裁注曰：「設者，施陳也。」[84]由此可見，「具」、「共」（「供」）、「置」三字義可互訓，都

---

[76] [漢]班固撰、[唐]顏師古注：《前漢書》，見於《二十五史》，上海：上海古籍出版社、上海書店 1992 年影印乾隆四年武英殿本，第 1 冊，第 480 頁第 4 欄。
按：史籍中本只有《漢書》而無《前漢書》，然而在上海古籍出版社和上海書店影印出版的《二十五史》中卻將《漢書》稱作《前漢書》。因此，為了保持正文與注釋的一致性，本文亦將《漢書》稱作《前漢書》。

[77] [漢]班固撰、[唐]顏師古注：《前漢書》，見於《二十五史》，上海：上海古籍出版社、上海書店 1992 年影印乾隆四年武英殿本，第 1 冊，第 645 頁第 3 欄。
按：括號裡的字為筆者所加。

[78] [漢]班固撰、[唐]顏師古注：《前漢書》，見於《二十五史》，上海：上海古籍出版社、上海書店 1992 年影印乾隆四年武英殿本，第 1 冊，第 485 頁第 2 欄。

[79] [南朝宋]范曄撰、[唐]李賢注：《後漢書》，見於《二十五史》，上海：上海古籍出版社、上海書店 1992 年影印乾隆四年武英殿本，第 2 冊，第 807 頁第 4 欄。

[80] [清]王筠集：《說文句讀》，北京：北京市中國書店 1983 年影印 1882 年尊經書局刊本，第 1 冊，卷五，第 31 頁 b。

[81] [宋]丁度等編：《集韻》，上海：上海古籍出版社 1985 年影印上海圖書館藏述古堂影宋鈔本，上冊，第 465 頁。

[82] [宋]陳彭年撰：《鉅宋廣韻》，上海：上海古籍出版社 1983 年影印宋乾道五年閩中建寧府黃三八郎書鋪刊本（去聲一卷由《四部叢刊》影印宋巾箱本補），第 252 頁。

[83] [清]王念孫撰：《讀書雜誌·十·荀子第五》，北京：北京市中國書店 1985 年版，中冊，第 51 頁。

[84] [漢]許慎撰、[清]段玉裁注：《說文解字注》，上海：上海古籍出版社 1981 年影印經韻

有「備具」、「設置」、「施陳」、「置放」等意義內涵。《說文》既以「具」釋「詮」，那麼「詮」字也應該同時獲有與上述相同的意義內涵。此外，唐慧琳《一切經音義》在「所詮」一條下又云：「取全反。《考聲》云：『敘也、明也。』杜注《左傳》云：『次也。』」[85]「敘」、「次」二字又可以互訓，《說文》曰：「敘，次弟也。」[86]因此，綜合上述諸義，所謂的「詮」就是通過「具也」、「共也」、「置也」、「設也」、「敘也」、「次也」，從而使「義」得以「明也」。唐元應《一切經音義》在「能詮」一條下即曰：「七泉反。詮，謂顯了義。……案：具說事理曰詮。」[87]

既然「具說事理」為「詮」，那麼「詮」在某種意義上也就是「次敘」言語，通過「次敘」言語而道出事理，也即「顯明」意義。而「次敘」言語實際上也就是「擇言」。《吳越春秋·王僚使公子光傳》載：「吾故求同憂之士，欲與之並力，惟夫子詮斯義也。」[88]宋徐天祐對「詮」的音注即為「擇言」。[89]清人朱彝尊在《經義考》所錄鄧伯羔（字孺孝）之《古易詮》和《今易詮》一條下云：「孺孝曰：『詮，具也，擇言也。言具古今、擇鑒美忒，蓋竊附乎述以傳經。』孺孝之旨深矣哉！」[90]又云：「伯羔自序曰：『按《說文》：詮，擇言也。古今說《易》，何啻數百家？何啻數萬言？言人人殊，所貴擇善而執，合異而同矣……。』」[91]此外，《說文》對「顨」字的解釋為「選具也」，段玉裁的注釋為：「選擇而共置之也。顨、選疊韻。𠀉部曰：巺，具也；𢁉，具也。人部曰：僎，具也。是巺、顨、𢁉、僎四字義同。《玉篇》曰：顨，古文作選。」[92]所以，「詮，具也」

樓藏版，第 371 頁。

[85] [唐]釋慧琳、[遼]釋稀麟撰：《正續一切經音義》，上海：上海古籍出版社 1986 年影印日本獅谷白蓮社版，第 83 頁。

[86] [漢]許慎撰、[清]段玉裁注：《說文解字注》，上海：上海古籍出版社 1981 年影印經韻樓藏版，第 126 頁。

[87] [唐]釋元應撰，[清]莊炘、錢坫、孫星衍校：《一切經音義》，上海：商務印書館 1936 年影印海山仙館叢書本，第 1063 頁。

[88] [漢]趙曄撰、[宋]徐天祐音注：《吳越春秋》，見於《四部叢刊初編·史部》，上海：商務印書館 1919 年縮印明弘治鄺璠刻本，第 17 頁上欄。

[89] [漢]趙曄撰、[宋]徐天祐音注：《吳越春秋》，見於《四部叢刊初編·史部》，上海：商務印書館 1919 年縮印明弘治鄺璠刻本，第 17 頁下欄。

[90] [清]朱彝尊撰：《經義考》，光緒二十三年浙江書局刊刻本，第 11 冊，第 58 卷，第 5 頁 b。

[91] [清]朱彝尊撰：《經義考》，光緒二十三年浙江書局刊刻本，第 11 冊，第 58 卷，第 5 頁 b。

[92] [漢]許慎撰、[清]段玉裁注：《說文解字注》，上海：上海古籍出版社 1981 年影印經韻樓藏版，第 422 頁。

也可解釋為「擇言而共置之」，同時「擇言」與「共置」也取得了意義上的連結。

在這樣的意義連結上，我們還可以發現「詮」在「選擇」的意義上亦與「銓」通假。《史通‧雜說中‧宋略》曰：「斯並同在編次，不加銓擇，豈非蕪濫者邪？」[93]清人浦起龍在「銓」字下釋曰：「一作詮。」[94]「詮」作「詮次」、「詮選」、「詮擇」，其義皆與「銓」通。《說文》曰：「銓，稱也。從金，全聲。」[95]段玉裁注曰：「禾部：稱，銓也。與此為轉注，乃全書之通例。稱即今秤字。衡者，牛觸橫大木其角。權衡字經典用之，許不爾，蓋古權衡二字皆假借字。權為垂之假借。……若衡則假借之橫字。權衡者，一直一橫之謂。」[96]由此可見，「銓」與「權」亦可互訓，《孟子‧梁惠王上》曰：「權，然後知輕重；度，然後知長短。」[97]趙岐注曰：「權，銓衡也，可以稱輕重。」[98]「權」即「銓」也，而「詮」又與「銓」通假，所以「詮」、「銓」、「權」亦可同音互訓。因此，經學詮釋學中的「經權」關係，在其本質上也就是「經詮」關係，因為只有在「詮釋」與「權衡」中才能夠真正地「反（返）經」。

讓我們再次回到「詮」的意義整體性上來，「詮」既然已經被我們理解為「擇言而共置之」，那麼「擇言而共置之」的最終目的實際上就是「解喻」。《淮南子‧要略》在某種意義上就是將「共置」、「擇言」、「解喻」三者合諸一處來解釋「詮言」的，其云：「詮言者，所以譬類人事之指，解喻治亂之體也。差擇微言之眇，詮以至理之文，而補縫過失之闕者也。」[99]而《管子‧形勢解》又將「擇言」與「聖人致道」相聯繫，其曰：「聖人擇可言而後言，擇可行而後行。……故聖人擇言必顧其累，擇行必顧其憂。故曰：

[93] [唐]劉知幾撰、[清]浦起龍釋：《史通通釋》，上海：上海古籍出版社1978年版，下冊，第485頁。

[94] [唐]劉知幾撰、[清]浦起龍釋：《史通通釋》，上海：上海古籍出版社1978年版，下冊，第485頁。

[95] [漢]許慎撰、[清]段玉裁注：《說文解字注》，上海：上海古籍出版社1981年影印經韻樓藏版，第707頁。

[96] [漢]許慎撰、[清]段玉裁注：《說文解字注》，上海：上海古籍出版社1981年影印經韻樓藏版，第707頁。

[97] [漢]趙岐注、[宋]孫奭疏：《孟子注疏》，見於《十三經注疏》，北京：中華書局1980年影印世界書局阮元校刻本，下冊，第2670頁下欄-2671頁上欄。

[98] [漢]趙岐注、[宋]孫奭疏：《孟子注疏》，見於《十三經注疏》，北京：中華書局1980年影印世界書局阮元校刻本，下冊，第2671頁上欄。

[99] [漢]劉安撰、[漢]高誘注、[清]莊逵吉校：《淮南子》，見於《二十二子》，上海：上海古籍出版社1986年縮印浙江書局匯刻本，第1307頁上欄。

顧憂者可與致道。」¹⁰⁰《白虎通・聖人》曰：「聖人者何？聖者，通也，道也，聲也。道無所不通，明無所不照。聞聲知情，與天地合德，日月合明，四時合序，鬼神合吉凶。」¹⁰¹《論衡・對作》又將「聖人」與「經」相聯繫，其曰：「聖人作經，賢者傳記，匡濟薄俗，驅民使之歸實誠也。」¹⁰²晉人張華《博物志・文籍考》亦曰：「聖人製作曰經，賢者著述曰傳……。」¹⁰³因此，我們可以說，「經」作為「聖人」立言的物質銘刻就是對「天道」或「天命」的最初詮釋，而這種詮釋也就是對「天道」或「天命」的聲聞、言說和光照，從而使其意義得以顯現。總之，具體而言，「詮」在中國經學詮釋學中即是「擇言而共置」以「解喻」聖人之至道也。

2.「釋」的意義內涵及其與「詮」的意義關聯

下面，我們將進一步追問「釋」字在漢語中的意義內涵，《說文》曰：「釋，解也。從釆，釆取其分別。」¹⁰⁴段玉裁引《廣韻》曰：「舍也、解也、散也、消也、廢也、服也，按其一解字足以包之。」¹⁰⁵一個「解」字雖可以囊括數義，但這也表明「解」字本身在意義上包涵著細微的差別。《毛詩・鄭風・大叔於田》曰：「抑釋掤忌，抑鬯弓忌。」¹⁰⁶朱熹集傳曰：「釋，解也。」¹⁰⁷這裡的「解」字，實際上應該作「解開」來理解。《左傳・僖公三十三年》載：「公使陽處父追之，及諸河，則在舟中矣。釋左驂以公命贈孟明。」¹⁰⁸這裡的「釋」亦應作「解開」。此外，「釋」也有「解除」的意思，如《左傳・僖公二十八年》載：「請複衛侯而封曹，臣亦釋宋之圍。」¹⁰⁹「釋」

---

¹⁰⁰ [周]管仲撰，[唐]房玄齡注、[明]劉績增注：《管子》，見於《二十二子》，上海：上海古籍出版社 1986 年縮印浙江書局匯刻本，第 168 頁上欄。

¹⁰¹ [漢]班固等撰：《白虎通》，見於《叢書集成初編》，上海：商務印書館 1936 年影印《抱經堂叢書》本，第 1 冊，第 175 頁。

¹⁰² [漢]王充著：《論衡》，見於《叢書集成初編》，長沙：商務印書館 1939 年影印王謨刻本，第 5 冊，第 304 頁下欄-305 頁上欄。

¹⁰³ [晉]張華撰、范寧校證：《博物志校證》，北京：中華書局 1980 年版，第 72 頁。

¹⁰⁴ [漢]許慎撰、[清]段玉裁注：《說文解字注》，上海：上海古籍出版社 1981 年影印經韻樓藏版，第 50 頁。

¹⁰⁵ [漢]許慎撰、[清]段玉裁注：《說文解字注》，上海：上海古籍出版社 1981 年影印經韻樓藏版，第 50 頁。

¹⁰⁶ [漢]毛公傳、[漢]鄭玄箋、[唐]孔穎達等正義：《毛詩正義》，見於《十三經注疏》，北京：中華書局 1980 年影印世界書局阮元校刻本，上冊，第 338 頁上欄。

¹⁰⁷ [宋]朱熹集注：《詩集傳》，北京：中華書局 1958 年版，第 49 頁。

¹⁰⁸ [晉]杜預注、[唐]孔穎達等正義：《春秋左傳正義》，見於《十三經注疏》，北京：中華書局 1980 年影印世界書局阮元校刻本，下冊，第 1833 頁下欄。

¹⁰⁹ [晉]杜預注、[唐]孔穎達等正義：《春秋左傳正義》，見於《十三經注疏》，北京：中華

由「解開」、「解除」之義進而又引申為以「言辭」來進行「解釋」,《左傳‧襄公二十九年》曰:「公在楚,釋不朝正於廟也。」[110]杜預注「釋」亦為「解也」,即「告廟在楚,解公所以不朝正」,孔穎達疏曰:「解釋公所以不得親自朝正也。」[111]在經學詮釋學的意義上來看,「經」在其「本義」上為「織從(縱)絲」,[112]即與織物有關;所以,對「經」之意義的獲取就必須要對其「解」而「釋」之,即使「經」的意義得以「釋放」。而「釋」字確實也有「釋放」的含義,《尚書‧武成》曰:「釋箕子囚,封比干墓,式商容閭。」[113]孔穎達正義曰:「紂囚其人而放釋之。」[114]對「意義」的「放釋」似應源於這種具體的對「囚人」的「放釋」,而「意義」如果不能被「放釋」,其只能是被拘囚的「文字」而已。

與「釋放」的意義相關,「釋」字還有一個重要的意義內涵——「置」。《國語‧魯語上》:「君今來討弊邑之罪,其亦使聽從而釋之,必不泯其社稷。」[115]韋昭注曰:「釋,置也。」[116]按《說文》,這裡的「置」應為「赦也」,段玉裁注曰:「赦,置也。二字互訓。置之本義為貰遣,轉之為建立,所謂變則通也。《周禮》:『廢置以馭其吏。』與廢對文。」[117]「置」除了有「赦免」、「釋放」的意義內涵,如前所述,它還有「設置」、「置放」的意思。而當我們把「詮」和「釋」合諸一處時,「置」也就成為了它們共同擁有的「義項」,因而,「詮釋」在某種意義上也就是對語詞的「置放」與「次敘」,從而使「意義」得以「釋放」而發生。因此,在詮釋學的意義上,「置」

書局 1980 年影印世界書局阮元校刻本,下冊,第 1824 頁下欄。

[110] [晉]杜預注、[唐]孔穎達等正義:《春秋左傳正義》,見於《十三經注疏》,北京:中華書局 1980 年影印世界書局阮元校刻本,下冊,第 2004 頁下欄。

[111] [晉]杜預注、[唐]孔穎達等正義:《春秋左傳正義》,見於《十三經注疏》,北京:中華書局 1980 年影印世界書局阮元校刻本,下冊,第 2004 頁下欄。

[112] [漢]許慎撰、[清]段玉裁注:《說文解字注》,上海:上海古籍出版社 1981 年影印經韻樓藏版,第 644 頁。

按:括號裡的字為筆者所加。

[113] [漢]孔安國傳、[唐]孔穎達等正義:《尚書正義》,見於《十三經注疏》,北京:中華書局 1980 年影印世界書局阮元校刻本,上冊,第 158 頁上欄。

[114] [漢]孔安國傳、[唐]孔穎達等正義:《尚書正義》,見於《十三經注疏》,北京:中華書局 1980 年影印世界書局阮元校刻本,上冊,第 158 頁中欄。

[115] [三國吳]韋昭注:《國語‧魯語上》,見於《四部叢刊初編‧史部》,上海:商務印書館 1919 年影印涵芬樓借杭州葉氏藏明金李刊本,第 2 冊,第 5 頁 b。

[116] [三國吳]韋昭注:《國語‧魯語上》,見於《四部叢刊初編‧史部》,上海:商務印書館 1919 年影印涵芬樓借杭州葉氏藏明金李刊本,第 2 冊,第 5 頁 b。

[117] [漢]許慎撰、[清]段玉裁注:《說文解字注》,上海:上海古籍出版社 1981 年影印經韻樓藏版,第 356 頁。

字也可以被理解為「置言」。《文心雕龍‧章句》曰:「夫設情有宅,置言有位。」[118]《文選》所錄《齊故安陸昭王碑文》亦載:「立行可模,置言成範。」[119]而「置言」說到底也就是「擇言而共置」,從而使「意義」得以「釋放」,「意義」的「釋放」究其實質亦可以被理解為「解喻」。

當我們將視域轉向德國詮釋學時,「詮」與「釋」二字所共有之「置」的意義內涵,其重要性又有了新的體現。「Auslegung」是德國詮釋學中一個重要的概念,它有「解釋」、「闡釋」的意思,其動詞形式為「auslegen」,是由「aus」(從……出來)和「legen」(平放、放置、鋪設、播種)組合而成的,而這裡的「legen」大體上就可以相當於漢語的「置」字。「Auslegung」在其更「原初」的意義上相當於英文的「layout」,即「放置」、「陳列」、「鋪設」、「規劃」等等,作為「解釋」的「Auslegung」應為「後起之義」。而在這個更為「原初」的意義上,所謂不同的解釋就是由其「置放」的不同而顯現出來的。如漢代經學詮釋學有經今、古文之分,而二者之間一個很重要的區別就是「六經」排列的次序不同:經古文學家大致為《易》、《書》、《詩》、《禮》、《樂》、《春秋》;經今文學家則多為《詩》、《書》、《禮》、《樂》、《易》、《春秋》。在《經今古文學》一文中,周予同認為:「古文家的排列次序是按《六經》產生時代的早晚,今文家卻是按《六經》內容程度的淺深。」[120]當然,這背後還有更深刻的詮釋學立場的不同,在此我們不能展開討論。同樣,廖平用「禮制」的不同來區分經今、古文學,而這「禮制」也就是制度文物設置的數量、次序和方式的不同而已。[121]由此,我們可以看到,無論是漢語的「詮釋」還是德語的「auslegen」,其中「置」(legen)的意義內涵絕不容小覷。「置」與海德格爾的「在」[122]及「理解」(verstehen/understand)這一詮釋學概念中的「站」(stehen/stand),都應該在事實性的生存論的意義上來加以領會,而絕不能簡單地理解為一種物理上的位置關係。

---

[118] [南朝梁]劉勰著、范文瀾注:《文心雕龍》,北京:人民文學出版社1962年版,第570頁。

[119] [南朝梁]蕭統編、[唐]李善注:《文選》,北京:中華書局1977年縮印宋淳熙胡刻本,下冊,第817頁下欄。

[120] 周予同著:《經今古文學》,見於周予同著、朱維錚編:《周予同經學史論著選集》(增訂本),上海:上海人民出版社1996年版,第6頁。

[121] [清]廖平撰:《今古學考》,見於[清]佚名輯:《蟄雲雷齋叢書》,清光緒間刻本,上卷,第15頁a-16頁b。

[122] 參見 Martin Heidegger, *Sein und Zeit*, in *Martin Heidegger Gesamtausgabe*, Bd.2, Frankfurt am Main: Vittorio Klostermann, 1977, ss.71-84.

　　除此之外，若僅就漢語中「置」的意義來講，它還擁有德文「legen」
或英文「lay」所不具備的內涵。如段玉裁所言，「置」與「廢」可以「對文」，
但實際上二者亦可以「反訓」。《說文》中對「廢」的解釋為：「廢，屋頓也，
從廣，發聲。」[123]段玉裁注曰：「古謂存之為置，棄之為廢；亦謂存之為廢，
棄之為置。《公羊傳》曰：『去其有聲者，廢其無聲者。』鄭曰：『廢，置也。』
於去聲者為廢，謂廢留不去也。《左傳》：『廢六關。』王肅《家語》作：『置
六關。』」[124]《國語・周語中》有「是以小怨置大德也」，韋昭注亦曰：「置，
猶廢也。」[125]「置」與「廢」既可「對文」又可「反訓」，這恰恰體現了中
國經學詮釋學及中國古典文化思想的精微深刻之處。其實，同樣的思維方式
也反映在「釋」的意義鏈中，《說文》以「解」訓「釋」，又以「判」訓「解」，
而「判，分也」，段注為：「判，半也。……判，半分而合者。」[126]由此可
見，在中國古人的思想中「置廢」、「存棄」、「分合」之間並非截然對立，
而是有意義相關的「蹤跡」可尋。這種「辯證」關係，不僅在個體的詮釋
者中表現為具體的詮釋實情，而且在經學詮釋學的歷史上也有其表徵。清
人皮錫瑞在《經學歷史》中對鄭玄有過這樣的評價：「鄭君生當漢末，未雜
玄虛之習、偽撰之書，箋注流傳，完全無缺；欲治『漢學』，舍鄭莫由。」[127]
但同時他又發出「鄭學出而漢學衰，王肅出而鄭學亦衰」的慨歎！[128]

　　然而，值得我們注意的是，「詮」和「釋」雖然有著共同的義項，但是
從經學詮釋的歷史來看，二者之間還是存在著重要的差別。在經學詮釋學
中，「釋」更傾向於「名物訓詁」，《爾雅》分為「釋詁」、「釋言」、「釋訓」
等，全用「釋」字絕非偶然。清人郝懿行在《爾雅義疏》的開篇即言：「釋
者，《說文》云：『解也，從采，取其分別物也。』《爾雅》之作，主於辨別
文字，解釋形聲，故諸篇俱曰釋焉。」[129]而且，《爾雅》本身也成為《十三

[123] [漢]許慎撰、[清]段玉裁注：《說文解字注》，上海：上海古籍出版社1981年影印經韻
樓藏版，第445頁。
[124] [漢]許慎撰、[清]段玉裁注：《說文解字注》，上海：上海古籍出版社1981年影印經韻
樓藏版，第445頁。
[125] [三國吳]韋昭注：《國語・周語中》，見於《四部叢刊初編・史部》，上海：商務印書
館1919年影印涵芬樓借杭州葉氏藏明金李刊本，第1冊，第2頁a。
[126] [漢]許慎撰、[清]段玉裁注：《說文解字注》，上海：上海古籍出版社1981年影印經韻
樓藏版，第180頁。
[127] [清]皮錫瑞著、周予同注：《經學歷史》，北京：中華書局2008年版，第170頁。
[128] [清]皮錫瑞著、周予同注：《經學歷史》，北京：中華書局2008年版，第155頁。
[129] [清]郝懿行撰：《爾雅義疏》，上海：上海古籍出版社1983年影印上海圖書館藏同治
四年郝氏家刻本，第1頁。

經》之一，足見「釋」在經學詮釋學中的重要作用。而與「釋」相比，「詮」則更近於「微言大義」，在《淮南子·詮言訓》中高誘釋篇題曰：「詮，就也。就萬物之指以言其征。事之所謂，道之所依也，故曰詮言。」[130]這樣，「詮」與「釋」合諸一處就比較能夠代表中國經學詮釋學中兩種主要的詮釋學路向，而這也正是我們在一個中西方詮釋學相匯通的視域下選用「詮釋學」來翻譯「Hermeneutik / hermeneutics」的學理依據。

3.「詮釋」與「λóγος」在詮釋學意義上的互通性

如前所述，在漢語語境中「詮釋」可以在「共置」、「擇言」、「解喻」三者的意義整體性中來把握。而在中西方詮釋學相交匯的視域下，我們又會發現希臘語「λóγος」（邏各斯）也具有與上述三種意義相似的詮釋學內涵。海德格爾在《存在與時間》中也談及了柏拉圖和亞里斯多德對「λóγος」的使用：

> 柏拉圖認識到這種統一在於 λóγος 總是 λóγος τινός[某物的邏各斯]。鑒於在 λóγος 中顯現的存在者，諸語詞被共置（zusammengesetzt）為一個語詞整體。亞里斯多德看得更為徹底；每個 λóγος 都既是 σύνθεσις[綜合]又是 διαίρεσις[分析]，而非要麼是一種「肯定判斷」，要麼是一種「否定判斷」。毋寧說，一個命題無論是肯定還是否定，無論是真還是假，都同樣元始的是 σύνθεσις 和 διαίρεσις。[131]

希臘語名詞「σύνθεσις」的動詞形式為「συντίθημι」，它是由介詞「σύν」（along with/together with）和動詞「τίθημι」（set/put）組合而成，其基本的意義內涵實際上就是「共置」（put together）。[132]而希臘語名詞「διαίρεσις」的動詞形式為「διαιρέω」，它又是由副詞「δίς」（twice）與動詞「αἱρέω」（take）組合演化而成，其基本意義就是「分開」（take apart）。[133]此外，「αἱρέω」除了

---

[130] [漢]劉安撰，[漢]高誘注、[清]莊逵吉校：《淮南子》，見於《二十二子》，上海：上海古籍出版社 1986 年縮印浙江書局匯刻本，第 1270 頁下欄。

[131] Martin Heidegger, *Sein und Zeit*, in *Martin Heidegger Gesamtausgabe*, Bd.2, Frankfurt am Main: Vittorio Klostermann, 1977, s.211.

按：加著重號的字在原文中為斜體。

[132] 參見 Henry George Liddell and Robert Scott, comp., *A Greek-English Lexicon*, Oxford: Clarendon Press, 1996, p.1727.

[133] 參見 Henry George Liddell and Robert Scott, comp., *A Greek-English Lexicon*, Oxford:

主動態的「拿」的意義內涵之外，它的「中動態」還有「選擇」（choose）的意思，[134]而「選擇」也同樣是一種「分離」。與之相似，「διαιρέω」的主動態可以表示「分隔」、「分開」，它的「中動態」還可以表示「解釋」。[135]誠如海德格爾所言，「此在現象學的λόγος[邏各斯]具有ἑρμηνεύειν[詮釋]的特性」，[136]可見「λόγος」在現象學的意義上就是「詮釋」或「解釋」。而「λόγος」所具有的「綜合／共置」、「分析／選擇」和「解釋/闡明」的意義內涵，其實都源於它的動詞詞源「λέγω」。

「λέγω」在希臘語中有「拾起」或「聚集」的意思，其「中動態」也可以用來表示「選擇」，除此之外，該詞還有一個重要的內涵，即「言說」。[137]同樣，這三個主要義項之間也存在著意義關聯。「拾起」或「聚集」必然有所「選擇」，而「選擇」亦是某種「聚集」，因此，任何的「聚集」或「選擇」都同時既是「綜合」又是「分析」。而「言說」就是對語詞的「選擇」與「聚集」，這其實也就是漢語「詮釋」的「擇言而共置」的意義內涵。此外，「言說」的目的就是使「言說」的內容可以被理解和把握，所以「言說」就其本質意義而言即是「解喻」。「解喻」之「喻」又可作「諭」，《說文》曰：「諭，告也。從言，俞聲。」[138]段玉裁注曰：「凡曉諭人者，皆舉其所易明也。《周禮‧掌交》注曰：『諭，告曉也。』曉之曰諭。其人因言而曉，亦曰諭。諭或作喻。」[139]因此，我們可以很清楚地看到：希臘語「λέγω」的「聚集」、「選擇」和「言說」三義，完全可以與漢語「詮釋」的「共置」、「擇言」和「解喻」相呼應。

讓我們再把視域轉向拉丁語，拉丁語動詞「lego」實際上就是對希臘語「λέγω」的拉丁化轉寫，它們的意義也幾乎可以互換。而「lego」的完成時被動態分詞為「lectus」，英語的「collect」（收集、採集）、「select」（選擇）、

Clarendon Press, 1996, p.395.

[134] 參見 Henry George Liddell and Robert Scott, comp., *A Greek-English Lexicon*, Oxford: Clarendon Press, 1996, pp.41-42.

[135] 參見 Henry George Liddell and Robert Scott, comp., *A Greek-English Lexicon*, Oxford: Clarendon Press, 1996, p.395.

[136] Martin Heidegger, *Sein und Zeit*, in *Martin Heidegger Gesamtausgabe*, Bd.2, Frankfurt am Main: Vittorio Klostermann, 1977, s.50.

[137] 參見 Henry George Liddell and Robert Scott, comp., *A Greek-English Lexicon*, Oxford: Clarendon Press, 1996, pp.1033-34.

[138] [漢]許慎撰、[清]段玉裁注：《說文解字注》，上海：上海古籍出版社1981年影印經韻樓藏版，第91頁。

[139] [漢]許慎撰、[清]段玉裁注：《說文解字注》，上海：上海古籍出版社1981年影印經韻樓藏版，第91頁。

「lecture」（講課）都是由其派生而成。在拉丁語內部，很多語詞也都源於「lego」，其中有兩個相關的動詞為「interlego」和「intellego」。其實，它們都是由介詞「inter」（among/between）和「lego」組合而成，只是後者中的「r」被同化為「l」而已。在意義方面，前者的意義較為具體，即「到處採集」（pick off here and there）；[140]後者的意義則比較抽象，與詮釋學相關時，它的意義為「理解」。[141]因此，在「λόγος」的意義上，「理解」與「解釋」確實存在著本質上的共通之處。「理解」總是對先行「聚集」之「意義」所做出的某種「選擇」，用亞里斯多德的話來說，「理解」既是「綜合」又是「分析」。

而當我們對「理解」與「解釋」在「λόγος」的意義上有所澄清之後，我們對海德格爾所提出的理解的「先行結構」及其三個構成性要素亦會有更為深刻的理解。由於這一概念的重要性和它的構成要素之間的整體性，在這裡我們只能作較大篇幅的引述：

> 解釋似乎並非把某種「意謂」（Bedeutung）拋到赤裸裸的現成之物（Vorhandene）上，也不是給它貼上某種價值（Wert）；而是在世界之內被如此遭遇的事物一向已有在世界的理解之中展開的關聯性（Bewandtnis），這種關聯性通過解釋而被釋放出來（herausgelegt）。
>
> 應手之物（Zuhandenes）總是已經從關聯整體性（Bewandtnisganzheit）上被理解。而這一關聯整體性不需要通過主題性的解釋而被明晰地把握。儘管通過這種解釋它可以被經歷（hindurchgegangen ist），然而這種關聯整體性還是會退回到隱蔽的理解（das unabgehobene Verständnis）之中。正是在這一方式中，關聯整體性乃是日常的（alltäglichen）、尋視的（umsichtigen）解釋的真實基礎。這種解釋總是建基於先行具有（Vorhabe）之中。作為在理解著的存在中有所理解的佔有（Verständniszueignung），先行具有向著已經被理解的關聯整體性運動。對被理解之物的佔有，儘管它還是被包裹之物，總是在看視（Hinsicht）的引導下獲得揭示，這種看視固定了就被理解之物看來應該被解釋的東西。解釋總是建基於先行視見（Vorsicht）

---

[140] 參見 Alexander Souter, et al. eds., *Oxford Latin Dictionary*, Oxford: Clarendon Press, 1968, p.944.

[141] 參見 Alexander Souter, et al. eds., *Oxford Latin Dictionary*, Oxford: Clarendon Press, 1968, p.936.

之中，它對在先行具有中所取得之物憑藉某種確定的解釋活動而進行「切割」（anschneidet）。在先行具有中被持有的和被「先行視見」（vorsichtig）地瞄準的被理解之物通過解釋而變得可以把握（begreiflich）。解釋可以汲取屬於可解釋的存在者及出於其自身的概念性（Begrifflichkeit），或者迫使這種存在者進入概念，而按照存在者的存在方式這些概念與存在者卻是相對抗的。無論如何，解釋總是已經最終地或有所保留地在確定的概念性上做出決定，解釋建基於某種*先行把握*（*Vorgriff*）之中。[142]

在上述引文中，海德格爾對理解的「先行結構」中的三個構成性要素，即「先行具有」、「先行視見」和「先行把握」，給出了重要的解釋。在某種意義上，「先行具有」就是在「隱蔽的理解」中對由「應手之物」組成的「關聯整體性」的「佔有」，而這種「佔有」實際上也就是一種「綜合」。而「解釋」之所以可能，其首先必須對這種「關聯整體性」進行某種不自覺的「切割」，這也就是「先行視見」。

「先行視見」的德文為「Vorsicht」，它由介詞「vor」（在……之前）和名詞「Sicht」（能見度、視域）組成，而「Sicht」的動詞形式為「sehen」（看）。德國語言學家弗雷德里希·克盧格（Friedrich Kluge）在他的《德語詞源辭典》（*Etymologisches Wörterbuch der deutschen Sprache*）中曾推測，「sehen」可能與拉丁語動詞「secare」有關，而且克盧格在「secare」一詞後的德語解釋即為「schneiden」，而「schneiden」就是「切開」的意思。[143]海德格爾對「先行視見」進行解釋時所用的重要動詞為「anschneidet」，它的不定式形式為「anschneiden」，在德文中它與「schneiden」幾乎為同義詞。這至少可以表明海德格爾在對「sehen」與「anschneiden」關係的把握和使用上與語言學家的推斷有著某種一致性。而具有「切割」或「分離」性質的「看視」，也總已經是一種「分析」或「選擇」。

最後，這種「切割」和「選擇」還需要一種「概念性」的解釋，即「先行把握」。值得我們注意的是，「先行把握」（Vorgriff）和「概念性」

---

[142] Martin Heidegger, *Sein und Zeit*, in *Martin Heidegger Gesamtausgabe*, Bd.2, Frankfurt am Main: Vittorio Klostermann, 1977, ss.199-200.
　　按：加著重號的字在原文中為斜體。
[143] Friedrich Kluge, *Etymologisches Wörterbuch der deutschen Sprache*, Straßburg: Karl J. Trübner, 1894, s.344.

（Begrifflichkeit）中都含有「Griff」，而它的動詞形式為「greifen」，即「抓住」、「握住」的意思。因此，「先行把握」就是一種「概念性」的「把握」。此外，與「Vorgriff」相對應的希臘文為「προαίρεσις」，而它的基本意義內涵就是「選擇」。[144]「προαίρεσις」與前文提到的「διαίρεσις」（分析）又有共同的詞根「αίρεσις」（taking），「αίρεσις」的主要內涵即為「佔有」和「選擇」。[145]所以，我們既要在「理解」與「解釋」的統一性中，又要在「綜合」與「分析」的統一性中，來理解和把握這三個概念。而且，我們甚至可以認為，海德格爾的理解的「先行結構」就是對亞里斯多德所提出的「邏各斯既是綜合又是分析」這一命題在生存論意義上的「改寫」或「重寫」。

結語

　　通過對西方詮釋學的歷史回顧，對「詮釋」在中西方詮釋學中意義內涵的梳理，以及對「中國經學詮釋學」所做出的理論界定，我們不應該再將「中國詮釋學」稱之為「怪獸」。而且，在現象學的意義上，「怪獸」也是基於「事實性」而產生的。此外，另一種質疑也許來自於「中國詮釋學」或「中國經學詮釋學」這樣一種「以西釋中」的方式。然而，這與海德格爾以現象學或詮釋學重新闡釋古希臘思想這樣一種「以今釋古」的方式並無本質上的不同。其實，從顧彬和趙敦華的表述來看，「西方詮釋學」的產生與發展也同樣是「以今釋古」的產物。在中西方學術文化相交匯的語境之下，「中國經學詮釋學」不應回避、也無法回避「以西釋中」和「以今釋古」的詮釋模式。就海德格爾的詮釋學而言，我們早已處於「以今釋古」、「以西釋中」或「以中釋西」的「詮釋循環」之中。我們根本就無法回避和消除這種「循環」，而只能積極地利用它，因為這種「循環」早已構成我們理解任何事物的「先行結構」。

---

[144] 參見 Henry George Liddell and Robert Scott, comp., *A Greek-English Lexicon*, Oxford: Clarendon Press, 1996, pp.1466-67.

[145] 參見 Henry George Liddell and Robert Scott, comp., *A Greek-English Lexicon*, Oxford: Clarendon Press, 1996, p.41.

Chinese 「Hermeneutics of Confucian Canons」: 「A Chimera」or 「a Fact」? ——A Confluent Study of Chinese and Western Hermeneutics

JIANG Zhe

Abstract: In the Western academic culture, the term 「hermeneutics」 was not coined and hermeneutics was not systematically developed until the Reformation. Nevertheless, the origin of 「Western hermeneutics」 can be retrospected to Hellenic allegorical interpretation of Homer and Hebrew exegetical tradition. In the context of academic communication between China and the West, borrowing the conceptions and theoretical system of the Western hermeneutics, we can also retrospect the origin of 「Chinese hermeneutics」 to 「the era of inauguration of *Jingxue* (經學).」 Undoubtedly, 「*Jingxue*」 as 「hermeneutics,」 namely 「hermeneutics of Confucian Canons,」 is necessarily 「the mainstay of Chinese hermeneutics.」 What is the fundamental difference between 「hermeneutics of Confucian Canons」 and the traditional 「*Jingxue*,」 is that the former is to expound the prerequisite or foundation of the latter's 「fundamental conceptions」 and 「methodological system.」 Moreover, in the establishment and development of Chinese 「hermeneutics of Confucian Canons,」 we should constantly rethink some fundamental conceptions and questions in the history of Western hermeneutics, and on this basis make a confluent examination of the connotation of 「ἑρμηνεία/ *quanshi* (詮釋)」 in the Western and Chinese hermeneutics. Only in this way, can we enter into, not by chance idea and popular conceptions, 「the hermeneutic circle」 of 「reinterpretation of the past with the present,」 「reinterpretation of the Chinese with the Western」 or 「reinterpretation of the Western with the Chinese,」 into which we have always already had to enter.

Key Words: non-teleology; ἑρμηνεία/*quanshi* (詮釋); hermeneutics; hermeneutics of Confucian Canons; fundamental conception

Notes on Author: JIANG Zhe (1978-), male, Ph.D., Comparative Literature, Fudan University; Postdoctoral fellow, Renmin University of China; Associate Professor, Shenyang Normal University. Major research interests are comparative poetics, hermeneutics of Confucian Canons, and bilateral-translation of scriptures between China and the West.

時間張力結構與《春秋》經史二重性
——以西漢時期之《春秋》詮釋為例[*]

郭西安

[論文摘要] 本文以西漢時期的《春秋》詮釋為重點考察的對象，探討《春秋》自身所含納的時間張力結構與其經史二重性之間的關聯。《春秋》具有「共時——歷時」二向度，其所呈現出的經史雙重性質正與此有關。《公羊傳》與《穀梁傳》更側重於詮釋《春秋》文本系統內部所體現的穩定價值，強調其超時間的經學品格；而《左傳》則更側重於表現歷時性的事件，保留並實質上發展了編年體的史傳書寫形式。同時，經史之間本就並非絕然對立，共時性的經學詮釋通過對歷時性事件的容納來實現解釋系統本身的動態平衡，從而使得結構與事件辯證共存。

[關 鍵 字] 經學；詮釋；共時——歷時系統；結構；事件

[作者簡介] 郭西安（1984-），女，復旦大學比較文學與世界文學博士，上海師範大學比較文學與世界文學研究中心博士後研究人員，主要從事比較文學與中西方比較詩學研究。

　　如何看待《春秋》的經史雙重性質？這個問題在歷史和經學研究領域都曾被直接或間接地關懷和解答。《漢書·藝文志》班固言曰：「古之王者世有史官，君舉必書，所以慎言行，昭法式也。左史記言，右史記事，事為《春秋》，言為《尚書》，帝王靡不同之。」[1]皮錫瑞作為立場鮮明的經今文學家，明確認為《春秋》是作不是鈔錄，是作經不是作史。在《經學通論》中專論《春秋》時，他指明道：「說《春秋》者，須知《春秋》是孔子作，作是做成一書，不是鈔錄一過，又須知孔子所作者，是為萬世作經，

---

[*] 中國博士後科學基金資助項目；並受國家重點學科——上海師範大學比較文學與世界文學研究中心項目資助。

[1] [漢]班固撰、[唐]顏師古注：《漢書》，北京：中華書局1962年版，第六冊，第1715頁。

不是為一代作史。經史體例所以異者，史是據事直書，不立褒貶，是非自見，經是必借褒貶是非，以定制立法，為百王不易之常經。」[2]而另一種具有代表性的論釋則可見諸大部分經學史對於《春秋》典籍性質的專論，他們實際上承襲了經古文學派的看法，認為「六經」原本都是典籍文獻。馬宗霍撰《中國經學史》，開篇追溯古之「六經」即言：「六經先王之陳跡，此為莊生所述老子之言。陳跡者，史實也。後儒六經皆史之說蓋從此是出。……及黃帝時而有書契。於是左史記言右史記事，亦有其具。事為《春秋》，言為《尚書》，故《白虎通》溯《春秋》之始，謂自黃帝以來，《隋書・經籍志》溯《尚書》之始謂與文字俱起。」[3]隨後，全書展開以朝代分述經學發展歷史的論釋，這的確向我們展示出一條比較清晰連貫的「六經」形成史，其中當然包含了《春秋》本身由史入經、由泛指至專指的演變過程。這種總結方式和基本立場無論在歷史學界還是經學研究內部都是非常典型的。

　　《孔子與春秋》一文中，錢穆論述的焦點即在於回答如何看待這種經史雙重化問題。他引章學誠「六經皆史」說辯明：與經相關的「史」的概念由上古至章氏皆非指今人之「歷史」概念；並進一步指出說：「『經』、『史』之別，這是後代才有的觀念，《漢書・藝文志》，《春秋》屬『六經』，而司馬遷《太史公書》也列入春秋家。《七略》中更沒有史學一類。可見古代學術分野，並沒有經史的區別。」[4]因此，錢穆認為與其爭論經史，不如換而言「王官學」與「百家言」。他分析總結說：「孔子作《春秋》在古代學術史上，其人其書，同時實具兩資格，亦涵兩意義。一則是由私家而擅自依仿著寫官書，於是孔子《春秋》，遂儼然像是當時一種經典，即是由私家所寫作的官書了。而孔子之第二資格，則為此後戰國新興家學之開山。故孔子與《春秋》，一面是承接王官學之舊傳統，另一面則是開創了百家言之新風氣。」[5]要之：「孔子《春秋》是一部亦史亦子的經。也可說是一部亦經亦史的子。」[6]錢

---

[2]　[清]皮錫瑞撰：《春秋》，見於[清]皮錫瑞著：《經學通論》，北京：中華書局1954年版，第2頁。

[3]　馬宗霍著：《中國經學史》，上海：商務印書館1937年第4版，第1頁。

[4]　錢穆撰：《孔子與春秋》，見於錢穆著：《兩漢經學今古文平議》，北京：商務印書館2007年版，第269-270頁。

[5]　錢穆撰：《孔子與春秋》，見於錢穆著：《兩漢經學今古文平議》，北京：商務印書館2007年版，第279頁。

[6]　錢穆撰：《孔子與春秋》，見於錢穆著：《兩漢經學今古文平議》，北京：商務印書館2007年版，第287頁。

穆之言精當通達，然而這樣辯證的結論也許只能指向孔子作《春秋》一事。
我們知道，西漢時期《春秋》又有「三傳」之說，傳播、師承錯綜，經傳
又與政權結合在一起，形成十分複雜的面相。另一方面，經史的概念及其
分野固然是逐漸演變成型，直至後世方明晰區隔出來，但這是否表示我們
可以一言以蔽之：「經史不分」，或「亦經亦史」，就可釐清其中種種牽連，
回避繼之而來的諸多問題？

　　實際上，我們完全可以並且應當突破現代學術科別意義上的經史分殊
之見，而把經學詮釋作為一個開放的論述空間進行學理性的挖掘甚至重
構，帶著新的理論眼光與方法去看視西漢時期的思想者們對《春秋》理解
與解釋的不同詮釋實踐，在這種理解、解釋與再書寫的整合中，窺見其間
更為複雜和微妙的關係。兩漢時期儘管沒有《春秋》經史概念的區分，但
卻不能說沒有經史意識開始區分的傾向和某種自覺不自覺的側重訴求，正
是這些傾向和訴求形成我們今天很可再度檢視並深入挖掘的關鍵。今天的
研究學者已經普遍認為，《春秋》實質上是記載西元前 722 年至西元前 481
年這一段長達 242 年的魯國編年史。但是，毫無疑問，在《春秋》學逐步
成熟且昌明的西漢時期，《春秋》從根本上並未被僅僅視為魯史，而《春秋》
學也絕然不是出於研究史實的立場而形成的學問。我們要追問的是：對《春
秋》的經史爭議究竟意味著什麼？有關《春秋》的經、史觀念在漢代的曖
昧與張力有著怎樣的深層意蘊？其背後是否隱藏著某種認知結構和語義詮
釋的方式？事實上，這類的問題相較於爭論《春秋》是經還是史或許更為
有趣，也更具有研究的空間。

一、史、巫、經概念的內在邏輯關聯

　　首先，我們有必要對「史」字意涵，其在中國古典經學與詩學語境中
所經歷的演變過程，作一極簡要的梳理。按照瞿林東在《中國史學史綱》
裡的總結，基本可以分為史官、史書（籍）、史事、史學這樣幾個面向。[7]許
慎《說文解字》中這樣解釋「史」道：「史，記事者也。從又持中；中，
正也。」[8]這裡的記事者實際上就是指史官。而對於古代史官各種職務最為詳

---

[7]　按：可參見瞿林東在《中國史學史綱》導論部分的相關概述。瞿林東著：《中國史學
　　史綱》，北京：北京師範大學出版社 2010 年版，第 2-12 頁。
[8]　[漢]許慎撰、[清]段玉裁注：《說文解字注》，上海：上海古籍出版社 1981 年影印經韻
　　樓藏版，第 116 頁下欄。

細、全面的記載是保存在《周禮》中的。《周禮》被認為是記載古代官職的典籍，其中有多處記載史官及其執掌。在《周禮・春官宗伯》中，史官即分為大史、小史、馮相氏（曆法官）、保章氏（占星官）、內史、外史、御史等，各司其職，記述詳備，大史是其中尤顯重要和尊貴的職務，正如鄭玄在「大史下大夫二人」一句下注曰：「大史史官之長。」[9]《周禮・春官》裡記載大史的職能曰：「大史掌建邦之六典，以逆邦國之治，掌法以逆官府之治，掌則以逆都鄙之治。凡辨法者考焉，不信者刑之。」[10]我們還可以對照《禮記》中關於大史的記載來加以看視。《禮記・曲禮》中有關大史的執掌是這樣記述的：「天子建天官，先六大，曰大宰、大宗、大史、大祝、大士、大卜，典司六典。」[11]鄭玄對於此處「六典」注曰：「典，法也。」[12]《周禮》與《禮記》的相關記述儘管有所差異，但無論如何，它們都反映了大史與法典的關係。王國維曾作《釋史》一文，從文字考釋入手，解析「史」的淵源與演變，他指出：「史為掌書之官，自古為要職。殷商以前，其官之尊卑雖不可知，然大小官名及職事之名，多由史出，則史之位尊地要可知矣。」[13]如今學者基本都認為「史」在中國最初是指「史官」。金毓黻在《中國史學史》一書的《導言》中就指出：「史字之義，本為記事，初以名掌書之職，繼以被載筆之編，於是史官史籍生焉。吾國史官，古為專職，且世守其業，故國史悉由官修，而編年一體創立最早。」[14]梁啟超在《中國歷史研究法》中，開篇言「史之意義及其範圍」曰：「史者何？記述人類社會賡續活動之體相，校其總成績，求得其因果關係以為現代一般人活動之資鑒者也。」[15]這一表述實際上囊括了「史」在行為、載體及其目的上的諸特徵。

9 [漢]鄭玄注、[唐]賈公彥疏：《周禮注疏》見於[清]阮元校刻：《十三經注疏》，北京：中華書局 1980 年縮印世界書局阮元校刻本，上冊，第 755 頁。

10 [漢]鄭玄注、[唐]賈公彥疏：《周禮注疏》見於[清]阮元校刻：《十三經注疏》，北京：中華書局 1980 年縮印世界書局阮元校刻本，上冊，第 817 頁。

11 [漢]鄭玄注、[唐]賈公彥疏：《禮記注疏》見於[清]阮元校刻：《十三經注疏》，北京：中華書局 1980 年縮印世界書局阮元校刻本，上冊，第 1261 頁。

12 [漢]鄭玄注、[唐]賈公彥疏：《禮記注疏》見於[清]阮元校刻：《十三經注疏》，北京：中華書局 1980 年縮印世界書局阮元校刻本，上冊，第 1261 頁。

13 王國維撰：《釋史》，見於王國維著：《觀堂集林》，北京：中華書局 1959 年版，第一冊，第 269 頁。

14 金毓黻著：《中國史學史》，石家莊：河北教育出版社 2000 年版，第 5 頁。

15 梁啟超著：《中國歷史研究法》，臺灣：商務印書館 1971 年第 3 版，第 1 頁。

　　另一方面，我們發現，「史」與「巫」在起源上又有著極為緊密的關聯。許慎《說文》曰：「巫，祝也。女能事無形，以舞降神者也。」[16]又在「覡」字下曰：「凡巫之屬皆從巫。……在男曰覡，在女曰巫。」[17]通過《周禮》、《禮記》等典籍中的相關記述，我們發現，正如歷史學者路新生在《經學的蛻變與史學的「轉軌」》中所指出的那樣，「『史』與『巫』、『祝』職司相類，他們都是掌天象、卜吉凶、定人事的職官。」[18]日本著名漢學家、史學思想家內藤湖南在《中國史學史》一書中，曾通過《周禮》、《禮記》、《國語》等古代典籍中所記述的史官職能作出詳盡的考察，他結合史學考古的研究成果總結說：「史官最初只是計算射禮數目的簡單職務，後來掌天道、曆法成為大史，又成了作為天子秘書的御史，治理天子直轄地的內史。由此可以得出結論：以上這些史官當出現於殷代中期至周代之間。」[19]內藤湖南根據《尚書‧君奭篇》的相關記述和飯島忠夫的相關研究指出：「巫或覡與史有著相近的關係，……『巫』的興盛在前，『史』的發達在後，也是事實。巫主要興盛於殷代，當時被稱為賢相的巫賢、巫咸都是巫……大體上說，殷代尚處於宗教時代，周代則對此多少有所擺脫，而進入了神人相互區別，而同時又帶有幾分武人政治色彩的時代。」[20]這種說法是具有啟示意義的。事實上，如果我們把巫與史結合起來考慮，會發現他們可以在有關占卜的記錄上相關聯。

　　清代學者汪中《述學‧左氏春秋釋疑》是研究《春秋》十分重要的文獻。他在文中對上面提及巫與史的這種關聯性有著詳盡的論述。他認為史官本是處理文件的，而這些文件主要保留的是筮、卜、祝等活動結果的記錄，「問者曰：天道鬼神災祥卜筮夢之備書於策者何也？曰，此史之職也。」[21]後來由於「周之東遷，官失其守，而列國又不備官，則史皆得而治

16 [漢]許慎撰、[清]段玉裁注：《說文解字注》，上海：上海古籍出版社 1981 年影印經韻樓藏版，第 201 頁下欄。
17 [漢]許慎撰、[清]段玉裁注：《說文解字注》，上海：上海古籍出版社 1981 年影印經韻樓藏版，第 201 頁下欄。
18 路新生著：《經學的蛻變與史學的「轉軌」》，上海：上海古籍出版社 2006 年版，第 5 頁。
19 [日]內藤湖南著、馬彪譯：《中國史學史》，上海：上海古籍出版社 2008 年版，第 18 頁。
20 [日]內藤湖南著、馬彪譯：《中國史學史》，上海：上海古籍出版社 2008 年版，第 18 頁。
21 [清]汪中撰：《述學‧春秋左氏釋疑》，見於《續修四庫全書‧集部‧別集類》，上海：上海古籍出版社 1995 年影印上海圖書館藏清嘉慶刻增修本，第 1465 冊，第 394 頁上欄。

之。」[22]也就是說，根據汪中的推測，史官的職能一開始是執掌卜筮等記錄，由於周東遷以後職官失守，而列國的職官都不齊備，就出現史官兼司各職的情況。然後，他更進一步表明，這些記錄的文檔其實就是後人六藝之學的雛形，後來又由於瞽、史二官皆失而落入儒者手中，此所謂「六藝之學並於儒者」是也。[23]這種判斷在學術史上得到了較大的認同。我們不妨通過回溯《國語》中的相關記載，來看視一下上古對巫祝階層的認識。《國語・楚語下》記載楚國大夫觀射父向楚昭王議重黎「絕地通天」曰：

> 民之精爽不攜貳者，而又能齊肅衷正，其智能上下比義，其聖能光遠宣朗，其明能光照之，其聰能聽徹之，如是則明神降之，在男曰覡，在女曰巫。是使制神之處位次主，而為之牲器時服，而後使先聖之後之有光烈，而能知山川之號、高祖之主、宗廟之事、昭穆之世、齊敬之勤、禮節之宜、威儀之則、容貌之崇、忠信之質、禋絜之服，而敬恭明神者，以為之祝。使名姓之後，能知四時之生、犧牲之物、玉帛之類、采服之儀、彝器之量、次主之度、屏攝之位、壇場之所、上下之神祇、氏姓之所出，而心率舊典者為之宗。於是乎有天地神民類物之官，是謂五官，各司其序，不相亂也。民是以能有忠信，神是以能有明德，民神異業，敬而不瀆，故神降之嘉生，民以物享，禍災不至，求用不匱。[24]

這段觀射父對於覡巫祝宗的議論至少向我們傳達了三方面的信息：其一，巫祝這一特殊群體在智識、德性、出身甚至容貌上具有高貴於常人的特點；其二，他們分別掌管人類社會生活涉及的基本門類；其三，這種各司其職使得民生井然有序，和諧安泰。令人困惑的是，在整個敘述中，表達對於巫祝的選拔與分派的關鍵動詞「使」字卻缺失了真實的主語，是誰「使」？如何「使」？這是一個關鍵而且敏感的問題，正是這個問題將巫祝職能變

---

[22] [清]汪中撰：《述學・春秋左氏釋疑》，見於《續修四庫全書・集部・別集類》，上海：上海古籍出版社 1995 年影印上海圖書館藏清嘉慶刻增修本，第 1465 冊，第 394 頁上欄。

[23] [清]汪中撰：《述學・春秋左氏釋疑》，見於《續修四庫全書・集部・別集類》，上海：上海古籍出版社 1995 年影印上海圖書館藏清嘉慶刻增修本，第 1465 冊，第 394 頁上欄。

[24] [三國吳]韋昭注：《國語》，見於《四部精要》，上海：上海古籍出版社 1993 年影印本，第 11 冊，第 44 頁中欄—下欄。

成了一個複雜的權力場域。在《先秦政治思想史》一書中，梁啟超議論上古社會組織的雛形，便舉引這段話分析道：「吾儕今日讀此，孰不以巫覡祝宗等為不足齒之賤業。殊不知當時之『巫』，實全部落之最高主權者。其人『聰明聖智』，而『先聖之後』、『名姓之後』皆由彼所『使』以供其職。而所謂『五官』者，又更在其下，蓋古代政教合一之社會，其組織略如此。」[25]童恩正在《中國古代的巫》一文中便以「五帝」為例指出：「在這一時期中，巫的身份逐漸發生了分化，即一小部分巫師與氏族首領的身分[份]合而為一，氏族首領往往同時執行巫師的職能。……中國歷史上的『五帝』，則都是天生異稟，可以通鬼神的人物。雖然根據現有資料，我們還難以斷定他們的身分[份]就是巫，但是他們在處理政事時兼行巫的職務，並且利用宗教的手段為自己的政治目的服務，從而使私有財產的出現、階級的分化和國家機器的形成一步一步地走向合法化，恐怕是沒有問題的。」[26]然而，隨著宗教與政務的逐步分化，巫祝階層的政治權力也不斷萎縮，而演化為一個依附於權貴階層的特殊職群。儘管巫祝直接參與政治的可能性減弱，但其葆有的對天地人神關係的認識與解釋，不僅在一般階層的信仰體系中仍然佔據相當的地位，而且也部分地被智識階層所繼承和改造。近年來，學界對於馬王堆帛書《要》篇的考釋成果也表明，孔子晚年好《易》，多次聲稱自己與史巫傳統的密切關聯，據《易傳·要》所載：「子曰：『後世之士疑丘者，或以《易》乎？吾求其德而已，吾與史巫同涂而殊歸者也。』」[27]所謂同途，即指孔子學習《周易》贊、占、數等與史、巫所採用的卜祝筮占等手段是一致的，而孔子意在從中探得德行仁義，與史巫是為殊歸也。漢代經師從聖言與天道兩個維度向帝國政權提供詮釋與諫言，從這個意義上說，顯示出他們在某種程度上向巫祝史宗的功能性回歸。

那麼，我們再來看視一下從西漢開始顯得尤為重要的「經」概念究竟有怎樣的內涵。許慎《說文》中是這樣解釋「經」的：「經，織縱絲也。從絲，巠聲。」[28]段玉裁注之曰：「織之從絲謂之經。必先有經而後有緯。是故三綱、五常、六藝謂之天地之常經。」[29]班固在《白虎通》中以為：「經，

---

[25] 梁啟超著：《先秦政治思想史》，北京：東方出版社1996年版，第22頁。

[26] 童恩正撰：《中國古代的巫》，見於《中國社會科學》，1995年第5期，第187頁。

[27] 劉彬著：《帛書〈要〉篇校釋》，北京：光明日報出版社2009年版，第45-46頁。

[28] [漢]許慎撰、[清]段玉裁注：《說文解字注》，上海：上海古籍出版社1981年影印經韻樓藏版，第644頁上欄。

[29] [漢]許慎撰、[清]段玉裁注：《說文解字注》，上海：上海古籍出版社1981年影印經韻樓藏版，第644頁上欄。

常也，有五常之道，故曰五經。」[30]劉熙《釋名・釋典藝第二十》釋「經」曰：「經，徑也，常典也，如路徑無所不通，可常用也。」[31]劉歆在《三統曆》中將「經」的本體論意涵推向至高點：「經，元一以統始。」[32]孔穎達在《春秋左傳正義》裡把「經」的這種本體論意涵具體化為上達「天地之常道」，下繫「人民之法則」：「經，常也，……天地之有常道，……天地之經明天地皆有常也，……訓經為常，故言道之常也。」[33]《春秋左傳正義》昭公二十五年引子產語言「禮」曰：「夫禮，天之經也，地之義也，民之行也。」[34]孔穎達在此對「經」進一步作出解釋：「覆而無外，高而在上運行不息，日月星辰，溫涼寒暑，皆是天之道也。訓經為常，故言道之常也。載而無棄，物無不殖，山川原陽，剛柔高下，皆是地之利也。」[35]劉勰在《文心雕龍・宗經》篇中，更是表明「經」具有涵蓋一切的統攝力量與穩定不變的恒常性質：「三極彝訓，其書言經。經也者，恒久之至道，不刊之鴻教也。」[36]楊乃喬在《東西方比較詩學——悖立與整合》中，對「經」概念之意指內涵的演變進行了較為詳盡的梳理，他指出，在中國古典詩學的話語體系中，「經」是具有統攝萬物之巨大能量的本體論範疇：「『經』，就是一個放之四海皆准的萬世公理。」[37]顯然，「經」是不變、恒常的禮法，具有普遍有效和恒久穩定的特性，並且，值得注意的是，在很大程度上，這種有效性和穩定性是通過時間概念向空間概念的轉渡來論證的。

在討論「經」的終極意義與統攝力量時，楊乃喬注意到了漢武帝設立「五經」博士所具有的「為國族立教」意味：「漢武帝設五經博士，對『五

[30] [漢]班固撰：《白虎通德論》，上海：上海古籍出版社 1990 年據傅氏雙鑒樓藏元刊本影印，第 69 頁。

[31] [清]王先謙撰集：《釋名疏證補》，上海：上海古籍出版社 1984 年影印清光緒二十二年刊本，第 311 頁。

[32] [漢]劉歆撰：《三統曆》，見於[清]嚴可均校輯：《全上古三代秦漢三國六朝文》，北京：中華書局 1958 年影印清光緒年間王毓藻等校刻本，第一冊，第 350 頁。

[33] [晉]杜預注、[唐]孔穎達等正義：《春秋左傳正義》，見於[清]阮元校刻：《十三經注疏》，北京：中華書局 1980 年縮印世界書局阮元校刻本，下冊，第 2107 頁。

[34] [晉]杜預注、[唐]孔穎達等正義：《春秋左傳正義》，見於[清]阮元校刻：《十三經注疏》，北京：中華書局 1980 年縮印世界書局阮元校刻本，下冊，第 2107 頁。

[35] [晉]杜預注、[唐]孔穎達等正義：《春秋左傳正義》，見於[清]阮元校刻：《十三經注疏》，北京：中華書局 1980 年縮印世界書局阮元校刻本，下冊，第 2107 頁。

[36] [南朝梁]劉勰著、詹瑛義證：《文心雕龍義證》，上海：上海古籍出版社 1994 年版，上冊，第 56 頁。

[37] 楊乃喬著：《東西方比較詩學——悖立與整合》，北京：文化藝術出版社，2006 年第 2 版，第 44 頁。有關「經」概念的詳細梳理可詳參該書第二章「'經'的本體論釋義與儒家詩學的終極範疇」，第 17-50 頁。

經』文本的闡釋與讀解作為一門專有的學問──經學被推向了東方中國古代文化之官方學術宗教的神聖地位，從此經學擺脫了它的原始性成為一門在意識與理論上自覺的東方古典闡釋學，同時，儒學也以經學的形式存在，並向這個此在世界釋放著無盡的話語權力。」[38]實際上，西漢帝國的國族宗教政治話語最重要的來源與構成恰恰是《春秋》及《春秋》學。美國漢學家桂思卓（Sara A. Queen）在《從編年史到經典：董仲舒的《春秋》詮釋學》（*From Chronicle to Canon: The Hermeneutics of the Spring and Autumn, according to Tung Chung-shu*）一書中也表述了她對《春秋》具有某種宗教性質的理解：「《春秋》的宗教維度的存在是展示中國古代人之信仰的一個事例，因為在中國古代人看來，天人之間的溝通不僅是可能的，而且也是秩序井然的社會的必備要素。」[39]的確，此時的《春秋》學已然作為天道顯現和聖人制法而被神聖化，而《春秋》經文本身的簡略和平實使之具備某種類似卜筮顯示的密碼性質，康有為就在《春秋筆削大義微言考》指出：

> 孟子云「其事則齊桓、晉文，其文則史，其義則丘竊取之。」……若以孟子可信，學春秋者，第一當知孔子所作《春秋》為《春秋之義》。別為一書，而非今《春秋》會盟征伐一萬六千四百四十六字史文之書也。獨抱今會盟征伐一萬六千四百四十六字之書，則為抱古魯史，而非抱孔子之遺經矣。買櫝還珠，得筌忘魚，史存則經亡矣。[40]

康有為將《春秋》的文本符號領會為具有深層涵義的密碼，他把自己推導闡釋的過程不無自豪地視為意義重大的「解碼」策略：「故筆削如電報密碼之編輯，然又非若編電報密碼之無義也，於筆削之中即明大義。……遂如見孔子筆削原本，乃條條字字報之。於是二千年後煥然如親讀孔子筆削原文真跡。光明一旦發露，豈非古今絕異之大幸事哉！」[41]儘管康有為的解讀

---

[38] 楊乃喬著：《東西方比較詩學──悖立與整合》，北京：文化藝術出版社，2006 年第 2 版，第 20-21 頁。

[39] Sarah A. Queen, *From Chronicle to Canon: The Hermeneutics of the Spring and Autumn, according to Tung Chung-shu*, Cambridge: Cambridge University Press, 1996, p.117.

[40] [清]康有為撰：《春秋筆削大義微言考》，見於康有為著：《康有為全集》，北京：中國人民大學出版社 1999 年版，第六集，第 5 頁。

[41] [清]康有為撰：《春秋筆削大義微言考》，見於康有為著：《康有為全集》，北京：中國人民大學出版社 1999 年版，第六集，第 8 頁。

有著特殊的政治訴求和歷史語境，但是他確實秉承了自西漢始即確立起來的《春秋》經今文學家的立場和傳統。

二、「三傳」詮釋倚重的不同時間維度

「史」、「巫」與「經」三個概念之間存在著邏輯的關聯。我們很容易發現，儘管「史」與「經」二者在起源上不可截然相分，並且都與典籍文獻密切關聯，但其基本要義的差異卻體現出在時間觀念兩個維度上的不同傾斜。經師與學者在對「經」的解說中，總是透露出在時間上的穿越，並訴諸空間上的廣延。而「史」概念則體現出時間性的強化，更多關注事件活動的首末過程和時代特徵。這兩種時間向度的張力在《春秋》之中顯得尤為明晰。文史學家金克木就指出，儘管《春秋》的文本構成是史料，但在作為「經」來被領受和運用時，就成為與《易》具有類同品格的符號體系：

> 從《春秋》文本和兩千多年的種種解說看來，我們可以說，《春秋》本是新聞紀事檔案，成書後便已成為中國人的一部符號手冊，和《易經》的卦爻辭同類。……《易》是卜卦之書。《春秋》是經世之書。一通宇宙，一通天下，又俱可為立身之用。歷代賢豪的解說都掛原書牌號發揮自己當時當世的思想意見。對原來文本說，都「偽」。對解說者的時世說，都「真」。以古說今，千篇一律，符號之妙就在於此。[42]

金克木的論釋不僅僅提示我們，《春秋》的產生來源與其在歷史中如何被認知和運用並不能混為一談，而且通過指出《春秋》被認同為「經世之書」從而使解說者能夠「以古說今」，揭示了《春秋》從檔案到經典的轉換過程中，經歷了時間維度上的根本變化。當《春秋》經典作為符號文本被加以理解和解釋時，古——今之間的時序差別就被大大地壓縮和淡化了，二者之間不再是歷時性的承繼關係，而是被投射到某一特殊價值體系內部的共時性之中。

在這裡，我們所提出的有關歷時性與共時性這對概念的理論探討，實際上源自瑞士語言學家索緒爾（Ferdinand de Saussure, 1857-1913）。在索緒爾看

---

[42] 金克木撰：《〈春秋〉符號》，《讀書》，1994 年第 2 期，第 131-132 頁。

來，所有關注價值的研究都具有共時與歷時這對內在的二重性，他將其表述為如下兩條不同方向的軸線：

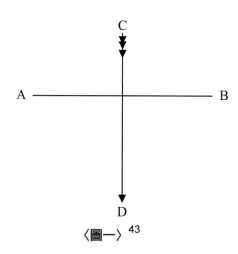

〈圖一〉[43]

對於這兩條軸線的確切意涵，索緒爾論述道：

> 毫無疑問，任何研究如果更加審慎地標明其研究對象所處的軸線，都將是有益的。應該根據該圖（筆者按：即圖一）在如下兩軸間作出區分：（1）同時軸線（AB），表示同時存在的事物關係，排除時間的介入；（2）連續軸線（CD），在此軸線上，人們一次只能考慮一件事物，但在第一條軸線上的所有事物及其變化都位於這條軸線上。[44]

從這兩條軸線所標明的兩種時間向度出發，索緒爾提出了對後世進行結構研究影響深遠的共時性（synchronic）與歷時性（diachronic）概念，他認為這樣可以「更清楚地表明關於同一個對象的兩大秩序現象的對立和交叉」。[45]

---

[43] Ferdinand de Saussure, *Course in General Linguistics*, trans. Roy Harris, London: G. Duckworth, 1983, p.80.

[44] Ferdinand de Saussure, *Course in General Linguistics*, trans. Roy Harris, London: G. Duckworth, 1983, pp.79-80.

[45] Ferdinand de Saussure, *Course in General Linguistics*, trans. Roy Harris, London: G. Duckworth, 1983, p. 81.

在討論分別基於共時性和歷時性的兩種語言學之差別時，索緒爾這樣來描述二者在時間觀察基點上的方法論差別：

> 共時性只有一個視角，即說話者的視角，其整個方法是由說話人搜集證詞而構成；要想知道一件事多大程度上是現實，其充分且必要條件是決定於它在說話人意識中存在的程度。相反，歷時語言學必須區分出兩種視角。一個是順時間潮流而下的前瞻性視角，另一個逆時間的潮流而上的回顧性視角。[46]

儘管索緒爾所針對的是以語言學為代表的科學研究，但這種從時間結構上來探討思考與詮釋模式的路徑對我們考察《春秋》文本的經史屬性具有啟發意義。

要理解《春秋》，必然仰賴「三傳」，這是自西漢即已達成的共識。歷史上眾多的爭議亦聚焦或肇始於「三傳」之別，但一般而言，後世對於《春秋》「三傳」終究還是形成了比較一致的基本定位。蔣伯潛在《十三經概論》中，這樣點攬歷代學者對《左傳》與《公羊傳》、《穀梁傳》差異的論述：

> 胡安國曰：「事莫備於《左氏》，例莫明於《公羊》，義莫精於《穀梁》。」葉夢得曰：「《左氏》傳事不傳義，是以詳於史，而事未必實；《公》《穀》傳義不傳事，是以詳於經，而義未必當。」朱子亦曰：「《左氏》是史學，《公》《穀》是經學。史學者，記得事卻詳，於道理上便差；經學者，於義理上有功，然記事多誤。」呂大圭亦曰：「《左氏》熟於事，《公》《穀》深於理，蓋左氏曾見國史，而公穀乃經生也。」吳澄亦曰：「載事，則《左氏》詳於《公》《穀》；釋經，則《公》《穀》精於《左氏》。」要之三傳分為二種，各有所長，亦各有所短；但以經學之立場言，則《左傳》之價值終不及《公羊》《穀梁》二傳耳。[47]

蔣伯潛將《春秋》「三傳」分為兩類，正是從經——史，理——事之間的張力關係來理解「三傳」對《春秋》在共時與歷時這兩個時間維度上所體

---

[46] Ferdinand de Saussure, *Course in General Linguistics*, Trans. Roy Harris, London: G. Duckworth, 1983, p.90.

[47] 蔣伯潛著：《十三經概論》，上海：上海古籍出版社 1983 年版，第 427-428 頁。

現的特殊性。「經」是在價值系統這一橫斷面上所體現的恒常不變性,「史」是在事件展開中表徵出時間性的延伸與流動。

顯然,《左傳》對《春秋》的詮釋特徵正是在對其事件的歷時性敘述這一面向的強化與擴充。[48]《春秋》被常識性地指認為「我國第一部編年史」,很大程度是由於其編年記事的書寫方式,即以線性的時間秩序對於公共事件加以組織。西晉時期為《左傳》作集解的杜預,在《〈春秋左氏傳〉序》中反覆強調《春秋》與《左傳》同作為史的基本性質,他開篇即言:「『春秋』者,魯史記之名也。記事者,以事繫日,以日繫月,以月繫時,以時繫年,所以紀遠近、別同異也。故史之所記,必表年以首事,年有四時,故錯舉以為所記之名也。」[49]對此,孔穎達疏曰:「既辨『春秋』之名,又言記事之法。」[50]這種將時間文本化的行為對於判定《春秋》歷史書寫的性質起到關鍵性的作用,「時間的歷史化只有通過這種文本化的表現才能夠實現」。[51]另一方面,在強調《春秋》經之屬性的經今文學家那裡,文本中日、月、時等時間符號的價值主要並非用以「連綴文辭,排列史事」,[52]而是體現《春秋》法典「微言大義」的重要表徵。隱西元年《春秋》開篇經文曰:「元年,春,王正月。」如此簡短的記述對於傳義解經的《公羊》、《穀梁》二傳來說,即體現出極深的內蘊。《公羊傳》詮釋道:「春王正月,元年者何?君之始年也。春者何?歲之始也。王者孰謂?謂文王也。曷為先言王

---

[48] 按:有關《左傳》是否傳經的問題,本文的立場是:儘管《左傳》生成之初的樣態和基本性質迄今為止還有諸多疑問,與《春秋》經的原初關係也因此而撲朔迷離,但是,到西漢時期的《左傳》文本的社會屬性與功能,基本上還是與《春秋》之間形成了較為確切的經傳關聯,並且由此展開了長期的話語實踐史,帶來了持久且強大的歷史效用,這一點是不容否認的。因而,與處理「孔子是否作《春秋》」這一論題相類似,筆者認為,更為重要的不是糾纏於史實上《左傳》是否為解《春秋》而作,而是接受並關注到,進入經學時期之後,《左傳》的確被作為解經的傳文逐漸進入了經學話語的鬥爭場域。對於該問題的總結性討論可以參見趙伯雄著:《春秋學史》,濟南:山東教育出版社 2004 年版,第 19-25 頁,沈玉成、劉寧著:《春秋左傳學史稿》,南京:江蘇古籍出版社 1992 年版,第 76-83 頁。

[49] [晉]杜預注、[唐]孔穎達等正義:《春秋左傳正義》,見於[清]阮元校刻:《十三經注疏》,北京:中華書局 1980 年縮印世界書局阮元校刻本,下冊,第 1703 頁。

[50] [晉]杜預注、[唐]孔穎達等正義:《春秋左傳正義》,見於[清]阮元校刻:《十三經注疏》,北京:中華書局 1980 年縮印世界書局阮元校刻本,下冊,第 1703 頁。

[51] Robert F. Berkhofer, Jr., *Beyond the Great Story: History as Text and Discourse*, Cambridge: Harvard University Press, 1995, p.107.

[52] 趙伯雄著:《春秋學史》,濟南:山東教育出版社 2004 年版,第 7 頁。

而後言正月？王正月也。何言乎王正月？大一統也。」[53]儘管沒有將「王正月」提升到「大一統」的宏大義理上，《穀梁傳》也對時間符號的經學意義予以相當的重視，《傳》曰：「雖無事，必舉正月，謹始也。」[54]事實上，以「日月時例」發揮經義，或闡發經文褒貶之意，或解釋經文書寫的體例，成為《公》、《穀》二傳詮釋《春秋》的一條重要路徑。[55]這一點與公、穀學對於義法的極度重視是緊密相關的。

　　相形之下，《左傳》在日月時例上則沒有那麼興趣濃厚，[56]僖公二十八年《春秋》經云：「壬申，公朝於王所。」《公羊傳》曰：「其日何？錄乎內也。」[57]《穀梁傳》則關注到經文在此處未書月份，認為這是貶文所在：「日系於月，月系於時。壬申，公朝於王所，其不月，失其所繫也。以為晉文公之行事為已僭矣。」[58]《左傳》在這裡則未見任何針對性的敘述、解釋或評判，杜預注只是補明月份：「十月十五日，有日無月。」[59]類似的情況，僅以補綴日月時而不涉經義的詮釋現象在杜注中是比較普遍的，有時甚至

53　[漢]公羊壽傳、[漢]何休解詁、[唐]徐彥疏：《春秋公羊傳正義》，見於[清]阮元校刻：《十三經注疏》，北京：中華書局 1980 年縮印世界書局阮元校刻本，下冊，第 2195 頁。

54　[晉]范甯集解、[唐]楊士勛疏：《春秋穀梁傳正義》，見於[清]阮元校刻：《十三經注疏》，北京：中華書局 1980 年縮印世界書局阮元校刻本，下冊，第 2365 頁。

55　按：例如，隱公三年經曰：「冬十有二月，齊侯、鄭伯盟於石門。」《公羊傳》曰：「癸未，葬宋繆公，葬者曷為或日或不日？不及時而日，渴葬也。不及時而不日，慢葬也，過時而日，隱之也。過時而不日，謂之不能葬也。當時而不日，正也。當時而日，危不得葬也。」（[漢]公羊壽傳、[漢]何休解詁、[唐]徐彥疏：《春秋公羊傳正義》，見於[清]阮元校刻：《十三經注疏》，北京：中華書局 1980 年縮印世界書局阮元校刻本，下冊，第 2204 頁。）由此是否書日引出對喪葬禮制的闡釋。值得注意的是，趙伯雄在《春秋學史》中提醒我們，《公羊傳》直接言日月時例有五處，而《穀梁傳》則多達二十二處，這表明，《穀梁傳》相對更重以日月時例闡發經義。（趙伯雄著：《春秋學史》，濟南：山東教育出版社 2004 年版，第 64 頁）有關《公羊傳》日月時例的詳細敘述，還可參見段熙仲著：《春秋公羊學講疏》，南京：南京師範大學出版社 2002 年版，第 229-231 頁，第 253-254 頁。

56　按：當然，這並非表示《左傳》不存在日月時例，而旨在說明，就《左傳》對《春秋》的傳釋特徵而言，並不倚重於對日月時例的闡發。事實上，後世《左傳》學中也有不少對《左傳》日月時例進行考釋或發揮，如劉師培《春秋左氏傳月日古例考》便是一顯例（見於劉師培著：《劉申叔遺書》，南京：江蘇古籍出版社 1997 年影印中華民國二十三年甯武南氏校印本，上冊，第 302-310 頁）。

57　[漢]公羊壽傳、[漢]何休解詁、[唐]徐彥疏：《春秋公羊傳正義》，見於[清]阮元校刻：《十三經注疏》，北京：中華書局 1980 年縮印世界書局阮元校刻本，下冊，第 2262 頁。

58　[晉]范甯集解、[唐]楊士勛疏：《春秋穀梁傳正義》，見於[清]阮元校刻：《十三經注疏》，北京：中華書局 1980 年縮印世界書局阮元校刻本，下冊，第 2402 頁。

59　[晉]杜預注、[唐]孔穎達等正義：《春秋左傳正義》，見於[清]阮元校刻：《十三經注疏》，北京：中華書局 1980 年縮印世界書局阮元校刻本，下冊，第 1827 頁。

只以「史闕文」注之。[60]杜預明確表示過對於日月時例的反對，堅持維護其
《春秋》為魯史的立場，在《春秋釋例》中，杜預對此觀點進行了詳細的
論述：

> 凡日月者，所以紀遠近、明先後，蓋記事之常，錄各隨事，而
> 存其日月，不有闕也。國史集而書於策，則簡其精粗，合其同異，
> 率意以約文。案《春秋》朝聘、侵伐、執殺大夫、土功之屬，或時
> 或月，皆不書日；要盟、戰敗、崩薨、卒葬之屬，亦不皆同，然已
> 頗多書日。自文公已上，書日者二百四十九；宣公已下，亦俱六公，
> 書日者四百三十二。計年數略同，而日數加倍，此則久遠遺落，不
> 與近同也。承他國之告，既有詳略，且魯國故典，亦又參差。去其
> 日月，則或害事之先後；備其日月，則古史有所不載。故《春秋》
> 皆不以日月為例。[61]

在這裡，杜預儘管提及各國記史體例不同的「共時性」問題，但綜觀其論，
他的落腳點終是在《春秋》「遠近」、「先後」這樣的歷時性維度。並且，他
通過文公之前與宣公之後書日者數目的比較，認為「久遠遺落，不與近同」
是造成書法不同的重要原因，這就更加體現出其對於歷時性現象的關注與
側重。[62]也就是說，在《公》、《穀》那裡蘊藏著褒貶深意的時間符號，在《左
傳》中則很有可能僅僅作為事件記錄之歷時性的表徵。這種「據史而論」
的立場，清人顧炎武將之發揮得更為徹底，甚而認為即使如《左傳》亦有
牽強附會、以今度古之嫌：「即《左氏》之解經，於所不合者亦多曲為之說；
而經生之論，遂以聖人所不知為諱。是以新說愈多，而是非靡定。故今人
學《春秋》之言皆郢書燕說，而夫子之不能逆料者也。」[63]對公羊學茲事體
大的「王正月」，顧炎武更是引史說以敝之：「言王者，所以別於夏、殷，

---

60 按：例如，桓公四年《春秋》經文僅書春夏之事，無秋冬之事，杜預注曰：「國史之
記，必書年以集此公之事；書首時以成此年之歲，故《春秋》有空時而無事者。今不
書秋冬首月，史闕文。他皆放此。」（[晉]杜預注、[唐]孔穎達等正義：《春秋左傳正
義》，見於[清]阮元校刻：《十三經注疏》，北京：中華書局1980年縮印世界書局阮元
校刻本，下冊，第1747頁。）
61 [晉]杜預撰：《春秋釋例》，北京：中華書局1985年影印清乾隆敕刊本，第26頁下欄。
62 按：當然，並不是說，杜預本人不重視《春秋》的「義法」問題，這裡旨在說明，相
較《公》、《穀》，以《左傳》解經更偏向於將日、月、時認作維繫歷史事件的時間符號。
63 [清]顧炎武著，黃汝成集釋，欒保群、呂宗力點校：《日知錄集釋》，上海：上海古籍
出版社2006年版，第182頁。

並無他意。」[64]杜預、顧炎武等學者的論述使我們看到，關注《春秋》之為史的特質，實際上正會引發一種將歷史現象對象化，從而使之具備相對獨立於主體的客體性（objectivity）。索緒爾對歷時性現象作出觀察而表明：「歷時性事實絕不會意在以另一個符號來標示某一個價值；……歷時性事實是一個獨立的事件；它可能引起的某個特定的共時性後果跟它是全然無關的。」[65]側重於《春秋》之歷時性維度的詮釋者的確有這樣一種傾向，亦即，《春秋》文本是層累積澱的成果，其所經歷的變化自有其特定的歷史原因，後人應當通過考索源流、還原本相來承認其歷史客觀——當然，這種客觀仍然包含著主體的理解與解釋。如同法國當代著名哲學家保羅·利科（Paul Ricœur, 1913-2005）在《結構與詮釋學》（「Structure and Hermeneutics」）一文中所分析的那樣，「對每一代而言，對傳統的基礎進行再解釋，就把一種歷史的特質賦予這種歷史理解，並且促使這樣一種發展，亦即獲得一種不能被投射到一個系統中的意指整體。」[66]也就是說，這種觀察視角和詮釋路徑有助於建立起一種有序的歷史流，並且從中獲取對傳統的認同，建立起一想像的共同體傳統。

不過，這種以當下（present）為基點，與過去（past）拉開距離的歷時化傾向越是激烈，就越會對共時系統的內在意義辨識造成壓抑，體現在《春秋》詮釋的發展演變上，就是經史性質間形成此消而彼長的角力關係，其所發展的極致可以在以錢玄同為代表的激進「疑古派」的言述中見出端倪。在 1925 年寫給顧頡剛的書信中，錢玄同這樣表述對於經今文學說的反感和抵抗：

> 我現在對於「今文家」解「經」全不相信，我而且認為「經」這樣東西壓根兒就是沒有的；「經」既沒有，則所謂「微言大義」也者自然是「皮之不存，毛將焉附」了。……所以對於今之《左傳》認為它裡面所記事實遠較《公羊傳》為可信，因為它是晚周人做的歷史，而公羊傳所論微言大義更為不古，更不足信。《春秋》是一種

---

[64] [清]顧炎武著，黃汝成集釋，欒保群、呂宗力點校：《日知錄集釋》，上海：上海古籍出版社 2006 年版，第 190 頁。

[65] Ferdinand de Saussure, *Course in General Linguistics*, Trans. Roy Harris, London: G. Duckworth, 1983, p.84.

[66] Paul Ricœur, 「Structure and Hermeneutics」 in *The Conflicts of Interpretations: Essays in Hermeneutics*, trans. Kathleen Mclaughlin, ed. Don Ihde, London & New York: Continuum, 2004, p.43.

極幼稚的歷史,「斷爛朝報」跟「流水帳簿」兩個比喻實在確當之至。……其實對於歷史而言例,是從劉知幾他們起的;不但極幼稚的《春秋》無例可言,即很進步的《史記》、《漢書》等亦無例可言。[67]

錢玄同從激烈地否定「經」的存在到否定《春秋》之「微言大義」,以至於對《史記》、《漢書》之以義例組織文本也進行全盤推翻,固然有其歷史文化語境和話語策略的考量,但亦不得不說,體現了將歷時性維度推崇至極致的一種歷史演進觀。

上述立場固然似有某種偏激之嫌,但其代表的史學立場在今天的學術討論中仍然居於主流。趙伯雄在《春秋學史》中便申成了這種史學意識:對日月時例的闡發的確對於《公》、《穀》意義重大,但是他指出,一則,以日月之例論褒貶「有許多牽強甚至自相抵牾之處」,二則,「以今日之觀點看來,《春秋》既為記事之史書,當其記事之時,遵循一定之規則,也是情理中事,但這應當目為『史例』,而不應當是『經例』。」[68]並且,他認為杜預有其「經承舊史、史承赴告」的主旨,「自然要平實可信得多」。[69]然而,值得我們深思的恰恰是《公》、《穀》二傳以「史例」為「經例」的這種詮釋視域,以及其所包含的時間向度的微調:正是因為兩者更多地將《春秋》文本視為一個自足的符號系統,日月時才並不意味著公度物理時間的文本化,用以維繫事件的發生、表徵歷史的變化,而是迂迴表述著特殊且具體的象徵意義。

三、經今文學《春秋》詮釋中的結構共時性

上文已經論述,《春秋》的經史屬性與其內在的時間性張力有著緊密的關聯,歷時性的思考模式和詮釋視角會強化《春秋》的歷史屬性,而經學詮釋則更加側重於將文本視為共時性的符號體系,符號的意義總是基於在系統內部的對比和差別而顯現出來。《公羊傳》與《穀梁傳》對《春秋》「微言大義」的信念和探求方式都向我們表明,時間符號不僅用以「從事件角

---

[67] 錢玄同撰:《論獲麟後續經及〈春秋〉例書》,見於顧頡剛編著:《古史辨》,上海:上海古籍出版社1981年版,第一冊,第280頁。
[68] 詳參趙伯雄著:《春秋學史》,濟南:山東教育出版社2004年版,第65-66頁。
[69] 趙伯雄著:《春秋學史》,濟南:山東教育出版社2004年版,第284-285頁。

度測量和表達歷史」,[70]而且其本身就是傳達價值判斷的重要訊號。事實上,在以問答體形式解經的過程中,釋人、釋物、釋天、釋地、釋名、釋禮、釋制度、釋語詞、釋書法等諸方面的詮釋,這種詮釋方式的「項目化」(item)特徵其實正是與其共時性的觀察視角緊密相關的。[71]

讓我們來看視一下共時性結構所具有的特徵。我們知道,利科在其象徵詮釋學理論中,極為看重「時間性」這一觀念,他同樣將關注的焦點投射到索緒爾為我們帶來的「共時——歷時」坐標軸上,並且極其敏銳地看到這對概念對結構主義和歷史主義學說發展帶來的深刻影響。利科將索緒爾語言學模式貢獻給結構主義的共時性規則作出這樣的總括:1、系統觀念,該系統是「由能指與所指相互規定所形成的符號建立而來」,在系統中最重要的是符號的「差異和相互關係」;2、「差異系統只存在於共時軸」,事件只有在系統中被認識,獲得系統的一種規律性時,才能得以理解;3、結構揭示出一種非思維主體的範疇性系統,「也是心靈非反思、非歷史的層面」。[72]

將共時性規則的特徵作為理論的透鏡,來觀察《公》、《穀》二傳對《春秋》的詮釋,便很容易發現,二傳求溯與發揮經文大義,還體現在對《春秋》義例的領會與敘述總是以成組、尤其是對舉的概念出現,並且著意在這些概念之間建立起共時的價值關係。因而,我們看到,公羊學非常重視比對文本系統中辭項的在場(presence)與缺席(absence),言此與言彼。例如,隱公二年九月經曰:「紀履緰來逆女。」《公羊傳》是這樣詮釋的:

> 紀履緰者何?紀大夫也。何以不稱使?婚禮不稱主人。然則曷稱?稱諸父兄師友。宋公使公孫壽來納幣,則其稱主人何?辭窮也。辭窮者何?無母也。然則紀有母乎?曰有。有則何以不稱母?母不

---

[70] Robert F. Berkhofer, Jr., *Beyond the Great Story: History as Text and Discourse*, Cambridge: Harvard University Press, 1995, p.107.

[71] 按:眾多研究學者,尤其是在《公羊傳》的研究領域,都使用了這種表述來概括《傳》對經文闡釋的諸方面。還可參見趙伯雄著:《春秋學史》,濟南:山東教育出版社 2004 年版,第 37 頁;平飛著:《經典解釋與文化創新——〈公羊傳〉「以義解經」探微》北京:人民出版社 2009 年版,第 81-82 頁,等。

[72] Paul Ricœur,「Structure and Hermeneutics」in *The Conflicts of Interpretations: Essays in Hermeneutics*, trans. Kathleen Mclaughlin, ed. Don Ihde, London & New York: Continuum, 2004, pp.31-3.

通也。外逆女不書，此何以書？譏。何譏爾？譏始不親迎也。始不
親迎，昉於此乎？前此矣。前此則曷為始乎此？托始焉爾。曷為托
始焉爾？《春秋》之始也。女曷為或稱女，或稱婦，或稱夫人？女
在其國稱女，在涂稱婦，入國稱夫人。[73]

我們來仔細分析這段對於經文短短八個字的解釋。這番論述指涉四個層面
的經義，每個層面都是基於和針對書寫辭項的比對所展開：1、言「來」而
非言「使」。原本天子或諸侯派遣大夫出訪，應書以動詞「使」，而此處書
「來」，何休注曰：「為養廉遠恥也。」[74]不言使者，蓋因男不自專娶，女不
自專嫁之禮也；2、同為派遣大夫迎娶，紀公有母而稱「來」與宋公無母而
稱「使」的對比。[75]宋公納幣稱「使」，何休注曰：「禮，有母，母當命諸父
兄師友，稱諸父兄師友以行。宋公無母，莫使命之，辭窮，故自命之。自
命之則不得不稱使。」[76]紀公有母而不稱母，同樣也是因為禮制，「婦人無
外事」，[77]國君母命不能直接通達於外也；3、「外逆女不書」與此處書之的
對比。按禮制，需行新郎親迎之禮，紀公使卿大夫代為迎娶，不合古禮，
儘管這種情況在春秋時期之前就已出現，但紀公此舉是在《春秋》記述中
的首例；4、稱新娘為「女」、「婦」還是「夫人」的對比。新娘在其國稱「女」，
迎娶途中稱「婦」，迎入國內則尊為「夫人」。經由這番清理，顯而易見的
是：《公羊傳》將《春秋》文本視為一個自足的系統，對不同時間、地點上
發生事件的敘述措辭之間具備可比性，而這種可比性正是基於符號的差異
與對立；通過比對，可以導向闡發文本的內在意義和價值判斷，由此，事
件的書寫才獲得了理解。這種思維方式與詮釋模式在《公羊傳》中具有相
當典型的意義。以《公羊傳》和《穀梁傳》的整體觀之，對微言大義的發
現與解釋仰賴於詮釋者置身文本之上所採取的非歷史性（ahistorical）視角，
《春秋》所記述的二百四十年歷史在《公羊傳》中被轉化為一個橫截面，

---

[73] [漢]公羊壽傳、[漢]何休解詁、[唐]徐彥疏：《春秋公羊傳正義》，見於[清]阮元校刻：
《十三經注疏》，北京：中華書局 1980 年縮印世界書局阮元校刻本，下冊，第 2202
-2203 頁。

[74] [漢]公羊壽傳、[漢]何休解詁、[唐]徐彥疏：《春秋公羊傳正義》，見於[清]阮元校刻：
《十三經注疏》，北京：中華書局 1980 年縮印世界書局阮元校刻本，下冊，第 2202 頁。

[75] 按：指成公八年「宋公使公孫壽來納幣」事。

[76] [漢]公羊壽傳、[漢]何休解詁、[唐]徐彥疏：《春秋公羊傳正義》，見於[清]阮元校刻：
《十三經注疏》，北京：中華書局 1980 年縮印世界書局阮元校刻本，下冊，第 2203 頁。

[77] [漢]公羊壽傳、[漢]何休解詁、[唐]徐彥疏：《春秋公羊傳正義》，見於[清]阮元校刻：
《十三經注疏》，北京：中華書局 1980 年縮印世界書局阮元校刻本，下冊，第 2203 頁。

向漢代的經今文學家們敞開了經義妙門，這與結構主義所立足的共時性觀察的確存在著驚人的暗合。[78]可以這樣說，公、穀學家們相信，《春秋》以符號建碼（encoding）的方式傳達著內外、遠近、貴賤、尊卑、輕重、褒貶等一系列的比對價值，也召喚著對此價值體系的解碼行為（decoding）。

針對在哲學化導向的闡釋與結構性解釋之間的關聯，利科提示我們，這是源於象徵符號對秩序網路的根本訴求：「象徵符號只有進入一種『有序系統』（economy）、一種分配規律（dispensatio）、一種秩序（ordo）裡，才能進行象徵。」[79]類似地，在中國古典詩學觀念中，對經典深藏奧義的信念與一個更為深遠和複雜的言意悖謬的傳統是難以分解的：一方面，中國的古人深刻地懷疑與拒斥言意之間的直接透明關係，另一方面，他們又（不得不）相信可以通過種種方式不斷逼近甚至復原這一透明性。這種弔詭的立場催生了中國文化中一種極為特殊的對於「互文性」的依賴和推崇。體現在經學上就是在言與不言、言此與言彼的種種情態之間，不厭其煩地建構起詮釋的通道，使它們形成一個巨大的意義網路，每一次個別的言說要呈現其內在價值，都必須進入這個網路才可能獲得合法性與認知。法國當代著名的漢學家弗朗索瓦・于連（François Jullien）在其代表作《迂迴與進入》（*Detour and Access: Strategies of Meaning in China and Greece/ Le Détour et l'accès: Stratégies du sens en Chine, en Grèce*）中，將這種特殊的歷史書寫與解釋的傳統視為中國古人所仰賴的意義生成模式：

> 更重要的是，一代又一代的古代評論家都不遺餘力地展示他們如何閱讀這種純粹只敘述事實的編年史，去表達一種倫理的判斷。如果說在對於事件的純粹敘述的確總是表達著一種意見的，那這種意見肯定是通過一種迂迴，同時也是系統的方式，被間接地表達出來的。[80]

---

[78] 按：當然，這種非歷史性或說超歷史性（trans-history）的視角被西漢經學家們歸諸孔子，以獲得詮釋的合法性，筆者另有專文。

[79] Paul Ricœur,「Structure and Hermeneutics」in *The Conflicts of Interpretations: Essays in Hermeneutics*, trans. Kathleen Mclaughlin, ed. Don Ihde, London & New York: Continuum, 2004, p. 54.

[80] François Jullien, *Detour and Access: Strategies of Meaning in China and Greece*, trans. Sophie Hawkes, New York: Zone Books, 2000, p.94.

于連看到，這種倫理寓說的內核實際上包含著一股強大的詮釋動力：「一旦解釋的這架機器準備啟動，任何有關純敘事的指示，以及任何值得注意的指示之缺失，在編年史中都被認為是要揭示一種意向。根據對編年史的評論，這些歷史記載試圖進行『讚揚』或『指責』，賦予『重要性』，或是提出『批評』和使其『不予』的態度獲得關注。事實只是被記錄下來，但每一條記錄都表明了記述它們的人的取向：儘管只被簡潔地述及，這些事實代表著價值判斷。」[81]

共時性不僅僅體現在《公羊傳》對《春秋》文本系統的詮釋中，更重要的是，它還是以公羊學為代表的經今文學家「孔子作《春秋》為漢制法」信念的基礎，有關這一點，從董仲舒等公羊學者建立起孔子與漢帝王的直接對話關係的話語策略中，即可見出。[82]前述《公羊傳》中極其重視的「王正月」義理，便被經今文學大儒董仲舒進一步加以發揮。《春秋繁露‧三代改制質文》言：「何以謂之王正月？曰：王者必受命而後王。王者必改正朔，易服色，制禮樂，一統於天下，所以明易姓，非繼人，通以己受之於天也。王者受命而王，制此月以應變，故作科以奉天地，故謂之王正月也。」[83]表面看來，仲舒言王者受命改制，這是進入了歷時性的流變之中，然而，結合他對《春秋》之道的論述，我們會發現，改制是為了向唯一的、在時間與空間中都恒定不變之道統的回歸。《春秋繁露‧楚莊王》中，董仲舒曰：

> 《春秋》之道，奉天而法古。……所聞天下無二道，故聖人異治同理也，古今通達，故先賢傳其法於後世也。《春秋》之於世事也，善復古，譏易常，欲其法先王也。然而介以一言曰：「王者必改制。」……今所謂新王必改制者，非改其道，非變其理。受命於天，易姓更王，非繼前王而王也；若一因前制，修故業而無有所改，是與繼前王而王者無以別。受命之君，天之所大顯也。事父者承意，事君者儀志，事天亦然。今天大顯已，物襲所代而率與同，則不顯不明，非天志。故必徙居處、更稱號、改正朔、易服色者，無他焉，不敢不順天志

[81] François Jullien, *Detour and Access: Strategies of Meaning in China and Greece*, trans. Sophie Hawkes, New York: Zone Books, 2000, p.96.
[82] 按：有關這個問題的詳細論述筆者另有專文。
[83] [漢]董仲舒撰：《春秋繁露》，見於《二十二子》，上海：上海古籍出版社1986年縮印浙江書局光緒初年匯刻本，第782頁下欄。

而明自顯也。若夫大綱、人倫、道理、政治、教化、習俗、文義盡如故，亦何改哉！故王者有改制之名，無易道之實。[84]

顯而易見的是，董仲舒全然是在向傳統的回歸這一前提下言改制的，所謂改制之「變」只是表面，「不變」之道才是核心與內裡。董仲舒把《春秋》之道總結為「奉天而法古」，奉天，即是指順奉天意，法古，最重要的是從《春秋》記載的具體歷史中解說出經驗與大義，便於在現下仿效和決斷，二者看上去體現了《春秋》經史性質的兩個維度，但實際上，最終是基於一種超歷史（trans-history）的普遍原則。這一原則在董仲舒整個《春秋》詮釋話語的內部是具有融貫性的，它還滲透在公羊學「大一統」與「三世說」這樣極為重要的命題之中。「舉賢良對策」中，董仲舒向武帝提出倡《春秋》而尊孔道的建議時，便是通過申成《春秋》大義與孔子之術的「超歷史」效用這一修辭策略，來達到其話語目的：

> 《春秋》大一統者，天地之常經；古今之通誼也。今師異道，人異論，百家殊方，指意不同，是以上亡以持一統；法制數變，下不知所守。臣愚以為：諸不在六藝之科、孔子之術者，皆絕其道，勿使並進。邪辟之說滅息，然後統紀可一，而法度可明，民之所以從矣。[85]

我們看到，從歷時性角度來申成《春秋》超於古今之別，卻最終導向在共時性空間中一統學說與法度的建議，這不能不說正體現了今文學家共時性思維的典型特質。《春秋公羊傳注疏》中何休對「大一統」解詁曰：「統，始也，總系之辭。」[86]清代著名公羊學家劉逢祿在《公羊春秋何氏解詁箋》中對這一概念這樣總結：「大一統者，通三統為一統。周監夏、商而建天統，教以文，制尚文。《春秋》監商、周而建一統，教以忠，制尚質也。」[87]據趙伯雄在《春秋學史》中的考論，「大一統」這一命題本身就是時代性的產

---

[84] [漢]董仲舒撰：《春秋繁露》，見於《二十二子》，上海：上海古籍出版社1986年縮印浙江書局光緒初年匯刻本，第769頁上欄—中欄。

[85] [漢]班固撰、[唐]顏師古注：《漢書》，北京：中華書局1962年版，第八冊，第2523頁。

[86] [漢]公羊壽傳、[漢]何休解詁、[唐]徐彥疏：《春秋公羊傳正義》，見於[清]阮元校刻：《十三經注疏》，北京：中華書局1980年縮印世界書局阮元校刻本，下冊，第2195頁。

[87] [清]劉逢祿撰：《公羊春秋何氏解詁箋》，見於[清]阮元編：《清經解》，上海：上海書店1988年縮印南菁書院本，第七冊，第419上欄。

物，以「王某月」來記時早見於西周及春秋時期的彝器銘文，用來表示周曆。因此，趙伯雄指出：「加『王』字並不限於正月，……人們有理由相信，《公羊傳》中的『大一統』之義，乃是戰國儒者的創造。」[88]然而，對公羊學家而言，重要的顯然不是「王正月」的時間性特徵，因而，他們必然將其改造為「無時間性」或「非時間性」的義法。在公羊學家那裡，《春秋》經文內容的起始與終止都具有重大而且特殊的意義，與「王正月」極具大義相對應的是《春秋》「終乎獲麟」。哀公十四年《公羊傳》對「西狩獲麟」事件展開解釋，《傳》曰：「《春秋》何以始乎隱？祖之所逮聞也，所見異辭，所聞異辭，所傳聞異辭，何以終乎哀十四年？曰：『備矣！』」[89]如果說，《春秋》之起點對於公羊學具有特殊的意義，那麼，為什麼他們對於其終點也抱有巨大的詮釋興趣呢？

　　從《春秋》原本的內容來看，的確只是對歷史事件近乎「零度」的記述，既沒有指涉其文本的讀者，也沒有對作者予以直接的顯現，用法國符號學家羅蘭·巴特（Roland Barthes, 1915-1980）的話來說，「歷史彷彿在自行寫作」。[90]《春秋》的經學詮釋者們恰恰是要打破這種「自行寫作」的假像，將其轉變為主體間的話語行為，恢復其人為性與目的論，因而，對歷史時間、尤其是起點與終點的詮釋性改造就顯得尤為重要而且必要。巴特在《歷史的話語》（「The Discourse of History」）中指出，在歷史敘述中可能存在著「語法倒錯」（paragrammatism）現象，也就是說，歷史話語的直線性（linearity）時態受到破壞。他特別注意到，作者通常會以某種開場白來啟動敘述，編織歷史話語的開端，這種用以組織敘述的轉換語就會體現出歷史的編年史時間如何被暗中擾亂。巴特論述道：

　　　　簡言之，在歷史敘述中，顯性言說符號的出現試圖對歷史的線索進行「去年代化」（de-chronologize），……組織轉換語表明（雖然通過某些貌似理性的迂迴方式來傳達）歷史學家的預言功能：他知道那些還沒有被講述的歷史，從這個意義上說，歷史學家像是一個

[88] 趙伯雄著：《春秋學史》，濟南：山東教育出版社 2004 年版，第 11 頁。
[89] [漢]公羊壽傳、[漢]何休解詁、[唐]徐彥疏：《春秋公羊傳正義》，見於[清]阮元校刻：《十三經注疏》，北京：中華書局 1980 年縮印世界書局阮元校刻本，下冊，第 2353 頁。
[90] Roland Barthes, 「The Discourse of History」 in *The Rustle of Language*, trans. Richard Howard, Berkeley& Los Angeles: University of California Press,1989, p.131.

神話製造者一樣，需要用到對他自身言說時間的指涉，來疊合原本是歷時性展開的事件。[91]

巴特針對的當然是西方史書傳統中出現的敘述現象，但是對我們觀察和解釋經學家把《春秋》中的時間性轉化成經義這種操作行為不無啟迪。事實上，以言說行為破壞歷史話語的歷時線性，不是由《春秋》的書寫者，而恰恰是由經文的詮釋者來啟動的。在《春秋》的開端處，公羊學家表示，「王正月」的書寫是有其「大一統」的重要深意的，這一意義將貫穿整部經文；而對《春秋》末尾處的「獲麟」事件，公羊學家直接指涉了「作者」孔子的書寫時間和意圖，並且指明「以俟後聖」來暗示了「讀者」的存在。這樣，原本的編年史線性就被破壞了，而替之以孔子「為漢制法」的超時間性，一如王充在《論衡・程材篇》中這樣表述《春秋》與西漢的直接關係：「董仲舒表《春秋》之義，稽合於律，無乖異者，漢之經。孔子製作，垂遺於漢。」[92]美國著名思想史研究學者史華慈（Benjamin I. Schwartz, 1916-1999）在《古代中國的思想世界》（*The World of Thought in Ancient China*）中，論析董仲舒的理論學說時便這樣總結道：

> 董仲舒在其所有著述中都暗示著：《春秋》中的儒家倫理與教義，對於高度集權的官僚制政權（因其仍舊殘存有稱為「國」的「封建」單元，這種極權模式多少有所緩和）這樣的現實狀況仍然是適用的，就像它們曾經適用於過去的朝代那樣。事實上，在董仲舒的整個著述中都試圖掩蓋這樣一個事實：政治體制與過去相比已經發生了徹底的變化。[93]

漢代公羊學家秉持的這種《春秋》的超時間性，被清代經今文學家皮錫瑞甚至推進為如同神話時間般的「無時間性」（atemporality），皮錫瑞在《經學歷史》中論述道：「孔子作《春秋》，豈區區為漢而已哉！不知聖經本為

---

[91] Roland Barthes, 「The Discourse of History」 in *The Rustle of Language*, trans. Richard Howard, Berkeley& Los Angle: University of California Press, 1989, p.130.

[92] [漢]王充著、黃暉校釋、劉盼遂集解：《論衡校釋》，北京：中華書局 1990 年版，第二冊，第 542-543 頁。

[93] Benjamin I. Schwartz, *The World of Thought in Ancient China*, Cambridge and London: Belknap Press of Harvard University Press, 1985, p.378.

後世立法，……且在漢當言漢；推崇當代，即以推崇先聖。如歐陽修生於宋，宋尊孔子之教，讀孔子之經，即謂聖經為宋制法，亦無不可。今人生於大清，大清尊孔子之教，讀孔子之經，即謂聖經為清制法，亦無不可。……此儒者欲行其道之苦衷，實聖經通行萬世之公理。」[94]可以說，到清代公羊學家那裡，已經把《春秋》「放諸四海而皆準，歷經萬古而常新」的經學品格發揮到了極致。

與此緊密相關的，還有公羊學以「三世說」對《春秋》十二公紀事進行斷限與劃分。隱西元年「公子益師卒」下《公羊傳》曰：「何以不日？遠也。所見異辭，所聞異辭，所傳聞異辭。」[95]《春秋繁露·楚莊王》中，董仲舒對這一說法詳加闡述，並進一步發展：

> 《春秋》分十二世以為三等：有見，有聞，有傳聞。有見三世，有聞四世，有傳聞五世。故哀、定、昭，君子之所見也，襄、成、文、宣，君子之所聞也，僖、閔、莊、桓、隱，君子之所傳聞也。所見六十一年，所聞八十五年，所傳聞九十六年。於所見微其辭，於所聞痛其禍，於傳聞殺其恩，與情俱也。……屈伸之志，詳略之文，皆應之，吾以其近近而遠遠、親親而疏疏也，亦知其貴貴而賤賤、重重而輕輕也，有知其厚厚而薄薄、善善而惡惡也，有知其陽陽而陰陰、白白而黑黑也。百物皆有合偶，偶之合之，仇之匹之，善矣。……然則《春秋》義之大者也，得一端而博達之，觀其是非，可以得其正法，視其溫辭，可以知其塞怨，是故於外道而不顯，於內譁而不隱，於尊亦然，於賢亦然，此其別內外、差賢不肖、而等尊卑也。[96]

趙伯雄在《春秋學史》中認為：「董氏的用意，似乎與《公羊傳》相同，都是為了說明《春秋》前後記載用語不一致的原因。」[97]其實，更為重要的是，某種程度上，這種理解與解釋的方式體現出董仲舒將歷史功能化的努力。

---

[94] [清]皮錫瑞著、周予同注釋：《經學歷史》，北京：中華書局2004年版，第80-81頁。

[95] [漢]公羊壽傳、[漢]何休解詁、[唐]徐彥疏：《春秋公羊傳正義》，見於[清]阮元校刻：《十三經注疏》，北京：中華書局1980年縮印世界書局阮元校刻本，下冊，第2200頁。

[96] [漢]董仲舒撰：《春秋繁露》，見於《二十二子》，上海：上海古籍出版社1986年縮印浙江書局光緒初年匯刻本，第769頁上欄。

[97] 趙伯雄著：《春秋學史》，濟南：山東教育出版社2004年版，第135頁。

將從隱公至哀公十二世的歷史視為一個整體系統，從其「合偶仇匹」之處，見其遠近諱隱尊卑，所見、所聞、所傳聞者，都是系於孔子這一觀察和書寫的主體立場。這種觀照視域，體現出結構對於事件的壓抑，歷時性被整合進共時性中，「通過在歷史與其非時間性的模式之間構成相互顯映」，「歷史與分類系統得以合併」，用以解碼孔子《春秋》大義的「語法」秩序才能顯現出來。[98] 這種抑制歷時性，弱化事件的話語策略使得過去總是與現在並存，並且轉化為現在，因而這就不是歷史向當下提供經驗教訓的問題，而是聖人向漢帝國的統治君主發出指令，這才是經文結構顯現的至高意義和話語能量。[99]

可以說，《春秋》這種經史弔詭的時間性引起了自西漢時起甚或更早期的儒家學者即對其性質的辯難，也促發了圍繞這種兩極結構張力而展開的諸多理解與解釋。現象學專家、比較哲學研究學者張祥龍在討論《春秋》這部經典時，便關注到，特殊時間性結構的顯現賦予了《春秋》極其重要甚至可以說具有本源性意義的表徵：

---

[98] Paul Ricœur,「Structure and Hermeneutics」in *The Conflicts of Interpretations: Essays in Hermeneutics*, trans. Kathleen Mclaughlin, ed. Don Ihde, London & New York: Continuum, p. 41.

[99] 按：東漢何休對董仲舒之「三世說」進一步發揮：「所見者，謂昭、定、哀，己與父時事也；所聞者，謂文、宣、成、襄，王父時事也；所傳聞者，謂隱、桓、莊、閔、僖，高祖曾祖時事也。……所以三世者，禮為父母三年，為祖父母期，為曾祖父母齊衰三月，立愛自親始，故《春秋》據哀錄隱，上治祖禰。」（[漢]公羊壽傳、[漢]何休解詁、[唐]徐彥疏：《春秋公羊傳正義》，見於[清]阮元校刻：《十三經注疏》，北京：中華書局 1980 年縮印世界書局阮元校刻本，下冊，第 2200 頁。）這種理論，一方面如同大多學者所指出，將歷史構演為進步的、上升的，但更為重要的是強調歷史效法天地自然之道「周而復始，循環輪替」的性質。可以說，在何休公羊學那裡，結構對於事件的壓抑進一步強化，以至於對時間的綿延觀甚至完全被改造為循環觀。又見，隱公元年《公羊傳》「曷為先言王而後言正月？王正月也」下徐彥疏引何休解曰：「凡草物皆十一月動萌而赤，十二月萌牙始白，十三月萌牙始出而首黑，故各法之，故《書傳略說》云：『周以至動，殷以萌，夏以牙』，注云『謂三王之正也。至動，冬日至物始動也。物有三變，故正色有三；天有三生三死，故土有三王，生特一生死，是故周人以日至為正，殷人以日至三十日為正，夏以日至六十日為正。是故三統三王，若循連環，周則又始，窮則反本』是也。」（[漢]公羊壽傳、[漢]何休解詁、[唐]徐彥疏：《春秋公羊傳正義》，見於[清]阮元校刻：《十三經注疏》，北京：中華書局 1980 年縮印世界書局阮元校刻本，下冊，第 2196 頁。）隱公三年「春，王二月」經下何休解曰：「二月三月皆有王者，二月，殷之正月也；三月，夏之正月也。王者存二王之後，使統其正朔，服其服色，行其禮樂，所以尊先聖，通三統，師法之義，恭讓之禮，於是可得而觀之。」（[漢]公羊壽傳、[漢]何休解詁、[唐]徐彥疏：《春秋公羊傳正義》，見於[清]阮元校刻：《十三經注疏》，北京：中華書局 1980 年縮印世界書局阮元校刻本，下冊，第 2203 頁。）

　　《春秋》特別突出的非普遍主義又非特殊主義的特點，使它成為一部典型的「聖之時」之作。從形式上看，它是一部按年記事的史書，但它又絕非僅僅包含了「在時間之中」出現的特殊史料或事件。它通過記述「行事」，展示了「張三世」、「通三統」、「大一統」、「當新王」、「改舊制」等一系列迴盪於過去與未來的「時義」……總之，《春秋》無論從名稱、外結構、內結構、表達方式、意義的實現方式、在歷史中起作用的方式，都有一個非對象化、非實體化、時境中構成的重要維度。在人類文明史中，我還沒有看到過哪本書有這麼深邃詭譎而又頂天立地的時間感和歷史命運。[100]

的確，《春秋》之「時」，如同《周易》之「易」那樣，既是綿延流動的事件與時變，又是恆常不變的大義與天道，而最終都指向與成就於對經學文本的不斷詮釋之中。利科在《結構與詮釋學》這篇長文中，對兩種歷史詮釋形態進行了論析，它們分別側重於時間軸的兩極。利科認為，「在這系於兩極的兩種類型鏈中，傳統與詮釋的時間性，根據其是共時性戰勝歷時性，還是歷時性壓倒共時性，就具有了兩種不同的狀態。」[101]這兩種狀態亦即：一個極端是斷裂的時間性，而另一個極端，是通過持續地重估一個解釋傳統的內在意義來獲取對時間性的掌控。[102]在《春秋》的詮釋傳統中，我們觀察到兩種類似的話語形態。《春秋》文本的內部聚焦了這種時間結構的張力，《公羊傳》、《穀梁傳》對《春秋》大義的探究和詮釋中，很大程度上，歷時的流動與演變被切斷了，而呈現出共時性對歷時性的壓抑，強化了其非歷史性維度，這一點成為促成《春秋》經學特徵突顯的極為重要的原因；而借《左傳》從編年史的角度理解與解釋《春秋》，則意味著事件對於系統的優先性，正是在這些具體的歷史事件中，一個展開於綿延時間內部的禮制傳統獲得了形塑和認同。

---

[100] 張祥龍著：《先秦儒家哲學九講：從〈春秋〉到荀子》，桂林：廣西師範大學出版社2010年版，第42頁。

[101] Paul Ricœur, 「Structure and Hermeneutics」 in *The Conflicts of Interpretations: Essays in Hermeneutics*, trans. Kathleen Mclaughlin, ed. Don Ihde, London & New York: Continuum, p.47.

[102] Paul Ricœur, 「Structure and Hermeneutics」 in *The Conflicts of Interpretations: Essays in Hermeneutics*, trans. Kathleen Mclaughlin, ed. Don Ihde, London & New York: Continuum, p.47.

四、《春秋》詮釋話語單極模式的突圍與轉圜

正如上文述及，所謂結構特徵並不意味著靜止與絕對，文本在時間維度上所呈現出的倚重，既有著對立與差別的自足性（autonomy），同時又是相互依存的，在具體的話語實踐中總是表現為其中某一極的相對強勢和顯明。利科提示我們注意到，結構主義和歷史主義所代表的兩個方向之間實際上存在著複雜的張力與互動關係：一方面，結構系統不能排除語義而僅保留句法，因而必須對不斷演生的現象作出回饋；另一方面，源源不斷發生的雜多現實要求一種有序的接納與組構，無論滑向哪一個極端都會暴露出其各自的局限，而無法進入真正的實踐。因而，這兩種面向都內在地要求一種超越。事實上，在「三傳」所形成的《春秋》詮釋的話語實踐中，無論是公、穀學所代表的典型的經學詮釋，還是《左傳》學所偏向的史學詮釋面向，都呈現出一種不斷更新、自我修復的演化過程。

上文已經提及，董仲舒在將公羊學加以系統化和學理化的過程中，面臨著義例書法眾多自相抵牾的矛盾，可以這樣說，不斷補充規則是共時性詮釋視域所必然選擇的一條道路。利科把這種對系統的不斷修補和更新過程與語義學的豐富性關聯起來。一方面意義本身是一種冗餘（surplus），不可能被既定的結構完全框範與窮盡，另一方面，意義必須不斷向新的解釋語境敞開而不是封閉，才可能在歷史中存留下來。[103]因而，「結構性的理解總是某種程度的詮釋學理解」。[104]透過董仲舒的公羊《春秋》詮釋話語，我們可以清晰地見出其中對語義豐富性的承認和對系統更新的努力。宣公十二年《春秋》經曰：「夏，六月，乙卯，晉荀林父帥師，及楚子戰於邲，晉師敗績。」《公羊傳》曰：「大夫不敵君，此其稱名氏以敵楚子何？不與晉而與楚子為禮也。」[105]何休注云：「不與晉而反與楚子，為君臣之禮以惡晉。」[106]董

---

[103] 詳參 Paul Ricœur，「Structure and Hermeneutics」 in *The Conflicts of Interpretations: Essays in Hermeneutics*, trans. Kathleen Mclaughlin, ed. Don Ihde, London & New York: Continuum, 2004, pp.45-6.

[104] Paul Ricœur，「Structure and Hermeneutics」 in *The Conflicts of Interpretations: Essays in Hermeneutics*, trans. Kathleen Mclaughlin, ed. Don Ihde, London & New York: Continuum, 2004, p.53.

[105] [漢]公羊壽傳、[漢]何休解詁、[唐]徐彥疏：《春秋公羊傳正義》，見於[清]阮元校刻：《十三經注疏》，北京：中華書局 1980 年縮印世界書局阮元校刻本，下冊，第 2284 頁。

[106] [漢]公羊壽傳、[漢]何休解詁、[唐]徐彥疏：《春秋公羊傳正義》，見於[清]阮元校刻：《十三經注疏》，北京：中華書局 1980 年縮印世界書局阮元校刻本，下冊，第 2284 頁。

仲舒在《春秋繁露‧竹林》中這樣詮釋道：「《春秋》之常辭也，不予夷狄而予中國為禮，至邲之戰，偏然反之，何也？曰：《春秋》無通辭，從變而移。今晉變而為夷狄，楚變而為君子，故移其辭以從其事。」[107]在這裡，具體的事件與常規的結構之間的秩序出現了一定程度的逆轉，語言需要根據事件作出變化和調整。不過，稱名——不稱名，予——不予，中國——夷狄，晉——楚，這幾組對立關係的價值項並未改變，改變的是它們之間的對應關係，而這種對應關係需要通過對事件的具體陳述來加以揭示，因而可以說，共時系統中對於語義內涵的識別需要與歷時性的事件陳述相結合，前者的變通、調整與豐富可以通過對後者的容納與解釋來達及。

由是，「春秋無通辭」發展為《春秋》學乃至經學史上一個極為重要的語言學和詮釋學原則。董仲舒在《春秋繁露‧精華》中提出：「所聞《詩》無達詁，《易》無達占，《春秋》無達辭，從變從義，而一以奉人。」[108]蘇輿在《春秋繁露義證》中對此解釋道：

> 《春秋》，即辭以見例。無達辭，猶云無達例也。程子云：「《春秋》以何為準？無如中庸。欲知中庸，無如權。何物為權？義也，時也。《春秋》已前，既已立例，到近後來，書得全別，一般事便書得別有意思。若依前例觀之，殊失也。《春秋》大率所書事同則辭同，後人因謂之例。然有事同辭異者，蓋各有義，非可例拘也。」[109]

蘇輿所引程頤之言提示我們，「《春秋》無達辭」這一解經原則實際上關涉到《公羊傳》對經權關係的論述。桓公十一年《春秋》經「九月，宋人執鄭祭仲。」下《公羊傳》曰：

> 祭仲者何？鄭相也。何以不名？賢也。何賢乎祭仲？以為知權也。其為知權奈何？古者鄭國處於留。先鄭伯有善於鄶公者，通乎夫人，以取其國而遷鄭焉，而野留。莊公死已葬，祭仲將往省於留，塗出於宋，宋人執之。謂之曰：「為我出忽而立突。」祭仲不從其言，

---

[107] [漢]董仲舒撰：《春秋繁露》，見於《二十二子》，上海：上海古籍出版社1986年縮印浙江書局匯刻本，第771頁上欄。

[108] [漢]董仲舒撰：《春秋繁露》，見於《二十二子》，上海：上海古籍出版社1986年縮印浙江書局匯刻本，第775頁上欄。

[109] [清]蘇輿撰、鐘哲點校：《春秋繁露義證》，北京：中華書局2007年版，第95頁。

則君必死，國必亡。從其言，則君可以生易死，國可以存易亡。少
遼緩之，則突可故出，而忽可故反，是不可得則病，然後有鄭國。
古人之有權者，祭仲之權是也。權者何？權者反於經，然後有善者
也。權之所設，舍死亡無所設。行權有道，自貶損以行權，不害人
以行權，殺人以自生，亡人以自存，君子不為也。[110]

經與權的辯證關係是公羊學、乃至整個儒家學說中十分重要的概念。《論
語‧子罕》記述：「子曰：可與共學，未可與適道；可與適道，未可與立；
可與立，未可與權。」[111]朱熹曾對此有詳細的解說：「『可與權』，遭變事而
知其宜，……經自經，權自權。但經由不可行處，而至於用權，此權所以
喝經也。」[112]又言：「權者，乃是到這地頭，道理合當恁地做，故雖異於經，
而實亦經也。」[113]孟子曾以「嫂溺叔援」的著名事例來辨析經權關係，《孟
子‧離婁上》記述道：「淳於髡曰：『男女授受不親，禮與？』孟子曰：
『禮也。』曰：『嫂溺則援之以手乎？』曰：『嫂溺不援，是豺狼也。男
女授受不親，禮也；嫂溺援之以手者，權也。』」[114]柳宗元亦在《斷刑論
下》中言經權相依相成之道曰：「經也者常也；權也者達經者也。皆仁智之
事也，離之滋惑矣。經非權則泥，權非經則悖，是二者強名也。」[115]經是
具有恒定不變品格的義與禮，可予概括把捉，權則是依據特殊情況所行的
權變通達，難於掌握個中分寸，因而朱熹認為，「權乃經之要妙微密處」。[116]
史華慈在分析《春秋》經文整體的特殊性時，便注意到，在以檔案庫方式
（casebook approach）進入《春秋》提取經義時，中國古代的儒家學者、尤

---

[110] [漢]公羊壽傳、[漢]何休解詁、[唐]徐彥疏：《春秋公羊傳正義》，見於[清]阮元校刻：
《十三經注疏》，北京：中華書局1980年縮印世界書局阮元校刻本，下冊，第2219
-2220頁。

[111] [魏]何晏等注、[宋]邢昺疏：《論語注疏》，見於[清]阮元校刻：《十三經注疏》，北京：
中華書局1980年影印世界書局阮元校刻本，下冊，第2491頁。

[112] [宋]朱熹著、[宋]黎靖德編、王星賢點校：《朱子語類》，北京：中華書局1986年版，
第三冊，第987頁。

[113] [宋]朱熹著、[宋]黎靖德編、王星賢點校：《朱子語類》，北京：中華書局1986年版，
第三冊，第988頁。

[114] [漢]趙岐注、[宋]孫奭疏：《孟子注疏》，見於[清]阮元校刻：《十三經注疏》，北京：中
華書局1980年縮印世界書局阮元校刻本，下冊，第2722頁。

[115] [唐]柳宗元著、[唐]劉禹錫輯：《柳河東集》，上海：上海人民出版社1974年版，上冊，
第58頁。

[116] [宋]朱熹著、[宋]黎靖德編、王星賢點校：《朱子語類》，北京：中華書局1986年版，
第六冊，第992頁。

其是以董仲舒為代表的西漢儒生，在其所信仰的超越時空的道義原則之中，也寄予了對「符合具體情境的適切性」問題的關懷，史華慈概述這種普遍與特殊相結合的意旨道：「在既定時空的具體環境下，作出適切的倫理政治行為，對其他人的行為作出適切的判斷，這與關心在變動不居的人事中實現『道』的人有著持久而根本的關聯。」[117]

當然，經權關係具有相當複雜的內涵，並非本文在此討論的要點，而是為導向我們對公羊學解經條例演進的理解。從《公羊傳》於「重經義」中「善知權」，到董仲舒強調辭──例關係的變通性，實際上正是表現了結構與事件之間的辯證與張力關係。《春秋》無達辭，這是因為一旦進入具體的事件敘述中，看似有據可循的語言（language）規則就轉變成了言語（speech）事件，也就成為了話語（discourse）。在《結構、語詞、事件》（「Structure, Word, Event」）一文中，利科注意到，結構與事件之辯證與語言和言語的二律背反具有同構性，因而指出：「要正確地思考語言和言語之間的二律背反，就必須把言說行為帶到語言之中去，就像意義的展現那樣，像一種辯證的生產那樣，這種辯證生產使得系統以行為的方式存在，結構以事件的方式存在。」[118]即使《春秋》文本存在著某種超時間性的系統結構，其切實的表現方式也是具體的、如此這般的歷史敘事。因而，以有限的歸納來複現《春秋》的意義這一詮釋徑路，就需要不斷衍生出新的規則來維護原有系統的穩定性。這樣，這種詮釋視域的共時性立場本身也就進入歷時性的演進之中。宋代著名學者、經學家陸佃在《答崔子方秀才書》中的一番論述，極其精妙地顯示了《春秋》本身就具有經史的雙重性質，需從兩個向度求取平衡的作用：

> 夫經一而足，《春秋》之傳不系舊史存否？可知若聖人作經，又待魯史而後傳，是二而足也。故曰《春秋》甚幽而明，無傳而著，

---

[117] Benjamin I. Schwartz, *The World of Thought in Ancient China*, Cambridge and London: Belknap Press of Harvard University Press, 1985, p.390. 按：可資參照的是，錢鍾書在《管錐編》論《左傳》「成公十五年」時，論及「經」與「權」的辯證關係，將其意義與亞里斯多德在《尼各馬可倫理學》中的論述關聯起來，後者亦強調要根據切己的境況作出合適的決斷。錢鍾書隨即又將此從邏輯上連結到修辭學範域，稱「亞里斯多德論詭辯時或宜用，故其《修詞學》皆示人以花唇簧舌之術」。這也呼應了我們所認為的，修辭學也關涉倫理學的價值判斷與考量。（詳參錢鍾書著：《管錐編》，北京：生活・讀書・新知三聯書店 2001 年版，第一冊，第 398-399 頁。）

[118] Paul Ricœur, 「Structure, Word, Event」 in *The Conflicts of Interpretations: Essays in Hermeneutics*, trans. Robert Sweeney, ed. Don Ihde, London & New York: Continuum, p.83.

其設方立例，不可以一方求，亦不可以多方得。譬如天文森布，一
衡一縮，各有條理。久視而益明。《易》曰：「化而裁之存乎變，推
而行之存乎通，神而明之存乎其人。」豈獨《易》也哉。故曰《詩》
無達詁，《易》無達吉，《春秋》無達例，要在變而通之焉耳。……
至於三傳得失，《公羊》於經為精，《穀梁》次之。[119]

陸佃認為公羊學深得《春秋》經義，但仍言「不可以一方求，亦不可以多
方得」，實際上正是要重新在《春秋》「衡縮」的兩極座標中去求得其大義。
但是，單極模式向兩極結構的緩和並未改變原話語的基本模態：歷時性話
語仍然服務於共時性詮釋，歷時性仍舊要投射到共時系統中，關於這一點，
董仲舒表述得很清晰：「古之人有言曰：『不知來，視諸往。』今《春秋》
之為學也，道往而明來者也，然而其辭體天之微，故難知也，弗能察，寂
若無，能察之，無物不在。是故為《春秋》者，得一端而多連之，見一空
而博貫之，則天下盡矣。」[120]

　　與此同時，董仲舒反覆強調這種將複雜性與豐富性納入經義原則中，
便可萬變不離其宗的道理。《春秋繁露‧精華》中曰：「《春秋》固有常義，
又有應變。」[121]蘇輿以《易》之類似的內在辯證性解釋道：「常義如《易》
之不易，應變如《易》之變動。」[122]《竹林》亦言：「《春秋》之道，固有
常有變。變用於變，常用於常，各止其科，非相妨也。」[123]《玉英》又曰：
「《春秋》有經禮，有變禮。……明乎經變之事，然後知輕重之分，可與適
權矣。……夫權雖反經，亦必在可以然之域，不在可以然之域，故雖死亡，
終弗為也。」[124]這種在「常」與「變」、「經」與「權」之間的平衡努力導
致公羊《春秋》學者對經文措辭的矛盾態度，一方面，如眾周知的那樣，

[119] [宋]陸佃撰：《陶山集‧答崔子方秀才書》，見於《文淵閣四庫全書‧集部‧別集類》，
　　臺灣：商務印書館1983年據臺灣故宮博物院藏文淵閣四庫全書影印，第1117冊，第
　　153頁下欄—154頁上欄。
[120] [漢]董仲舒撰：《春秋繁露》，見於《二十二子》，上海：上海古籍出版社1986年縮印
　　浙江書局光緒初年匯刻本，第775頁中欄。
[121] [漢]董仲舒撰：《春秋繁露》，見於《二十二子》，上海：上海古籍出版社1986年縮印
　　浙江書局光緒初年匯刻本，第774頁下欄。
[122] [清]蘇輿撰、鍾哲點校：《春秋繁露義證》，北京：中華書局2007年版，第89頁。
[123] [漢]董仲舒撰：《春秋繁露》，見於《二十二子》，上海：上海古籍出版社1986年縮印
　　浙江書局光緒初年匯刻本，第771頁下欄。
[124] [漢]董仲舒撰：《春秋繁露》，見於《二十二子》，上海：上海古籍出版社1986年縮印
　　浙江書局光緒初年匯刻本，第773頁中欄—下欄。

他們相當強調從言辭的細微之處窺見孔子經義的傳達，並由此總結「屬詞比事」的義例，所謂「《春秋》之辭，多所況，是文約而法明也」；[125]另一方面，他們又不得不承認言辭與經義會出現分離的現象，董仲舒《春秋繁露·竹林》曰：「不義之中有義，義之中有不義；辭不能及，皆在於指，非精心達思者，其孰能知之。《詩》云：『棠棣之華，偏其反而；豈不爾思，室是遠而。』孔子曰：『未之思也，夫何遠之有！』由是觀之，見其指者，不任其辭，不任其辭，然後可與適道矣。」[126]蘇輿義證曰：「旨有出於詞外者，要一準乎王義聖道之歸。……執一者不知問，無權者不能應。」[127]這種矛盾的態度進一步推動今文家對《春秋》「辭微指博」的強調，經文言辭的有限性背後隱藏著語義的無限豐富性，清代經今文學大家、常州學派創始人莊存與在《春秋要指》中開篇便以《周易》「卦象」的概念來喻示和理解《春秋》的言辭：「《春秋》以辭成象，以象垂法，示天下後世以聖心之極。觀其辭，必以聖人之心存之，史不能究，游夏不能主，是故善說《春秋》者，止諸至聖之法而已。」[128]正是在這裡，我們再一次窺見，《春秋》被理解為一超時間性而且厚實的象徵系統。

在提出語義的豐富性推動了詮釋學這一論點時，利科注意到了結構性詮釋對此展現出的動力學機制，他援引法國偉大的人類學家、結構主義哲學家列維—斯特勞斯在其代表作《野性的思維》（*The Savage Mind*/*La Pensée Sauvage*）一書中的論述來表明這一點：

> 如果結構性的定位能夠抵禦衝擊，那麼在每次大變動之後，它都有好幾種重建系統的方法，這個系統有可能與之前的系統並不完

---

[125] [漢]董仲舒撰：《春秋繁露》，見於《二十二子》，上海：上海古籍出版社 1986 年縮印浙江書局光緒初年匯刻本，第 782 頁中欄。

[126] [漢]董仲舒撰：《春秋繁露》，見於《二十二子》，上海：上海古籍出版社 1986 年縮印浙江書局光緒初年匯刻本，第 771 頁下欄。

[127] [清]蘇輿撰、鐘哲點校：《春秋繁露義證》，北京：中華書局 2007 年版，第 51 頁。

[128] [清]莊存與撰：《春秋要指》，見於[清]阮元編：《清經解》，上海：上海書店 1988 年縮印南菁書院本，第二冊，第 822 中欄。按：「立象垂法」的表述或許脫胎于《易傳》「聖人立象」之說。《周易·繫辭上》言：「子曰：『書不盡言，言不盡意。』然則聖人之意，其可不見乎？子曰：『聖人立象以盡意，設卦以盡情偽，繫辭焉以盡其言，變而通之以盡利，鼓之舞之以盡神。』」（[魏]王弼、[晉]韓康伯注、[唐]孔穎達等正義：《周易正義》，見於[清]阮元校刻：《十三經注疏》，北京：中華書局 1980 年縮印世界書局阮元校刻本，上冊，第 82 頁。）從西漢儒者經師直至今人，傾向於經今文學派立場的學者，都會述及《春秋》與《周易》的親緣性，突顯二者超越時空限制的「符號性」特徵，這是非常值得我們注意的。

全一致，但至少在形式上與之是同一類型的。……為了便於論證，假使我們設想一個初始點，系統在這時候已經完全調整好了，那麼這個系統的網路將如同一個具有回饋裝置的機器一樣，對任何影響其某部分的變化作出反應：受控於先前的和諧一致性，它會將失調的機制導向一種平衡，這種平衡至少是事物的舊狀態與外來的紊亂之間的一種折衷結果。[129]

如果我們接受利科和施特勞斯的啟示，[130]並借用他們的工作語言來顯現和分析「公羊學」（其實也包括「穀梁學」）的代際演進過程，便會發現，在《公羊傳》中所確立下來的基本結構性定位並沒有發生大的變動，當經今文學家發現文本詮釋或現實應用對原先的詮釋系統產生排斥和衝擊時，他們便啟動了修辭的「回饋」機制，調整和增加新的條例，以重新達到詮釋結構與個體事件之間的平衡，並保持前者繼續壓倒性地控制著後者。在這裡，我們實際上發現了經今文學家對《公羊傳》詮釋進路的一種推進，這種推進使得結構與事件之間的對抗性可以通過話語而獲得化解和轉圜。這樣，《春秋》文本的語言不再是既有的、靜止不變的產物，而處於一個不斷生成新規則的動力程式之中，那些「結構了的條目」（structured inventory），亦即一般的義例，便轉化為一種能「結構化的運作」（structuring operation），亦即公羊學詮釋的不斷衍生。[131]可以說，以增補或轉圜的修辭策略推動和

---

[129] Claude Lévi-Strauss, *The Savage Mind*, trans. J. Weightman & D. Weightman, London: Weidenfeld & Nicolson, 1966, pp.68-9.

[130] 按：當然，斯特勞斯是在分析部落族群的圖騰文化時得出這一結論的，但是，無論是從斯特勞斯在書中所奠定的一般化了的結構主義理論基調而言，還是從該著作對結構性分析與詮釋學領域的事實影響與貢獻來看，我們都不能將這一結論狹隘地限於「原始人」思維或人類學研究，事實上，利科也正是根據其較為普泛性與可應用性的意義來引述施特勞斯的論證的。在這裡，本文顯然並非意在照搬施特勞斯的理論，而是強調，施特勞斯的論述看到了結構性詮釋徑路中對結構——事件之關係的回饋機制，而這種機制與經今文學家的詮釋話語是有類同意義的。另一點值得注意的是，施特勞斯在該書中一再試圖論證並強調的是，他的研究對象，亦即原始人（Savages）的思維方式，不應當被理解為落後的、低等的和野蠻的，如同現代理性思維一樣，它也是「建立在對秩序的需求基礎之上的」，原始思維與現代邏輯理性之間的對立是虛假的，二者只是並置的兩種不同思維類型，而在藝術等領域，野性的思維類型仍然得以繼續發展。參看施特勞斯第一章「關於具體的科學」及第九章「歷史與辯證」中的相關論述。Claude Lévi-Strauss, *The Savage Mind*, trans. J. Weightman & D. Weightman, London: Weidenfeld & Nicolson, 1966, pp.9-33; pp.245-69.

[131] Paul Ricœur, 「Structure, Word, Event」 in *The Conflicts of Interpretations: Essays in Hermeneutics*, trans. Robert Sweeney, ed. Don Ihde, London & New York: Continuum, 2004, p.89.

變換詮釋話語的行為是自覺的，但採用並維護著結構性詮釋系統的平衡卻可能是自發的，正是這二者的結合，催生、強化並更新了《春秋》話語的經學詮釋實踐。

五、結語

以董仲舒為代表的詮釋主體，其對於經文的詮釋實踐在今文學家中是具有奠基性意義的。趙伯雄對董仲舒解經思想的影響之深遠這樣總結道：「董仲舒企圖建立起一個完整的學說體系，他要使《春秋經》的『一字褒貶』在這個體系中都能夠得到合理的解釋。……事實上，漢以後歷代的經學家對《春秋》的研究，基本上都是沿著這個路子前進的。」[132]

在《史記‧十二諸侯年表序》中，司馬遷評說自孔子至董仲舒在《春秋》原典這一基質上所發展出不同側重模式的話語實踐，以表明自己著年表之初衷：

> 太史公曰：儒者斷其義，馳說者騁其辭，不務綜其終始；曆人取其年月，數家隆於神運，譜諜獨記世諡，其辭略，欲一觀諸要難。於是譜十二諸侯，自共和訖孔子，表見《春秋》、《國語》學者所譏盛衰大指著於篇，為成學治古文者要刪焉。[133]

司馬遷的評述實際上正顯現出《春秋》話語的兩種重要走向，一是以「斷其義」而「不務其終始」的方式所突顯的《春秋》之共時性意義面向，二是以「取其年月」而「其辭略」的方式所突顯的《春秋》之歷時性延伸面向，而他自己在某種程度上是要整合這兩種側重，而達成集大旨與終始為一體的「要覽」之文。[134]不過，儒者推《春秋》之義，以促成其經學話語的形成，儘管或許頗為史家司馬遷所不取，卻的確在西漢獲取了更為主流的話語權，這種歷史境遇與時人對話語語義的辨識和偏好同樣有著密切的內在關聯。

---

[132] 趙伯雄著：《春秋學史》，濟南：山東教育出版社 2004 年版，第 153 頁。

[133] [漢]司馬遷撰、[南朝宋]裴駰集解、[唐]司馬貞索隱、[唐]張守節正義：《史記》，北京：中華書局 1982 年版，第二冊，第 511 頁。

[134] 按：事實上，這也是司馬遷在其整個《史記》的書寫中所體現出的整合性，有關這一點，筆者另有詳述，在此予展開。

美國當代著名歷史學家伯克霍夫（Robert F. Berkhofer）在《超越偉大故事——作為文本和話語的歷史》（*Beyond the Great Story: History as Text and Discourse*）一書中，借用索緒爾的「共時——歷時」視域對側重於不同時間維度的歷史文本進行了觀察，他指出：

> 共時性繁殖出同一時間中人物、事件與制度之間的衍生關係，而不是去追溯因果或是在時間中的持續發展。共時性分析提供了一個時間的橫截面，用以解釋其諸主題之間作為一種形態化結構（morphological structure）的相互關係，而歷時性分析則在時間之流中追隨其主題，將之呈現為一個過程。兩種方式都對其主題進行語境化，但共時性建立了這樣一種模態，使其展現出某個時間點上各論題的相互作用，而歷時性則呈現的卻是作為時間進程的模態。[135]

伯克霍夫進而得出結論道：「共時性常常被用以刻畫一度被稱為一個時代之氛圍、『思想』或『精神』的東西。」[136]當我們把目光轉回中國經學思想史的語境中時，不難辨清這樣一個事實：一方面，共時性話語更容易召喚同質的理解與解釋，因而也普遍地適用於經學話語的呈現；另一方面，這種本質上具有空間性思維特性的話語模式，也更擅長於將典籍文本的意義與社會、政治、文化結構之間進行同質性關聯，從而反過來也突顯了典籍文本的「經」的面向。

經由這樣的觀察與論釋，我們或許對經史對立的觀念有所突破，而轉向對話語與修辭的細緻考察。在中國博大精深的經傳文本與經學詮釋學思想中，經史之間的對話可以說始終貫穿其中，在經、傳、史這些複雜而且厚重的文本之間，也形成了交錯的張力關係。實際上，在《春秋》經史屬性與詮釋之爭的背後，隱藏著話語本身的張力結構，而詮釋主體因其自身立場、意圖而倚重不同的觀察視域，從而導向以突顯話語單極性的修辭為表徵的理解與解釋，在話語實踐的具體過程中，這種單極性又獲得了持續的微調與轉化。的確，與其爭論《春秋》是經還是史，毋寧透過這種經史二重屬性去觀察其背後的話語機制，觀察《春秋》究竟是在何種意義上顯

[135] Robert F. Berkhofer, Jr., *Beyond the Great Story: History as Text and Discourse*, Cambridge: Harvard University Press, 1995, p.111.
[136] Robert F. Berkhofer, Jr., *Beyond the Great Story: History as Text and Discourse*, Cambridge: Harvard University Press, 1995, p.111.

示了對中國傳統政治與歷史觀念的影響，也啟動了對經學話語和史學話語這兩種不同範式的書寫路向。[137]

---

[137] 按：實際上，側重於不同時間維度的觀察與詮釋會影響《春秋》在語義上的流傳和演變，在話語語義的傳遞模式上，也存在著與共時──歷時結構相應的結構性特徵。有關《春秋》「三傳」詮釋話語的語義結構分析，參見拙作《隱喻與轉喻：詮釋學視域下西漢〈春秋〉學的兩種話語模式》，見於《中國比較文學》，2013 年第 2 期，第 103-121 頁。

The Bipolar Structure
of Time and the Dual Character of *Chunqiu*:
The Case of the Interpretations
of *Chunqiu* in the Western Han Dynasty

GUO Xi'an

Abstract: This article probes into the relation between the bipolar structure of time and the dual character of *Chunqiu*. It focuses on the case of the interpretations of *Chunqiu* in the Western Han Dynasty. *Chunqiu* per se has the synchronic -diachronic dual dimension, which represents and relates to its *Jing-Shi* duality. *Gongyang Zhuan* and *Guliang Zhuan* incline to interpret the steady values in the textual system of *Chunqiu* and emphasize on the atemporal character of it. Meanwhile, *Zuo Zhuan* emphasizes on the diachronic events, and thus, the form of historiography is preserved and evolved. However, *Jing* and *Shi* are not utterly opposite. The synchronic interpretation has to absorb the diachronic events to bring about the dynamic balance of the system itself. As such, the structure and event can coexist dialectically in the interpretive system.

Key Words: Classicism, Interpretation, synchronic- diachronic system, structure, event

Notes on Author: GUO Xi'an (1984-), female, Ph.D., Fudan University, is a postdoctoral fellow in Institute for Comparative Literature and World Literature at Shanghai Normal University. Major research interests include Comparative Literature studies and Comparative Poetics between China and the West.

經學玄學化與魏晉儒士
對經學本體的構建
——以哲學詮釋學的視域

李麗琴

[論文摘要] 透過哲學詮釋學的視域，經學詮釋作為儒士的存在方式，就是在不同的時代對漢儒構建的道聖意義的傳遞和分有。魏晉時代，士人對「經」的本體地位的提問，以及由此引發的儒士信仰根基的動搖，促使詮釋主體在「道本無名」的意義視域中，對「聖人無言」予以新的理解，將漢代經學詮釋的成果整合於此時當下的理解之中，重新規定了道聖意義的權威性，並即此開啟了儒家經典在一個新的時代得以有效的新的意義活動空間。

[關 鍵 詞] 經學詮釋學；經學玄學化；經學本體；視域融合

[作者簡介] 李麗琴（1969-），女，中國人民大學文學院比較文學與世界文學博士後，中國人民大學國際學院（蘇州研究院）講師，主要從事比較詩學、經學詮釋學及中西經文互譯等方面的研究。

引言

　　據《漢書》記載，漢武帝即位後，為使漢家政權「傳之亡窮，施之罔極」，「欲聞大道之要，至論之極」，故下詔策問賢良文學之士，「於是董仲舒、公孫弘等出焉。」[1]統治者對探究某種最根本的「大道」、「至論」的渴望，使漢代經學以一種前所未有的方式，成為國家政治和社會生活中的聖典，即獲得正統性地位並保證其世界觀、真理觀和價值觀的統一的一種經典。對這一類經典，更為恰當的命名，應當是「正典」或「神聖經典」。

---

[1] [東漢]班固撰、[唐]顏師古注：《前漢書·武帝紀》，見於《二十五史》，上海：上海古籍出版社、上海書店 1986 年據乾隆四年武英殿本影印，第 1 冊，第 383 頁。

漢儒鑄造的「神聖經典」意識，是一種規範的意識，即對其中所蘊含的某種權威的神聖性認同。儒家經典在此成為意義評價和價值判斷的標準、尺度和原則。漢王朝「議禮、制度、考文，皆以經義為本。」[2]而且，這種「依經立義」的致思模式，在相當多的情況下，並不意味著對經典權威的盲目認可和服從，恰恰相反，「依經立義」的本質，實際在於理性的某種承認和認同的行動，即一種自覺皈依其中並付諸實際行動的信仰。

值得注意的是，儒家典籍作為一種用文字固定下來的「流傳物」，其在漢代獲得的聖典權威的正當性，以及由此對皈依其中的儒者的理所當然的制約性，實際上源於漢儒為詮釋和理解儒家典籍所精心籌畫的「天」本體的意義視域。在上漢武帝的舉賢良對策中，董仲舒以對《春秋》題旨的理解，界定了「經」之為聖典的最終依據在於其根源於「天」的終極本體。

> 天人之徵，古今之道也。孔子作《春秋》，上揆之天道，下質諸人情，參之於古，考之於今。故《春秋》之所譏，災害之所加也；《春秋》之所惡，怪異之所施也。書邦家之過，兼災異之變；以此見人之所為。其美惡之極，乃與天地流通而往來相應，此亦言天之一端也。[3]

此前僅為魯國編年史的《春秋》，在董仲舒構建的「天」本體的意義視域中，其之所以能夠獲取「萬物之所從始」的神聖意義，乃在於《春秋》之作是聖人揆度天道的結果；並且，因為《春秋》秉持聖人體道的屬性，社會生活中的各種災異怪像，也可以在其中找到據以發生的依據。漢代經學詮釋以這樣一種經過改造的、增益了許多新內容的陰陽五行和八卦思想為構架，構築了一個十分周延的、在一切自然的與社會的事物間皆具有互動聯繫的有機宇宙系統，並在此系統中特別明顯地凸現出穩定的、具有必然性或規律性的天人感應結構，以此作為社會變遷根源的「大道」和「至論」。在此，大一統帝國的理論召喚和精神需求，作為一種新的詮釋學境況，為儒家經典詮釋提供了超越文本作者或原來讀者據以理解的意義視域，使得在「天」本體下構建起來的天（道）──聖──經的意義體系被確立和認可，並成為後世儒者繼續傳遞和分有的意義和價值體系。

2　[清]皮錫瑞著、周予同注釋：《經學歷史》，北京：中華書局1959年版，第117頁。
3　[東漢]班固撰、[唐]顏師古注：《前漢書‧董仲舒傳》，見於《二十五史》，上海：上海古籍出版社、上海書店1986年據乾隆四年武英殿本影印，第1冊，第236頁。

　　問題在於，漢代經典及其經典詮釋的意義和價值的給定，實際上仰賴於政治權威所認定的聖人及權威詮釋者。經學詮釋的任務是為大一統國家權力的合法性提供理論上的支援，其較強的現實性和實用性，需要穩固強大的帝國力量予以支撐。這就等於承認，「天」本體籌畫中的「經」的價值和意義的有效性，是有條件的；另外，漢儒構建的作為一種信仰體系的「天」本體，常常在「天地」或「天高」等描述中，喪失其邏輯上倒溯已盡的終極依據的意義，從而淪為作為物質空間的「天」（firmament）的存在。喪失了無條件的絕對性，漢代經學詮釋的完備性和有效性必然受到質疑，與此相應的是，作為儒士安身立命依據的經學信仰，其基礎的穩固性也勢必動搖。

　　在漢魏之際社會大動盪的時代裡，漢代經學以「天」為本體構建的經學詮釋體系，日益失去其維繫世道人心的思想力量。天人感應和章句之學固有的理論弱點，不足以滿足處身亂世中的人們對宇宙人生的終極依據的追問。為了重新贏得絕對性，經學必須在更深的層面上尋找據以立足的終極依據。魏晉時代玄學的興起和經學的玄學化，是儒士在「道本無名」的層面上，對經學本體視域的一種重新構建。魏晉士人在儒道融合的詮釋境況中，援道入儒，對「經」在其可能達到的某種更高的反思階段予以理解，使得被質疑的經學的權威地位能夠被重新建立，而其中深蘊的儒家道聖意義，也能夠在自己的時代以新的方式被再次傳遞和分有。作為經學存在的一種特殊形式，經學玄學化在最大的程度上顯露了「經」的真正強大。

一、「中衰」的經學與儒士信仰根基的動搖

　　漢代經學的衰落，除了因大一統帝國的崩潰所致的社會政治因素的影響之外，也有根源於經學自身的內在因素。導致漢代經學衰微的自身因素，在前是今文經學的讖緯和煩瑣，繼後為今古文經學的混雜和古文經學理論深度的缺乏。

　　首先，漢代作為神學經學的讖緯之學的盛行，[4]使經學成為籠罩在一片神學迷霧中的「秘經」，其本身即已孕育著走向衰落的因素。

---

[4] 按：鍾肇鵬先生認為，「神學迷信與儒術的結合正揭出了讖緯的實質。」讖具有預決吉凶的神學性質，緯具有經學的性質，讖緯也就自然而然地具有神學經學的性質了。參鍾肇鵬著：《讖緯論略》，瀋陽：遼寧教育出版社 1995 年版，第 25 頁。

　　以董仲舒為代表的今文經學在西漢尊盛一時。這一詮釋模式所關注的焦點並非語言結構，而是對語言所闡發的五經內容的意義理解。這本是經學詮釋學方法論從自發到自覺的一個難得的轉折時期。可是，由於今文經學詮釋學使經學與陰陽五行相結合，根據天人合一的思維模式，運用陰陽五行、災異譴告的觀念對五經進行詮釋，而且還與讖緯相結合，這很容易使「經」成為不再是一般的、通過語言的解析便可以理解的文獻，而變成了內蘊隱秘意義的密碼語言，在這種密碼語言背後的隱秘意義是要借助某種神秘的宗教體驗和靈感來領悟的！這樣一來，五經的解釋變得日趨複雜和神秘，儒士對經學的內在信仰蛻變為對陰陽災異的圖讖迷信。

　　以對禮之本質的訓釋為例，先秦儒學一般是從禮的內容、社會功能和根源這三個方面來揭示禮之本質的。如荀子以為，「人生而有欲……是禮之所起也」，[5]認為「人無禮則不生，事無禮則不成，國家無禮則不寧」。[6]

　　漢儒對於「禮」的根源卻追溯到天地、陰陽。「禮所以設容，明天地之體也」，「禮者，體也，人情有哀樂，五行有興滅，故立鄉飲酒之禮，終始之哀，婚姻之宜，朝聘之表，尊卑有敘，上下有體，王者行禮得天中和。禮得，則天下咸得厥宜。陰陽滋液萬物，調四時，和動靜，常用，不可須臾惰也。」[7]

　　董仲舒對於《孝經》以「孝」為「天經地義」的命題，是把「五行相生」與人世間的孝道相提並論，並與「天」聯繫起來，使孝道納入了他所設定的「天」本體中，從而使孝道獲得了毋庸置疑的合理性。

　　　　天有五行，木火土金水是也，木生火，火生土，土生金，金生水……由此觀之，父授子，子受之，乃天之道也，故曰：夫孝者，天之經也……五行莫貴於土，忠臣之義，孝子之行，取之土，此謂孝者，地之義也。[8]

5　[周]荀況撰、[唐]楊倞注、[清]盧文弨、謝墉校：《荀子·禮論》，見於《二十二子》，上海古籍出版社1986年縮印浙江書局光緒初年匯刻本，第333頁。

6　[周]荀況撰、[唐]楊倞注、[清]盧文弨、謝墉校：《荀子·修身》，見於《二十二子》，上海古籍出版社1986年縮印浙江書局光緒初年匯刻本，第289頁。

7　[清]趙在翰輯：《七緯》卷三十五《春秋·說題辭》，清嘉慶14年侯官趙氏小積石山房刻本。

8　[漢]董仲舒撰、[清]盧文弨校：《春秋繁露·五行對》，見於《二十二子》，上海古籍出版社1986年縮印浙江書局光緒初年匯刻本，第792—793頁。

漢儒以「天」的根源對倫理規範和政治制度做出論證，本意是警告統治者，注重德治教化，是有一定的積極意義的。然而講究陰陽災異的風氣發展到後來與圖書象數之學結合，則流於讖緯迷信了。讖，又稱「符命」或「符讖」，是巫師或方士製作的「詭為隱語，預決吉凶」的宗教預言。[9]緯，相對「經」而言，是巫師或方士用圖讖的觀點對儒家經典進行引申、解釋和比附。例如齊《詩》以「四始、五際、六情」之說來比附《詩經》，《春秋》和《尚書》學也大講陰陽災異、天文星占等等。緯書假託神意解釋經典，把它們說成是神的啟示，宣揚神秘的宇宙觀和神學迷信。一般每種儒家經典，都有一種或數種相應的緯書相配合，例如僅《春秋》一書，目前可見的相應漢代緯書種類（佚文）即達 15 種之多。[10]今文經學流於讖緯迷信，使經義更加荒誕以至「妖妄」，就無法以理性來批判干預現實的社會政治，無法實現儒士批評現實、經邦濟世的使命，其衰微之勢在所難免。王弼總結漢代象數易學衰落的原因時說：「偽說滋漫，難可紀矣。互體不足，遂及卦變；變又不足，推至五行，一失其原，巧愈彌甚。」[11]這即是對陰陽五行、讖緯象數與漢代經學衰微的關係的一種說明。

其次，漢代經學固守師法和家法的學術原則，嚴重束縛了經學詮釋的學術生命力。

今文經學注重師法和家法，其所尊崇的不僅是五經的經文，而且還包括諸大師對五經的解說，「傳」被奉為師法和家法，詮釋的任務只是說明和傳承既定的詮釋，經學詮釋因之被僵化固定，降為一種純粹的技巧，這不僅窒息了經學詮釋的創造性，使今文經學的發展空間抱殘守缺，拘於章句訓詁，難以發揮五經的微言大義，而且帶來了經說日益繁瑣的惡果。人們沉湎於浩如煙海的經注而忘卻了五經本文，並且使得本文愈來愈難於理解。一經的注文，少則數十萬，多則百萬言，更有甚者，注釋幾個字的經文就要幾萬字。如秦延君說《堯典》篇目兩字，旁徵博引十萬言，說「曰若稽古」篇首四字，支離散漫三萬言，儒生皓首窮年，亦難以明一經。經學的煩瑣必然導致經學的衰微。班固《漢書·藝文志》即已指出了這之間的必然聯繫：

9　《四庫全書總目》，見於《四庫全書》，第 1 冊，上海：上海古籍出版社 1987 年版，第 158 頁。
10　《玉函山房輯佚書·目錄》，上海：上海古籍出版社 1990 年版，第 14 頁。
11　樓宇烈著：《王弼集校釋》，北京：中華書局 1980 年版，第 609 頁。

> 古之學者耕且養，二年而通一藝，存其大體，玩經文而已，是故用日少而蓄德多，三十而五經立也。後世經傳既已乖離，博學者又不思多聞闕疑之義，而務碎義逃難，便辭巧說，破壞形體；說五字之文，至於二三萬言。後進彌以馳逐，故幼童而守一藝，白首而後能言；安其所習，毀所不見，終以自蔽，此學者之大患也。[12]

煩瑣則難通，故作繭自縛。聖人的真義湮滅在浩繁的文字遊戲中，經說越來越多，卻失去了創造力，以至於皓首窮經而不知所云。經學失去了思想發展的活力，必然走向衰落。

第三，漢代經學文本的訛誤及不同學派對五經的歧異理解，也蘊含了經學衰微的危險。

漢代經學有今文經和古文經之分，一經之中又有數家之分。正如范曄所說：「經有數家，家有數說，章句多者或乃百餘萬言，學徒勞而少功，後生疑而莫正。」[13]再加以今文經學說解經義隨心所欲，穿鑿附會，又造成了經傳之文多無正定的現象。更有甚者，一些儒士向蘭台官員私行賄賂，「定蘭台漆書經字，以合其私文」，[14]致使儒經文字多有謬誤，後又遭董卓之亂，洛陽文物書籍慘遭厄運，兩漢數百年聚書之功毀於一旦，[15]其廣泛傳播的物質條件業已喪失，經學的混雜現象更為嚴重。至鄭玄融合今古文學，使經學達到統一的局面，鄭學的興盛，標誌著漢代今文經學的衰亡。[16]但與此同時，儘管鄭玄將今、古文經學導向合流，結束了「經有數家，家有數

---

12 [東漢]班固撰、[唐]顏師古注：《前漢書·藝文志》，見於《二十五史》，上海：上海古籍出版社、上海書店 1986 年據乾隆四年武英殿本影印，第 1 冊，第 529 頁。

13 [宋]范曄撰、[梁]劉昭補志、劉昭補志、[唐]李賢等注：《後漢書·鄭玄傳》，見於《二十五史》，上海：上海古籍出版社、上海書店 1986 年據乾隆四年武英殿本影印，第 2 冊，第 910 頁。

14 [宋]范曄撰、[梁]劉昭補志、劉昭補志、[唐]李賢等注：《後漢書·儒林列傳》，見於《二十五史》，上海：上海古籍出版社、上海書店 1986 年據乾隆四年武英殿本影印，第 2 冊，第 1025 頁。

15 [宋]范曄撰、[梁]劉昭補志、劉昭補志、[唐]李賢等注：《後漢書·儒林傳序》，見於《二十五史》，上海：上海古籍出版社、上海書店 1986 年據乾隆四年武英殿本影印，第 2 冊，第 1025 頁。

16 按：對此，皮錫瑞指出：「漢時經有數家，家有數說，學者莫知所從。鄭君兼通今古文，溝合為一，於是經生皆從鄭氏，不必更求各家。鄭學之盛在此，漢學之衰亦在此。」（見於[清]皮錫瑞著、周予同注釋：《經學歷史》，北京：中華書局 1959 年版，第 142 頁。）

說」的雜亂局面，以鄭玄為代表的古文經學關於名物訓詁和典章制度的研究也優於今文經學，但古文經學的訓詁知識多半局限於一些具體細節問題的考訂，叢雜瑣碎，且相互矛盾。比如關於《喪服》的研究：

> 三年之喪，鄭云二十七月，王（肅）云二十五月。改葬之服，鄭云服緦三月，王云葬訖而除。[17]

這些爭論並非毫無意義。因為作為傳統文化的生活準則必須規定得十分具體，人們才得以遵循。但是，它們的意義何在，各種生活準則之間的關係怎樣才能處理得更協調，如何站在哲學的高度對它們進行論證，所有這些重大問題，古文經學都回避了。時人對五經的差異性理解，固然有彼此不同的歷史體驗的根源，但它可能使一統的經義被分解，使聖人的真義被歪曲，從而導致整個儒學世界的徹底分裂。

所以，儘管漢代的經學詮釋可以為重建封建秩序提供經義上的依據，但卻不能對這種封建秩序本身做出理論上的解釋。理論深度的缺乏，使古文經學家們不能以更高層次的哲學致思對時代的課題做出回應，以滿足時人對一種新的切時的指導思想和行動世界觀的渴求。在這種情況下，人們先是產生了對經學的具體性解釋的懷疑，繼而懷疑到五經本身。這對於儒學世界來說是不可思議的。如果經學信仰是不可割捨的，人們根據自己的歷史體驗、在新的詮釋境況中對五經做出新的、更為切近自己生命的解釋便是唯一的出路，否則，這一危機可能使人們在一片迷茫中導致信仰的失落。

當漢晉之際，儒士面對難以逆轉的「人生幾何」、「去日苦多」的現實和生命無常、宦海無常的悲劇局面，除了發出「天道如何，吞恨者多」的慨歎之外，[18]在經學詮釋中無以找到安身立命的精神支撐，於是，在風雨飄搖中，渴望建功立業、以天下為己任的價值理想中，增加了慕通達、尚自然的人生態度，老、莊思想悄然滲入儒士的精神境界。聞一多曾以詩人的激情描述莊學在魏晉的復興：

---

[17] [唐]房玄齡等撰：《晉書・禮志》，見於《二十五史》，上海：上海古籍出版社、上海書店 1986 年據乾隆四年武英殿本影印，第 2 冊，第 1308 頁。

[18] 鮑照撰：《蕪城賦》，見於[清]嚴可均校輯《全上古三代秦漢三國六朝文》第 3 冊，北京：中華書局 1958 年版，第 2687 頁。

像魔術似的，莊子突然佔據了那個時代的身心，他們的生活、思想、文藝——整個文明的核心是莊子。他們說「三日不讀《老》、《莊》，則舌本閒強。」尤其是《莊子》，竟是清談家的靈感的泉源。從此以後，中國人的文化上永遠留著《莊子》的烙印。[19]

在這一生死無常、得失驟變的時代，時代的苦痛釀造出心靈的痛苦，精神本體焦慮的消釋和信仰根基的能以穩固，需要在玄學的形而上的空間中努力。正是在這樣一個新的詮釋境況下，老莊道家思想悄然滲入，滿足了魏晉儒士的心靈需求，這一需求在學術上的反映，便是玄學的興起與經學玄學化的思潮的氾濫。而經學玄學化的開端，乃始於魏晉士人對「經」的本體地位的提問。

二、魏晉士人對「經」的本體地位的提問

漢儒運用「天人合一」的思維模式使「經」的意義上達「天道」，以「天」本體的意義視域的設定，確立了「聖人之經」神聖不可顛覆的正當性與合理性。翼奉在思考道、聖和經的邏輯關係時，設定了「道—聖—經—賢—人道」的詮釋架構。

> 天地設位，懸日月，布星辰，分陰陽，定四時，列五行，以示聖人，名之曰道。聖人見道，然後知王治之象，故畫州土，建君臣，立律曆，陳成敗，以示賢者，名之曰經。賢者見經，然後知人道之務，則《詩》、《書》、《易》、《春秋》、《禮》、《樂》是也。[20]

在翼奉的詮釋模式中，「經」是「道」的顯現，「道」是「天道」，其「懸日月，布星辰，分陰陽，定四時，列五行」的奇妙佈置，最終是為了「示聖人」以「知王治之象」，「天道」直接映射於社會政治。

---

[19] 聞一多撰：《古典新義‧莊子》，見於《聞一多全集》（第二卷），北京：三聯書店 1982 年版，第 279-280 頁。

[20] [東漢]班固撰、[唐]顏師古注：《前漢書‧翼奉傳》，見於《二十五史》，上海：上海古籍出版社、上海書店 1986 年據乾隆四年武英殿本影印，第 1 冊，第 658 頁。

董仲舒對於《春秋》的解釋，也是在「天」本體的意義籌畫中，構建「經」之上達「天道」的「元」、「始」和「本」的意義的。

> 臣謹案《春秋》謂一元之意，一者萬物之所從始也，元者辭之所謂大也。謂一為元者，視大始而欲正本也。[21]

但是，漢儒精心籌畫的這些「天道」和「始」、「元」觀念，最終映射於社會政治，意在「知王治之象」，這始終是一種現實性極強的思路，並未達到宇宙的終極問題的討論。漢王朝所謂「以經義為本」，這裡的「本」的主要涵義也並未上升到探究根本的程度，而僅僅是萬物在時間意義上的開始。所以，當人們的思考超越於現世而上達天地萬物、宇宙人生存在的根據這一問題時，漢儒構建的以「天」為本體的經學詮釋的問題就顯現出來了。

鄭玄注《論語・公冶長》「性與天道」一句時，把「性」解釋為「人受血氣以生，有賢愚吉凶」，而把「天道」理解為「七政變動之占也」。[22]因而，關於終極的人性依據和玄遠的宇宙依據被認為不必追問，是理所應當的前提。桓譚即有言「蓋天道性命，聖人所難言也，自子貢以下，不得而聞，況後世淺儒能通之乎？」[23]那麼，「夫子」所言的「性與天道」到底是什麼？

徐復觀認為，「孔子的所謂天命或天道或天，用最簡潔的語言表達出來，實際是指道德的超經驗的性格而言」[24]「對孔子而言，」「春秋時代道德法則化了的『天』，並非僅是外在的抽象而漠然的存在；而繫有血有肉的實體的存在。」[25]而且，「仁是性與天道融合的真實內容」[26]這樣看來，至少在先秦儒家的觀念裡，其所言之「道」，終究未能脫離以具體闡釋和實踐倫理道德為特徵的窠臼。《論語》所云「道不行，乘桴浮於海」以及「人能弘道，非道弘人」的「道」，注重的是公共生活中共同遵守的道德準則，是

---

[21] [東漢]班固撰、[唐]顏師古注：《前漢書・董仲舒傳》，見於《二十五史》，上海：上海古籍出版社、上海書店 1986 年據乾隆四年武英殿本影印，第 1 冊，第 235 頁。

[22] [宋]范曄撰、[梁]劉今、劉昭補志、[唐]李賢等注：《後漢書・桓譚傳》，見於《二十五史》，上海：上海古籍出版社、上海書店 1986 年據乾隆四年武英殿本影印，第 2 冊，第 889 頁。

[23] [宋]范曄撰、[梁]劉今、劉昭補志、[唐]李賢等注：《後漢書・桓譚傳》，見於《二十五史》，上海：上海古籍出版社、上海書店 1986 年據乾隆四年武英殿本影印，第 2 冊，第 889 頁。

[24] 徐復觀著：《中國人性論史・先秦篇》，上海：三聯書店 2001 年版，第 77 頁。

[25] 徐復觀著：《中國人性論史・先秦篇》，上海：三聯書店 2001 年版，第 75 頁。

[26] 徐復觀著：《中國人性論史・先秦篇》，上海：三聯書店 2001 年版，第 80 頁。

要解決「世道」與「人道」的問題。於是，作為真理的終極依據的本體，並不在儒士所認同的「經」中。

另一方面，受西周以來的「天」觀念的影響，董仲舒所崇立的「天」既無法成為一個徹底的人格神，也無法成為一個純粹抽象的政治理念，而是遊移於這二者之間，成為一個難以捉摸的混沌體。人們雖然尊「天」敬「天」，但除了作為物質的「天」之外，「天」只能反映為一種絕對意志——「命」。這樣一種抽象的理性，既難以作為邏輯上倒溯已盡的終極，也難以使人在觀念上予以清晰地把握，極易導致理解的歧義。其對於來生和死後觀念的天然缺乏，也使得「天」本體構建中的經學詮釋無以滿足漢魏之際動盪年代裡人們的精神需求。

東漢末年，一些精通經學的政論家，如王充、桓譚、仲長統等，即已開始推崇老莊之學，對今文經學大加抨擊，他們實際上成了經學內部的異端力量。針對著經學獨尊和名教之治導致的神秘和虛妄風氣，這一時期的新思潮不約而同地「指訐時短」，學說普遍具有批判鋒芒。辯論本末名實成為風靡學界的話題。

王符作《潛夫論》，將「辨本末」作為思想主題，處處強調「本」的重要，呼籲正本清源，循名責實。這種力量的興起，表明儒學獨尊的地位開始動搖，經學不容置疑的地位受到挑戰，由思想定於一尊到「戶異議，人殊論，論無定檢，事無定價」，儒士的精神家園處於風雨飄搖之中。「月明星稀，烏鵲南飛；繞樹三匝，無枝可依」。「朝雁鳴雲中，音響一何哀。問子游何鄉？戢翼正徘徊」。這些詩歌所表現的，不僅僅是人生的悲慨心境，也蘊含了精神無所依託的惶惑！所以，在哀歎人生易滅、憧憬生命永恆的同時，魏晉士人作為詮釋主體，不得不面對自己的時代課題，如何挽救因經學危機而造成的信仰危機和社會危機？如何在「崇本舉末」的詮釋原則下使「經」上達本體之道？有關於此的思考，首先始於對漢儒所崇立的「經」的毋庸置疑的神聖意義的有效性的質疑。

《三國志》卷十注引何劭《荀粲傳》記載，約大和初年（227），荀粲「常以為子貢稱夫子之言性與天道，不可得聞，然則六籍雖存，固聖人之糠秕。」[27]而嵇康在《難張叔遼自然好學論》中也說：

---

[27] 按：《三國志》卷十注引有謂「何劭為粲傳曰：粲字奉倩。粲諸兄並以儒術論議，而粲獨好言道。常以為子貢稱夫子之言性與天道，不可得聞，然則六籍雖存，固聖人之糠秕。」（[晉]陳壽撰、[宋]裴松之注：《三國志》，見於《二十五史》，上海：上海古籍出版社、上海書店1986年據乾隆四年武英殿本影印，第2冊，第1105頁。）

　　今子立六經以為準，仰仁義以為主，以規矩為軒乘，以講誨為哺乳。由其途則通，乖其路則滯；遊心極則，不睹其外；終年馳騁，思不出位。聚族獻議，唯學為貴。執書摘句，俯仰諮嗟；使服膺其言，以為榮華。故吾子謂六經為太陽，不學為長夜耳。

　　今若以明堂為丙舍，以諷誦為鬼語，以六經為蕪穢，以仁義為屍腐，睹文籍則目瞧，修揖讓則變傴，襲章服則轉筋。譚禮典則齒齲。於是兼而棄之，與萬物為更始，則吾子雖好學不倦，猶將缺焉。則向之不學，未必為長夜，六經未必為太陽也。[28]

嵇康在此質疑的，首先是當他將自己的詮釋視域界定為「與萬物為更始」時，「六經」對於他的意義。漢人在「天」本體下界定的六經，是大眾日常生活和官場宦途的最高標準和行動指南。以《洪範》察變，以《禹貢》治河，以《春秋》決獄，以三百篇當諫書，風靡兩漢朝議的引經據典之風，不僅使經義成為封建政治的精神支柱，也使讀經成為文人儒士的進身之階。因此，漢代經學籌畫的「天」本體意義，從本質上關注的，只是現實的秩序、道德和功名。在這一本體論建構中的經學詮釋和生命信仰，直接導致了儒士對現實功名利祿的全面追求。

　　漢晉之際，當死亡作為人的非存在問題被提到了名士的清議日程中時，新的詮釋境況和詮釋資源使士人不再囿於現實生活的特定情境或其中因素的束縛，作為處於有限性和潛在的無限性之間的「必死者」，「天」本體意義視域中的功名利祿追求的價值和意義受到質疑。這種質疑和不信，使士人得以脫離曾經被建構的神聖中心，在天地萬物以「無」為本的本體構架中重建自己賴以生存的意義視域。「六經未必為太陽」，儒門對功名利祿之外的「性與天道」等問題的回避，最終為自己留下了在漢晉時代能以被顛覆的一個破口！

三、經學玄學化：魏晉儒士對「經」之「道」本體意義的籌畫

　　帶著「六經未必為太陽」的質疑，魏晉儒士開始了與漢代經學的對話。在此，魏晉儒士突出和強調的，是經學傳統中的「聖人無言」的要素。以

---

[28] [魏]嵇康撰：《難張叔遼自然好學論》，見於[清]嚴可均校輯《全上古三代秦漢三國六朝文》第 2 冊，北京：中華書局 1958 年版，第 1336 頁。

此為起點，魏晉儒士一方面整合了漢代經學尊孔為聖的傳統，另一方面，魏晉儒士以「道本無名」的本體構建，擺脫了漢代經學「天」本體意義視域的限制，以經學玄學化的方式，對聖人人格和聖人之道做出了一個新的「更好的」理解。

《論語‧陽貨》載：

> 子曰：「予欲無言。」子貢曰：「子如不言，則小子何述焉？」子曰：「天何言哉？四時行焉，百物生焉。天何言哉！」[29]

在此，「聖人無言」的問題並不在漢儒理解的問題視域中，何晏對此的理解，也僅止於「言之為益少，故欲無言」的層面。但是，玄學家們卻就這一主題表達了自己的新的理解。

首先，玄學家以「聖人體無」的理解，與漢代經學在尊孔為聖的層面達成了一種新的判斷統一。西晉何劭所作《王弼傳》中有載：

> 時裴徽為吏部郎，弼未弱冠往造焉。徽一見而異之，問弼曰：「夫無者誠萬物之所資也。然聖人莫肯致言，而老子申之無已者何！」弼曰：「聖人體無，無又不可以訓，故不說也。老子是有者也，故恒言其所不足。[30]

在被問及孔子與老子有關於「無」的問題的討論時，王弼認為孔子才是真正體會了「無」的人。「無」超言絕象，其作為「萬有」的本體是難以用語言加以說明的；而孔子的高明之處正在於其不說「無」（本體），而說「有」（現象）。他是真正把「無」和「有」認為一體的人，本體即在萬有之中，體用如一，本末不二，非在萬有之外而另為一物。但老子不是這樣，他沒有真正懂得天地萬物的本體，因而把「無」看成為認識的對象，常去說那不能說的，實際上還是把「無」看成了「有」，因而「恒言無所不足」，終未能擺脫「有」的束縛，使「道」越說越玄，而不能自拔。王弼在此指出了「聖人體無」的真諦。

---

29 [魏]何晏注、[宋]邢昺疏：《論語注疏》，見於《十三經注疏》，中華書局 1980 年影印世界書局阮元校刻本，下冊，第 2526 頁。
30 [魏]王弼撰、樓宇烈校釋：《王弼集校釋》，北京：中華書局 1980 年版，第 639 頁。

其次，玄學家以聖人無言，意在「以無為本」的理解，以道家視域對孔子所屬的聖人人格予以修正。《論語釋疑》載：

> 予欲無言，蓋欲明本。舉本統末，而示物於極者也。夫立言垂教，將以通性，而弊至於湮，寄旨傳辭，將以正邪，而勢至於繁。既求道中，不可勝御，是以修本廢言，則天而行化。以淳而觀，則天地之心見於不言；寒暑代序，則不言之令行乎四時，天豈諄諄者哉。[31]

王弼認為孔子答子貢的話，是在論道，道法自然，不言為教。所以孔子「予欲無言」之目的在於「明本」，即「以無為本」之意也。孔子在此的「予欲無言」之教，在王弼看來乃是在體現「舉本統末」的認識論與方法論原則，藉以「示物於極（本）者也」。「天地之心見於不言」，物之「極者」是只可「體」不可言的。孔子「無言」，可見孔子是真正的「體道」之人，玄學家在新的層面，對孔子之為「聖人」的原因做出了自己的解釋。

第三，玄學家以「道本無名」為標準，闡明了聖人之道在當下對於自己的意義。《列子‧仲尼》張湛注引何晏《無名論》曰：

> 夏侯玄曰：「天地以自然運，聖人以自然用。」自然者，道也。道本無名，故老氏曰強為之名。仲尼稱堯蕩蕩無能名焉，下云巍巍成功，則強為之名，取世所知而稱耳。豈有名而更當云無能名焉者邪？夫唯無名，故可得遍以天下之名名之，然豈其名也哉？惟此足喻而終莫悟，是觀泰山崇崛而謂元氣不浩芒者也。[32]

何晏以「道」解釋夏侯玄所謂「天地以自然運，聖人以自然用」之「自然」，認為天地萬物因循自然而流行，聖人因循自然而成化，天人兩界共同依據於無執無為的原則而存在變化，這一原則就是「道」。「自然者，道也」，「道本無名」，本不可以言說，稱之為道，不過是「強為之名」。道體為「無」，只是表示無形無名的意思。道體無名，它必不限於一名而可包容萬物萬事之名，所以何晏又以「可得遍以天下之名而名之」而解說其特性。

---

[31] [魏]王弼撰、樓宇烈校釋：《王弼集校釋》，北京：中華書局1980年版，第333頁。

[32] [周]列禦寇撰、[晉]張湛注、[唐]殷敬順釋義：《列子‧仲尼》，見於《二十二子》，上海古籍出版社1986年縮印浙江書局光緒初年匯刻本，第206頁。

　　值得注意的是，何晏在此特意提到了《論語‧泰伯》所謂「子曰：大哉，堯之為君也！巍巍乎唯天為大，唯堯則之。蕩蕩乎民無能名焉！巍巍乎其有成功也，煥乎其有文章。」[33]何晏以為「仲尼稱堯蕩蕩無能名焉，下云巍巍成功」是如老子一樣的「強為之名」，不過是為了「取世所知而稱耳，」這就在不經意間幾乎是不露痕跡地將聖人所謂之「蕩蕩之道」列入了「無名」之「道」的體系。漢代經學詮釋映射於王道政治和官場宦途的「天道」的意義，在「道體無名」的詮釋視域中被突破了。

　　第四，玄學家以「舉本統末」為原則，構建了聖人之道的終極本體依據。

　　《論語‧述而》有謂：「士志於道」。朱熹認為，「道」是「人倫日用之間所當行者」，「志」是「心之所之之謂」[34]。由此，「志於道」的意義自其表示外者而言為「禮」，自其具於個體內在之德而言為「仁」。二者皆不離政治人倫日常之用，不具玄虛的色彩。但王弼注曰：

　　　　道者，無之稱也，無不通也。況之曰道，寂然無體，不可為象。
是道不可體，故但志慕而已。[35]

王弼對於道何以「不可體」而只可「志慕」，不僅解釋了其然，而且解釋了其所以然。言「道者，無之稱也」，即是闡明「以無為本」的本體論。「道」就是「無」，就是此在世界邏輯上倒溯已盡的終極，就是「以無為本」，故「道」無體無象也；這一終極之「無」、萬象之「本」，卻是不在語言與形象之內，也不在時間與空間之內，故而顯得玄遠幽冥，這是老子所謂「玄之又玄」之「道」。正是在這探尋「聖人之道」之「不可體」之「所以然」的過程中，王弼巧妙地援道入儒，以道釋儒，使儒家觀念中立足於「人倫日用」的「聖人之道」變成了本體論意義上之「道」或「無」，儒家之神聖經典於此被加以玄化，中國經學詮釋史上的一段經學玄學化時期也開始了。

　　《論語‧里仁》有謂：「參乎！吾道一以貫之哉！」曾參對此的理解是：「夫子之道，忠恕而已矣！」[36]透過體察微言大義的詮釋原則，曾子對孔子

---

[33] [魏]何晏注、[宋]邢昺疏：《論語注疏》，見於《十三經注疏》，中華書局 1980 年影印世界書局阮元校刻本，下冊，第 2487 頁。

[34] 程樹德撰：《論語集釋》，北京：中華書局 1990 年版，第 444 頁。

[35] [魏]王弼撰、樓宇烈校釋：《王弼集校釋》，北京：中華書局 1980 年版，第 624 頁。

[36] [魏]何晏注、[宋]邢昺疏：《論語注疏》，見於《十三經注疏》，中華書局 1980 年影印世界書局阮元校刻本，下冊，第 2471 頁。

「一以貫之」之「道」的理解乃是忠恕之道。而王弼則經由「舉本統末」的詮釋原則對此作出闡釋：

> 貫，猶統也。夫事有歸，理有會。故得其歸，事雖殷大，可以一名舉，總其會，理雖博，可以至約窮也。譬猶以君御民，執一統眾之道也。[37]

其實，孔子之「一以貫之」之「道」，也可以理解為已蘊含儒家之終極本體和儒家「舉本統末」的詮釋方法論原則，但正如前面所述，如果僅僅從日常倫理的角度來理解孔子之本體意義上的「道」，只能使這一本體在玄學家關乎「所以然」的追問中轟然倒塌；只是到了王弼，將「聖人之道」賦予「無」的本體特徵，將聖人之「一以貫之」賦予「舉本統末」的詮釋方法論意義，聖人之「士志於道」和聖人之「吾道一以貫之哉」的真正本體論意義上的內涵才被揭示出來。

在此，魏晉儒士並未全然拋棄漢代經學詮釋籌畫的崇聖傳統和聖典意義，而是在「道本無名」的詮釋視域中，將漢代經學詮釋的成果整合於此時當下的理解之中，這一視域融合事件，開啟了經典得以有效的新的意義活動空間，經學詮釋傳統的一個新階段也即此開始。

結語

我們知道，從遠古到春秋時代，不管「士」與「道」的觀念有怎樣的變化。但是，孔子對「士」的規定仍然立足於「道」，「道」是對儒士自身的內在意義和價值的一種確立。作為個體存在的儒士，因意識到其存在的有限性，必須在精神上感受和體驗到與「道」的意義和價值的這種聯繫，才能夠確認其精神上的某種自我肯定。在這一意義上，「道」就是儒士的終極關切，就是儒士的一種人生信仰，它指向維繫儒士的存在並賦予其人生以意義的東西。儒士創造性地生活在其所構建的「道」的意義領域中，「把自己作為意義的參與者來加以肯定。他因其創造性地接受和改變現實而肯定了自己。他因參與精神生活並愛這生活的內容而熱愛自己。」[38]儒士透過

---

[37] [魏]王弼撰、樓宇烈校釋：《王弼集校釋》，北京：中華書局 1980 年版，第 622 頁。

[38] Paul Tillich, *The Courage to Be*, New Haven & London: Yale University Press, 1952, p. 46.

這一意義域所進行的對於實在（包括人的世界和人自身）的詮釋和理解，是儒士之為儒士的最終依據。

作為一種終極本體的意義籌畫，儒家之道繫於「立德」、「立功」、「立言」的「三不朽」追求，經由對現在的肯定，超越自己的有限性而達至「不朽」，從而獲得「自由」。可是，處於有限性和潛在的無限性之間的「必死者」，個體離世後的令名和文章的意義到底何在？「君子疾沒世而名不稱焉」的勸勉，[39]本是激勵儒士通過個體自身的德業修養而實現從有限到無限的超越，可是，在面臨空虛和無意義的本體焦慮之時，那最終不能朽壞的又是什麼？

「有限性是人類心靈的根本結構」。[40]人以一種最終不可避免的方式受到死亡的威脅，生命的短暫與時間的永恆迫使人們不得不思考生命的終極意義問題——有限的人渴望超越自身，達至無限——「不朽」。而所謂「不朽」，無非是一種渴望與要求，它引領思維去體驗它自身的種種不受限制的潛在可能性。人類渴望不斷超越自身的品性不僅僅在思維活動層面體現，而且還在實踐活動中體現。人類既意識到了自己的有限性又不甘心於這種有限性，這就是人類的特性所在。漢魏之際以至於整個中國文化史中，黃老道家思想始終作為一脈支流，或隱或顯的存在於社會各階層人士的心靈與精神世界中，這一現象與人的有限性之思大有關聯。

在魏晉這個戰亂頻仍、命如草芥，名士不時慘遭橫禍的動盪歲月裡，[41]儘管儒家思想的影響一直存在，以或明或暗的形式影響乃至支配著人們的生活。[42]但是，由於儒家思想所固有的較強的現實性思路，在人們面臨生死之

---

[39] [魏]何晏注、[宋]邢昺疏：《論語注疏》，見於《十三經注疏》，中華書局 1980 年影印世界書局阮元校刻本，下冊，第 2518 頁。

[40] Paul Tillich, *Theology of Culture,* New York: Oxford University Press, 1964, p.97.

[41] 按：魏晉這個苦痛的時代開始於漢末，死神如影相隨。曹操《蒿裡行》云：「白骨露於野，千里無雞鳴。生民百遺一，念之斷人腸。」蔡琰《悲憤詩》描繪西北軍閥混戰的慘痛云：「旦則號泣行，夜則悲吟坐；欲死不能得，欲生無一可；彼蒼者何辜，乃遭此厄禍！」王粲的《七哀詩》描寫中原戰亂亦云：「出門無所見，白骨蔽平原。路有饑婦人，抱子棄草間。……悟彼下泉人，喟然傷心肝。」正始以後，李豐、王廣等被司馬氏所殺，「天下名士減半」。(《三國志·魏書·王淩傳》裴注引《魏氏春秋》)西晉「八王之亂」，中原士族流離失所，自張華、陸機、裴頠、石崇、歐陽建以往，當時的名士亦多遭厄運。這時的人們最強烈地感受著朝不保夕的恐懼，其對生命和生死問題的思考以及對宇宙和人生的終極意義和價值等問題也想得更多。

[42] 按：魏晉時期，人們一方面對傳統的道德觀念有所突破，他們對於忠君、成仁、取義等觀念不再像以前那樣執著，像「三曹」的通脫、「竹林七賢」的放達、東晉士人的「風流」等等，均反映了人們思想中儒家觀念的淡薄。但是另一方面，儒家「三不

思和世界人生的終極依據的困惑之時，儒家之道並不能完全消解這種生命最深處的本體焦慮。魏晉時代發生的經學玄學化思潮，是當時儒士的終極關切訴求的一種反映。

　　儘管，何晏、王弼援道入儒，祖尚玄虛，但畢竟以「聖人體無」的詮釋為「經」之神聖權威性奠立了終極的形上依據，為飄搖的經學信仰確立了新的絕對基設或依據。玄學家們在完成承繼傳統使命的同時，開拓了這一傳統的新的意義，以一個個體的自我思考，使自己的經學詮釋成為歷史生命封閉電路中的一道炫目的閃光。

朽」的理想觀念也並未即此消失。建安時期的士人、文學家們，其作品中普遍飽含著憂時感懷、建功立業的抱負。如曹操《步出夏門行・龜雖壽》、曹植的《白馬篇》、《求自試表》等。正始年間，阮籍「嘗登廣武，觀楚漢戰處，乃歎曰：「時無英雄，使豎子成名乎!」(《三國志・魏書・王粲傳》裴注引《魏氏春秋》)西晉末年，劉琨《重贈盧諶》詩曰：「功業未及建，夕陽忽西流。吋哉不我與，去乎若雲浮。」東晉的王敦，「每酒後輒詠魏武帝樂府歌曰：'老驥伏櫪，志在千里。烈士暮年，壯心不已。'以如意打唾壺為節，壺邊盡缺。」陶淵明《讀山海經》詩亦曰：「精衛銜微木，將以填滄海。刑天舞干戚，猛志固常在。同物既無慮，化去不復悔。徒設在昔心，良晨詎可待。」這些詩歌和歷史紀錄均顯現了時人對建功立業理想的追求與仰慕。

Metaphysical Interpretation to Confucian Classics and the Ontology of Confucian Classics Constructed by Confucian Scholars in Wei and Jin Dynasties ——From the perspective of philosophical hermeneutics

LI Liqin

Abstract: As the mode of being of Confucian scholars themselves, the interpretation of Confucian classics is a kind of transmission and sharing of all times, which is about a belief in Confucian Tao and Sheng constructed by scholars in Han dynasty from the perspective of philosophical hermeneutics. And when Confucian scholars started to think about what the ontology of Confucian classics really was, which disturbed the original beliefs, it led to a new understanding about "Confucius prefer not speaking (聖人無言)" in the horizon of understanding 「The Tao with no name (道本無名)」 in Wei and Jin Dynasties. The interpreters redefined the authority of Confucian Tao and Sheng, broke open a new sphere of Confucian classics』 meaning, and established its validity in a new era by fusion of horizons in Han, Wei and Jin Dynasties on the interpretation of Confucian classics .

Key Words: Hermeneutics of Confucian Classics; metaphysical interpretation to Confucian Classics; the ontology of Confucian classics ; fusion of horizons

Notes on Author: LI Liqin (1969-), female, lecturer of International College/ Suzhou Research Institute, Renmin University of China. Major research interests are Comparative Poetics, hermeneutics of Confucian Classics, and bilateral -translation of scriptures between China and the West.

以「理」求義：
北宋經學變古時期的詮釋學思想論析[1]

梁丹丹

[論文摘要] 以「理」求義是宋儒對經典進行理解與解釋的一種重要方法論。「理」不僅在北宋經學變古時期的意義生成機制中具有核心的建構作用，也是北宋經學詮釋學在存在論意義上的本體範疇。本文結合海德格爾的詮釋學理念，對以「理」求義的北宋經學詮釋學思想的處境及其意義的先在構成機制進行分析，指出宋儒將經典作為聖人之心的載體，使得「理」在具體的詮釋活動中凸現出此在的生存論意義。

[關 鍵 詞] 經學；宋學；變古；詮釋；理

[作者簡介] 梁丹丹（1981-），女，清華大學國學院博士後研究人員，主要從事比較詩學、中西方詮釋學與古典學等方面的研究。

中國傳統文化發展至北宋，進入了一個全面繁榮的時期。《宋史·道學傳序》言：「凡詩書六藝之文，與孔孟之遺言，顛錯於秦火，支離於漢儒，幽沉於魏晉六朝者，至宋皆煥然而大明，秩然而各得其所，此宋儒之所以度越諸子而上接孟氏。」[2]王國維在《宋代之金石學》中言：「宋代學術方面最多進步亦最著。其在哲學始則有劉敞、歐陽修等脫漢唐舊注之桎梏，以新意說經，後乃有周敦頤、程頤、程顥、張載、邵雍、朱熹諸大家蔚為有宋一代之哲學；其在科學則有沈括、李誡等於歷數物理工藝均有發明；在史學則有司馬光、洪邁、袁樞等各有龐大之著述；繪畫則董源以降

---

[1]　China Postdoctoral Science Foundation funded project
[2]　[元]脫脫等撰：《宋史》卷四百二十七《道學傳》，見於《二十五史》，第 8 冊，上海：上海古籍出版社、上海書店 1986 年據乾隆四年武英殿本影印，第 1441 頁。

始變唐人畫工之畫而為士大夫之畫；在詩歌則兼尚技藝之美，與唐人尚自然之美者蹊徑迥殊；考證之學亦至宋而大盛。故天水一朝人智之活動與文化之多方面，前之漢唐，後之元明，皆所不逮也。」[3]

北宋興起的宋學，是中國古代傳統學術——經學的重要轉捩點。所謂宋學，按周予同的說法，是破漢學，建立新經學。[4]與唐代對外來文化海納百川的文化精神不同，宋學的特點在於立足儒家經典學說，以民族文化為本位，使佛、道、儒各派學說在爭競中趨於融合，拯救了儒家思想文化在宋代面臨的信仰危機。故陳寅恪在《鄧廣銘〈宋史職官志考證〉序》中曾說：「華夏民族之文化，歷數千載之演進，造極於趙宋之世」。[5]這一時期，宋儒在「先天下之憂而憂」的政治人格、「言志」、「載道」的文化理想、「內省而廣大」[6]的獨立精神下展開對儒家經典的疑古、變古思潮，對於經典的意義給出了富於創造性的詮釋和讀解，其中所潛涵的漢語文化本土詮釋學思想是極為豐富的。

一、「理」對於北宋經學意義生成的建構作用及其意義溯源

從諸多研究文獻中可見，「理」對於儒家經典在北宋的意義建構具有極為關鍵的作用。宋儒以「義理」之學取代章句之學，打破了漢唐以來長期被奉為圭臬的章句訓詁之學，皮錫瑞在《經學歷史》中曾對比前漢與後漢經學，儘管他對於宋代經學持批評意見，但其評價也指明了宋學的義理之學對於前漢學術的承傳：

3　王國維著：《宋代之金石學》，見於《王國維遺書》（第五冊），《淨庵文集續編》，上海：上海古籍出版社 1983 年版，第 69-70 頁。
4　朱維錚編：《周予同經學史論著選集（增訂版）》，上海：上海人民出版社 1983 年版，第 896 頁。
5　陳寅恪著：《鄧廣銘〈宋史職官志考證〉序》，見於《金明館叢稿二編》，上海：上海古籍出版社 1980 年版，第 245 頁。
6　按：《宋代文學通論》在其緒論「宋型文化與宋代文學」中總結了宋人「內省而廣大」的思維特點，認為其「不僅表現在對‘天人關係’的探索上，而且……普遍具有自主、自斷、自信、自豪的文化性格，不以聖賢之說、社會成見來替代自己的思考。」（王水照主編：《宋代文學通論》，開封：河南大學出版社 1997 年版，第 21 頁。）

治經必宗漢學，而漢學亦有辨。前漢今文說，專明大義微言；後漢雜古文，多詳章句訓詁。章句訓詁不能盡饜學者之心，於是宋儒起而言義理。[7]

在宋儒的經學詮釋中，「義理」往往取代古義，成為決斷經典意義的標準。如皮錫瑞在《經學歷史》之「經學變古時代」中評論道：

諸儒去古未遠，雖間易其制度，未嘗變亂其事實也。至宋儒乃以義理懸斷數千年之事實，謂文王不稱王；戡黎是武王；武王但伐紂，不觀兵；周公惟攝政，未代王；⋯⋯並與古書不合。[8]

宋人盡反先儒，一切武斷；改古人之事實，以就我之義理；變三代之典禮，以合今之制度；是皆未敢附和以為必然者也。[9]

「義理」不僅是詮釋經典意義的重要標準，也是疑經、刪經、改易經文所遵循的重要依據：

宋人不信注疏，馴至疑經；疑經不已，遂至改經、刪經、移易經文以就己說，此不可為訓者也。⋯⋯先儒之說經，如此其慎，豈有擅改經字者乎！⋯⋯乃至宋而風氣大變。[10]

除了涉及經之大義的「義理」維度，「理」的具體詮釋學應用還體現在宋儒對文理、事理、人情、理勢、天理等諸多命題的抉發，可見，「理」在北宋經學變古時期的意義生成機制中具有核心的建構作用。

「理」是北宋經學詮釋學在存在論意義上的本體範疇。那麼，什麼是「理」？從文字學的角度看，「理」這一指號，詮釋主體最初賦予它的意

---

[7] [清]皮錫瑞著、周予同注：《經學歷史》，北京：中華書局1959年版，第89頁。
[8] [清]皮錫瑞著、周予同注：《經學歷史》，北京：中華書局1959年版，第234頁。
[9] [清]皮錫瑞著、周予同注：《經學歷史》，北京：中華書局1959年版，第257頁。
[10] [清]皮錫瑞著、周予同注：《經學歷史》，北京：中華書局1959年版，第264頁。

義是「治玉」。《宋本玉篇》訓「理」為：「力紀切，治玉也。正也。事也。道也。從也。治獄官也。」[11]《說文》：「理，治玉也。」[12]徐鍇注曰：「物之脈理，惟玉最密。故從玉。」[13]脈理其實就是指結構，即構成整體的各個部分之間的有機組織與安排。這一具體的事件內涵與玉石的紋理相關聯，工匠依據玉石的紋理而雕琢即被稱為「理」。如《韓非子‧和氏》言：「王乃使玉人理其璞，而得寶焉。」[14]

「理」從最初的「治玉」這一具體事件的內涵繼而發展為動詞、形容詞以及抽象的名詞，進而在本體的意義層面被詮釋主體所採納。[15]

從動詞這一涵義層面上看，「理」由治玉引申為「治民」、「治理」、「正」、「分理」等釋義。《廣雅‧釋詁三》曰：「理，治也。」[16]如《戰國策‧秦策》言：「萬端俱起，不可勝理。」[17]《呂氏春秋‧勸學》曰：「聖人之所在，則天下理焉」，[18]高誘注曰：「理，治。」[19]《淮南子‧原道訓》：「夫能理三苗，朝羽民，徒裸國，納肅慎；未發號施生而移風易俗者，其唯心行者乎」，[20]高誘注曰：「理，治也。」[21]《左傳成二年傳》：「先王疆理天下」，[22]杜預注

---

[11] [南朝梁]顧野王撰、[唐]孫強增字、[宋]陳彭年等重修：《宋本玉篇》，北京：中國書店 1983 年影印張氏澤存堂本，第 18 頁。

[12] [漢]許慎著、[清]段玉裁注：《說文解字注》，上海：上海古籍出版社 1981 年版，第 15 頁。

[13] [南唐]徐鍇撰：《說文解字系傳》，北京：中華書局 1986 年版，第 338 頁。

[14] [周]韓非撰、[□]□□注、[清]顧廣圻識誤：《韓非子》，見於《二十二子》，上海古籍出版社 1986 年縮印浙江書局光緒初年匯刻本，第 1130 頁。

[15] 按：本文對「理」的涵義的梳理參考了《經籍纂詁》中對「理」字的訓釋。(見[清]阮元等撰：《經籍纂詁》，北京：中華書局 1982 年版，第 967 頁、第 985 頁)。

[16] [魏]張揖撰：《廣雅‧釋詁》卷第三下，見於[清]王念孫撰：《廣雅疏證》，上海：上海古籍出版社 1983 年版，上冊，第 8 頁。

[17] [宋]鮑彪注，[元]吳師道重校：《戰國策》卷三（秦策一），巴郡：萬曆 9 年（1581）張一鯤刊本，第 3 頁。

[18] [秦]呂不韋撰、[漢]高誘注、[清]畢沅校：《呂氏春秋》，見於《二十二子》，上海：上海古籍出版社 1986 年縮印浙江書局光緒初年匯刻本，第 639 頁。

[19] [秦]呂不韋撰、[漢]高誘注、[清]畢沅校：《呂氏春秋》，見於《二十二子》，上海：上海古籍出版社 1986 年縮印浙江書局光緒初年匯刻本，第 639 頁。

[20] [漢]劉安撰、[漢]高誘注、[清]莊逵吉校：《淮南子》，見於《二十二子》，上海：上海古籍出版社 1986 年縮印浙江書局光緒初年匯刻本，第 1207 頁。

[21] [漢]劉安撰、[漢]高誘注、[清]莊逵吉校：《淮南子》，見於《二十二子》，上海：上海古籍出版社 1986 年縮印浙江書局光緒初年匯刻本，第 1207 頁。

[22] [晉]杜預注、[唐]孔穎達等正義：《春秋左傳正義》卷二十五，見於《十三經注疏》，北京：中華書局 1980 年影印世界書局阮元校刻本，下冊，第 1895 頁。

曰：「理，正也。」[23]《楚辭‧離騷》：「吾令蹇修以為理兮」，[24]東漢王逸注
曰：「理，分理也，述禮意也。」[25]

　　從名詞層面上看，「理」最初包含玉的紋理之義，而玉的紋理常被認
為最為清晰堅密，因此，「理」這一指號也引申為具有抽象的本體意義的
名詞，指涉事物本身的層次和結構安排、事物的規律等意涵，如紋理、肌
理、條理、腠理、事理、文理、道理、物理、倫理、義理等等。《荀子‧正
名》：「形體色理以目異」，[26]楊倞注：「理，文理也。言萬物形體以目別異
之而制名。」[27]《荀子‧解蔽》：「則足以見鬚眉而察理矣」，[28]楊倞注曰：「理，
肌膚之文理。」[29]《淮南子‧說林訓》：「不如循其理，若其當」，[30]高誘注
曰：「理，道。」[31]《淮南子‧修務訓》：「聖人之從事也，殊體而合於理」，[32]
高誘注：「理，道也。」[33]《韓非子‧解老》：「理者，成物之文也。」[34]又
曰：「凡理者，方圓短長麤靡堅脆之分也。故理定而後可得道也。」[35]《荀

[23] [晉]杜預注、[唐]孔穎達等正義：《春秋左傳正義》卷二十五，見於《十三經注疏》，
　　 北京：中華書局 1980 年影印世界書局阮元校刻本，下冊，第 1895 頁。
[24] [漢]王逸章句、[宋]洪興祖補注：《楚辭補注》，見於《四部叢刊初編‧集部》，上海：
　　 商務印書館 1929 年縮印江南圖書館藏明覆宋刊本，第 1 冊，卷一，第 17 頁。
[25] [漢]王逸章句、[宋]洪興祖補注：《楚辭補注》，見於《四部叢刊初編‧集部》，上海：
　　 商務印書館 1929 年縮印江南圖書館藏明覆宋刊本，第 1 冊，卷一，第 17 頁。
[26] [周]荀況撰、[唐]楊倞注、[清]盧文弨、謝墉校：《荀子》，見於《二十二子》，上海：
　　 上海古籍出版社 1986 年縮印浙江書局光緒初年匯刻本，第 343 頁。
[27] [周]荀況撰、[唐]楊倞注、[清]盧文弨、謝墉校：《荀子》，見於《二十二子》，上海：
　　 上海古籍出版社 1986 年縮印浙江書局光緒初年匯刻本，第 343 頁。
[28] [周]荀況撰、[唐]楊倞注、[清]盧文弨、謝墉校：《荀子》，見於《二十二子》，上海：
　　 上海古籍出版社 1986 年縮印浙江書局光緒初年匯刻本，第 341 頁。
[29] [周]荀況撰、[唐]楊倞注、[清]盧文弨、謝墉校：《荀子》，見於《二十二子》，上海：
　　 上海古籍出版社 1986 年縮印浙江書局光緒初年匯刻本，第 341 頁。
[30] [漢]劉安撰、[漢]高誘注、[清]莊逵吉校：《淮南子》，見於《二十二子》，上海：上
　　 海古籍出版社 1986 年縮印浙江書局光緒初年匯刻本，第 1286 頁。
[31] [漢]劉安撰、[漢]高誘注、[清]莊逵吉校：《淮南子》，見於《二十二子》，上海：上
　　 海古籍出版社 1986 年縮印浙江書局光緒初年匯刻本，第 1286 頁。
[32] [漢]劉安撰、[漢]高誘注、[清]莊逵吉校：《淮南子》，見於《二十二子》，上海：上
　　 海古籍出版社 1986 年縮印浙江書局光緒初年匯刻本，第 1296 頁。
[33] [漢]劉安撰、[漢]高誘注、[清]莊逵吉校：《淮南子》，見於《二十二子》，上海：上
　　 海古籍出版社 1986 年縮印浙江書局光緒初年匯刻本，第 1296 頁。
[34] [周]韓非撰、[□]□□注、[清]顧廣圻識誤：《韓非子》，見於《二十二子》，上海：
　　 上海古籍出版社 1986 年縮印浙江書局光緒初年匯刻本，第 1138 頁。
[35] [周]韓非撰、[□]□□注、[清]顧廣圻識誤：《韓非子》，見於《二十二子》，上海：
　　 上海古籍出版社 1986 年縮印浙江書局光緒初年匯刻本，第 1139 頁。

子‧正名》：「道也者，治之經理也」，[36]楊倞注曰：「理，條貫也。言道為理，國之常法，條貫也。」[37]由此引申，「理」在形容詞的層面上，又包含了通達、合宜、通順、條貫、條理之意。如《荀子‧儒效》：「井井兮其有理也」，[38]唐楊倞注：「理，有條貫也。」[39]《廣雅‧釋詁一》：「理，順也。」[40]《淮南子‧時則訓》：「生氣乃理」，[41]高誘注曰：「理，達。」[42]《淮南子‧時則訓》：「理關市」，[43]高誘注曰：「理，通也。」[44]

「理」這一指號由動詞向本體範疇的轉化過程中，被賦予的最為抽象的本體意義是道、義、義理、事、性等內涵。如《禮記‧樂記》：「禮也者，理之不可易者也」，[45]鄭玄注：「理，猶事也。」[46]又《禮記‧樂記》：「天理滅矣」，[47]鄭玄注：「理，猶性也。」[48]《禮記‧喪服四制》：「知者，可以觀

[36] [周]荀況撰、[唐]楊倞注、[清]盧文昭、謝墉校：《荀子》，見於《二十二子》，上海：上海古籍出版社 1986 年縮印浙江書局光緒初年匯刻本，第 344 頁。

[37] [周]荀況撰、[唐]楊倞注、[清]盧文昭、謝墉校：《荀子》，見於《二十二子》，上海：上海古籍出版社 1986 年縮印浙江書局光緒初年匯刻本，第 344 頁。

[38] [周]荀況撰、[唐]楊倞注、[清]盧文昭、謝墉校：《荀子》，見於《二十二子》，上海：上海古籍出版社 1986 年縮印浙江書局光緒初年匯刻本，第 301 頁。

[39] [周]荀況撰、[唐]楊倞注、[清]盧文昭、謝墉校：《荀子》，見於《二十二子》，上海：上海古籍出版社 1986 年縮印浙江書局光緒初年匯刻本，第 301 頁。

[40] [魏]張揖撰：《廣雅‧釋詁》卷第一上，見於[清]王念孫：《廣雅疏證》，上海：上海古籍出版社 1983 年版，上冊，第 21 頁。

[41] [漢]劉安撰、[漢]高誘注、[清]莊逵吉校：《淮南子》，見於《二十二子》，上海：上海古籍出版社 1986 年縮印浙江書局光緒初年匯刻本，第 1230 頁。

[42] [漢]劉安撰、[漢]高誘注、[清]莊逵吉校：《淮南子》，見於《二十二子》，上海：上海古籍出版社 1986 年縮印浙江書局光緒初年匯刻本，第 1230 頁。

[43] [漢]劉安撰、[漢]高誘注、[清]莊逵吉校：《淮南子》，見於《二十二子》，上海：上海古籍出版社 1986 年縮印浙江書局光緒初年匯刻本，第 1228 頁。

[44] [漢]劉安撰、[漢]高誘注、[清]莊逵吉校：《淮南子》，見於《二十二子》，上海：上海古籍出版社 1986 年縮印浙江書局光緒初年匯刻本，第 1228 頁。

[45] [漢]鄭玄注、[唐]孔穎達等正義：《禮記正義》，見於《十三經注疏》，北京：中華書局 1980 年影印世界書局阮元校刻本，下冊，第 1537 頁。

[46] [漢]鄭玄注、[唐]孔穎達等正義：《禮記正義》，見於《十三經注疏》，北京：中華書局 1980 年影印世界書局阮元校刻本，下冊，第 1537 頁。

[47] [漢]鄭玄注、[唐]孔穎達等正義：《禮記正義》，見於《十三經注疏》，北京：中華書局 1980 年影印世界書局阮元校刻本，下冊，第 1529 頁。

[48] [漢]鄭玄注、[唐]孔穎達等正義：《禮記正義》，見於《十三經注疏》，北京：中華書局 1980 年影印世界書局阮元校刻本，下冊，第 1529 頁。

其理焉」，[49]鄭玄注：「理，義也。」[50]《荀子·賦》：「夫是之謂箴理」，[51]楊倞注曰：「理，義理也。」[52]《廣雅·釋詁三》：「理，道也。」[53]《淮南子·原道訓》：「是故一之理」，[54]高誘注：「理，道也。」[55]《淮南子·主術訓》：「而理無不通」，[56]高誘注：「理，道。」[57]孟子最初將「理」釋為「義」，《孟子·告子上》曰：「心之所同然者何也？謂理也，義也。聖人先得我心之所同然者耳。故理義之悅我心，猶芻豢之悅我口。」[58]趙岐注：「理者，得道之理。」[59]《荀子·仲尼》：「福事至則和而理」，[60]楊倞注：「理，謂不失其道。」[61]

可見，在中國早期的古籍文獻中，詮釋主體已經將「理」從「治玉」的具體事件內涵上升至具有抽象意義的本體意涵，北宋諸儒以「理」求義的「理」事實上是從客觀事物的「理」與詮釋主體的「心」兩個層面延伸它的內涵的。一方面，「理」表現在對事物客觀規律的探求，它要求詮釋

[49] [漢]鄭玄注、[唐]孔穎達等正義：《禮記正義》，見於《十三經注疏》，北京：中華書局1980年影印世界書局阮元校刻本，下冊，第1696頁。

[50] [漢]鄭玄注、[唐]孔穎達等正義：《禮記正義》，見於《十三經注疏》，北京：中華書局1980年影印世界書局阮元校刻本，下冊，第1696頁。

[51] [周]荀況撰、[唐]楊倞注、[清]盧文昭、謝墉校：《荀子》，見於《二十二子》，上海：上海古籍出版社1986年縮印浙江書局光緒初年匯刻本，第352頁。

[52] [周]荀況撰、[唐]楊倞注、[清]盧文昭、謝墉校：《荀子》，見於《二十二子》，上海：上海古籍出版社1986年縮印浙江書局光緒初年匯刻本，第352頁。

[53] [魏]張揖撰：《廣雅·釋詁》卷第三上，見於[清]王念孫撰：《廣雅疏證》，上海：上海古籍出版社1983年版，上冊，第340頁。

[54] [漢]劉安撰、[漢]高誘注、[清]莊逵吉校：《淮南子》，見於《二十二子》，上海：上海古籍出版社1986年縮印浙江書局光緒初年匯刻本，第1209頁。

[55] [漢]劉安撰、[漢]高誘注、[清]莊逵吉校：《淮南子》，見於《二十二子》，上海：上海古籍出版社1986年縮印浙江書局光緒初年匯刻本，第1209頁。

[56] [漢]劉安撰、[漢]高誘注、[清]莊逵吉校：《淮南子》，見於《二十二子》，上海：上海古籍出版社1986年縮印浙江書局光緒初年匯刻本，第1242頁。

[57] [漢]劉安撰、[漢]高誘注、[清]莊逵吉校：《淮南子》，見於《二十二子》，上海：上海古籍出版社1986年縮印浙江書局光緒初年匯刻本，第1242頁。

[58] [漢]趙岐注、[宋]孫奭疏：《孟子注疏》，見於《十三經注疏》，北京：中華書局1980年影印世界書局阮元校刻本，下冊，第2749頁。

[59] [漢]趙岐注、[宋]孫奭疏：《孟子注疏》，見於《十三經注疏》，北京：中華書局1980年影印世界書局阮元校刻本，下冊，第2749頁。

[60] [周]荀況撰、[唐]楊倞注、[清]盧文昭、謝墉校：《荀子》，見於《二十二子》，上海：上海古籍出版社1986年縮印浙江書局光緒初年匯刻本，第299頁。

[61] [周]荀況撰、[唐]楊倞注、[清]盧文昭、謝墉校：《荀子》，見於《二十二子》，上海：上海古籍出版社1986年縮印浙江書局光緒初年匯刻本，第299頁。

主體對客觀之「理」予以通達、宜順的把握。另一方面，則要求詮釋主體必須用「心」去探究，正如程子釋《孟子・告子上》中的「理義」為：「在物為理，處物為義。體用之謂也。」[62]唐君虞在《宋學概要》中認為：「義理學研究心之體用之學，乃一完全心學之別名。」[63]

二、北宋經學以「理」求義的詮釋學境遇

馬丁・海德格爾（Martin Heidegger）在《存在與時間》（*Being and Time*）中對於「解釋」給出了如下的論述：

> 在解釋中，我們不是說，要把「意義」（signification）拋到一個赤裸的在手之物（present-at-hand）上，給它貼上一種價值；而是當我們這樣遭遇在世界中的某物的時候，此物已經具有了我們在理解世界中所展開的參與關係，這種參與關係是由解釋（Interpretation）而得以展示出來的。[64]

從海德格爾的詮釋學理念來看，對於存在之意義的研究不是為了獲得相應的某種含義，而是對此在的生存論意蘊有所領會。此在總是處於其在世界之內的整體性關聯之中的，其理解與領會的存在論意義總是關聯著此在自身的處境：「在世界內的在者總是朝向世界，也就是朝向一個整體的意蘊而被籌畫的，作為在世界存在的關心，已經首先將自身緊緊維繫於這種意蘊之上。」[65]因此，從存在論詮釋學的視域來看，我們對此在意義的詮釋學研究不是要對其理解文本意義的準確與否作出判定，而是要理解此在及其存在，海德格爾在《存在與時間》中對「意義」這一概念作出了如下的經典表述：

---

[62] [宋]朱熹集注：《孟子集注》卷六，餘明台克勤齋明萬曆間刻本，第8頁。

[63] 夏君虞著：《宋學概要》，上海：商務印書館1937年版，第8頁。

[64] Martin Heidegger, *Being and Time*, trans. John Macquarric and Edward Robinson, New York: Harper and Row, 1962, pp. 190-191.

[65] Martin Heidegger, *Being and Time*, trans. John Macquarric and Edward Robinson, New York: Harper and Row, 1962, p. 192.

　　　　在我們理解的展開活動中可以被清晰說出的，我們稱之為「意
　　　義」（Meaning）。意義的概念包含了那些必然屬於理解了的解釋所
　　　清晰說出的東西的形式構架。意義是為籌畫所用的，通過此，某物
　　　理解性地成為某物；它是從先有（fore-having）、先見（fore-sight）
　　　和先把握（fore-conception）中得到它的結構的。[66]

可見，在海德格爾看來，「意義」在於詮釋主體在理解活動中「籌畫的何
所向」，而這一形式構架必須通過我們對此在的詮釋學處境的考察而得到
展開與澄明。

　　由此，我們不禁要追問：宋學以「理」求義的生存論意義是在怎樣的
詮釋學處境中展開的，而此在在先有、先見和先把握的結構中面向籌畫的
可能性又體現在哪裡？

　　美國漢學家包弼德（Peter Kees Bol）在《斯文：唐宋思想的轉型》中
曾指出：「儒學」這個術語對於各個時代的儒士來說，「學」的內涵其實不
盡相同。從《論語》的「四科」分類來說：「德行」、「言語」、「政事」、「文
學」是早期精英分子的「學」之所在，而就唐代而言，上述的每個領域都
代表了各自獨有的價值，「學」重文而輕儒，因此，「學」不再等同於「儒
學」，包弼德進一步指明：「直到宋代的道學家堅稱德行是學的真正目的，
這個關係次第一直沒有受到嚴肅的挑戰。」[67]事實上，北宋以「理」求義
詮釋學的先有、先見和先把握就植根於士大夫對古之「儒學」道統的複歸。
我們從北宋理學家程頤對古今之學所做的如下區分與論斷中可以清晰地
看到這一點：

　　　　古之學者一，今之學者三，異端不與焉。一曰文章之學，二曰
　　　訓詁之學，三曰儒者之學。欲趨道，舍儒者之學不可。[68]

---

[66] Martin Heidegger, *Being and Time*, trans. John Macquarric and Edward Robinson, New York: Harper and Row, 1962, p. 193.

[67] [美]包弼德著、劉寧譯：《斯文：唐宋思想的轉型》，南京：江蘇人民出版社 2001 年版，第 17 頁。

[68] [宋]程顥、程頤著：《二程集》卷十八，北京：中華書局 1981 年版，第 187 頁。

這裡，程頤所言的「儒學」顯然不是當時的士人之學的總稱，而是更久遠的可以追溯至三代、降至孔孟的道學傳統。與之相對立的則是當世強調的文章詩賦之學與章句訓詁之學。程頤認為，只有捨棄後二者，務儒者之學，士人才能真正地趨近聖人之道。而文章之學與訓詁之學，這二者又與宋初科舉取士制度有著密切的關聯，陳植鍔在《北宋文化史述論》中這樣總納說：

> 進士以詩賦分等第，明經（諸科）以貼書、墨義定去留。前者是唐人中文辭之風的延伸，後者乃漢學貴記誦之風的遺留。宋初三朝，雖有轟轟烈烈振興文教之舉，就學術而論，基本上仍是漢唐注疏、辭章之學的延續，原因即在於此。[69]

讓我們先來看章句訓詁之學。隋唐經學延續了漢代章句訓詁的傳統，在李唐王朝頒佈《五經正義》結束南學、北學分立局面之後，經學進入了以「正義」作為科舉考試的範本，將經典的意義凝固下來，從而獲取意義獨斷和經學統一的時代。無論是詔令撰定五經正義，還是其後將規模擴大為九經正義，「正義」都以漢代及魏晉舊注為詮釋基礎，[70]大多以疏不駁注的詮釋原則疏解經文及傳注，並且煩瑣不堪。這種將歷代積澱下來的注釋作為判斷意義正誤的標準的學風，極大地鉗制了士子獨立的思想。這種獨斷論的詮釋學境遇一直持續至宋初。馬宗霍在《中國經學史》中斷言：「宋初經學，猶是唐學。」[71]皮錫瑞也在《經學歷史》的「經學變古時代」一章中這樣論述唐至宋初的經學：

> 經學自唐以至宋初，已陵夷衰微矣。然篤守古義，無取新奇；各承師傳，不憑胸臆，猶漢、唐注疏之遺也。[72]

---

[69] 陳植鍔著：《北宋文化史述論》，北京：中國社會科學院出版社 1992 年版，第 79 頁。

[70] 按：《周易正義》尊魏王弼、韓康伯的注，《尚書正義》宗漢孔安國的傳，《詩經正義》據漢毛亨的傳、鄭玄的箋；《禮記正義》取鄭玄注；《春秋左傳正義》用晉杜預的注。

[71] 馬宗霍著：《中國經學史》，上海：商務印書館 1937 年版，第 107 頁。

[72] [清]皮錫瑞著、周予同注：《經學歷史》，北京：中華書局 1959 年版，第 220 頁。

關於宋初科場的唐學之風，皮錫瑞在此章中還引用了《續資治通鑑長編》景德二年（1005）的一則史料：「甲寅，上御崇政殿親試禮部奏名舉人，得進士李迪以下二百四十六人……以（李）迪為將作監丞，諮及夏侯麟為大理評事，通判諸州。……先是，（李）迪與賈邊皆有聲場屋，及禮部奏名，而兩人皆不與，考官取其文觀之，（李）迪賦落韻，（賈）邊論『當仁不讓於師』，以師為眾，與注疏異，特奏令就御試。參知政事王旦議落韻者，失於不詳審耳；舍注疏而立異論，輒不可許，恐士子從今放蕩無所準的。遂取（李）迪而黜（賈）邊。當時朝論，大率如此。」[73]「當仁不讓於師」語出《論語·衛靈公》，賈邊解「師」為「眾」，沒有按照咸平二年詔定的《論語正義》中的注疏標準作答，被斥為「異論」、「放蕩無準的」，因此被黜落。當時場屋的學風由此可見一斑。

回顧經學漫長的發展歷史，「經」這一範疇在各個時代的文本指涉不盡相同，隨著詮釋主體逐步地將理解或傳授聖人之言的「傳」、「記」、「說」、「注」、「箋」、「疏」等歷代先儒的注釋之說升格為「經」，「經」所涵蓋的文本範圍在不斷地擴展。皮錫瑞在《經學歷史》的「經學流傳時代」一章中區分了「經」與「傳」這兩個範疇的原初界限，並論及二者在經學歷上發生的演變融合過程：

> 孔子所定謂之「經」，弟子所釋謂之「傳」，或謂之「記」；弟子輾轉相授謂之「說」。惟《詩》、《書》、《禮》、《易》、《春秋》「六藝」乃孔子所手定，得稱為經。……《易》之《繫辭》、《禮》之喪服，附經最早；而《史記》稱《繫辭》為傳，以《繫辭》乃弟子作，義主釋經，不使與正經相混也；《喪服傳》，子夏作，義主釋禮，亦不當與喪禮相混也。《論語》記孔子言而非孔子所作，出於弟子撰定，故亦但名為傳；漢人引《論語》多稱傳。《孝經》雖名為經，而漢人引之亦稱傳，以不在「六藝」之中也。漢人以《樂經》亡，但立《詩》、《書》、《易》、《禮》、《春秋》五經博士，後增《論語》為六，又增《孝經》為七。唐分三《禮》、三《傳》，合《易》、《書》、

---

[73] [宋]李燾撰：《續資治通鑑長編》卷五十九，北京：中華書局 1980 年版，第五冊，第 1321-1322 頁。

> 《詩》為九。……皆不知「經」、「傳」當分別，不得以「傳」、「記」
> 概稱為「經」也。[74]

在皮錫瑞看來，嚴格地講，只有孔子手定的文本稱之為「經」，其餘的「傳」、
「記」、「說」等都不得稱之為「經」，而應當與「經」有所分別。由此，
我們會清晰地看到，在自唐代至宋初也就是皮錫瑞在《經學歷史》中稱為
「經學統一時代」的詮釋學思想領域中，被定於一尊的「經典」其實是裹
挾著歷代所積澱下來的注釋家的注疏文本而存在的，其注疏紛繁駁雜，加
之科舉考試的帖經、墨義等制度的導向，使得學者專於記誦，無敢異議，
與早期經學的孔子所定之「經」呈現了明顯的差異。在宋儒看來，訓詁之
學極大地阻礙了士子對於「聖人之經」的體悟和理解。因而，在北宋學者
的理解與解釋著作中，我們不難發現，關於何為「聖人之經」、何為「諸
儒之說」的「經」與「傳」的分別可謂涇渭分明、俯拾即是。這裡，讓我
們先來看看宋初三先生之一孫明復在《寄范天章書（二）》的一段論述：

> 然則虞夏商周之治，其不在於六經乎？舍六經而求虞夏商周之
> 治，猶泳斷湟汙瀆之中望屬於海也，其可至矣哉。噫！孔子既歿，
> 七十子之徒繼往，六經之旨鬱而不章也久矣。加以秦火之後，破碎
> 殘缺，多所亡散。漢魏而下，諸儒紛然四出，爭為注解，俾我六經
> 之旨益亂，而學者莫得其門而入觀。夫聞見不同，是非各異，駢辭
> 贅語，數千百家不可悉數。今之所陳者，止以先儒注解之說大行於
> 世者致於左右，幸執事之深留意焉，國家以王弼、韓康伯之《易》，
> 左氏、公羊、谷梁、杜預、何休、范寧之《春秋》，毛萇、鄭康成
> 之《詩》，孔安國之《尚書》，鏤板藏於太學，頒於天下，又每歲禮
> 闈，設科取士，執為準的。多士較藝之際，有一違戾於注說者，即
> 皆駁放而斥逐之。……噫！專守王弼、韓康伯之說而求於大《易》，
> 吾未見其能盡於大《易》者也，專守左氏、公羊、穀梁、杜預、何
> 休、范寧之說而求於《春秋》，吾未見其能盡於《春秋》者也，專
> 守毛萇、鄭康成之說而求於《詩》，吾未見其能盡於《詩》者也，

---

[74] [清]皮錫瑞著、周予同注：《經學歷史》，北京：中華書局1959年版，第67-68頁。

專守孔安國之說而求於《書》，吾未見其能盡於《書》者也。彼數
子之說既不能盡於聖人之經，而可藏於太學，行於天下哉？又後之
作疏者，無所發明，但委曲踵於舊之注說而已。復不佞，游於執事
之牆藩者有年矣，執事病注說之亂六經，六經之未明。復亦聞之矣，
今執事以內閣之崇居太學之教化之地，是開聖闡幽，芟蕪夷亂，興
起斯文之秋也。[75]

孫復在這裡總納了先儒之舊說被賦予詮釋之權威的歷史，認為這些舊說並
不是求得經之大義的正確途徑，反而會淆亂經旨，使經的意義不明，因此，
要闡發經義之幽微，復興三代之至治，必須要去除蕪雜的舊說，使詮釋主
體得以從聖人之經的文本中直接地獲得內心的理解和詮釋體驗。可以說，
宋初學者這些對於傳注的大膽駁斥為慶曆義理之學的興起掃除了障礙，起
到了先導的作用。

又如，歐陽修《詩本義》之詮釋主旨在於「去其汩亂之說，使本義粲
然而出」[76]，這裡的本義是指詩人與聖人之意／志。在《詩本義》卷十四
的《本末論》篇中，歐陽修重新梳理了《詩》的產生、流傳及歷代注釋的
過程，在此基礎之上，他區分了詩之本義與末義，提出了作為詩之本義的
「詩人之意」和「聖人之志」這樣一組經學詮釋學命題。

> 詩之作也，觸事感物，文之以言，善者美之，惡者刺之，以發
> 其揄揚怨憤於口，道其哀樂喜怒於心，此詩人之意也。
> 古者國有采詩之官，得而錄之，以屬太師播之於樂，於是考其
> 義類而別之，以為風雅頌，而比次之，以藏於有司，而用之宗廟朝
> 廷，下至鄉人聚會，此太師之職也。
> 世久而失其傳，亂其雅頌，亡其次序，又采者積多而無所擇，
> 孔子生於週末，方修禮樂之壞，於是正其雅頌，刪其繁重，列於六
> 經，著其善惡，以為勸誡，此聖人之志也。

---

[75] [宋]孫復撰：《孫明復小集》卷二，榮成孫氏問經精舍，清光緒 15 年（1889）刻本，
第 5-7 頁。
[76] [宋]歐陽修撰：《詩本義》卷十二，見於[清]徐乾學等輯、納蘭成德校刊：《通志堂經
解》，第 16 冊，臺北：大通書局 1969 年版，第 9199 頁。

周道既衰，學校廢而異端起，及漢承秦焚書之後，諸儒講說者，整齊殘缺，以為之義訓，恥於不知而人人各自為說，至或遷就其事，以曲成其己學，其於聖人有得有失，此經師之業也。[77]

《詩》之「本義」——「詩本義」是歐陽修經學詮釋學思想中的一個重要命題，然而，我們注意到，在與之相應的邏輯上，歐陽修又提出了「太師之職」與「經師之業」這樣一組表達「末義」的經學詮釋學命題。與其說歐陽修在他的經學詮釋學體系構建上區分了「本義」與「末義」，也就是說，後世關於《詩經》的詮釋主體，在他們理解與解釋的過程中，應該首先直接閱讀《詩經》的文本從而提取意義；同時，歐陽修把漢代以來關於《詩經》的諸種注疏定義為所謂的「諸儒中間之說」，認為作為注疏的「諸儒中間之說」，其儘管在《詩經》文本理解的過程中是歷代釋經家所沉積下來的解釋，也是後世《詩經》詮釋主體必需參閱的注釋，但是，其本身終究是後世經典詮釋者對於「經」之文本的不同理解和解釋，較之於《詩經》原典及其「本義」，其後世的注疏是對於「聖人之志」所給出的具有「得失性」的價值判斷而已。因此，應該予以辨明的是其於「聖人之志」的得失。

對於兼經術、政治、文學家為一身的北宋士人來說，以「理」求義的詮釋學首先在於將「經」作為探求聖人之心、聖人之道的途徑，從而將經典的意義指向當下的經世治用。這意味著必須打破漢學「經傳一體」的詮釋學體系，將聖人之言與歷代沉積下來的先儒的注釋相區分，從而在詮釋主體與「聖人之心」之間建立直接的詮釋關聯，從記誦訓詁轉向議論經旨，這種「文」與聖人之「心」、「道」之間的統一性也頗似西方宗教改革時期馬丁·路德（Martin Luther）所提出的「字」（letter）與「靈」（Spirit）的合一。

與中國經學統一時代——唐代的情況相似，中世紀的《聖經》作為經典也總是伴隨著歷代沉積下來的神學家們的注釋，吉拉德·布倫斯（Gerald L. Bruns）在《詮釋學：古典與現代》（*Hermeneutics: Ancient and Modern*）中論述西方宗教改革時期之詮釋學的「經文自解」（「Scriptura sui ipsius

---

[77] [宋]歐陽修撰：《詩本義》卷十四，見於[清]徐乾學等輯、納蘭成德校刊：《通志堂經解》，第 16 冊，臺北：大通書局 1969 年版，第 9199 頁。

interpres」）一章中指出：馬丁‧路德認為，聖靈是經的作者，他無法容忍
「字」與「靈」的分割。[78]宗教改革家的詮釋學理念之一即是，把《聖經》
作為詮釋的唯一標準，而不是把它僅僅作為與歷代的神學家們的注釋並存
的標準之一。相似的，宋儒這裡的「本末論」詮釋學，把「經」即聖人之
言作為學之本，「傳」、「注」、「箋」、「疏」等「注疏之學」作為末，明確
地將依存於漢唐訓詁之學詮釋學體系中具有經典地位的歷代諸儒的注疏
從「經」的內涵中剝離開來。隨著科舉制度重策論、問大義的變革，教育
講學對經義、治事的提倡，雕版印刷技術對於讀書風氣的塑成，疑古辨經
思潮也日漸深入人心，訓詁之學隨之衰微。王應麟在《困學紀聞》中論及
這一轉變時說：「自漢儒至於慶曆間，談經者守訓故而不鑿。《七經小傳》
出而稍尚新奇矣。至三經義行，視漢儒之學若土埂。」[79]我們從宋人對其
詮釋著作，諸如《詩本義》的「本義」，《東坡書傳》、《周易程氏傳》的
「傳」，以及《三經義》的「義」的詮釋體例的命名上，都可以見出他們
度越諸儒，直傳聖學的恢宏氣度與姿態。

其次，我們再來看文章之學。唐代科舉制度分進士、明經兩科取士，
取士主要依據詩賦，進士為朝廷重用，其地位遠高於經生，唐代的這種重
文章詩賦的價值取向改變了漢代對經術的尊崇觀念，促進了文章之學的繁
榮，使當時士子趨之若鶩。關於由此帶來的弊端，我們從《舊唐書‧楊綰
傳》所載的一段史料中可以清晰地看到：

> 尚書左丞至議曰：謹按夏之政尚忠，殷之政尚敬，周之政尚文，
> 然則文與忠敬，皆統人之行也，且夫述行，美極人文，人文興則忠
> 敬存焉，是故前代以文取士，本文行也，由辭以觀行……今試學
> 者以帖字為精通，不窮旨義，豈能知遷怒貳過之道乎？考文者以
> 聲病為是非，唯擇浮豔，豈能知移風易俗化天下之事乎？是以上
> 失其源而下襲其流，波蕩不知所止，先王之道，莫能行也，夫先
> 王之道消，則小人之道長；小人之道長，則亂臣賊子生焉。……謂

---

[78] Gerald L. Bruns, *Hermeneutics Ancient and Modern,* New Haven and London: Yale University Press, 1992, p.144.
[79] [宋]王應麟撰，[清]翁元圻等注，欒保群、田松青、呂宗力校點：《困學紀聞》卷八，上海：上海古籍出版社 2008 年版，第 1094 頁。

忠信之凌頹，恥尚之失所，末學之馳騁，儒道之不舉，四者皆取士之失也。[80]

可見，當時取士制度帶來的弊端是，「儒學」原本包含的政事、德行等方面不被重視，先王之道也未能真正得以傳承。這種情況一直延續至宋初。孫復在《寄范天章書（一）》中向范仲淹建議興太學教育，對其時重詩賦的取士制度批評道：

> 復竊嘗觀於今之士人，能盡知舜禹文武周公孔子之道者鮮矣。何哉？國家踵隋唐之制，專以辭賦取人，故天下之士，皆奔走致力於聲病對偶之間，探索聖賢之閫奧者百無一二。向非挺然特立，不徇世俗之士，則孰克舍於彼而取於此乎？[81]

古靈先生陳襄在《與顧臨》中說：

> 常患近世之士，溺於章句之學，而不知先王禮義之大。上自王公，下逮士人，其取人也，莫不以善詞章者為能，守經行者為迂闊。天下之士習，固已塗瞶其耳目，而莫之能正矣。某自涖事以來，以興學養士為先務，以明經篤行為首選，將以待夫有志之士。[82]

宋初科舉制度沿襲唐代，以詩賦取士，文風上承接晚唐五代餘習，議論經義的策論不得重視，至咸平、景德後設詩賦、論、策三場，儘管增設了策論，但因為沿襲唐與五代之逐場淘汰制度，先詩賦、後策論的順序決定了詩賦依然是決定舉子去留的關鍵。[83]

真正針對科舉之弊作出有效改革的是歐陽修，他在慶曆四年所作的《論更改貢舉事件箚子》中力陳先詩賦為舉子之弊，提出改變順序，先試策論的建議：

---

[80] [後晉]劉昫撰：《舊唐書》卷一百十九，臺北：藝文印書館 1956 年版，第 1700 頁。

[81] [宋]孫復撰：《孫明復小集》卷二，榮成孫氏問經精舍，清光緒 15 年（1889）刻本，第 4 頁。

[82] [清]黃宗羲撰：《宋元學案》卷五，北京：中華書局 1986 年版，第一冊，第 229 頁。

[83] 陳植鍔著：《北宋文化史述論》，北京：中國社會科學院出版社 1992 年版，第 97 頁。

今貢舉之失患在有司取人先詩賦而後策論，使學者不根經術，
不本道理，但能誦詩賦，節抄六帖初學記之類者，便可剽盜偶儷以
應試格，而童年新學全不曉事之人往往幸而中選，此舉子之弊也。
今為考官者非不欲精較能否務得賢材而常恨不能如意太半，容於繆
濫者，患在詩賦策論通同雜考，人數既眾而文卷又多，使考者心識
勞而愈昏，是非紛而益惑，故於取捨往往失之者，此有司之弊也。[84]

事實上，策論不同於詩賦之處在於，策論訴諸學者之思考，所謂根於經術、
本於道理，其實就是對經文之義理、聖人治世之心的探究和把握，進而可
以施之於當世之政事。

三、北宋經學以「理」求義的生存論意蘊

讓我們宕開一筆，再來看海德格爾在《存在與時間》的第 32 節「理
解與解釋」中對於解釋的構成機制所做的論述：

在理解中展開的活動，也就是某物得以被理解，總是通過這樣
的方式達到的，在它之中，它之「作為什麼」（as which）能夠被明
晰地呈顯出來。這一「作為」（as）構成了被理解了的某物之明晰性
的結構；「作為」構成了解釋。[85]

也就是說，此在使用上手的東西所尋視的「看」包含了指引「為什麼」的
明確性，這裡先在地蘊含了一個「把什麼作為什麼」的結構。海德格爾提
示我們：「作為」是理解與解釋的先在構成機制，以「把什麼作為什麼」
為線索來展開我們對此在的理解與解釋，可以以接近在者的方式把被理解
的東西清晰地表達出來。相反地，「如果我們只是打量某物，我們的『僅

---

[84] [宋]歐陽修撰、[宋]胡柯等編校：《歐陽文忠公全集》卷一百四，明嘉靖 39 年（1560）
刻本，第 10 頁。
[85] Martin Heidegger, *Being and Time*, trans. John Macquarric and Edward Robinson, New
York: Harper and Row, 1962, p. 189.

僅使它立於目前』的做法，在我們之前就導致了無法繼續理解的失敗。」[86]
海德格爾在這裡拒斥一種主客對立的分析，而是邀請我們進入到詮釋學的
循環之中，把握詮釋主體在理解與解釋中所先天具有的「作為」結構。

那麼，以「理」求義的詮釋學所先天具有的「作為」結構是怎樣的？

從海德格爾的存在論詮釋學視域來審度，我們不難發現，宋初經學由
於長期以來受到專於記誦的章句訓詁的禁錮，以及工於駢儷的詩賦文章之
學的擠壓，而走向衰微，借用海德格爾的詮釋學術語來說，經典本身沒有
成為被使用的上手的東西，因而，真正的理解與解釋事件也沒有發生。這
正如司馬光在元祐元年所作的《起請科場劄子》中對於魏晉以降文章與經
術之消長所做的歷史梳理中所指明的：

> 自魏晉以降始貴文章而賤經術，以詞人為英俊，以儒生為鄙
> 樸，下至隋唐，雖設明經、進士兩科，進士日隆而明經日替矣。所
> 以然者，有司以帖經、墨義試明經，專取記誦，不詢義理，其弊至
> 於離經析注，務隱爭難，多方以誤之。是致舉人自幼至老，以夜繼
> 晝，腐唇爛舌，虛費勤勞，以求應格，詰之以聖人之道，懵若面牆，
> 或不知句讀，或音字乖訛，乃有司之失，非舉人之罪也。[87]

儘管從全文的主旨來看，主要是為批駁王安石，由於王安石的新法定一家
私學於學官科場，黜《春秋》而進《孟子》，帶來了一定的偏頗。但是，
此處對於文章與經術之消長的歷史梳理，也展示出宋初由於訓詁與文章之
學的繁盛所帶來的流弊。慶曆年間興起的義理之學則重經旨、重議論、重
政事，簡言之，就是把經典「作為」聖人之道、聖人之心的載體，從其「學」
與「用」的整體而再度獲取對經典意義的理解和解釋。

與中國經學統一時代的情況相近，中世紀的《聖經》作為經典也總是
伴隨著歷代沉積下來的神學家們的注釋（Glossa Ordinaria），吉拉德·布倫
斯將古典向現代詮釋學轉折的交接點追溯至 1513 年至 1514 年的冬季，當

---

[86] Martin Heidegger, *Being and Time*, trans. John Macquarrie and Edward Robinson, New York: Harper and Row, 1962, p. 190.

[87] [宋]司馬光撰：《傳家集》卷五十四，見於[清]永瑢、紀昀等編纂：《景印文淵閣四庫全書·集部·別集類》，臺北：商務印書館 1983 年版影印，第 1094 冊，第 493 頁。

時身為神學教授的馬丁・路德在威頓堡大學（Wittenberg University）開設神學課程的那個學期。「他（馬丁・路德）需要做關於《詩篇》的講座，並希望學生人手一份可以參考的經文。於是他讓學校印刷人員 Johann Grunenberg，製作一個帶有寬敞頁邊和字行之間留有很多空白的《詩篇》版本，這樣，學生可以再複製出路德的注釋，並有可能具有獨自思考的空間。」[88]亨利希・海涅（Heinrich Heine）也在《論德國宗教與哲學的歷史》中這樣評價路德的詮釋觀念對於思想領域的巨大衝擊：「當路德說出，人們必須用聖經本身或用理性的論據來反駁他的教義這句話的時候，人類的理性才被賦予解釋聖經的權利，而且它，這理性，在一切宗教的論爭中才承認是最高的裁判者。因此在德國產生了所謂的精神自由，或者，就像人們所說的思想自由。」[89]有如宋代士大夫這裡，經是聖人之道的載體一樣，馬丁・路德認為，經的文字（letter）是作為聖靈而存在的，聖靈是經的唯一作者，它的意義是純一的，而不可能是淆亂不明的，以往教會的注釋則阻礙了個體對聖靈直接的體驗。

我們認為，中國經學詮釋學由古典走向革新則在北宋的慶曆，此間的變革精神是史無前例的。以唐末的疑古之風為先聲，隨著唐宋轉型之際士人政治地位的轉變，北宋統治者為加強中央集權而官方注疏群經，雕版印刷技術的推廣，[90]以及宋初三先生解經以探究聖人之道的先導，宣導通經致用、批駁注疏之學、以己意說經的觀念開始逐漸確立，並最終形成了宋仁宗慶曆年間（1041-1048）的疑經變古思潮。[91]關於此，王應麟在《困學紀聞》一書的《經說》中曾引陸游語說道：

88　Gerald L. Bruns, *Hermeneutics Ancient and Modern,* New Haven and London: Yale University Press, 1992, p.139.

89　[德]海涅著、孫坤榮譯：《論德國宗教和哲學的歷史》，見於《海涅全集》，第8卷，石家莊：河北教育出版社，第215頁。

90　按：雕版印刷技術的發展和推廣，使得士庶子弟都容易獲得、閱讀經典書籍，也從一個方面促進了自由議論的讀書風氣的興盛。《續資治通鑑長編》卷六十「景德二年五月戊辰朔」載，景德二年（1005）國子祭酒邢昺在答真宗問書板多少時說：「國初不及四千，今十餘萬，經史正義皆具。臣少時業儒，觀學徒能具經疏者百無一二，蓋傳寫不給。今板本大備，士庶家皆有之，斯乃儒者逢時之幸也。」（見於[宋]李燾撰：《續資治通鑑長編》卷六十，北京：中華書局1980年版，第五冊，第1333頁。）

91　[清]皮錫瑞著、周予同注：《經學歷史》，北京：中華書局1959年版，第220頁。

唐及國初，學者不敢議孔安國、鄭康成，況聖人乎！自慶曆後，諸儒發明經旨，非前人所及。[92]

皮錫瑞在《經學歷史》中也據王應麟的「經學自漢至宋初未嘗大變，至慶曆始一大變也」的說法，而將慶曆之間學者開啟的時代稱為「經學的變古時代」。這一時期的宋儒不僅懷疑與駁斥傳注，標立新義；甚至疑經刪經，對聖人之「經」的尊崇也引發了對其中某些部分的懷疑。[93]在韓愈標舉「道統說」之後，「經」之義理超越了文字訓詁，在宋儒這裡得以承繼和發展。宋儒之所以跨越漢唐的注疏傳統，重新確立「經」之文本作為詮釋的依據，一個首要的目的在於恢復一種政治上的理想，亦即對聖人之「本心」的探究，而「經」之文本正是蘊涵聖人之「道」的載體，詮釋的過程也是因「文」見「心」的過程。

從存在論意義上的「作為」（Als）結構來看，宋學言義理貴實用，將經典用於治世，實延續前漢之經學傳統。皮錫瑞在《經學歷史》中曾對前漢與後漢經學作出如下的比較：

> 治經必宗漢學，而漢學亦有辨。前漢今文說，專明大義微言；後漢雜古文，多詳章句訓詁。章句訓詁不能盡饜學者之心，於是宋儒起而言義理。此漢、宋之經學所以分也。惟前漢今文學能兼義理訓詁之長。武、宣之間，經學大昌，家數未分，純正不雜，故其學極精而有用。以《禹貢》治河，以《洪範》察變，以《春秋》決獄，以三百五篇當諫書，治一經得一經之益也。[94]

據黃宗羲《宋元學案》載，慶曆新政時被太學取法的胡瑗宣導的蘇湖教法，「設經義、治事兩齋。經義則選擇其心性疏通、有器局、可任大事者，使之講明六經。治事則一人各治一事，又兼攝一事，如治民以安其生，講武

---

[92] [宋]王應麟撰、[清]翁元圻等注，欒保群、田松青、呂宗力校點：《困學紀聞》卷八，上海：上海古籍出版社 2008 年版，第 1095 頁。

[93] 按：關於宋代疑經與尊經之間的密切關聯，參見楊新勛的《宋代疑經研究》。

[94] [清]皮錫瑞著，周予同注：《經學歷史》，北京：中華書局 1959 年版，第 89-90 頁。

以禦其寇，堰水以利田，算曆以明數是也。」[95]這裡，我們清晰地看到，詮釋主體在對經典義理的理解中所「視」、所見的整體性就在於「心性疏通」、「有器局」、可以用於「治事」方面的現實關聯。

從科舉改革上看，以策論為先、詩賦為後，並增設考察經旨的大義，也是為了使學者能夠關心政事，直接從經典中體悟經旨，即聖人之心，如慶曆頒定的《詳定貢舉條例》規定對「大義」要求「直取聖賢意義解釋對答，或以諸書引證，不須具注疏」；[96]慶曆四年歐陽修所撰《詳定貢舉條狀》言：

> 臣等准勅差詳定貢舉條制者。伏以取士之方必求其實，用人之術當盡其材。今教之不本於學，校士不察於鄉里，則不能核名實，有司束以聲病，學者專於記誦，則不足盡人材。此獻議者所共以為言也。臣等參考眾說，則其便於今者，莫若使士皆土著而教之於學校，然後州縣察其履行，則學者修飭矣。故為學制合保薦送之法。夫上之所好下之所趨也。今先策論，則文辭者留心於治亂矣；簡其程式，則閎博者得以持誠矣；問以大義，則執經者不專於記誦矣。故為先策論過落，簡詩賦考式，問諸科大義之法，此數者其大要也。其詩賦之未能自肆者雜用今體，經術之未能亙通者尚依舊科，則中常之人皆可勉及矣，此所謂盡人材者也。其通禮一有司之所習，及州郡封彌、謄錄，進士諸科、帖經之類，皆細碎而無益者，一切罷之。[97]

歐陽修對北宋科舉之風的轉變起到了頗為關鍵的作用，這裡提出的舉措，如「先策論」是為了使「文辭者留心於治亂」，「簡程式」是為了使「閎博者得以持誠矣」，「問大義」是為了使「執經者不專於記誦」，從而使「經

[95] [清]黃宗羲撰：《宋元學案》卷一，北京：中華書局1986年版，第一冊，第24頁。
[96] [清]徐松輯：《宋會要輯稿》第五冊，北京：中華書局1926年影印清嘉慶14（1809）大興徐氏原稿本，第4275頁下欄。
[97] [宋]歐陽修撰、[宋]胡柯等編校：《歐陽文忠公全集》卷一百四，明嘉靖39年（1560）刻本，第14頁。

旨」、「大義」真正「作為」探究治亂之源，誠其心志，心憂天下之用而被賦予內心的體悟和理解。

從此在尋視的「何所向」的籌畫層面來看，我們可以看到，事實上，以「理」求義詮釋學的興起與中國經學所受到的外來文化的衝擊密切相關。經學在魏晉時便受到佛道二教的挑戰，[98]在此後的漫長歷史發展中，佛老二教依然是對經學構成衝擊的強大話語權力，[99]儒學在重壓之下走向衰落。宋學在如此的文化語境下，從訓詁之學轉向義理之學，進而融合佛道精髓，發展為性理之學，都是為了擴展華夏民族文化的生存空間而對儒家經典之文本意義的再一次啟動，以與佛道二教的地位相抗衡。歐陽修在《本論》中曾言：「佛所以為吾患者，乘其闕廢之時而來，此其受患之本也。補其闕，修其廢，使王政明而禮義充，則雖有佛無所施於吾民矣。」[100]程顥也曾感歎道：「昨日之會，大率談禪，使人情思不樂，歸而悵恨者久之。此說天下已成風，其何能救！古亦有釋氏，盛時尚只是崇設像教，其害至小。今日之風，便先言性命道德，先驅了知者，才愈高明，則陷溺愈深。」[101]可見，以「理」求義詮釋學在北宋的發展也是在信仰領域裡為當時的士子尋求新的安身立命之基點。因此，以「理」求義之詮釋學的生存論意蘊，即理解的「籌畫」所面向的此在在世的整體性關聯也在於如何運用「上手的」儒家經典以應對外來文化的衝擊和挑戰。

如果說宋學早期的胡瑗、孫復、石介、歐陽修等經世致用派還只是就政治、倫理的詮釋學層面構建經典的意義，復興禮義大本，以應對佛老之學，而沒有對儒家所罕言、佛老之精粹的心性之理有所發明，那麼，對於蘇軾、王安石、司馬光等學者而言，他們的詮釋學思想在本體論與方法論的層面其實已經不同程度地吸納了佛學之「理」。王安石提出「合於理」的詮釋學理念，明確地吸納了「異」學，溝通了佛老學說，並且促成了北

---

[98] 按：佛教自西漢前後通過西域傳到中原以來，除劉歆著《七略》，班固志《藝文》，尚無記載。《魏書‧釋老傳》在正史中首創「釋老志」，較為詳盡有條理地分述了佛教和道教的略史。

[99] 按：在佛道二教尤其是佛教的擠壓下，以經為本的漢唐訓詁注疏之學處於守勢，無法從根本上應對佛教的挑戰。

[100] [宋]歐陽修撰、[宋]胡柯等編校：《歐陽文忠公全集》卷十七，明嘉靖39年（1560）刻本，第1-4頁。

[101] [宋]程顥、程頤著：《二程集》卷二上，北京：中華書局1981年版，第23頁。

宋經學走向內聖與外王並重的轉捩點。以二程為代表的理學家從護衛民族
文化的立場出發，吸納佛老心性詮釋學的精髓方法，在萬理出於一理的天
理原則下闡發主體立身處世的法則，在《周易》、《禮記》之《中庸》與《大
學》、《論語》、《孟子》等具有潛在的心性理論話語土壤的經典文本基礎上
展開系統性的哲學詮釋，從而整合了天道與人道，建構起關涉主體安身立
命之存在論意義、溝通儒釋道三家學說的新儒學，這一「天人為一」的哲
學詮釋學模式實乃中國經學詮釋學之獨特創見，也可以進一步為中國經學
詮釋學提供與西方詮釋學對話的範例。

在詮釋主體上述的生存論意蘊下，讓我們再來看此在的家園，也就是
與此在關係最為密切的語言。

的確，任何理解都是在語言中得以發生的，詮釋主體對儒家經典的意
義探求也不可避免的遭遇著聖人之言，經歷著被聖人之言所轉化的過程。
可以說，北宋諸儒的語言及詩學觀念與他們的詮釋學理念是一脈相承的，
都在「理」的探尋過程中被「理」所內化，他們的「文」也因而展示著、
言說著他們與「道」、「理」最切近的存在關聯。無論是諸如孫復在《寄
范天章書（一）》中所言的「國家踵隋唐之制，專以辭賦取人，故天下之
士，皆奔走致力於聲病對偶之間，探索聖賢之閫奧者百無一二」[102]的對
詩賦取士之制的批評，還是歐陽修在《與張秀才第二書》中所言的「知古
明道，而後履之以身，施之於事，而又見於文章而發之，以信後世」的本
末之序；[103]無論是蘇軾在《文與可畫墨竹屏風贊》中評價的「與可之文，
其德之糟粕；……其詩與文，好者益寡。有好其德如好其畫者乎？悲夫」
的慨歎，[104]還是王安石在《上人書》中提出的「文者，禮教治政云爾」[105]
的致用思想；無論是周敦頤的「文以載道」說對道德之實的強調，還是二
程秉持的「和順積中，英華髮於外也。故言則成文，動則成章」的有德必
有言的理念，「道」之義理都在藉由主體的言說澄明著它與此在切近地發

---

[102] [宋]孫復撰：《孫明復小集》卷二，榮成孫氏問經精舍，清光緒 15 年（1889）刻本，
第 4 頁。
[103] [宋]歐陽修撰，[宋]胡柯等編校：《歐陽文忠公全集》卷六十六，明嘉靖 39 年（1560）
刻本，第 5-6 頁。
[104] [宋]蘇軾撰：《東坡全集》卷九十四，張養正校正，轟紹昌編，明萬曆刻本，第 6 頁。
[105] [宋]歐陽修撰，[宋]胡柯等編校：《歐陽文忠公全集》卷七十七，明嘉靖 39 年（1560）
刻本，第 2 頁。

生著的整體關聯；即使是在為文的詩性層面，我們也可以從歐陽修的純古淡泊、條達疏暢，蘇軾的行雲流水，王安石的謹嚴周匝，程頤的質樸自然等詩學理念及創作風格中發現他們各自所秉持的「文理」、「情理」、「事理」、「法度」、「誠」、「敬」等詮釋學思想對其詩學觀念和創作原則的調控與滲透。這也正如西方的宗教改革家路德那裡，我們同樣可以看到的語言與思想的這種親在關聯，海涅在《論德國宗教和哲學的歷史》對馬丁・路德曾有這樣的讚語：「這個馬丁・路德不僅給了我們行動的自由，而且也給了我們行動的手段，也就是說，他給了精神一個肉體。他也給了思想一種語言。他創造了德語。這件事情的出現，是因為他翻譯了《聖經》。……從一種死了的、似乎已經埋葬了的語言，譯成另一種還沒有活著的語言。」[106]

《宋史・藝文志》言：

> 宋有天下先後三百餘年，考其治化之污隆，風氣之離合，雖不足以擬倫三代，然其時君汲汲於道藝，輔治之臣莫不以經術為先務，學士縉紳先生談道德性命之學不絕於口，豈不彬彬乎進於周之文哉？宋之不競，或以為文勝之弊，遂歸咎焉，此以功利為言，未必知道者之論也。[107]

以基督教釋經學作為參照系來看視，宋儒的義理詮釋學在中國古典學與經學詮釋學史中的地位大致相當於基督教釋經史中的神學詮釋學，是建立在信仰基礎之上、以護教為詮釋旨歸的詮釋學，是在中國古典學與經學詮釋學漫長的發展進程中復興儒學道統的詮釋學事件。儘管中國經學此後在經歷了狂妄的變古後逐步走向衰微，然而在這一過程之初，宋儒透過經典意義的探求而為主體在意識形態領域中立言的權力話語爭奪，以及面對主體的生存論境遇問題而激發的富於創造性的詮釋學理念和方法，都堪為中國經學詮釋學歷史進程中的一篇華彩樂章，使得華夏民族的經典詮釋學潛在地承擔起護衛儒家理論話語由邊緣向中心位移的歷史使命。

---

[106] [德]海涅著、孫坤榮譯：《論德國宗教和哲學的歷史》，見於《海涅全集》，第 8 卷，石家莊：河北教育出版社，第 218 頁。

[107] [元]脫脫等撰：《宋史》卷二百二《藝文志》，見於《二十五史》，第 7 冊，上海：上海古籍出版社、上海書店 1986 年據乾隆四年武英殿本影印，第 636 頁。

Seeking Meaning Through *Li*: Hermeneutic Thought of Confucian Classics Studies in the Northern Song

LIANG Dandan

Abstract: This essay deals with 「seeking meaning through *li*」, which is a significant interpretative methodology in Confucian Classics studies in the Northern Song. By employing Heidegger's hermeneutic notions, this essay analyzes the interpretative structure and prerequisite conditions of 「seeking meaning through *li*」, and points out that 「*li*」 is not only a key strategy for Northern Song scholars to break through the authoritative meaning established from Tang dynasty, but also shows its existential meaning in the sense of ontological hermeneutics.

Key Words: Confucian classics studies; Neo-Confucianism; hermeneutics; *li*

Notes on Author: LIANG Dandan (1981-), female, Ph.D., Fudan University, is a postdoctoral fellow at Tsinghua University. Major research interests include comparative poetics and comparative classical studies between China and the West.

《論語義疏》中「援道入儒」的破壞性解讀與其「經世致用」的生存論向度

周海天

[論文摘要] 魏晉南北朝作為經學詮釋的「中變」時期，解經者引入道家思想資源對儒家經典文本進行破壞性和創造性誤讀的做法使這一時期的經學的詮釋整體上呈現出玄學化的面貌，本文試圖結合西方詮釋學理論從文本特徵、詮釋立場、詮釋方式與詮釋意圖四方面入手討論魏晉南北朝時期解經者選擇《論語》文本作為經學闡釋對象的原因，對其進行破壞性和創造性閱讀的方式以及「援道入儒」的生存論意圖，從而揭示出魏晉南北朝時期的解經者其實是以顛覆儒家傳統的姿態拯救以《論語》為代表的儒學經典，並體現出試圖為亂世立法的正統的儒家情懷。

[關鍵字] 《論語義疏》；經學詮釋；儒道匯通；誤讀

[作者簡介] 周海天，女，復旦大學中文系比較文學專業研究生

漢魏之際，漢代的經學解釋系統呈現衰頹之勢，主要表現為由董仲舒建立起來的以「天人感應」為核心的神學目的論信仰體系的崩潰。由於漢儒把政權的合法性與經學解釋緊密地焊接在一起，而造成兩者一榮俱榮，一損俱損的局面，伴隨著漢代政局動蕩，政權旁遺，漢儒對經學的傳統解釋方式無法適應新的時代。黨錮之禁後，士人們對東漢政權希望的幻滅加劇了經學無法承擔起立法作用的趨勢。眾所周知，在傳統社會中，經學對世人規範性作用的缺失是導致社會混亂的最重要原因，因此如何重新樹立經學的權威，恢復經學經世致用的傳統，從而重建社會道德和秩序，成為魏晉南北朝時期解經者對經典重新解釋的現實語境。在此背景下，魏晉南

北朝時期的解經者把道家思想引入對《論語》的破壞性和創造性誤讀的做法呈現出他們對這一時代問題的獨特回應。

一、《論語》文本的模糊性為「援道入儒」提供契機

　　先秦儒家和兩漢經學基本上是圍繞著對於「六經」的整理、編撰和疏解所展開的話語權力競爭，[1]在這一段時期，「六經」文本毋庸置疑地佔據了詮釋的中心。漢魏之際，當道家經典文本《老子》、《莊子》進入詮釋場域，進而滲入經學詮釋語境時，經學闡釋的面貌也在悄悄地發生著變化。在這一進程中，最為明顯的一點表現在詮釋重心的轉移上，我們可以看到這時的詮釋焦點已經由在漢代承載著儒家傳統的《五經》文本：《詩》、《書》、《禮》、《易》、《春秋》轉向含蘊著道家思想的三玄文本：《周易》、《老子》、《莊子》，而其注釋水準與對後世的影響也遠遠超過前代。這一次詮釋重心轉移使道家思想由文化邊緣逐漸向中心移動，然而道家學說並不是作為一個獨立自主的思想體系在魏晉南北朝時期被士人們重新發現和讀解，事實上，道家思想在學術史上地位的確立是建立在解經者對於漢代經學文本的破壞性和創造性誤讀上。自秦漢以來儒學一直是一門顯學，同時它作為統治漢代四百年的主流思想具有非常深厚的根基，儘管以儒學為中心的經學解釋系統在漢末不斷衰落，但其他學派卻不僅無法完全取代它，反而要在確證自己學說的合法性時不得不依附於儒學，因此對「三玄」文本的思想闡釋只有依託《五經》才可能真正獲得解釋的效力。由此，玄學思想就在適宜它發揮的經學文本的字句解釋中滋生和蔓延開來，並在經學解釋過程中呈現出玄學化的傾向。其次，魏晉南北朝的詮釋者把道家思想引入儒家經典的解釋場域，並對其進行破壞性和創造性誤讀的做法，其目的不僅僅限於使道家學說在兩種思想的學術交鋒中通過移花接木的方式獲得主導地位，魏晉南北朝時期士大夫面臨的時代課題是如何重建解釋系統，進而發揮經學經世致用的傳統作用，然而僅憑現有從漢儒繼承下來的單一的儒家思想資源，儒學不但自己無法擺拖困境，更談不上重整社會秩序，因此這時就需要解經者注入新的思想動力來啟動儒學系統。因此自正始時期起，何晏、王弼等玄學家就開始調用道家的思想資源來對經學文本《論語》進

---

[1]　按：以《詩》、《書》、《禮》、《樂》、《易》、《春秋》為「六經」始見於《莊子・天運篇》：「孔子謂老聃曰：『丘治詩、書、禮、樂、易、春秋，自以為久矣，熟知其故矣。』」漢武帝時，《樂》已經逐漸淡出詮釋的中心，「六經」實際上成為《五經》。

行儒道兩個體系之間的匯通性解釋。從以上對漢魏時期思想史的簡單論述可以看出，「援道入儒」的做法是這一段時期詮釋者共同解經取向和策略，道家思想被詮釋者碎片化地引入經學的闡釋場域中已經註定成為魏晉南北朝時期經學詮釋的基本面貌。

在此背景下，我們來考察魏晉南北朝時期解經者對《論語》的詮釋就會發現，他們對於處在經學基礎地位的《論語》文本的注疏就鮮明地體現了引入道家思想進行創造性誤讀的特點。首先，《論語》在魏晉南北朝時期是被反覆編撰與注解的一部文本：魏末何晏實現了對《論語》前代注釋者成果的第一次集結，他所編撰的《論語集解》主要彙編漢儒注釋，並加以自己的理解與解說，其中已經出現以道家思想解經的傾向；據統計，東晉時期江熙的《論語集解》輯錄晉代十三家學者[2]對《論語》的注解，而其中有些學者如繆播、郭象、孫綽等則受玄學思想影響，多以玄理解經；至南梁時期，皇侃以何晏的《論語集解》為底本作成《論語義疏》，據一些學者統計，全書共引五十二家之說。[3]除了參考何晏的《論語集解》，皇侃還充分吸收江熙的成果，特別採用江熙《論語集解》中衛瓘、郭象、江淳、范甯、王瑉等學者的觀點，又廣泛網羅自西漢以來至作者當世其它學者的解釋，尤其是加入以玄理解經的南朝注家的說法，集成《論語義疏》，完成六朝《論語》注釋的最後集結。我們可以看到，魏晉南北朝時期《論語》學發展史上三個重要的人物——何晏、江熙、皇侃，而他們代表了三個時代，分別為何晏集漢魏，江熙集兩晉，皇侃集六朝。在魏晉南北朝期間，《論語集解》和《論語義疏》這兩部集大成之作分別產生於時代的首尾，並經此期間眾多學者的創新性理解與解釋，使《論語》學在整整一個時代不間斷地發展並逐步擴大其影響，從而延續和保持了《論語》在中國學術史上的神聖地位。

---

[2] 江熙所集十三家為：衛瓘，繆播，僧肇，郭象，蔡謨，袁宏，江淳，蔡系，李充，孫綽，周懷，范甯，王瑉。其中不僅有致力于儒學的學者，還有玄學家，更有佛教傳播者。

[3] 按：六朝的論語學有的眾多成果，包括魏王肅的《論語義說》、《論語注》，陳群的《論語義說》，王朗的《論語說》，周生烈的《論語義說》，王弼的《論語釋疑》、《論語注》，以及何晏的《論語集解》，兩晉時期，有衛瓘的《論語集注》，繆播的《論語旨序》，繆協的《論語說》，郭象的《論語體略》，欒肇的《論語釋疑》，虞喜的《論語贊注》，庾翼的《論語釋》，李充的《論語集注》，范寧的《論語注》，孫綽的《論語集解》，梁覬的《論語注釋》，袁喬的《論語注》，江熙的《論語集解》，殷仲堪的《論語解》，張憑的《論語注》，蔡謨的《論語注》，謝道韞的《論語贊》等。

　　《論語》在漢代一般作為啟發童蒙的基礎讀物，雖然西漢太學的功課
主要是《五經》，但在學習《五經》之前，《論語》和《孝經》是作為入門
的必修課程，可以說，《論語》是建構漢代儒生知識結構不可或缺的一環。
這樣看來，《論語》雖然沒有被冠以經之名，卻與其他經發揮了同樣的、
甚至更為重要的作用。徐復觀在《徐復觀論經學史二種》一書中討論《論
語》傳承情況時指出：

> 　　按《論語》及《孝經》皆傳而非經，未立於學官，故《儒林傳》
> 未記其傳授情形。然兩書在兩漢所發生之作用，或且超過五經，實
> 質上漢人即視之為經，故五經皆有緯，而《論語》、《孝經》亦有緯。
> 緯對經而言，東漢遂有七經、七緯的名稱。劉歆《七略》即以《論
> 語》、《孝經》入六藝略，《漢志》因之。漢代五經之儒，幾無不學《禮》，
> 更無不學《論語》、《孝經》。吳承仕謂「蓋《孝經》、《論語》，漢人
> 所通習，有受《論語》、《孝經》而不受一經者，無受一經而不先受
> 《孝經》、《論語》者。」[4]

徐復觀對於《論語》、《孝經》流傳的考察表明這兩部文本在漢武帝後地位
逐漸開始上升，到了東漢，《論語》和《孝經》順理成章地取得了與《五經》
相同的地位和影響力，於是，儒家經典此時實際上已經從「五經」而擴展
為「七經」。也就是說東漢前《論語》在其重要性上已經實際上由傳[5]升格為
經，然而不論《論語》在前代被稱作「傳」或「經」，其名稱已經無關緊要，
重要的是它其實從經學的初期就已居於基礎和核心地位了，所以，《論語》
無論對漢代還是魏晉南北朝時期的經學家來說都是一部重要的經學著作，
這也解釋了《論語》在魏晉南北朝時期被多次詮釋的原因。

---

[4]　徐復觀著：《徐復觀論經學史二種》，上海：上海書店出版社，2002 年版，第 149 頁。
[5]　按：傳最早是解經著作，如「春秋三傳」即《左氏春秋傳》《春秋公羊傳》、《春秋谷
　　梁傳》，即為解釋《春秋》的傳著。漢武帝「罷黜百家」後，逐漸建立起以《五經》
　　為核心的經學體系，而《論語》、《孟子》、《老子》等子書雖然同樣被稱作傳，但這時
　　「傳」的定義發生了變化，它們不是解釋《五經》的書籍，而是被看作對解讀《五經》
　　有輔助作用的作品。同時，傳與傳之間也有等級高低之分，如《易傳》由於地位崇高
　　而被稱作「大傳」，對「大傳」進行解釋的作品仍可稱為「傳」，這就是普通的「傳」
　　與「大傳」的區別。《論語》在西漢時地位高於一般子書，因此，《漢書・藝文志》將
　　《論語》附於「六藝略」後，與《孝經》、《小學》並列，所謂「序六藝為九種」，而
　　沒有歸入「諸子略」中。由此可見《論語》作為「大傳」在西漢地位的尊貴，正如楊
　　雄所說：「傳莫大於《論語》。」這為《論語》在後期的升格做出了鋪墊。

　　《論語》是孔子弟子記錄孔子的言論並彙編而成的語錄體著作，它一般被看作是代表儒家學說的孔子的思想。從理論上來說，文本準確的意義只有被還原至相關、特定的情景和環境中時才能不被誤解，所以文本產生的相關情景在詮釋者理解與解釋時是一種至為重要的因素。系統功能語言學代表人物韓禮德（M.A.K.Halliday）在《作為社會符號的語言：從社會角度詮釋語言和意義》（*Language as Social Semiotic: The Social Interpretation of Language and Meaning*）把這種情景和環境稱為「語域」（register），並認為語域是一種語義結構：語域是一種與具體情境相關的語義結構。他認為構成語義結構有三種元素：

> 語場（field）、語旨（tenor）、語式（mode），意義就在這三者的協同作用下生成。語場即言語在被使用時所處的場合及其涉及的範圍，如日常活動或學術交流；語旨指參加者之間的角色關係，如師生關係或上下級關係；語式為在交流活動中所選的表達方式，如口頭表達或書面表達，而這三者共同構成和制約意義生成。[6]

《論語》是以單條語錄彙編而成的文本，無法如歷史文獻提供具體的時間、地點、人物、事件、原因等供與闡釋者分析和判斷的限定元素。因此，其中大多數語條往往缺乏語場、語旨或語式等構成明確意義的要素，這種情況使得詮釋者在語境模糊的語言碎片中更容易為自己的「誤讀」找到思想伸展的增長點和空白點。於是，魏晉南北朝時期的詮釋者們利用《論語》語言斷裂處和空白點，以道家思想故意扭曲文意，從而使得他們對《論語》的注疏呈現出破壞性和創造性誤讀的特點。

　　在《論語‧陽貨》中有：「子曰：『予欲無言。』子貢曰：『子如不言，則小子何述焉？』子曰：『天何言哉？四時行焉，百物生焉，天何言哉？』」[7]在面對這一處孔子與子貢的對話片段時，後世的詮釋者是無法得知孔子是在何種情況下發出「予欲無言」的感慨，如果我們以韓禮德的語義結構構成分析此句，那麼這一句中語場資訊的遺失即言語情境的缺乏，將必然導致

6　[澳]韓禮德著：《作為社會符號的語言：從社會角度詮釋語言和意義》，外語教學與研究出版社，2001年版，第123頁。
7　[魏]何晏集解、[梁]皇侃義疏：《論語集解義疏》，上海：商務印書館，1937年版，第249-250頁。

任何對於「天何言哉」的解讀成為一種誤讀。正如皇侃在《論語義疏》中疏解《論語・陽貨》「天何言哉」一句時說：

> 天既不言而事行，故我亦欲不言而教行，是欲則天以行化也。王弼曰：「『子欲無言』，蓋欲明本，舉本統末，而示物於極者也。夫立言垂教，將以通性，而弊至於湮；寄旨傳辭，將以正邪，而勢至於繁。既求道中，不可勝禦，是以修本廢言，別天而行化。以淳而觀，則天地心見於不言；寒暑代序，則不言之令行乎四時。天豈諄諄者哉。」[8]

對此句的解釋，皇侃首先疏通了大意，表明孔子的不言之教是法天而行，然而對在哪方面「法天」卻沒有做出具體的解釋，接著他引王弼對此句的解釋補充己說，王弼在理解此句時不僅僅拘泥於字面上的大意疏通，而是進一步在本體論意義上發明其含義：「明本」即以仁義為本，這原本是儒家的傳統概念，並在《論語》中多次提到，[9]然而原句從表面看根本沒有「明本」的意思，但王弼卻把「明本」與「天何言哉」這一句聯繫起來，這是第一層誤讀。其次，如果用儒家本有的「明本」概念解釋《論語》也無可厚非，但在對「本」的理解上，王弼把儒家的以「仁」為本的「明本」概念偷換為玄學所宣導的以「無」為本的概念，貶低儒家「立言垂教」而彰顯道家的「廢言修本」。在王弼看來「天」作為絕對的根本性的存在，是有限的語言無法捕捉到的無限之物，因此，儒家對人世間道德規範的「立言」行為反而將「天」由無限的存在降低為有限的存在者，只有通過「得意忘言」的不可言說的指示性標識才能完整地呈現出「天」給人們的啟示。

通過以上兩層對「天何言哉」這一句「奪胎換骨」式的誤讀，王弼成功地把以「無」為本體並以「得意忘言」為徑路的道家思想與「天何言哉」

---

[8] [魏]何晏集解、[梁]皇侃義疏：《論語集解義疏》，上海：商務印書館，1937年版，第250頁。

[9] 按：如《論語・學而》中有：「其為人也孝悌，而好犯上者鮮矣。不好犯上，而好作亂者，未之有也。君子務本，本立而道生。孝悌也者，其為人之本與。」（[魏]何晏集解、[梁]皇侃義疏：《論語集解義疏》，上海：商務印書館，1937年版，第3頁。）。又如《論語・八佾》中有：「林放問禮之本。子曰：『大哉問！禮，與其奢也，寧儉；喪，與其易也，寧戚。』」（[魏]何晏集解、[梁]皇侃義疏：《論語集解義疏》，上海：商務印書館，1937年版，第29頁。）。再如《論語・衛靈公》有：「子曰：環君子義以為質，禮以行之，遜以出之，信以成之。君子哉！」（[魏]何晏集解、[梁]皇侃義疏：《論語集解義疏》，上海：商務印書館，1937年版，第220頁。）。

這一意義模糊的對話片段連結在一起，在創造性的故意誤讀中使道家思想融合於《論語》之中。湯用彤在《魏晉玄學論稿》中討論王弼對《論語》創造性誤讀的意圖時指出：「王弼之所以好論儒道，蓋主孔子之性與天道，本為玄虛之學。夫孔聖言行見之《論語》，而《論語》所載多關人事，與《老》、《易》之談天者似不相侔。則欲發明聖道，與五千言相通而不相伐者，非對《論語》下新解不可。」[10]王弼把道家思想灌注在「天何言哉」這一語境斷裂的問答中並通過誤讀創造性生產出「天何言哉」的深層含義，其闡釋的深度和氣魄遠超於前代的漢儒。在魏晉南北朝時期，「援道入儒」已經成為學術潮流和必然的趨勢，《論語》文本本身缺乏語境而造成的多義性與歧義性，也正為詮釋者對其誤讀提供最好的載體。

由此可見，在魏晉南北朝時期儒道思想融合的大背景下，對《論語》這一部重要的經學著作的破壞性和創造性誤讀成為重新開機經學解釋系統的關鍵點。正如皇侃為《論語義疏》作序時所說：

> 然此書之體，適會多途，皆夫子平生應機作教，事無常准，或與時君抗屬，或共弟子抑揚，或自顯示物，或混跡齊凡，問同答異，言近意深。詩書相錯綜，典誥相紛紜。義既不定於一方，名故難求乎諸類。[11]

魏晉南北朝時期的詮釋者們抓住了《論語》由於特殊的編撰體例而導致缺乏完整的意義構成要素，從而呈現出的「言近意深」且「意含妙理」[12]的特質，作為引入道家思想的合法性基點。正是由於《論語》本身處於經學的核心地位，其文本又富含歧義性，因此魏晉南北朝的詮釋者對《論語》文本的詮釋活動鮮明地呈現出創造性誤讀的特點，同時這種誤讀為經學的玄學化提供了有利的平臺。

10　湯用彤撰：《魏晉玄學論稿》，上海：上海古籍出版社，2001年版，第82頁。

11　[魏]何晏集解、[梁]皇侃義疏：《論語集解義疏》，上海：商務印書館，1937年版，第2頁。

12　[魏]何晏集解、[梁]皇侃義疏：《論語集解義疏》，上海：商務印書館，1937年版，第5頁。

二、從「注」到「義疏」：
由單一解經視域到「儒道皆備於我」的互文性詮釋立場

倪其心在《校勘學大綱》一書中討論古籍的基本構成時提出：「今存古籍的基本構成大致有兩類，一屬複雜的重疊構成，一屬簡單的重疊構成。」[13] 接下來他分析了致使古籍呈現複雜重疊面貌的兩種原因：其一是由於錯訛而形成的重疊，表現為異文，這是需要歷代校勘者解決的問題；其二為「由於歷代政治思想發展變化而產生對這些經典及重要著作的不同解釋和發揮，形成不同流派的學說，由此形成重疊構成，其參差不僅表現為異文，更重要的是紛歧的解釋，即所謂『立說』。」[14]如果按照倪其心對複雜重疊古籍構成的分類來定義皇侃的《論語義疏》，那麼我們可以說它就是一部由眾多的「立說」構成的層次複雜的文本，其中最主要的兩種「立說」表現為以漢儒為代表的儒家解經系統和魏晉南北朝時期學者們儒道融合的解經方式，而兩種「立說」的差別又可以從漢代與魏晉南北朝兩代的解經者們所採取的注疏方式上得以窺見。

從注疏構成的歷時角度看，皇侃的《論語義疏》可以分為四個層次，分別為：經文、漢儒注釋、何晏的集解、皇侃的義疏，在這四個層次中，皇侃採取的兩種主要注釋體例為「注」與「義疏」。「注」解釋經文文字及意義，在漢代已經廣泛地被用於經典文本的詮釋中，而「義疏」是一種既釋經文，又兼釋注文的注釋方式，它興起於南北朝時期，其中，皇侃的《論語義疏》就是這一時期較早的一部以義疏體解經的著作。眾所周知，釋經者採用的體例不僅僅只是簡單的形式，體例往往反映的是方法論的問題，因此兩代之間注釋體例的轉換也標誌著詮釋方向的轉移。對此，洪湛侯在《詩經學史》中分析道：

> 漢人治經，多以本經為主。……從這一時期開始，經學中的「傳注」之體便日趨衰微，而所謂六朝「義疏」之體，則日益盛興，「義疏」取代「經解」成為這一歷史時期經學史上的一件大事。「義疏」的產生，是經學由簡約轉向繁瑣的重大轉變。[15]

---

[13] 倪其心著：《校勘學大綱》，北京：北京大學出版社，1987年版，第85頁。
[14] 倪其心著：《校勘學大綱》，北京：北京大學出版社，1987年版，第85頁。
[15] 洪湛侯著：《詩經學史（上冊）》北京：中華書局，2002年版，第234頁。

從洪湛侯對漢儒「多以本經為主」的「傳注」體解經的評價中就可以看出漢儒解經只具備單一的儒家傳統視域，而這種視域又往往又進一步受到嚴格師門家法傳承的制約和限制；皇侃的「義疏」體作為一種新的解經體例則是融合各家學說，完全摧毀了漢代固執師法的釋經方式，這一新的體例不僅不執著於一家的師法傳承，而且甚至不固守以儒家思想注釋儒家經典的解經視域，這種做法為把道家視域引入儒家場域提供了極好的平臺，使得解經者對《論語》文本理解的深度和廣度由於多種視域的交互與融合，在注疏中被前所未有地延展開來。同時，皇侃保留前人的注解，把經文，前人的注與詮釋者的理解三種成分集合於同一文本空間之內，並通過詮釋者的解說使三者在內部展開對話，使《論語義疏》中儒道思想的溝通不僅僅限於注疏形式上的平行並置和排列，更有利於它們內部的思想體系深層的互動，而最終匯通是建立並表現在對《論語》的破壞性和創造性誤讀上。由此可以說，「注」與「義疏」這兩種不同的解經形式分別表現出漢代解經者與魏晉南北朝解經者兩種不同的「立說」方向。

如果我們在這裡引入漢斯－格奧爾格‧伽達默爾（Hans-Georg Gadamer）的「視域融合」理論來考察皇侃義疏體解經的創新用意，就可以更清楚地看到，皇侃所以選擇以整合經學家注釋與玄學家注釋的義疏體來詮釋《論語》文本，是因為這一新的形式能夠使儒道思想處於平等地位，進而為連結道家視域與儒家視域的創造性誤讀提供條件。伽達默爾在《真理與方法》（Wahrheit und Methode）中是這樣定義「視域」的：「視域就是看視的區域（Gesichtskreis），這個區域囊括和包容了從某個立足點出發所能看到的一切。」[16]在伽達默爾看來，視域是理解者從某個立足點出發理解事物的起點。他繼承了海德格爾對「前理解」的看法，認為由前理解即前見（Vorurteil）構成的視域是先於理解者的主體反思意識而存在，因此任何視域都是有限和受束縛的，但是這種受限制的視域並非阻礙了我們的理解活動，並成為需要我們拋棄已有的視域進入他人視域才能還原至「正確」理解的障礙，恰恰相反，前見是使理解成為可能的前提條件和基礎，也是任何理解者都無法超越的視域。同時前見並非一種凝滯的、固定的看視區域，而是理解者在同過去的接觸中不斷地拓寬和豐富的一種流動視野，它會隨著理解者的視域進入它要理解的那個視域，並擴展雙方的視域，從而構成你中有我，

---

[16] [德]漢斯－格奧爾格‧伽達默爾著、洪漢鼎譯：《真理與方法》，北京：商務印書館，2010 年版，第 427-428 頁。

我中有你的動態的「我」與「你」的關係，進而使得理解呈現出互文性（Intertexuality）的特徵，所以，在這個意義上伽達默爾把理解中的「視域融合」定義為：

> 　　理解其實總是這樣一些被誤認為是獨自存在的視域的融合過程。[17]

如果我們把伽達默爾「視域融合」的理論帶入魏晉南北朝時期的解經者對儒家經典文本《論語》的誤讀中，就可以清晰地看到，當魏晉南北朝時期的解經者在接觸漢儒遺留的注釋並試圖領會文本含義時，這一過程恰恰是對他們前見的檢視。在此其中，魏晉南北朝時期解經者的視域與傳統的視域不斷融合，而經過視域融合後產生的新的視域，既包含著解經者現今的道家視域，也包括傳統的儒家視域，但兩者已經混溶為一體，不分彼此。新的視域超越了他們各自原本的獨立視域，融合後的兩種視域必然使經文意義產生位移，然而，由此產生出來的意義的位移不但是無法消除的，而且在某種程度上還被有意地凸顯出來，這就形成了我們今天看到的這一時期的解經者們對儒家經典的破壞性和創造性的誤讀。這樣看來，不僅魏晉南北朝時期的解經者對《論語》的解讀是一種誤讀，事實上任何朝代的解經者對文本的解讀都是建立在「視域融合」基礎上的不同程度的創造性誤讀。

　　在魏晉南北朝時期，儒家思想已經深深紮根於這一時期玄學家的思想中並成為他們無法擺脫的前見，因此對於經學文本《論語》的解讀不可能完全遠離儒家思想的勢力範圍，但同時這一時期的解經者受到道家思想的極大影響，儒道思想之間的視域統合使他們對經典的解讀呈現出經學玄學化的特徵。因此，皇侃作為南朝的儒學家，也就不可能像漢儒那樣以單一的「正統」儒家思想解經，他的做法是把漢代解經者與魏晉玄學家諸種注釋納入《論語》原典的闡釋場域，從而把儒道兩個系統解經者們對文本的理解融入自己對文本的注釋中，站在「儒道皆備於我」的立場上對《論語》下新解，其中，最為明顯的一點表現在他對聖人如何法天問題的理解上。在對「聖人法天」這一命題的理解上，魏晉南北朝時期的解經者延續了漢

---

[17] [德]漢斯－格奧爾格‧伽達默爾著、洪漢鼎譯：《真理與方法》，北京：商務印書館，2010 年版，第 433 頁。

儒聖人與天合德的思想，同時又進一步融合了老莊自然、無為的思想。《論語義疏》中收錄了漢儒對相關語條的解釋，《論語・述而》中有：「子曰：『天生德於予，桓魋其如予何？』」包氏注為：「桓魋，宋司馬黎也。天生德於予者，謂授我以聖性也，合德天地，吉而無不利。故曰：其如予何也。」[18]在漢儒看來，聖人的道德來源於天，是法天而行的結果，因此「天」是聖人道德的最終根據，正因如此聖人才能與天合德。漢代董仲舒在《春秋繁露・為人者天》一章中討論了天人關係時也強調天對人的絕對統治意義：

> 為生者不能為人，為人者天也。……人之形體，化天數而成；人之血氣，化天志而仁；人之德行，化天理而義；人之好惡，化天之暖清；人之喜怒，化天之寒暑；人之受命，化天之四時。[19]

在「為人者天也」這一句中，董仲舒強調天對人具有絕對性和源始性，因此只有人效法、迎合天才能被稱作一個真正的人，可以說，「人法天」、「聖人法天」是漢儒的共同觀念。

在魏晉南北朝時期的解經者的闡釋中，聖人即孔子與天的關係一方面保留了儒家傳統的「聖人法天」的天人關係，另一方面則增加了道家視域中的聖人對天在自然無為、神機不凡、應物無方等方面的效法，從而使得聖人的內涵經過儒道思想的融合後得以擴展和提升。比如在《論語・季氏》中有：「子曰：『君子有三畏：畏天命，畏大人，畏聖人之言。』」何晏注：「順吉逆凶，天之命也。大人即聖人，與天地合其德者也。深遠不可易，則聖人之言也。」[20]在對這一句的解釋中何晏強調的仍然是聖人的則天之德，他認為聖人是深遠不可易知測，這裡的聖人已經有道家神秘性的影子，但何晏沒有深入發掘聖人為何會深不可測，其深遠又表現在哪些方面，所以雖然何晏兼具儒道兩種視域，但他卻沒能完全發揮和創新應用這兩種視域，因此在注疏中也沒有非常清楚地得以體現。到了正始時期，王弼等人對聖人形象在闡釋上有了更加自由的延伸的趨勢，譬如在注釋《論語・泰

[18] [魏]何晏集解、[梁]皇侃義疏：《論語集解義疏》，上海：商務印書館，1937 年版，第95 頁。

[19] [漢]董仲舒撰：《春秋繁露》，見於《二十二子》，上海：上海古籍出版社 1986 年縮印浙江書局光緒初年匯刻本，第 793 頁中欄。

[20] [魏]何晏集解、[梁]皇侃義疏：《論語集解義疏》，上海：商務印書館，1937 年版，第234 頁。

伯》:「大哉,堯之為君也!巍巍乎!唯天為大,唯堯則之。蕩蕩乎!民無能名焉。巍巍乎!其有成功也。煥乎!其有文章。」這一句時,漢儒孔安國只是簡單地解釋為:「則,法也。美堯能法天而行化也。」王弼對此句的解釋是:

> 聖人有則天之德。所以稱唯堯則之者,唯堯於時全則天之道也。蕩蕩,無形無名之稱也。夫名所名者,生於善有所章而惠有所存。善惡相須,而名分形焉。若夫大愛無私,惠將安在?至美無偏,名將何生?故則天成化,道同自然,不私其子而君其臣。凶者自罰,善者自功;功成而不立其譽,罰加而不任其刑。百姓日用而不知其所以然,夫又何可名![21]

從這一段的鋪陳中可以看出,玄學家王弼沒有完全推翻自漢儒以來的「聖人法天」的前見,然而,對於「天」的特性則引入了魏晉玄學的視域,突出其「無形無名」的特徵,相應地也就強調聖人以無私心法天「無名無形」,從而達到「聖人法天」。實際上王弼是把道家的無為、自然等觀念帶入「天」的內涵中,在對「天」的內涵的創造性增加和改變過程中使得兩種視域得到匯通和融合。

另外,《論語・陽貨》記載佛肸召孔子,孔子欲往的這一事件也說明了這一點:子路曰:「昔者由也聞諸夫子曰:『親於其身為不善者,君子不入也。』佛肸以中牟畔,子之往也如之何?」子曰:「然。有是言也。不曰堅乎,磨而不磷;不曰白乎,涅而不緇。吾豈匏瓜也哉?焉能繫而不食?」[22]對此,王弼曰:

> 君子機發後應,事形乃視,擇地以處身,資教以全度者也,故不入亂人之邦。聖人通遠慮微,應變神化,濁亂不能汙其潔,兇惡不能害其性,所以避難不藏身,絕物不以形也。[23]

---

[21] [魏]何晏集解、[梁]皇侃義疏:《論語集解義疏》,上海:商務印書館,1937年版,第110-111頁。

[22] [魏]何晏集解、[梁]皇侃義疏:《論語集解義疏》,上海:商務印書館,1937年版,第243頁。

[23] [魏]何晏集解、[梁]皇侃義疏:《論語集解義疏》,上海:商務印書館,1937年版,第244頁。

在王弼看來，君子與聖人是有差別的，君子由於不能法天而行，其行為固守道德律令，只能「資教以全度者也，故不入亂人之邦」，而聖人能夠則天而行，掌握權變，隨著天的變化而「應變神化」。王弼這一句的「聖人通遠慮微」是徵引了《老子·十五章》:「古之善為士者，微妙玄通，深不可識。」[24]王弼以道家代表人物老子「善為士者」的「微妙玄通，深不可識」的特點來巧妙地概括孔子的行動準則有權有變，應和天德，從此意義上來說，聖人的體道通變是天德的人格體現，正如王弼所說:「權者道之變。變無常體，神而明之，存乎其人，不可豫設，尤至難者者。」[25]權是道的變體，而道不是固定不變的道德律令，恰恰是隨物賦形，需要人在變動的具體情境中以權應道。君子只可以服從和固守摩西十誡式的道德法則，但唯有聖人才能更深體察天道的變化並應用於人事，正因為聖人能夠法天之神機變化才被稱為聖人。

由以上的例子可以看出，魏晉南北朝時期的解經者在對待聖人法天問題上沒有跳脫漢代解經者的前見，但他們的獨特貢獻在於他們的詮釋不只是延續漢儒的前見，而是把道家的視域帶入到當下理解與解釋中，通過創造性的誤讀，豐富了孔子聖人的特質並對「聖人法天」問題的內涵進行了擴充。皇侃通過義疏體這一新的注疏體例以「視域融合」的方式把道家思想引入儒家經典，並以語言為仲介，打破了儒道兩個體系之間的封閉和孤立，把對方的思想資源互相嵌入理解中，為儒道兩種系統在魏晉南北朝時期開闢了交流和對話的場域。皇侃所做的不僅僅是跨文本詮釋，而是融匯性詮釋，這種「六經注我」的詮釋姿態與立場，使得他對《論語》的注疏呈現出互文性的特點，並在儒道兩種視域皆備於我的背景下啟動自己的詮釋。

三、詮釋方式的轉換：從知識詮釋到義理詮釋[26]

在皇侃《論語義疏》中保留的漢代注釋有四家，分別為孔安國的《論語孔氏訓解》、包咸的《論語章句》、馬融的《論語訓說》和鄭玄的《論語

---

[24] [周]李耳撰、[魏]王弼注、[唐]陸德明音義:《老子道德經》，見於《二十二子》，上海：上海古籍出版社 1986 年縮印浙江書局光緒初年匯刻本，第 2 頁中欄。

[25] [魏]何晏集解、[梁]皇侃義疏:《論語集解義疏》，上海：商務印書館，1937 年版，第 129 頁。

[26] 「知識詮釋」和「義理詮釋」是目前學界對漢代和魏晉南北朝解經方式最公認的分類法，這種分類有其合理性。然而，漢代解經中分今、古文經學，魏晉南北朝時期又分南學和北學，其學風與傾向不能以朝代一概而論。所以這裏的「知識詮釋」和「義理詮釋」之區分的根據是兩種解經理路而不僅僅是以朝代為界限。

鄭氏注》，漢代解經者多是以訓詁或章句的方法注釋《論語》文本。雖然訓詁與章句所針對的解釋對象不同，但這兩種方法最終都顯示出試圖以實證、考據的方式還原被假設的文本原初意義的詮釋者的野心，由此可以看出，漢代的解經者大多不注重從義理方面挖掘文本的深層和超越含義，而是孜孜以求文本的「原初意義」，可以說，漢儒對《論語》的解釋還只主要停留在對具體知識滯重而煩瑣的考釋上。建安七子之一的徐幹在《中論·治學》中曾這樣批評兩漢的訓詁、章句之學：

> 凡學者，大義為先，物名為後，大義舉而物名從之。然鄙儒之博學也，務於物名，詳於器械，矜於詁訓，摘其章句，而不能統其大義之所極，以獲先王之心，此無異乎女史誦詩，內豎傳令也。故使學者勞思慮而不知道，費日月而無成功。[27]

像徐幹這樣漢魏之際的士人已經對於漢儒這種解讀經典的方式產生了不滿和鄙薄，這為後來魏晉南北朝時期以義理解經奠定了基礎。

德國語文學家和哲學家弗雷德里克·阿斯特（Georg Anton Friedrich Ast）在《語法、詮釋學和批評學基礎》（*Grundlinien der Grammatik, Hermeneutik und Kritik*）談到文本解釋中的循環，即文本中的特殊部分與全篇及時代精神之間的聯繫時指出：

> 因此，文字、意義和精神是解釋的三要素。文字的詮釋（hermeneutics）就是對個別的語詞和內容的解釋；意義（Sinn）的詮釋就是對它在所與段落關係裡的意味性（Bedeutung）的解釋、精神的詮釋就是對它與整體觀念（在整體觀念裡，個別消融於整體的統一之中）的更高關係的解釋。[28]

在此段表述中出現了意義（Sinn）與意味性（Bedeutung）這兩個術語，而阿斯特注意到了這兩個詞的差別，他說：「對於每一個需要解釋的段落，我們必須首先問文字在陳述什麼；其次，它如何在陳述，陳述句具有什麼意

---

[27] [漢]徐幹著：《徐幹中論（二卷）》，上海：上海涵芬樓借江安傅氏雙鑑樓藏明嘉靖乙丑青州刊本景印，第 4 頁。
[28] 洪漢鼎編：《理解與解釋──詮釋學經典文選》，北京：東方出版社，2001 年版，第 12-13 頁。

義（meaning），它在文本中具有什麼（significance）。」[29]根據他的意思，「意味性」是從文字提取出來而形成的句子的字面含義，「意義」則是文本內容的深層含義，「意義」是溝通部分與整體的關係的紐帶，通過它可以進而上升至對文本與時代精神關係這一層的理解中，所以「意義」並非固有的答案而顯然要依賴於解釋者的闡發。

如果以阿斯特對「意義」與「意味性」的區分來歸納《論語》在漢代與在魏晉南北朝時期被注疏的特點的話，也就是「知識詮釋」和「義理詮釋」之間的差別，我們可以說訓詁、章句之學是一種技藝詮釋學，它著重對「意味性」（significance）的理解，漢代解經者之所以孜孜不倦地考據字詞、鋪陳史實，是因為他們預設了文本具有唯一的原初意義，而通過對字句和名物制度的正確還原，他們認為可以使文本的原初意義澄明顯示出來，從而領會經典之意。「知識詮釋」的解經方式從表面來看似乎使閱讀者從文字上讀懂了經典，卻同時又使閱讀者對經典所蘊含的深刻思想不甚瞭解，因為他們的解經方式缺乏對文本部分、整體與時代精神之間聯繫的闡發，因此以訓詁章句之學解經反而窒息了經典文本的生命，使得經典的生命無法延續下去。

以「義理詮釋」為徑路的詮釋者們則不重字句、名物等解釋，而把對義理即「意義」（meaning）的發揮看作為解經之樞紐，這是因為魏晉時期的解經者對語言與意義的關係有了新的思考。從正始開始，在對《周易》體例的總結中，王弼就為言、象、意劃定了等級序列，他在《周易·明象》篇中提出：「故言者所以明象，得象而忘言；象者所以存意，得意而忘象。」[30]王弼借用莊子在《莊子·外物》：「筌者所以在魚，得魚而忘筌；蹄者所以在兔，得兔而忘蹄；言者所以在意，得意而忘言。」[31]中的「筌」與「蹄」的比喻，把言與象的關係總結為：「言者，象之蹄也；象者，意之筌也。」[32]由此得出「得意在忘象，得象在忘言」這一被後人概括為「言意之辨」的命題。在王弼的論斷中，語言的地位被置於這一序列的最底層，淪為獲取意義的工具和手段，而對意義的追求成為最終目標。從此以後，語言的工

[29] 洪漢鼎編：《理解與解釋──詮釋學經典文選》，北京：東方出版社，2001 年版，第 12 頁。
[30] [魏]王弼著、樓宇烈校釋：《王弼集校釋》，北京：中華書局，1980 年版，第 609 頁。
[31] [周]莊周撰、[晉]郭象注、[唐]陸德明音義：《莊子》，見於《二十二子》，上海：上海古籍出版社 1986 年縮印浙江書局光緒初年匯刻本，第 74 頁下欄。
[32] [魏]王弼著、樓宇烈校釋：《王弼集校釋》，北京：中華書局，1980 年版，第 609 頁。

具性地位被確立且為魏晉南北朝的士人們廣泛接受，並用於哲學思考、詩歌創作、文學批評等各個領域。[33]

　　南朝儒學家皇侃同樣受到了語言作為意義的附屬地位的觀點影響，並篡改和擴大了「言意之辨」的「言」的指涉範圍，把它運用到對《論語》的理解與解釋中，正如他把《論語‧公冶長》：「子貢曰：『夫子之文章，可得而聞也。夫子之言性與天道，不可得而聞也已矣』」一句疏解為：

> 文章者，六籍也。六籍是聖人之筌蹄，亦無關於魚兔矣。六籍者，有文字章著，煥然可修耳目，故云：「夫子文章可得而聞也。」[34]

皇侃把在漢代被封為神聖文本的「六經」文本貶為筌蹄，並認為「六經」中的文字只能被看作是聖人的遺跡，而聖人之意在此「六經」之外，需要詮釋者的闡發。皇侃對此句的疏解表明了一種趨勢，即在魏晉南北朝時期，儒家的「立言」傳統逐漸被「立意」顛覆。皇侃暗示了漢代解經者的訓詁章句之學對理解文意所作的無效努力，為自己以及同時代的解經者跳脫對一個個文字的注釋而在注疏中追尋最高義理的誤讀的合理性找到根據。湯用彤在《魏晉玄學論稿》中曾對此有過論述，他說：「漢代經學依於文句，故樸實說理，而不免拘泥。魏世以後，學尚玄遠，雖頗乖於聖道，而因主得意，思想言論乃較為自由。」[35]皮錫瑞也在《經學歷史》中談到經學南北朝時期不同傾向時說：

> 如皇侃之《論語義疏》，名物制度，略而弗講，多以老莊之旨，發為駢麗之文，與漢人說經相去懸絕。此南朝經書之僅存於今者，即此可見一時風尚.[36]

---

[33] 按：其中在文論領域表現得最為明顯，如劉勰在《文心雕龍‧隱秀》中提出的「文外之重旨」、「義生文外」和「餘味曲包」；鍾嶸《詩品序》中有「文已盡而意有餘」的說法。在詩歌創作領域，最為耳熟能詳的是陶淵明的《飲酒》中「此中有真意，欲辨已忘言。」表達了對終極的「意」的追求。朱東潤在《魏晉南北朝文學批評史》在談到南朝詩人謝靈運玄言詩時也提到：「言、意關係是魏晉玄學經常討論的題目。」
[34] [魏]何晏集解、[梁]皇侃義疏：《論語集解義疏》，上海：商務印書館，1937年版，第60頁。
[35] 湯用彤撰：《魏晉玄學論稿》，上海：上海古籍出版社，2001年版，第27頁。
[36] 湯用彤撰：《魏晉玄學論稿》，上海：上海古籍出版社，2001年版，第27頁。

由此看來，憑藉對言意關係的重新審視，皇侃作為解經者的角色已經漸漸向寫作者轉移，這種角色的轉換成為皇侃以及他同時代的解經者對《論語》文本進行破壞性誤讀的起點。

　　從漢朝到魏晉南北朝，詮釋重點由知識到義理的轉變主要表現在兩個方面：其一為詮釋由簡而繁，正如前文提到洪湛候分析由「簡約向繁瑣」的趨勢；其二表現為詮釋方式由鋪陳史實到辨名析理，而這兩方面的轉變必然引發過度詮釋和創造性詮釋。具體來看，在《論語・為政》裡有：「子曰：『導之以政，齊之以刑，民免而無恥。導之以德，齊之以禮，有恥且格。』」[37] 皇侃注釋這一句時分別引用漢儒孔安國、馬融與西晉玄學家郭象、南齊沈居士的注釋，從這四家注釋的內容上，我們可以窺見其不同時期詮釋重點的改變。對於此句，孔安國只簡單注釋為：「政謂法教也」，他所關注的僅限於簡單的字句解釋；馬融以「整齊之以刑罰也」來解釋「齊之以刑」，但這樣的重複解釋無義理上的發揮，最終仍沒有跳脫「知識詮釋」的範疇；而郭象雖然也對「刑」、「德」的進行文字上的解釋，但已不同於馬融簡單的知識訓詁，其內涵已經發生了變化，郭象是這樣解釋「刑」與「德」：「刑者，與法辟以割制物者也。」、「德者，得其性者也。」郭象對「刑」的解釋使人聯想起《老子・二十八章》中：

　　　　知其雄，守其雌，為天下谿谿。為天下谿，常德不離，復歸於
　　嬰兒。知其白，守其黑，為天下式。為天下式，常德不忒，復歸於
　　無極。知其榮，守其辱，為天下谷。為天下谷，常德乃足，復歸於
　　樸。樸散則為器，聖人用之則為官長。故大制不割。[38]

在老子看來，最理想的生存樣態是維護生命完整性，即所謂「大制不割」，郭象吸收了老子的觀點，認為「刑」其實是外界的法則對人自然天性的宰製。郭象所解釋的「德」，也不再是儒家那種以仁義禮智為核心的由內部的道德自覺轉向外在道德實踐的行動力，正如東漢許慎在《說文解字》中把

---

[37] [魏]何晏集解、[梁]皇侃義疏：《論語集解義疏》，上海：商務印書館，1937 年版，第 14 頁。

[38] [周]李耳撰、[魏]王弼注、[唐]陸德明音義：《老子道德經》，見於《二十二子》，上海：上海古籍出版社 1986 年縮印浙江書局光緒初年匯刻本，第 3 頁下欄。

「德」解釋為：「升也。」[39]段玉裁對此進一步解釋為：「升當作是登。」並引《公羊傳》為證，說明儒家正統學說是把「德」看作為一種行動能力。

郭象把「德」符合人性的自然這一點作為核心凸顯出來，所以「得其性」就是道德的體現。[40]在郭象對這句的解釋中，把「刑」、「德」作為一對反義的概念，而之所以有這樣的分殊，其根源就在於兩者是否順乎人的自然之性。郭象對「刑」、「德」這兩個字的解釋為其對義理的發揮做好了鋪墊：「制有常，則可矯。法辟與，則可避。可避則違情而苟免，可矯則去性而從制。」[41]正因為人們規避外部世界強加在自然人性上的法則，才導致了人自然之性的扭曲，民眾才會「無恥」。「情有所恥而性有所本，得其性則本至，體其情則知恥，知恥則無刑而自齊，本至則無制而自正，是以導之以德，齊之以禮，有恥且格。」[42]所以只有順隨人的自然本性，才能「得其本」，而「得其本」後才「有恥且格」。皇侃又在義疏中引南齊沈居士的見解進一步解釋「得其性」的重要性：「夫立政以制物，物則矯以從之；用刑以齊物，物則巧以避之。矯則跡從而心不化，巧避則苟免而情不恥。由失其自然之性也。若道之以德，使物各得其性，則皆用心。不矯其真，各體其情，則皆知恥，而自正也。」[43]從以上四位解經者對《論語‧為政》「導之以政」的詮釋中我們可以看出，漢代解經者注重對「德」字的訓詁和字面含義準確的理解，而魏晉南北朝時期的《論語》解釋者則重在探討了什麼是「德」，暗示統治者為什麼不能以「刑」宰製「德」，統治者所要做的，就是維護好「萬物之性」，以外部的法規改變人的自然之性會適得其反。總之，漢儒的解釋只停留在德「是什麼」的問題上，而魏晉南北朝時期如郭象等玄學家則主要解決的是「為什麼」應該「得其性」。顯然，前者的側重點在知識性的解讀，後者的側重點卻在義理性的闡釋。

---

[39] [漢]許慎撰、[清]段玉裁注：《說文解字注》，上海：上海古籍出版社，1981 年版影印經韻樓藏本，第 76 頁上欄。

[40] 按：這裡的「性」不僅僅指人之性，在宋明理學以前，古代哲學家還沒有把「性」窄化為是人性，而是泛指「萬物之性」即萬物與生俱來的，由天賦予的自然天性。而人性是萬物之性的一種，人性的自然屬性根源來自於天，因此道家把順應人的自然之性看作是最高的境界。

[41] [魏]何晏集解、[梁]皇侃義疏：《論語集解義疏》，上海：商務印書館，1937 年版，第 60 頁。

[42] [魏]何晏集解、[梁]皇侃義疏：《論語集解義疏》，上海：商務印書館，1937 年版，第 60 頁。

[43] [魏]何晏集解、[梁]皇侃義疏：《論語集解義疏》，上海：商務印書館，1937 年版，第 60 頁。

其次，魏晉南北朝的解經者擺脫了漢儒鋪陳史實與注重名物制度的解經方式，他們以辨名析理的立場對文本含義進行發揮，比如王弼對《論語・陽貨》：「性相近也，習相遠也。」一句是這樣解釋的：

> 不性其情，焉能久行其正，此時情之正也。若心好流蕩失貞，此是情之邪也。若以情盡性，故雲性其情。情盡性者，何妨是有欲。若逐欲遷，故云遠也。若欲而不遷，故曰近，但近性者正而即性非正。雖即性非正，而能使之正。譬如近火者熱，而即火非熱。雖即火非熱，而能使之熱。能使之熱者何？氣也、熱也。能使之正者何？儀也、靜也。又知其有濃薄者。孔子曰：「性相近也」若全同也，相近之辭不生；若全異也，相近之辭亦不得立。今云近者，有同有異，取其共是無善無惡則同也，有濃有薄則異也，雖異而未相遠，故曰近也。[44]

「性相近也，習相遠也。」這一句簡單的語條從表面上看來似乎本無解釋的必要，對於漢儒來說其中並無可在字句上發揮的內容，然而玄學家王弼卻在解釋這一句時創新性地引入「情」這一概念，擴展出「性」與「情」關係，提出「情盡性」這一命題，其中充滿思辨色彩，讓閱讀者除了字面含義外看到表面淺顯文字背後通過以「得意忘言」方式解讀後的一層新的隱含內容，從而使得原句的意義得以增長和流動。

皇侃的《論語義疏》大體地集合了漢代注釋與魏晉南北朝時期的注釋，並清晰地呈現出這兩種詮釋理路的不同，大抵漢式注釋注重名物訓詁與章句之學，而魏晉南北朝時期的玄學家在《論語》解釋中則對名物制度的考據一筆帶過，轉而從知識訓詁上升至為義理的發揮，他們用「言意之辨」為自己新的解經方式正名，試圖借助語言而逃出語言，並擺脫象對意的遮蔽，使意義得以澄明的向讀者敞開。

---

[44] [魏]何晏集解、[梁]皇侃義疏：《論語集解義疏》，上海：商務印書館，1937年版，第241頁。

四、「天人之學」的復活——理解、解釋、應用的統一

在當代西方哲學中，詮釋學（Hermeneutics）佔據著一個重要的地位。詮釋學的發展可以說是源遠流長，其中又分為兩個主要時期：古典詮釋學在對《荷馬史詩》、《聖經》等經典理解與解釋的方法討論中展開，其重點在於方法論層面，如闡釋的方法、技藝或者理論。現代詮釋學從馬丁·海德格爾（Martin Heidegger）開始，便脫離了方法論層面，而演變為對巴門尼德（Ἐλεάτης）開啟的最根本問題「存在論」的重新思考，海德格爾在詮釋學上的一大創制就是把詮釋學從方法論轉變為存在論。他的學生伽達默爾則是現代詮釋學集大成者，伽達默爾接受了海德格爾的存在論詮釋學並進一步擴展了海德格爾的理論，他把海德格爾的本體論與古典詮釋學結合起來，使哲學詮釋學成為一個專門的哲學學派。在海德格爾之前，哲學家們雖然在表述上存在不同之處，但他們基本上把理解看作是主觀意識的活動，無論是伊曼努爾·康德（Immanuel Kant）把理解看作是人的「知性」認識功能，還是威廉·狄爾泰（Wilhelm Dilthey）把理解當作區別自然科學認識方式的人文科學方法，他們無一不是站在勒內·笛卡爾（Rene Descartes）開啟的「我思故我在」的立場上，把人作為實體性的存在者，並把人的理解行為看作是主體的反思活動，而由此炮製出一套方法論程式，試圖把理性思考的結果應用於各種生活情境中。

海德格爾並不把理解活動看作主體的認識方式，他認為理解與解釋是由此在（Dasein）（以人為代表）對存在（Sein）意義的追問與理解，是生存論結構的一個環節，所以他認為理解先於反思，由此理解成為此在存在於世界的基本方式，而文本只是此在生存方式的一種獨特的理解對象。海德格爾在《存在與時間》（Sein und Zeit）中談到此在與理解的關係時指出：「領會於他本身就具有我們稱之為籌畫[Entwurf]的那種生存論結構。」[45]也就是說「領會」（也可譯為理解）與籌畫同樣具有源始性的生存論結構，而非後天的反思。那麼「籌畫的生存論結構」是怎樣的呢？海德格爾是這樣解釋的：

---

[45] [德]馬丁·海德格爾著，陳嘉映、王慶節合譯：《存在與時間》，北京：生活·讀書·新知三聯書店，2012年版，第169頁。

　　　　此在作為被拋的此在被拋入籌畫活動的存在方式中。此在擬想
　　出一個計畫，依這個計畫安排自己的存在，這同籌畫活動完全是兩
　　碼事。此在作為此在一向已經對自己有所籌畫。只要此在存在，它
　　就籌畫著。此在總已經──而且只要它存在著就還──從可能性來
　　領會自身。[46]

「籌畫」不是日常意義上的有意識地參與和制定某種計畫，此在的籌畫只
能根據他的生存處境的種種可能性來理解存在，可以說，理解就是把自己
的可能性投向世界，這就是理解與籌畫的生存論結構。海德格爾在對「理
解」與「解釋」關係的論述上也是具有獨創性的：

　　　　我們把領會使自己成形的活動稱為解釋。領會在解釋中有所領
　　會地佔有它所領會的東西。領會在解釋中並不成為別的東西，而是
　　成為它自身。在生存論上，解釋根植於領會，而不是領會生自解釋。
　　解釋並非要對被領會的東西有所認知，而是把領會中所籌畫的可能
　　性整理出來。[47]

從這一段論述中可以看出，解釋不是理解的附加行為，而是理解的表現形式，
解釋就是使理解籌畫的可能展示出來的一種行動。伽達默爾在《真理與方法》
中同樣表達了這種觀點：「解釋不是一種在理解之後的偶爾附加的行為，正相
反，理解總是解釋，因而解釋是理解的表現形式。」[48]此在的各種生存處境
的可能性引發了此在不同的對存在的理解與解釋，正如伽達默爾所指出：

　　　　應用，正如理解與解釋一樣，同樣是詮釋學過程的一個不可或
　　缺的組成部分。[49]

---

[46] [德]馬丁・海德格爾著，陳嘉映、王慶節合譯：《存在與時間》，北京：生活・讀書・
新知三聯書店，2012 年版，第 169 頁。

[47] [德]馬丁・海德格爾著，陳嘉映、王慶節合譯：《存在與時間》，北京：生活・讀書・
新知三聯書店，2012 年版，第 173 頁。

[48] [德]漢斯－格奧爾格・伽達默爾著、洪漢鼎譯：《真理與方法》，北京：商務印書館，
2010 年版，第 435 頁。

[49] [德]漢斯－格奧爾格・伽達默爾著、洪漢鼎譯：《真理與方法》，北京：商務印書館，
2010 年版，第 436 頁。

自海德格爾開始把理解看作此在的存在方式到伽達默爾把理解、解釋、應用看作是一個統一過程，兩人都揭示了理解的生存論的本質特徵，雖然對文本的理解只是理解與解釋行為的一個分支，但對文本的理解與解釋同樣體現了認知功能與規範性功能並存的生存論特徵。

當我們帶著海德格爾和伽達默爾對理解的生存論視域看視魏晉南北朝時期解經者對《論語》的注疏時就可以發現，他們對《論語》的解釋不僅僅滿足於對純粹知識的追求，而是把自身的生存處境帶入到對《論語》的解釋中，並對《論語》中提出的問題以其自身種種可能的境遇加以填充，通過注疏與經典對話，並在對經文的注疏中打造自己以及同時代人的生存空間。事實上，儒家學派的解經者們從來都是以強烈的濟世安民的思想與道德行動能力為其兩翼。所以，一代代的解經者對儒家經典的注經解經事業必然是一種實踐哲學而不只是文本詮釋學。

中國經學總是伴隨著對「天人關係」這一核心命題的一次次闡釋而發展和興盛，「天」在中國哲學裡是一個抽象的具象概念，它來源於經驗，即抬頭可見的蒼蒼廣闊之天，如《爾雅》中：「蒼蒼，天也。」[50]同時也隱喻著無限這一抽象概念，因此「天」扮演著超覺著的角色，「天人關係」其實就是超覺者與人的關係，也是中西哲學領域最核的心問題。「天」在漢代思想家的觀念中是作為人的榜樣和效法的對象，正如前文談到那樣，它是各種道德規範的內在根據和來源，許慎在《說文解字》中把天訓為：「顛也。至高無上。從一從大。」[51]天為至高無上的存在這一思想被著名的西漢經學家董仲舒在《春秋繁露》中反覆論述：「仁之美者在於天……人之受命於天也，取仁於天而仁也。」[52]所以對人來說「天」是一個絕對的存在，所謂「天者，百神之君也，王者之所最尊也。」[53]天人的基本關係就是「人法天」、「聖者法天」，[54]因此對於君王來說「天」也自然地成為政權和法令的來源：「古之造文者，三畫而連其中，謂之王；三畫者，天地與人也，而連其中者，通

---

[50] [晉]郭璞注、[宋]刑昺疏：《爾雅注疏》，見於《十三經注疏》，北京：中華書局，1980年版影印世界書局縮印阮元刻本，第 2607 頁中欄。

[51] [漢]許慎撰、[清]段玉裁注：《說文解字注》，上海：上海古籍出版社，1981 年版影印經韻樓藏本，第 1 頁。

[52] [漢]董仲舒撰：《春秋繁露》，見於《二十二子》，上海：上海古籍出版社 1986 年縮印浙江書局光緒初年匯刻本，第 794 頁中欄至下欄。

[53] [漢]董仲舒撰：《春秋繁露》，見於《二十二子》，上海：上海古籍出版社 1986 年縮印浙江書局光緒初年匯刻本，第 801 頁上欄。

[54] [漢]董仲舒撰：《春秋繁露》，見於《二十二子》，上海：上海古籍出版社 1986 年縮印浙江書局光緒初年匯刻本，第 769 頁上欄。

其道也，取天地與人之中以為貫，而參通之，非王者孰能當。」[55]董仲舒把政治與道德合法性建立在「天」對「人」的絕對權威之上，通過把「天」、「人」以「天人感應」的方式溝通起來為道德的起源提供了堅實的基礎。黨錮之禁後士人們對政治的失望導致了與政權合法性緊密焊接在一起的「天」的權威性的喪失，同時天人之間原本親密無間的關係也因此被遺忘和拋棄，呈現出天道不存、天人斷裂的危險局面，因此如何重建天人關係，為道德秩序的重建尋找支撐點是這一時期學者們重要論題。這一問題在魏晉南北朝時期表現為對「名教與自然」[56]關係的爭論，並成為貫穿整個時代的核心論題。湯一介在《郭象與魏晉玄學》一書中定義魏晉玄學時提出：

> 魏晉玄學是指魏晉時期以老莊思想為骨架企圖調和儒道，會通「自然」與「名教」的一種特定的哲學思潮，它所討論的中心為「本末有無」問題，即用思辨的方法來討論有關天地萬物存在的根據的問題，也就是說表現為遠離「世務」和「事物」形而上學本體論的問題。[57]

魏晉南北朝解經者的一個任務就是要在自然的基礎上重建名教，其中最明顯的例證體現在王弼等玄學家對孔子和老子地位尊卑的闡發上。《世說新語‧文學篇》有：「王輔嗣弱冠詣裴徽，徽問曰：『夫無者，誠萬物之所資，聖人莫肯致言，而老子申之者無已，何邪？』弼曰：『聖人體無，無又不可以訓，故言必及有；老、莊未免於有，恒訓其所不足。』」[58]裴徽認為「無」是萬物之本，而聖人孔子則甚少言「無」，但老子的思想中卻以「無」為主，如此就難以解決孔子與老子孰優孰劣的問題。王弼則認為孔子雖然不常談到「無」，但不表示因為他的思想中沒有對「無」這一概念背後形而上學的

55 [漢]董仲舒撰：《春秋繁露》，見於《二十二子》，上海：上海古籍出版社1986年縮印浙江書局光緒初年匯刻本，第794頁中欄。
56 按：儒家對「名」的重視源自孔子的「正名」思想，所謂「必也正名乎。」「名」的確立意味著名稱、名銜與名分等級的不可逾越，以及規定不同的名分的人應該承擔的相應責任。「名教」是以教的方式引導名，實際上，「名教」就涉及了命名權的問題，誰在命名？誰有命名的權力？這些問題與政治統治有著緊密聯繫，因此名教的興衰與政權的興衰是緊密地連結在一起的。同時，在古人的觀念中，「自然」這一概念不是指物理機械的自然界而是表示「無限」的本體概念，如《老子》中有：「人法地，法天，法自然」，人所效法的對象是逐層遞進的，地、天、自然等無限的事物。
57 湯一介著：《郭象與魏晉玄學》，北京：北京大學出版社，2000年版，第12頁。
58 余嘉錫撰：《世說新語箋疏》，北京：中華書局，1983年版，第199頁。

考量，而是因為形而上的「無」必須在形而下的具體事物中體現，即「無」必以「有」體現，只有通過考察具體的「存在者」才能進入對「存在」的考察，所以王弼認為老莊對「無」的強調只是對聖人思想的補充，因此經過王弼這樣的解釋，孔子聖人的地位仍然保持不變。

《世說新語・文學篇》這一段王弼與裴徽的對話似乎表明王弼是站住傳統漢儒的立場上維護孔子的地位，然而，在《老子指略》中，王弼卻依次批評了法家、名家、儒家、墨家、雜家:「而法者尚乎奇同，而刑以檢之；名者尚乎定真而言以正之；儒者尚乎全愛而譽以進之，……夫刑以檢物，巧偽必生；名以定物，理恕必失；譽以進物，爭尚必起，……斯皆用其子而棄其母。」[59]我們可以看到，在此段論述中王弼又否定了儒家學說，認為它的弊病在於「譽以進物」，即以名譽牽制人的自由，導致社會因名而爭端不斷，王弼貶低儒家學說同時卻抬高儒家的代表人物孔子，其思想中的矛盾由此可見。可以說，他思想中的矛盾之處，表面上看來是孔老地位之爭，而實際是貫穿整個魏晉南北朝的核心問題，即名教與自然之間的張力如何能夠調和。[60]

皇侃作為南梁的儒學家，不得不對「名教」與「自然」如何統一這一時代核心問題進行回應，並在對《論語》的注疏中作出相應的解答。皇侃精通儒家經學，尤明「《三禮》學」，曾撰有《禮記義疏》、《禮記講疏》、《孝經義疏》等，因此他在《論語》的闡釋中十分注重發揮其中有關禮樂的名教思想。魏晉至南朝時期玄學家對道家崇尚與對儒家禮教的批判不可避免地成為皇侃的現今視域，雖然被稱為儒學家，但皇侃既無法沿循漢儒對禮教充滿信心的肯定，也不能採納如嵇康、阮籍等人所展現的「越禮教而任自然」的決絕態度來闡發《論語》中的禮樂思想，所以他以「儒道皆備於我」的詮釋立場，把儒家以仁愛為禮學核心的思想，轉化為道家以人性自然為基礎的思想，皇侃在《論語義疏》中對於名教與自然的認知傾向

---

[59] [魏]王弼著、樓宇烈校釋:《老子道德經注》，北京:中華書局，2011 年版，第 203-204 頁。

[60] 按:這一衝突在魏晉南北朝的各個時期有着不同的表現:正始時期，以王弼為代表的玄學家的基本觀點可以概括為「以無為本，以有為末，名教出於自然」，王弼的目的是把道家的本體論引入儒家體系中，從而來校正儒家名教禮法制度的偏失，然而他的論述卻無法使「名教」與「自然」在內部真正融合。這導致了竹林時期嵇康、阮籍等名士提出「越名教而任自然」的命題。元康時期郭象提出「名教即自然」的思想才使兩者重新整合。可以說，「名教」與「自然」的關係即天人關係在魏晉南北朝經歷了類似「正反合」的三個過程，最終在元康時期郭象等玄學家在保持「名教」與「自然」差異的基礎上進行了調和。

於名教出於自然的態度，從而在魏晉南北朝時期為調和「自然」與「名教」之間的張力作出努力。譬如，皇侃把《論語》「父為子隱，子為父隱，直在其中矣。」這一句解釋為：「父子天性，率由自然至情，宜應相隱。」[61]他將父子間互相隱瞞過失的儒家倫理規範歸之於人性的自然傾向，也就是父子之間的自然之性、自然之情，其中「自然」二字至為重要，在這裡皇侃已經把父子相隱所體現的儒家所宣導的「孝」移位至老莊的「自然」概念上來，從對這一句的解釋中可以看出他認為自然是名教的依據。

同時關於把「自然」概念帶入到《論語》中的做法在皇侃對《論語·泰伯》的注釋中體現得十分明顯，在此篇中孔子有「興於詩、立於禮、成於樂」的主張。在注疏中，皇侃引王弼對此段詮釋道：

> 言為政之次序也。夫喜懼哀樂，民之自然，應感而動，則發乎聲歌，所以陳詩采謠，以知民志。風既見其風，則損益基焉，故因俗立制，以達其禮也。矯俗檢刑，民心未化，故又感以聲樂，以和神也。若不采民詩，則無以觀風；風乖俗異，則禮無所立；禮若不設，則樂無所樂；樂非禮，則功無所濟。故三體相扶，而用有先後也。[62]

王弼認為儒家的禮、樂、名教等教化和制度都是建立在人的自然之情上，這種解釋凸顯了「自然」在「名教」中的本始地位。從字面上看，《詩》、《禮》、《樂》的「興」、「立」、「成」是儒家思想中關於一個人學習和發展的規律，是從初始立身到教化影響他人的過程。王弼對「立於詩，行於禮，成於樂」的創造性詮釋在於，他將孔子的禮樂思想納入道家的自然思想之中，將孔子及其儒學的名教思想歸結為道家的自然理念，使閱讀者相信《論語》主張的「名教」出於「自然」思想是有依據的。皇侃以及王弼的創造性解釋都是試圖克服漢儒「以名為教」的觀念在現實生活中所導致異化現象，皇侃認為只有將道德仁義建立在自然人性之上，創設一種以合乎人性自然為基礎的儒家學說，才能規整時代亂象，從而重新溝通「天人關係」，為道德重新找到根據和基礎，從根本上保證社會的和諧有序。

---

[61] [魏]何晏集解、[梁]皇侃義疏：《論語集解義疏》，上海：商務印書館，1937 年版，第 249-250 頁。

[62] [魏]何晏集解、[梁]皇侃義疏：《論語集解義疏》，上海：商務印書館，1937 年版，第 249-250 頁。

從以上論述來看，我們可以說理解與解釋不是一種技藝或方法，而是解經者在與世界的交往活動產生的實踐哲學，不同歷史境遇中的解經者會對經典基於自身可能的境況作出不同的詮釋，並以此為出發點來尋求解決社會問題的思想文化資源。同時理解與解釋又是以文本詮釋空間的敞開為前提，所以解經的過程中的誤讀本身體現出一種生存論上的實踐。在魏晉南北朝時期如何解決名教與自然的張力是貫穿整個時代的核心問題，而皇侃對《論語》注疏不是僅僅以「認知」為手段的求知活動而以「實踐」為目的的應用活動，即使在玄風大倡的魏晉南北朝時期，「經世致用」經學詮釋學的本質特徵仍然沒有消退。

結語

魏晉南北朝時期的解經者表面上是以破壞性和創造性誤讀顛覆漢儒在《論語》詮釋中建構起來的儒家統治話語，而實際上他們在對《論語》的注疏中用道家思想啟動儒家經典，形成儒道互補的文化景觀，是試圖通過「援道入儒」的方式重建天人關係，從而在當下完成經學解釋系統的重建，解決常道不存的問題，恢復社會道德秩序。這種對時代問題的關注意識使得解經者們對《論語》的注疏中呈現出生存論上的意蘊，即在文本、詮釋者、詮釋目的三者之間的循環與整合中搭建起一個自己以及同時代人的生存空間。

The Being Philosophy behinds Practical Statecraft in Subversive Interpretation
of *The Annotation of Analects of Confucius*

ZHOU Haitian

Abstract: Destructive and creative Interpretations happened when interpreters introduced Taoist thought into exegesis of Confucian classics in Wei, Jin, Southern and Northern dynasties which is the era of "change" in the Confucian classics interpretation,thus classics of the text showed the characteristics of metaphysics in this period. This paper tries to analysis the reasons of the change in strategy of exegesis of Confucian through western hermeneutics theory and explains why the analects of Confucius is chosen to be a special text and the ways that interpreters adopted to intentionally misread the text and to discover the Being philosophy in the understanding and explanation of The analects of Confucius.

Key Words: The Annotation of Analects of Confucius,Classics interpretation, interaction of taoism and Confucianism,misunderstanding

Notes on Author: ZHOU Haitian (1988-), female, postgraduate in Comparative Literature at Fudan University.

後殖民批評研究

人權話語政治中的主體性建構
──論斯皮瓦克的人權思考

陳　慶

[論文摘要] 本文闡述了斯皮瓦克的人權理論及其對亞洲現狀的認識。本文認為，斯皮瓦克不僅揭露了現存人權知識中存在的理性限制，也提出了更高的人權目標。她對人權問題的分析，並非著重於批判亞洲人權現狀，而是考察「人權」知識所生產出的人權主體性。她認為，在後殖民語境中，人權的主體性被建構成一幅關於正義和進步的想像性圖景，人權話語體系與本土發展經濟文化的慾望相結合，造成了另一種不良效果，即讓侵犯人權的行為合法化。基於這樣的思考，斯皮瓦克指出，基礎教育在建構上述想像性圖景中佔有關鍵位置，她因此宣導一種新的教育模式，並嘗試在這種模式中，建構新的人權主體性。

[關 鍵 字] 人權理論；亞洲狀況；主體性；斯皮瓦克

[作者簡介] 陳慶（1977-），女，中山大學中文系比較文學與世界文學博士，中山大學博士後研究人員，主要從事後殖民理論、翻譯理論等方面的研究。

進入 21 世紀後，「人權」成為斯皮瓦克新的理論關注，斯皮瓦克對人權問題的思考延續了她自 1990 年代以來對亞洲語境中各種「認知暴力」現象的審視，可以說，在人權問題上，斯皮瓦克進一步揭示了「認知暴力」的新形式。

關於人權問題的討論，主要體現在斯皮瓦克寫於 2000 年以後論及亞洲人權狀況的兩篇論文，此外還有一篇訪談上。這兩篇論文分別是：《糾正錯誤──走進原住民的民主》（「Righting wrongs──accessing democracy among the aboriginal」，2002）、《我們的亞洲──如何成為一個大陸主義者》（Our asias: how to be a continentalist, 2001）；訪談是她接受香港人類學學者嚴海容的採訪，題為《沒有身份的位置》（「Position without identity」，

2004），[1]這三篇文章都收入到斯皮瓦克 2008 年出版的論文集《他者的亞洲》（*Other Asias*, 2008）[2]一書中。

斯皮瓦克對人權話語的思考是她研究被殖民者主體性建構的一個組成部分，要理解這一點，還需要聯繫她有關何為亞洲人的兩篇文章來考慮。這兩篇本文，一篇是斯皮瓦克寫於 1992 年的論文《責任——平原上的實驗性理論》（「Responsibility ：testing theory in the plains」）；另一篇是她寫於 1994 年的論文《後殖民主義能傳播嗎？》（「Will postcolonialism travel?」），她也將這兩篇論文同樣收錄進《他者的亞洲》一書中。還有兩篇相關論題的重要訪談，收入印度文化學者 Swapan Chakravorty 等編的《斯皮瓦克訪談錄》（*Conversation with Grayatri Chakravorty Spivak*, 2006）中，一篇是 2003 年斯皮瓦克接受編者 Swapan Chakravorty 的採訪，另一篇是在 2004 年斯皮瓦克與美國萊斯大學女性主義學者 Tani E.Barlow 的交流。

對於人權問題，斯皮瓦克堅持以往的分析立場：那就是將人權視為綜合系統，追溯這一知識如何被生產的過程。斯皮瓦克認為，人權是一種文化上的建構；人權理論賴以成立的正義基礎——道德金律並不具備普遍適用性。她將討論的重點放在研究亞洲人權狀況上，並特別聯繫印度的現實問題展開了探討。這些問題是：當人權知識滲入到印度邊緣山區的基礎教育中時，它如何被改造；如何與本土精英主義話語產生共謀，並嵌入到國家發展的現代化話語中。斯皮瓦克注意到，人權知識在全球時代，在不同意識形態被重新生產出來，人權中的主客體關係也被重新規劃。亞洲人權處在新的複雜語境中，標榜平等與發展的行動往往掩蓋了實際存在的不平等，甚至可能是對權利的侵犯。在這一時期，人權成為斯皮瓦克思考被殖

---

[1] 該次訪談是斯皮瓦克在加利福尼亞大學接受時任東亞語言中心人類學助理教授嚴海榮博士的採訪。

[2] *Other Asias* 在目前國內學界並無統一翻譯，目前見到的翻譯有《其他的亞洲》、《他人的亞洲》和《他者的亞洲》等，在中文中很難找到一個對應詞彙來全面精準地概括斯皮瓦克的原意。理解 other 需要將之與 asia 聯繫在一起，這是斯皮瓦克有關亞洲人身份秩序的一個整體思考。在 2004 年接受嚴海榮博士的訪談中，斯皮瓦克提到，「界定亞洲人的身份政治非常麻煩」，他們「長期處於一種客人位置上（guest's position）」，一種「被觀察的位置」。因此 other 在此指涉的是亞洲處於「主客」二分法中「主人」的對立面「客人」一方，它意味著亞洲人既被西方人視為奇觀化對象，他們同時也自我規訓於「被看」的他者位置。可見，斯皮瓦克是在後殖民語境背景下思考亞洲人身份秩序的問題。而在後殖民理論中，Other 被統一翻譯為「他者」，這是一個具備特定含義的概念。它包括對主體與客體、自我與他者等一系列身份認同問題的重新思考，也包括在文化帝國主義理論上針對發達國家對不發達地區輸出文化所做的批判。正是出於上述考慮，本文將 Other Asias 翻譯為「他者的亞洲」。

民者主體性的新起點。她的批判沒有停留在東西方意識形態立場的理論辨析上，而是在於傾向於考察後殖民語境中影響人權話語生產的各個因素，探討這些因素如何強制性地規定了人權的獲准進入機制，又如何塑造了行使人權的主體性規範。

圍繞上述幾個方向，本文擬從以下四點來闡述：第一節分析人權話語中為何能將不公正的侵犯行為合理化，這一節意在說明斯皮瓦克解構人權主體的目的。第二節梳理斯皮瓦克對人權主體性生產方式的觀點，揭示主體性的構成與教育機制的複雜聯繫。第三節將回答斯皮瓦克如何追溯人權知識的西方哲學根源，從人權理論的邏輯前提處證明其存在乞題謬誤；這一節集中闡述斯皮瓦克解構人權主體的理論基礎。第四節討論斯皮瓦克有關改進亞洲邊遠地區基礎教育的設想。[3]

第一節　問題：將人權侵犯合理化

華盛頓大學教授馬修・斯巴克（Matthew Sparke）評論斯皮瓦克《他者的亞洲》時認為，這本書是「一本偉大的著作，同時也是一本有效的著作。……這本書致力於考察話語自身如何運作，考察它們在社會變遷、觀念變更、思想詭計、這裡與那裡、北半球與南半球中如何呈現。」[4]這些特點都充分顯示在斯皮瓦克對人權問題的討論中。在斯皮瓦克看來，亞洲現有的人權話語是一個複雜產物，其中結合了西方人權理論與本土的個人權利訴求。她在《糾正錯誤》一文中提到，亞洲人權的基本狀況是：「以責任為基礎的文化長期被視為非法，且無法進入公共領域，以權利為基礎的文化卻不斷增長並進入慈善事業中。」[5]也就是說，人權話語並不宣導主體承擔責任，卻一味拔高主體應享有的權利。它沒有對公民權利的構成因素進行深入剖析，而是將人權運動限定在慈善事業的框架內。因此，主體並沒有被視為具有能動性的主體，而是被視為需要賦予權利的客體——這是另一種形式的將主體客體化。斯皮瓦克指出，這種人權提法帶來的後果

---

[3]　到目前為止，國內學界的斯皮瓦克研究尚未見到探討斯皮瓦克解構人權主體的研究；本文所依據的主要文獻來自斯皮瓦克的英文專著《他者的亞洲》一書，該書目前也未嘗有中譯本。

[4]　Matthew Sparke. A review of G. Spivak. *Other Asias* . Oxford: Blackwell. 2008. *Cultural Geographies*. 18.1. 134-135.

[5]　Spivak .」Righting Wrongs-2002: Accessing Democracy among the Aboriginals」. *Other Asias*. Cayatri Chakravorty Spivak .UK: Blackwell Publishing Ltd. 2008.14.

往往不是平等，而是可能「進一步導致階級隔離」[6]。這樣，即便說人權進入亞洲語境後產生了深遠影響，但由於它對權利主體的設想仍然停留在殖民時代，保留了那種「主／客」二分法的邏輯，因此它無法帶來真正的平等。

那麼，斯皮瓦克是如何揭示出人權中主體構成的局限性？如前所述，斯皮瓦克對人權問題的考察，進一步闡明了她對西方知識體系的質疑和對認知暴力的批判。在這方面，她也對社會達爾文主義（Darwinism）提出新的批評。[7]社會達爾文主義將社會視為類似於個體的有機體，它遵照適者生存、優勝劣汰的方式推進社會進步。這套理論自提出以來已遭到許多質疑，但斯皮瓦克對它的批判側重點不同。她分析了這種機械的社會進步理論中暗含的強制性規範法則：它區分了誰為適者，規定了哪種生存方式能榮獲進化資格。斯皮瓦克認為，西方人權理論的前提預設與這套進化論類似：它們都制定了一套嚴格標準，推演出什麼人才享有權利，什麼人才具有進步的能力。於是，這套來自西方，呼籲「人人平等」的理論進入亞洲語境後，便具有不容拒絕的強硬態度。它要求人們以人權為旗幟行動起來，去救助世界上還未獲得人權的可憐人。這一號召遵循「救助／被救助」的二元思維方式，但卻忽略了人權其實是一個整體系統，它使得一些人在思考人權時進入怪圈：通過慈善行為，施救者賦予被拯救者以基本權利，而被拯救者接受並複製這種權利觀。他們通過改造自我，變身為施救者；再去拯救其他需要被拯救的群體。斯皮瓦克指出，在這個不斷的拯救和被拯救的簡單循環中，提倡人權反而會進一步加深階級隔離和種族隔離。[8]

《糾正錯誤——走進原住民的民主》（「Righting Wrongs—Accessing Democracy among the Aboriginals」）[9]一文寫於 2002 年，是《他者的亞洲》一書中的開篇之作。在這篇文章中，斯皮瓦克先追溯了現代人權意義在西方知識體系中的起源；繼而研究了人權進入亞洲國家後的狀態，圍繞主體

---

[6] 同上書。

[7] 同上書.14.

[8] 同上書.14.

[9] 斯皮瓦克在此不是用 right 而是用 righting，也就是說，這是 right 的動詞用法，它含有更正、糾正的意思；而 wrong 在文中並不單指一個名詞，而是意指與享有人權相對立的狀況，有剝奪人權，侵害人權等意思。斯皮瓦克認為，亞洲人權問題中存在非正義的複雜化狀況：它既有以維護人權為目的而實施的人權侵犯事實，也包括令人權侵犯合理化的人權生產機制。Righting Wrongs 寄託著斯皮瓦克增補人權觀念，促進人權發展的願望，因此在本文中筆者在「人權」語境中，將之翻譯成「糾正錯誤」，意圖令這個題目凸顯這篇文章的主題。

性、進步、民主等範疇，人權話語也產生多重意義。在此基礎上，斯皮瓦克闡明了人權意義生產過程中的政治權力運作。斯皮瓦克指出，人權話語中產生的最嚴重問題在於它將人權侵犯行為合理化；而這種合理化是建築在將底層人視為援助對象的認知基礎上，它造成人權狀況中責任意識與權利意識的不對等，並在資本主義全球化的狀況下階級隔閡的日益擴大。

斯皮瓦克的觀點與她的親身經歷有關，大約在 2000 年時，她回到孟加拉農村進行一項田野調查，主要考察小農業主在世界銀行貸款援助下發展生態農業的狀況。第二年，在與美國學者詹妮・夏普（Jenny Sharpe）的對話[10]中，斯皮瓦克提到她在這次實地考察中的感受，她這樣說道：「當人權援助干預到社會最底層、農村最窮的人的生活時，（人權組織）介入這些群體的『情感結構』（structures of feeling）並不難——而這正是我今天在全部回答中堅持的基本批評——（底層人）他們已經被看作是需要幫助的。……但是關鍵問題在於，我們與農村的窮人如何一起工作？而不是為他們做什麼。」[11]對斯皮瓦克來說，宣導人權，這並不是去重複殖民時期的歐洲中心主義，而事實上，人權組織通過教育、宣傳，已然將被援助者的自我認知滲透到底層人的情感構成中。這樣一來，如果底層人們習慣於這種被援助的狀況，不去努力改變那種依賴性的思維定勢，那就無法真正抵禦人權宣導中存在的暴力狀況，其結果「永遠是這樣的：錯誤越來越多，而且每隔一段時間就需要去更正。」[12]

然而，這種將底層人視同需要援助者的認識，為什麼會被預設為合理的？在《糾正錯誤》一文中，斯皮瓦克闡述何為權利，以及何為侵權，以及它們彼此之間有什麼關係。題目《糾正錯誤》的英文是「Righting Wrongs」，「Right」和「Wrong」在她的論述中都具備多重含義。斯皮瓦克在文章中提到，「人權和人權侵犯，兩者間涉及到的系列事物並不對等。」她又說，「我當然困擾這樣一種狀況：使用人權變成一種託辭，它能介入許多領域

---

[10] 詹妮・夏普是加州大學洛杉磯分校英語系教授，她也是斯皮瓦克的學生。她與斯皮瓦克的這次對話時間是在 2001 年 6 月，地點是洛杉磯，當時斯皮瓦克從香港回紐約，途徑加州

[11] *Signs: Journal of Women in Culture and Society* . vol.28. no2. Chicago : The University of Chicago Press. 2002. 本譯文參照了賴立裡先生的翻譯，詳見：斯皮瓦克訪談：政治與想像.從解構到全球化批判：斯皮瓦克讀本.陳永國 賴立裡 郭英劍主編. 北京：北京大學出版社.2007. 397.

[12] 同上書. 402.

中。」[13]，可見，這篇文章討論「Right」和「Wrong」這兩個詞的語境是人權，因而我將這兩個詞的意義範疇主要限定在人權和人權侵犯兩方面。

先說「Right」，斯皮瓦克談到：「在牛津英語詞典中，權利（Right）一詞的基本含義帶有公正意味，指在法律、道德基礎上擁有或獲取某物，或者遵照某種正當的方式行動。」[14]這就是說，權利的現代規定中具有兩個特徵：其一，權利的公正意義是根據道德、法律原則給予規劃的；其二，行使權利的主體，可以是個體，也可以是某個群體組織。但這只是權利的表層含義，斯皮瓦克文中的「權利」意涵還需更進一層，即特指人權部分。人權並非本質化概念，有關人權的爭論牽涉公正，有關公正的考察涉及到如下問題：如何規定公正的標準？由誰規定？它牽涉到哪些政治博弈和權力競爭？美國法學理論家科斯塔斯·杜茲納在《人權與帝國》一書曾對現代人權的性質作出如下概括：現代人權的標準「不再在神的無所不知、理性的系統性、自然和社會的整體性中被發現，而是在國家利益、談判和妥協中被發現。」[15]斯皮瓦克討論「Right」的起點，也是將其作為歷史政治的產物，而非形而上學的大寫律法。但她更希望，「right」能與行動聯繫起來，也就是說，她更提倡人權主體承擔起自己的責任，投入到教育實踐中，而非只是將人權活動視為一成不變的人道主義救援行為。

再說「Wrong」。在這篇文章中，「Wrong」並不是一個與「Right」地位平等的詞，斯皮瓦克指出：「Wrong 在此處不作名詞使用」；[16]「人權體系中包含享有人權和侵犯人權兩個問題，但這兩者之間的關係並不對等（asymmetrical）。」[17]如上文所述，「人權」是一個集合性概念，我們無法將「人權」的反義詞簡單對應到「非人權」、「沒有人權」上。實際上，斯皮瓦克在用「Wrong」這個詞描述的是一種更為複雜的人權狀況：首先，在被殖民者對殖民權力的複雜代理（agent）關係中，Wrong（人權侵犯）也是其中之一。Wrong 包括在前文所述的人權體系當中，它是人權體系的一個合法組成部分。它跟「Right」一樣，意味著一系列的動作，它也包含著

---

[13] Spivak .」Righting Wrongs-2002: Accessing Democracy among the Aboriginals」. *Other Asias*. Cayatri Chakravorty Spivak .UK: Blackwell Publishing Ltd. 2008. 15.

[14] 同上書.

[15] 【美】科斯塔斯·杜茲納. 人權與帝國. 辛亨複譯. 南京：鳳凰出版傳媒集團，江蘇人民出版社. 2010 年. 12.

[16] Spivak .」Righting Wrongs-2002: Accessing Democracy among the Aboriginals」. *Other Asias*. Cayatri Chakravorty Spivak .UK: Blackwell Publishing Ltd. 2008. 14.

[17] 同上書.14 .

「一個表示動作『有』（have）的客體」。[18]也就是說，思考人權中的 Wrong，人們必然要考慮執行侵權的人是誰，他對誰侵權，為什麼要這麼做等等。其次，在斯皮瓦克文中，「wrong」更多地指向「to wrong」的行為，指向以正義為名施加的非正義的行為。也就是說，斯皮瓦克將它用在此處，是為了揭示這種特殊的情形：「（人權機制）意味著一種合理性，它表現為人權不僅擁有或宣稱擁有一種權利或一系列權利，人權還包括隨著權利的擴散，包括如何去糾正其中的人權侵犯。」[19]

斯皮瓦克借著「Righting wrong」的多重含義道出人權中的矛盾狀態，隨之而來的問題是：為何人權侵犯會被當作一個必要的合理性環節而被納入該機制當中？在亞洲的人權運動中，高喊人權口號的人，到底是本土亞洲人還是模仿歐洲的亞洲人？他們有關個人權利的認知怎樣形成的？斯皮瓦克並不同意用籠統的「人權的歐洲主義」（Eurocentrism of Human Rights）來批判有關亞洲人權問題。她指出，將責任推託給歐洲中心主義，乃是出於簡單的思維模式，她本人對此毫無興趣。[20]「這種所謂的歐洲溯源，對我來說與生產被殖民主體中出現的『被允許的侵犯』（enabling violation）屬於同一類問題」。[21]於是，「Wrong」成為一種單靠個人無法終結的矛盾狀態。只要構成被殖民者主體性的主要因素仍在發生作用，只要侵權行為仍然能通過與權力的再協商（re-negotiated）而獲得合法登場的身份；那麼，這種「被允許的侵犯」就一定會發生。[22]

對後殖民理論家而言，亞洲人權的主體性問題，是與亞洲人複雜的身份秩序和認同等密切相關的；人權中的主體生產，實質是被殖民主體構成這一大問題下的次級問題。有關被殖民主體的研究價值，霍米・巴巴在他的著作《文化的定位》（*The Location of Culture*）一書序言中講得非常清楚：「我們發現自己身處於一個迎來送往的時刻，時間和空間交叉著生產出有關差異與身份的複雜景象……所謂的理論革新、政治批判，就在於超越源頭或最初關於主體性的敘述，聚焦於那些時刻或過程，它們產生於文化差異中，並發出自己的聲音（articulation）。」[23]對斯皮瓦克來說，當人權隨著

---

[18] 同上書.14.
[19] 同上書.14.
[20] 同上書.15.
[21] 同上書.15.
[22] 同上書.15.
[23] Homi K Bhabha . *The Location of Culture*.London and New York : Routledge . 2009 . 2

NGO、無國界醫生、世界銀行等國際組織和進駐到亞洲國家後，誰享有人權主體，誰是人權合法侵犯的對象，這些標準下既聯繫著原住民與宗主國霸權之間錯綜的歷史關聯，也反映出西方中心主義與本土觀念之間的同謀和權力博弈。

斯皮瓦克沒有回避人權狀況的矛盾性，尤其是人權侵犯如何在理論上被合理化的過程。她也考慮到第三國家人權問題中存在的對抗和共謀。她的分析方法與她在九十年代中後期分析底層人歷史檔案的方法一脈相承。斯皮瓦克重讀了人權文本，通過拆解其中的話語秩序來揭示政治暴力。用斯皮瓦克的話來說，這種重讀名為「閱讀實踐」。[24]這種以基於閱讀的實踐，一方面如斯蒂芬・斯萊蒙（Stephen Slemon）所說的，是一種後殖民理論家常用的對抗性形式；[25]另一方面，我們也要看到，斯皮瓦克賦予「閱讀實踐」新的功能：她提倡，在第三世界的基礎人文教育裡充實主體的人權責任感，而非僅把人權視為慈善。對斯皮瓦克來說，來自西方的人權知識操控基礎教育，這種狀況令人擔憂。因為亞洲底層民眾被教導成為享用人權的他者，而非承擔權利責任的主體。正如她在與嚴海榮的訪談中提到的：亞洲為什麼會成為問題？這是由於亞洲人的身份政治中仍然隱含著康德哲學中的主客對立，此外還有資本運作的南北區分。[26]斯皮瓦克對亞洲人權的思考也是從質疑人權話語中的主體性構成開始，她的論證，實際上仍然在反思人權知識中的被殖民者主體性生產。

那麼，斯皮瓦克解構人權話語的依據在哪兒？在她看來，人權從來不是一個具有穩定意義的概念。它既包括西方現代倫理學所提到的道德金律，也包括從康德哲學那發展出來的人的規範，[27]它也包括與國家、民族、階級、性別等命題相碰撞後發生的一連串改寫。當人權被亞洲中產階級知

---

[24] 同上書 .14 .

[25] Stephen Slemon. 「The Scramble for Post-colonialism 「.C .Tiffin and A. Lawson eds. *Describing Empire: Postcolonialism and Textuality* .London: Routledge . 1994. pp 16-17.

[26] Spivak .」Position without identity - 2004: An interview with Gayatri Chakravorty Spivak by Yan Hairong」 .*Other Asias* . Cayatri Chakravorty Spivak .UK: Blackwell Publishing Ltd. 2008. 239 .

[27] 這部分觀點要與斯皮瓦克的論著《後殖民理性批判》中提到的康德有關歐洲人主體構成的哲學標準區分開，因為在此斯皮瓦克不是論述抽象的哲學問題，而是具體的社會現狀以及打著人權旗號的恐怖主義、性別暴力等行為。因此她的論證重點從歐洲人如何將原住民排除出人的範疇變成亞洲人的身份政治在今天為何會成為一個深層次問題。這種「客人」的位置要如何消除，是斯皮瓦克長期以來的思考方向之一。詳見 Gayatri Chakravorty Spivak. *A Critique of Postcolonial Reason:Toward a History of the Vanishing Present*. Harvard University Press. 2003 .

識份子操縱時，它一方面成為「由國際化組織轄制的正義」；[28]另一方面，它也成為衡量原殖民地國家是否具備進步意識的一個標準。[29]在斯皮瓦克看來，人權當代的核心價值秉承《人權宣言》中天賦人權、人生而平等的中心思想；但作為一個話語系統，談論人權不可避免地要涉及諸如什麼人天生享有人權，什麼人天生要遭遇人權侵犯這樣的權利劃分問題。在歐洲現代哲學中，單一人權觀的理論基石對何以為人的標準，先天地帶有殖民主義「主人──奴僕」的色彩，它無法適應亞洲複雜的現實狀況，並會導致以人權為口號的各種暴力。斯皮瓦克重新定義了人權中的權利和責任，並在此基礎上提出，應該推動有關責任的教育，從而強化人權責任在亞洲公眾文化中的合法性進程。

第二節　基於教育的人權主體性生產

斯皮瓦克在《糾正錯誤》一文中這樣分析了當時亞洲人權的複雜狀況：首先，「人權中的侵犯行為並非以階級區分，也不是平均分佈在種族對立和南──北之分上」。[30]其次，人權侵犯產生於人們操弄人權的行為當中，產生於當代社會「涵蓋人權標準和個人媒體自由度的『進步意識』」中。[31]她進一步指出，在這兩個前提下，人們對亞洲人權狀況的研究就不應該只是揭露它的歐洲血統，或是批評它的價值觀出自「中產階級的信條」，或者說「它把富人的意識形態強加給了窮人」等等。[32]因為這樣做，除了推諉責任外，並不能回答人權理論許諾的正義指什麼。在斯皮瓦克看來，這種正義的內涵是值得懷疑的，因為它本質上是一種「由國際控制的正義」；它的來源是根深蒂固的被殖民主體模式。

在這篇文章中，斯皮瓦克談到無國界醫生組織在印度偏遠地區所展開的人權救援行動。毫無疑問，無國界醫生組織做了大量人道主義救援工作，根據其官網報導，該組織成員近年來多次進入印度，如 2008 年印度東北部

---

[28] Spivak .」Righting Wrongs-2002: Accessing Democracy among the Aboriginals」. *Other Asias*. Cayatri Chakravorty Spivak. UK: Blackwell Publishing Ltd. 2008. 17.

[29] 同上書.17.

[30] Spivak .」Righting Wrongs-2002: Accessing Democracy among the Aboriginals」. *Other Asias*. Cayatri Chakravorty Spivak .UK: Blackwell Publishing Ltd. 2008. 16.

[31] 同上書.16.

[32] 【美】科斯塔斯・杜茲納. 人權與帝國. 辛亨複譯. 南京：鳳凰出版傳媒集團，江蘇人民出版社. 2010 年. 37.

發生洪災時，無國界醫生組織的德里專案就曾派醫療救援小組到 Araria、Bihar 等多個地區。[33]斯皮瓦克提及他們，並非為了稱揚這些醫生的行為如何高尚，如何充滿人道主義精神；她注意到在種種讚譽背後被遮蔽的複雜狀況：來自發達國家的無國界醫生組織成員進駐原住民地區後，他們帶去免費醫療和慈善公益，並且令現代醫療和衛生標準儼然成為進步、文明的象徵物。這一系列行為產生的連鎖反應，便是當地人產生提高了衛生水準、發展當地基礎醫療設施的訴求。當這些強烈的訴求反映到教育領域，自然而然的，「這些非強制性慾望重新排列了人文學科的教育發展」，[34]並促使當地人建立起本地的醫療機構和醫務人員教育機制。但是，本地醫療條件的提升，並未觸及到底層民眾真正的醫療權益。正如斯皮瓦克所指出的：「無國界醫生組織——分佈於全世界，他們抵達某地的目的是為解決健康問題。但他們無法涉及醫療保健領域，因為這一領域要求改變看起來正常生活的習慣：一種永遠改變所謂正常的運作。」[35]也就是說，無國界醫生組織本身無法參與到原住民的基礎保健體系的建設，它只是一個暫時性的外來組織。它給偏遠地區帶去何為健康、何為疾病的模糊認知，但不能決定該地區整套衛生觀念的改變方向。同時，無國界醫生組織也無法決定與之相關的醫療政治話語體系變革，他們不能決定什麼人有權醫治人，什麼人有權被醫治等一系列涉及資源配置、權利分配的重要問題。

當原殖民地有關醫療衛生的現代性訴求與權利分配掛鉤，它便要求當地人拋棄原有的「正常生活」的習慣觀念，並重新建構一套新的「正常」化體系。這套體系想要永久有效地運作，需要將之內化到人的觀念裡。此時教育的重要性便凸顯出來，特別是基礎健康教育的作用得到凸顯。但基礎健康教育並不如預想的那麼有效，相反，它仍然會複製殖民時代的霸權主義觀念。這是因為，基礎教育的受眾來自「低於 NGO 規定的（貧困）水平線的偏遠地區」[36]，這些底層民眾遠離精英主義的空洞想像，對他們實施教育計畫只能靠吸引北半球的教育資金援助。為此，當地的教師與學生都

[33] 無國界醫生在印度比哈爾邦展開緊急救援行動. 無國界醫生. 2008 .9.1. <http://www.msf.org.hk/index.php?option=com_content&view=article&id=392:msf-starts-emergency-relief-work-in-bihar-state-india>.

[34] Spivak .「Righting Wrongs-2002: Accessing Democracy among the Aboriginals」. Other Asias. Cayatri Chakravorty Spivak .UK: Blackwell Publishing Ltd. 2008. 16.

[35] 同上書.15.

[36] Spivak .「Righting Wrongs-2002: Accessing Democracy among the Aboriginals」. Other Asias. Cayatri Chakravorty Spivak .UK: Blackwell Publishing Ltd. 2008. 18.

必須學習這樣一項技能：即用北半球的人們能理解的語言，向那些人權組織陳述他們的問題。在斯皮瓦克看來，為了令他們的陳述具有說服力，這些底層民眾又不得不將其訴求的語言轉換成帶有北半球意識形態的知識性話語，同時作出需要援助的姿態，以滿足基金會的要求。底層人無法使用自己的語言說服白人基金會的例子，這個例子恰好證明了北半球的人權機構一直以來對南半球貧困地區的假設：「由於他們貧困，所以導致他們知識匱乏，教育無效」。這時再提人權訴求，實際上回到「從根本上支持了誰總是有人權，誰又總是飽受人權侵犯」這一歐洲中心主義思維。[37]對此，斯皮瓦克評論說：

> 在因教育區別而形成階級區分的地方，殖民主義和隨之而來的區域性帝國主義通過訓練當地人，教導他們把自己轉換為不完美但卻能模擬醫生的角色，依靠這個過程，他們綜合了兩件必須完成的事──診所和基礎醫療保健。階級因此而被固化，醫生及其模仿者都恰如其分地構成被殖民主體。[38]

這意味著，從一開始，人權教育中的主體性生產就帶著不可避免的悖論色彩：底層人在基礎健康教育中學習了諸如「基礎醫療保健」這類屬於個人權利範疇的知識，然而描述這種個人權利的語言卻是北半球意識形態話語。每一個底層人所學習去使用的有關權利的話語，都是「高度殖民主義的中產階級最好的產品」。[39]它預先規定了什麼是權利，劃分了享有權利的階級範疇，而在此範疇之外的群體，如身處山區叢林的部落底層人等，則不受權利青睞。對他們實施侵權行為，反而成為維護其他合法享有權利的人之必要舉措。基礎教育為「進步」「發展」這樣的本土現代性慾望服務；它的目的是培養出能信奉並實踐「進步」、「發展」觀念的人。它的功能斡旋於西方中心主義話語與本土現代性慾望之間，它產生的直接結果，便是使階級差異更加明顯，中產階級與底層人被永遠隔離開。由此，建構出複雜的被殖民主體身份差異。這就是斯皮瓦克所指出的人權基礎教育中的根本問題，因為有這樣的教育體制，因此永遠無法生產真正的人權，人權運動「所謂有效的習慣化和有組織化永遠不可能到來。」[40]

---

37 同上書.18

38 同上書.17.

39 同上書.15.

40 同上書.15.

　　斯皮瓦克在此對 NGO 和無國界醫生組織的批判無疑很嚴厲，但她的目的並非為了否定這些國際人權組織。如果那樣理解斯皮瓦克，就容易重回到九十年代英美學界批判其思想的老路。[41]一直以來，針對斯皮瓦克的主要批評觀點，用詹妮・夏普的話概括，就是「她的『底層人不能說話』往往被批評家們理解為一個肯定的陳述。」[42]研究者們因此容易得出這樣的結論，即斯皮瓦克無視第三世界國家民族主義運動的意義。但在我看來，斯皮瓦克並無意削弱無國界醫生組織行動的人道主義意義，她關注的是，當個人權利的伸張遭遇原殖民地國家的現代性慾望時，「南半球所致力的人權運動與他們所維護的人權真實之間存在的知識斷裂」[43]，也就是說，她致力於研究的是人權文化（Human right culture）中的複雜狀況。

　　現存的主體建構話語仍然支持著北半球的意識形態壓迫，它令殖民主義重新藏身於基礎教育中，並與「高度殖民主義中的中產階級」利益相結合，同時使得人權獲得民族、國家層面上的意義，從而成功地賦予其合法地位。[44]對這種現象的考察，斯皮瓦克還以新加坡前總理李光耀回憶錄中的一段話為例，並闡明了政府性的人權行動會將人們的視線從底層人權益轉向新興亞洲經濟體上，如借人權遮蔽自身經濟和政治利益。在《從第三世界到第一世界：新加坡故事，1965-2000》一書中，李光耀規劃出一幅儒文化圈的現代藍圖，他這樣寫道：「經過幾代人的努力，（我們）培養出善良、堅忍、繁榮、安全等美德，這些美德已經遍佈全球各地，適應各地切實所需的學生，我們實現了啟蒙式烏托邦。喜愛我們所致力的教育的青少年越多，未來的人權文化就越強大，越全球化。」[45]在這段話中，斯皮瓦克敏銳察覺到，李光耀用抽象的烏托邦概念來粉飾人權在亞洲地區的具體操演。在他的設想中，人權文化彷彿是放之四海而皆準的價值觀，遵循它則能建立一種充滿正義使命的世界新秩序。對此，她指出：

---

[41] 在這一方面，對斯皮瓦克提出批評的學者有英美知名學者如伊格爾頓，也有來自第三世界的後殖民理論家如貝尼塔・帕裡等。

[42] *Signs: Journal of Women in Culture and Society* . vol.28. no2. Chicago : The University of Chicago Press. 2002. 本譯文參照了賴立裡先生的翻譯，詳見：斯皮瓦克訪談：政治與想像.從解構到全球化批判：斯皮瓦克讀本.陳永國 賴立裡 郭英劍主編. 北京：北京大學出版社.2007. 398.

[43] Spivak .「Righting Wrongs-2002: Accessing Democracy among the Aboriginals」. *Other Asias*. Cayatri Chakravorty Spivak .UK: Blackwell Publishing Ltd. 2008. 18.

[44] 同上書.15.

[45] 同上書.17.

　　如果有人想製造上述抽象的烏托邦，它大至寰宇無所不及，有利於全球化時代的社會正義；他必須從其精英階層的安全港灣中揚帆出航。他需要得到國內占統治地位的政治權力支援，同時他需要對教育感興趣。這種教育能生產出未來南半球最大範圍內的全體選民，他要關注偏遠地區的貧困兒童教育——這種教育要超越識字數數的技能，在廣義的「未來人文學科」中找到容身之所。[46]

在我看來，斯皮瓦克關心的並不在於西方人權思想同化新加坡教育的問題，也不在於通過人權在新加坡的本土化，從而使之進入教育機制，這些都不是至關緊要的問題。對斯皮瓦克來說，李光耀的人權藍圖中呈現的關鍵問題是，他以「社會正義」為口號遮蔽了一個事實：國內政治利益干預了教育模式的建構，而教育的功用反過來又支撐了本國統治階層政治意志的實施。唯有如此，他們才能生產出認同並投身於宏大藍圖的個人主體性，才能生產出遵從中產階級價值標準的群體。在這個過程中，新興的亞洲經濟體（新加坡）儘管挪用了西方價值體系中的人權觀；但從根本上來說，人權文化卻始於本土對歐洲中心主義的質疑和抵制。同時，它的繁榮也得益於本土文化和意識形態規範的大力推廣。與此同時，斯皮瓦克還指出，李光耀提出建設人權文化，這一口號的前提是新加坡的高速發展。自上世紀七十年代以來，新加坡已然成為亞洲國家中資本主義高速發展的成功案例。全球資本的推動、西方思想的改造、本土文化的推崇，再加上政體利益的糾葛，這一切令「人權文化」成為錯綜複雜的權力博弈場域。由此產生的人文教育，「試圖以非強制性（uncoercive）的方式，重新安排各種慾望」；[47]而由此教育出來的個人主體性，也成為多重意涵的集合體。

第三節　人權理論中的乞題謬誤

　　亞洲的人權運動，無論它是由國際人權組織宣導發起，抑或服務於本國政府的政治制度和意識形態話語，其知識根源都基於西方人權理論。無論從它帶來的有關平等人權的信仰也好，或是強制國民遵守的「人權文化」

---

[46] 同上書.17.
[47] 同上書.17.

共同價值觀也好；其基本的意義範疇或多或少，都需涉及現代人權理論中有關個人權力與公共權力的相關假設。如前文所說，斯皮瓦克提出的問題是，在人權理論的正義性下隱藏了什麼樣的話語權力，它如何令人權機制自動產生排他作用，並將人權中的非正義行為轉化為正義的？這樣，斯皮瓦克將問題從考察理論形成過程的知識考古學，轉變成解構理論前提的思辨行為，她致力於證明西方人權理論的正義性基石在亞洲並不適用。

我們知道，現代人權理論的基礎文本都來自西方，英國法學家 M‧J‧米爾恩在其著作《人權哲學》中對此已有定論：「今天人們談論人權，可以憑據 1948 年聯合國的《世界人權宣言》及其候補條約 1953 年《歐洲人權公約》之類的文件。在早期，談論人權則通常由一些 18 世紀的檔來支持。著名的如 1776 年《維吉尼亞權利宣言》、1790 年《法國人權宣言》。」[48]美國哲學家杜茲納也在《人權與帝國》一書中提及，現代人權理論「汲取和連接了西方世界最體面的形而上學、道德觀和政治」。[49]人權知識是在西方現代哲學充分發展的基礎上才得以誕生，諸如霍布斯、湯瑪斯‧潘恩（Thomas Paine）、瓦爾特‧本傑明（Walter Benjanin）等早期人權哲學家的著作是斯皮瓦克思考中不能回避的文本。與此同時，在斯皮瓦克看來，她面臨的亞洲語境呈現了如下狀況：反殖主義、抵制歐洲中心，提倡復興本國文化，這些在今天已經成為大多數亞洲民族獨立國家的共同意識。人權對亞洲來說並不陌生，相反，它成為亞洲政治事務中的一個重要概念。這一觀點也呈現在美國學者溫蒂‧布朗的著作中，在談及亞洲人權政治時，她這樣寫道：「（人權成為一種）反傳統政治——成為清白無辜者和無權者對權力的徹底反抗，成為個人對巨大和潛在的殘忍或暴虐機制的徹底反抗。」[50]也就是說，人權的西方精神和價值觀在當今亞洲中發揮著強大的意識形態作用，人權理論「擁有許多深具吸引力的事物。它是道德的，它聲稱具有普遍性，而且它在一定程度上還具有法律約束力」。[51]

---

[48] 【英】A‧J‧M‧米爾恩. 人的權利與人的多樣性——人權哲學. 夏勇、張志銘譯. 北京：中國大百科全書出版社 .1996 年. 1.

[49] 【美】科斯塔斯‧杜茲納. 人權與帝國. 辛亨復譯. 南京：鳳凰出版傳媒集團，江蘇人民出版社. 2010 年. 37.

[50] Wendy Brown .「Human Rights and the Politics of Fatalism 」.*South Atlantic Quarterly*. 2004 (453) .103 .

[51] 【美】科斯塔斯‧杜茲納. 人權與帝國. 辛亨復譯. 南京：鳳凰出版傳媒集團，江蘇人民出版社. 2010 年. 214.

　　哥倫比亞大學的印裔女學者 Leela Gandhi 在《後殖民理論：批判性的導論》（*Postcolonial Theory: A Critical Introduction*）一書中對斯皮瓦克的研究取向這樣概括道，「斯皮瓦克廣為人知的那些質疑是針對學院式的底層人。[52]她的質疑冒著風險卻頗有回報，因為她將研究視角投向於底層人歷史中已知的研究者與未知（或已知）的主體之間複雜的關係。」[53]她關注的是「在現實中，在人權意志面前，普遍存在巨大的不平衡」[54]，這種不平衡主要指的是底層人的人權狀況。由於個人權利分配的不平衡，「更為常見的情況是，普遍存在著沉默的受害者，這些比單個或特殊的人權侵犯案例更常見。這些人是偏遠地區的大量的貧困人群，他們是學院式努力觸摸不到的一般性文化，他們長期以來被視為大範圍內消極或積極的普遍現象。」[55]而這些人的歷史，經歷和現狀是斯皮瓦克關注人權問題的動力。她提出，人們若想研究真實的底層人，「需要進入這些長期以來被視為非法的知識，需要投入不同的戰鬥。」[56]

　　那麼，什麼是人權中的非法知識？斯皮瓦克認為，要觸碰不能被言說的知識，通常的做法是從質詢什麼是合法性的知識開始。在《糾正錯誤》一文中，她這樣描述了人權理論的歷史演變：

　　　　只要宣稱人權是自然的或不可或缺的——權利是全體人類所共有的，因為此乃人的自然性使然——它算得上對歷史上遠去「歐洲」的一種回應——法國舊制度（Ancien Régime）[57]或德意志第三帝國——從「自然權」到「公民權」的問題也隨之而來。為了滿足南半球的民族國家，或者用民族國家這一的模式自身想打破（新殖民主

---

[52] 「學院式的底層人研究」指 20 世紀 80 年代初以古哈、查特伊、查克拉巴提、沙希德・阿明、潘迪等印度學者為代表的，專門從事南亞社會底層人研究的學派，國內常見的翻譯是「庶民研究學派」。斯皮瓦克曾經批評過這些學者的研究是一種本質主義，認為他們把 subaltern 理解為同一性而不是差異性。她的這些觀點散見於《底層人能說話嗎？》、《底層人研究——解構歷史編纂》等文章中。

[53] Leela Gandhi. *Postcolonial Theory: A Critical Introduction*. New York: Columbia University Press .1998.2 .

[54] Spivak .「Righting Wrongs-2002: Accessing Democracy among the Aboriginals」. *Other Asias*. Cayatri Chakravorty Spivak .UK: Blackwell Publishing Ltd. 2008. 28.

[55] 同上書.20.

[56] 同上書.20.

[57] 法國的舊制度（Ancien Régime）是法國歷史上的一個時期，從文藝復興末期開始，直到法國大革命為止。舊制度標誌著法蘭西王國的衰落，其結束代表了法蘭西第一共和國的開始。這一時期也是現代史的發端。後期興起的啟蒙主義反映了資產階級的興起。

義）重建全球化秩序的需求，自六十年代以來，人權組織在去殖民化（Decolonization）的大會上提到人權，到九十年代，人權又經由政治主張得以貫徹；最後，在大都會新移民模式建構出來的後被殖民主體中，人權再度受到推崇。然而，人們往往遺忘了人權中的特殊問題——連接「自然權」和「公民權」的部分。從歷史角度上看，被遺忘那部分內容，即關於自然權（的論斷）應該是一個乞題（假設當自然權需要被證明）。[58]

斯皮瓦克認為，人權理論存在這樣的弊端：在它的發展過程中，即從以天賦平等為特徵的自然權過渡到以服從社會契約為特徵的公民權，但人們忽略了自然權與公民權的關係中存在邏輯上的乞題謬誤。為什麼這麼說呢？所謂的乞題，或稱乞題謬誤，指邏輯學上的一種非形式性謬誤。它最早出現在亞里斯多德的《前分析篇》中，意思是「為論題中的問題而乞討」。其拉丁文為「為 princip'um petere」，意即「用某個新詞作為討論中最初的同一事物」。[59]現在英語多用「begging the question」來表示乞題。根據邏輯學家漢布林在《謬誤》一書中的論述，乞題指以需要證明的命題作為證明的前提。也就是說，一個問題被用來支持結論；結論的理由是問題自身（A 推斷出 A），這樣的謬誤稱之為乞題謬誤。[60]

以本節討論的問題為例，假設我們需證明「亞洲人應該有人權」這一論題，但給出的論據卻是「不賦予他們人權就等於歧視」；那麼論題與論據之間就存在乞題謬誤。因為在這個論題中，「不給人權就是歧視」這句話已經預設了「歧視不可取」的含義，也即是說，不賦予亞洲人人權是不可取的；反過來，即賦予亞洲人人權才是可取的，它等於用不同的表達重複了論題的內容——「亞洲人應該有人權」，用論題的另一種說法論證了論題本身，這並不足以證明論題成立。

讓我們回到斯皮瓦克的觀點，如果自然權是一個乞題謬誤；那麼這一論題的論據中出現了怎樣的同義反覆？斯皮瓦克對自然權的界定取自霍布斯和湯瑪斯·潘恩（Thomas Paine）的人權理論。在《利維坦》第十四章「論

[58] Spivak .「Righting Wrongs-2002: Accessing Democracy among the Aboriginals」. *Other Asias*. Cayatri Chakravorty Spivak .UK: Blackwell Publishing Ltd. 2008. 18.

[59] 劉春傑、武宏志. 論證的預設 . 內蒙古師大學報（哲學社會科學版）. 1998 年 2 月. 第 28 卷 第 1 期.

[60] C. L.Hamblin *Imperative* .Oxford. England: Blackwell. 1987.

第一、第二自然法以及契約法」中，霍布斯對「自然權」做出這樣的規定：
「自然權就是每一個人按照自己所願意的方式運用自己的力量保全自己的
天性——也就是保全自己的生命——的自由。因此這種自由就是用他自己
的判斷和理性認為最適合的手段去做任何事情的自由。」[61]在霍布斯看來，
自然權是一種抽象然而卻為每個人所普遍享有的權利。杜茲納在《人權的
終結》一書中認為，霍布斯的自然權是現代人權的基礎，這種自然權「不
是和諧宇宙或神的戒律對出現糾紛時作出的正義解答，它來自每個人專有
的自然性。權利淵源或基礎不再是……服從，而是制約人的自然性。」[62]這
樣一來，權利就與人的天性相連接。人享有權利，不再因為他所處的社會
等級，而是因為他作為一個自然人的特性。這是人類法律史上的一次革命，
霍布斯將權利從人類歷史、社會秩序中抽離了出來，讓個人成為權利的所
有者和行為主體。《利維坦》在十八世紀的歐洲影響深遠，1790 年發佈的《法
國人權宣言》便採用了這一自然權設想。到 1791 年，湯瑪斯・潘恩撰寫論
述法國大革命的著作《人權論》時，他所思考的人權觀點已經相當接近今
天的人權理論。他也認可霍布斯有關自然權的設想，並發展為對天賦人權
的讚美。他認為，人類具有一致性，所有人都處於同一地位。因此，所有
關於權利的討論，都必須建立在人類具有一致性這一基礎上。在霍布斯的
自然權基礎上，潘恩更進一步地區分了「自然權」和「公民權」的不同性
質。在他看來，自然權等同於天賦權利的所有內容，而公民權是為了更好
地保障自然權。他這樣寫道：「天賦人權就是人在生存方面所具有的權利，
其中包括所有智慧上的權利，或是思想上的權利；還包括所有那些不妨害
別人的天賦權利而為個人自己謀取安樂的權利。公民權利就是人作為社會
一分子所具有的權利。每一種公民權利都以個人原有的天賦權利為基礎，
但要享受這種權利光靠個人的能力無論如何是不夠的。所有這一類權利都
是與安全和保護有關的權利。」[63]

斯皮瓦克指出，潘恩出於一種「政治推演（calculus）的急迫感」[64]來
思考自然權與公民權的關係；他刻意「弱化當時波及整個歐洲的許多論爭：
有關正義與法律，有關自然權與公民；至少是有關『差異』的這一經典而

---

[61] 【英】霍布斯. 利維坦 . 黎思複、黎廷弼譯. 北京：商務印書館. 2006. 102
[62] 【美】科斯塔斯・杜茲納. 人權的終結. 郭春發譯. 南京：江蘇人民出版社 .2002 .81.
[63] 【美】湯瑪斯・潘恩. 潘恩選集. 馬清槐等譯. 北京：商務印書館 .1984 年. 142-143.
[64] Spivak .」Righting Wrongs-2002: Accessing Democracy among the Aboriginals」. *Other Asias*. Cayatri Chakravorty Spivak .UK: Blackwell Publishing Ltd. 2008. 18.

古老的問題。」[65]在潘恩所處的時代，《人權論》的寫作目的在於反駁艾德蒙·柏克對法國大革命的攻擊和污蔑，同時也為了闡明天賦人權的原則，指出這一原則是一項標誌著人類理性進步的壯舉。但斯皮瓦克對《人權論》的質疑也在於此，在她看來，潘恩所規定的「公民權」，實際上已經建構了人權理論中關於正義的基本原則：那就是給予每一個人權利，這是他作為社會成員而應得到的。這是一種建立在自然權基礎上的公正體系，是社會共同體中所需要遵循的道德原則。它建立了社會共同體的道德規範，也規定了進入該共同體的成員資格條件。這樣一來，自然權就從霍布斯所說的個人權利過渡到潘恩所說的公民權——某種更注重群體普遍利益的權利。斯皮瓦克指出，潘恩「在道德劇碼和國家結構之間建立了某種不對等的差異」。他雖然承認自然權是公民權的基礎，然而他在強調公民權的同時，卻全部規避了個體的差異性以及人對愉悅感的追逐。在斯皮瓦克看來，正是因為這樣，才造成自然權在歷史源頭就是一個乞題（begged question）。[66]

斯皮瓦克接下來引用了《人權論》中的這段話：「人的自然權是所有公民權的基礎。但為了更精準地區分這兩者，有必要指出自然權和公民權的不同性質。……每一個種公民權都有其基礎，有些自然權先存在（pre-existing）於個體，但在所有的情況中，個體權利的享用都不是充分的。」[67]這裡，潘恩的觀點是，自然權作為一種客觀天賦，它存在於每個個體當中，但如果每個人都充分使用它，自然權就等同於實現個體慾望的自由，它成了一種不受限制的授權。所有人都享有追逐權利的自由，它會導致「每個人都是權利方法的惟一裁判，每一個追逐慾望的行為都是符合自然正義的。」[68]權利的無限制必然帶來社會的混亂和衝突，因此人類社會需要樹立一種霍布斯所說的「公共權力」，以便將自然權轉移到社會契約上——這是潘恩所指的「公民權」的原始內涵。他據此提出，公民權是維護自然權必不可少的方式，是一種「安全和保護」的必要措施。斯皮瓦克的質疑便在這裡：「自然權不能被充分享用」這一命題的論據是「自然權是公民權的基礎」；但問題在於，「自然權是公民權的基礎」這個論據中隱含了得以進入人們討論範疇的自然權並非是那種與生俱來毫無節制的個體權利，而必須是受到公民

---

[65] 同上書.19
[66] 同上書.19
[67] 同上書.19.
[68] 【美】科斯塔斯·杜茲納. 人權的終結. 郭春發譯 .南京：江蘇人民出版社 .2002 .81.

權限制的自然權。它等於是「自然權不能被充分享用」的另一種說法，從這一點來看，這個論題確實是一個乞題謬誤。

現代人權思想的基礎——自然權與公民權的關係，在其西方起源上就存在乞題謬誤，這是斯皮瓦克批判人權理論的基本觀點。為了證明這一觀點，斯皮瓦克進一步研究了人權理論中的道德金律，揭示出道德金律（Golden Rule）中的普遍一致性原則（PGC，即 principle of generic consistency）。她認為，這是自然權的乞題謬誤推演出來的結果。艾倫・格沃斯（Alan Gewirth）的著作《人權：公正與應用》（1982）[69]給了她啟發，她說：「格沃斯，沒人會將他與解構主義相聯繫，但他對我們的討論很重要。因為他意識到人權正義的基礎是一個乞題。他將人權正義視為一個『矛盾性』問題，並在他的『道德』解決方案中發現了超驗『理性』。」[70]在《人權》一書中，格沃斯提到，人權的基本內涵是平等，但進入平等語境的人，卻必須是符合道德範疇的人，反過來，「所有人會平等，是根據他們作為人的道德權利」。[71]這樣一來，道德金律的地位便顯得至關重要，因為它是「普遍道德的統治者」。[72]格沃斯在此點明了道德金律的普遍規範作用，也指出人們為何必須遵循它的原因。斯皮瓦克對此表示贊同，她評論道，正是在這一點上，格沃斯暴露了人權理論的乞題謬誤；因為它是一個根據理性原則推演出理性原則的命題（the principle of reason by the principle of reason）。[73]按照這一命題的邏輯，個體作為道德的代理，呈現的並非是個人的慾望，而是道德的外在形式，這樣的人是理性的人，他們構成的群體確立了道德金律的中心地位。因而在這個邏輯中，「道德不能不被標準化」。[74]進入道德範疇的個體不能不是理性的——我們可以發現，論題「道德金律具有普遍規範作用」成立的依據是：「代理道德的個體是理性的人」。而人只有具備理性才能遵循群體中的共同道德，也即道德金律。這等於是循環論證，它強調道德金律具備普遍有效性，因此也構成了另一個乞題謬誤。

---

[69] Alan Gewirth.*Human Rights:Essays on Justification and Applications*. Chicago: University of Chicago Press .1982 .

[70] Spivak .「Righting Wrongs-2002: Accessing Democracy among the Aboriginals」. *Other Asias*. Cayatri Chakravorty Spivak .UK: Blackwell Publishing Ltd. 2008. 21.

[71] Alan Gewirth.*Human Rights:Essays on Justification and Applications*. Chicago: University of Chicago Press .1982 .1.

[72] 同上書.128.

[73] Spivak .「Righting Wrongs-2002: Accessing Democracy among the Aboriginals」. *Other Asias*. Cayatri Chakravorty Spivak .UK: Blackwell Publishing Ltd. 2008. 22.

[74] 同上書.21.

斯皮瓦克將這一循環論證過程戲稱為「格沃斯模式」。這種依靠理性推論理性的思維模式，它「並沒有否定人權侵犯中反映當今抽象政治對正義的合法性操縱，這種操縱成為一種理性演繹方法。它是有益且必須的，沒有什麼比格沃斯提出的理性正當理由更受歡迎的了。」[75]然而，「格沃斯模式」卻無法回答這兩個問題中的矛盾性和相關性：我們生而自由以及我們在權力面前被定義為他者。為了直面真實的人權狀況，斯皮瓦克呼籲讀者：「我們寧可不去建構最可能的理論，也要承認實踐總是撕裂理論的正義。」[76]這是斯皮瓦克的學術態度，她提倡承認理性之外的部分，承認理性存在的限制，同時看到矛盾性存在的必要。而在人權問題上，撕裂其理論的正義基石，是為了在基礎教育部分補充有益的知識。那麼，斯皮瓦克的人權教育理念是什麼？這部分內容將在下一節討論。

第四節　新型的人權教育方式

由前面三個小節的論述可以發現，斯皮瓦克對「人權」知識生產的思考，她所揭示的人權中的悖論──推導卻無法證明具有普遍一致原則（PGC, principle of generic consistency），這都是為了呼籲人們真正尊重他者異質性特徵，不要再以西方知識傳播者、貧苦人的援救者這樣的角色自居。只有這樣，才能真正進入底層人的本土文化，消弭人權運動中的西方式傲慢。

2002 年，在與詹妮・惠普的訪談中，斯皮瓦克批評了以往的以普世精神為指導的人權教育。她指出，國際人權機構在亞洲的社會性別培訓總是沒能起到多大作用。歸根結底是因為，這種教育假設人都是一個個機械性平等的單元，還假設亞洲人與歐洲人都有共同本質；它否定了文化差異的實際作用及其重要性。[77]值得一提的是，斯皮瓦克對使用「文化差異」這一概念非常謹慎，因為她看到，這詞彙已經成為今天歐美理論界的熱門詞彙；許多人不加甄別地運用這個詞，從而陷入一場以「差異」為名的同一性運動中。她這樣說道：「（文化差異）真正引發問題的是：與什麼不同？我要

---

[75] 同上書.22.

[76] 同上書.21.

[77] *Signs：Journal of Women in Culture and Society* . vol.28. no2. Chicago：The University of Chicago Press. 2002. 本譯文參照了賴立裡先生的翻譯，詳見：斯皮瓦克訪談：政治與想像.從解構到全球化批判：斯皮瓦克讀本.陳永國 賴立里 郭英劍主編. 北京：北京大學出版社.2007. 404.

說的是，這些國家（指印度等前殖民地國家）內部富人文化與窮人文化的差異，比我們這些離散者（指從第三國家移民到第一國家的人們）自己意識到並說出來的、我們與都市白人的文化差異還要大。……為窮人與為中產階級（服務）的教育技術，二者有天壤之別。……用腦工作的人受的是一種教育，用身體工作的人受的是另一種教育。從比喻的角度來看，這些真實的文化差異，階級之間存在的文化鴻溝，比起粗淺定義的類似於民族差異的文化差異更有意義。」[78]也就是說，在今天，以文化差異為名由的文化同一性陷阱比比皆是。而她認為，需要關注的不是國家之間、階級之間的大而化之的差別，而是每個不同個體之間真實的多重差別。斯皮瓦克這一立場令她的底層人研究就是在這樣的立場下進行的，在她看來，底層人婦女中「國內階級的文化差異如何與／成為國際文化差異發生作用」[79]，這是她思考問題的主要線索。

但研究者想要進入一種被視為他者的差異文化，這並不是件容易的事。在上述訪談中，斯皮瓦克講述了她在孟加拉、阿爾及利亞等地的親身考察。她認為，她在當時所做的工作，包括調查孟加拉農村經濟狀況，參與邊遠山區的基礎教育等，這些都類似於人類學者的「田野工作」；事先也摒除了向當地人傳送知識的觀念。她指出，「這個田野工作的目的不是為我們的同類帶回一些新鮮資訊來生產話語，……我不是去找什麼原始的東西。」[80]「（我所做的）是學習而不帶傳輸目的的那種耐心的（人類學）努力。」[81]她在訪談中並未對此展開，但在《糾正錯誤》一文中，她明確提出了進入底層人本土文化的方法──「書面閱讀（literary reading）」訓練，[82]對此，斯皮瓦克的描述如下：

> 書面閱讀訓練指的是這樣一種方法，它提倡學習來自單個個體的、無法被（現有知識）證實（unverifiable）的事物。儘管文字無法說話，但這種富有耐心的訓練，將努力使文本有所回應。正如它所表現的那樣……它不僅是能預想到的、很好地接近他者的可能性行

---

[78] 同上書.
[79] 同上書.405.
[80] 同上書.
[81] 同上書.
[82] Spivak .「Righting Wrongs-2002: Accessing Democracy among the Aboriginals」. *Other Asias*. Cayatri Chakravorty Spivak .UK: Blackwell Publishing Ltd. 2008. 23.

動，而且還能在沒有保證（without guarantee）的前提下爭取遠方他者的回應。[83]

換言之，這種書面閱讀訓練的特殊性在於，它將單個他者視為一個具備特殊性的文本，通過極富耐心的發掘，將這一文本中外在於合法知識體系的內涵顯現出來。因為現有知識所證實的，往往是符合同一性規則的敘述模式，並強制性地抹去了不符合其認知範疇的其他內容。如果想要實現與底層人之間真正的平等，必須先破除先在於思維中的既有觀念——因此斯皮瓦克才強調要學習無法被現有知識所證實事物的重要性。由此，我們可以發現，這種「閱讀訓練」與其說提供了一種新的學習方法，不如說設計了一種新的觀念。這也呼應了她在 1990 年代末思考文化翻譯時提出的「向底層人學習」的主張，她提倡的，不是去給底層人教現有的西方知識，也不是進行所謂的本土文化尋根；而是將底層人視為文本，以書面閱讀的形式，發掘被同一性知識體系排除在外的非法知識，這才是真正的文化差異。

需要特別指出的是，斯皮瓦克所說的他者或遠方他者，與西方知識體系中以歐洲中心為起點，以東方學為基礎建構的他者化知識，並不是一回事。她所謂的他者，是追蹤在現有知識體系之外的、被塗抹了存在的，或不被承認具備認知價值的人或事物。在與夏普的對話中，斯皮瓦克提到，她所說的他者還指代一種認知態度，它不同於與哥倫比亞大學這樣的精英教學方式不同的認知態度。在她看來，哥大鼓勵學生相信，自己生活在世界的中心；學生自信要去幫助世界上其餘地方的人；學校還鼓勵學生認為，從世界上其他地方來的人一定不具備完整的全球性。於此相反，她指出，她在自己的教學中將這一點作為主要任務：「教給學生如何用最有力的方法讀書，也就是說，為了能夠進入到文本和他者中去，而把自己懸置起來；」這也就是說，讓學生擺脫自我中心的文化，「以某種方式從我自己的文化印跡中挪開」。[84]

斯皮瓦克不是反對他者這個概念，而是反對他者化過程中產生的話語暴力。她認為，這種暴力不只是來源於西方話語體系外，它也存在於當前

---

[83] 同上書.23.

[84] *Signs: Journal of Women in Culture and Society* . vol.28. no2. Chicago : The University of Chicago Press. 2002. 本譯文參照了賴立裡先生的翻譯，詳見：斯皮瓦克訪談：政治與想像.從解構到全球化批判：斯皮瓦克讀本.陳永國 賴立里 郭英劍主編. 北京：北京大學出版社.2007. 408.

亞洲國家的民粹主義者之中，存在於他們所宣導的本土文化行動裡。在原
殖民地國家，本土文化行動對西方話語壁壘的抵制。這些行動的主旨在於
恢復本土原住民的生活方式；或者重塑民族過往的輝煌歷史。在《本土歷
史主義視角中的後殖民批評》一文中，美國後殖民理論家德里克批評過這
種本土文化行動，他認為，這體現的是「本土主義意識形態」。他指出，這
種意識形態「不僅肯定了『真正的』土著身份的可能性，而且還堅決維護
作為該身份基礎的一種土著主體性，……它不僅相信有可能重新獲得殖民
統治前的本土文化精髓，而且還把這種信念建立在超脫於歷史時間之外的
一種靈性。」[85]澳大利亞的後殖民學者加里斯·格里菲斯認為，這種本土主
義意識形態所操縱的聲音並非來自真正的土著人，而是與主流話語密切相
關：「主流話語在一定的框架中『說著』土人的話，這種框架的合法性並不
以他們的實踐為基礎，而是以我們的願望為基礎」。[86]

斯皮瓦克對本土主義意識形態的批判態度更為嚴厲，在《糾正錯誤》
一文中，她指出，這種看起來像是提倡文化相對主義的做法，其實質乃是
文化絕對主義。[87]在 2003 年與女性主義者 Suzana Milevska 的訪談中，她提
到，本土主義意識形態「落入或再一次將其客體以東方主義者的模式成功
編碼」，[88]它遠遠沒有觸及到真正的底層人。在這個訪談中，斯皮瓦克表明
了她有關底層人的主要觀點：「底層人並非一個模糊的文化翻譯概念，……
他們是一個活生生的群體」。他們的問題「不是他們被剝奪內在的生活，而
是他們被剝奪進入政治領域的權利，因此他們也無從令別人重新認識他們
的堅持。」[89]斯皮瓦克引用了哥倫比亞大學的人類學教授 Rosalind Morris 的
一段話來說明情況的嚴重程度：底層人生活在本土意識形態的夾層中，「他
們的物質條件是可以想像的，身處一個絕對的集體化（比如『人』、『人民』）
以及絕對被其他群體壓迫的體系中，抹殺他們的人沒有受到懲戒；奴役他
們的行為受到鼓勵，甚至被視為正常。」[90]在此基礎上，斯皮瓦克進一步指

85　【美】阿里夫·德里克. 跨國資本主義時代的後殖民批評.王寧等譯 .北京：北京大學
　　出版社 .2005 .31.
86　出自格里菲斯著作《真實的神化》，轉引自【美】阿裡夫·德里克. 跨國資本主義時
　　代的後殖民批評.王寧等譯 .北京：北京大學出版社 .2005 .32.
87　Spivak .「Righting Wrongs-2002: Accessing Democracy among the Aboriginals」. *Other
　　Asias*. Cayatri Chakravorty Spivak .UK: Blackwell Publishing Ltd. 2008. 23.
88　Swapan Chakravorty　Suzana Milevska　Tani E.Barlow . *Conversations with Cayatri
　　Chakravorty Spivak*. Londen : Seagull Books. 2006. 68.
89　同上書. 72-73.
90　Spivak .「Righting Wrongs-2002: Accessing Democracy among the Aboriginals」. *Other*

出，現有的基礎教育存在這樣的弊端：在無法建構真正的底層人主體性的環境下，教導他們理想化的民主共存，這並不現實；其本質是複製北半球的意識形態，是「無條件獻媚於所謂正義之法和多元性。」[91]

然而，如果我們由此得出結論說，斯皮瓦克反對本土精英，反對他們宣稱自己是底層人或能代表底層人說話的行為；那麼，這並不足以理解斯皮瓦克思想的豐富性。斯皮瓦克對基礎教育的質疑、她對本土文化意識形態的批判，都必須與她的其他思考聯繫起來理解；這其中這包括對全球化時代資本與權力運作模式、發達國家的教育專案對亞洲偏遠地區（包括印度鄉村與中國雲南邊境山區）所進行教師培訓活動。斯皮瓦克明確指出，「在人權中，無視當代的宏觀經濟背景是不對的；因為這一背景人會影響到（人權）目標效果。」[92]她對全球經濟的思考得益於馬克思的經濟哲學理論，但她的立場具有強烈的批判性。在她看來，雖然馬克思關於生產再分配的理論是「工業革命的理論源頭」，但她認為，馬克思對人擁有自由權利的設想是深受資本限制的。她這樣寫道：

> 馬克思只是通過公開重申歐洲文明的理性，思考怎樣聲張被剝削（人群）的自由權利。而在革命後，權利中的倫理部分如想通過重新分配來實踐自由，便得依照我所分析的那種教育方式。……結果，知識的推動力被限制在資本這一課內，它將（資本）受害者（victim）轉變成（資本）代理人（agent）。[93]

我們可以做一嘗試，將斯皮瓦克所區分的基礎教育若干環節與馬克思的經濟學原理中的主要概念相對應，或許能更好地理解這個問題；即為何馬克思的經濟學原理能被斯皮瓦克用來分析人權知識的生產和分配。上述引文中，斯皮瓦克將自由視為一種人權產品，它也要經過生產流通過程。它的生產過程通過教育來完成，但在全球經濟的大環境下，資本運作必然要對這種教育產生深刻的影響。斯皮瓦克以今天分佈在南半球數不盡數的商業教育為例，分析了資本對教育的操控行為。斯皮瓦克指出，所有這些非常流行且受人們歡迎的商業教育活動，都有一個共同特點；它們無限度地煽

Asias. Cayatri Chakravorty Spivak .UK: Blackwell Publishing Ltd. 2008. 24.
[91] 同上書.24.
[92] 同上書.30.
[93] 同上書.24.

動學生對商業投資的興趣。這種興趣聯繫著財富，聯繫著這樣的潛臺詞：商業投資的成功會帶來經濟繁榮，而經濟繁榮將奠定人生幸福的基礎。教師與家長們毫無質疑地全盤接受了這些觀念，商業教育因此流行起來，將一種虛擬的平等放在所有人面前。追逐財富改變命運的美國式夢想遮蔽了這一事實，即資本操控教育。在這樣的夢想面前，人們彷彿能從「倫理上聯合各種文化差異，聯合幾乎不可能被聯合的階級分化；他們填補了底層人的基礎責任。這是一種新型的全球合作模式，是人權宣言嵌入金融資本運作的文化輸入。」[94]於是，在繁榮即將到來（to come）的承諾中，孩子們「喪失了一種在傳統變更中承擔責任的文化習慣」。[95]

　　資本輸出限制了教育產品的類型，規定了對知識效用的評判標準。在這種虛擬的平等中，人人都是教育的受益者。資本佔有勞動剩餘價值，這一實質被人權知識悄然掩蓋。所以斯皮瓦克說：「受害者已轉變成代理人」。[96]她這樣寫道，假如維多利亞時代的工人階級成為今天的全球底層人，那麼，作為資本的代理人，他們沒有希望在國會民主結構中要求任何東西。[97]

　　關於資本控制教育，還有一個中國例子。2004 年，斯皮瓦克接受了女性主義學者 Tani E.Barlow 的採訪；在訪談中她提到自己的雲南之行。從 2001 年起，斯皮瓦克開始學習漢語——主要是普通話，她也學了一些廣東話。隨後，她前往中國雲南西雙版納的鄉村小學，參與當地鄉村教師培訓計畫。在這次教學實踐中，她的立場是獨立的，而不是作為 NGO 的合作夥伴。[98]斯皮瓦克說，她遇到一位熱情的英語教師；他畢業於雲南省會大學。那位教師之前從未涉足過山區貧困學校，也從未想過如何進入當地古老的文化，更不必說將本土思考帶入到教育實踐中。但那位教師卻獲得美國政府資助的「中國少數民族教育」基金，他因此得以「本土草根代言人」（grass-roots native informant）的身份進駐山區。斯皮瓦克認為，可想而知，這位教師不得不重複已知的、來自於美國政府的人權倫理，他會做出這個地方即將繁榮起來的承諾，在這種即將來臨（to come）的模式中，他也會通過教育灌輸來自西方的正義理論。斯皮瓦克批判道：這種來自本國「底層」的申請

94　同上書.31.
95　同上書.31.
96　同上書.24.
97　同上書.25.
98　Swapan Chakravorty Suzana Milevska Tani E.Barlow. *Conversations with Cayatri Chakravorty Spivak*. Londen : Seagull Books. 2006. 92.

是完美的，它打著關注文化差異的名號，卻開闢了徹底通往傲慢的美國式烏托邦的道路。[99]

　　回到之前提到的文化差異問題，我們可以發現，斯皮瓦克不是反對文化差異的觀念；她反對的是大都市知識份子以一種新的傲慢姿態，依據南北半球資本分化，用跨國文化差異這樣的普遍想像，來取代某一地區的具體文化特徵。所以她所提出，要有特殊文本閱讀的訓練，這個訓練的主要目標就是，進入當地的特殊文化文本，而且要緩慢地進入，保持耐心。[100]她這樣寫道：「我越來越自信地認識到，重新去想像遺失的文化是極其重要的，這是（我們）承擔責任的初步行動。」[101]責任（responsibility）與以往的職責有區別，它之所以具有重要意義，是因為現有的人權理論過分強調底層人享用權利這一面；卻忽略了底層人對其承載的古老文化也負有的責任。有關責任，斯皮瓦克指出：

> 有各種邱吉爾式的「責任」（responsibility），它幾乎與職責（duty）同義，當然它總是被用在描述權利的範疇。馬基雅維利和霍布斯都論述過職責，1793 年的人權宣言已經包含了有關自然人和公民的系列職責。聯合國頒佈過責任宣言，其內容幾乎重寫了聯合國建立初期對權利等於職責的規定，但比那個還要多點。此外還有科學家做出的「職責宣言」等等。他們通過選擇，通過能糾正錯誤的群體來履行職責。上述這些說法總體而言都是策略性地將「責任」理想化。……即使是自由主義的觀點也不能不承認，權利與責任之間不存在連續性。……一個來自「低等」（below）文明的領袖——但他對底層人而言卻是「高等」（above）的——當他以強大的監管慈善的姿態奉勸底層人實施自助時，他不會意識到從歷史形成上看，他們自己與底層人之間不存在連續性。這是需要我們牢記的重要一幕，因為底層人沒有監管就無能，這種看法被用來證明持續干預乃是合理的。[102]

---

[99] 同上書. 25.

[100] *Signs: Journal of Women in Culture and Society* . vol.28. no2. Chicago: The University of Chicago Press. 2002. 本譯文參照了賴立裡先生的翻譯，詳見：斯皮瓦克訪談：政治與想像.從解構到全球化批判：斯皮瓦克讀本.陳永國 賴立裡 郭英劍主編. 北京：北京大學出版社.2007. 406.

[101] Spivak .」Righting Wrongs-2002: Accessing Democracy among the Aboriginals」. *Other Asias*. Cayatri Chakravorty Spivak .UK: Blackwell Publishing Ltd. 2008. 25.

[102] 同上書.26.

斯皮瓦克批判了這種做法，即出於某種策略的考慮而將責任理想化。她揭示出了這種做法的後果：在現有權利範疇內討論底層人的責任，結果會令責任淪為外來者干預底層人的手段並將之合理化。斯皮瓦克認為，這種責任感最終很可能只是一種文化上的虛構，它會淪為亞洲國家政治黨派之間的競爭口號。「在貧窮的偏遠山區確保競選的一方獲取最高利益，其直接結果就是讓暴力和選舉共同存在，一方成為另一方的動力甚至是利益。」[103]權利的分配往往伴隨著侵權的發生，斯皮瓦克指出，這也是聯合國有關人權的計畫不切實際的地方。[104]因此她要求讀者轉變思維，從享用權利的思考轉為承擔責任的行動。

斯皮瓦克並沒有界定什麼才是真正的底層人文化責任。她自己也承認，這是一個充滿探索性的概念；[105]對外來的研究者而言，很難直接進入到底層人文化責任這個概念。[106]那麼該如何做呢？斯皮瓦克這樣寫道：「我認為，真正有效的做法在於，持續不斷地、虛心地向底層人學習，從而進入並接觸部落固有的民主制結構。」[107]這種學習包括兩個方面的內容，第一是不再把底層人視為客體；她指出：「底層人是人權運動的多樣化的接受者，……如果我將他們視為需要重獲知識原則的客體，我則不能以他們的孩子作為我的老師。」[108]第二是學習一種底層人的語言。斯皮瓦克多次提到學習原文本語言的必要性。在她看來，任何翻譯都意味著意義的丟失，[109]而人們唯有通過學習當地方言，才能重新認識底層人；這包括不再把他們當做原有教育體制中接受知識的一方，而是將之視為擁有平等的且能比較的知識體系的一方；同時也認識到其土著文化的複雜構成。只有這樣「才能脫離世界統治和國際都市社會的自我模式之間存在的絕對聯繫，並令底層人進入到爭取平等教育權的民主運動中；從而最大程度地、理性化地重建兒童基礎教育中對政治的認識」。[110]如此一來「那些文化公理和底層人的

---

[103] 同上書.35.
[104] 同上書.35.
[105] 同上書.36.
[106] 同上書.36.
[107] 同上書.40.
[108] 同上書.38.
[109] *Signs：Journal of Women in Culture and Society*. vol.28. no2. Chicago：The University of Chicago Press. 2002. 本譯文參照了賴立裡先生的翻譯，詳見：斯皮瓦克訪談：政治與想像.從解構到全球化批判：斯皮瓦克讀本.陳永國 賴立裡 郭英劍主編. 北京：北京大學出版社.2007. 407.
[110] 同上書.42.

從屬地位在這時無法轉化為初期帝國主義的動力」。[111]也就是說,斯皮瓦克不會去反對人權的普世價值,也不會去提倡壓迫。她提出的是更高意義上的人權理想。這種理想要求人們尊重底層人,傾聽他們的聲音,學習他們的語言,給每一個個體以尊重。它不再是優勝劣汰的狂想,也不是主僕等級化的結構秩序。對斯皮瓦克而言,這才是人權的真正勝利。

---

[111] 同上書.43.

The Subjectivity Construction
on the Discourse Politics of Human Right:
A Study of Gayatri C. Spivak's Thoughts

CHEN Qing

Abstract: Focusing on Gayatri C. Spivak's discussion about human rights, this paper summaries the theoretical and realistic recognitions of her research. In my opinion, Spivak not only exposed the limited rational knowledge in human rights, but also proposed a higher goal. The analysis she made are not mainly critiquing the situation of Asian, but exploring the production of subjectivity which controlled by the human rights knowledge. In the post-colonial context, human subjectivity is constructed as an imaginary picture of justice and advancement. The discourse system of human rights combines the local desire of developing economy and culture, creating an delayed effect that legitimizing the violations of human rights. Based on such thinking, in the construction of the imaginary picture, Sipvak believes that basic education occupies a important position. She advocates a new mode of education, and try to creating new subjectivity of human right.

Key Words: human rights theories; Asian situation; subjectivity; Spivak

Notes on Author: CHEN Qing (1977-), female, postdoctoral fellow at Sun Yat-Sen University. Major research interests are post-colonial theories and translation studies.

帝國主義的懷舊與美國來華作家的跨國書寫

朱　驊

[論文摘要]　「帝國主義的懷舊」是美國人類學家羅薩爾多提出的一個批評術語，指的是帝國主義的代理人書寫被殖民他者時常常流露的文化懷舊情緒，這種為他者文化的「本真性」代言的姿態掩蓋了書寫者與帝國主義的共謀關係。它在民國初年的文化轉型期催生了大量有關中國的書寫，主題集中於被美化的舊貴族文化和被詩化的田園圖景，審美中心主義和類民族志風格是這類跨國文本的基本書寫策略。對他者文化本真性的懷舊實際上是書寫者對西方現代性負面影響的不滿，書寫者並不是他者文化的「代言人」，而是自我精神救贖的「寓言家」，與虛構的他者文化本真性的認同已在話語層面拒絕承認他者文化自我更新的可能性，是帝國主義文化邏輯的表現方式之一。

[關　鍵　字]　帝國主義的懷舊；中美跨國書寫；審美中心主義；類民族志

[作者簡介]　朱驊(1970-)，男，復旦大學中文系比較文學與世界文學博士，上海海洋大學外國語學院副教授，主要從事美國族裔文學，中美跨國書寫，美國東方主義和跨國主義理論研究。

一、懷舊與帝國主義的懷舊

　　西文中的「懷舊」(nostalgia)源於兩個希臘詞根 nostos 和 algia，前者是回家或返鄉之意，後者則指一種痛苦的狀態。該詞合成於 17 世紀後期，用以描寫長期遠離故土的瑞士雇傭軍中的某種臆想病，患者分不清現實與幻想、過去與現在，唯一的念頭就是回歸故里，同時伴有高燒、厭食等強烈的臨床症狀。[1]由此該詞一直指某種渴望回家的焦灼與痛苦，常譯為「鄉愁」。

---

[1]　Fred Davis, *Yearning for Yesterday: A Sociology of Nostalgia*, New York: The Free Press, 1979,

　　然而隨著西方啟蒙現代性的急速發展，人們為了生存的流動性增加，那種物理空間和文化空間圓融的，在時間維度上穩定而綿延的「家園」漸漸失落，居家的確定性、安全感和溫暖感日漸碎裂消逝。現代社會中的「家」以「大都會」（Megalopolis）為代表，不再拘泥於自然地理環境，「家」至多只是現代生活場景中的一個「流動的帳篷」，隨著城市的擴張而逐漸演化為一個「戶籍」、一份電子編號，在法國學者讓－弗朗索瓦‧利奧塔（Jean-Francois Lyotard, 1924-1998）看來人類的生活已經從詩意的田園場景蛻變為理性化的技術場景，壓縮和抑制人們復歸家庭，將人們推向動態而短暫的旅遊和度假，[2]因此「鄉愁」在現代性深入的背景下已經虛擬，其目標指向不是物理的居家空間，而是時間中的一個抽象化的詩化的點或片段，由此「鄉愁」被單緯化為向後看的「懷舊」，其客體不再是地理的「故土」，而是回閃在時間螢幕上的「過去」。這個行為往往是對過去生活中的最美好部分的凝神回望，或者對逝去事物的短暫而美好的回憶，讓我們從未來導向的，急速賓士的世界中得以緩一緩神，看清自己今天所處的位置。

　　需要注意的是，懷舊總是基於對現實的否定和對過去的肯定之上，對往事的回憶是選擇性的，構造性的和意向性的，只涵蓋過去生活中真正美好和被想像成美好的那一部分，它所回望到的過去從不完整，也未必真實，懷舊主體總是可以根據現在的需要捏造和編排過去，「過去總會被合法化」。[3]懷舊的理想化特性使其在文化生產中具有很強的親和性，讀者或觀眾在詩化的惆悵氛圍中不自覺地認同懷舊主體傳達的價值觀。

　　正因為懷舊所具有的這些特徵，美國當代著名的人類學家羅薩爾多（Renato Rosaldo)在 1980 年代後期由後殖民理論激發起的學科反思浪潮中提出一個尖銳的文化批評術語「帝國主義的懷舊」（imperialist nostalgia）。他在研究美國人有關菲律賓的書寫中發現，殖民官員、傳教士等帝國擴張的參與者或者說殖民主義的代理人（agents of colonialism）普遍地追懷某種「原初文化」（pristine culture）。[4]這種追懷的特別之處在於，他們所懷念的

p. 2. 另可參閱：David Lowenthal, *The Past Is a Foreign Country*, New York: Cambridge University Press, 1985, p. 10; Jean Starobinski, 「The Idea of Nostalgia,」 *Diogenes*, Vol. 54, Summer 1966, pp. 81-103.

[2] [法]讓－弗朗索瓦‧利奧塔著，羅國祥譯：《非人——時間漫談》（*L'INHUMAIN Causeries sur le temps*），北京：商務印書館 2001 年版，第 210 頁。

[3] [英]埃裡克‧霍布斯鮑姆（Eric Hobsbawm）著，馬俊亞、郭英劍譯：《史學家——歷史神話的終結者》，上海：上海人民出版社 2002 年版，第 6 頁。

[4] Renato Rosaldo, 「Imperialist Nostalgia,」 *Representations*, Vol. 26, Spring, 1989, p. 120.

恰恰是他們刻意去改變或毀滅的。羅薩爾多認為，滋生於帝國主義語境中的懷舊是以一個悖論為軸心的：殺掉一個人，再為被殺者哀悼，或者說，有人故意改變了一種生活方式，然後遺憾一切沒有保持它們被干涉前的狀態；更遠點說，人們破壞了環境，然後人們開始崇拜自然。不管是什麼樣的版本，「帝國主義的懷舊」所擺出的姿態都是純潔無邪的惆悵，在目睹「他者」文化的形變時，覺得好像是他們自己個人的失落，這樣既抓住人們的想像力，又隱藏了與殘酷統治的共謀關係，使得那些本應為此承擔責任的殖民主義的代理人變成一個清白的旁觀者。[5]

　　「帝國主義的懷舊」作為批評概念的提出，促使我們思考如下幾個問題：為什麼有過殖民地經歷的美國人在回國後普遍懷舊並認為有責任通過書寫表達這種懷舊？對哪些超越個體感性記憶之上的價值觀的懷舊驅動著跨國書寫？這些價值觀在具體文本中以什麼形式表達？具體的書寫策略是什麼？隨著思考的深入，我們會發現跨國書寫所涉及到的發生學、社會學、人類學、美學的交匯點正是「帝國主義的懷舊」。為此，本文試圖通過對1911-1937 年間的中美跨國書寫的研究，揭示「帝國主義的懷舊」內含的巨大文化力場。

二、懷舊的書寫衝動

　　自 1784 年第一艘美國商船「中國皇后」（Empress of China）號駛抵廣州揭開中美關係史的序幕，至今兩國已有兩百多年的交往。隨著交往的加深，在兩國之間形成一個活躍的跨國空間，經貿、文化、人員往來頻繁，作為跨國文化生產重要部分的跨國書寫也相應地風生水起，各類作者在中美之間留下了 4 類跨國書寫，即來華白人的中英文書寫、赴美華人的英文書寫（如 1950 年代之前的林語堂、蔣彝、張愛玲等，文革之後的哈金、閔安琪等）、美國本土華裔的英文書寫（如湯亭亭、趙健秀、譚恩美、黃哲倫等）和赴美華人的漢語書寫（如 1960 年代前後從臺灣赴美的白先勇、聶華苓、於梨華等，文革後從大陸赴美的嚴歌苓、曹桂林等）。這四類中最能影響西方中國觀的當數美國來華者的跨國書寫。

5　　Renato Rosaldo,「Imperialist Nostalgia,」*Representations*, Vol. 26, Spring, 1989, p. 108.

　　美國來華者的漢語書寫主要集中在 19 世紀，[6]作者主要是傳教士，內容主要是為了傳播基督教義，有文言，也有白話，有聖經故事，也有宣教小說。中國學者目前對傳教士的漢語書寫有了一定的研究。[7]隨著中譯本《聖經》的普及，以及基督教會在中國社會中站穩腳跟，這類中文書寫從 20 世紀開始逐漸式微，但針對歐美讀者的有關中國的英文書寫卻日漸繁盛，直到日本侵華戰爭爆發，歐美僑民逃離或被日軍關押，書寫進程受到重創。

　　英文書寫者主要有兩類人。一類是深入中國社會內部並長期生活在中國的傳教士，他們是來華人數最多的群體，多數都是中國通，很多人成為卓有成就的學者，留下具有重大學術意義的巨著，如衛三畏（S. Wells Williams, 1812-1884）的《中國總論》（*The Middle Kingdom: A Survey of the Geography, Government, Literature, Social Life, Arts, and History of the Chinese Empire and Its Inhabitants*, 1848）、盧公明（Justus Doolittle, 1824-1880）的《中國人的社會生活》（*Social Life the Chinese*, 1865）、明恩溥（Arthur H. Smith,

---

[6] 按：早期來華傳教士為了在中國宣講福音，留下大量漢語書寫，主要包括如下幾類：宣教手冊（如盧公明的《勸善良言》、《醒世良規》等）、《聖經》的摘譯（如《以弗所書》、《路加福音》、《使徒行傳》等）、中文期刊（如郭實臘於 1833 年創辦的《東西洋考每月統紀傳》等）、中文學術著述（如裨治文的《美理哥國志略》等）、與傳教有關的中文文學創作等（如米憐的《張遠兩友相論》、楊格非的《引家當道》、郭實臘的《大英國統志》、《是非略論》等）。

[7] 按：目前對傳教士的中文著述所做的研究主要有：Suzanne Wilson Barnett and John King Fairbank eds., *Christianity in China: Early Protestant Missionary Writings*, Cambridge, Mass.: Harvard University Press, 1985; Patrick Hanan, 「The Missionary Novels of Nineteenth-Century China,」 *Harvard Journal of Asiatic Studies*, Vol. 60, No. 1&2, 2000, pp. 413-443;〔美〕派翠克‧韓南（Patrick Hanan）著，徐俠譯：《中國近代小說的興起》，上海：上海教育出版社 2004 年版；宋莉華撰：《十九世紀傳教士小說的文化解讀》，見於《文學評論》，2005 年第 1 期，第 81-88 頁；宋莉華撰：《第一部傳教士中文小說的流傳與影響──米憐〈張遠兩友相論〉略論》，見於《文學遺產》，2005 年第 2 期，第 116-126 頁；宋莉華撰：《19 世紀中國的獨特文化存在──郭實臘的小說創作與評論》，見於《中國文化研究》，2005 年，第九輯，第 344-360 頁；宋莉華撰：《19 世紀西人小說中的白話實驗》，見於《學術月刊》，2006 年第 4 期，第 130-136 頁；宋莉華撰：《西方傳教士漢學的分支：傳教士漢文小說研究現狀》，見於《國外社會科學》，2008 年第 5 期，第 99-103 頁；王三慶撰：《東西交流史上漢文小說所表現的文化衝突》，見於《成大中文學報》（臺灣），2007 年第 17 期，第 1-30 頁；袁進撰：《論西方傳教士對中文小說發展所做的貢獻》，見於《社會科學》，2008 年第 2 期，第 175-179 頁；袁進撰：《重新審視歐化白話文的起源──試論近代西方傳教士對中國文學的影響》，見於《文學評論》，2007 年第 1 期，第 123-128 頁；劉倩撰：《漢文文學史與漢文化整體研究》，見於《中國社會科學院院報》，2008 年，1 月 29 日；王飆撰：《傳教士文化與中國文學近代化變革的起步》，見於《漢語言文學研究》，2010 年第 1 期，第 35-49 頁。

1845-1932）的《中國人的特性》（*Chinese Characteristics*, 1894）、丁韙良（W. A. P. Martin, 1827-1916）的《中國的智慧》（*The Lore of Cathy or the Intellect of China*, 1912）等。[8]這些書寫對後來美國「中國學」的發展起了重要推動作用，只是學院派社會學家和人類學家認為書寫者的傳教士身份制約了內容的公正性和科學性。傳教士留下的遊記、生活散記、書信集等更是不計其數，成為研究中國社會史和美國文化史的重要資料來源。

　　另一類書寫者是以機構派駐、經貿活動、外交使節等方式留駐中國的人員，如作為劇團演員來華的米恩（Louise Jordan Miln, 1864-1933），跟隨丈夫在美孚石油公司駐華銷售點間輾轉的何巴特（Alice T. Hobart, 1882-1967），到河北和廣州探訪家族世交的沃恩（Nora Waln, 1895-1964），長期在華任教的賽珍珠（Pearl S. Buck, 1892-1973）等。這類書寫因其書寫內容的文學性、通俗性和情感張力，更為普通讀者熟知。如果對這些跨國書寫做進一步梳理，很容易注意到一個現象，從清王朝被推翻開始，虛構作品的創作和發行量突然增加，並普遍對以封建王朝為代表的農業時代價值倫理表達懷舊，並與美國新詩運動的「漢風」趣味，[9]龐德（Ezra Pound, 1885-1972）、亞瑟・韋利（Arthur David Waley, 1889-1966）等代表的漢學研究的興盛相呼應，很顯然新的政權體制與西方對中國的懷舊之間存在緊密的邏輯關聯。

　　辛亥革命建立的新政權是模仿西方政權體制的政治試驗，是西方現代性的東方回應。政權結構的變化雖然不可能一下子改變中國的經濟結構和經濟總量，但政治價值取向和社會形態的改變會影響人們對田園生活和增收方式的選擇。西方民主政體是以一定程度的工業化和市民階層的壯大為基礎的，與此政體相對應的是一系列解放生產力，促進工業化深入的有利

8　按：傳教士書寫的其它比較重要的作品還有：馬禮遜著《中國一瞥》（Robert Marrison, *A View of China, for Philological Purpose*, Macao: Honorable East India Company's Press, 1817.）、郭實臘著《中國簡史》（Charles Gutzlaff, *A Sketch of Chinese History, Ancient and Modern*, London: Smith, Elder and Co., Cornhill, 1834.）、麥都思著《中國：現狀與未來》（Walter Henry Medhurst, *China: Its State and Prospects*, London: John Snow, 1838.）、倪維思著《中國和中國人：總論》（John L. Nevius, *China and the Chinese*, New York: Harper & Brothers, 1869.）、何天爵著《真正的中國佬》（Holcombe Chester, *The Real Chinaman*, New York: Dodd, Mead & Company, 1895.）、柏錫福著《詮釋中國》（James W. Bashford, *China; An Interpretation*, New York: The Abingdon Press, 1916.）等。

9　按：「新詩運動」是美國現代詩歌的起點，既反對紳士風範的美國詩歌傳統，也反對沿襲英國風範的美國詩歌傳統，許多詩人試圖以「它山之石可以攻玉」的方法，從外國詩歌傳統中吸收思想與表達方法，大量中國古典詩詞在這期間譯介進英語文學。

系統和意識形態建構。且不去分析在中國建立新政體對於當時中國的經濟
基礎來說是否過激，但新政治體系和舊經濟制度之間的不吻合需要長期的
磨合，而磨合要在政治和經濟兩方面付出沉重代價，結果表現為之後數十
年的政治動盪；與此同時，作為中國政治範本的歐洲民主國家之間卻爆發
了規模空前的第一次世界大戰，讓歐洲資產階級政體的普世性受到質疑，
這種政體在中國的必要性與可能性更是爭論的焦點。

另外，新政體推動小農經濟的解體，開放口岸城市的規模增加，但貧
民窟也同時擴大。鄉村的倫理道德體系面對城市傾軋的求生狀況無能為
力，而新的公民社會又不可能在短期內建立，因此在軍閥混戰，反帝浪潮
起伏之時，城市生活也同樣危機四伏。對於很多駐華人士來說，即使在租
界內也是不安全的，他們成為飄搖在驚濤駭浪之上的驚魂未定的落難者，
而不是晚清時候驕橫跋扈的殖民者，不少書寫者開始懷念晚清時他們在華
的美好生活。這種對舊生活的懷念要麼通過美化舊中國舒緩精雅的貴族文
化實現，要麼通過誇大傳統農業社會的寧靜平和對人類心靈的拯救作用實
現；要麼在理性意識到舊中國不可留住時，以「民族志」書寫試圖為「正
在消失的野蠻人」（vanishing savages）留一份文字記錄。

我們在回答了為什麼有過殖民地經歷的美國人在回國後普遍通過書寫
表達懷舊之後，就需要瞭解他們對哪些超越個體感性記憶之上的價值觀懷
舊。正如詹姆斯·柯利弗德（James Clifford）所言，每一種關乎他者的書寫
都是一種寓言，一個關於自我救贖的寓言，是書寫者自身的文化語境催生
的寓言。[10]這些來華書寫者在一戰後的普遍迷惘中，在席捲歐美的經濟蕭條
時期，關注中國的哪些方面並引發讀者的共鳴？

三、懷舊的文化釉彩

充滿懷舊的跨國書寫者為了獲取讀者的情感認同，往往對他者的文化
進行整飾，塗以一層濃厚的釉彩，使庸常顯得奪目，使腐朽顯得新穎，引
發讀者在驚歎的同時為這樣一種文化的碎裂和消逝而惋惜，同時對外來文
化入侵產生情感的抗拒，作者也通過這種懺悔和無辜的筆觸消除了自己作
為文化入侵載體之一而產生的罪惡感。

---

[10] James Clifford, 「On Ethnographic Allegory,」 in *Writing Culture: The Poetics and Politics of Ethnography*, James Clifford and George E. Marcus, eds., Berkley: The University of California Press, 1986, p. 99.

　　露易絲・喬丹・米恩是在懷舊情緒中對中華文化塗釉彩的典型。[11]她在1890年代初作為演員來到中國，後又去了朝鮮半島、日本等諸多亞洲國家。她後來嫁給在華的英國人，擴大了和晚清上流社會的交往，對晚清貴族的奢靡風雅的生活不僅較為熟悉，而且心生嚮往。這種貴族文化認同使她在辛亥革命後對政權更迭產生不安，於是一改革命前對中國文化遠低於西方現代性標準的批評，轉向對中國文化傳統的過譽。她所描寫的中國上層文化與中國讀者的真實體驗之間存在巨大的認知落差，難以在中國日常生活中找到定位點。例如書寫有關中國大家族的女性家長權威並追懷中國貴族文化的小說《燈會》（*Feast of Lanterns*, 1920）的開頭有大段對中國文化的過譽：

　　　　每一個中國人自出生就進入具有特異美的環境──形式的美，色彩的美，事物精妙組合的美──自然的美，所有天造地設的事物的美；他們不僅生於美，還生於由品味和內在的美組成的幾乎未被玷污的環境。

　　　　不管是有意還是無意，每一個中國人都真誠地熱愛自然和一切可愛的事物，沒有任何其它民族有如此堅定，如此不妥協的正義感，如此一觸即發的幽默感，如此的身心平衡，如此不動搖的忠誠，如此謙恭的自我。這是一個驕傲卻不虛榮的民族──一個自立，堅強，遠離野蠻的民族，彬彬有禮卻不造作的民族，一個尊貴卻不傲慢的民族，一個遠離荒謬，勤奮知足常樂的民族；中國人勤勉而有夢想，同時卻又比其它民族精明、現實、誠實、愛家、持家；最重要的是，中國人熱愛兒童，對女性有禮數，對女性價值有恰如其分的估量。[12]

---

[11] 按：露易絲・喬丹・米恩（Louise Jordan Miln, 1864-1933）生於美國伊利諾州，19世紀90年代初到東方演出，在中國邂逅並嫁給一位英國人，因其遊歷甚廣，文化記述類書寫覆蓋亞洲多數地方，主要包括 *When We Were Strolling Players in the East* (1894), *Quaint Korea* (1895), *Little Folk of Many Lands* (1899)等；其小說書寫集中於1920-1933年間，基本只涉及中國，主要有：*Mr. Wu* (1920), *Feast of Lanterns* (1920), *Mr. and Mrs. Sen* (1923), *In a Shantung Garden* (1924), *Ruben and Ivy Sen* (1925), *It Happened in Peking* (1926), *In a Yun-nan Courtyard* (1927), *The Flutes of Shanghai* (1928), *By Soochow Waters* (1929), *Rice* (1930), *The Vintage of Yon Yee* (1931), *Ann Zu-Zan* (1932), *Peng Wee's Harvest* (1933)等。她喜歡通過跨國婚戀題材強調保持中國文化「本真性」和傳統文化完整性的必要，對帝國主義的批判也主要基於她對東方的唯美崇拜。她恰好在賽珍珠的中國書寫風靡世界之前抓住美國讀者對中國的興趣和想像，

[12] Louise Jordan Miln, *Feast of Lanterns*, New York: A. L. Burt Company, 1920, p.1.

這種似乎從中國典籍中本質化來的中國很美，體現了某種人類共同的夢想，對西方讀者具有幻覺般影響力。正如人類學家柯利弗德在分析民族志書寫的寓言性特徵時指出的，後達爾文時代的西方讀者只局限於資產階級的時間體驗：那種不計後果地追求進步，縱然方向不明卻不能回頭也不能有絲毫停頓的線性時間觀。對於這樣的讀者來說，許多關於他者的書寫中所描寫的不受時間流逝影響的，被隔斷成孤島的文化，具有持續的，似乎能帶領人類重返天堂的魅力。[13]

與這段讚美構成語境落差的是當時軍閥混戰，中國傳統價值淪喪，流離失所的農民開始湧向口岸城市尋找生路。更有趣的是與之前風靡西方的傳教士明恩溥的《中國人的特性》中的中國人形象相悖。明恩溥總結出中國人的二十六條特性，主要涉及生理、心理、品性和倫理這四個方面。[14]明恩溥認為中國人神經麻痹，不求生活的舒適與方便，更不追求美，而米恩卻認為中國人真誠地熱愛自然和一切美的事物；明恩溥認為中國人缺乏博愛，缺乏同情心，缺乏信用，相互猜忌，米恩卻認為中國人有正義感、幽默感、忠誠正直；明恩溥認為中國人好面子，虛假客套，米恩卻認為中國人彬彬有禮，不造作，不傲慢。總之，米恩在小說一開頭就展示自己的寫作目的，努力重塑中國形象，不管她心目中的這個理想形象是否能在現實落腳。她對舊貴族風雅生活充滿惆悵，似乎失去的是她自己的生活。儘管明恩溥的文本基礎是山東農民，米恩的文本基礎是晚清貴族，二者都以偏

---

[13] James Clifford, 「On Ethnographic Allegory,」 in *Writing Culture: The Poetics and Politics of Ethnography*, James Clifford and George E. Marcus, eds., Berkley: The University of California Press, 1986, p. 111.

[14] 按：生理方面主要有：「旺盛的生命力」（physical vitality）、「神經麻痹」（the absence of nerves）和「不求舒適與方便」（indifference to comfort and convenience）等；心理方面主要有：「缺乏精確習慣」（the disregard of accuracy）、「好誤解人意」（the talent for misunderstanding）、「思維紊亂」（intellectual turbidity）等；品性方面主要有：「勤勞」（industry）、「節儉」（economy）、「缺乏時間觀念」（the disregard of time）、「溫順而又固執」（flexible inflexibility）、「因循保守」（conservation）、「富有耐性和毅力」（patience and perseverance）、「知足常樂」（content and cheerfulness）、「仁愛」（benevolence）、「缺乏同情心」（the absence of sympathy）、「相互猜疑」（mutual suspicion）、「缺少信用」（the absence of sincerity）等；倫理方面主要集中於「面子」（face）、「客套」（politeness）、「好兜圈子」（the talent for indirection）、「孝順」（filial piety）、「蔑視外人」（contempt for foreigners）、「有私無公」（the absence of public spirit）、「好爭鬥」（social typhoons）、「重責守法」（mutual responsibility and respect for law）和「多神論／泛神論／無神論」（polytheism, pantheism, atheism）等方面。四者之間相互關聯，往往沒有明確界限，範疇的劃分並不嚴密。

概全，試圖對中國文化本質化，但人們能從傳教士對中國人積習難改的焦慮中讀到一定的現實性，而米恩的唯美惆悵雖然熠熠生輝卻無所傍依。

　　米恩很懂得懷舊的煽情技巧，善於將中國傳統文化與西方文化並置，讓讀者在敘事中自然接受她的懷舊，一起認同舊中國。她的常用手法是跨國婚戀題材，14 部長篇小說中有 12 部涉及跨國和跨種族婚戀問題，但沒有一段感情或婚姻有完滿的結果，基本都以悲劇告終，而在這婚戀悲劇中受到傷害的永遠是中國人，是值得同情的弱者。這種「被弱者」的中國文化召喚著讀者去保護，像將文物置入特定條件的玻璃箱中，可賞玩但保持距離。米恩在渲染中國文化與現代性不相容並容易受傷之時，更寄望於《燈會》中的女主角陳天殊（Cheng Tien Tsu）那樣受過西洋高等教育的「國粹派」，以便中國文化能以「文物化」的方式傳承下去。似乎只有這些經歷過西方文化卻又飽受精神挫折的中國知識份子才知道傳統文化的可貴之處，才能理解由一夫多妻制、祭祖守舊、鴉片花酒等文化符號構成的文化系統的精妙結構。米恩在一部接一部的跨國題材書寫中，高舉捍衛「純正」中國文化的大旗，不斷加深對帝國主義入侵的批評，但同時越來越明顯認同君主立憲制思想，儼然成為以辜鴻銘為代表的中國「國粹派」的一員。

　　楊乃喬就西方消費東方文化的趣味問題提出「史前審美意識和心理結構」：「在一個共性上，這些作品均力圖把其所涉獵的題材置放在史前的審美意識及心理結構中，轉換為一種神化與夢幻。現代或後現代語境下的史前的審美意識是殖民主義文學和後殖民主義文學的基本特色，但是就殖民主義文學批判和後殖民主義文學批判來看，史前的審美意識實際上是把荒蠻與醜陋展覽給現代與後現代文明人來獵奇。」[15] 「史前審美意識和心理結構」也許正是米恩書寫中國時的心理出發點，她對已經逝去或即將逝去的審美客體所表達的惆悵情懷，以及她所關注的文化表像，很多是阻礙中國文化正常發展，甚至加速中國文化自身滅亡的部分。從深層心理來分析，與其說她是反帝國主義的，不如說是推動帝國主義的，因為中國文化如果在西方文化已經大舉入侵之時仍然拒絕吐舊納新，其結果就是灰飛煙滅，在其廢墟之上建立徹底的殖民帝國。文化是一個在外來影響下不斷形變的過程，人類歷史上從來不存在「本真」的文化，每一代人都覺得前一代的文化更加「本真」就是一個典型的證據。所謂「正在消失」的他者文化很

---

[15] 楊乃喬撰：《後殖民主義還是新殖民主義？－兼論從殖民主義文學批評到東方主義的崛起》，見於楊乃喬著：《比較詩學與他者視域》，北京：學苑出版社 2002 年版，第271-272 頁。

大程度上只是一種修辭建構，使對前現代他者的書寫合法化，似乎他者終究在實際的時空中消失，但卻被保存在來自帝國的書寫者的文本中，就像莎士比亞的十四行詩第 18 首末句所言「只要還有人呼吸，眼睛能看見，我的詩就活著，使你生命綿延。」

另一方面，對前現代他者的「搶救型」或「救贖型」書寫所表現出的文化與道德權威架勢也是令人生疑的。為什麼他者文化一定是孱弱的，一定需要一個焦慮的局外人來呈現？為什麼他者文化的記錄者和闡釋者總是經歷了現代性的西方知識份子？為什麼他們覺得自己才是前現代文化本真性的不容置疑的目擊者和監護人？誰賦予了他們的權威性和言說權？「搶救型」或「救贖型」書寫的前提是前現代他者終究死亡，書寫是一種博物館策略或木乃伊策略，是確定他者必然死亡而作出的決定。當帝國主義拒絕給他者以自救的機會，而道義上又有所不忍時，懷舊成為最體面而慷慨的棺木，盛裝入殮他者行將消失的文化。

對中國文化同樣充滿懷舊情愫但表達方式更委婉的莫過於諾拉·沃恩。[16]她生於費城望族，先祖在 18 世紀末就開始同中國有貿易往來，尤其是廣州十三行的林氏（其後人在河北和廣州各有一支），兩家結成世交，儘管時勢變化使兩家暫時中斷了聯繫，但都保持著對方的信物。民國初年，在美國留學的林家後代同沃恩家族取得聯繫，盛邀沃恩赴華做客。1920 年她隻身來華，被林家認為「義女」（daughter of affection），從而深入中國家族內部近距離觀察中國文化。她根據親身經歷於 1933 年出版紀實小說《謫園》（*House of Exile*, 1933），引起轟動，到 1939 年這本書已經出了

---

[16] 按：諾拉·沃恩（1895-1964）生於賓州費城的一個教友派家庭，是活躍於 1930-1950 年代的著名作家和記者，為《禮拜六晚郵報》、《大西洋月刊》以及其它著名期刊撰稿，是最早報導納粹勢力在德國擴張，共產黨中國和蒙古共和國的記者之一。早在 9 歲時因為在閣樓中發現家族 1805 年開始從事中國貿易的史料，對中國產生濃厚的興趣，繼而涉獵中國文學、哲學和歷史，成年後到斯瓦斯摩學院（Swarthmore College）主修中文。因為和貿易世交林家取得聯繫，未及畢業就隻身赴華，成為林家的「義女」，一起生活了 12 年，從而有機會以「局內人」的身份洞悉巨變時代的中國文化，並以此經驗完成紀實小說《謫園》（*The House of Exile*, 1933）和《珍珠街》（*The Street of Precious Pearls*, 1921）等，離開林家後她和英國丈夫一起赴德國研究音樂，因為《謫園》德譯本的巨大影響（希特勒特意訂購 35 本送給自己的朋友），她得以廣泛接觸德國，較早報道了 1934-1938 年間納粹主義的擴張，據此出版《欲摘星辰》（*Reaching for the Stars*, 1939），成為當年的暢銷書。她在 1940 年代為英國 BBC 電臺的廣播劇撰稿，參與管理美國「戰時母親與兒童基金」，參加友誼救護隊，1956 年作為「費城傑出女兒」被授予金質獎章。1993 年版的《謫園》在原基礎上增加最新發現的續寫於 1947 年的 6 章手稿。

22 版，譯成多種文字，成為和《大地》齊名的描寫當時中國社會狀況的經典之作。

由於她的書寫目的是探討新共和時代中國傳統文化的發展趨向問題，所以沒有像米恩那樣精心設計情節。為了讓美國讀者從細節瞭解轉型期的中國文化和社會生活，她有意識地採用「民族志」的書寫方式。如果說作者在場的第一人稱敘事使得該書不夠「科學」的話，那麼這本書更像是沒有經由民族志「科學」書寫套路編輯的田野筆記。她對干預敘事的衝動做了最大程度的克制，使以作者視點為中心的記錄平滑流暢。沃恩像導遊一樣將自己的「中國義女」經歷娓娓道來。她首先來到林家河北那一支，這是林家先祖林福義（Lin Fu-yi）被朝廷命令派駐河北開鑿運河時在當地建外室而來。沃恩詳細描寫了河北林家如何遵守中國傳統耕讀傳世的倫理價值，如何將作者作為「義女」接納進家庭，從而使沃恩有機會作為「中國人」體驗完全不同於工業化美國的精緻的縉紳生活。但不管沃恩所描寫的河北林家及其生活環境多麼充滿田園詩情，西方現代性對中國傳統文化的切割作用已然顯現。例如林家有一個叛逆的女兒素玲赴法留學，擇偶和婚嫁完全不守舊制，還積極參與政治活動；另外林家的農事、農產品銷售和節慶活動時不時因為軍閥戰爭而中斷，說明西方共和體制在中國的不適應。這些非正常事件就像米飯中的沙礫，隨時可能硌壞咀嚼中國傳統文化的牙齒，造成碎裂的痛苦。即便如此，從林家的總體生活來看，西方現代性對中國傳統結構的顛覆作用還未真正顯現，傳統仍然有巨大的裹挾力量將外來的影響像泥沙一樣沖走。

然而，當嫁人後的沃恩移居廣州，並和林家廣州那一支後人建立聯繫之後，讀者看到的是一個迥然不同的世界。廣州向來是中國接觸西方的大門，王朝時代的合法海外貿易都在這裡進行，西方思想也在這裡最早與中國傳統交匯，因此代表西方現代性強大力量的中國近現代革命也多在這裡產生。沃恩通過林家接觸了大量受著西方教育，追隨西方時尚，熱衷談論西方政治思想的「熱血青年」，中國傳統文化在廣州被肢解成一個個不連續的孤島，龜縮在像林家那樣的高牆大院之後。沃恩見到了孫中山、蔣介石，見到了許多中國近代史上如雷貫耳的風雲人物，但國共合作失敗，國民黨內部派系鬥爭激烈，林家後人追隨不同政黨或派系，有人平步青雲，有人冤死獄中，有人流亡他鄉。

這一切都讓讀者從動盪和血腥中反觀河北林家的鄉土世界，那裡社會秩序井然，人們根據農曆安排生活。沃恩專門寫一章「農曆」（The Farmer's

Calendar）。[17]當沃恩介紹這種曆法在中國有數千年的歷史，中國高度發達的農業完全一步不落地據此安排之時，讀者已驚歎於這種前現代中國社會的超強穩定性，隨後沃恩逐一呈現二十四節氣的氣候特徵以及人們如何慶祝，如何耕種，如何娛樂，如何保健，如何飲食。即使像雨水、驚蟄、小滿、芒種、處暑、寒露這些似乎不那麼出名的節令也都各有其要務、驚喜和樂趣。因為是從林家的角度看這一切，雇農們的貧困艱辛被過濾了，只留下迎春祭（立春）的歡慶、開耕祭（春分）的神聖、清明祭的詩意、秋分祭的喜悅。

　　人們按節令和老規矩到家族祠堂中祭奠先祖，按照祖訓有條不紊地生活，沒有廣州城中的紛紛擾擾爭吵不休的各種主義、欺騙和暴力，世界似乎回到柏拉圖所展望的理想國。沃恩甚至委婉地暗示，她之所以沒有像其他在華美國人那樣因為中國反帝運動和美國經濟蕭條雙重擠壓而沮喪，甚至沒有像同時代在歐洲的「迷惘的一代」同胞們那樣無處安身立命，原因就在於她可以蔭蔽於林家的高牆後，在傳統的平和穩定中修復以運動、速度和碎片化為代表的現代性所產生的放逐感和惶恐感。她的懷舊不同於米恩的「國粹派」，而是審慎卻又有傾向地呈現革命時代日漸孤島化的中國傳統文化，惆悵中思考中國文化是否有自救的可能。

四、懷舊的田園詩

　　值得注意的是，西方對東方文化，尤其是中國文化的關注和現代性在西方的興起以及西歐的海外擴張緊密相關。無論是 18 世紀風靡歐洲的「漢風」（chinoiserie）傳統，[18]19 世紀浪漫主義的東方朝聖，20 世紀初美國的新詩運動，還是米恩、沃恩感懷的中華文化，都依附於自然而穩定的農業經濟，中國綿延數千年的王朝體制也佐證了這種穩定性。體現精神與對象圓融，人與時空和諧的東方藝術和哲學思想無不與這種穩定的田園經濟相

---

[17] Nora Waln, *The House of Exile*, New York: Blue Ribbon Books, 1939, pp. 53-78.

[18] 按：「漢風」是 17-18 世紀間流行於西方社會文化生活中的一種泛中國崇拜的思潮，它既指一般意義上西方人對中國地理人文的熱情，又特指藝術生活中對所謂中國風格的追慕。這股潮流開始於 1650 年前後，1750 年前後達到高潮後衰退。從孔夫子的道德哲學到瓷器、絲織品、茶葉、中國的裝飾風格、園林藝術、詩歌、戲劇等等，一時都進入西方人的生活，成為他們談論的話題、模仿的對象與創造的靈感。見於周寧著：《世紀中國潮》，北京：學苑出版社 2004 年版，第 1 頁。

聯繫，因此民國開始的這些懷舊書寫沒有不渲染中國田園之美的，這其中最成功的莫過於賽珍珠。[19]

　　賽珍珠書寫中國農業經濟的史詩作品《大地》（*The Good Earth*, 1931）位列 1931 年和 1932 年美國暢銷書榜首，相繼獲得普利策獎、豪威爾斯獎。《大地》及其續集《兒子們》（*Sons*, 1932）、《分家》（*A House Divided*, 1935）對 19 世紀末至二戰前的中國北方農村社會作了全方位的描寫，是一部中國農業家族的近代史。《大地》講述的是皖北農民王龍（Wang Lung）從大地主黃家買了一個勤勞但樣貌平常的丫環阿蘭（Ah Lan）為妻，夫妻二人辛苦勞作，就在家境漸好之際，皖北發生一次旱災，王家流落南京，王龍拉黃包車，阿蘭帶孩子乞討，後來城裡發生暴亂，夫妻二人跟著人潮搶得一些財寶，變賣後返鄉買地，重過農村生活。在二人辛勤勞作下，家境越來越好，買下黃家的所有祖宅和地產，成為當地最富有的地主。但王龍富有後也有所墮落，在其暮年垂危之際，兒子們偷偷商量變賣地產搬進現代化的大城市生活。

　　《大地》的魅力所在是人與土地之間單純的依存關係，這種惺惺相惜使人的精神與生存保持了高度的統一，沒有都市生活中空落落的異化感與迷失感，在那裡詩意棲居的人變成鄙陋的求生。即使對於在鄉間購地置屋的現代美國人來說，土地也只有貨幣價值，卻切斷了精神價值。《大地》中的農民按照時令在土地上耕耘，那犁那鋤頭是連接人和大地之母的臍帶：

---

[19] 按：賽珍珠（Pearl Sydenstricker Buck, l892-1973）出生於維吉尼亞州，三個月大時隨傳教士父母來到中國，同時接受中美兩種教育，1910 年進藍道夫・梅康女子學院（Randolph-Macon Woman's College）攻讀心理學，畢業後返回中國，1917 年嫁農業傳教士約翰・葛凱（John Lossing Buck, 1890-1975），隨後夫婦遷居皖北宿州從事農業經濟調查，這段經歷給了賽珍珠廣泛接觸中國農民的機會，1921 年秋受聘金陵大學（Nanking University）講授英國文學，1934 年與葛凱離婚，返美定居，再嫁出版商理查・沃爾什（Richard Walsh），1938 年獲諾貝爾文學獎。賽珍珠一生出版了八十餘部作品，體裁廣泛，以中國題材作品馳名，最早將《水滸傳》七十回全本翻譯成英文。最著名的作品有 *The Good Earth* (1931), *Sons* (1932), *A House Divided* (1935), *The Mother* (1933), *Fighting Angel: Portrait of a Soul* (1936), *The Exile* (1936)等。為防止讀者以名取文，賽珍珠用約翰・賽吉斯（John Sedges）的筆名寫了 5 部美國題材小說。她曾一度主持《亞洲》（*Asia*）雜誌，向西方社會全面介紹亞洲，還在 1942 年創辦了「東西協會」（East and West Association），致力於亞洲與西方的文化理解與交流；她積極參與人權活動，幫助廢除「排華法案」；在日本侵華期間積極為中國抗戰募集善款；二戰後創立收養機構「悅來之家」（Welcome House）和「賽珍珠基金會」（Pearl S. Buck Foundation），安置世界各地被棄養的混血兒童。賽珍珠 1973 年去世後，按其遺願，墓碑上只鐫刻「賽珍珠」三個漢字。

太陽火辣辣地照在他們身上，這是初夏時節，她的臉上不久就掛滿了汗珠。王龍脫下衣服，光著脊背，但她仍舊穿著衣服，薄薄的衣服已經完全濕透，就像一層皮膚那樣緊緊地裹著她的肩膀和身子。不用任何的語言交流，他和她一小時接著一小時默契地配合著，他已感覺不到勞動的辛苦，他只知道他們兩人似乎已融為一體。他已經失去了連貫的思維，這裡只有完美的勞動韻律，一遍又一遍地翻曬他們的土地。正是這泥土砌起了他們的家，餵養了他們的身體，塑成了他們的神仙。翻開的土地黝黑肥沃，鋤頭一點就立刻酥碎。有時他們會翻出一塊斷磚，發現一片木頭。這並不稀奇。某個年代，某個時間，這地裡埋葬過屍體，坐落過房舍。如今都回歸土裡了。他們的家，他們的身體，某個時候也終要回歸這土裡，在這塊地上一切都有其輪迴。他們繼續幹活，一起移動腳步，一起在土地上創造成果——無需任何語言。[20]

這裡的一切是寧靜的，是人和土地的最簡單關係，是剝離了社會複雜性的亞當和夏娃時代的人與自然的關係，塵世上的人們被賦予一種超越現世的永恆性。紛紛擾擾，悲歡離合，終究塵埃落定，一切回歸到永恆的大地中，化為塵土，等待再生。賽珍珠抓住了美國經濟蕭條時期的懷舊情緒，從審美意義上向讀者呈現一個戀土的、寧靜的、亙古不變的中國農村。這裡的圖景雖然指示的是中國，但實際上更像是《聖經》中的黎凡特地區，也像理想化的美國早期邊疆生活。

另一個同時代的來華作家何巴特，[21]也同樣高度讚美中國農村寧靜、淳樸、循環和亙古不變的「靜態生活」：

---

[20] Pear S. Buck, *The Good Earth*, New York: The John Day Company, 1931, pp.33-34.

[21] 按：何巴特（Alice Nourse Tisdale Hobart, 1882-1967）生於紐約州，成長於芝加哥郊區，十幾歲時從高處摔落，傷了脊柱，終身受疼痛折磨。何巴特在非常年幼的時候，就有了強烈的宗教激情，夢想拯救生活在「黑暗」裡的中國「野蠻人」。在大學期間，她成為全國「基督教女青年會」的秘書，1908 來到杭州做教育傳教士，期間結識了美孚石油公司的市場開拓員厄爾•何巴特，何巴特 1914 年婚後離開教職，伴夫在中國各處開闢市場，直到 1927 年因「南京事件」返美，在華前後約 20 年。何巴特出版了 14 本書，其中 12 部關於中國或涉及中國，其中最著名的是美國人在華拓疆三部曲：*River Supreme* (1929), *Oil for the Lamps of China* (1933), *Yang and Yin: An American Doctor in China* (1936). 其它比較經典的作品有：*Pioneering Where the World Is Old* (1917), *Their own*

岸上是那平和的鄉村景致。現在我們可以看到中國的邊疆人創造的偉大，這是我們在冬天看不到的。在那高高的山坡上，農夫們在耕作，將那幾乎垂直的地塊整飭成上帝的田園。牛、人、還有那原始的犁，似乎垂直豎立在江的上方……在一塊坡地上有兩具用新席子裹著的棺材。老一輩靜靜地長眠在他們的田頭，安息在那茅屋頂的村舍邊。他們的子女，子女的子女，在他們周圍幹活，玩耍。和平無處不在，江水看上去也正源自那和平之泉。[22]

然而城市化卻讓越來越多的人失去連接人和土地之間的生命線，他們不再依靠大自然的風調雨順，不再依靠在土地上揮灑汗水，而是依靠人際謀略，依靠激發和操縱人性的慾望獲取生存必需。早在 1917 年何巴特就預感到這種田園美景行將逝去：

木船一艘接一艘揚帆起航，穿過晨光，可以看到船工們黑色的剪影在有節奏地扯著風鼓起的船帆。到處是人們愉快的忙碌和愉快的自由。沒有人是黑暗貨艙中的機械工。每艘船都以無憂無慮的激情穿過河中心金色的光路。一個光屁股的小男孩沿著河道走來，尖聲唱著一首晨歌。

但金融家們已經決定將中國變成偉大的工業國。已經有人預言，「中國大地上將建起鐵路網。我們將再也看不到寧靜的熱帶星空，透過煙霧只有那高爐的煙囪。」……不久，有著大煙囪的汽輪將取代這些張著帆的木船……將有工廠的哨聲召喚一長隊一長隊的工人，這光屁股的小孩和他的尖聲的晨歌將消失。

天生的遷徙者是毫無疑問的野蠻人。我們為工業主義的入侵而歎息。我們不願意去想這地球上尚未馴化的土地和他們那拓荒的經歷正一點點消失。繼續唱吧，小歌手，讓我們盡可能抗拒這一切。吹在你棕色皮膚上的風，你那歌唱的自由——取代這些的會是什麼？[23]

Country (1940), The Cup and the Sword (1943), The Peacock Sheds His Tail (1945), The Cleft Rock (1948), The Serpent-Wreathed Staff (1951), Innocent Dreamers (1963)等。

[22] Alice Tisdale Hobart, Pioneering Where the World Is Old: Leaves from a Manchurian Note-Book, New York: Henry Holt and Company, 1917, pp.120-121.

[23] Alice Tisdale Hobart, Pioneering Where the World Is Old: Leaves from a Manchurian

這裡的懷舊是煽情而直白的，但卻又充滿矛盾。她本人來華的目的就是要改造這前現代的生存模式，她丈夫要給他們帶來美國的物質現代性，用機器大生產碾碎小農經濟。這裡的自欺表白和時任華北協和大學校長和燕京大學哲學系主任的美國著名傳教士學者博晨光（Lucius C. Porter, 1880-1958）的觀點聲息相通，後者曾經指出：「工業生產在中國的迅速增長正威脅著中國文化中最好的那部分，也就是她那悠久的人本主義遺產。傳教事業可為中國做的最重要的事就是幫助中國避免工業主義的最惡劣影響。」[24]博晨光的觀點代表了當時包括米恩等人在內的很多保守人士的觀點，他們傾向於將社會的道德淪喪，尤其是城市化的美國社會中的各種問題看作是工業主義的負面結果，所以他們就將傳教工作的道德指向看成對抗工業主義的有效武器，然而當我們瞭解到海外傳教的經費更多地源自以大型跨國公司為代表的工商界，就不得不承認何巴特和博晨光的說法純粹是一種悖論。怎麼可能用工業主義的利潤切斷工業主義在中國的發展？

五、懷舊的審美中心主義

懷舊激發的對他者的書寫為什麼能吸引讀者的普遍興趣？精雅的貴族文化和田園風光作為差異性題材是原因之一，書寫策略也起著同樣重要的作用。異國情調的唯美化書寫能立刻吸引讀者注意力，米恩、賽珍珠、沃恩、何巴特等等概莫能外，例如何巴特在她的《滿洲札記》（*Pioneering Where the World Is Old*, 1917）中如此描寫塞北的春天：

> 船行了三天，所見之處皆是如此平靜的春天的農田。終於我們到了一個城鎮。茅屋頂上都長出了花兒，每家店鋪都有裝在木籠子裡的畫眉，在低垂的屋簷下晃來晃去，於是狹長的街道就成了一條裝點著鮮花，歌聲朗朗的走廊。店鋪裡，在那因歲月悠久而發黑的櫃檯上，藍色的花瓶裡插著粉紅的盛開的桃枝；店門外，鮮豔的布幡在飄動。花兒在開放，畫眉的主人興之所至，對天高歌。[25]

Note-Book, New York: Henry Holt and Company, 1917, pp.226-227.

[24] Lucius C. Porter, *China's Challenge to Christianity*, New York: Missionary Education Movement, 1924, pp.68-69.

[25] Alice Tisdale Hobart, *Pioneering Where the World Is Old: Leaves from a Manchurian Note-Book*, New York: Henry Holt and Company, 1917, p.122.

這裡我們看到的是一幅非常靈動的中國春景，似乎不是滿洲風光，而是西方文學中被標準化的中國情調。這種由桃花、花瓶、籠鳥、小曲等元素構成的中國世外桃源，在西方文學史裡已經延續了很多世紀，直到 1935 年希爾頓（James Hilton, 1900-1954）還在名噪一時的《失落的地平線》（*Lost Horizon*）中以香格里拉（Shangerila）的形象再次抓住西方的想像。

為了讓美國讀者對中國的田園風光產生更為強烈的印象，何巴特從色彩的角度切入，以文學的想像續寫中國的「創世紀」的故事，以詩意的語言告訴讀者中國大地多麼色彩豐富而層次分明。在《長沙城外》（*By the City of the Long Sand: A Tale of New China*, 1926）的序言部分，她想像上帝創造世界後正在休息，看到下面的世界因無色彩而單調乏味，於是上帝拿起一把刷子，開始他的色彩盛宴：

> 在中國的南方，他開始塗上一大塊綠色。他給竹子塗上那涼爽清冽的四季常綠，隨後下一層是墨綠的桑樹，濃而長青的茶樹，再下一層是水稻那鮮明生動的翠綠。隨後在中國南方這大片的綠色之上漸漸降下如薄紗如霧靄的雨，輕柔而永恆的雨，千年來一直這麼下著。一天又一天，一世紀又一世紀，這雨水使空氣也有了一種奇特的質地，飄落的霧靄將不同的綠又折射翻倍成千萬種深淺不同的綠，有時連那灰藍的天空也沾上了一絲淡淡的無所不在的柔綠，雲彩也沾著綠。上帝覺得自己的手工效果不錯，但在他休息前，他將一個安靜的做夢的「人」放到這個讓創世者心醉神迷的天堂裡。在那遙遠的日子裡，當人和上帝還可牽手散步的時候，這個「人」禁不住迷上了這綠色大地神奇的美。創造的天分降臨到「人」的身上，他建造出長長的平靜的運河，那纖巧的線條穿過造物主的綠色，鏡子般照出那竹子、桑樹和水稻的綠，有時他覺得在天空和雲彩中也看到了淡淡的綠。偉大的造物主看到給予大地的這份色彩的禮物真的不錯。中國的南方就是這麼產生的。[26]

這一段描寫可謂如詩如畫，雖然中國南方的色彩主體是綠，但卻呈現出如此豐富的深淺不同的綠，而且將體現中國田園經濟的運河、養蠶的桑園、

---

[26] Alice Tisdale Hobart, *By the City of the Long Sand: A Tale of New China*, New York: The Macmillan Company, 1926, pp. 3-4.

產茶的茶園、修養身心的竹園都融合進這千變萬化的綠色之中,甚至大膽地想像中國人也曾經和上帝牽手,一起參與世界的創造,讓中國的田園史獲得和西方文明平等的地位。

接著這一段之後,她仍用華美的語言講述造物主如何因為中國南方用完了天堂裡的綠色,於是不得不用棕色塗抹中國北方,這樣「造物主造出了紅棕色的泥土,他將河流也染上同樣的紅棕色,他給那裡的人的食物是在大風中搖曳的紅棕色的高粱。」並接著解釋說,「正是這美裝點著我的故事,不管對於中國(城市)的骯髒和貧困我說了些什麼,她的鄉間卻總有令人暈眩的美。」[27]從她的補充說明中可以看出,中國城市的貧困與骯髒讓她不快,但處於前現代的鄉村卻讓她陶醉和神往。

加拿大著名文學批評家和文學理論家弗萊(Herman Northrop Frye, 1912-1991)在分析了文學中描繪的各種理想世界後指出,人們藉以逃避現實而幻想出的地方不能籠統稱為烏托邦,而是可以按照歷史指向的不同細分為烏托邦和田園牧歌。他認為儘管二者都屬於人們想像中的樂園,但烏托邦是城市,田園牧歌是鄉村;烏托邦往往指向歷史的未來,而田園牧歌指向歷史的過去;烏托邦多是進取的,田園牧歌則是逃避的;烏托邦從文學進入政治,推動革命與社會進步,田園牧歌從政治退隱文學,拒絕參與社會而走向保守。[28]據此可以看出,啟蒙時代的中國形象在歐洲是烏托邦式的,是伏爾泰等人嚮往的未來樂園;而在啟蒙現代性之後的中國形象是田園牧歌的,是發展落於西方的遙遠但似乎美好的過去,是浪漫主義懷舊感傷的素材。由此也看出,不管是賽珍珠還是何巴特,都通過描寫中國鄉土之靜態美質疑現代性在中國的命運。她們心中的中國屬於歷史的過去,是田園牧歌,而不是烏托邦。

周寧研究中國形象在西方文化中的演變史後指出,隨著殖民主義時代的到來,西方的中國形象在現代性自由與進步大敘事中逐漸黯淡,但並沒有消失,而是進入現代主義視野內,變成浪漫的異國情調的審美想像。「中國形象成為西方現代主義美學超越現代性異化的田園牧歌,作為前現代想

---

[27] Alice Tisdale Hobart, *By the City of the Long Sand: A Tale of New China,* New York: The Macmillan Company, 1926, pp. 5-6.

[28] Northrop Frye, 「Varieties of Literary Utopias,」 in Frank E. Manuel ed., *Utopias and Utopian Thought*, Boston: Houghton Mifflin, 1966, p.31.

像中的『他者』，在時間上代表美好的過去，在空間上代表美好的東方，寄
託著現代主義思潮中對懷鄉戀舊與精神和諧的嚮往。」[29]

　　然而，這種唯美主義式的田園牧歌是在什麼審美傳統和認知框架中被
識別，被接受的呢？為什麼這種書寫策略在美國文學中不絕如縷又始終
有效？

　　我們不妨以德國哲學家康德（Immanuel Kant, 1724-1804）的認識論和
美學觀對這一現象進行解讀。康德在《判斷力批判》的上卷《審美判斷力
的批判》中提出審美「無利害性」（disinterestedness）的概念。康德認為美
是事物合目的性的形式，美的判斷不涉及利害，既不以概念為依據，也不
以概念為目的。康德進一步指出：「鑒賞是憑藉完全無利害觀念的快感和
不快感對某一對象或其表現方法的一種判斷力，這種快感的對象便稱之為
美」。[30]「審美無利害性」決定了審美過程必須持一種超然的態度，必須「括
除」（bracketing）認知和道德關懷，就像在科學認知領域必須將道德和審
美品位關懷放到一邊。美來自人們通過有意識地、主動地放棄對物體直接
產生的興趣。美是主觀的，審美主體為「括除」不愉快所做的努力能帶來
形而上的愉悅，因此對審美主體而言，「括除」越難，從中獲得的快感越
強烈。

　　日本當代著名文學與文化批評學者柄谷行人借用康德關於「審美無利
害性」理論，在《美學的功用：東方主義之後》（「Uses of Aesthetics: After
Orientalism」）一文中剖析了 18 世紀開始的西方對東方的唯美主義崇拜。
他認為唯美主義者對審美客體大加讚賞，並不是因為客體本身賞心悅目，
而恰恰是因為它使人感到不自在，甚至可能是人們在日常生活中儘量加以
回避的。即使唯美主義者對某些東西表現為頂禮膜拜，也並非因為他真的
為之傾倒，而是因為他把由於被降伏而生的不快成功地排除在外，只要他
願意，他就會對客體進行控制。柄谷行人將西方對東方的這種唯美崇拜和
受虐快感聯繫起來，因為二者都源於一種特殊關係中的敬重心理。這種特
殊關係就是：受虐者高於主人的優越感得到確認，同時他又能在一套不損
傷自身最終安全的規則中開展遊戲。[31]由此可以看出，儘管一些西方學者或

---

[29]　周寧撰：《中國形象：西方現代性的文化他者》，見於《粵海風》，2003 年第 3 期，第
　　　7 頁。
[30]　[德]康德著，宗白華、韋卓民譯：《判斷力批判》（上），上海：商務印書館 1964 年版，
　　　第 43-47 頁。
[31]　Karatani Kojin, trans. Sabu Kohso,「Uses of Aesthetics: After Orientalism,」*Boundary 2,*

藝術家認為，他們對東方的美麗心馳神往是出於平等觀念，以及對東方的「敬仰」，但本質上都有想掌控，並將對方納入自己文化的傾向。這種慾望之所以能夠實現，是因為東方藝術家的文化隨時可以被殖民。

由「審美無利害性」而引申出的「括除」行為是唯美主義者的殖民心態，這種「括除」行為把東方從其它因素，例如自我的歷史和受壓迫的現實中分離出來，對之只採取審美中心主義的態度（aestheticentrist stance），表示尊敬和崇尚，並把它當作民族平等的藉口，甚至以反殖民的面目出現，這樣也就掩蓋了殖民主義的霸權。柄谷行人一針見血地指出：「殖民主義和帝國主義被指控為施行入侵和控制的施虐形式（sadistic forms），但是殖民主義最典型的暴虐是對他者進行審美至上的尊敬和崇尚。」[32]

當殖民主義者將東方視為一個審美的存在，有關東方的種種其它因素就被「括除」出去，這樣在審美之外仍然可以對之施虐或壓迫，從而造成民族國家不平等的事實。康德在認為審美源於「括除」的同時指出，於審美領域之外，在必要的時候必須對上述「括除」行為進行「非括除」（unbracketing）。審美中心主義者的特點就是他們忘了打破「括除」。他們將他者的現實與通過括除取得的審美對象混為一體，或者說，他們將對美的尊敬與對他者的尊敬混為一談。因此，對於審美中心主義者而言，殖民主義就這樣毫不費力地被遮掩了。任何囿於審美中心主義的行為，任何不進行「非括除」的懷舊，都是唯美主義的暴虐和帝國主義的懷舊。

上述美國作家們引導他們的讀者在現代性危機中通過懷舊「括除」了中國農村的貧窮和道德問題以及各種尖銳矛盾，只留下一片旖旎的田園風光和以土地為根基的永恆的人性美。因為中國的農業問題和美國讀者無關，他們只需要有一幅展示美好往昔的農業時代的畫卷，以撫慰工商時代的心理失衡。

六、懷舊的類民族志寓言

當我們討論審美中心主義的書寫策略時，還需要注意另一個現象，那就是從 20 世紀開始，伴隨美國國力強盛和國際影響力的增強，自我封閉的

Vol. 25, No. 2, 1998, p. 151.

[32] Karatani Kojin, trans. Sabu Kohso, 「Uses of Aesthetics: After Orientalism,」 *Boundary 2*, Vol. 25, No. 2, 1998, p. 153.

門羅主義（Monroe Doctrine）逐漸被打破，[33]從學術界到大眾閱讀市場越來越關注美國之外的民族和國家，尤其是尚處於前現代狀態的民族。正如愛德格・斯諾的妻子，美國著名左派記者海倫・斯諾（Helen Snow, 1907-1997）1973 年在《新共和》（*New Republic*）上發表致賽珍珠的悼文所指出的，「《大地》不可思議的受歡迎程度」源於西方普遍的對「原始環境中的人類的著迷」。[34]這種向外轉的學術與閱讀趣味使文化人類學作為一門系統化的、科學化的知識門類在 1920 年代的美國逐漸建立起來，其學科合法性，正如以強調田野作業而聲名遠揚的功能主義人類學之父馬林諾夫斯基（Bronislaw Malinowski, 1884-1942）所言，就是在一個珍貴文化永遠消失之前將其記錄下來。[35]文化人類學闡釋他者文化的公認的科學性和權威性，使其對他者文化的關注點和呈現手法直接影響關於他者的跨國書寫。

　　另一方面，一戰後的西方社會現實迫使 19 世紀以進化論和傳播論為基礎建立的人類學做出根本變革，人類學者們不再熱衷於全人類的歷史觀察，也不再對社會和文化形態作單線的演進式排列或對文化發展做地理傳播研究。王銘銘認為這一時期的人類學者在西方和非西方文化之間的共同性和差異性問題上，產生了兩可的態度：他們一方面認為從異文化的研究中可以探索出有關全人類本性的真理（共同性），另一方面力圖在異文化中尋找西方文化所缺乏的精神（差異性）。[36]實際上這是彌散於一戰後西方的普遍社會文化心理，試圖將二者融合的具有民族志特徵的各類書寫大受歡迎，中美跨國書寫的繁榮正是這種精神求索的結果。

　　有一個值得注意的現象是，無論是作品數量還是作品品質，中美跨國書寫者中女性都超過男性。幾乎所有男性書寫者都只是將中國作為故事發生的異域情調背景，中國男人的形象要麼奴性十足要麼兇殘無度，中國女人要麼卑微偷生要麼妖魅陰險，中國人的實際生活被虛化；但女性書寫者卻呈現令人信服的中國人生活細節，中國人的思維方式和行為方式栩栩如

---

[33] 按：門羅主義是 1823 年 12 月 2 日美國推出的外交政策。該政策的發佈，正值許多拉丁美洲國家將要獨立於西班牙的控制之時，美國擔心其它歐洲列強趁機奪取原西班牙的殖民地。門羅主義特別申明，西半球不可以被歐洲國家進一步殖民，美國也不再干涉現有的歐洲殖民地或歐洲國家的內部事務。如果再有任何歐洲國家試圖殖民現有美洲國家，或干涉其內政，美國將視之為侵略行為，並對之進行干預。

[34] Helen Snow, 「An Island in Time,」 *New Republic*, Vol 24, March 1973, p. 28.

[35] Bronislaw Malinowski, *Argonauts of the Western Pacific*, New York: E. P. Dutton, 1961, p. xv.

[36] 王銘銘著：《想像的異邦——社會與文化人類學散論》，上海：上海人民出版社 1998 年版，第 8-10 頁。

生。究其原因，來華婦女一般比男性更快掌握外語，能進入中國的家庭生活領域，同當地人，尤其是女性，建立起親密的個人關係，相比而言，來華男性根本沒有機會瞭解中國高牆後的生活。同時，一戰後美國白人中產階級女性開始進入知識階層。文學、社會學、心理學、人類學等學科為受過教育的白人美國婦女提供了一個獲取公共話語權的途徑，讓女性進入理解他者文化的學術事業。因為人類學家將性別概念和親屬關係看作文化和社會結構的核心因素，所以女性對他者家庭生活的進入推動了關於他者的知識。瑪格麗特・米德（Margaret Mead, 1901-1978）和露絲・本尼迪克特（Ruth Benedict, 1887-1948）等女性人類學家在這一領域做出了特別傑出的貢獻。可以說，人類學的民族志寫作模式其實也是女性書寫者扭轉性別劣勢的手段，她們通過對他者的書寫獲得某種知識權威身份，從而在美國的公共空間獲得話語權。

以 1930 年代受到廣泛關注的《謫園》為例，這本書的魅力在於以人類學的科學記錄手法呈現了 3 個共時的中國世界：尚未被西方現代性摧毀的傳統中國（河北林家）、試圖完成現代性自我更新的轉型期中國（廣州林家）、不斷輸入西方現代性的在華白人社區與租界。河北林家是沃恩來華的第一站，她作為義女在這裡生活好多年，參與了一個中國鄉紳大戶人家的女兒能參與的所有活動。她對中國土地所有權的來龍去脈，農業經濟結構的運作模式，與農事相應的所有文化實踐都做了全面的記錄以及不動聲色的分析。雖然作者的在場不符合 1930 年代的民族志書寫標準，但更貼近讀者的情感共鳴。她對農業中國的書寫隱喻性地喚起美國讀者對 19 世紀邊疆神話的懷舊，那個時候人與自然緊密相依，每一個節慶都和農事相關，人們生活得自得而充實，完全不同於經濟危機時代誠惶誠恐蠅營狗苟的美國人。呈現中美農業時代的共通性的同時，她也在告訴 1930 年代的美國讀者他們的生活中缺乏了什麼精神，二者可相互比照。她對充滿騷動、迷惘、暴力、理想主義與機會主義的轉型期的廣州社會的描寫則進一步鮮明地提出現代性的負面問題，其效果不亞於直接揭露一戰的荒謬。當然，她書寫的租界生活儘管岌岌可危，受到反帝運動的威脅，但其優渥的物質現代性和外部環境的前現代性的組合具有一種獨特魅力，削弱了文本對現代性危機的批評深度，讓讀者產生幻覺，似乎農業帝國中的現代性「飛地」是逃避西方現代性危機的理想選擇。

再以書寫中國農村而獲得諾貝爾獎的賽珍珠為例，她的《大地》幾乎也可以看作一部重要的類人類學經典，被長期作為瞭解中國的入門讀本。

賽珍珠在皖北兩年半的農業調研和傳教活動是一次全面深入的田野作業
（fieldwork），[37]這讓她對以南宿州為代表的中國北方村落文化很熟悉，因
此她有信心做一個關於中國的知識權威，民族志書寫手法是體現其知識權
威性的必然之選。此時人類學在建構其學科自足性和科學性過程中形成了
一套標準化的陳述方式，其中最重要的就是去除作者的在場痕跡。《大地》
因為這一點而大獲成功。小說中的主要人物全部是中國人，賽珍珠作為美
國女作家的主體性在場，不管在敘事風格，還是在內容層次上，都高明地
清除了，像當時的標準人類學著作一樣盡可能「零度」寫作（to write「degree
zero」），[38]作者在文本中的在場被最小化或者得到控制，不干預文本的「事
實性」（factuality）。整個文本以第三人稱來組織與呈現，敘事中看不出
作者的種族和性別身份。而且，她有效地利用自己對蘇皖一代方言的精
熟，通過中國人物角色的語言特色呈現中國社會結構，避免從西方的視角
作評判。

　　同經典民族志文本一樣，《大地》特別注意目標社群如下幾個最重要
的方面：生活的物理環境、總體經濟結構、婚姻家庭結構和信仰體系等。
全書開篇就是一個獨句段「今天是王龍大喜的日子」，以激起讀者的好奇，
接著賽珍珠開始描寫黎明中王龍為大喜的日子所做的準備：

---

[37] 按：在文化人類學內部，對「田野作業」的社會代表性問題，歷來有爭議。但必須承
認，通過對小型社區或族群的透視（田野作業），文化人類學者比其他領域的學者更
容易深入到被研究者中，體驗並理解他們的生活，盡可能減少自身文化價值觀對研究
的制約，較為開放地接受自身文化之外的現象和事物。

[38] 按：對於人類學寫作客觀性的爭議由來已久。在有關中國的人類學研究史上，林耀華
曾在 1947 年出版了一本關於福建省一個村莊的半小說式的人類學報告《金翼：中國
家族制的社會學研究》（Lin Yaohua, *The Golden Wing: A Sociological Study of Chinese
Familism*, New York: Oxford University Press, 1947.），這本著作在世界人類學界被廣為
認可，並深得好評。在西方人類學界，從八十年代開始，「文化研究」引起的學術自
我反思也同樣受到重視。人類學家普拉特曾專門著文討論人類學書寫的客觀性問題，
認為個人化寫作也同樣是人類學資料的重要一部分，而消除主體性的寫作也未必客觀
（Mary Louise Pratt,「Fieldwork in Common Places」in *Writing Culture: The Poetics and
Politics of Ethnography*, James Clifford and George E. Marcus ed., Berkeley: University of
California Press, 1986, pp. 27-50.）。另外可參閱美國人類學家詹姆斯‧柯利弗德撰寫的
如下文章：《論民族志的超現實主義》（「On Ethnographic Surrealism,」*Comparative
Studies in Society and History,* Vol. 19, No. 2, 1981, pp. 204-223.）、《論民族志的權威性》
（「On Ethnographic Authority,」*Representations,* Vol. 1, No. 2, 1983, pp. 118-146.）、《論
民族志寓言》（「On Ethnographic Allegory,」in *Writing Culture: The Poetics and Politics
of Ethnography*, James Clifford and George E. Marcus eds., Berkeley: University of
California Press, 1986, pp. 98-121.）。

　　他匆忙來到堂屋，一邊走一邊穿那條藍色外褲，一邊往結實的
腰上繫那條藍棉布腰帶。他光著上身，等著燒熱了水洗澡。他來到
灶屋，一間挨著房子的小披屋。黎明中一頭水牛從門角落裡甩著頭，
對他低沉地哞叫。灶屋和正房一樣是土坯搭的，大大方方的土坯是
從自家田裡挖的，蓋屋頂的麥秸也是自家地裡砍來的。他祖父年輕
時抹了這口灶，做了多年的飯，灶烤得黑乎乎的。這泥灶上坐著一
口又深又圓的鐵鍋，鍋裡注了七分滿的水。他用瓢從灶邊的瓦缸裡
舀水，因為水金貴，舀得小心翼翼。之後，他猶疑片刻，突然抱起
水缸將水都倒進鍋裡。今天他要全身洗一遍，自小時候坐在母親的
膝蓋上洗澡，還沒人看過他的身體。今天有一個人要看到，他要將
它洗乾淨。[39]

這一段是典型的人類學書寫，細節包括了華北農民生活的物理環境（土坯
茅屋）、該群體的總體經濟結構（自給自足）、生產工具與生產力發展程度
（水牛）、該群體的社會地位（雇農或自耕農）、衣著特點（家紡棉布）、居
家用品（陶製和鐵製器具）、生火做飯的方式（土灶）、衛生習慣（甚少洗
澡）、婚禮習俗（結婚前未謀面）等等。賽珍珠把握住了幾千年農業文明形
成的中國人傳統生存狀態——植物生存，農民們和耕作的土地之間形成相
對封閉的微循環生態系統。[40]這裡的農民遠離現代性，和人類學家到世界各
地尋訪的「正在消失的野蠻人」比較接近。

　　更重要的是，表層的類民族志書寫真正要表達的是一個振興美國精神
遺產的寓言。《大地》書寫時，許多美國人正遭遇過度追求利潤的工商主義
所帶來的惡果，整個美國彌漫著對往昔和諧農業社會的懷舊，賽珍珠有意
識地在中國農民身上體現了美國讀者所緬懷的，以自耕農為代表的邊疆精
神、自足的生活態度和面對自然災害時的頑強意志。儘管在美國工業化進
程中，這種對歷史的記憶潛入美國文化心理的深層，但正如保爾·利科在
《從文本到行動》中所論述的，歷史記憶與想像疊加，一旦外部條件合適，
想像就會在各個方向上擴散開來，啟動以往的經驗，喚醒沉睡的記憶，澆

---

[39] Pearl S. Buck, *The Good Earth*, New York: The John Day Company, 1931, pp. 3-4.

[40] 徐清撰：《賽珍珠小說對鄉土中國的發現》，見於《江蘇大學學報》（社會科學版），2005
　　年第 4 期，第 17 頁。

灌臨近的感覺場，使歷史記憶被迅速放大和膨脹。[41]賽珍珠故意不對中國社會進行以政治為核心的描寫，沒有國家干預的中國農民生活如同被神話的美國邊疆，[42]似乎享有一種原始的自由。這裡沒有宗族衝突，沒有階級剝削，甚至沒有固定的階級身份，絕不是清末民初充斥天災人禍的皖北。王龍對「大地」的執著是遠離了社會關係網路的人與土地的基本關係，王龍通過勤勞遠離了社會紛擾。[43]這樣的田園生活在經濟蕭條時期能夠以寓言的方式激發起全美社會的價值認同。

結語

「帝國主義的懷舊」在跨國書寫中的邏輯前提是「舍我其誰」的使命意識，書寫者清楚地知道處於前現代的他者根本無力表述自我，因為他者不懂西方的語言和話語表述方式，更重要的是他者不懂如何以西方分析型認知方式將自我同時分裂為「視」與「被視」，這種分裂是西方現代性的邏輯基礎，將人徹底地從詩意棲居的狀態逐出。被認為處於混沌狀態的他者也被認為需要強有力的代言人幫助他們言說自我。因為他者不知道自己的文化是什麼，更不知道文化本真性的重要性，所以需要有拯救者幫助他們捍衛「本真」的文化，將其收藏於博物館和口述史中，不讓其受西方現代性「腐蝕」。然而，賦予書寫者代言權的是誰？文化帝國主義的重要特點就是將一種文化機制強加給在政治經濟方面軟弱的另一個國家或民族。這種力欲為之的代言行為難道不是帝國主義的行為方式？如果沒有帝國主義的強大勢力，為他者立言的懷舊者根本不可能以特權身份長期生活在他者文化中，又何談代言？

---

[41] Paul Ricoeur, *Du texte a l'action*, Paris: Seuil, 1986, p. 219.

[42] 按：對於美國中西部如何在美國思想、美國文學和美國文化中被神話的過程與方式，西方學術界有很多研究。個人認為這其中有兩部著作特別值得注意。一是沃農‧路易‧帕靈頓所著的《美國思想史，1620-1920》（Vernon Louis Parrington, *Main Currents in American Thought 1620-1920*, New York: Harcourt, Brace and company, 1939.），二是亨利‧納什‧史密斯所著的《處女地：作為象徵與神話的美國西部》（Henry Nash Smith, *Virgin Land: The American West as Symbol and Myth*, New York: Vintage Books, 1950.）。前者梳理了 1620 年至 1920 年美國主流思想的變化，其中有很大一部分涉及美國的邊疆觀、美國重農主義思想的流變以及二者之間的關係；後者由三部分組成，第一部分略論美國文化對天定使命和向西拓進的浪漫化，第二部分籠統討論文學中的拓疆英雄形象，第三部分是著作的重點，名為「世界的田園」（「The Garden of the World」），非常詳盡地闡發了重農主義思想將美國中西部神話的過程。

[43] Pearl S. Buck, *The Good Earth*, New York: The John Day Company, 1931, p. 143.

　　換個角度說，懷舊者聲明追懷和代言的文化本真性存在嗎？這是一個後殖民研究界曾經爭論的問題。有趣的是，每一個書寫者追懷的都是自己早年經歷過的他者文化，書寫者的代際差距使後來的書寫者所認定的「本真性」實際上是先前的書寫者認為已經被「腐蝕」的他者文化，有些「腐蝕點」悖論性地成為後來書寫所認為的他者文化本真性的一部分。書寫者的目的是在他者文化徹底消失之前將其「封存」，書寫者自認為這是對人類文化史的貢獻，但「封存」意味著書寫者認定他者文化和現代性之間存在根本對立，不可能自我革新並以新形式延續下去；或者，書寫者不希望看到他者文化的異質性和西方現代性交匯後產生某種雜糅文化，而這種雜糅文化有可能像殖民地的有色人種一樣湧入宗主國，對宗主國文化進行反向雜糅，從而危及宗主國的文化純潔性和優越性，因此需要在他者文化尚未形變，力量尚且薄弱之時將其封存為一份歷史檔案。這種拒絕他者文化發展，否定其內在自我創新能力的觀點，不是帝國主義的邏輯之一嗎？

　　另一方面，能夠對他者文化詳細闡述的美國人都不是走馬觀花的遊客，他們要麼是政府派駐的官員，要麼是傳教士，要麼是援助教師，要麼是和平隊的志願者，他們都肩負著「啟蒙」與傳播「文明」的使命，但是當他們返回宗主國後懷念的卻是被他們努力摧毀的，說明他們經歷了兩種文化後對啟蒙現代性有了反思並質疑現代性對西方文化精神的負面影響，於是以想像的方式包裝他者的「原初」狀態，提醒西方讀者關注那些對人類發展至關重要但在西方逐漸消失的精神特質。本質上，跨國書寫不是關於他者文化的挽歌，而是有關自我文化的救贖寓言，是有關西方文化中逝去的某些美好方面的懷舊曲。為了反襯西方失落的精神而對他者文化進行「創造」之後，書寫者用懷舊的情感張力尋求讀者對其作品的價值認同。這種利用他者無力發聲，從而操縱關於他者的話語生產，不是帝國主義的行為又是什麼？

Imperialist Nostalgia
and Sino-American Transnational Writings

ZHU Hua

Abstract: Imperialist nostalgia is a critical term proposed by American anthropologist Renato Rosaldo, which refers to a particular kind of nostalgia, often found in writings about colonized Others, where colonial agents mourn the passing of what they themselves have transformed. The pose on behalf of the Other's culture well conceals the authors' complicity with imperialism. Such a nostalgia induced a lot of writings about transitional China from 1911 to 1937. Idealized aristocratic culture and Arcadianized rural China were their favorite themes, and aestheticentrism and quasi-ethnography were the most adopted writing strategies. Nostalgia of east Other's cultural authenticity is in reality disaffection against negative impact of west modernity. Transnational writers are not real spokesmen for the Other, but allegorists for spiritual redemption of their own culture. Identification with the enacted authenticity is sort of manifestation of imperialist logic, which has thus denied the Other's cultural capacity of self-updating.

Key Words: imperialist nostalgia, Sino-American transnational writings, aestheticentrism, quasi-ethnography

Notes on Author: ZHU Hua (1970-), male, associate professor of American Literature at Shanghai Ocean University. Major research interests cover ethnic American literature, Sino-American transnational writings, American Orientalism and transnationalism.

文學改寫歷史：
早期美華文學研究的跨國議程

蓋建平

[論文摘要] 在國內華文文學研究界，早期美華文學因其「文學性」的不足而長期不受重視。美國學界族裔研究對早期美華文學的重視與強調，則是建立在其推進美國社會種族平等的學術宗旨的基礎上。從問題意識的層面回顧、比較中美學界對早期美華文學的認識現狀，對早期美華文學書寫的歷史語境與中國學者展開早期美華文學研究的當代跨國語境實現拉通的全景式把握，我們便得以從推進中美跨文化平等對話的高度，理解當代中國比較文學學者進行早期美華文學研究的必要性與可行性。

[關 鍵 字] 早期美華文學 美國華人史 東方主義 跨文化對話

[作者簡介] 蓋建平（1981-），女，復旦大學中文系比較文學與世界文學博士，南京師範大學文學院博士後，現任江蘇第二師範學院講師，主要從事美華文學、中美文學與文化關係研究。

　　鑒於華人在「海外」的文學書寫方式的複雜性與獨特性，國內學界多年來對美華文學的表述與定義一直是「眾說紛紜」、「莫衷一是」。[1] 將這一

---

[1] 譬如劉俊在論及海外華文文學的總體風貌與區域特質時談到：「事實上北美華文文學是以一種跨越過度的方式存在著，列屬於這一文學中的作家，他們雖然身在北美從事創作，但他們的作品卻主要不是發表在本地的報刊而大都發表在臺灣（八十年代之後還包括了大陸），他們的創作實踐和文學活動往往實際參與了臺灣文學和中國大陸文學的歷史進程，他們的文學影響也基本不在北美而是在太平洋彼岸的臺灣地區和中國大陸，……北美華文文學的這種跨國生存方式，使它與中國文學中的臺灣文學以及大陸文學之間產生了深刻的聯繫，它與後兩者之間的那種錯綜複雜的關係，在某種程度上直接導致了人們對它認識和界定的困難——北美華文文學中的許多作家究竟應歸屬何種文學（臺灣文學？大陸文學？海外華文文學？），曾在相當

學術現象放在當代「全球化」的時代語境中加以觀照，不難發現，美華文學相關概念界定之「混亂」，所關注探討的文化命題之「混雜」，都是學界對當下時代進程與歷史發展所持的命題視角與認知現狀的客觀體現。目前，早期美華文學研究在國內仍是一個冷僻的領域，大多數美華文學研究者的興趣都集中在現當代成名的作家作品，早期文學則主要扮演「陪襯」的角色，以文學史概論式的「背景知識」形態而存在。在美國學界，早期美華文學受到了更多的重視，這主要是源自當代美國族裔研究（Ethnic Study）、比較文學研究學者的推進美國社會種族關係平等、改變傳統美國文學「種姓結構」的多元文化主義的學術議程實踐。從問題意識的高度把握、比較中美學界早期美華文學研究的基本理念，我們得以從更寬廣的視角理解美華文學研究的時代語境，進而明瞭早期美華文學研究在當前中美跨文化對話關係建設進程中的特殊重要價值。

一、國內學界對早期美華文學的既存界定與價值定位

關於早期美華文學萌芽興起的基本狀況、美華文學史的斷代分期，國內學界意見不一，曾出現過三種說法。

第一種是把美國華人的文學創作活動追溯到 19 世紀中期。公仲、賴伯疆等都將張維屏的《金山篇》（1848-1852）作為美華文學創作的開篇。[2]

第二種將早期美國華人文學的冒現界定於 20 世紀初。潘亞暾在《海外華文文學現狀》（1996）中提到：「美國華文文學的出現可追溯到 [20 世紀]初，黃遵憲和胡適的開拓之功不可沒。到 40 年代，美華文學迎來了第一次高潮。」[3]

第三種則主張美國華文文學興起在 20 世紀中期。趙遐秋的《海外華文文學綜論》（1995）、馬相武的《五洲華人文學概觀》（2001）都認為，美國華文文學在「留學生文學」出現之前基本「一片荒蕪」，「直到 1943

長的時期裡眾說紛紜，莫衷一是。……之所以會出現這樣的'概念混亂'，說到底正是由北美華文文學這種獨特的存在方式決定的。」劉俊：《從台港到海外──跨區域華文文學的多元審視》，廣州：花城出版社 2004 年版，第 118-119 頁。

[2]　公仲：《世界華文文學概要》，北京：人民文學出版社 2000 年版，第 235 頁。賴伯疆：《海外華文文學概觀》，廣州：花城出版社 1990 年版，第 153 頁。

[3]　潘亞暾：《海外華文文學現狀》，北京：人民文學出版社 1996 年版，第 295 頁。

年美國政府廢除了《排華法案》，華人的處境才開始得到改善，華人的權
益才部分得到法律保護。這時，華文文學才開始發展起來。」[4]

上述三種意見，學者們都或多或少地提到了具體的作家作品，以為佐
證。對「早期美華文學」的不同界定背後，乃是各家學者對於「美華文學」
的不同標準。

許多學者以文學文本的主題內容為判定的基本標準。公仲在《世界華
文文學概要》中列舉了一系列早期美國華文文學作品，除《金山篇》之外，
還有黃遵憲的《逐客篇》，佚名的《苦社會》，我佛山人（吳趼人）的《劫
餘灰》，吳沃堯的《人鏡學社鬼哭篇》、哀華的《僑民淚》，以及《埃崙詩
集》。[5]賴伯疆的《海外華文文學概觀》（1990）除上述作品之外，還提及了
長詩《國之仇》八章、《黃金世界》、《海外華人血淚史》、《拒約奇譚》、《苦
學生》等文言、白話小說與詩歌，並對其中諸多作品的主題內容作了更為
具體的闡述。[6]概而論之，上述作品有的發表在中國，有的發表在美國；作
者的身份有的是華人移民，有的是旅美華人、駐美外交官，還有許多人身
份已無從考證：如上諸作的共同特徵，便是其主題內容都與晚清近代時期
華人在美國的經歷直接相關。

也有學者傾向於把作者的「美華移民」身份作為確定作品美華文學屬
性的必要條件。趙遐秋、馬相武認為，非赴美華工、移民的華人作者書寫
美國華人經歷的文學創作不應算作美華文學。他們強調，現存的自 1850 年
以來的作品如《逐客篇》、《苦社會》、《劫餘灰》等「大多非勞工自己所
作，而是由僑居美國的文人或國內作家根據流傳的華人故事撰寫的」，頂

4　趙遐秋、馬相武主編：《海外華文文學綜論》，太原：山西教育出版社 1995 年版，
　　第 6 頁。
5　如公仲這樣描述早期美華文學的創作概況：「內容是反映勞工苦難的生活和血淚的
　　奮鬥，抒發了一種民族主義精神。另外有影響的還有黃遵憲於 1882 年寫的長詩《逐
　　客篇》，他當時在三藩市做中國總領事，有條件接觸華人移民，比較瞭解他們的生
　　活。小說方面較有影響的有佚名的《苦社會》，我佛山人（吳趼人）的《劫餘灰》，
　　吳沃堯的《人鏡學社鬼哭篇》、哀華的《移民淚》等；這一時期的華文文學內容一
　　是反映勞工的生活；二是反抗資本家的意識，如對剝削和種族壓迫的反抗，對反華、
　　排華現象的不滿與抗爭。在關犯人的天使島候審所的牆上，有一百三十餘首反叛的
　　詩篇，後來編為《埃崙詩集》，這是對美國移民局殘酷迫害中國移民的血淚控訴。」
　　公仲：《世界華文文學概要》，北京：人民文學出版社 2000 年版，第 236-237 頁。
6　賴伯疆：《海外華文文學概觀》，廣州：花城出版社 1990 年版，第 155 頁。

多是「以[美國華人]的生活原型為題材」,[7]不足以成為美華文學發展的有力徵象。

關於一些蜚聲中國文學史的有過旅美經歷的現代作家（如胡適、林語堂等）能否算作美華文學的代表人物,學界也有不同的觀點。潘亞暾的《海外華文文學現狀》特別提及林語堂在美華文壇的活躍,主張其對美華文學的重要貢獻。[8]黃萬華則在《美國華文文學論》中斷言,美華文學的催生力量應當落實在「美國華僑華人社會」自身的發展變遷上。[9]

除了上述各家對文學作品內容、作家身份的界定差異,關於早期美國華文報刊可否列為早期美華文學,學界亦有不同的主張。賴伯疆在《海外華文文學概觀》中較早地引入了對早期美國華文報紙的介紹,[10]黃萬華卻特意把 19 世紀的美國華文報紙排除在華文文學的範圍之外。他在《三度梅開春正濃——20 世紀美國華文文學歷史輪廓的描述》一文中為這一主張給出了詳細的理由,即美國最早的華文報紙並非華人創辦,刊登內容亦與文學關係不大:「1854 年起在美國三藩市等地創刊的幾家華文報紙《金山日新錄》、《東涯新錄》、《沙架免度新錄》等皆為美國人所辦。」而到了 20 世紀初期,「雖然此時已有了華人所辦報刊（如 1900 年創辦於三藩市的《中西日報》）,也只為宗教、政治等關注,難為華文文學留一席之地。……在這種情況下,美華文學一直處於催生狀態。」由是,黃氏主張:「[美國]華文文學的第一次強大勢頭是借著二次大戰期間華僑抗日文藝的興起呈現出來的。」[11]

國內學界對於「早期美華文學」的不同界定大致如上。學理概念上各家各說,落實到文本的專門研究又是長期空白,有鑒於此,各家學者筆下的描述性文字,其實能夠更為直觀地呈現他們對早期美國華人文學、美華移民社群的總體印象或曰直覺判斷。

在論及早期美華文學的創作狀態時,賴伯疆、黃萬華、趙遐秋、馬相武等學者的觀點趨於一致,都曾提到,早期美國華人移民基本皆為貧苦農

7　馬相武:《五洲華人文學概觀》,太原:山西教育出版社 2001 年版,第 208 頁。
8　潘亞暾:《海外華文文學現狀》,北京:人民文學出版社 1996 年版,第 295 頁。
9　黃萬華:《美國華文文學論》,濟南:山東文藝出版社 2000 年版,第 4 頁。
10　賴伯疆:《海外華文文學概觀》,廣州:花城出版社 1990 年版,第 159-162 頁。
11　黃萬華:《美國華文文學論》,濟南:山東文藝出版社 2000 年版,第 3-5 頁。

民，文化素質不高，這一群體赴美只是為了謀生，缺乏從事文學創作的文字水準及外部條件：「早年赴美的華工，都是迫於生計前往從事繁重危險的勞動，他們文化水準低下，目不識丁，生活艱苦。」[12]「儘管華工以自己的生命血汗構築了美國建國時期經濟的輝煌，但華工的文化修養和他們鄉野生活的環境，使他們未能留下自己異域艱難生涯的文學寫照。」[13]

如上觀點，是許多學者判斷早期美華文學「萌生貧弱」的基礎。李君哲還進一步發揮說：「[早期]美國華僑社會……絕大多數成員為文盲、半文盲或僅受過初等教育，缺乏文學創作能力，而且成年累月為衣食而忙碌奔波，也沒有采風的雅興與時間，所以華僑勞工自編的反映他們血淚生活、思鄉戀家和憧憬未來的山歌、民謠、打油詩之類的口頭文學，未能用文字記載下來。」[14]

如上一系列論述隱含的觀點是：像樣的、值得專門研究的「文學文本」，應當首先具有足夠的「專業性」，包括書寫者的專業身份，正規的文體，可觀的藝術技巧創新，等等。以「純文學」思維進入早期美華文學研究，「文學性」的「先天不足」的確是一個繞不過的問題。誠如劉登翰、李安東等學者所言，美華文學研究「基本上還是承襲自傳統的現當代文學研究的審美批評和歷史批評的研究範式」，[15]早期作品得到的評價不高，在美華文學研究界既定的批評範式之下是一種必然。

在對早期美華文學的「文學性」保留意見的同時，國內學者對其「記錄歷史」的價值則是充分肯定的。然而，值得引起注意的是，正是在作出這一首肯之時，國內學界恰恰流露出了一種「不問歷史」的觀念傾向。在史學界，美華移民史、美國排華史研究已一再強調，關於早期美國華人移民「沒有文化」、「目不識丁」、僅有「口頭文學」的說法並不符合歷史事實，這是 19 世紀中期以來美國種族主義勢力長久宣揚的排華言論，亦是早期華人移民在政治上無權入籍為美國公民、在經濟上「破壞美國秩序」、文化上「與美國為敵」、全體被宣佈為毫無積極價值的排華邏輯論證中的

---

[12] 賴伯疆：《海外華文文學概觀》，廣州：花城出版社 1990 年版，第 154 頁。
[13] 黃萬華：《美國華文文學論》，濟南：山東文藝出版社 2000 年版，第 3 頁。
[14] 李君哲：《海外華文文學簡記》，香港：南島出版社 2000 年版，第 90 頁。
[15] 劉登翰：《命名、依據和學科定位──關於華文文學研究的幾點思考》，陸士清編：《新視野，新開拓：第十二屆世界華文文學國際學術研討會論文集》，上海：復旦大學出版社 2002 年版，第 16 頁。

基礎環節。[16]美華史學界長期以來一直致力於對此類「歷史定論」展開直接的質疑與解構，但始終收效甚微。美華文學研究者對美國華人移民史、美國排華史的忽視或曰無知，對美國歷史現實社會語境認知的脫節，直接導致了早期美華文學專門研究的匱乏現狀。

國內學界美華文學研究的觀念進程與 20 世紀 80 年代以來中國對外開放的時代文化潮流相同步。80 年代以來的中國不斷主動擴展與國外的政治、經濟、文化關係，追求與國際「接軌」，當代外國的學術思潮、藝術觀念、流行文化及生活方式迅速在國內傳佈開來。在這一特定時代語境下，一大批美華「新移民」作家的書寫主題，便是華人懷抱創造新生活的自豪感，在「美國」這一浮華多彩的異國舞臺上，追求個人的成功、人生價值的實現。得益於當代中國人對美國的普遍興趣，此類「當代傳奇」在國內讀者界一度曾頗受歡迎。國內學界當時對此類作品的關注，一方面有受其商業成功影響的因素，同時也是學術研究與時代風尚的自覺共鳴。由此，無論是作家還是文學研究者都表現出一種「拓荒者」的自信與自豪。從許多論文的標題如《梅開三度春正濃》、[17]《新視野 新開拓》等，[18] 都能清楚地看到學界對華文文學研究所持的基本觀感。

相較之下，描寫近代早期華人海外移民經歷的作品，雖然其內容同樣是關於華人在美國的現實生活，其「首創性」、「開拓性」卻遠未得到充分的發掘，其與當代美華文學的譜系關聯亦遲遲難以呈示。當代華文文學研究者往往本著純文學批評「內部研究」的思路，對早期文學文本展開「偏重於鑒賞式的審美批評」，[19]而一般所謂的「審美價值」，又恰恰是早期美華文學的「薄弱」之處。於是，早期美華文學往往被用作現當代美華文學的鋪墊與陪襯，與晚清近代以來中國喪權辱國的弱勢狀態捆綁在一起，隨著 20 世紀 40、50 年代世界格局的歷史轉折而被宣佈為「一去不復返」了。

---

[16] 可具體參見 Robert G. Lee, *Orientals: Asian Americans in Popular Culture*, Philadelphia: Temple University Press, 1998.

[17] 黃萬華：《三度梅開春正濃——20 世紀美國華文文學歷史輪廓的描述》，《美國華文文學論》，濟南：山東文藝出版社 2000 年版，第3-5 頁。

[18] 陸士清編：《新視野，新開拓：第十二屆世界華文文學國際學術研討會論文集》，上海：復旦大學出版社 2002 年版。

[19] 劉登翰：《命名、依據和學科定位——關於華文文學研究的幾點思考》，陸士清編：《新視野，新開拓：第十二屆世界華文文學國際學術研討會論文集》，上海：復旦大學出版社 2002 年版，第 9-18 頁。

目前，在當代中國公眾的基本認識中，早期美國華人的真實經歷仍是一種遙遠而模糊的「秘辛」，早期美華「老移民」的典型形象不過是消極被動的受害者，無辜的替罪羊，任人宰割的沉默的「一群」。[20]在「落後就要挨打」的「結論」統攝下，這一族群的遭遇被簡單地視為近代中國國際處境的縮影，國內的華文文學研究界對早期美華文學「貧弱」的評價便與這一觀念有著隱含而明確的因果關聯。

二、美國學界早期美華文學研究的問題意識與文化議程

與國內學界 30 年來早期美華文學研究的乏人問津形成對比的是，美國學界的族裔研究對早期美國華人文學來得更加重視。這與當代美國學界介入社會現實、療救美國種族主義痼疾的學術本旨有著直接的因果關係。

美國族裔研究對美華文學的發掘、闡釋，是 20 世紀 60 年代民權運動在學術界所催生的前沿學科的一部分。[21]美國學界對「Chinese American Literature」的定義經歷了把研究範圍限定在華裔作家的英語創作，到相容華語作品，再到著力將二者納入同一文學體系的巨大變化。隨著研究命題的細化，美華學者所研究呈現的早期美華文學風貌也趨於細化。目前，「早期美國華人文學」這一概念既覆蓋了早期來自中國的華人移民、勞工、外交官、留學生的中英文創作，也包括了水仙花（Sui Sin Far, 1865-1914）這樣的美籍歐亞裔移民作家的作品。麥禮謙（Him Mark Lai）等編譯的《埃侖詩集：天使島詩歌與華人移民史 1910-1940》（*Island: Poetry and History of Chinese Immigrants on Angel Island, 1910-1940*, 1980），以及譚雅倫（Marlon K. Hom）編寫的《金山歌集：三藩市唐人街的韻歌》（*Songs of Gold Mountain：Cantonese Rhymes from San Francisco Chinatown*, 1987），是當代美華學者發掘、整理早期美華文學的代表之作。

---

[20] 陳依範《美國華人史》序言開頭就寫到，美國英語裡常用「蜂群」（swarm）、「潮水」（flood of Chinese）或「很多群」（hordes）這些字眼來形容來美的華人。這些表述凝集了美國白人對於華人移民「淹沒」美國的恐懼。

[21] King-kok Cheung, 「Reviewing Asian American Literary Studies,」 *An Interethnic Companion to Asian American Literature*, Cambridge University Press, 1997, p.1.

對於早期美華文學的「文學性」問題，美國學術界同樣出現過爭論；這一爭論的解決，則與美國學者療救本國種族主義痼疾的學術宗旨密切相關。

早在 20 世紀 80 年代初，金惠經（Elaine H. Kim）就指出，美國精英及大眾文化界素來有將美華文學僅僅視為美國華人「社會學或人類學意義上的自我主張」的固化思維，無論是移民寫作還是土生華裔寫作，無論是寫於 19 世紀的還是當代的美國華人作品，美國文化界都仍有將其作為「非藝術」看待的傾向，從中提取的都是獵奇的、「異國情調」的故事，文學創作的技巧、內在結構、美學理念等通常概念中的「文學性」問題則不被關注，即使在評述美華作品的「文學價值」時，批評家也時常會倒向對華人「族裔品性」的猜測談論。[22]

這一文化現象與美國華人及其文學在美國文化中的規定角色有著直接的因果關係。主編《希斯美國文學選集》（*The Heath Anthology of American Literature*, 1990）的保羅・勞特（Paul Lauter）在《美國各族文學：一個比較文學學科》（「The Literatures of America: a Comparative Discipline」）一文中指出：美國各族文學既存的「高」「低」之分，直接與美國社會的種族、階級結構相對應，隱含著一種「種姓」制度（Caste）式的權力結構：「被邊緣化的作品，大部分出自缺乏政治、經濟、社會權力的群體。換言之，那些通常被視為文化中心的作品，通常是由掌握權力的群體創作和推崇的。」因此，傳統概念的「美國文學正典」——其以埃默生，梭羅，霍桑，麥維爾，詹姆斯，艾略特，海明威，福克納，貝婁等為代表——本身就是一個誤導性的概念：這些「經典作家」皆為白人，因此客觀上固化著「美國文學」的「白人」種族屬性；如若堅持以之為標準去評估其流派之外的美國少數族裔作品，則只能得出美國少數族裔文學「變態、怪異、微賤，或許歸根結底就是無足重輕」的結論。[23]

---

[22] Elaine H. Kim, *Asian American Literature: An Introduction to the Writings and Their Social Context*, Philadelphia: Temple University Press, 1982, pp.15-16.

[23] Paul Lauter, 「The literatures of America: a comparative discipline,」 In A. L. V. B. Ruoff, & J. W. Ward, Jr., *Redefining American literary history*, New York: The Modern Language Association of America., 1990, pp.10-11.

　　基於對美國的歐亞裔種族關係的歷史與現狀的深刻體認，美國學者提出，唯有「發掘被埋沒的過去」，方能「正確理解經常被曲解的現在」：[24]結合歷史研究來闡釋以往被埋沒的作品，以對文本內容細節的闡釋喚起對歷史真相、社會現實的思考，這也成為美國學界美華文學研究一脈相承的學術傳統。

　　美國華人的歷史文化處境與美華文學的歷史文化處境可以說是同構的。在美國殖民立國的豐富的制度經驗與固化思維之下，從 19 世紀中期開始，美國英語針對中國/中國人迅速發展出了兩套發達的話語生產系統，一套是近代以來美國來華傳教士對「中國人性格」（Chinese Characteristics）的總結提煉，一套是美國排華主義將華人移民、華人勞工作為美國社會的道德與就業的雙重威脅的排華話語。加上美國對華傳教運動的失敗，這兩套話語在美國本土加速合流。儘管這兩套話語來源不同，一套取自美國人對華傳教的前線見聞，一套立足美國本土接納華人移民的經驗，其諸般論說卻有一個共同的問題意識，即以美國的健康發展為指標，對「中國人性格」進行本質化的負面表述，其基本邏輯框架則始終是美國白人與華人間的「種族競爭」。可以說，在相當長的歷史時期內，東方主義、排華主義，始終是美國對華思維的核心思想。在排華偏見中，華人總是與「中國」聯繫在一起——19 世紀中期到 20 世紀前期排華時代的中國形象是「黃禍」，20 世紀 50 年代後的中國形象是「紅色恐怖」，90 年代之後，「中國威脅論」又開始甚囂塵上，其政治意識形態的用語表述有所變化，歧視、仇視華人／中國的思維可謂一以貫之。

　　在這層意義上，美國 19 世紀中期以來的排華運動不僅是政治行為，同時也是文化行為，是美國種族主義固有傳統的「對華版」。普通華人移民在美國的生存活動被排華主義政治化為異種文明之間勢不兩立的競爭或曰「戰爭」，美國排華話語中「華人」與「美國」的對立，最終成為「中國」與「美國」之敵對宿命的一種隱喻形態。「華人移民問題」（the Chinese Problem）在美國一向都不是純粹的「國內事務」（domestic issue），而是與美國對華政策、中美外交關係有著複雜而廣泛的牽連。鑒於歷代美國華人移民被排華主義強加上「國族政治」、「國際政治」隱喻的基本現實，我們

---

[24] [美]尹曉煌著，徐穎果主譯：《美國華裔文學史》，天津：南開大學出版社 2006 年版，封底 Dr. Roger Daniels, University of Cincinnati 的評語。

不難理解,至今美國華人移民與土生的華裔公民仍然會被目為「外人」、判作「異己」(alien),正是美國根深蒂固的種族主義思維與西方文化中心論綜合作用的結果。

排華主義的價值判斷遮蔽了對美國華人文化的建設性與創新性的認識。美國「主流社會」在文化身份上將美國華人劃定為「中國人」,對其文化予以排斥懷疑,或以「種族主義之愛」將其作為「異國情調」的取樂消遣。這一排華主義「閉關自守」的文化視野,至今仍是英語世界的東方話語及知識結構的常態。這也是為什麼儘管華人是最早移民赴美的亞裔族群、在美國生活繁衍已經長達一個半世紀之久,卻長期以來被「主流敘事」定為「異己」,歷代華人移民建設美國的諸多貢獻迄今仍然鮮為美國公眾所知,其爭取平等正義的呼聲與行動也被長期埋沒。[25]

本著以「今日的語言、邏輯、科學等方面的知識」檢視過去、「把結果傳達給同時代的人」的立意,[26] 當代美國文學批評家對白人清教文化作為美國唯一正統文化的傳統地位提出了更為明確的質疑,對多族裔(multi-racial)、多語種(multi-lingual)、多元文化(multi-cultural)的美國文化傳統做了積極的發掘與建構。正是在這一思想革新浪潮之中,《哥倫比亞版美國文學史》(Emory Elliott etal., *Columbia Literary History of the United States*, NY: Columbia University Press, 1988.)把「美國文學」定義為「在後來成為美國的地方所產生的所有書寫和口述的文學作品」,主張應當「致力於重建美國文學史,不因性別、種族或民族的、文化的背景的偏見,來排除某些作家」。[27]《希思美國文學選集》亦首次收入了早期美華文學的經典之作——《埃侖詩集》中的 14 首詩的英語譯文。這是早期美華文學正式列入美國文學正典的里程碑。

關於如何實現對美國少數族裔文學包括美華文學的「理解」及「欣賞」,勞特提出:「從少數、邊緣化族群的視角來說,藝術應當具有更加清晰的社會性的,也許實利的功能……生存,生活空間和生活的希望,要求

---

[25] Robert G. Lee, *Orientals: Asian Americans in Popular Culture*, Philadelphia: Temple University Press, 1998, Preface 「Where Are You From?」 ix-xii.

[26] David Hull, 「In Defense of Presentism,」 *History and Theory* 18.1(1979), pp.1-15.

[27] Emory Elliott etal.,*Columbia Literary History of the United States*, New York: Columbia University Press, 1988, xii-xix.

邊緣化的族群調動一切可以調動的有限資源。藝術不可能超脫於這場鬥爭。相反，它必須在其中扮演重要的角色。⋯⋯文化活動因此成為人們從被動的受害者轉化為積極的鬥爭行動的一種過程。」[28] 換言之，探討文學所負載的「生活鬥爭」，可以成為早期美華文學研究的基礎命題。

　　基於對「文學性」的如上重估，當代美國學者將美華文學的研究對象做了跨學科、跨語種的拓展，臺灣學者單德興將這一研究思路的拓展概括為：美華文學的語言不必限定於英文，美華文化不必排除中國文學傳統包括古典詩歌等文學形式，美國華人在文學上的抗議及吶喊不限於 20 世紀 60 年代以降。[29]在這一思路下，追溯美國華人真實歷史、建構美國華人文學傳統，就成了美國學者切入早期美華文學研究的問題意識的一體兩面。

　　美國華人在物質建設上的貢獻以及社會政治地位之所以「正在獲得承認」，這與其在文學創作、文化活動中「認有美國、爭回過去、面對現在、策劃未來」的不懈努力密不可分。[30] 鑒於美國傳統種族觀念將「華人」與「中國」等同起來的連帶思維，對於美華文學研究之於國家文化建設的前瞻性意義，美國學界的美華文學研究者也表現出了自覺的國際政治視野：儘管目前的美國文化對其他國家和文化仍然構成打擊和壓迫（corruptions and oppressions），但是，這一局面應當、並且遲早會改變。美國需要做好準備，以便應對未來必將出現的國際文化變局。基於這一預見，林玉玲（Shirley Geok-lin Lim）等學者直言強調，目前的美國少數族裔文化（包括美國華人文化）正是美國適應未來的世界文化新格局的重要資源——美國華人文化有著與美國主流 WASP 文化磨合協商的深厚經驗，又包含了傳統主流的純種白人清教文化無法同化的成分；這些「未被同化」的成分在美國歷史上一直備受詬病、被稱為華人無法成為美國人的鐵證，但從美國的未來全域來看，它們卻能夠與現存的「主流」力量形成政治性、文化性的辯證，從而為美國種族主義文化格局帶來新風，為「更新美國文化，為美國文化的前途做好準備」。[31]

---

[28] Paul Lauter,「The literatures of America: a comparative discipline,」in A. L.V. B. Ruoff, & J. W. Ward, Jr., *Redefining American literary history*, New York: The Modern Language Association of America, 1990, p.20.

[29] 單德興：《重建美國文學史》，北京：北京大學出版社 2006 年版，第 320 頁。

[30] 單德興：《重建美國文學史》，北京：北京大學出版社 2006 年版，第 305-41 頁。

[31] Shirley Geok-lin Lim and Amy Ling, *Reading the Literature of Asian America*, Philadelphia:

由此看來，美國學界發掘美華文學價值的學術努力、對相關華語文本興趣和探索，並非純形式層面的「美國文學」在語種及文類上的擴充，而是有意識地「發現」、發掘美國歷史文化的潛在遺產及隱含傳統，為美國文化建設提供新的、不同質的理念啟發與內容支援，進而推動美國社會多元文化與種族平等的文明進程。

在美華文學研究中突破單一語種拘囿、探索新的研究方法，尹曉煌的《美國華裔文學史》(*Chinese American Literature since the 1850s, 2000*)可謂是美華文學跨語種研究的一次重大推進。尹氏的主要策略是，將華裔英語文學研究的基本方法擴展到華語作品，強調指出，早期美國華文文學同樣產生於美國的現實環境，具有正宗的中國文學不具備的「美國特色」，從而將其表述為美國文學的一部分。

從文本的主題內容出發，尹氏將早期美華文學總括為「反映美國華人不斷變化的經歷」的整體。[32]這是站在社會與歷史的視角，將歷代美華移民的華語創作與美國土生華裔作者的英語創作整合進美國社會歷史的同一框架中。他批評美國學界將早期華文文學歸為「中國文學」的傳統定位，指出：「造成這一現象的主要原因是美國評論家們不諳中文，另一原因則是人們普遍認為華人移民作家只是暫居美國的訪客，他們的靈感大多來自於故土的人和事。……筆下的題材與華裔在美國的切身經歷鮮有關聯。正是基於這一誤解，華[文]文學長期被分離在美國亞裔文學之外，被認為僅僅是中國文學在海外的延續。」[33]一語道破了傳統美華文學觀的瓶頸所在，對雙語寫成的早期美華文學作了令人信服的「美國化」整合。

三、「發現」美國華人的歷史主體性： 美華文學的話語創新經驗

儘管訴求明確，但學者的問題意識仍需要切實轉化為足夠直觀的文化成果，方能對現實社會形成足夠有力的影響，從而最終實現學術研究的時

Temple University Press, 1992, xi.

[32] [美]尹曉煌著，徐穎果主譯：《美國華裔文學史》，天津：南開大學出版社 2006 年版，第 6 頁。

[33] 單德興：《重建美國文學史》，北京：北京大學出版社 2006 年版，第 178 頁。

代使命。就美國學界美華文學與史學研究的社會影響力而言，美國學者的努力與中國學界的忽視頗為「殊途同歸」：直到目前為止，「令美國華人的真實歷史更加為人所知」[34]仍然是當代美華史學家、文學研究者所致力追求的目標。

目光深遠的學者對華人移民美國之時代現象的研究其實起步甚早。一個多世紀以來，清醒的歷史學家一直在致力於使美國公眾拋棄無知偏見、看到美國華人的真實面貌。早在 19 世紀末 20 世紀初的排華時期，瑪麗・柯立芝（Mary R. Coolidge）就出版了社會學巨著《華人移民》（*Chinese Immigrant*, 1909），[35]這是第一部不為排華思維支配、深入切實研究早期美國華人移民狀況的里程碑式著作。到了 20 世紀 60 年代，隨著民權運動的深入，美國亞裔公民作為「美國人」的社會政治身份意識也日益增強。尋根問祖、發掘祖先「成為美國人」的曲折歷史成了當時一代亞裔美國人「討還美國」（claim America）的文化議程的一部分，以亞裔美國人為主角的史學論著開始湧現。日裔歷史學家羅奈爾德・高木（Ronald Takaki）的美國亞裔歷史研究諸作如《鐵籠：19 世紀的美國種族與文化》（*Iron Cages ──Race and Culture in 19th-Century Americ*, 1978）、《來自另一海岸的陌生人：美國亞裔史》（*Strangers from a Different Shore: A History of Asian Americans*, 1989）等皆闢專章論述美國華人歷史；宋李瑞芳（Betty Lee Sung）的《美國華人的歷史與現狀》（*Mountain of Gold: The Story of the Chinese in America*, 1967）、陳依範（Jack Chen）的《美國華人史》（*The Chinese of American: From the Beginnings to the Present*, 1982）等由美國華人自己追溯述說先祖歷史的著作亦先後問世。

然而，歷代史家的學術努力遠遠未能撼動美國主流社會觀念中的既定成見。在《美國百年排華內幕》（1998）中，張慶松特意強調指出，美國當代華裔青少年仍對祖輩持有相當消極的刻板印象。張氏引用了他們在互聯網上的發言：「華人就像砧板上的鴨子。當黑人受到歧視時，他們會進行反抗……當華人被迫害時，他們只會坐困愁城，寄希望於下一次能有較

---

[34] Charles J. McClain,「The Asian Quest for American Citizenship,」Asian Law Journal, 1995, Vol 2 No.1.p.34.

[35] Mary R.Coolidge, *Chinese Immigration*, New York: Henry Holt and Co., 1909. 此書採用了大量的美國國會資料與第一手的調查資料，文獻價值與學術價值極高。

好的命運，而不是起而抗爭。」[36]針對此類自我否定，張氏發掘了大量司法案例，以呈現當年華人運用美國法律反抗排華勢力壓迫的人物事件，點出早期美國華人不屈不撓、勇於抗爭的一面，直接推出華人的「英雄形象」。不過耐人尋味的是，直到 2007 年，普法爾澤（Jean Pfaelzer）的《排華：被忘卻的驅逐華人移民的戰爭》（*Driven Out: the Forgotten War against Chinese Americans*, 2007）一書仍耗費筆力，反覆申明早期華人移民的「勇於鬥爭」的一面。[37]此書對 19 世紀美國西部各城市排華事件的考據更加細緻，描寫更為動情，但其呈現的早期美國華人形象卻依然面目模糊、輪廓無力：既存的史料圖片、資料、文獻長於記錄「美國」的排華暴行，卻不能有效地揭示「華人」這一行動主體、「歷史主角」的精神世界。

「歷史」無法澄清的背後，乃是既存的特定話語系統與文化價值體系的宰製力量。這本是所有歷史學家都面對的文化常態，[38]產生於美國當代文化語境的美華歷史敘事必然受制於美國的種族文化現狀與公眾當前的基本認知水準。但對美華歷史進行重新書寫的最大特殊性在於，公眾一方面固然普遍缺乏對美國華人的切實瞭解，另一方面，華人刻板印象在美國的大眾文化產品中卻是「源遠流長」，堆積如山：從 19 世紀中期起，漫畫式、妖魔化的華人形象就在美國的輿論話語中大行其道。現實如此，史學家不得不因陋就簡，集中筆力去反駁謬種流傳最為嚴重的謬說成見，無形間又在「華人是否有能力歸化成為美國人」，「華人是否造成白人失業問題」，「華人是否破壞美國民主政治」、「華人是否威脅美國國家安全」等種族主義的舊話題上糾纏不已，從客觀效果上，是對排華主義邏輯及話語的又一次銘刻。就這樣，美華史學著作在讀者界的影響始終徘徊在「掃

---

[36] 張慶松：《美國百年排華內幕》，上海：上海人民出版社 1998 年版，第 256 頁。

[37] Jean Pfaelzer, *Driven Out: the Forgotten War against Chinese Americans,* New York: Random House, 2007.這本由英文系教授書寫的史學著作文筆優美、圖文並茂，追述了排華時期在美華人遭遇的種族主義暴行，有意凸顯華人當時對排華事件作出的種種回應，如訴諸法律、直接還擊等。

[38] 「歷史學家作為某一特定文化的成員，對於什麼是有意義的人類處境模式的看法與他的讀者群的觀點相同。……[由歷史學家敘述的]事件變得令人熟悉起來，不光是因為讀者現在對事件獲有更多的資訊，而且也是因為這些資訊作為情節結構符合讀者所熟悉的文化中的一部分。」[美]海頓・懷特：《作為文學虛構的歷史文本》，張京媛編：《新歷史主義與文學批評》，北京：北京大學出版社 1993 年版，第 165-166 頁。

盲」線上，談不上正面呈現華人在美國史中的「史詩」（Epic）、「傳奇」
（Saga）。

　　對於歷史真相無法及時澄清、民族國家文化觀念無法切實更新的現實
困局，林澗（Jennie Wang）的《語言的鐵幕：湯亭亭與美國的東方主義》
（*The Iron Curtain of Language: Maxine Hong Kingston and American Orientalism*,
2007）從話語層面道破了個中根由：歸根結底，要正面地談論華人、談論
中國，既存的美國英語始終都太貧乏，其既有的詞彙儲備本來就不足以對
中國及中國文化給出恰切的評述；針對華人，美國英語中所有的乃是一套
東方主義的、陳腐不堪的人云亦云。[39]

　　正是陳腐衰竭的話語體系直接阻礙了當代美國人文化思維的改變和
種族觀念的更新。美國華人的真實歷史、真實面貌被「封鎖」於有聲的沉
默之中，被妖魔化、本質化的刻板印象所淹沒。再加上美國作為世界霸主
的強大的文化輸出力，這一「鐵幕」的威力所及就不限於美國本土，對中
國同樣有著潛移默化的滲透影響。

　　有鑒於此，當代美國華人爭取平權地位的社會議程必須要落實在話語
生產層面。唯有以新的話語系統有效地介入這一「鐵幕」困局並將其徹底
解構，以新的價值觀念充實起與反種族主義精神相頡頏的公共話語系統，
新的價值觀念才有機會傳佈開來，美國社會的東方主義、排華主義成見方
可真正有望得以消除。

　　在既有的文化機體中引入新的成分，以不同的敘事框架重新組織史料
素材，傳達新的文化觀念，當代美國華人文學曾在多元文化運動中展現出
強勁的創造力。湯亭亭（Maxine Hong Kingston）的《華人：金山勇士》
（*China Men*, 1980）便是借用書寫「家族史」的常用套路，塑造了美國建
設史中氣質鮮明、性格各異的早期美華移民形象。「阿公」、「伯公」們遠
渡重洋、鑿山設路的絢麗故事，樂觀活躍、充滿勇氣耐力的表現，都有力
地主張著第一代美華移民開疆辟土的先鋒精神與生命活力，對美國東方主
義炮製出的妖魔化華人形象提出了針鋒相對的反詰與巧妙的解構。

---

[39] Jennie Wang, *The Iron Curtain of Language: Maxine Hong Kingston and American Orientalism*, Shanghai: Fudan University Press, 2007, p.17.

　　《華人：金山勇士》的出版時間比同時期諸多美華史學著作問世更早，因此被稱為美國讀者的一堂「歷史課」。[40]作家對「鐵幕」的破除從小說標題開始。「Chinaman」一詞是美國英語中對華人的貶稱，[41]湯亭亭把這個詞從中一分為二，改為「China Man」，這個新詞在重音上起了變化，「Man」字要讀重音，乃是宣示：華人和白人一樣都是「人」！將這一基本事實訴諸讀者的平權意識，「China Men」一詞很快成了美國文壇、大學課堂及公眾生活中通用的新詞，在公眾場合使用「Chinamen」一詞蔑稱華人已經成了政治不正確的行為。

　　以文學創造新詞語、經由新詞語傳播新觀念，以文學的感染力量震動讀者、最終對社會產生可見的影響，這一做法並非湯亭亭的無心插柳或誤打誤撞，而是她本著理想精神與有為主義的書寫議程而做出的自覺追求。在一次新聞訪談中，湯亭亭自信地申明，儘管理想主義高漲的「60 年代」已經過去，「我相信我們還是能改變世界的，我們一字字地改，……我這一例就改了兩個字。二十年來，沒人敢再叫我們『中國佬』。」[42]

　　在與帶有偏見的「主流」文化進行對話的過程中，傑出的文學作品能通過創造新的語言來創造新的經驗和觀念。[43]這一文化議程可以為學術界所分享。對於美華文學研究，「學者的任務是指出那些隱沒無名之物，清除東方主義的符號和概念，並創造一種活躍、堅強、有力的新語言。」[44]對既存話語（不論是本土的還是異質的）中隱含的諸多成見予以細緻而巧妙的解構進而施予重建，可以成為人文學科的現實意義與社會價值所在。

---

[40] John Leonard, 「Of the Ah Sing,」 *The Nation*, 5 June 1989, pp.769-786.

[41] 在 19 世紀中期進入美國之初，華人居民作為個人，在英語社會中是被有名有姓地稱呼的，如「阿官」「阿全」之類；但排華主義思潮抬頭之後，華人統統被稱為「John Chinaman」或「Chinaman」，失去了個人的身份，只留下了一個種族類屬的標籤。19 世紀 60 年代的加州有一個習語「Chinamen's chance」（中國佬的機會），指的是只有華人肯去做的死亡風險極高的工作機會，引申義為沒有機會。

[42] Bill Moyers, *The Stories of Maxine Hong Kingston*, Films for the Humanities, Inc. New Jersey, 1994.

[43] 林澗：《後現代創作語境下的種族歷史書寫：〈華人〉與早期北美華人移民史》，《南開學報》2007 年第 1 期。

[44] Jennie Wang, *The Iron Curtain of Language: Maxine Hong Kingston and American Orientalism*, Shanghai: Fudan University Press, 2007, p.4.

四、中國學界早期美華文學研究的資源優勢與時代使命

梳理、查考了美國學界美華文學研究的問題意識與學術議程，充分考量中國學界既存的學科積累與時代的客觀需求，中國學者對早期美華文學展開比較文學研究的命題方向也開始趨於清晰。

鑒於美國華人史在國內並不廣為人知的認識現狀，對早期美華文學文本的專門研究，繞不開對文學書寫所在的歷史語境的具體還原。在這一跨學科的研究場域中，文學敘事較之史學研究的最大「優勢」，就是以感性的形象直觀呈示：早期美華移民固然倍受欺凌、處境艱險，卻並非麻木順從、任人宰割，而是以緊張的思考、自覺的行動，時時刻刻探尋著希望之路，精神世界充滿生命活力，生活態度自尊自信。早期美華文學所承載的這一基本事實直接超越了排華史研究的命題框架，打開了中國學者重新融裁美國華人歷史敘事的跨國視野。

美國固然是早期美華移民生存奮鬥的「中心舞臺」，不過，早期美華移民的基本生活軌跡乃是「從中國到美國」，或是在「中國－美國」之間幾度往還，其文化譜系呈現出交雜新變的跨國風貌。這就對我們所用的「美國華人史料」提出了重新組織、重新表述的要求。

要將「早期美國華人」的感性形象立體地呈現出來，21世紀當代的比較文學研究者需要既不依循「美國中心」的既定歷史敘事，又充分參考並超越美國族裔研究的命題視野，勾勒出早期華人移民所生存的「美國」的立體語境。考慮到這一點，美國建國史、華人移民史研究、美國排華史研究、美國排華法律研究等，都需要納入早期美華文學比較研究的儲備範疇。

另一方面，以「早期美國華人」為主體來重構美華歷史敘事，對於他們的「來處」──晚清近代的中國，進一步具體地說，中國東南沿海的廣府僑鄉──就有了做出更為切近的查考的學術必要。特別是以華語寫成、面向華語讀者的早期美華作品，其與「中國」的語境關聯尤為密切，國內史學界已有的關於晚清近代廣東僑鄉的經濟、文化、社會研究，亦應列入不可或缺的基礎參考資料。中國學界展開早期美華文學比較研究的資源優勢也由此顯現出來。

　　國內的僑鄉文史研究素來與美華歷史研究各有專攻，二者的研究對象雖然密切相關，但在立場與話語上卻有鮮明的價值差異。國內學界的許多研究，包括廣東航運史、廣府經濟史、僑鄉文史、中華對外交流史研究等，[45]對於東南沿海僑鄉文化歷史傳統及其不同於古代中國其他地區的經濟形態早有深入的總結闡發，且一再發出認識僑鄉傳統的特殊性、重視其當代文化價值及對外交流先驅經驗的呼籲。華人移民的活力、智慧、積極性和移民經驗的豐富性，都是僑鄉文史研究經常涉及的基本命題，可以與早期美華文學文本實現跨學科的直接互證。

　　跨學科的美華文學研究，是中國當代比較文學研究的有機組成部分。樂黛雲、饒芃子等中國比較文學大家關於海外華人文學、世界華文文學的跨文化對話潛力的重視與強調，代表了當代人文學者在「全球化」時代語境下有所作為、推進中國文化、中國學術對外發聲的崗位意識。樂黛雲在《當代中國比較文學發展中的幾個問題》一文中提出：中國比較文學「以通過文學，增進人類的互識、互證、互補為己任」，並自信中國比較文學能夠成為「全球第三階段比較文學的積極宣導者」。同時，樂黛雲也強調，跨文化對話並無現成的話語系統，「最困難的是要形成一種不完全屬於如何一方，而又能相互理解和相互接受的話語」。而要建構這樣一套話語，「最重要的是要尋求一個雙方都感興趣的『中介』，也就是一個共同存在的問題，從不同文化立場和角度進行討論」，且「首先要在對話中保持一種平等的心態」。[46]

　　然而，正如樂教授也談到的，目前，發展中國家所面臨的，正是多年來「發達世界以其雄厚的政治經濟實力為後盾所形成的，在某種程度上已達致廣泛認同的一整套有效的概念體系」。現實並不平等，平等的「心態」又何以「保持」？樂教授一方面援引義大利跨文化文學現象研究者阿爾蒙

[45] 相關的研究論著甚多，可參見鐘賢培、汪松濤：《廣東近代文學史》，廣州：廣東人民出版社 1996 年版。龔伯洪編著：《廣府華僑華人史》，廣州：廣東高等教育出版社 2003 年版。簡光沂主編：《華僑簡史與華人經濟》，北京：中國經濟出版社 1999 年版。羅維猛、邱漢章：《客家人文教育》，中國大地出版社 2003 年版。譚天星等：《中華文化通志・中外文化交流典（10-100）海外華僑華人文化志》，上海：上海人民出版社 1998 年版。中國社會科學院近代史研究所近代史資料編輯組：《華僑與辛亥革命》，中國社會科學出版社 1981 年版。李揚帆：《走出晚清：涉外人物及中國的世界觀念之研究》，北京：北京大學出版社 2005 版。
[46] 樂黛雲：《當代中國比較文學發展中的幾個問題》，《北京大學學報》2009 年第 4 期。

多‧尼茲（Armando Gnisci）教授的主張，指出西方要改變「西方中心」思想必需通過「苦修」（askesis）般的自我批評、自我改造：「我們必須確實認為自己屬於一個『後殖民世界』，在這個世界裡，前殖民者應學會和前被殖民者一樣生活、共存。它關係到一種自我批評以及對自己和他人的教育、改造。這是一種苦修（askesis）。」[47]另一方面，她又指出中國應當避免「因為文化觀念的保守、封閉，拒絕一切對話，導致自身文化的停滯和衰竭」，且強調，消除這樣的心態同樣是一個「苦修」的過程。只有在這樣的基礎上形成新的話語，對話才能進行。[48]

的確，「中國」、「西方」都應避免自我保守、自我封閉，著力自我反省、自我批評；另一方面，「西方優越論」並不只是西方文化圈的觀念缺陷，發展中國家包括中國早已經被圈入了西方「一整套有效的概念體系」的「勢力範圍」，在文化不平等（傳播力不平等、影響力不對等）的現實面前，想要繞過大量的「歷史遺留問題」憑空搭建起「中西平等對話」的平臺，其實如沙上建塔，無可著力。西方學者需要自我批評的是「自大」與「為我獨尊」的錯覺，而中國學者除了要自我批評「自我封閉」，還需要對「崇西」心態、「摹西」習慣以及「與國際接軌」的宏大概念予以綜合清理。肩負這一雙重任務，如何「雙管齊下」、使清理與建構、全球眼光與立場自覺相得益彰，是當代的中國人文學者必須直面的一大難題。

在早期美華文學的書寫場域中引入新的話語體系，實現跨學科的史料對話與理念整合，帶來的是視野的更新與全景的重建。借用日本學者溝口雄三的話說：「中國的歷史像是一幅被捏造出來的畫像，尚未揭示出自己的原樣。……當中國這一圖像被呈現出來時，世界也更接近它的原貌，歐洲也會恢復它本來的形象。」[49]

華人移民與中美的關係、中美之間的文化歷史關係皆亦複如是。美國排華主義針對華人移民「捏造出來的畫像」，在美國的政治話語中長期以來兼指的乃是在美華人、全球華人族群、中華文明（China as a Civilization）

---

[47] [意]阿爾蒙多‧尼茲：《作為非殖民化學科的比較文學》，羅恬譯，《中國比較文學通訊》1996 年第 1 期。

[48] 樂黛雲：《當代中國比較文學發展中的幾個問題》，《北京大學學報》2009 年第 4 期。

[49] [日]溝口雄三：《關於歷史敘述的意圖與客觀性問題》，賀照田主編：《顛躓的行走‧二十世紀中國的知識與知識份子》，長春：吉林人民出版社 2004 年版，第 320-336 頁。

以及中國的國家政治實體（China as a Nation）：對這幅「畫像」、這道「鐵幕」展開多米諾骨牌效應式的質疑與解構，美華文學特別是早期美華文學研究對當代中國國家形象建設的特殊價值得以顯現。

中國人對美國的「觀看」，從近代起就是「先進知識份子」「開眼看世界」的重要組成部分。首先受到「歐風美雨」浸染、對「美國人的中國觀」有較早接觸的學者，或者如胡適、林語堂一般，以溫和、幽默的口吻自我表述、尋求理解，或者是本著自我反思、自我激勵的目的，在「知恥而後勇」的思路下對來自西方世界的種種「考語」予以道德化的讀解與邏輯層面的「化解」，在「文化對話」問題上始終處於守勢。同樣是出於強國的迫切願望，從追趕、效法的心態出發，從國家物質文明、制度文明的視角切入，近代以來中國對美國的認知長期統攝在宏大的歷史政治敘事的符號系統之下，對美國文化的觀察表述亦依附於政治意識形態的官方敘事。冷戰「鐵幕」下的中美敵對話語隨著「時移世易」而「退出歷史舞臺」，進入「改革開放」的時代，中美經濟貿易關係持續加強，美國作為「合作夥伴」的經濟身份又成為第一位。作為美國主導的「全球化」潮流的一部分，美國流行文化產品憑著其「無孔不入」的傳播力與娛樂性風行中國，「深入民心」。

在好萊塢歌舞昇平的影像世界裡，當代中國人對美國的觀看與想像更為活躍豐富，代入感也更強。由於對「美國的華人觀」、華人在美國的歷史經歷缺乏知識，中國觀眾對美國影像的「代入感」並不首先指向在美華人或者出現在美國影視作品中的華人形象，而是往往直接指向作為「主角」的「正宗」美國白人，對其中的華人形象反而並不敏感；再加上「寬以待人」的處世信條，中國觀眾對「外人」的誤解妄說往往寬宏大量，把妖魔化的「想像」當做單純的娛樂，滿足於看到華人形象、中國文化符號的出現，並將其引以為中國國力強大、美國包容多元的直接證據。

可以這樣總結，當代中國人的美國觀是在美國文化的高速傳播下被建構出來的，且當代中國對美國的認識遠遠未能隨著中美經貿關係的存續而及時推進。在中美經濟關係中，中國作為勞動密集型商品的大宗生產國，長期擔當的是「訂單執行者」角色，已經「習慣了」長期居於接受和跟從的地位。中國對「共同市場」、「國際接軌」的急切訴求，某種程度上遮蔽了國內對當代中西文化關係的現實認知與能動判斷，異質文明的衝突似乎

已經消解在資訊社會的高速繁榮中。當代中國讀者對美國的種族關係現狀一知半解，對種族議題在美國歷史現實中的主題性又無從體會，加上高估了 20 世紀 60 年代民權運動的社會成就，並把美國黑人為自身爭得平權地位的社會效應與華人在美國的社會處境混為一談；由此，對「文化美國」及中美關係的認知長期停留在單純樂觀的印象層面，缺乏進行深入瞭解的嚴肅興趣與求知動力，遑論看清其種族意識形態與國際政策的因果聯繫。

另一方面，在急功近利、「慌不擇路」的實用主義心態之下，當代中國社會的國際視野亦出現了嚴重的扁平化，對進出口貿易所締造的「利益關係」抱著天真爛漫的信任態度。再加上資訊革命帶來的巨大衝擊，原本就不甚切實的「中國（人）的美國觀」又進一步碎片化——在國家立場上，對「美國政府」警惕批評；在國際安全觀上，對中美關係的大走向盲目樂觀；在生活理想上，對美國文化抱有好感、將「美式生活」引為榜樣，亦步亦趨。充滿悖謬的觀感與不問語境的照抄照搬，構成了當代中國人看美國、看世界的基本狀態。既然「現代化就是美國化」，「中國人的美國觀」也可以說是當代中國社會所持的「現代觀」、「全球觀」的一個特殊縮影。

因此我們也可以理解，為什麼部分美華文學作品能夠一度在國內文化市場上成為「暢銷書」，但美華文學作為一個文類的獨特價值卻沒有得到足夠的發掘和闡釋，歷代美國華人積累的跨國文化經驗也沒有得到國內讀者界的充分認識。華人在美國成功發跡的故事自不待言，不少介紹華人「老移民」在美國的種種遭遇的文章，也都會把當今華裔的「進入主流」作為光明的結尾。此類敘事邏輯背後潛藏著貌似合理實則混亂的觀念，即把華人移民與美國土生華裔混為一談，把個人的成功與民族的地位混為一談，且滿足於用後代的「成功」來補償、「告慰」先祖的苦難，從而在邏輯上「化解」「華人遭受種族歧視」這個頗具激刺性的現實問題。如此，在「中國中心」的邏輯框架之下，一味地為美國華人塗飾「中國」色彩，歷代海外華人在其紮根居住的世界各國所積累的生存經驗，包括歷代華人在美國社會、政治、文化空間中的處境和心得，就必然無法得到文化協商[50]高度的關注與思考，遑論其對當代中國的美國觀產生正面的影響了。

---

[50] 本文以「協商」（bargain）而非「交流」（communicate）來表述中美文化、華人文化與美國文化之間的接觸、交織、對話和創新，因為這一過程無法超脫于文化政治利

　　而與國內這一認知印象形成鮮明反差的基本現實是，美國多元文化的全盛時期在 90 年代末結束；自小布希政府上臺以來，美國大學的課程設置、學術立項及經費分配、出版界的出版計畫隨之都做了重大調整，少數族裔研究全面「退位」，黑人文學研究成為主流，美國的「種族關係」命題重新限定為「黑白關係」，美國學界美華研究、亞裔研究論著的問世機會大大縮減。[51]這一全面收縮的保守主義文化思路與美國 21 世紀十多年來的對華政策都是相互配合的。若無法理順這一基本的關係，美國這個「謎」仍然難以「猜透」。[52]

　　鑒於中國在國際格局、世界文化系統中實際所處的是「被言說」地位，中國學界亟需對「外因」即隱藏在西方中心主義文化立場中的種族主義、東方主義予以充分的正視，針對其既定的邏輯與套話提出準確而有效的自我表達。本著重建、推出華人正面形象的跨國議程，以有為主義的問題意識探索當代中國的自我表達之路，中國所持的國際願景亦有機會實現更加務實而清晰的定位。人文學術話語的創造與更新，開啟的乃是對中國看美國、看世界的特定視角的反思與重建：這也是當代中國學術「走向世界」必須面對的考驗。

　　從中美文化關係的角度而言，不受「鐵幕」話語的邏輯宰製，以中美文化平等交流的眼光進行觀照，則世界近代史上華人流向美國、尋求紮根的「篳路啟山林」的行為，並非單純從「落後的東方」流向「文明的西方」，也不是從「封閉的中國」走向「豐饒的美國」：早期美華移民開發加州、紮根加州，應當被視為一種不同於西方殖民傳統的移民實踐。在文明交流的直觀效應上，這一行動也提出了「中」「美」這兩個不同民族（「華人」與「美人」、「黃種人」與「白種人」、「黑種人」）多形態共處融合的可能

益的主張和妥協、手法的交鋒和對峙。中美文化協商並非坐而論道的文字交換，而是以具體的文化事件、文化行動為基底，以文化議程的主張和貫徹為內容的。

[51] Jennie Wang,「Querying the Genealogy: A Call for Comparative and Transnational Studies in Chinese American Literature and Chinese Language Literature in the United States,」林澗主編：《問譜系：中美文化視野下的美華文學研究》，上海：上海譯文出版社 2005 年版，第 1-3 頁。

[52] 楊玉聖：《中國人的美國觀——一個歷史的考察》，上海：復旦大學出版社 1996 年版，第 1 頁。

性及可行性問題：這一探討最終會落實於對早期美國華人移民活動的世界文明史意義的再次評價，並由此導向對中美關係、中西文明關係、中國文化在當代世界文明系統之現實位置的一系列重估。

就當代中國國民所持的國際觀念現狀而言，通過文學與歷史的比較研究探索早期美國華人抗議歧視、堅持紮根的生存經驗，乃是在促進國內讀者對美國種族文化、以及一百六十多年以來華人在美國種族文化中所扮演的角色的正視，從而為中國當下的國際角色及定位議程提供一種連貫縱深的跨文化視野。

從更廣義的中美關係視野（不限於官方政治外交及媒體話語，還要對歷代華人移民經歷、流行文化產品中的中國形象、華人形象有批判性的認知）入手，從早期美國華人的生存經驗及其文學表達中拓寬觀察中國與美國、華人與世界之關係的視野和思路，拉近當代中國與世界文明格局演化進程的感性距離，推遠「當今華人遍佈全球」這一「同胞敘事」營造的自滿之感，當代中國會有更多的機會看到歷史現實中隱伏的諸多「陷阱」，進而在國際文化擂臺上、異質文明間的磨合協商中把握住積極而合理的行動方向。

Literature Rewriting the History:
the Transnational Agenda
of Early Chinese American Literature Study

GAI Jianping

Abstract: Due to its lack of "Literariness", early Chinese American literature in a long time had been ignored by Chinese scholars. While the impressive academic achievement of American Ethnic Study on early Chinese American literature rooted deeply in the American scholars, social agenda of prompting racial equality of American society. Reviewing the different question consciousness of Chinese and American scholars, understanding the historical context of Chinese American literary writing and contemporary transnational context of early Chinese American literature study for Chinese scholars, we would recognize the urgent issue of enhancing the China-US intercultural dialogue for Chinese scholars nowadays, and comprehend the necessity and feasibility of developing a comparative literature study on early Chinese American Literature.

Key Words: Early Chinese American Literature, Chinese American History, Orientalism, Transcultural Dialogue

Notes on Author: GAI Jianping (1981-), female, PhD in Comparative Literature at Fudan University. Major research interests are Chinese American Literature Study and Literary and Cultural Relationship between China and America.

形象學研究

《西洋雜志》的編撰學：
晚清士大夫首次走向西洋的集體敘述

蕭國敏

[論文摘要] 黎庶昌的使西記《西洋雜志》編撰體例與一般的使西記不同，除本人的使西記外，輯錄了首批出使西洋的士大夫郭嵩燾、劉錫鴻、曾紀澤、李鳳苞、陳蘭彬、羅豐祿、張斯枸、錢德培等人的使西記述。而《走向世界叢書》本《西洋雜志》「刪去非黎氏本人的文字」吊詭地迷失了其原初意義，通過比對《西洋雜志》的刪節本與清光緒庚子年（1900）遵義黎氏刊本，發掘遵義黎氏刊本在混雜與迂迴的多重指涉面具下強烈的話語建構意圖，黎庶昌使《西洋雜志》由單一的個人敘述演變成一本晚清士大夫首次走向西洋的建構性集體敘述話語。

[關 鍵 詞] 《西洋雜志》；士大夫；集體敘述

[作者簡介] 蕭國敏（1980-），女，復旦大學中文系比較文學與世界文學專業博士，貴州師範大學教師，主要從事晚清域外遊記與形象學的研究工作。

　　《西洋雜志》是清政府首任駐英三等參贊官黎庶昌編撰的一部別具一格的使西記。[1]1875 年 8 月，英國駐華公使威妥瑪以馬嘉理被戕一案，強烈

---

[1]　按：「使西記」一詞是沿用朱維錚為《郭嵩燾等使西記六種》一書撰寫的導言所採用的專門指稱晚清外交官員撰寫的關於外國國情、輿地等相關著作的特定專屬稱謂。這篇導言是專門為王立誠編校的《郭嵩燾等使西記六種》一書所撰寫，有三個題名不一、內容也有所增益的版本：《晚清的六種使西記》發表在《復旦學報》1996 年第 1 期；《使臣的實錄與非實錄：晚清的六種使西記》收入 1996 年版的《求索真文明：晚清學術史論》一書；《導言》即為 1998 年版《郭嵩燾等使西記六種》一書的導言。自 1866 年清政府首次向西方派遣使者始，總理各國事務衙門就要求被派遣的官員詳細記錄遊歷西洋沿途的所見、所聞、所感。1877 年，隨著清政府第一個正式駐外使館的建立，經總理各國事務衙門奏准，要求「飭下東西洋出使各國大臣，務將大小事件逐日詳細登記，仍按月匯成一冊，諮送臣衙門備案查核。即翻譯外洋書籍、新聞報紙等件，內有關係交涉事宜者，亦即一併隨時諮送，以資考證。」（參見葛士濬輯：《皇朝經世文續編》，臺北：文海出版社 1972 年版，第 2725 頁）。於是，出使官員按月寄

要求中國向英國派遣駐外使團。繼 1866 年派遣斌椿率領同文館學生跟隨總稅務司赫德出洋遊歷、1868 年派遣中西合璧的「蒲安臣使團」出使各國、1870 年派遣崇厚出使法國之後，這一次清政府不得不放下「天朝上國」的臉面和尊嚴，按照威妥瑪的要求，向西方正式派遣駐外大使。1876 年 12 月，首任駐英公使郭嵩燾率領清政府第一個駐外使團由上海出發前往英國，黎庶昌是這第一個駐外使團的一名成員，更為準確地說，他是這個駐外使團除正使郭嵩燾、副使劉錫鴻之外的第三號人物。正如「使西記」這一名稱所示，它特指晚清外交官員出使西方時對西方的國情、輿地等種種情形的所有體裁的各種相關著述。作為劃時代的第一批走向西方的士大夫，郭嵩燾著有《使西紀程》、劉錫鴻著有《英軺私記》，[2] 黎庶昌編撰了一部《西洋

送日記等著作上呈總理各國事務衙門成為一種正式的制度。晚清大部分外交官員很好地履行了此項職責，由此出產了一大批數量可觀、內容龐雜的關於外國國情、輿地等的日記體、遊記體、書信體或其他體裁的著述，朱維錚將之統一稱為「使西記」（參見朱維錚撰：《導言》，見於[清]郭嵩燾等著、王立誠編校：《郭嵩燾等使西記六種》，北京：生活・讀書・新知三聯書店 1998 年版）。關於這一稱謂，學界亦存在其他的聲音：陳左高在《中國日記史略》一書使用「星軺日記」（參見陳左高撰：《中國日記史略》，上海：上海翻譯出版公司 1990 年版，第 169 頁）；尹德翔在《東海西海之間——晚清使西日記中的文化觀察、認證與選擇》一書使用「使西日記」（參見尹德翔撰：《東海西海之間——晚清使西日記中的文化觀察、認證與選擇》，北京：北京大學出版社 2009 年版，第 1-22 頁）。無論是「使西記」、「星軺日記」，還是「使西日記」，都無一例外地點明了這批著作是晚清外交官員出使西方的著作，它們的性質是官方的、非民間的。而對於它們的體裁，則個人有個人的看法。我們認為，一方面，從總理各國事務衙門的官方文件來考察，明確要求諮送的範圍涵蓋出使官員逐日的記述和關係交涉事宜的外洋書籍、新聞報紙等件，不單單是每天的日記。另一方面，從現存的著作來看，晚清出使官員關於西方的著作也不僅僅只有日記這一種體裁，還有遊記、書信和其他形式的著述。「星軺日記」、「使西日記」兩者都側重日記這一形式，不能很好地涵蓋晚清外交官員關於西方的全部著作，而「使西記」中的「記」只是一種記述，不專門指稱日記這一類型，反而把這些著述全部囊括進來，所以，我們認為使用「使西記」來指稱晚清外交官員關於西方的著述是非常恰切和妥貼的。

2　按：關於劉錫鴻的使西記的書名應該題作《英軺私記》還是《英軺日記》，學界還有不同的看法。朱維錚在論文《晚清的六種使西記》中主張題作《英軺日記》（參見朱維錚撰：《晚清的六種使西記》，《復旦學報》，1996 年，第 1 期）。他詳細地作了考證：「此書初刻於光緒四年（一八七八）。據本書編校者王立誠君查考，它有清光緒年間鉛印本、袖珍石印本，均分上下二卷，也均無印行時間及出版者可考；又有光緒十七年刊行的《小方壺齋輿地叢鈔》本；這三種本子都題作《英軺日記》。另一種題作《英軺私記》，有光緒乙未（一八九五）三月江標于長沙刊行的「寫錄正本」，此本即收入江標輯《靈鶼閣叢書》第三集的同一版本，它是《英軺日記》的摘編，每則加一節題，最後兩則（西人厭有家之拘束、克萊斯麥司衣符）錄自《日爾曼紀事》；這個節本，文字僅及《小方壺齋輿地叢鈔》本原書的七分之一；此後商務印書館的《叢書集成》本，即據江標節本排印。現存《日爾曼紀事》凡九則，附見於黎庶昌著《西洋雜志》。因此，原書名稱，似宜仍從初刻。」（參見朱維錚撰：《晚清的六種使西記》，見於《復

雜志》。鍾叔河在給《西洋雜志》寫的緒論《一卷西洋風俗圖》的開篇，對於這批以郭嵩燾的《使西紀程》開啟其歷史篇章的使西記，他作了極其精準的定位，指明了這批使西記的獨特意義：

> 中國讀書人近代前往西方（包括開放後的日本）的記述，林鍼、羅森、斌椿、志剛只能算前奏，容閎、王韜和李圭也只能算序曲。真正的主題歌，大概要到光緒二年（一八七六年）郭嵩燾這樣有地位、有身份的高級士大夫出使西洋時才正式開始。[3]

郭嵩燾、劉錫鴻、黎庶昌是清政府向西方派遣的高級士大夫的先行者，他們的使西記作為士大夫首次走向西方的官方著述，佔有不可替代的顯著位置。駐英使館設立之後，隨著各駐外使館的紛紛創建，走出國門、走向西方去注視和體驗西洋的晚清士大夫越來越多，他們逐漸形成了一個有明顯分際邊界的晚清外交官群體，並且留下了一部又一部多姿多彩的使西記。據臺灣學者王爾敏在《十九世紀中國士大夫對中西關係之理解及衍生之新觀念》一文所作的統計，「道光到咸豐的四十年間，中國學者撰著的域外地理圖書共二十種，而那以後至一九〇〇年（光緒二十六年）的四十年間，國人所撰著的外國國情輿地著作，便約有一百五十一種。」[4]作為晚清士大

旦學報》，1996年，第1期，第83頁）。鍾叔河《走向世界叢書》題作《英軺私記》，彷彿是漫不經心，鍾叔河只簡單地作了如下的說明：「《英軺私記》未見單行本。元和江標光緒二十一年（乙未）在湖南做學政時，據『寫錄正本』將其收入《靈鶼閣叢書》第二集中，作為一卷（附《日爾曼紀事》）。」（參見[清]劉錫鴻、張德彝著：《劉錫鴻：英軺私記·張德彝：隨使英俄記》，長沙：嶽麓書社2008年版，第12頁）。首先，朱維錚認為《英軺私記》收入《靈鶼閣叢書》的第三集，鍾叔河認為收入第二集，翻檢現存的《靈鶼閣叢書》，我們可以知道《英軺私記》收入的是《靈鶼閣叢書》第二集；其次，黎庶昌應該親眼見到過劉錫鴻使西記的最初樣態和光緒年間較早的版本，而其《西洋雜志》引用到劉錫鴻的著述文字時都指明出自「劉京堂英軺私記」；最後，光緒二十九年（1903）二月出版的慶親王載振的使西記題名《英軺日記》，據常理推斷，載振的使西記肯定不願意與一身份地位卑微、學識亦不出眾的過氣官員的使西記重名。基於以上三點，我們認為劉錫鴻的使西記原來的名稱應該是《英軺私記》。但基於我們並未看到王立誠的相關考證，也未親眼目睹劉錫鴻使西記的初刻本和光緒年間較早的其他版本，這一問題還有待更深一步的發掘和考證，才可最終定論。

3　鍾叔河撰：《一卷西洋風俗圖》，見於[清]王韜等著：《王韜：漫遊隨錄·李圭：環游地球新錄·黎庶昌：西洋雜志·徐建寅：歐游雜錄》，長沙：嶽麓書社2008年再版，第365頁。

4　轉引自[清]郭嵩燾等著、王立誠編校：《郭嵩燾等使西記六種》，北京：生活·讀書·新知三聯書店1998版，第2頁。另參見王爾敏撰：《十九世紀中國士大夫對中西關係

夫走向西方的可貴見證，這一百五十一種使西記形成了一個數量相當可觀、內容異常龐雜的著述集群，乃至今天我們有必要從理論上對這個龐大的群體進行細緻地整理、廓清和反思。在進行整理和廓清的過程中，《西洋雜志》的獨特存在價值愈加清晰地呈現出來，《西洋雜志》是使西記中唯一一部系統輯錄同期其他士大夫關於西方敘述而又在編撰體例上體現超常一致性和完整性的專門著作。通過其卓越的編撰能力，黎庶昌使《西洋雜志》不僅僅成為他個體使西記話語的傑出代表，更使其成為了使西記中獨一無二的一部象徵首次走向西洋的清政府外交官員團體上呈給國內官方的一次完美的集體敘述話語。

由於郭嵩燾的《使西紀程》不幸慘遭毀板，黎庶昌深切感受到了個人能力的巨大局限，也更清楚一個古老帝國面對西方時所有的猶疑、敵意、延宕和艱難，於是他費盡心力的構築了這一巧妙的天然合成品。然而遺憾的是1980年代再次進入人們視野的《西洋雜志》卻吊詭地錯失了它本來的面目。

一、共謀與消解的策略：節本的合法性申訴

現今能查檢到的《西洋雜志》版本一共有三個：一是中國國家圖書館古籍部收藏的善本——清光緒乙酉年（1885）莫繩孫鈔本，這也是現存最早的《西洋雜志》版本；一是清光緒庚子年（1900）遵義黎氏刊本，這個版本容易見到，屬於普通古籍類圖書，國內各大圖書館基本都有收藏；另一是新中國成立後陸續出版的《西洋雜志》的古籍整理本，以鍾叔河主編的《走向世界叢書》本最為大家所熟知。[5]清光緒乙酉年（1885）莫繩孫鈔

之理解及衍生之新觀念》，見於王爾敏著：《中國近代思想史論》，北京：社會科學文獻出版社2003年版，第6、19、49、55-57頁。

[5] 按：因為莫繩孫鈔本和遵義黎氏刊本兩個版本都是古籍，一般需要到有此收藏的圖書館古籍部才能閱覽，市面上不能輕易得到。現在國內市場上能較為容易翻閱和購買到的版本是新中國成立之後出版的古籍的整理本。據統計，《西洋雜志》一共出版了五個整理本，它們按照出版的先後順序依次為：1981年湖南人民出版社出版的《西洋雜志》單行本（該單行本以西班牙戈雅作的《鬥牛圖》為封面，並在封面左邊邊上「光緒初年在西班牙英法等國所見之風土民俗」一行大字。全書內容由《走向世界叢書》總序、鍾叔河的緒論《一卷西洋風俗圖——黎庶昌的〈西洋雜志〉》和經校點者刪改編輯過的《西洋雜志》三部分構成）；1985年嶽麓書社出版的與王韜的《漫遊隨錄》、李圭的《環遊地球新錄》、徐建寅的《歐遊雜錄》一起的合本（為鍾叔河主編的《走向世界叢書》的第六分冊。與1981年湖南人民出版社出版的單行本相比，增加了《索引與簡釋》，鍾叔河的緒論《一卷西洋風俗圖》內容上有細微的變化）；1992年貴州

本《西洋雜志》八卷，半葉 13 行，每行約 20 餘字，綠格，白口，四周單邊。該鈔本在第八卷卷終有一篇莫繩孫撰寫的較為簡短的跋，內容如下：

> 右《西洋雜志》八卷。光緒乙酉正月，假黎蒓齋姑夫本，錄備觀覽，闕第七卷，以其倉卒回黔，未經檢出，他日應補錄之。
> ──莫繩孫志[6]

這篇跋雖然簡短，但是交待了很多關於該版本基本的資訊。「《西洋雜志》八卷」清楚顯示此鈔本題名為「西洋雜志」，卷數為「八卷」；「光緒乙酉正月」明確交待了此鈔本的形成時間，表明該鈔本形成於 1885 年的正月；「假黎蒓齋姑夫本，錄備觀覽」告訴我們鈔本依據的祖本是黎庶昌的本子；「闕第七卷」 交待了該鈔本缺第七卷；「以其倉卒回黔，未經檢出，他日應補錄之」表明鈔本缺第七卷的原因不是祖本闕如，而是由於祖本的主人──黎庶昌倉卒回黔而直接導致莫繩孫沒有足夠的時間抄錄完整。清光緒庚子年（1900）遵義黎氏刊本卷首有「光緒庚子年遵義黎氏刊」兩行字，顯示該刻本面世時間為清光緒庚子年（1900），出版者為遵義黎氏。該刻本亦分八卷，半葉 10 行，每行 21 字，四周雙邊，花口，雙魚尾。版心上部標明「西

人民出版社出版的譚用中點校本（此本是簡體排版本中唯一基本保留原書樣貌的本子）；2007 年社會科學文獻出版社出版的王繼紅校注本；2008 年嶽麓書社修訂重印的《走向世界叢書》本(與1981 年湖南人民出版社出版的單行本和1985 年的版本相比，該修訂版扉頁第一頁簡單臚列了黎庶昌由光緒二年（1876）十二月隨郭嵩燾出使英國後直至光緒七年（1881）七月回國的這段時間，隨著其身份和所在國度的變化，在歐洲大致的工作和遊歷情形；扉頁第二頁明確注明了「《西洋雜志》據光緒庚子遵義黎氏刊本（刪去非黎氏本人的文字）」字樣，便於提醒有興趣的人們去細心考究《西洋雜志》的原貌）。這五個版本中，1981 年的湖南人民出版社出版的單行本、1985 年和2008 年嶽麓書社出版的合訂本都屬於鍾叔河主編的《走向世界叢書》裡的一種，編排體例大致一致，可以算是同一個版本的不同時期的印本。2007 年社會科學文獻出版社出版的王繼紅校注本也屬於《走向世界叢書》本這一系列，它不同於《走向世界叢書》本的地方只在於把《歐洲地形考略》一文重新歸入第六卷《奧國錢幣》和《談天匯志》之間，第八卷的題名抄襲《走向世界叢書》本依舊作「書簡與地志」。因為《走向世界叢書》的三個印本和王繼紅校注的版本都不約而同地把黎庶昌輯錄的其他同時期士大夫的著述全部刪去了，在版本的傳承中發生了很大的變異，是名副其實的「節本」。當然，這四個版本並不是一模一樣的，它們客觀上存在其他一些差異，只是這些差異的性質並不妨礙或者說並不嚴重到影響它成為一個獨立版本的程度。這五個整理本中只有 1992 年貴州人民出版社出版的譚用中點校本基本保留了原書的基本樣貌，在版本的歸屬上，其當歸屬於遵義黎氏刊本序列。

6 [清]黎庶昌著、莫繩孫鈔：《西洋雜志》，清光緒乙酉年（1885）莫繩孫鈔本，卷八末。
　按：標點為筆者所加。

洋雜志卷×」，下部標明頁數。且每卷均於目錄後正文起始頁第二行下方題署著者姓名「遵義黎庶昌」。清光緒乙酉年（1885）莫繩孫鈔本和清光緒庚子年（1900）遵義黎氏刊本兩個版本卷數相同、分卷也雷同，但我們將二者判定為兩個不同的版本，是因為這兩個版本存在下述顯著的差異：第一，遵義黎氏刊本中選錄的十四篇錢德培《歐遊隨筆》的文章在莫繩孫鈔本中一概付之闕如，沒有顯露出任何存在的痕跡；第二，莫繩孫鈔本第五卷目錄在《倫敦街道》與《巴黎街道》之間列了篇名《倫敦地底火輪車》，對應的正文亦存留《倫敦地底火輪車》的標題，只是正文內容為虛白，在此頁的天頭上有莫繩孫標記的「此案原闕」字樣，這表明其所依據的黎庶昌《西洋雜志》的祖本《倫敦地底火輪車》一篇正文也一樣是闕如的狀態，但顯然祖本第五卷的目錄和正文均給《倫敦地底火輪車》這篇文章留存了位置和空間，黎庶昌本人是有寫作《倫敦地底火輪車》的明確打算，並且已經為這篇還未誕生的文章設計好了它在《西洋雜志》一書的適當位置，而遵義黎氏刊本沒有關於「倫敦地底火輪車」的相關內容；第三，莫繩孫鈔本第八卷比遵義黎氏刊本多出《與張廉卿書》和《與莫芷升書》兩篇書信；第四，莫繩孫鈔本第二卷目錄《日君主行老養老之禮》、第五卷目錄《阿魁爾亞模》、《巴黎大賽會紀略》、《賽船之戲》在正文中標題依次為《日君主行養老之禮》、《阿魁爾亞魚模》、《巴黎大會紀略》、《敷倫賽船之戲》，目錄和正文有不一一對應的地方，而遵義黎氏刊本相關的內容一律以莫繩孫鈔本正文內容為準，沒有前後不一致的情況。但很顯然，這兩個版本在基本樣態的高度一致性上表明它們具有直接的親緣關係。無疑，莫繩孫鈔本形成的時間光緒乙酉年（1885）早於光緒庚子年（1900）的遵義黎氏刊本，很顯然，後來的遵義黎氏刊本只是在莫繩孫鈔本依據的祖本的基礎上進行了一定程度的增刪（增加輯錄了錢德培《歐遊隨筆》的相關內容、刪掉了《與張廉卿書》、《與莫芷升書》兩封書信）和校對，但《西洋雜志》的卷數、體例、內容等各方面的編撰構想在莫繩孫鈔本形成的光緒乙酉年（1885）已經得到很好地形塑，編撰工作基本完成，已是一本相當成熟的著作，完全可以出版了。

　　《西洋雜志》的古籍整理本以《走向世界叢書》本最為學界熟知和推崇，我們就以它為代表說明把這個版本與莫繩孫鈔本和遵義黎氏刊本嚴格區分開來，單獨列為一個版本的緣由。古籍的整理本是採用現代的新式標點對古籍進行標點和處理之後的對古籍的重新的翻刻和出版，即使其表面形態出現了巨大的變化也並不能因此判定所有的古籍整理本是一個不同於

它先前古籍的版本。《走向世界叢書》本《西洋雜志》的祖本為清光緒庚子年（1900）遵義黎氏刊本，認定《走向世界叢書》本《西洋雜志》與其祖本遵義黎氏刊本是性質不同的兩個版本的根本依據是它在重新編輯的過程中進行了大量的刪節，「非黎氏本人的文字」均被刪除而直接導致原書編撰體例的劇烈變更，從而在載體消失的境地下原書最初包蘊的豐富話語意涵一併遺失殆盡。在 2008 年嶽麓書社出版的《西洋雜志》扉頁的背面有一行小字：

> 《西洋雜志》據光緒庚子遵義黎氏刊本（刪去非黎氏本人[7]的文字）[8]

這行小字是一份很重要的聲明，它清楚地交待了《走向世界叢書》本《西洋雜志》的工作底本是光緒庚子年（1900）的遵義黎氏刊本，括弧裡的文字則說明在本書的編撰過程中把不屬於黎庶昌本人的文字盡行刪去了。粗略地看，我們獲取了以下三個資訊：本書的祖本是「光緒庚子遵義黎氏刊本」；本書有刪節；本書刪節的內容為「非黎氏本人的文字」。從文字導向的語意和指涉的意涵上辨析，我們可以得出結論——即使本版的《西洋雜志》有刪節，但問題並不那麼的嚴重，因為它僅僅只是刪掉了一些與黎庶昌本人毫不相關的也不屬於黎庶昌本人的無關緊要的文字。在本書的緒論《一卷西洋風俗圖》中，鍾叔河對此作了進一步的說明：

> 《西洋雜志》一書，收集了他旅歐期間所寫的雜記、遊記、有關書簡和三篇地志，此外還摘錄了郭嵩燾、劉錫鴻、陳蘭彬、李鳳苞、曾紀澤、羅豐祿、錢德培等人記述的一些片段。在出使諸人記載中，是別具一格的。[9]

我們先不著急立即去分析上述這段文字，而是嘗試著把鍾叔河給《西洋雜志》一書撰寫的三個不同版本的緒論中所有關於刪節內容的聲明全部搜檢

7　按：在實際的操作過程中，位於輯錄的劉錫鴻《茶會》和《德國開色茶會跳舞會》作品之後的兩篇「庶昌附記」隨著前面內容的被刪一併被刪去了，這兩篇「庶昌附記」肯定不是「非黎氏本人的文字」。

8　[清]王韜等著：《王韜：漫遊隨錄・李圭：環游地球新錄・黎庶昌：西洋雜志・徐建寅：歐游雜錄》，長沙：嶽麓書社 2008 年再版，第 364 頁。

9　[清]王韜等著：《王韜：漫遊隨錄・李圭：環游地球新錄・黎庶昌：西洋雜志・徐建寅：歐游雜錄》，長沙：嶽麓書社 2008 年再版，第 365-366 頁。

出來一併呈現，將會更為有趣。1985 年嶽麓書社出版的《西洋雜志》一書的緒論亦是鍾叔河的《一卷西洋風俗圖》，相關的內容摘錄如下：

> 《西法[10]雜誌》一書，收集了他旅歐期間所寫的雜記、遊記、有關書簡和三篇地志，此外還摭錄了郭嵩燾、劉錫鴻、陳蘭彬、李鳳苞、曾紀澤、羅豐祿、錢德培等人的一些文章。在出使諸人載記中，這是別具一格的一種。[11]

1981 年湖南人民出版社出版的《西洋雜志》單行本是《走向世界叢書》的第一個版本，本書的緒論《一卷西洋風俗圖——黎庶昌的〈西洋雜志〉》，亦是鍾叔河的手筆。對新版本的《西洋雜志》與清光緒庚子年（1900）的遵義黎氏刊本《西洋雜志》的區別他作了這樣的解釋：

> 《西洋雜志》原本八卷，卷首題署『光緒庚子年遵義黎氏刊』，除黎庶昌本人的作品外，還摭錄了郭嵩燾、劉錫鴻、李鳳苞、陳蘭彬、曾紀澤、羅豐祿、錢德培等人的日記、書信和隨筆。此次我們將不屬於黎氏本人的文字全部刪去，因為這些人的出使記述多已經列入《走向世界叢書》的選題，準備陸續刊行，如果不予刪去，勢必造成重複。[12]

從以上三段文字，我們可以大致勾勒出《西洋雜志》節本初始的構建以及由於新版本的不斷印行而使其節本身份不斷得到稀釋的頗為清晰的演變進程。按照時間順序來看，最後一段文字面世的時間比其他兩段文字都早，是後來發表的兩篇緒論最原始的版本，相應地其內容也最為豐富。基於實事求是的態度，作者不僅明晰地介紹和陳述了工作底本光緒庚子年遵義黎氏刊本《西洋雜志》的卷數、卷首題署情況，最重要的是闡明了遵義黎氏刊本與該版本最為關鍵的區別節點：遵義黎氏刊本「除黎庶昌本人的作品外，還摭錄了郭嵩燾、劉錫鴻、李鳳苞、陳蘭彬、曾紀澤、羅豐祿、錢德

---

[10] 按：應為「洋」，顯然地這是一種很初級的錯誤。
[11] [清]王韜等著：《王韜：漫遊隨錄・李圭：環游地球新錄・黎庶昌：西洋雜志・徐建寅：歐游雜錄》，長沙：嶽麓書社 1985 年版，第 365-366 頁。
[12] [清]黎庶昌著，喻岳衡、朱心遠校點：《西洋雜志》，長沙：湖南人民出版社 1981 版，第 19 頁。

培等人的日記、書信和隨筆」，[13]而該版本刪除了原書輯錄的所有郭嵩燾、劉錫鴻、李鳳苞、陳蘭彬、曾紀澤、羅豐祿、錢德培等人的作品，而郭嵩燾、劉錫鴻、李鳳苞、陳蘭彬、曾紀澤、羅豐祿、錢德培等人撰寫的作品是一些日記體、書信體和隨筆之類的文字。但是被刪除的內容的數量、篇幅以及刪除掉這些內容之後該版本的存在性質是否發生實質性的嬗變並進而影響人們對《西洋雜志》一書的觀感和評價等等一系列問題作者通通巧妙地予以回避。我們發現作者並不希望人們的思路朝向探究新版本與祖本之間有何實質性的差異方面來聚焦，而是經由巧妙地故意規避將原初停留於版本的關注重心變更為對刪除文字版權歸屬的關注，亦即由對此刪節「版本」的關注轉變為對被刪除文字的「版權」的關注，綁架了我們可能的版本意識，把焦點的關鍵集中於這些被刪除的文字的作者歸屬權，不停地申訴被刪除的文字全部都是其他人的著述，不是黎庶昌的個人敘述，實質上跟黎庶昌本人沒有任何關鍵意義上的聯繫。作者的意圖通過改變我們可能的關注重點，變更和混淆我們可能的注視目標，迫使我們最終放棄探究該版本與遵義黎氏刊本的不同之處，達成了其居心叵測地有意忽略該版本與遵義黎氏刊本存在明顯不同的事實的企圖。但作者本人對該版本與遵義黎氏刊本事實上的區別是清晰明瞭的：刪除掉的內容雖然不是黎庶昌本人的文字，但字數幾近一半，篇幅自然也就相應地減少了一半。即使對刪除的內容是否影響《西洋雜志》一書的性質、是否改變《西洋雜志》一書的體例不去考慮、推衍和反思，但究竟該版本大刀闊斧地作了大量的刪節、篇幅損失將近太半。為了掩飾這種欲說還休和曖昧不明的處理，編者惴惴不安但也理直氣壯地進一步解釋了不得不刪減的真實原因在於不想重複：「此次我們將不屬於黎氏本人的文字全部刪去，因為這些人的出使記述多已經列入《走向世界叢書》的選題，準備陸續刊行，如果不予刪去，勢必造成重複。」[14]通過一系列翔實的陳述和苦口婆心的澄清，刪節本的《西洋雜志》存在的合法性得到了合理有效的建構。作者自己也在不斷努力地為刪除「不屬於黎氏本人的文字」尋找合法性的依據的同時，迷失了自己本身或多或少存在的對《西洋雜志》原本的尊重，立場也不自覺地發生根本性轉變，跳脫為主張《西洋雜志》這部著作必須刪除掉這些多餘的文字變成純粹意

---

[13] [清]黎庶昌著、喻岳衡，朱心遠校點：《西洋雜志》，長沙：湖南人民出版社1981版，第19頁。

[14] [清]黎庶昌著、喻岳衡，朱心遠校點：《西洋雜志》，長沙：湖南人民出版社1981版，第19頁。

義上的黎庶昌個人的著述，《西洋雜志》一書才堪稱完美。作者內心的不安消失的剎那，《西洋雜志》原本輯錄其他非黎庶昌文字的正當性被合理消解，刪節本《西洋雜志》存在的合法性一舉得以成功建構。隨著新版本受到學界的越來越多的推崇和膜拜，刪節本《西洋雜志》進一步神不知鬼不覺地竊取了其存在的權威性。

1981 年的第一篇緒論《一卷西洋風俗圖——黎庶昌的〈西洋雜志〉》在上面一段文字的下一段，又用了相當長度的篇幅誠懇地交待除了刪節以外，新版本的《西洋雜志》在個別文章的卷次和卷次的標題上也作了一些小小的改動：

> 《歐洲地形考略》一篇，原書列在《奧國錢幣》之後，《談天匯志》之前，屬第六卷。我們覺得它並非「雜誌」，而是一份地理資料，與兩篇《路程考略》性質相近，於是將其移到兩篇《路程考略》後面，作為全書之殿；同時給最後這個部分（原書第八卷）加了個《書簡和地志》的標題，以示與前面的「雜誌」和「遊記」部分有所區別，不再分卷。除此之外，所有篇目，悉依原本。[15]

1985 年嶽麓書社出版的《西洋雜志》是《走向世界叢書》的第二個版本。這個版本與 1981 年的第一個版本基本的內容沒有差異，只是緒論《一卷西洋風俗圖》的內容有所調整：1981 年版本中說明工作底本是光緒庚子年遵義黎氏刊本的文字被肢解殆盡；「日記、書信和隨筆等」對摭錄文字體裁的不同類型的詳細指代簡單地以「一些文章」輕描淡寫地加以概括；對《歐洲地形考略》一文所在卷次的改變和第八卷的標題為編者後來所加的詳細交待全部沒了蹤影。如果不知道 1981 年湖南人民出版社出版的第一個版本的緒論，僅僅分析和詮釋 1985 年這篇緒論《一卷西洋風俗圖》，我們所能獲取的資訊是不完整的。首先，工作的底本沒有交待，這稍稍有些違悖學術類書籍的基本規範；其次，對刪節的陳述故意地含混化，造成了一定程度的曖昧不清，激起了人們企圖探求原本的可貴慾望，不能為其存在的合法性和權威性自圓其說。這些問題在第三個《走向世界叢書》版本中得到了很好地規避和解決。扉頁背面文字「《西洋雜志》據光緒庚子年遵義黎氏

---

[15] [清]黎庶昌著、喻岳衡，朱心遠校點：《西洋雜志》，長沙：湖南人民出版社 1981 版，第 19 頁。

刊本」明確了工作底本，「（刪去非黎氏本人的文字）」與緒論中的「此外還摘錄了郭嵩燾、劉錫鴻、陳蘭彬、李鳳苞、曾紀澤、羅豐祿、錢德培等人記述的一些片段」在用詞上有意弱化對這些「非黎氏本人的文字」的相關聯想，呈現的策略又異常簡明扼要地形成了相互地呼應和共謀，切斷了這些文字與《西洋雜志》一書可能存在的最後一點關聯。《西洋雜志》新版本的合法性和權威性一舉招致，一勞永逸地徹底消滅了可能存在的顛覆和隱憂。

綜觀三篇緒論在修辭上的謹慎選擇與遞嬗，經歷了由「日記、書信和隨筆等」到「一些文章」再至最後的「一些片段」，對《西洋雜志》輯錄的作品越來越輕描淡寫。「日記、書信和隨筆等」泛化為沒有明確指示意義的泛稱「一些文章」，「一些文章」實現質的蛻變墮落為若有似無的「一些片段」，被刪除內容的數量和分量逐漸被無聲地消解，其原初的重要性一步一步地墜入虛無的陷阱，它們被刪節本的《西洋雜志》一書貼上無足輕重的標籤，不可挽回地湮滅在歷史的塵埃裡。但是即使選擇了這樣頗為巧妙的敘述策略，還是情不自禁地流露了其揮之不去的內心隱憂，在拋棄了第一版的繁冗陳述後，第二版和第三版都不約而同增加和保留了《西洋雜志》「在出使諸人記載中，是別具一格的」的評價，以此作為對《西洋雜志》原書原初的編撰體例的某種尊重和補償。

二、混雜與迂迴的多重指涉：遵義黎氏刊本的權力意識

黎庶昌對文本的操控意識極強勢，在彰顯和含蓄的兩個極態之間編撰次第平衡舒展，光緒乙酉年（1885）莫繩孫鈔本已經淋漓盡致地凸顯了黎庶昌對《西洋雜志》十足的話語建構意圖，光緒庚子年（1900）遵義黎氏刊本更為明確地遵循並實施了這一意圖。不同於很多前人的著述習慣，對於他人的文字，黎庶昌按照全書的統一體例為每一篇輯錄的作品都撰寫了標題，並且毫不吝嗇地、一絲不苟地題署了每一篇作品原撰述主體的姓名和身份，也一一交待了每一篇輯錄作品來源的著作名稱，如郭嵩燾光緒二年十二月二十五日的日記，黎庶昌為其撰寫了《英國呈遞國書情形》的標題，並在開篇立即交待該篇作品的作者和來源「郭少宗伯日記」；對於他自己的文字，他在每一篇的篇首也加上了「菭齋雜記」四字予以標識。嚴肅地講，《走向世界叢書》本《西洋雜志》因為把非黎氏本人的文字盡行刪除，它的準確題名應該是《菭齋雜記》而不是包蘊其他豐富意涵和指向的《西

洋雜志》。通過有意識地保留輯錄作品的原初作者和作品的相關資訊，黎庶昌成功地將一本原初局限於直接指涉單一寫作主體的作品過渡至散射初次走向西洋的士大夫群體，單一的個體聲音蛻變成指向特定群體寫作者的集體敘述話語。圍繞遵義黎氏刊本進行還原和清理，將有助於我們勾連《西洋雜志》一書話語譜系的建構歷程。

正如刪節本言之鑿鑿地聲明，遵義黎氏刊本《西洋雜志》確實輯錄了郭嵩燾、劉錫鴻、陳蘭彬、李鳳苞、曾紀澤、羅豐祿、張斯栒、錢德培等人的日記、書信、隨筆或者話語。事實上，我們必須承認輯錄的其他作者的作品數量非常多，字數也不少，不僅僅只是微不足道的「一些片段」。1992年貴州人民出版社出版的譚用中點校本的底本亦是遵義黎氏刊本，譚用中在《標點說明》第二點中如是說：

> 《西洋雜志》一書，80 年代已有新版問世，收入湖南嶽麓書社的《走向世界叢書》中。但是，根據選題意圖，書中「不屬於黎氏本人的文字」，計 47 題 40000 餘言，都被「全部刪去」，致使完豹不存。對此百年古籍，我們採取不刪不移，悉依其舊的方針，雖與古籍整理不甚相侔，卻可提供一個鉛字橫排、標點斷句、方便閱讀與研究的完整本子。[16]

「47 題 40000 餘言」、「除黎庶昌本人的作品外，還摭錄了郭嵩燾、劉錫鴻、李鳳苞、陳蘭彬、曾紀澤、羅豐祿、錢德培等人的日記、書信和隨筆」[17]兩者勾連起來分析，我們已能大致猜想選錄作品在量上的累積厚度和在指涉主體上的密集度和冗雜程度。聚集複雜指涉主體的《西洋雜志》可以將「非黎氏本人的文字」與黎庶昌本人的文字強行剝離與割裂，乃至最終裂變為各不相干的兩個部分，甚至完全丟棄另一部分，再對其中一個已然經受肢解苦楚的殘存軀體進行新的塑形和規約？在全新的塑形和規約中，新的文本和原初文本發生了怎樣意涵的斷裂？原初文本混雜與迂迴的編撰旨向是否全部消解？

---

[16] [清]黎庶昌著、譚用中點校：《西洋雜志》，貴陽：貴州人民出版社 1992 年版，第 1 頁。

[17] [清]黎庶昌著、喻岳衡，朱心遠校點：《西洋雜志》，長沙：湖南人民出版社 1981 年版，第 19 頁。

　　遵義黎氏刊本《西洋雜志》輯錄了郭嵩燾的日記八篇，依次為：第一卷的《英國呈遞國書情形》（郭少宗伯[18]日記光緒二年十二月二十五日）、《郭星使第二次呈遞國書》（郭少司馬[19]日記光緒三年十一月初八日）、《英君主接見各國公使》（光緒三年正月十八日）、《英國開會堂情形》（光緒二年十二月二十六日）、《郭少宗伯諮英國外部論喀什噶爾事》（光緒三年五月）[20]；第三卷的《喀來司阿司布達洛學館》（光緒三年二月初一日）；第四卷的《倫敦電報局信局》（光緒三年二月初一日）；《阿魁爾亞模魚館》（光緒三年正月二十六日）。郭嵩燾是清政府向西方派遣的第一任駐英公使，黎庶昌的《西洋雜志》一書即以郭嵩燾的《英國呈遞國書情形》作為整部書的開篇。我們只有拋開紛繁複雜的層層羈絆重新開闢一條嶄新的進路才有可能明晰黎庶昌輯錄的作品全部出自自郭嵩燾以降官方正式派遣的士大夫群體而並不以斌椿、志剛之類的使西記奠始的考量。汪榮祖在其撰寫的人物書志《走向世界的挫折——郭嵩燾與道咸同光時代》一書中鑒定了先行者郭嵩燾的官方身份：

　　　　西方各國互派使節早已習以為常，但對中國而言，還是第一遭，郭嵩燾是中國正式派往西方世界的首任公使，令中外矚目。自英法聯軍攻入北京，燒毀圓明園，訂城下之盟，西方國家即在北京設立使館，但中國方面由於體制的限制、意識形態的束縛，以及風氣的閉塞，遲遲未能向西方派遣使節，建立使館。[21]

不同於斌椿等人的遊歷、也與名不正言不順的「蒲安臣使團」不同，郭嵩燾是「中國正式派往西方世界的首任公使」，他的出使對於中國來說具有里程碑般的劃時代意義。而鍾叔河不僅對清政府在派遣西方世界使者事件的

18　按：「少宗伯」釋義見「【小宗伯】〈少宗〉」條：「出《周禮·春官》，大宗伯之副貳，掌建國之神位，秩中大夫；一作『少宗』，見《逸周書·嘗麥》。」見於[日]潘英編著、劉向仁譯：《中國歷代職官辭典》，臺北：明文書局1987年版，第15頁。

19　按：「少司馬」釋義見「【小司馬】〈少司馬〉」條：「為春秋宋官，曰‘少司馬’，為大司馬之佐，曾為卿官之一，見《春秋左氏傳·昭廿一》。」見於（日）潘英編著、劉向仁譯，中國歷代職官辭典[M]，臺北：明文書局1987年版，第14頁。

20　按：這一篇嚴格說來並不是郭嵩燾的個人日記，應屬於駐英使館與英國辦理有關交涉的公文。但其以駐英公使郭嵩燾的名義寫就和諮送，我們似應將其歸入郭嵩燾的名義之下。

21　汪榮祖撰：《走向世界的挫折：郭嵩燾與道鹹同光時代》，北京：中華書局2006年版，第188頁。

轉軌進程有很清醒的認識，更為關鍵的是其發掘了郭嵩燾在士大夫群體的確切位置，從而深刻闡發了郭嵩燾走向西洋的非凡意涵：

> 郭嵩燾不同於在他以前去西方國家的人。他是「文館詞林」出身的「少宗伯」，是傳統士大夫階級的上層人物。他的親歷西方，代表的不僅是這個搖搖欲墜的「天朝帝國」，而且是源遠流長的中國傳統文化。[22]

郭嵩燾是「傳統士大夫階級的上層人物」，在歷史的演變進程中，1866 年的遊歷和 1868 年的非正式遣使，帶領者一是赫德、一是蒲安臣，一是英國人、一是美國人，而中國方面的率領者一是斌椿、一是志剛，當時，斌椿的身份只是總稅務司署的文案、志剛只是總理各國事務衙門以軍功花翎記名海關道總辦章京，無論如何也不能算作士大夫的上層人物。而郭嵩燾於道光二十七年中進士：

> 會試放榜，中式為貢士。仲弟昆燾未第。
>
> 廿五日，傳臚，賜進士及第。
>
> 先生列二甲第三十九名，同科有張之萬、龐鐘璐、徐樹銘、沈桂芬、鮑源深、李宗羲、帥遠燡、李鴻章、黃彭年、沈葆楨、何璟、陳鼐、馬新貽、李孟群、劉郇膏、朱次琦等。
>
> 廿八日，朝考，尋改翰林院庶起士。
>
> 殿試傳臚後三日，舉行朝考，引見後，先生改翰林院庶起士。[23]

以出身論，郭嵩燾的進士名次不是不入流的，而是可以進入聲譽卓著的翰林院的「二甲第三十九名」，朝考引見後，即改翰林院庶起士。同治二年，郭嵩燾更於「六月廿九日奉旨以三品頂戴署理廣東巡撫」，[24]蒞任封疆之職。難怪早就具有文章經濟皆屬鳳毛麟角的令名、蒞任封疆大吏的這樣一個傑出的二品大員郭嵩燾在奉使之初立即在士大夫群體中掀起軒然大波，人們諷刺他：

---

[22] 參見鍾叔河撰：《郭嵩燾〈倫敦與巴黎日記〉》，見於 [清]郭嵩燾著、鍾叔河、楊堅整理：《郭嵩燾：倫敦與巴黎日記》，長沙：嶽麓書社 2008 年版，第 1-2 頁。

[23] 陸寶千著：《郭嵩燾先生年譜補正及補遺》，臺北：中研院近代所 2005 年版，第 20 頁。

[24] 陸寶千著：《郭嵩燾先生年譜補正及補遺》，臺北：中研院近代所 2005 年版，第 145 頁。

> 出乎其類，拔乎其萃，不見容堯舜之世；
> 未能事人，焉能事鬼，何必去父母之邦。[25]

「出乎其類，拔乎其萃」，郭嵩燾當之無愧，他是士大夫中的佼佼者，的確遠非斌椿、志剛等泛泛之輩可比，他的出使成為眾矢之的，引發了諸多的反對和物議，誠如鍾叔河所說，郭嵩燾出使的顯赫意義在於他「代表的不僅是這個搖搖欲墜的『天朝帝國』，而且是源遠流長的中國傳統文化」。中國傳統社會裡，士大夫才具備傳承中國傳統文化的文化擔當資格，儒家固有的華夷隔絕觀念「吾聞用夏變夷者，未聞變於夷者也」[26]充分表明郭嵩燾出使西方事實上意味著供奉在士大夫神聖祭壇上高不可攀的東方文明墮落到了與四夷相醑的可悲境地。

《西洋雜志》對郭嵩燾有兩個敬稱：「郭少宗伯」和「郭少司馬」，這兩個敬稱都直接指涉同一寫作主體郭嵩燾。之所以會對同一寫作主體持不同的尊稱，原由在於擔任駐英公使期間，郭嵩燾任職的職務存續性有所變動。尊稱的改變看似無意，可恰恰出其不意地揭示了所有出使人員職務身份的模棱兩可性。稱「少宗伯」時，郭嵩燾是「欽差大臣署禮部左侍郎總理各國事務大臣」，[27]而稱「少司馬」時，郭嵩燾為「欽差出使英國大臣兵部左侍郎」，[28]公使身份形式的迷魅變化顯露職銜的變化只是深層隱藏的殘缺的初淺的浮現，而出使人員身份存在不容忽視的先天性的依附本質：

> 使臣僅作差使，並非實官，其遷轉仍須在其實缺所在的國內舊衙門內進行，所以不是職業外交官。[29]

駐外使館是總理各國事務衙門的某種合理性延伸，出使大臣的尷尬身份是由總理各國事務衙門的機構設置間接命定的。1861 年 3 月設立的總理各國

---

[25] 吳相湘著：《晚清宮廷與人物》，臺北：傳記文學出版社民國 68 年再版，第 211 頁。
[26] 《孟子・滕文公上》見於[清]阮元校刻：《十三經注疏》，北京：中華書局 1980 年影印清嘉慶刊本，第 5884 頁。
[27] 參見《惋惜滇案國書》，見於[清]黎庶昌著：《西洋雜志》，清光緒庚子年（1900）遵義黎氏刊本，第一卷第 2—3 頁。
[28] 參見《郭少司馬敕書》，見於[清]黎庶昌著：《西洋雜志》，清光緒庚子年（1900）遵義黎氏刊本，第一卷第 8 頁。
[29] 王立誠著：《中國近代外交制度史》，蘭州：甘肅人民出版社 1991 年版，第 127 頁。

事務衙門，是受咸豐帝之命特置的督辦和局的臨時性事務機構，其借鑒的摹本是軍機處，與軍機處相同，總理各國事務衙門的大臣和章京的職務也並非實缺，而是缺乏先天獨立性的兼職，性質上也屬於臨時性的差使。總理各國事務衙門的所有大臣和辦事人員以及所有駐外使館人員並不能從其當前所在的辦事衙門得到實缺，實缺均由其所處的舊衙門才有資格給予，從而「無論是總理衙門大臣，還是後來設立的出使大臣，因為都屬於臨時性的差使，所以都必須在他們底缺所在的舊衙門遷轉。」[30]

在遵義黎氏刊本《西洋雜志》公開出版之前，郭嵩燾首次走向西洋的記述記錄了其自光緒二年（1876）十月十七日由上海出發至同年十二月初八日到達倫敦途中五十一天的旅程見聞。經過整理後，郭嵩燾將這 51 天的日記上呈總理各國事務衙門，總理各國事務衙門以《使西紀程》為書名為其刊刻印行，不料大干時議，最終慘遭毀板。關於郭嵩燾的使西記《使西紀程》的被毀板，我們必須給予尤為必要的審視和聚焦，才有可能辨析和把握黎庶昌將一部原本只是個人著述的作品處心積慮地編撰成士大夫集體敘述話語的一些蛛絲馬跡。與郭嵩燾頗為熟識的湖南同鄉王闓運在光緒三年六月十二日的日記中披露了《使西紀程》毀板事件：

> 樾岑來言：「何金壽本名何鑄，昨疏劾郭筠仙有二心於英國，欲中國臣事之。」有詔申飭郭嵩燾，毀其使西記版。鑄本檜黨而不附和議，甚可怪也。[31]

由此我們獲知，何金壽上疏認為「郭筠仙有二心於英國，欲中國臣事之」，請求毀《使西紀程》板，而朝廷的旨意是「有詔申飭郭嵩燾，毀其使西記版」，郭嵩燾受到申飭，《使西紀程》的書板被毀。但究竟士大夫秉持的公論為何，王闓運的日記並未有更深一步的描述，被譽為晚清四大日記之首的《越縵堂日記》在光緒三年六月十八日這麼評價郭嵩燾和他的《使西紀程》，具體而翔實，也頗能代表當時士大夫的公論：

> 閱郭嵩燾侍郎《使西紀程》，自丙子十月十七日於上海拜疏出洋至十二月八日抵英吉利倫敦止。倫敦者，英夷都城也。記道裡所見，

[30] 王立誠著：《中國近代外交制度史》，蘭州：甘肅人民出版社 1991 年版，第 66 頁。
[31] [清]王闓運著：《湘綺樓日記》，臺北：臺灣學生書局民國 53 年版，第 182 頁。

極意誇飾，大率謂其法度嚴明、仁義兼至、富強未艾、寰海歸心。其尤悖者：一云（以夷狄為大忌，以知為大辱，實自南宋始）西洋立國二千年，政教修明，具有本末，與遼金崛起一時倏盛倏衰情形絕異。其至中國惟務通商而已，而窟穴已深，逼處憑陵，智力兼勝，所以應付之方並不得以和論。無故懸一和字以為劫持朝廷之資，侈口張目以自快，其議論至有謂寧可覆國亡家，不可言和者。京師已屢聞此言，誠不意宋明諸儒議論流傳，為害之烈一至斯也。一雲西洋以智力相勝，垂二千年，麥西（即摩西）羅馬參加迭為盛衰而建國如故。近年英、法、俄、美、德諸大國角立稱雄創為萬國公法，以信義相先，尤重邦交之誼，致情盡禮，質有其文，視春秋列國殆遠勝之。而俄羅斯盡北漠之地，由興安嶺出黑龍江，悉括其東北地以達松花江，與日本相接；英吉利起極西，通地中海以收印度諸部，蓋有南洋之利而建藩部香港，設重兵駐之，比地度力，足稱二霸，而環中國逼處以相窺伺。高掌遠蹠，鷹揚虎視以日廓其富強之基而絕不一逞兵縱暴，以掠奪為心，其構兵中國，猶輾轉據理爭辨，持重而後發，此豈中國高談闊論虛憍以自張大時哉？輕重緩急無足深論，而西洋立國，自有本末，誠得其道，則相輔以致富強，由此而保國千年可也，不得其道，其禍亦反是云云……嵩燾自前年在福建被召時，即上疏痛劾滇撫岑毓英，以此大為清議所賤，入都以後眾詬益從下流所歸，幾不忍聞。去年夷人至長沙將建天主堂，其鄉人以嵩燾主之也，群欲焚其家，值湖南鄉試，幾至罷考。迨此書出，而通商衙門為之刊行，凡有血氣者，無不切齒。於是湖北人何金壽以編修為日講官，出疏嚴劾之，有詔毀板，而流布已廣矣。嵩燾之為此言，誠不知是何肺肝，而為之刻者又何心也。嵩燾力詆議論虛憍之害，然士大夫之有為此議論者有幾人哉？嗚呼！余特錄存其言以深箸其罪，而時勢之岌岌亦可因之以見其尚緩步低聲背公營私以冀苟安於旦夕也，哀哉！[32]

我們不嫌繁冗，全文摘錄李慈銘的日記，不僅因為他的日記足以代表滿朝士大夫的一般公論，而且對激起士大夫們公憤的原因陳述得頗為清楚，並

---

[32] [清]李慈銘著：《越縵堂日記》，揚州：廣陵書社 2004 年版，第 7453—7456 頁。按：標點為筆者所加。

且提及了郭嵩燾此前關於洋務的舉措和言論已為士大夫所不恥的不爭事實。出使西洋前，郭嵩燾上疏痛劾岑毓英已大干清議，其家也幾為湖南舉子所焚是當時郭嵩燾的真實遭遇。對嚴守華夷大防的士大夫來說，西洋「法度嚴明、仁義兼至、富強未艾、寰海歸心」是郭嵩燾的極意誇飾，而其《使西紀程》中明確表述的「西洋立國二千年，政教修明，具有本末，與遼金崛起一時倏盛倏衰情形絕異」和西洋「以信義相先，尤重邦交之誼，致情盡禮，質有其文，視春秋列國殆遠勝之」兩點悖論最為大逆不道。寫出這麼不知輕重的文字的郭嵩燾本人不能得到士大夫的同情和理解，被認為「是何肺肝」；刊刻《使西紀程》的總理各國事務衙門捎帶也一併被質疑是「又何心也」，「凡有血氣者，無不切齒」是當時士大夫的真實反應，其激烈程度可見一斑。就連薛福成這樣思想開明、對洋務也頗有見地的士大夫也不能不懷疑郭嵩燾的《使西紀程》是否言過其實，在光緒十六年三月十三日記中他追憶：

> 昔郭筠仙侍郎每嘆羨西洋國政民風之美，至為清議之士所牴排。余亦稍訝其言之過當，以詢之陳荔秋中丞、黎蒓齋觀察，皆謂其說不誣。此次來遊歐洲，由巴黎至倫敦，始信侍郎之說，當於議院、學堂、監獄、醫院、街道征之。[33]

把郭嵩燾對西洋國政民風的陳述擇用具有崇洋媚外性質的言辭「嘆羨」來比附，已能從其修辭色彩上知曉其態度的褒貶，下文的「稍訝其言之過當」實為薛福成當時閱覽《使西紀程》的真實見解，直到光緒十六年薛福成自己出使西洋遊歷過巴黎、倫敦等處的「議院、學堂、監獄、醫院、街道」、一一作了印證之後，才「始信侍郎之說」，真正認同郭嵩燾《使西紀程》裡關於西洋國政民風的言論。而在光緒三年《使西紀程》剛印行之時，薛福成對《使西紀程》是頗帶懷疑態度的。按常理推斷，於公於私，身為「曾門四子」的薛福成怎麼都跟郭嵩燾有各式各樣或深或淺的交情和聯繫，在士大夫網路中，他們的關係不能說特別近，但也不至於特別的疏遠，再加上薛福成當時是李鴻章的得意幕僚這一層關係，可以說他們不是毫不相干的兩個人，而此時的薛福成不是士大夫中恥於談論洋務的那撥人，他很早就已轉向經世之學，對洋務有自己獨到的見地，可即使如此，薛福成在當

---

[33] [清]薛福成著：《出使英法義比四國日記》，長沙：嶽麓書社 2008 年版，第 124 頁。

時還是認為《使西紀程》存在不實的成分，更遑論視西洋為夷狄的士大夫，《使西紀程》的命運只能是「至為清議之士所牴排」。

新設立的駐英使館與國內遠隔重洋，國內《使西紀程》的慘遭毀板是否可能傳佈到駐英使館，這一消息給使館成員帶來怎樣的困擾？帶著這一問題意識我們來具體考察倫敦和北京的聯繫方式和頻度。王立誠在《中國近代外交制度史》一書中介紹到：

> 為了密切國內外的聯繫，使臣和總理衙門之間建立了專門的資訊傳遞系統，不再依靠傳統的驛傳。郭嵩燾奉使之初，就在上海設立了文報局，負責接收從國外郵寄來的公文、信函，用招商局輪船送到天津的北洋大臣衙署，再轉送北京。以後的使臣也照此辦理。自 19 世紀 70 年代末，使臣、北洋大臣和總理衙門之間制定了電報密碼，緊急事務便通過電報聯繫，以求迅捷。[34]

由此我們知道郭嵩燾在出使英國前，已經在上海設立了文報局。上海文報局是倫敦和北京的資訊中轉站，寄到國內的公文、信函由它接收，公文「用招商局輪船送到天津的北洋大臣衙署，再轉送北京」，信函則轉遞到各處；寄往國外的公文、信函遵照同一路徑投遞到倫敦。倫敦和北京已經建立專門的資訊傳遞系統，它們的聯繫是密切而頻繁的。這從郭嵩燾的日記也可知曉國內和國外的聯繫非常頻繁和緊密，郭嵩燾每次拜發奏摺、投遞信函以及收到國內的批復、京報、信函等都在日記裡巨細無遺地予以記錄，並在光緒三年四月初十日依照出使以來幾近半年信件的投遞和接收情況對所需的郵寄時長作了大致的估算：

> 接黃泳清十八號信件，知正月四日發遞一信，已於二月十八日遞到，計行四十五日。此信由英公司機華輪船自上海二月廿二日開行，計行四十七日。[35]

由倫敦至上海四十五日，由上海至倫敦四十七日，大概都是一個半月。上文中，王闓運《湘綺樓日記》記載《使西紀程》奉旨毀板事件發生於該日

[34] 王立誠著：《中國近代外交制度史》，蘭州：甘肅人民出版社 1991 年版，第 130 頁。
[35] [清]郭嵩燾著：《郭嵩燾日記·第三卷》，長沙：湖南人民出版社 1982 年版，第 211 頁。

記寫作時間的前一天，即光緒三年六月十一日；李慈銘《越縵堂日記》對同一事件的記載是六月十八日，我們據此推測，《使西紀程》被毀板當在光緒三年六月。此時，國內《使西紀程》毀板的事件已鬧得沸沸揚揚，該知道的士大夫都應該知道了。與國內聯繫密切的國外的駐英使館會知道《使西紀程》毀板的消息嗎？查閱郭嵩燾本人的日記，他在光緒三年（1877）七月初十日的日記寫到：

> 張聽帆見示張魯生信，總署為刻日記一本，至被湖北翰林何金壽參劾，請毀收其板。雲其立言極兇惡，而不一言其詳。中國二千年虛驕之習，養成此種人才，無足異者。而聞旨意發交總理衙門，則不解樞府諸公系屬何意。將自請處耶？抑將為我請處耶？直是極意獎藉一二無知者，以招徠其議論。何金壽得此，超遷有日矣。能無慨歎！[36]

張聽帆即駐英使館文案張斯栒，「聽帆」是他的字，「魯生」是其兄長張斯桂的號。張斯桂在光緒二年（1876）十二月，奉旨賞加三品頂戴任出使日本國首任副使，但其時還在國內，並未啟行赴日。由本則日記，我們獲致：第一，他的日記已經被何金壽參劾，要求毀收其板；第二，旨意是發交總理衙門，最後的處理結果還未分明；第三，最遲在光緒三年七月初十日駐英使館已經知道《使西紀程》一書被參劾。無疑《使西紀程》被參劾一事遠在倫敦的駐英使館訊息一點都不滯後，他們和國內的士大夫們一樣關注此事，甚至他們更為關心這樣一本命運多舛的小書，因為這本書與他們憂戚相關。而更讓我們興奮的是，也許黎庶昌《西洋雜志》的編撰策略選擇輯入多個寫作主體的使西記的理論進路由此事件促成，他為規避士大夫的反對而意欲《西洋雜志》因其混雜多元的編撰樣態得以以迂迴的方式減輕士大夫們的惡感，從而更有利於《西洋雜志》一書的接受和傳播，也不會對其仕途產生可能的負面影響。顯然，即使採取了此種混雜而迂迴的戰略，黎庶昌對《西洋雜志》可能引起的士大夫的反響並無十足的把握，在他有生之年他並未將《西洋雜志》公開印行，而他的其他著作《古逸叢書》刻印於 1884 年、《丁亥入都紀程》印行於 1888 年、《黎氏家集》刻印於 1889 年、《續古文辭類纂》刻成於 1890 年、《拙尊園叢稿》石印本出版於 1893 年，

---

[36] [清]郭嵩燾著：《郭嵩燾日記·第三卷》，長沙：湖南人民出版社 1982 年版，第 272 頁。

陸續刊行面世，只有孤零零的《西洋雜志》雖然至遲在 1885 年已然完成編撰，最終卻刊行得最晚，一直到黎庶昌已經辭世三年之後的 1900 年才刊行。

回到郭嵩燾日記的問題論域，我們知道《使西紀程》由於士大夫的一致詆毀而不得不奉旨毀板，郭嵩燾也因為《使西紀程》一書而於光緒十七年（1891）六月十三日逝世之後朝廷有詔不准立傳賜謚：

> 又奏故兵部左侍郎郭嵩燾事蹟，請宣付史館。得旨：郭嵩燾出使外洋，所著書籍，頗滋物議，所請著不准行。[37]

當然，這已經是後話了。但此後郭嵩燾不再將日記上呈總理各國事務衙門，也不再將日記宣示使館內部人員卻是不爭的事實。黎庶昌在《上沈相國書》中對此事曾經作過鄭重地呼籲：

> 郭、劉兩星使所撰日記，西國情事，大致綦詳，足資考察。惟郭侍郎自被彈劾之後，不敢出以示人。原朝廷所以命使之意，亦欲探知外國情形，其初悄未必如此。似宜仍屬隨時抄寄，以相質證，正未可以詞害意。愚妄之見，幸惟恕而教之。[38]

正如黎庶昌所述，郭嵩燾的日記被彈劾之後，已經「不敢出以示人」，可能包含駐英使館人員在內的人員都再也無緣得見郭嵩燾後來的日記。這裡我們有必要核查清楚郭嵩燾不再將日記公開的確切時間段，因為該時間節點牽連到黎庶昌《西洋雜志》中輯錄的郭嵩燾日記的可能來源。這八篇日記大致的寫作時間應為日記所記錄事件的實際發生時間，對於這一推論我們有郭嵩燾本人的陳述可以佐證：

> 臣自通籍三十餘年，日皆有記，凡聞一善言，見一善行，必謹錄之，亦用以自箴砭，期使言動皆可以告人。此次沿途見聞所及，及與諸隨員談論，錄次其稍有關係者，誠念使臣之責，在宣佈國家之意，通之與國，亦審察與國之情，達之朝廷，其間愛惡攻取，輕重緩急，皆可以知所從違，萬不宜稍有虛飾。至於中外交接事宜，

---

[37] 《清德宗實錄》，北京：中華書局影印 2008 年版，卷二九九第 58837 頁。
[38] [清]黎庶昌撰：《西洋雜志》，清光緒庚子年（1900）遵義黎氏刊本，第八卷第 19 頁。

洋人一一著之新報，委曲詳盡，多臣所未悉。日記略陳事理，尤無所避忌。錄呈總理衙門，實屬覘國之要義，為臣職所當為。同文館檢字刷印，藉以傳示考求洋務者，固非臣所及知。[39]

這段文字出自郭嵩燾光緒三年的奏摺《使英郭嵩燾奏辦理洋務橫被構陷摺》。郭嵩燾的這份奏摺是為自己被副使劉錫鴻一參再參而鳴冤叫屈，具體落實到上述文字則是對自己一時詬毀所雲集的日記《使西紀程》的剖白。「日皆有記」是他「通籍三十餘年」的習慣，1982年湖南人民出版社整理出版的《郭嵩燾日記》起自咸豐五年（1855）訖於光緒十七年（1891）六月十二日。[40]根據所記錄事件發生的時間來排序，第一篇日記《英國呈遞國書情形》最早，為光緒二年十二月二十五日；第二篇日記《郭星使第二次呈遞國書》最晚，為光緒三年十一月初八日。時間跨度由光緒二年（1876）十二月二十五日至光緒三年（1877）十一月初八日，沒有一篇屬於記述自光緒二年（1876）十月十七至同年十二月初八日的日記《使西紀程》的內容。誠如李慈銘的《越縵堂日記》所述《使西紀程》雖慘遭毀板，但「流布已廣矣」，1891年王錫祺編撰堪稱清代輿地叢書之最的《小方壺齋輿地叢鈔》時，《使西紀程》還被輯入該叢書，列為第十一帙。黎庶昌獲取《使西紀程》不難，他既可以由公共出版管道獲致《使西紀程》印行的刻本，也可以經由郭嵩燾本人得到郭嵩燾的日記。但《西洋雜志》輯錄的郭嵩燾日記溢出了《使西紀程》的時間範圍，而郭嵩燾除了《使西紀程》以外的日記，公開印行的最早時間是1982年，這決定了黎庶昌不可能以公開出版的版本作為《西洋雜志》參照的祖本，《西洋雜志》的祖本只能是鈔本。該鈔本最有可能就是郭嵩燾日記的手稿，但問題的關鍵點恰恰在於郭嵩燾在光緒三年七月初十日已經知道何金壽彈劾《使西紀程》，在此以後他的日記已經不再「出以示人」。而《西洋雜志》輯錄的郭嵩燾日記除光緒三年（1877）十一月初八日的《郭星使第二次呈遞國書》一篇以外，其他七篇文章時間全部集中於光緒二年十二月二十五日至光緒三年五月這段時間，這段時間郭嵩燾還未知道《使西紀程》的毀板，他的日記按照總理各國事務衙門的規定可能還按月諮送，並且在駐英使館內部日記也還是處於公開的狀態。[41]輯錄

[39] 王彥威、王亮編：《清季外交史料》，臺北：文海出版社1985年版，卷十二第27-28頁。
[40] 參見[清]郭嵩燾著：《郭嵩燾日記》，長沙：湖南人民出版社1982年版。
[41] 按：在駐英使館內部，大家的日記應該大都是公開的，所以才引起到底是劉錫鴻抄襲了張德彝，還是張德彝抄襲了劉錫鴻這樣的公案。關於這一公案，是朱維錚首先提出

內容相對集中於郭嵩燾日記處於公開狀態的時間範圍內解釋了郭嵩燾其他日記未被輯錄的緣由。客觀上,光緒三年七月初十日之後的郭嵩燾日記黎庶昌已經很難看得到。光緒三年十一月十八日的《郭星使第二次呈遞國書》會被選錄,原因在於郭嵩燾第二次呈遞國書不同於第一次惋惜滇案的謝罪性質的交際,而是象徵清政府首次正式向他國呈遞駐紮國書,對於這麼重要的事件黎庶昌不想錯過,他可能頗費了一番周折才將其網羅在內。至於這篇日記黎庶昌通過什麼途徑獲取,這還需再作一番發掘和考量。因為其時,黎庶昌已於光緒三年(1877)十月初九日離開倫敦跟隨劉錫鴻去了德國,結合郭嵩燾和劉錫鴻二人鬧得沸沸揚揚的不和事件分析,郭嵩燾的日記可能只局限於不示以某個人或某幾個人,黎庶昌很有可能直接自郭嵩燾處也可能由郭嵩燾身邊的其他人中間接拿到該篇日記。

《西洋雜志》一書除「蓴齋雜記」四字以外,出現頻率和次數最多的標記文章撰寫者名稱的是「劉京堂」。《西洋雜志》第一卷的《英君主接見各國公使》、《英國開會堂情形》,第二卷的《公使應酬大概情形》、《茶會》一文的四節、《跳舞會》、《英國為鄰邦制服》,第三卷的《總論英國政俗》、《英人講求教養》、《倫敦多善舉》、《英國議政院》一文的二節、《英倫訊案規模》、《英國地方官之制》、《英國選兵之法》、《野士凌敦養老院》、《倫敦監獄》,第四卷的《倫敦電報局信局》、《倫敦鑄錢局》、《棉花火藥》,第五卷的《倫敦街道》19篇文章標記為「劉京堂英輯私記」;第一卷的《德國呈遞國書情形》、《見開色鄰》,第二卷的《德國開色茶會跳舞會》、《開色嫁女》、《見比利時君主》,第三卷的《德國陸兵營制》、《德國議政院》七篇文章標記為「劉京堂日爾曼紀事」。「劉京堂」指涉劉錫鴻,出使英國擔任駐英副使時,劉錫鴻奉旨「以五品京堂候補,並加三品頂戴,充出使英國副

來的,朱維錚認為劉錫鴻抄襲了張德彝(參見朱維錚撰:《導言》,見於[清]郭嵩燾等著、王立誠編校:《郭嵩燾等使西記六種》,北京:生活・讀書・新知三聯書店 1998年版,第 13-14 頁);張宇權傾向於認為是張德彝抄襲劉錫鴻(參見張宇權撰:《思想與時代的落差:晚清外交官劉錫鴻研究》,天津:天津古籍出版社 2004 年版,第 180頁);王熙認為因劉錫鴻不懂英文,張德彝是翻譯,劉錫鴻可能依據張德彝的翻譯錄入自己的日記,而張德彝自然也根據自己的英文翻譯底稿錄入自己的日記(參見王熙撰:《一個走向世界的八旗子弟:張德彝〈稿本航海述奇彙編〉研究》,廣州:中山大學 2004 年版,第 32-34 頁);尹德翔認為是張德彝抄襲劉錫鴻(參見尹德翔撰:《東海西海之間——晚清使西日記中的文化觀察、認證與選擇》,北京:北京大學出版社 2009 年版,第 127-137 頁)。因為大家的日記可以相互閱覽,據此我們比較贊同王熙認為劉錫鴻和張德彝都不存在抄襲的主觀意識的判斷。

使」，[42]出使德國擔任首任駐德公使時，上諭命其「前經簡派三品銜候補五品京堂劉錫鴻充出使英國副使，著改派該員充出使德國欽差大臣，著賞加二品頂戴，」[43]官階一直是「五品京堂候補」，黎庶昌尊稱其為「劉京堂」。這26篇文章輯錄自劉錫鴻出使西洋時撰寫的使西記《英軺私記》和《日爾曼紀事》。《英軺私記》是劉錫鴻擔任駐英副使期間撰寫的日記，記載了自光緒二年（1876）八月十五日劉錫鴻「奉旨以鴻副郭嵩燾使英」至光緒三年（1877）九月[44]之間劉錫鴻離英赴德前對英國社會情形的觀察和思考。總理各國事務衙門於光緒四年（1878）為其刊刻印行，在士大夫中間傳佈。《日爾曼紀事》應是劉錫鴻駐德一年中對德國情事的考察和記錄，根據《靈鶼閣叢書》本《英軺私記》[45]輯錄了二篇《日爾曼紀事》推測，《日爾曼紀事》

---

[42] 《清德宗實錄》，北京：中華書局影印2008年版，卷三九第55372頁。

[43] 王彥威、王亮編：《清季外交史料》，臺北：文海出版社1985年版，卷九第27頁。

[44] 按：《英軺私記》一書按日期的先後順序記載劉錫鴻擔任駐英副使期間的見聞，但並不是嚴格的逐日記載的日記著作，把《英軺私記》的截止日期訂為九月，論據如下：1、《英軺私記》明確提到的最晚時間為「八月十四日」（參見[清]劉錫鴻、張德彝著：《劉錫鴻：英軺私記・張德彝：隨使英俄記》，長沙：嶽麓書社2008年版，第206頁）；2、《劉光祿（錫鴻）遺稿》第一卷《附籌辦海防畫一章程十條摺片》中提及光緒三年九月曾寄總理各國事務衙門書函及日記（參見[清]劉錫鴻撰：《劉光祿（錫鴻）遺稿》，見於沈雲龍主編：《近代中國史料叢刊三編第四十五輯第446冊》，臺北：文海出版社1986年版，第62頁）；3、據郭嵩燾、張德彝二人日記，劉錫鴻赴德時間為光緒三年十月初九日（參見[清]郭嵩燾著：《郭嵩燾日記》，長沙：湖南人民出版社1982年版，第339頁；[清]劉錫鴻、張德彝著：《劉錫鴻：英軺私記・張德彝：隨使英俄記》，長沙：嶽麓書社2008年版，第496頁）。

[45] 按：《靈鶼閣叢書》本《英軺私記》所依據的祖本中必定有黎庶昌的《西洋雜志》，它們之間的相似之處有：第一，書名相同。如果朱維錚和王立誠對《英軺私記》的版本考證準確，則除了《西洋雜志》稱劉錫鴻的日記為「英軺私記」外，其他均稱「英軺日記」。第二，每個篇目均依據文章內容題署了標題。《小方壺齋輿地叢鈔》本《英軺日記》沒有加任何標題，《靈鶼閣叢書》所收錄的其他著作，包括其他使西記，除了《英軺私記》外，均未見標題的題署，篇目前題署標題極有可能是摹仿甚至照抄《西洋雜志》的體例。第三，在《靈鶼閣叢書》本《英軺私記》中有多篇篇目的標題和內容與《西洋雜志》本相同，而與《小方壺齋輿地叢鈔》本《英軺日記》不同。第四，《靈鶼閣叢書》本《英軺私記》篇目次序大部分亦跟《西洋雜志》本相同，而與《小方壺齋輿地叢鈔》本不同。第五，《靈鶼閣叢書》本《英軺私記》中《跳舞會》一篇在劉錫鴻撰寫的日記之後直接附了「黎參贊注：跳舞會在宮中舉行者，每歲不過三次，官紳家尤多。其法于入門時授以格紙，人各一片，雙疊之，長可三寸，如小書形，上系以繩綴鉛筆於其端。凡男子欲跳舞者，尤與素識之女子一請其可否，女子許之，則記其姓名次序，依次而舞。或至一二十次，每次舞畢，相與點頭為禮而退」一段文字，與《靈鶼閣叢書》本《英軺私記》相同，《西洋雜志》本《跳舞會》一篇黎庶昌在輯錄完「劉京堂英軺私記」相關內容之後附了一篇黎庶昌撰寫的「蒓齋雜記」，這篇「蒓齋雜記」篇幅雖比《靈鶼閣叢書》本《英軺私記》引述的文字長、但內容卻大致相同，

極有可能在光緒年間出版過，但印行的主體和時間均不詳，影響也不如《英軺私記》。現在能看到的《日爾曼紀事》只有九篇文章，其中的七篇根據《西洋雜志》輯錄，另外的二篇即來自《靈鶼閣叢書》，內容和篇幅均不能與《英軺私記》相提並論。

郭嵩燾與劉錫鴻之間的不和當時就牽連了很多人，黎庶昌亦不能置身事外，[46]不僅影響到他在西洋的確切位置和身份，[47]乃至潛移默化地形塑了《西洋雜志》一書的編撰理念，今天更是演變成一個更為複雜而歧誤百端、莫衷一是的問題論域。學者們儘管通過史料的勾陳對兩人相識、相交、出使本末、遇事齟齬直至最後互相糾參的情形已纖毫畢悉，但由於立場不同而不免墮入了孰是孰非的爭議僵局，這裡，我們不必執著於郭嵩燾和劉錫鴻不和事實的細枝末節的探討和評判他們二者的功過，而企望逃逸出來經由當時士大夫對二人日記的不同的譽毀來探究黎庶昌輯錄郭、劉二人日記乃至同期首批走向西洋士大夫的使西記的真實意圖。

上文已詳述士大夫對郭嵩燾《使西紀程》一書極盡詆毀之能事，乃至最終慘遭毀板。與之相反，劉錫鴻的《英軺私記》卻邀得極高的評價，無論是保守派還是洋務派都一致讚譽《英軺私記》。當事人郭嵩燾在光緒四年十二月十四日這麼評價《英軺私記》：

> 劼剛隨出示劉生《英軺日記》，見者多驚其閎博，一二有識者亦頗能辨其矯誣，予取讀之，而後知其用心之狡詐。其所謂閎博者，多祖述馬格理、博郎之言，並無所謂心得。而其推衍人倫之旨、仁義之言，一皆以濟其逢迎詭合之術，是以識者能辨知之。[48]

而《小方壺齋輿地叢鈔》本《英軺日記》中並未出現任何關於黎庶昌此段文字的內容，這篇「黎參贊注」只可能來源於黎庶昌的《西洋雜志》。

[46] 按：郭嵩燾日記明確記載的郭、劉矛盾波及到黎庶昌的記錄自光緒二年（1876）十二月二十九日起始至光緒三年（1877）七月十五日首次直指劉錫鴻「暴戾」之後，郭嵩燾頻繁對劉錫鴻進行毫無隱諱地直接指陳，而這些指陳大多頗及到黎庶昌及駐英使館其他工作人員。相關詳細記載參見[清]郭嵩燾著：《倫敦與巴黎日記》，長沙：嶽麓書社2008年版，第108、282、287、293、308、319、324、364、390、413、574、584、585等頁。

[47] 按：黎庶昌於光緒三年（1877）十月初九日隨劉錫鴻赴德國，任駐德參贊；光緒四年（1878）四月初九日奉郭嵩燾之命調回，兼任英、法二國參贊（參見[清]郭嵩燾著：《郭嵩燾日記》，長沙：湖南人民出版社1982年版，第498-499頁；[清]劉錫鴻、張德彝著：《劉錫鴻：英軺私記·張德彝：隨使英俄記》，長沙：嶽麓書社2008年版，第553-555頁。

[48] [清]郭嵩燾著：《郭嵩燾日記》，長沙：湖南人民出版社1982年版，第730頁。

雖然郭嵩燾自己由於個人恩怨對《英軺私記》的評價不會公允，但客觀地，
郭嵩燾謂其書能使「見者驚其閎博」、「而其推衍人倫之旨、仁義之言」能
逢迎詭合士大夫兩點卻一針見血地概括了《英軺私記》的特點。郭嵩燾的
有力支持者李鴻章在光緒四年六月二十五日寫給總署大臣周家楣的信《複
周筱棠京卿》中也不敢對劉錫鴻的日記《英軺私記》有所非議，而以「動
聽」二字處之：

> 雲生橫戾巧詐，日記雖可動聽，物望殊不見佳。巴使回後，益
> 加輕侮，於大局毫無裨益，亦須妥籌撤換耳。[49]

此信是李鴻章專為請辭劉錫鴻而寫，對其人脾性不惜指斥其「橫戾巧詐」，
對其聲譽亦以「物望殊不見佳」形容，對其在德國的所作所為則以「毫
無裨益」表述，務必使劉錫鴻被撤換為目的，然而對其日記則承認「雖可動
聽」，這樣的評價不太可能是李鴻章對《英軺私記》認同感的表達，而更
像是出自士大夫的公論，以致李鴻章不能對其進行直接的詆毀。不管是保守
派還是洋務派，當時的士大夫們對《英軺私記》基本未有負面評價。保守
派讚譽其能貶刺洋人，郭嵩燾光緒五年（1879）年五月初二日的日記記載：

> 吳江寓書合淝，言劉雲生天分高，以能貶刺洋人、邀取聲譽為
> 智。[50]

「吳江」即同治時期身處樞庭的一朝重臣沈桂芬的代稱，他對劉錫鴻關懷有
加，時時「垂問殷殷」，[51]讚譽劉錫鴻「能貶刺洋人、邀取聲譽」。而光緒四
年（1878）正月二十六日，處於權力漩渦中心的李鴻章在給郭嵩燾的一封信
中，指出李鴻藻、毛昶熙、沈桂芬、王夔石等大臣均是庇護劉錫鴻其人及其
言論的：

> 蘭生奉諱後，樞垣無與交通，惟聞煦初尚書頗一力庇之，恐其
> 在德京尚有糾訐執事之舉，望密為防備。至糾參三次，朝議以為太

---

[49] [清]李鴻章著、吳汝倫編：《李文忠公（鴻章）全集‧朋僚函稿》，文海出版社 1980
年版，第 2769 頁。
[50] [清]郭嵩燾著：《郭嵩燾日記》，長沙：湖南人民出版社 1982 年版，第 874 頁。
[51] [清]黎庶昌著：《西洋雜志》，清光緒庚子年（1900）遵義黎氏刊本，第八卷第 18 頁。

過，似可勿庸多瀆。夔石奉旨入觀，似由吳江密保幫手，將贊樞庭，
與尊處素相鑿枘，恐較蘭生尤甚耳。[52]

在洋務派這邊，出洋前夕，曾紀澤曾反覆研看劉錫鴻的《英軺私記》，[53]薛
福成在光緒四年（1878）五月和十月多次拜讀《英軺私記》，並大段抄錄書
中的一些篇章，[54]而黎庶昌輯錄劉錫鴻文章篇數位於同時期走向西洋的士大
夫之首，原因可能是其明瞭劉錫鴻背後的政治力量以及國內對《英軺私記》
一致叫好的輿論。

　　《西洋雜志》只輯錄了一篇曾紀澤撰寫的日記，即第二卷的《法蘭亭
成婚》，該篇是曾紀澤作為證盟者於光緒五年（1879）六月八日參加其法文
翻譯法蘭亭婚禮的記載，詳細記錄了法國人婚禮的禮數。《法蘭亭成婚》與
其他《西洋雜志》輯錄的文章稍稍有些不同，標記的字樣為「曾侯日記某
月某日」。[55]整部《西洋雜志》只有此處標記為日期不明的「某月某日」，而
其他輯錄的文章對日期均有翔實的交待，是黎庶昌忘了查證清楚還是曾紀
澤未寫明法蘭亭成婚的日期呢？查《走向世界叢書》版曾紀澤《出使英法
俄國日記》，該篇文章出現在光緒五年（1879）六月初八日這一天，這一天
日記與其他曾紀澤的日記相同，日期記載一絲不苟、毫不含糊，該篇日記
除了記述法蘭亭成婚的過程以外，還記載有：

　　　　戌初，偕菔齋、春卿、子興、仁山至大酒館赴宴。蘭亭夫婦為
主人，有客男婦三十余人，席散有跳舞會。[56]

從該則日記得知，黎庶昌本人雖未參加婚禮儀式，但參加了之後於婚禮當
天舉行的宴會。對勘兩篇文章，曾紀澤的日記與黎庶昌的引述只有「數百
千金」（《西洋雜志》本作「亦數百金」）、「手舞足蹈」（《西洋雜志》本作「手

---

[52] [清]李鴻章著、吳汝綸編：《李文忠公（鴻章）全集·朋僚函稿》，文海出版社 1980
　　年版，第 2763 頁。
[53] 參見[清]曾紀澤著、王傑成標點：《出使英法俄國日記》，長沙：嶽麓書社 2008 年版，
　　第 70、105、106 頁。
[54] 參見[清]薛福成著、蔡少卿整理：《薛福成日記》，吉林：吉林文史出版社 2004 年版，
　　第 202、230、231、232 頁。
[55] [清]黎庶昌著：《西洋雜志》，清光緒庚子年（1900）遵義黎氏刊本，第二卷第 27 頁。
[56] [清]曾紀澤著、王傑成標點：《出使英法俄國日記》，長沙：嶽麓書社 2008 年版，第
　　235 頁。

舞腳蹈」）兩處有細微的不同。黎庶昌將之標記為「某月某日」可能是一時無心，謄寫時記不清了，後來又忘記改正過來，屬無心之誤；還有一種可能是故意為之。黎庶昌是「曾門四子」之一，曾紀澤常隨侍父親曾國藩身側，兩人肯定非常熟識。縱觀曾紀澤日記，提到黎庶昌的不在少數，交情看似不淺。[57]但在黎庶昌三年參贊期滿之時，曾紀澤於光緒五年（1879）十一月二十七日向清廷上《參贊期滿銷差揀員充補疏》，不再留任黎庶昌：

> 茲據駐法二等參贊官江蘇候補直隸州知州黎庶昌稟稱三年期滿，懇請照章銷差。臣伏查黎庶昌隨同前出使英國大臣郭嵩燾出洋，於光緒二年十二月初八日行抵英國，應以是日作為到國之日，旋經調往德國，嗣經臣派駐法國，至光緒五年十二月初七日止，實系三年期滿。該員遠涉重洋，歷裏使職，和平接物，黽勉從公，辦事三年，毫無貽誤，實屬辦理洋務不可多得之才。臣因疊次承准總理各國事務衙門王大臣函開，現當經費支絀之際，各員弁宜設法裁減，以節虛糜，故未便更援該衙門奏定各員年滿奏獎仍可酌留之例，將該參贊官再留法國當差。適出使美、日、秘三國大臣陳蘭彬路經法國，與臣面商，該大臣所調人員，多未到差，現在需員甚急，擬奏調參贊官黎庶昌歸該大臣差遣等因，除該參贊官改派差使應由陳蘭彬另案專折奏陳外，所有駐法二等參贊官江蘇候補直隸州知州黎庶昌出洋三年期滿，相應遵照定章，先准銷差。
> 竊念法蘭西為專尚人文之國，參贊官為贊襄使職之員，職任未便虛懸，選擇尤宜詳審。查有派駐英國之三等參贊官鹽運使銜道員用分發補用知府劉翰清，方正和平，老成諳練，博究中西之學，深通交涉之宜，以之參贊出使法國公事，堪以勝任。[58]

曾紀澤以「節虛糜」為由不再留任黎庶昌，黎庶昌之參贊位置由劉翰清接任，同時，銷差之後的黎庶昌不是回國，而是跟隨陳蘭彬到西班牙擔任參

---

[57] 參見[清]曾紀澤著、王傑成標點：《出使英法俄國日記》，長沙：嶽麓書社2008年版，第77、124、149、150、152、153、154、156、157、166、167、168、170、171、172、174、175、185、207、228、234、235、236、255、258、259、267、273、274、278、279、280、281、283、285、291、292、310、412、423、424、425、429、434、440、445、453、454、455、456、498、748、802頁。

[58] [清]曾紀澤著、喻嶽衡點校：《曾紀澤集》，長沙：嶽麓書社2005年版，第16-17頁。

贊，繼續在西洋停留了兩年。據此，我們可以得出推測，黎庶昌當時銷差回國的意向不是特別強烈，如果曾紀澤想讓他繼續留任駐法參贊，黎庶昌肯定不會駁曾紀澤的顏面。黎汝謙《黎公家傳》中說：

> 曾惠敏為文正公塚嗣，與公有舊。然以隨文正久，常覺禮儀闊疏，意殊不合。[59]

可能兩人相處真的不是特別歡洽。而整部《西洋雜志》與曾紀澤相關的文章還有第一卷的《曾侯兩次呈遞法國國書情形》、第八卷的《上曾侯書》、《答曾侯書》、《再上曾侯書》以及兩篇《由北京出蒙古中路至俄都路程考略》與《由亞西亞俄境西路至伊犁等處路程考略》六篇文章。《上曾侯書》、《答曾侯書》、《再上曾侯書》、《由北京出蒙古中路至俄都路程考略》與《由亞西亞俄境西路至伊犁等處路程考略》都是黎庶昌在曾紀澤「奉命訂約，兼使俄都」之際大力陳請允從陸路考察歐亞兩洲腹地，以能盡悉強敵邊情而不斷與曾紀澤通信以及為考察而「博訪周諮，搜求書籍，以為行旅之證」的若干外文材料翻譯並撰寫的兩篇路程考略，惜最終未能施行。

《西洋雜志》一書關於出使大臣向駐在國呈遞國書的文章一共五篇，其中《英國呈遞國書情形》、《郭星使第二次呈遞國書》兩篇輯錄自出使英國大臣郭嵩燾當天的日記；《德國呈遞國書情形》輯錄自出使德國大臣劉錫鴻的手筆；《日國呈遞國書情形》採自出使美、日、秘國大臣陳蘭彬的奏摺《使美日秘國大臣陳蘭彬奏報抵任呈遞國書摺》；只有《曾侯兩次呈遞國書情形》未由曾紀澤的日記輯錄，而由黎庶昌本人撰寫的文字替代。現將曾紀澤日記所記與黎庶昌撰寫的內容分別摘錄如下，前為曾紀澤光緒四年（1878）十二月十八日的日記：

> 未正，法國御前接引大臣穆納，以朝車一輛、從騎數匹來迎。余率參贊官、翻譯官暨松生、開生、仁山等，同至其勒立色宮。余與穆納及外部大臣葛士奇同坐朝車，松生、蘭亭乘穆納之車，餘人別為二車也。宮門外陳兵一隊，奏笳鼓軍樂以迓客。余入其便殿，三鞠躬而進。伯理璽向門立待，亦免冠鞠躬。余手捧國書宣讀誦詞，葛士奇侍立余旁，以法文再為宣讀。伯理璽天德手受國書，答詞既

---

[59] 轉引自黃萬機著：《黎庶昌評傳》，貴陽：貴州人民出版社1992年版，第71頁。

畢，慰勞甚殷，頌及先人，禮畢鞠躬退出，儀文甚簡而肅。宮門兵隊複奏軍樂以送。復與穆納、葛士奇乘朝車回寓，二客小坐乃去。[60]

以下為黎庶昌撰寫的《曾侯兩次呈遞法國國書情形》的第一段：

> 戊寅十二月十八日，法國御前接引大臣穆納駕四馬朝車一輛、從騎三匹來迎曾侯。曾侯率庶昌與翻譯官聯芳、法蘭亭，英國參贊陳遠濟、劉翰清，隨員楊文會等，同至其勒立色宮呈遞國書。曾侯與穆納及外部翻譯大臣、前駐京公使葛士奇同坐朝車，陳遠濟、法蘭亭乘坐穆納之車，庶昌與劉翰清、聯芳、楊文會則乘曾侯之車也。宮門外陳兵一隊，奏樂迎賓。曾侯至門下車，余捧國書隨後，以次魚貫入其便殿，三鞠躬而前。伯理璽天德馬克蒙向門立待，亦免冠鞠躬。余以國書捧授曾侯，曾侯宣讀誦詞，葛士奇立於其旁以法文譯誦。曾侯呈遞國書，伯理璽天德接受、轉交葛士奇，復誦答詞，亦以華文宣讀。其大略云：「中國大皇帝遣派貴使臣前來，本總統不勝欣幸。從此兩國和好愈篤，日益親密。貴使臣品秩甚崇，如有交涉應辦事件，本總統必竭力襄助。且貴使臣之父曾國藩，本總統亦素所欽佩。貴使臣能長在此辦事，實屬彼此有益。」誦畢，鞠躬而退。宮門外兵樂複作。穆納、葛士奇送曾侯回寓，小坐而去。[61]

兩段引文都是對同一事件的敘述，黎庶昌的敘述較曾紀澤的篇幅幾乎增長一倍；內容也更為詳細。關於進門行禮的禮儀細節曾紀澤以「余入其便殿，三鞠躬而進」簡略交待，黎庶昌以「曾侯至門下車，余捧國書隨後，以次魚貫入其便殿，三鞠躬而前」不僅記述了曾紀澤的進門儀節，亦將隨員等所行禮節敘述清楚了；關於象徵兩國交好的駐紮國書在清政府官員一方及駐在國一方如何傳遞與接受，曾紀澤以「余手捧國書」、「伯理璽天德手受國書」兩句描述，而黎庶昌以「余以國書捧授曾侯」、「曾侯呈遞國書」、「伯理璽天德接受、轉交葛士奇」一系列動作對國書在諸人之間的傳遞儀節詳細地加以描寫；關於法國總統的答詞，曾紀澤以「答詞既畢，慰勞甚殷，頌及先人」十二字一筆帶過，而黎庶昌不厭其煩予以複述。對比以上兩段

---

[60] [清]曾紀澤著、王傑成標點：《出使英法俄國日記》，長沙：嶽麓書社 2008 年版，第235 頁。

[61] [清]黎庶昌著：《西洋雜志》，清光緒庚子年（1900）遵義黎氏刊本，第一卷第 8-9 頁。

文獻材料，我們推測黎庶昌棄曾紀澤日記而取自己的記述是充分考慮了出使大臣所記的詳略特質與準確性質的。第二次呈遞法國國書情形黎庶昌亦棄曾紀澤日記而選取了自己的敘述。黎庶昌的敘述以講述須第二次呈遞國書的緣由、國書的式樣為重點，呈遞國書的具體儀節因此次為「便見」而簡略敘述；[62]曾紀澤該天的日記非常詳細，洋洋灑灑，雙方的陳詞、答詞，交談的內容，法國總統送其出門送至第四重門、以示優隆的細節，以及臨時更換誦詞的緣由都予以細緻地記錄和解釋，較黎庶昌的文字多出一倍多，內容也更為豐富。[63]

《西洋雜志》第一卷第八篇《日國呈遞國書情形》[64]為出使美、日、秘國大臣陳蘭彬的奏摺《使美日秘國大臣陳蘭彬奏報抵任呈遞國書摺》的摘編。我國首批駐外使館有英、德、日、法、美、西班牙、秘魯、俄，均於1876年至1879年之間設立。[65]黎庶昌初始為駐英使館參贊，光緒三年（1877）十月劉錫鴻借調任駐德使館參贊，光緒四年（1878）四月初九日郭嵩燾調回任駐法使館參贊，光緒五年（1879）三年期滿銷差後，由陳蘭彬奏調任駐西班牙使館參贊，他的《西洋雜志》一書輯錄的呈遞國書情形涉及的國家為英國、德國、法國、西班牙，正是他親身擔任參贊的四國，範圍也局限在歐洲，並未橫生枝節涉及別國。《日國呈遞國書情形》來源於陳蘭彬的奏摺，並不是其使西記。陳蘭彬的使西記只有薄薄的一本《使美紀略》。某種程度上，《使美紀略》與《西洋雜志》在編撰策略上存有相似之處：

> 蘭彬奉使美、日、秘三國，今只行抵美京，日思巴尼亞、秘魯二國相距窵遠，且未克遽赴。竊念陛辭日久，費而不資，方寸凌兢，無時或釋。即有暇晷，而凤眜洋文洋語，見聞未審，亦難遽筆於書。數月來綴述寥寥，因取陳郎中嵩良、曾主事耀南、陳丞善言、蔡丞錫勇數人所散記，合併參訂，存茲崖略，固多疏漏，仍不敢謂中無舛訛也。[66]

---

[62] 參見[清]黎庶昌著：《西洋雜志》，清光緒庚子年（1900）遵義黎氏刊本，第一卷第9-10頁。

[63] 參見[清]曾紀澤著、王傑成標點：《出使英法俄國日記》，長沙：嶽麓書社2008年版，第259-260頁。

[64] 按：「日」為「日思巴尼亞」的簡稱，是當時對西班牙的稱呼。

[65] 按：駐英使館最早為光緒二年（1876）十二月二十五日，駐德使館光緒三年（1877）十二月二十二日，駐日使館光緒三年（1877）十一月，駐法使館光緒四年（1878）四月初五日，駐美使館光緒四年（1878）九月初三日，駐西班牙使館光緒五年（1879）四月初四日，駐秘魯使館光緒五年（1879），駐俄使館光緒五年（1879）。

[66] 梁碧瑩著：《陳蘭彬與晚清外交》，廣州：廣東人民出版社2011年版，第618頁。

陳蘭彬的《使美紀略》因「綴述寥寥」亦輯錄了他人撰寫的散記,「陳郎中嵩良、曾主事耀南、陳丞善言、蔡丞錫勇數人」交待了這些散記的撰寫人,但其並未像黎庶昌一樣明確指出哪段內容出自上述何人的著述,正文中只有如下字樣標記可能有些內容出自他人的著述:

> 隨員等往觀跑馬回稱,……[67]
> 各隨員連日往觀其書院、醫局及聾啞院。據稱……[68]
> 又往看格林炮局者回稱……[69]
> 有隨員數人赴約,回稱……[70]
> 又有洋人巴厘文兄弟偕隨員等,往各處遊覽回。據稱……[71]

不論何人的著述統一都以「隨員」二字代之,對於具體某段內容出自何人並未注明;引述內容以「回稱」或「據稱」引起,但未有明確標識引文內容結束的標記,導致個人的著述與他人相混;整本紀略確實是「合併參訂」本,與黎庶昌每篇文章清楚表明作者與作品來源不可等量齊觀,反映陳蘭彬的著作權意識還停止在蒙昧狀態。

第四卷的《印度拉巴電纜》後一部分、《七瑞士水雷》兩篇文章出自出使德國大臣李鳳苞。李鳳苞以精於曆算和測繪著稱,也與曾國藩和李鴻章有很深的淵源。光緒三年(1877),經李鴻章推薦李鳳苞擔任船政學堂留學生監督,帶領清廷第一屆留歐留學生赴歐學習。因劉錫鴻被撤回國,由李鴻章保薦接替劉錫鴻任出使德國大臣,後又兼任駐奧、意、荷、法等國公使。黎庶昌輯錄的《印度拉巴電纜》和《七瑞士水雷》分別是「李監督日記中秋日」[72]和「李監督日記八月二十一日」[73]的日記,而現今能搜檢到的李鳳苞的使西記為《使德日記》,[74]記載了自光緒四年(1878)十月初二日年至光緒四年(1879)十二月廿九日期間李鳳苞初擔任駐德公使之初的見

---

[67] 梁碧瑩著:《陳蘭彬與晚清外交》,廣州:廣東人民出版社 2011 年版,第 592 頁。
[68] 梁碧瑩著:《陳蘭彬與晚清外交》,廣州:廣東人民出版社 2011 年版,第 595 頁。
[69] 梁碧瑩著:《陳蘭彬與晚清外交》,廣州:廣東人民出版社 2011 年版,第 597 頁。
[70] 梁碧瑩著:《陳蘭彬與晚清外交》,廣州:廣東人民出版社 2011 年版,第 598 頁。
[71] 梁碧瑩著:《陳蘭彬與晚清外交》,廣州:廣東人民出版社 2011 年版,第 612 頁。
[72] [清]黎庶昌著:《西洋雜志》,清光緒庚子年(1900)遵義黎氏刊本,第四卷第 18 頁。
[73] [清]黎庶昌著:《西洋雜志》,清光緒庚子年(1900)遵義黎氏刊本,第四卷第 27 頁。
[74] 按:《使德日記》有光緒十七年(1891)《小方壺齋輿地叢鈔》本、光緒二十一年(1895)靈鶼閣叢書本兩種版本。

聞和活動，從時間上看，未囊括黎庶昌輯錄的上述兩篇日記。這進一步證明，在出使人員中，大家的日記是相互公開參看的。

　　《西洋雜志》第二卷的《德國開色茶會跳舞會》、《中西風俗相同者多》、《西人宴客》、《西俗宴會男女同坐》、《頭等公使》、《使署人員稱謂》，第三卷的《船隻出塢》，第四卷的《克魯伯鋼炮廠》、《德國磁器廠》、《伯林官錢局》、《德國花紙廠》、《德國王石嶺炮臺》、《塞門得土》，第六卷的《荷蘭錢幣》等 14 篇文章都出自錢德培的《歐遊隨筆》。錢德培是劉錫鴻就任出使德國大臣後調用的隨員。其於光緒三年（1878）年十二月到達德國，光緒四年（1879）十月劉錫鴻被召回後仍為李鳳苞繼續留用，直到光緒九年（1883）八月才回國，在德國呆了六年，對德國的情形自然非常熟悉。黎庶昌於光緒三年（1877）十月初九日隨劉錫鴻到德國，光緒四年（1878）四月初九日被郭嵩燾調回，離開德國，在德國只待了半年多的日子，對德國的諸種情形未能一一知悉。黎庶昌輯錄這麼多篇錢德培的文章，原因可能是：

> 　　早期使西日記關於德國的記述，主要見於劉錫鴻的《日爾曼紀事》、李鳳苞的《使德日記》和黎庶昌的《西洋雜志》。[75]但《日爾曼紀事》只有數則；《使德日記》限於任使之初的見聞；《西洋雜志》關於德國的內容亦不多。《歐遊隨筆》可補三著之遺，這是它的主要價值。[76]

《西洋雜志》中黎庶昌本人關於德國的集中記述只有《開色遇刺》、《德國議政院》、《西洋園囿》的一部分、《德國錢幣》四篇，《開色遇刺》一文還不全是他的著述，因為「戊寅四月初八日，余自德國奉調赴法，離伯爾靈之第三日，即聞開色被人行刺，未中。越十餘日，復有被刺未誅之事。因以書抵劉孚翊就詢情狀，劉君言之甚詳」，[77]有一大部分內容來源於對劉孚翊記述的轉述。而錢德培的《歐遊隨筆》起自光緒三年十月十八日由上海啟行赴德至光緒九年（1883）十月初九日返抵上海期間長達六年的日記，

---

[75]　按：此處的《西洋雜志》特指《西洋雜志》的節本，內容只應涵蓋「莚齋雜記」的相關內容。

[76]　尹德翔著：《東海西海之間──晚清使西日記中的文化觀察、認證與選擇》，北京：北京大學出版社 2009 年版，第 238 頁。

[77]　[清]黎庶昌著：《西洋雜志》，清光緒庚子年（1900）遵義黎氏刊本，第二卷第 34 頁。

內容多為德國社會生活的點滴敘述。黎庶昌輯錄的諸篇避開錢德培較為零碎方面的拉雜敘述，而是側重於其較為系統的、其內容與清政府方面有千絲萬縷聯繫的完整記述，如《船隻出塢》是記述其觀看清政府訂造的定遠鐵艦的入海、《克魯伯鋼炮廠》是去「驗試山海關所購之炮」。[78]

《西洋雜志》第二卷的《美亞接任》的一部分和第五卷的《倫敦集略》出自張斯栒的手筆。《美亞接任》前一部分黎庶昌的「菇齋雜記」，最後引述「張斯栒云」，補充介紹倫敦市長接任中「故納釘以當租錢持斧以斫林木皆行英之古禮」[79]的典故。《倫敦集略》後一部分由黎庶昌標記的「張斯栒集譯」字樣可知為張斯栒的翻譯，同樣是介紹倫敦歷史的文章。張斯栒，寧波人，自小從美國長老會派駐寧波的傳教士丁韙良學習西學，英語翻譯能力很好，對英國的歷史與掌故也瞭解得非常透徹。光緒二年（1876）奉旨以隨員兼翻譯官身份隨首任駐英大使郭嵩燾出使英倫，先後擔任郭嵩燾、劉錫鴻、曾紀澤、薛福成等的隨員或參贊，在國外呆了 17 年，直到光緒二十二年（1894）才與薛福成一道銷差回國。

《西洋雜志》第三卷的《英國議政院》前一部分、《英倫聽審衙門》，第四卷的《格林義止觀象臺》、《印度拉巴電纜》後一部分，第五卷的《倫敦集略》前一部分、《倫敦王宮》、《倫敦套》七篇文章是羅豐祿的作品。羅豐祿是福建閩縣人，同治六年（1867），考入福州船政學堂。光緒三年（1877）三月，被選派為清廷第一批赴歐留學生，赴英國學習。光緒四年（1878），先後兼任駐英使館、駐德使館翻譯。光緒六年（1880）回國後入北洋大臣李鴻章幕，擔任李鴻章的英文秘書，甲午戰敗後，隨李鴻章赴日談判，光緒二十二年（1896），隨李鴻章赴俄參加俄皇尼古拉二世的加冕典禮，後出任駐英兼意、比三國欽差大臣，是晚清的一代外交名臣。光緒三年（1877）到英國後，在英國留學，並隨著李鳳苞經常造訪駐英使館，[80]黎庶昌這時結識羅豐祿，並與其有經常的交往。從羅豐祿的學習經歷及後來一直擔任李鴻章的英文翻譯，並跟隨李鴻章出席很多外交談判與外交場合看，羅豐祿的英文程度很好，對西洋的認識能深入下去，可以補充給不懂外語的黎庶昌很多難得的知識。

---

[78] [清]錢德培著：《歐遊隨筆》，清光緒十七年（1891）《小方壺齋輿地叢鈔》本，第 29 頁。

[79] [清]黎庶昌著：《西洋雜志》，清光緒庚子年（1900）遵義黎氏刊本，第二卷第 22 頁。

[80] 按：相關記載參見：[清]郭嵩燾著：《倫敦與巴黎日記》，長沙：嶽麓書社 2008 年版，第 195、215、227、299、307、345、364、384、455、511、566 等頁。

三、整合與顛覆的擺蕩：《西洋雜志》編撰學的建構意圖

　　《西洋雜志》一書混合了首批出使西洋的士大夫郭嵩燾、劉錫鴻、黎庶昌、曾紀澤、李鳳苞、陳蘭彬、羅豐祿、張斯桷、錢德培九人的使西記述。朱維錚在《郭嵩燾等使西記六種》一書的導言中對晚清帝國士大夫外交官的使西記作了如下的定位，與鍾叔河對郭嵩燾出使意義的深思熟慮有異曲同工之妙：

> 　　然而人們仍然重視這班使節及其參贊隨員的遊歷見聞，他們的記敘未必可靠，議論或許膚淺，甚至曲學阿世，以挑剔攻訐異域政治文化為能事。但重要的是他們都是出現在工業革命和民主革命以後的西方世界的首批中國使者。帝國外交官員的身份，使他們得以貼近觀察歐美諸國的權力運作狀況，得以連續俯瞰工業化世界的社會生活概況，得以經常接觸具有不同影響力的政客、官僚、貴族、財閥以及學者、文士等等。中西社會文化的差異，又使他們的觀察的敏感度，感受的對比度，較諸久客異域者更為強烈，尤其是因為他們總在雙方政治衝突的前哨位置上。所以，他們的遊歷見聞，便從一個特殊的角度，展現出晚清中外文化學術的互相衝突，在飽受傳統薰染的上層士大夫中間，可能激發的種種反應。[81]

這段文字強調了晚清政府派遣的使節及其參隨人員等撰寫的使西記的重要價值，由於士大夫「帝國外交官員的身份」，他們可以最大限度地近距離觀察和接觸西方世界社會生活的方方面面；由於士大夫本身具備的卓越的中國文化身份增強了他們「觀察的敏感度，感受的對比度」；由於他們自己就是「飽受傳統薰染的上層士大夫」，他們的反映間接地「展現出晚清中外文化學術的互相衝突」。
　　在法國學者達尼埃爾-亨利．巴柔（Daniel-Henri Pageaux）在《形象學理論研究：從文學史到詩學》一文中強調：

---

[81] 朱維錚撰：《導言》，見於[清]郭嵩燾等著、王立誠編校：《郭嵩燾等使西記六種》，北京：生活・讀書・新知三聯書店 1998 年版，第 3 頁。

　　因此異國形象能夠將一些未曾得到清楚定義並且屬於人們稱之為「意識形態」範疇的民族現實移植到一個隱喻的層面上來。這些主張為我們引出了這樣的結論：形象學不是研究形象的真偽程度（就描述而言，所有的形象都不是真實的），也不是僅僅局限於研究某個現實在文學中的轉換，而是致力於研究控制了一種文化的所有動力線，研究該文化和異域文化的關係，研究一個或多個價值體系，這是描述的各種機制能夠建立的基礎。在一個寬廣的範圍內，也可說我們研究的是意識形態的種種機制。考察各種關於異國的作品是如何被書寫的，首先考察的就是意識形態基礎及其機制，正是在此基礎上，建構起了相異性原則及關於他者的一種或多種話語。[82]

黎庶昌對《西洋雜志》輯錄誰的作品具有明確的建構意識，《西洋雜志》是首批走向西洋的士大夫在中國傳統文化的動力線上面對未走出國門的國內士大夫們編織的異國形象。《西洋雜志》由於其呈現的混雜和多元樣態，單一的文本在意義生產過程演變成一個集合意識形態的整合功能與烏托邦的顛覆功能的角力場域。

---

[82] [法]達尼埃爾-亨利・巴柔撰、蒯軼萍譯：《形象學理論研究：從文學史到詩學》，見於孟華：《比較文學形象學》，北京：北京大學出版社 2001 年版，第 202-203 頁。

The Compiling of *Xiyang Zazhi*: collective narration of scholar-bureaucrats in late Qing dynasty going abroad for the first time

Xiao Guomin

Abstract: The compiling style of *Xiyang Zazhi* by Li Shuchang is unique; besides personal narration of Occident, it also complies narration of Occident by scholar-bureaucrats who went abroad for the first time, including Guo Songshou, Liu Xihong, Zeng Jizhe, Li Fengbao, Chen Lanbin, Luo Fenglu, Zhang Sigou, Qian Depei. *Xiyang Zazhi* from Series of *Zouxiang Shijie* 「deletes words not from Li Shuchang」, therefore lost its original meaning. Through comparing the abridged edition of *Xiyang Zazhi* and the edition of Zunyi Lishi in 1900, this article explores the strong intention of discursive construction of Zunyi Lishi's edition, indicates that Li Shuchang has make Xiyang Zazhi turning into constructive collective narration of scholar-bureaucrats in late Qing dynasty going abroad for the first time.

Keywords: *Xiyang Zazhi* scholar-bureaucrat collective narration

Notes on Author: Xiao Guomin (1980-), female, PhD in Comparative Literature at Fudan University, teacher of Guizhou Normal University. Major research interests are Comparative Poetics and imagology.

在意識形態與烏托邦的兩極之間
——高羅佩《大唐狄公案》的
形象學解讀

王文娟

[論文摘要] 高羅佩的《大唐狄公案》是二十世紀 50 至 60 年代西方人認識中國極為珍貴的一手資料，然而他並非按照中國的本來面目表現中國，小說中建構的「中國形象」也不是現實的複製品，而是經過重新思索，篩選，想像加工後的「幻像」。在該系列偵探小說中，中國既不是人間的天堂，也不是黑暗墮落的淵藪。高羅佩沒有將中國意識形態化，也沒有將其烏托邦化，而是巧妙地使其處於二者的張力之間。這一獨特中國形象製作主要源自以下三方面原因：一是馬可・波羅、耶穌會士等的影響；二是高羅佩本人始終對中國保持「親善」的態度，這種態度反映到作品中即是從頭至尾對中國文化的尊重和理解；三是高羅佩個人慾望、夢想、迷戀等投射使然。

[關 鍵 字] 高羅佩、狄公案、比較文學形象學、中國形象

[作者簡介] 王文娟（1983-），女，復旦大學中文系比較文學與世界文學專業碩士，主要從事比較文學、跨文化研究。

高羅佩（Robert Van Gulik）是一名荷蘭職業外交官，更是一位享譽世界的漢學家、翻譯家、小說家。《大唐狄公案》是高羅佩在 1950 年至 1967 年先後歷時十八年用英文創作的系列偵探小說。小說成功地塑造了一位「中國的福爾摩斯」，並被譯成多種外文出版，在中國與世界文化交流史上留下重重一筆。

《大唐狄公案》是西方人認識中國的第一手資料，「高羅佩在其奉獻給西方讀者的小說裡十分完好地保持了古代中國人的生活方式。在他筆下，

有的和尚是典型的好色之徒和慣於耍政治手腕的人，韃靼人就像會弄巫術的道士一樣不可信，中國南方人與北方人在用口語講話和生活習慣上有很大不同。同時，諸如硯臺、韃靼人釘靴子的釘子、道家的太極圖、大門上的門環等很多很小的東西都被寫進了小說情節中的關鍵部分。此外，有關與外國通商、禁止私鹽、敲詐、賄賂、烹飪等等內容也被寫進了小說。」[1]由於其對古代中國人物故事、典章制度、世態風俗等翔實逼真的描寫，以致「在某個時期裡美國國務院甚至規定，調到中國工作的外交官，都必須讀高羅佩的這些狄公小說。」[2]西方人對中國的瞭解，在一定程度上也應歸功於他對中國文化的傳播。

但是人們不應把狄公小說中寫的故事看作是對中國古代生活十分準確的描寫。首先書中描寫這些故事發生的年代與事實不符；其次，狄公處理的那些案件也不是他當大理寺正卿時真實處理的案件；再次，就連高羅佩在小說中描寫的很多中國古代器物也不全是純正的中國貨。單拿他創作的《柳園圖》這一篇小說而言，其中對柳園圖的描寫就是一個連高羅佩本人都認識到的時代錯誤。

> 正如大家知道的，青花瓷器上的這種柳園圖案源於 18 世紀的英國。我完全可以用狄公時代的純中國圖案來寫此書，但仍選擇了上述柳園圖。儘管這種圖案是英國陶瓷長期以來流行最廣的幾種圖案之一，但這種圖案在中國很少有人見過。為提高讀者對柳園圖的興趣，我還給這個圖案增加了一個古代中國官員的女兒愛上其父手下窮秘書，最後雙雙殉情，死後化做一雙飛燕的傳說，以此使它具有偽東方的浪漫主義色彩。[3]

換句話說，高羅佩並不是按照中國的本來面目來表現中國，他的狄公系列小說建構出來的中國形象不是現實的複製品，而是經過重新思索、篩選、想像加工後的現實「幻像」。這種「幻像」的形成正是形象學力圖探討的重

---

[1] [美]唐納德・F.拉奇著、陳來元譯：《〈大唐狄公案〉及荷蘭作者高羅佩》，見於[荷蘭]高羅佩著、陳來元、胡明等譯：《大唐狄公案》，海口：海南出版社 2008 年版，第 8 頁。

[2] [荷蘭]C. D.巴克曼、H.德弗里斯著、施輝業譯：《大漢學家高羅佩傳》，海口：海南出版社 2011 年版，第 214 頁。

[3] Robert Van Gulik, *The Willow Pattern*, Chicago and London: The University of Chicago Press, 1977, p.171-172.

點，《大唐狄公案》因此也是我們運用「比較文學形象學」的研究方法進行文學研究的珍貴文本。

那麼，《大唐狄公案》到底塑造了一個怎樣的中國形象？這個中國形象哪些是真實存在的，哪些是出於個人想像？高羅佩為什麼會有這樣的想像？他又是依據什麼原則來選擇他要使用的素材？這裡面是否存在情感、歷史、政治、意識形態的因素？他苦心孤詣製作出這個中國形象的用意何在？在比較文學理論的啟發下，本論文嘗試以高羅佩創作的偵探小說《大唐狄公案》為例，進行一次有新意和趣味的形象學解讀。

一、高羅佩《大唐狄公案》的形象學研究背景

1.高羅佩與其狄公系列小說

高羅佩本名羅伯特・漢斯・古利克（Robert Hans Gulik），1910 年出生於荷蘭海爾德蘭省的聚特芬，是荷蘭駐印尼一位陸軍軍醫的兒子。「高羅佩」是他在荷蘭駐中國大使館當外交官時根據他的原姓 Gulik 的「Gu」和基督教名「Robert」的近似音為自己取的中國名字。

高羅佩一生都與中國及中國文化緊密相連。從小他就熱愛東方藝術，尤其喜歡中國文化。3 至 12 歲期間他跟隨父母居住在印尼，兒時印尼家中花瓶上的中文字引發了他對中國和中國文化的深厚興趣。調皮的他時常和小夥伴們偷騎自行車往華人居住的城區觀光。在那裡，無論是門店上的招牌、卷軸畫上的漢字、古老寺廟裡富麗堂皇的祭壇還是千奇百怪的神仙雕像，無不令他心馳神往。「回到學校，他和同學一起表演過法國小說家 Jules Verne 的《The Fascinating Adventure of a Chinese》，在這之後他就穿中國服、睡硬床，自認要做中國人。」[4]

13 歲時高羅佩返回荷蘭，為更好地瞭解中國，他跟一名當時在瓦赫寧恩學農業的中國留學生學中文。1934 年，高羅佩高中畢業，這一年他從報紙上看到荷屬東印度政府正在為設在巴塔維亞的東亞事務局招聘年輕公務員，他們願意出錢讓候選人在萊頓大學學習三年中文和日文，之後派往中國學習一年，如果成績合格，候選人將被任命為東亞事務局公務員。高羅佩馬上意識到這是自己真正嚮往和最適合從事的工作，藉此還能實現自己

---

[4] 嚴曉星編：《高羅佩事輯》，北京：海豚出版社，2011 年版，第 99 頁。

想常年以正式身份居住在東方的願望，為此他毅然做出進萊登大學就讀的決定。

高羅佩如願以償地進入萊登大學求學，該大學是歐洲當時研究東亞文化的一座中心。在那裡，他系統地學習了中文和日文。萊登大學畢業後，高羅佩進入了烏特勒支大學深造，並以優異的成績獲得文學和哲學博士學位。

1935 年高羅佩以東方文學博士的身份進入荷蘭外交部工作，第一任所是荷蘭駐東京公使館。此後的三十二年，高羅佩不時被派往世界各地擔任外交官，其中有三年時間（1943-1946 年）在中國重慶度過。在華期間，他擔任使館一秘一職，公務暇餘，常與郭沫若、徐悲鴻等文化名家詩歌唱和。此外，高羅佩還與中國京奉鐵路局局長水鈞紹的第八女水世芳結為伉儷，夫妻兩人共同育有三子一女。

狄公系列小說的創作，結緣於 1940 年高羅佩在日本偶獲的一部由 18 世紀無名氏創作的中國公案小說──《武則天四大奇案》。書中講述了發生在唐王朝武則天當政時由大法官狄仁傑偵破的四大奇案，此書的發現讓他明白「中國源遠流長的公案傳奇在西方屢遭誤傳和貶低，中國古代法官的形象在西方也常受到歪曲和損害，這是很不公正的。」[5]為了讓那些沉溺於西方偵探小說的人知道中國古代大法官的本領──尤其是在邏輯推理能力與犯罪心理學研究的造詣上──絕不亞於西洋現代大偵探。[6]1949 年他用英文翻譯過該書前 30 回並冠書名《狄公案》在日本東京出版發行。「這本書是西方世界藉以瞭解中國傳統偵探英雄之一狄公及其斷案業績的第一本出版物。」[7]書一出版馬上受到西方讀者歡迎，不少讀者來信要求高羅佩再搜尋同類中國小說翻譯出版。可他覺得要找到一本同時適合現代中國人和西方人口味的小說相當困難，因此決定利用過去中國小說中使用過的一些情節自己創作一部中國風格的公案小說。[8]

5　[美]唐納德‧F.拉奇著、陳來元譯：《〈大唐狄公案〉及荷蘭作者高羅佩》，見於[荷蘭]高羅佩著、陳來元、胡明等譯：《大唐狄公案》，海口：海南出版社，2008 年版，第15 頁。

6　[荷蘭]高羅佩著、陳來元、胡明等譯：《前言（二）》，見於[荷蘭]高羅佩著、陳來元、胡明等譯：《大唐狄公案》，海口：海南出版社，2008 年版，第 19 頁。

7　[美]唐納德‧F.拉奇著、陳來元譯：《〈大唐狄公案〉及荷蘭作者高羅佩》，見於[荷蘭]高羅佩著、陳來元、胡明等譯：《大唐狄公案》，海口：海南出版社，2008 年版，第4 頁。

8　[荷蘭]高羅佩著、陳來元、胡明等譯：《作者自序》，見於[荷蘭]高羅佩著、陳來元、胡明等譯：《大唐狄公案》，海口：海南出版社，2008 年版，第 1 頁。

　　《銅鐘案》是高羅佩用英文自創的第一部中國公案小說。此書一問世，立刻引起西方極大轟動。高羅佩欲罷不能，先後花去十八年業餘時間，寫就 16 個中篇和 1 個短篇集近 140 萬言的系列偵探故事。[9]由於中國明代的作家在其小說裡都把古人及其生活狀況放在 16 世紀的背景中來描寫，而他們編寫的古人故事其實都是發生在若干個世紀以前。高羅佩在創作狄公小說時也採取了明代作家這一做法，對書中插圖的處理也一樣。全部插圖，其社會習俗和人物服飾都是明代的翻版，與唐代沒有多大聯繫。

　　高羅佩虛構了狄公早期任職歷史和破案記錄，從寫作年代上這些故事可分為兩類。從 1950 年到 1958 年，高羅佩共完成了五部狄公小說，統一以《中國某某案》（*The ChineseX Murders*）的方式命名。這五部小說分別是《銅鐘案》（*The Chinese Bell Murders*, 1950）、《迷宮案》（*The Chinese Maze Murders*, 1951）、《湖濱案》（*The Chinese Lake Murders*, 1952）、《黃金案》（*The Chinese Gold Murders*, 1956）、《鐵釘案》（*The Chinese Nail Murders*, 1958），它們分別講述了狄仁傑在浦陽、蘭坊、漢源、蓬萊、北州擔任縣令或刺史期間發生的離奇案件，「格式上仿照了傳統中國章回小說的對仗標題格式。情節設置上，高羅佩模仿了《武則天四大奇案》前三十回的結構每部小說中狄公均同時解決三個案件。除《黃金案》外，其餘四部小說均包含一個引子式的小故事，講述一個在明代生活的人遇到一系列神秘事件後，或穿越到狄公時代，或從他人處聽說狄公的破案故事。小說的正文部分便記述了此人的所見所聞。」[10]這種利用引子預告故事內容的開頭方式有著對中國古典小說很深的模仿痕跡，《紅樓夢》、《鏡花緣》等都有很多這樣的故事。

　　從 1958 年到 1967 年，應書商要求，高羅佩又創作了一系列新狄公案，包括 9 部中篇和 8 個短篇，這些故事穿插發生在早前設置的狄公五個不同任所。比起前一時期的五部作品，新狄公案較之前創作更為自由，只保留了一本書中同時勘破幾個案子這一特別創作手法，不再刻意模仿古代中國公案小說筆法，同時還刪去了每章開頭的對仗式標題及小說起始處引子式

9　按：16 個中長篇的中文譯名分別是：《銅鐘案》、《迷宮案》、《鐵釘案》、《黃金案》、《湖濱案》、《四漆屏》、《朝雲觀》、《紫光寺》、《柳園圖》、《禦珠案》、《黑狐狸》、《紅閣子》、《斷指記》、《飛虎團》、《玉珠串》和《廣州案》。短篇集中文譯名為《狄公探案》，其中收納了《五朵祥雲》、《紅絲黑箭》、《雨師秘宗》、《蓮池蛙聲》、《跛腿乞丐》、《真假寶劍》、《太子棺柩》和《除夕疑案》等 8 個小故事。

10　[美]魏豔撰：《論狄公案故事的中西互動》，《中國比較文學》，2009 年，1（84）。

小故事，開場白直截了當與故事本身相銜接。此外，高羅佩還回應讀者要求，儘量減少故事人物數量，簡化故事情節。通過這些方式，新狄公案有了更多篇幅展現人物性格，狄公及其助手們的個性也更加鮮明。

高羅佩的狄公案栩栩如生地為我們描繪了一幅五光十色古代中國生活畫卷。「這些書內容十分廣泛，涉及唐代的司法、刑律、吏治、行政、外交、工商、教育、文化、宗教、社會生活和風俗民情等各個方面。」[11]由於狄公系列小說中蘊含如此豐富的中國文化資源，以致當時西方非學術圈子裡的人瞭解到的中國往往都是來自《狄公案》。該套小說的影響不限於只讀通俗小說俗眾，伯克萊加州大學法學院院長貝林（Belin）教授研究中國法制史，就是從狄公小說入手的。[12]鑒於高羅佩本人及其創作的狄公系列小說與中國及中國傳統文化密切的關係，《狄公案》又成為當下進行有關中國形象研究的寶藏。

2.形象學相關理論背景

形象學（Imagology），顧名思義，就是研究形象的學問。不過比較文學意義上的形象學，並不對所有可稱之為「形象」的東西普遍感興趣，它所研究的是在一國文學中對「異國」形象的塑造或描述，即一國形象在異國是如何被想像、被塑造、被流傳的，分析異國形象產生的深層社會文化背景，並找出折射在他者身上的自我形象，以更好地認識別人，反省自己，促進不同文化之間的互惠交流。

比較文學的誕生緣於對異國文學的關注，如此一來文學中的異國形象不可避免會進入比較學者們的研究視野。將形象研究單獨提出來的第一人是法國比較文學界的元老讓-瑪麗·卡雷（Jean-Mary carre）。1947 年他在自己的專著《法國作家與德國幻象》（*The French writer and Germany illusion*）中提出在研究國際文學關係時，不要拘泥於考證，要注重探討作家間的相互理解，人民間的相互看法、遊記、幻象等，並將形象研究定義為「各民族間的、各種遊記、想像間的相互詮釋」，[13]由此奠定了「形象學」研究的基礎。其後他的學生法朗索瓦·基亞（Francois DeGea）將形象研究發揚光大，1951 年他在作為專業手冊出版的論著《比較文學》（*Comparative*

---

[11] 陳來元撰：《荷蘭奇人高羅佩》，《世界知識》，2004 年，18（170）。

[12] [英]趙毅衡撰：《名士高羅佩》，《中華讀書報》，2001 年，7（25），第 17 頁。

[13] 孟華撰：《比較文學形象學論文翻譯、研究箚記》，見於孟華主編：《比較文學形象學》，北京：北京大學出版社，2001 年版，第 2 頁。

Literature）中，把「人們所看到的異國」這個問題單列成章，並將該研究方向視為比較文學研究中一個極富前景的新領域。他稱它為「全新的視角」，並滿意地斷言，對這一研究支流的日益重視將導致「視角的改變」和「比較文學一次真正的變革」。[14]

五六十年代，隨著比較文學危機的產生，形象研究遭到不少人的責難，其中包括著名學者韋勒克（Wellek）和艾田伯（Etiemble）。他們批評主要針對「當時在法國的形象研究中的兩種極端行為：一方面，是過分使用歷史和文化分析來研究文學文本；與此相反，另一種是過於簡化了文學文本的閱讀，將之轉化為外國形象的清單。」[15]這兩種極端的行為過分強調文學的外部研究使形象學漸漸偏離了文學研究的方向並且表現出狹隘的民族主義傾向。這種批評表達了一批主張文學「內部研究」者們的偏執，韋勒克指出，「比較文學的這一發展可能使其遭受出軌變質的危險，就像材料歷史學曾經歷的那樣，而且，如果依照基亞和卡雷的建議而行，比較文學可能會淪為國際關係學的一門輔助學科。」[16]由於這種爭論，人們不無遺憾地發現比較文學分裂為法國學派與美國學派兩派。但形象研究並沒有因此偃旗息鼓，反而充分利用自身多學科交匯的特點，廣泛借鑒人文、社會科學中一切有用的新觀點、新方法，特別是接受美學、符號學和哲學上的想像理論，對研究的側重點及方法論進行了重大改革，最終將形象研究推進到一個前所未有的體系化階段，並形成了自身獨具特色的研究領域。

20世紀80年代後期，當代形象學在歐洲，特別是在法、德等國較受重視，發展較快。「目前，形象學研究在歐洲大陸已蔚成風氣。但坦率而言，形象學研究波及面仍然有限。它在英語世界，特別是在美國的比較學界就絕少受人關注，而在那些緊隨老美之後的國家、地區裡，也就更談不上能產生什麼反響了。儘管如此，形象學仍是比較文學研究當中一個引人注目，很有前途的研究領域。」[17]

---

[14] [德]胡戈‧迪塞林克著、王曉玨譯：《有關「形象」和「幻象」的問題以及比較文學範疇內的研究》，見於孟華主編：《比較文學形象學》，北京：北京大學出版社，2001年版，第75頁。

[15] [法]達尼埃爾-亨利‧巴柔著、孟華譯：《從文化形象到集體想像物》，見於孟華主編：《比較文學形象學》，北京：北京大學出版社，2001年版，第119頁。

[16] [德]胡戈‧迪塞林克著、王曉玨譯：《有關「形象」和「幻象」的問題以及比較文學範疇內的研究》，見於孟華主編：《比較文學形象學》，北京：北京大學出版社，2001年版，第76頁。

[17] 孟華撰：《編者的話》，見於孟華主編：《比較文學形象學》，北京：北京大學出版社，2001年版，第1頁。

　　我國於 1993 年由北京大學比較文學與比較文化研究所孟華教授引進了
這一新的研究方法。孟華教授數次在北大開設「形象學法文名著導讀」及
「形象學理論與實踐」等課程，此外還陸陸續續譯介了法國學者的一些相
關論文。2001 年，孟華教授主編、北京大學出版社出版的《比較文學形象
學》一書，彙集了西方比較文學形象學理論研究的最新成果，有力地推動
了中國比較文學形象學研究向前發展。目前，國內學術界對形象學研究已
經取得巨大進步，並產生了一系列影響重大的工程，其中劉東教授主持、
江蘇人民出版社出版的「海外中國研究」叢書，黃興濤和楊念群兩位教授
主編、中華書局出版的「西方的中國形象」叢書，周寧教授主編、學苑出
版社出版的「中國形象：西方的學說與傳說」叢書影響最大。

　　當代比較文學形象學較之傳統形象學研究在理論和方法上都進行了更
新。傳統形象學重視研究被注視者一方，關注異國形象與現實存在之間的
真偽程度。當代形象學卻更強調對作家主體的研究，重視他是如何塑造「他
者」形象的。這一轉變與當代形象學對想像理論的借鑒有關。

　　法國當代哲學家保羅・利科（Paul Ricoeur）在《在話語和行動中的想
像》（「Imagine in the discourse and action」）一文中曾將各種傳統的形象理
論概括為四類，根據想像的客體是在場還是缺席他又將它們定位為兩種極
端的理論。一者以休謨（David Hume）為代表，他認為形象是感知的痕跡；
一者以薩特（Jean Paul Sartre）為代表，主張形象是根據缺席、根據在場的
他者構思的。利科把這兩種想像分別稱為「再現式想像」和「創造式想像」。[18]把
這兩種理論運用到形象學研究中，前者就使人把異國形象視為人們所感知
的那個異國的複製品；後者則將現實中的異國降到次要地位，認為作品中
的異國形象主要不是被感知的，而是被作者創造或再創造出來的。當代形
象學吸收了薩特的學說，指出既然想像是創造式的，而非再現式的，那麼
研究的重點自然轉移到了形象的創造者——想像主體一方。但這並不意味
著形象學因此就放棄了對形象真偽程度的鑒別，只是它的地位不再像以前
那麼重要罷了。

　　當代形象學在注重對「主體」的研究的同時，並未忽視文本內部的研
究。事實上文本內部的研究是形象學研究的基礎。達尼埃爾－亨利・巴柔
（Daniel-Henri Pageaux）教授在《從文化形象到集體想像物》（「From the

---

[18] [法]保爾・利科著、孟華譯：《在話語和行動中的想像》，見於孟華主編：《比較文學
　　形象學》，北京：北京大學出版社，2001 年版，第 44 頁。

cultural image to the collective imagination」）一文中把文本內部研究分為三個層面：「詞彙——文本大的結構單位（等級關係）——故事情節。」[19]

第一是詞彙。它們是構成「他者」形象的原始成分，並具有特殊的符指關係，對此應進行鑒別。詞彙又是有感情的，它們常常能夠釋放出主體對異國內隱的態度。除了研究一個文本中出現的詞彙外，那些在不同文本中反覆出現的詞彙同樣有待特殊關注，對這類詞彙出現頻率和規律的研究是十分有意義和有價值的。通常情況下，這一部分的研究常常和套話研究緊密相聯。套話的法文詞是 stéréotype，「該詞原指印刷業中使用的『鉛版』，後被轉借到思想領域，指稱那些一成不變的舊框框、老俗套。」[20]比較學者研究使用「套話」一詞採用的是其引申義，主要指一個民族在長時間內反覆使用、用來描寫異國或異國人的約定俗成的詞彙。套話大量存在於各國文學中，套話的研究操作性也很強，事實上研究「套話」是比較文學形象學研究中最基本、最行之有效的成分。

第二是等級關係。在對文本作詞彙使用情況統計後，就要進一步檢查文本的生產，關注「我」與「他者」的關係怎樣轉化為一種陳述的意識。一旦涉及「我」與「他者」的關係，立刻就會引出一組組對立的等級關係來，比較學者尤其應對所有結構出文本的重要對立面進行甄別。下面兩組關係概括了所有的對立面：「我－敘述者－本土文化；他者－人物－被描述文化。」[21]實際操作中可從時間、空間和人物關係等方面著手進行研究。

第三是故事情節。在這一階段，形象往往是一個故事。故事情節多種多樣，而那些具有某種規律性、具有程式化特徵的情節是最值得我們研究的。

比較文學形象學的外部研究同樣也可分為三部分。首先必須研究作家創作的那個年代整個社會對異國的看法，也即研究形象是如何社會化的。這一研究基本上在文學文本之外，它要求研究者盡可能多地掌握與文學形象平行的，同時代的其他材料，比如報刊、圖片、電影、漫畫等，也就是說勾勒出一個「社會集體想像物」，並以此為背景來分析和研究文學形象，看它在多大程度上複製或背離了社會集體想像。

---

[19] [法]達尼埃爾－亨利・巴柔著、孟華譯：《從文化形象到集體想像物》，見於孟華主編：《比較文學形象學》，北京：北京大學出版社，2001 年版，第 130 頁。

[20] 孟華著：《試論他者「套話」的時間性》，見於樂黛雲、張輝主編：《文化傳遞與文學形象》，北京：北大出版社，1999 年版，第 197 頁。

[21] [法]達尼埃爾－亨利・巴柔著、孟華譯：《從文化形象到集體想像物》，見於孟華主編：《比較文學形象學》，北京：北京大學出版社，2001 年版，第 134 頁。

　　無論異國形象與社會集體想像物之間是什麼關係，它都與作家的創作有關。作為外部研究的作家研究包括以下內容。

　　第一、作家有關異國的資訊來源，是親自到過異國還是利用二手材料。如果是後者，需要特別指出的是，除了書面的文字材料外，物質文化層面的東西也很重要。

　　第二、作家創作的感情、想像和心理因素。

　　第三、一項不容忽視的研究是，作家所描寫的異國與現實中真正的異國到底是什麼關係，是真實的再現呢？還是帶有不同程度的美化或醜化？形象學研究需要做大量的文本外部研究，但在做大量的文本外部研究同時，並不排斥文本內部研究。實際上，一個真正的和完整的比較文學形象學研究是二者並重的。

　　學者們對於形象學理論的論述對本論文的研究有很大啟發。高羅佩《大唐狄公案》的形象學解讀側重於文本的內部研究，但同時也沒有放棄外部研究。對於高羅佩創作狄公案的年代西方社會對中國的集體想像，明清時期中國社會的真實狀況等本文皆有詳細的闡述。此外，論文還特別關注了高羅佩個人感情、想像和心理因素等對狄公案創作的影響。

3.西方人眼中的「中國形象」總論

　　西方人形成比較明確的中國形象大約始於 1250 年前後。此前西方雖有關於「絲人國」的傳說，多虛無縹緲無從稽考。1250 年前後，柏朗嘉賓（Jean de Plan Carpin）與魯布魯克（Rubruk）出使蒙古，他們在自己的遊記中有關「契丹」的介紹，最初將中國形象帶入中世紀晚期的西方文化視野。此後，早期的歐洲遊客們紛紛穿過歐亞大陸進到神秘的東方旅行，馬克‧波羅（Marco Polo）在同時代人中具有顯赫的地位。

　　1271 年，17 歲的少年馬克跟隨父親、叔父一行三人前往中國，滯留多年並受聘服侍忽必烈大汗。期間，馬可‧波羅遊歷了中國大片地區，目睹了中國的繁榮與富庶，《馬克‧波羅遊記》（Il Milione）記述了他在中國的所見所聞。在這本遊記裡，馬可‧波羅將中國視為一個有著普遍物質繁榮的商人天堂，他酷愛形容中國的一個詞是「偉大」，中國城市數量之多、規模之大和輝煌的程度給他留下了深刻的印象。受馬可‧波羅的影響，在此後很長一段時間，中國在西方人眼中始終是一個神秘富庶的東方國度，那裡地大物博、城市繁榮、商貿發達、財富遍地，簡直就是人間天堂。

　　到 17 世紀，向西方人闡述中國的主要是耶穌會士，這一時期影響最大的人物是利瑪竇（Matteo Ricci），後世傳教士描繪的中國畫像無不具有他的思想色彩。利瑪竇是最早在中國獲得永久性居住權的傳教士之一，他 1583 年開始在中國生活，1610 年死於中國，其中最後九年生活在北京。利瑪竇堅持每天記日記，對於自己在這個國度的所見所聞他都耐心地記錄了下來，在他過世後，「他的日記由另一位傳教士金尼閣從義大利文譯成了拉丁文，並借助利瑪竇所寫的其他文字改編成對在華傳教團活動的敘述。它出版於 1615 年，1625 年其摘錄部分收入《耶穌會士利瑪竇神甫的基督教遠征中國史》（*Jesuit matteo ricci's Christian abbe expedition to China*）一書出版。」[22]

　　該書出版後，立刻被譯成歐洲各主要國家語言。利瑪竇在書中將中國描繪成一個由仁慈的專制君主在文人學者階層輔佐下進行統治，政治清明、唯才是舉、道德良好的理想國度。開明君主、科舉制唯才是舉的神話、儒家教導在道德上的優越之處的介紹令啟蒙思想家們歡欣鼓舞，同時深深地影響了歐洲的思想文化，以致在 17 世紀末和 18 世紀，歐洲掀起了一股「中國文化熱」，沉醉其間的西方人紛紛視中國為政治開明、教化理性、文明高超的效法榜樣。人們無比真誠地相信「存在一種由人自己管理自己和由理性來管理人的模式。沒有宗教，沒有教會：自由思想的綠色天堂。中國模式只要照搬就可以了。」[23]整個歐洲都對中國著了迷，大戶人家的室內擺滿了中國瓷器，公園裡的草坪花圃都用交叉形狀的中國籬笆圍起來，小溪上架著精緻的中國拱橋，橡樹和山毛櫸間冒出了大批的中國情調的小廟，喜慶和節日場合人們常穿繡著花和龍的中國旗袍。然而這種熱情沒能持續長久，由於種種原因，中國的正面形象迅速黯淡並朝其反面轉化。

　　19 世紀至 20 世紀初，古老的中國被西方的船堅炮利轟開了國門，鴉片戰爭的潰敗更使中國成為列強唾手可得的獵物，西方的中國觀由此開始發生重大變化，此時西方的中國形象已不再如 18 世紀時那樣美妙，上一世紀對中國的熱情轉而被蔑視取代。眾多的作品不斷有意無意地對照耶穌會士和啟蒙哲學家塑造的理想中國人形象，建立起一個完全相反的新形象。

[22] [英]雷蒙‧道森著、常紹民、明毅譯：《中國變色龍——對於歐洲中國文明觀的分析》，北京：中華書局，2006 年版，第 56 頁。

[23] [法]阿蘭‧佩雷菲特著、王國卿、毛鳳支、谷炘、夏春麗、鈕靜籟、薛建成譯：《前言》，見於[法]阿蘭‧佩雷菲特著、王國卿、毛鳳支、谷炘、夏春麗、鈕靜籟、薛建成譯：《停滯的帝國——兩個世界的撞擊》，上海：三聯書店，1998 年版，第 31 頁。

中國及其居民幾乎一切典型的特性，都成了嘲笑的對象和雙關語的題材。訪問過中國的旅行者可望這樣描寫中國人：帶著黃色徽章，像蝸牛一樣經過你身邊的官僚們；廣州附近著本色土布緊身衣和雄孔雀尾翎的年輕人。許多罕見的、可怕的小吃——貓肉片、狗肉餅、燕窩粥、隨處都有供應，如此方便！……中國人總的來說是一個了無興趣、不自然和不文明的「豬眼」民族，對他們，你盡可以嘲笑；他們還是「打傘民族」，「長辮子的天朝人」，極度驕傲的、無知的，而且幾乎是不長進的民族。[24]

黑格爾（Hegel）也嚴厲地指責「中華帝國是一個神權專制政治的帝國……個人從道德上來說沒有自己的個性。中國的歷史從本質上來看仍然是非歷史：它翻來覆去只是一個雄偉的廢墟而已……任何進步在那裡都無法實現。」[25]中華民族被視為是野蠻的、未開化的、低劣民族，中國被當作是迷信、停滯、衰敗的帝國。居住在那裡的人們看起來都一個模樣，「他們顴骨突出，扁平的鼻子就像是老祖宗在某次打鬥中受傷之後傳下來似的。他們的嘴唇很厚，嘴巴寬大無比，簡直就是一個被用筷子扒拉進去的米飯的墳墓。」[26]在「通商口岸」，任何一個外國人，哪怕是喝醉酒的癟三，在法律上也比最有德行的中國人優越。

20 世紀 30 至 40 年代，第二次世界大戰爆發，日本大舉侵華，西方國家在中國的利益受到威脅，為了保住自己在中國的傳統利益及牽制日本的兵力，他們紛紛轉變對中國的態度。西方的中國形象頓時變得光明，歐洲人不只是彬彬有禮地為中國士兵鼓勁，而且大聲歡呼，並且希望英勇的中國抵抗者能一舉擊敗入侵者。1942 年被羅斯福（Roosevelt）總統派往中國訪問的溫德爾·威爾基（Wendell Willkie）曾對中國人稱讚道：「中國軍隊是統一的，其領導人是訓練有素的能幹將領。其新建的軍隊是由頑強善戰的人組織起來的。他們知道為什麼打仗和如何打仗……這是真正的人民戰

---

[24] [英]約·羅伯茨著、蔣重躍、劉林海譯：《十九世紀西方人眼中的中國》，北京：中華書局，2006 年版，第 142 頁。

[25] [法]阿蘭·佩雷菲特著、王國卿、毛鳳支、谷炘、夏春麗、鈕靜籟、薛建成譯：《停滯的帝國——兩個世界的撞擊》，上海：三聯書店，1998 年版，第 563 頁。

[26] [英]麥高溫著、朱濤、倪靜譯：《中國人生活的明與暗》，北京：時事出版社，1998 年版，第 346 頁。

爭。」[27]此外，他稱蔣夫人的男人「有學者風度」，「富有思想，沉著誠摯。」對於延安的共產黨政權，這時期的西方人也基本上持讚賞的態度。1944 年，美國政府還專門派「迪克西使團」去延安，在美軍聯絡飛機飛往延安後，凡是所有能找到一個官方藉口的西方人都希望去延安一行。這種旅行一時間非常時髦，中國人重新變得神秘而充滿魅力。

新中國成立後，西方的中國形象又迅速從光明陷入黑暗。由於人民政府堅決倒向社會主義的蘇聯，以美國為首的資本主義陣營聯合起來反對中國，整個社會彌漫著對中國的恐懼和仇視，帝國主義列強紛紛對中國實行封鎖政策。威廉·曼徹斯特（William Manchester）寫道，在麥卡錫（John McCarthy）以後的那些年裡，有關中國的問題「被弄得像令人噁心的食物一樣已無人問津，連狗見了恐怕也要掉頭作嘔。」[28]中國專家不能談論中國，社會學教師如果不先罵一通共產主義，就有失掉飯碗的危險。西方政府嚴禁自己國家的人民去中國旅行，違者不但要沒收護照，還得被科以罰金或監禁。紅色中國在西方想像中，幾乎成為一個被專制奴役、被饑餓困擾的人間魔窟，那裡到處充滿了殘暴的殺戮和痛苦的死亡，西方的中國形象進入歷史上最黑暗的時期。

這種情況在 60 年代出現轉機。60 年代開始，特別是其後期，西方世界在經歷戰後二十多年的發展和繁榮後，普遍出現嚴重的政治動盪和發展遲緩。第三世界迅速崛起，反帝反殖運動不斷高漲，這種革命的激情使西方左翼知識份子熱血沸騰。60 年代中期中國轟轟烈烈的文化大革命衝擊著西方新左派，紅色中國成了西方信徒效仿的榜樣，民眾被「打倒一切」的反叛和亢奮激勵著，1968 年法國爆發了震驚世界的學生運動，美國國內的反戰運動、黑人人權運動、婦女運動、反傳統運動愈演愈烈。

> 五月風暴中，學生、工人、市民的遊行隊伍中高舉著胡志明、格瓦拉、毛澤東的畫像，赫然在目的還有「沿著毛澤東指引的道路前進」、「再創一個巴黎公社」等大幅標語。[29]

---

[27] 王正和編著：《二十世紀來華外國人對華印象：不可思議的中國人》，廣州：花城出版社，2001 年版，第 325 頁。

[28] 王正和編著：《二十世紀來華外國人對華印象：不可思議的中國人》，廣州：花城出版社，2001 年版，第 420 頁。

[29] 鄭謙撰：《20 世紀 60 年代的世界與中國（上）》，《百年潮》，2004（6），第 31 頁。

在「左翼」思潮的影響下，紅色中國變成了「美好新世界」。西方那些來紅色中國「朝聖」的知識份子熱情地宣告，在中國，人類看到未來，毛澤東領導的中國革命，不僅在世界上創造了一種文明，而且創造了一種新的人類。他們在那裡看到人類的未來與希望。

20 世紀 70 年代，美好的紅色中國形象遭遇破裂。尼克松訪華，中國和西方國家緊張的關係有所緩和，尼克松（Richard Milhous Nixon）離開北京後的 9 個月內，又有 20 多個國家承認了新中國政權並有了正常的外交關係。不少西方國家在中國設立大使館，西方人得以重新來到中國。這些被批准進入中國的朝聖者們發現左翼知識份子在中國看到的「美好新世界」，原來都是騙局。真相是「中國那些漂亮的開放性城市和富裕的專供人參觀的公社製造了一個安逸平靜的假相，在這個假相後面隱藏著一個巨大的混亂不堪的國家。」[30]改革開放後，西方的中國形象乘著改革的春風又有了好轉。進入 90 年代，「中國威脅論」和新的「黃禍」論又在西方漲潮，整個二十世紀西方的中國形象結束於對「中國龍」的恐懼。

二、高羅佩《大唐狄公案》的文本內部研究

19 世紀，隨著工業革命的完成，歐洲取得巨大的進步，資本主義制度在各個國家紛紛確立。資本家們瘋狂地在世界各地尋找市場和追逐利潤，馬可·波羅「富裕、繁榮」的中國自然不會被他們放過。無奈中國的清王朝一直實行閉關鎖國的政策，全國上下只有廣州一個城市允許外國人通商，這遠遠不能滿足資本家們的需求，更別說中英之間貿易中國長期處於順差地位，英國從非洲運回國的黃金大部分都被運到中國換回了絲綢、茶葉等。

為獲得更大的市場並扭轉這種貿易逆差，西方第一列強——號稱「日不落帝國」的英國前後派出了馬戛爾（George MaCartney）使團和斯當東（George Staunton）使團，希望通過外交使清王朝開放通商，依然做著「天朝迷夢」的帝王傲慢地拒絕了英國女皇的請求。既然正式的外交手段不行，英國殖民主義者們就打起了走私鴉片的主意。清政府的禁煙運動激化了雙方的矛盾，英國政府不惜動用武力打開中國禁閉的門戶。

---

[30] Miriam and Ivan London,「*The Other China*」, in *Worldview*, 1976(5), p. 34. 1976 年 5、6、7 月，著名的《世界觀察》雜誌發表了倫敦夫婦（Miriam and Ivan London）的長文《另一個中國》，揭露中國 60 年代初的饑荒，震驚了西方。

　　鴉片戰爭潰敗後，中國被迫和西方列強簽訂了一系列喪權辱國的條約。沿海通商口岸接連被迫開放，神州大地被撕裂成列強們爭奪的勢力範圍，關稅自主權被剝奪，外國人在中國享有治外法權，在中國的國土上暢通無阻，優越於一切中國人。

　　富裕、勤勞、哲人治國、充滿悠久歷史文化的理想化中國形象在西方一跌千丈，公眾輿論的宣傳中，「中國文化低劣，華人形體怪誕、道德淪喪，是致命疾病的攜帶者，他們由猴子進化而來，最後進化成豬。」[31]各種媒體、文學作品完全不顧中國實際，持續不斷醜化中國，竭力迎合當時西方人對中國的集體想像。作為西方人在 20 世紀 50 至 60 年代正面描寫中國的為數不多的珍貴文本，高羅佩的通俗小說《大唐狄公案》到底建構了一個怎樣的中國形象，這一形象與西方近代以來對中國的普遍看法一致呢？還是起了新的變化？

　　本章立足分析達尼埃爾－亨利・巴柔在其著名的《從文化形象到集體想像物》一文中提出「異國形象研究的三個建構成分：詞彙、等級關係、故事情節」[32]，著力探討狄公系列小說中的重言和反覆、兩分法的應用以及獨特的敘事模式，考察小說世界裡的中國及其背後折射出來的高羅佩的各種情感傾向、價值判斷等。

1.重言和反覆

　　高羅佩的首部狄公小說《銅鐘案》創作於 1950 年，至 1958 年為止共完成五部小說，此後高羅佩開始了他的新狄公系列小說的創作，直至 1967年離開人世，共完成 16 個中篇和 1 個短篇集近 140 萬言的系列偵探小說。大體來說，高羅佩的小說創作主要在二十世紀 50 和 60 年代。

　　時處第二次世界大戰結束不久，整個世界形成了以美國為首的資本主義國家陣營和以蘇聯為首的社會主義國家陣營，兩大陣營開展了除戰爭以外的一切形式的對抗。西方資本主義國家徹底同中國政府斷絕來往，同時禁絕一切公民和社會主義國家往來。中國堅決倒向「蘇聯」一邊，整整十年光陰，中國交往的國家清一色的來自社會主義陣營。

---

[31] Philip P. Choy, Lorraine Dong, Marlon K. Hom.*Coming man: 19th century American perceptions of the Chinese* , Washington: University of Washington Press, 1995, p.102-111.

[32] [法]達尼埃爾－亨利・巴柔著、孟華譯：《從文化形象到集體想像物》，見於孟華主編：《比較文學形象學》，北京：北京大學出版社，2001 年版，第 130 頁。

　　由於雙方長期隔絕和對壘，西方社會基本上沒有瞭解中國的資訊來源，「在西方報刊上出現的大部分消息最終是靠在香港的美國人提供的對中國大陸報刊的翻譯材料。」[33]這些翻譯材料為了配合美國的反共宣傳大肆污衊和攻擊新成立的中國，其中充滿了聳人聽聞和荒唐可笑的報導，而對共產主義的恐懼和仇恨，更加促使他們竭盡全力妖魔化中國。這種妖魔化中國的狀況一直持續到 60 年代後期，1967 年「文化大革命」的爆發使西方左翼知識份子重新燃起了對中國的感情，可是這一年高羅佩的生命和創作都已走到盡頭。可以這麼說，高羅佩的小說創作時間正好處於西方恣意抹黑、歪曲、醜化中國形象的最黑暗時期。但是，他沒有人云亦云，而是以一種大無畏的勇氣公正地向西方人傳遞真實和獨特的中國形象。

　　　　自從不幸的 19 世紀開始，出現在西方偵探小說裡的中國人總是留著長長的辮子、吸著鴉片槍、一臉的萎靡。實際上，在狄仁傑生活的時代，中國人不留辮子，那種風俗是西元 1644 年滿族人入侵他們的國家後強加給他們的。那時的男士不管在家中還是在外面都把頭髮綰在頭頂擰成一個結並戴上帽子固定著。他們也不抽煙，香煙和鴉片是好多個世紀後被引進到中國的。[34]

翻開高羅佩的狄公案，我們不時能看到這樣的聲明，它幾乎出現於狄公系列小說每一本的序言部分。中國人並不一直都是那副「留著長辮子、吸著鴉片槍、被毒品弄得昏鈍、已經失去活力的、無力繁衍後代和展望未來」的幽靈式形象。在清王朝以前，中國的男士們都戴帽子，他們也不抽鴉片。中國並不低劣於任何西方國家，實際上她一直很強大，那是一個充滿活力的地方。只是在西方列強向中國強行輸入鴉片後，這個國家才變得衰弱。

　　　　高羅佩十分推崇中國的傳統文化，對中國的古文明讚歎備至。他撰寫《大唐狄公案》目的之一便是讓那些沉溺於西方偵探小說的人知道中國古代大法官的本領——尤其是在邏輯推理能力與犯罪心

---

33 [英]雷蒙·道森著、常紹民、明毅譯：《中國變色龍——對於歐洲中國文明觀的分析》，北京：中華書局，2006 年版，第 210 頁。

34 Robert Van Gulik, *Judge dee at work,* Chicago: the university of Chicago press, 1992, p.174.

理學研究的造詣上——絕不亞於西洋現代大偵探，中國固有的文化傳統要比隨著工業文明而來的西方現代文化優越得多。[35]

在具體的中國形象重建過程中，高羅佩熱情洋溢地讚美中國和中國文化，大量語詞重複，表意相同，反覆不斷出現於各個文本，具體而言整個狄公系列小說中主要有三組「重言」，下面簡單羅列一下他們出現的情況：

《銅鐘案》：由於生活在當今輝煌的大明王朝，國家太平，一切都秩序井然，犯罪和暴力事件鮮有發生。很快我就發現只有回到過去的時代才能搜集到不可思議的犯罪案例以及聰穎法官們的偵破辦法。[36]

《迷宮案》：當今正是輝煌的明朝永樂年間，我們的國家太平，物產富饒，這兒既沒有乾旱，也沒有洪水，人民生活富裕、幸福安康。這種幸運的情形完全歸因於我們偉大的皇帝具有無上美德。當然在這個備受祝福的和平時代，犯罪非常少見，以至於提供不出足夠的犯罪案例供犯罪與偵察的研究。[37]

《廣州案》：我們的國家繁榮，遍地都是財富。[38]

《湖濱案》：我相信，沒有一個人敢說為我們傑出的大明皇帝服務了 20 年是一個不足掛齒的記錄。[39]

《鐵釘案》：大家知道，我把自己的業餘時間都用在了寫作一本有關當今偉大的明王朝裡發生的各種犯罪案件及其偵破的資料綱目

[35] 胡明著：《前言（二）》，見於[荷蘭]高羅佩著、陳來元、胡明等譯：《大唐狄公案》，海口：海南出版社，2008 年版，第 19 頁。

[36] Robert Van Gulik, *The Chinese Bell Murder*, London: Sphere Books LTD, 1988, p.1.

[37] Robert Van Gulik, *The Chinese Maze Murders,* Chicago: the university of Chicago press, 1977, p.1.

[38] Robert Van Gulik, *Murder in Canton,* Chicago: the university of Chicago press, 1993, p.105.

[39] Robert Van Gulik, *The Chinese Lake Murders,* Chicago: the university of Chicago press, 1979, p.1.

> 彙編，同時還附錄過去時代著名偵探們的傳記。我現在正寫著的是
> 狄仁傑的傳記，他是我們廣受崇拜的過去時代的一名大偵探。[40]

在高羅佩的筆下，中國是一個繁榮強盛、物產豐饒，由一位傑出的君主統治的偉大帝國。那裡一年四季風調雨順、沒有洪水，也沒有乾旱；國君開明，民風淳樸，人們之間相安無事，犯罪及暴力事件寥寥無幾，以致執政官們在學習破案的時候屢屢因材料不足不得不參閱更早朝代發生的案件。

高羅佩頻頻使用「繁榮」、「輝煌」、「富饒」、「豐富」等形容詞來熱情地歌頌和讚美中國，語義不斷反覆，措辭全都直指一個相同的意思，即中國遍地都是財富，富不可言。其次，他也不斷使用諸如「偉大」、「傑出」、「具有至上美德」等詞和短語來修飾中國皇帝，這些詞意義基本相同，同時又互相補充，反覆不斷出現在不同的文本中，全都旨在強調中國是由一位卓越和偉大的皇帝統治。因著他英明的統治，全國上下太平，繁榮昌盛，一切都秩序井然，人人安居樂業，犯罪的事件極其少有。「太平」、「和平」、「安定」則是狄公系列小說中第三組相當重要的重言，他們反覆出現在不同的文本中，共同修飾陳述中國和平穩定，展示美好的中國形象。

仔細分析以上三組詞，我們發現，第一組詞與 13 世紀馬可・波羅酷愛使用的形容詞「偉大」、「富裕」十分相像，甚至可以說完全一樣。馬可・波羅的遊記展示的最多的即是「中國財富如何豐富」，在他以後的幾個世紀，想到中國，西方人的腦海中馬上就會浮現出一幅財富遍地的畫面。第二組詞又與 17 世紀耶穌會士們在發回西方的報告中的措辭極其吻合，耶穌會士們大都深得中國皇帝們的喜愛，他們在自己的報告中自然謳歌中國的皇帝們，「開明皇帝」的形象也反覆出現在啟蒙作家的筆下，「整個啟蒙時代，不僅法國，而且整個歐洲，都使用這一套話來言說中國。」[41]它在歐洲文學中至少存活了五、六十年，19 世紀開始，西方的讀者們就很少再在文學作品中見到這一套話了，進入 20 世紀，這一套話更是消失殆盡。第三組詞展示的中國形象與前兩組詞展示的中國形象緊密相連，三組詞共同延續了 13 世紀的馬克・波羅以及 17 世紀的耶穌會士們製作的理想化的中國圖

---

[40] Robert Van Gulik, *The Chinese Nail Murders,* Chicago: the university of Chicago press, 1977, p.1.

[41] 孟華著：《試論他者「套話」的時間性》，見於孟華主編：《比較文學形象學》，北京：北京大學出版社，2001 年版，第 188 頁。

像。這當中既有來自高羅佩對中國一貫的尊重和肯定，更有來自馬可‧波羅、耶穌會士等開創的理想化中國形象的影響。

2.兩分法

比較文學形象學內部研究的第二個層面是檢查文本的生產，找出他者和我之間的等級關係。巴柔在《從文化形象到集體想像物》一文中指出具體的操作可從時間、空間和人物關係等方面著手研究。「他者的身體，他者的價值體系，在人類學層面上的文化表現，」[42]都可以成為形象學研究的對象，一些等級關係也正是從這當中有力地表現了出來。

高羅佩的狄公系列小說中很多故事都是發生在中外經貿交流頻繁的城市，尤以蓬萊、蘭坊、廣州三個城市為代表。稍微有點中國地理知識的都知道，這三個城市全部位於中國與外國交界或相鄰的地區。其中蓬萊是渤海灣重要的對外貿易港口，彼與日本、韓國、朝鮮、新加坡、印尼、馬來西亞等國家隔海相望。蘭坊是甘肅的一座小城，歷史上這裡曾是陸上絲綢之路的起點，中國與西域的經貿交流在那非常活躍。廣州位於南海邊上，歷來都是中國對外經貿的窗口。以上三個城市，聚集了大批世界各國往來經商的人。

（1）空間的兩分法

這些來華經商的外國人常常聚居在一處，蓬萊縣的東邊一塊區域常年聚集著許多來自朝鮮的商人、水手、造船工人。蘭坊城西北隅有一處叫做北寮的區坊，這裡聚集了大量韃靼人、印度人、維吾爾族人及其他西域國家的人。廣州城中有一座阿拉伯人修建的大清真寺——懷聖寺，眾多阿拉伯人和波斯人圍繞懷聖寺比鄰而居。

高羅佩在狄公系列小說中將來華經商的外國人在中國城區的聚居地與中國民眾自住區域進行了差別化的處理，外國人在中國居住的地方街道往往狹窄陰暗，地面到處坑坑窪窪，又臭又髒，它們常常是一個城市中衛生最差的地方。而中國人居住的地方則乾淨整潔，市面熱鬧繁榮，一派生氣勃勃的場面。

---

[42] [法]達尼埃爾－亨利‧巴柔著、孟華譯：《從文化形象到集體想像物》，見於孟華主編：《比較文學形象學》，北京：北京大學出版社，2001年版，第136頁。

　　此外，外國人在中國的聚居區也是一個城市治安最差的地方，那裡多是三教九流人物，各號閑漢、流民闖蕩棲息的去處，內裡尤多那等傷天害理、殺人索命的勾當。《迷宮案》中白蘭失蹤一案，多方搜尋無果，陶幹推斷歹人很可能將白蘭變賣至了城中漢人不常去的別處行院，而蘭坊城西北寮的行院，最有可能成為他們的目標。因為那是一個低級的娛樂場所，專供來華經商的維吾爾族人、土耳其人及其他國家的蠻子們尋歡作樂，漢人根本不屑光顧。為避人耳目馬榮意欲單獨前往搜查。這時縣衙眾衙卒的頭領拼命勸阻，「北寮乃是社會上各種人渣聚集之地。你單槍匹馬過去，無疑是去尋死。」[43]由於居住在北寮的主要是胡人及一些被社會放逐的人渣，他們蠻狠兇殘，殺人不眨眼，漢人單獨去那常常有去無回。

　　不但北寮如此，阿拉伯人在廣州聚居的區域也是如此，一到晚上那裡常有兇殺命案發生。初到廣州的喬泰下榻的客棧在懷聖寺邊上，百事通陶甘得知後立即告訴他「你住的那家客棧不幸正好在穆斯林聚居的中心區域！一個被人半夜捅刀的好地方！」[44]果不其然，當天晚上喬泰在客棧安頓好後，看到附近的風貌與別處不同，乘興出門閒逛，一到各處番館林立的街巷，很快他就發現自己遭人跟蹤。白天和陶甘在酒店喝酒時碰到的那個胡人正鬼鬼祟祟地跟在自己身後，手中緊緊捏著一柄短鏢欲對其行兇，幸虧喬泰武功高強才躲過一劫。

　　在這裡，高羅佩運用空間的二分法，將城市中外國人聚居的區域與中國人聚居的區域進行區分與對比。外國人在中國的聚居區狹窄陰暗，臭氣熏天，混亂不堪，常常都是每個城市中最髒、最亂、最差的地方。那兒是兇殺犯們的窩藏之地，人間各種罪惡的搖籃，是一個地獄般的處所。相反中國人聚居的區域文明整潔，寬敞明亮，是一個恍若天堂般的空間。通過這種等級化的處理，高羅佩委婉地傳達了自己對中國的喜愛之情。

（2）人物的兩分法

　　在狄公生活的時代，中國對外經貿交流非常興盛，全國各大貿易港口聚集著來自世界各地的商人。不管他們是東洋人、西洋人、南洋人還是胡人、阿拉伯人、波斯人，小說中寫到他們的時候使用的最多的一個詞是「barbarian」（蠻人），這些人就跟野獸一樣粗橫無禮、目無法紀、嗜殺如命。

---

[43] Robert Van Gulik, The Chinese Maze Murders, Chicago: the university of Chicago press, 1993, p.174.

[44] Robert Van Gulik, *Murder in Canton,* Chicago: the university of Chicago press, 1993, p.3.

商船進港卸貨，一些中國搬運工受雇為他們搬運貨物，其中有兩個搬運工不小心將裝滿貨物的包掉在地上，那夥在船上督工的阿拉伯人頃刻蜂擁而上，對這倆搬運工拳打腳踢，百般折磨。

《紫光寺》中，居住在北寮的胡人認為與他們同住一條街的韃靼人塔拉是個妖星魔鬼，青天白日之下群起圍攻塔拉住處，還放火燒了她的屋子。驚恐萬分的塔拉沖到街上，那夥歹徒還不肯善罷甘休，眾人手掄石塊、泥土殘忍地跟在後面砸她，硬是活活將其治死。

外國人蠻橫至極，他們就像野人一樣尚未開化，不可理喻，和他們打交道絕不是什麼愉快的事情，就連儒雅果敢的狄公都覺得「每天和這些未開化的野蠻人打交道是件相當痛苦的事。」[45]在這裡，高羅佩將中國人與外國人的內在屬性進行了兩分法的處理，他說外國人野蠻、未開化，其實質是為了強調中國人文明、有教養，說出來的部分是為沒有說出來的那部分服務。

除了這種人種內在屬性的對比，他還將中國人與外國人的體貌進行了差別化的描述。在中國人眼中，無論是來自哪個國家的外國人，長的大致都差不多，彼此之間的外貌特徵差別甚微，對中國人而言他們全都是些面目模糊的人，以致永遠無法讓人分清孰是誰。狄公在《廣州案》中向經營海外貿易的商人大發牢騷，

「這些外國人，我實在理解不了你怎麼能夠把他們區分得開來。對我而言，他們長得都一個樣！」[46]

對於這些面目模糊的外國人，短篇小說《紅絲黑箭》裡，高羅佩對他們的長相有了更加細緻的描述：其中碧眼紅須、挺胸凸肚的是來自西洋的；皮膚黝黑、袒胸露臂的是來自南洋。但是不管他們膚色體態如何，全都一樣的醜陋不堪。即便是被他們稱為天仙的美女，在中國人看來依然滿身缺陷，毫無美感。

《廣州案》裡，高羅佩描寫了一位非常漂亮的阿拉伯舞女，她的名字叫珠木奴。在阿拉伯人首領曼瑟招待喬泰和姚泰開的宴席中，曼瑟十分得意地向兩人誇讚珠木奴的美貌，說沒有一個人見了她不動心，沒有一個人不對她的舞姿佩服地五體投地。可是，當珠木奴千呼萬喚始從珠簾後跳出來，透過喬泰的眼，他看到的是這樣一位女子：

---

45 Robert Van Gulik, *Murder in Canton,* Chicago: the university of Chicago press, 1993, p.41.
46 Robert Van Gulik, *Murder in Canton,* Chicago: the university of Chicago press, 1993, p.41.

> 　　她中等的個子，全身赤裸著，只臀部處圍了一圈有流蘇邊飾的
> 黑色帶子，那條帶子繫得太低，以致她整個腹部都裸露出來，同時
> 肚臍下面那條光滑的帶子閃著令人不安的綠寶石般的光芒。她的纖
> 纖細腰使得雙乳看起來太大，她撩人的大腿也過粗。她有著漂亮的，
> 金棕色的皮膚，但是她的臉，雖然很動人，卻並不符合中國傳統美
> 女的標準。她畫過淡色眼線的眼睛看起來太寬，她猩紅的嘴唇又過
> 於肥厚，她的閃光的藍黑色頭髮奇特地捲曲著。這些和中國人不一
> 樣的地方使人反感。[47]

不管曼瑟如何誇耀珠木奴的美貌，在喬泰的眼中，這位阿拉伯舞女壓根
不符合中國古典美女的審美標準，她的皮膚不夠白皙，雙乳碩大、大腿
過粗、眼睛太寬，嘴唇肥厚，妖豔無比，一點都不美麗。舞蹈結束後，珠
木奴殷勤地為喬泰倒酒，她身上濃郁刺鼻的體味令他噁心無比，胃內翻江
倒海。

　　外國人的長相醜陋，一點都不符合中國人的審美，此外他們周身還散
發出濃重的異味，這些體貌上的特徵與中國人完全不同，中國人容貌俊美，
體味清新。高羅佩在這裡從外國人與中國人體貌特徵上結構了兩組相異性
的對比，中國人非但不是如同時代西方人所言「形體怪誕」，相反他們遠較
其他民族的人更為清新俊雅、美麗非凡。

　　高羅佩將外國人和中國人置於對立的兩極，通過空間上和人物上的兩
分法，建構了五組對比關係：地獄般的處所對應天堂般的空間；野蠻對應
文明；未開化對應有教養；長相醜陋對應容貌俊美；異味刺鼻對應體味清
新。這五組對比關係共同結構了一個有利於中國的等級體系，在這個等級
體系裡，中國人文明、美麗、優秀，遠在世界其他族類之上。

3.敘事模式

　　在對異國這個文化他者進行表述時，作家們常常將故事情節固定為一
組敘事序列，一組慣用的和被公眾認可的敘事模式。比如法國人寫西班牙
就常常寫那裡蹩腳的小旅館、難以下嚥的飯菜、大路上的強盜等等。比較

---

[47] Robert Van Gulik, *Murder in Canton,* Chicago: the university of Chicago press, 1993, p.50.

文學形象學研究的第三個層面即是鑒定文本中套路化的敘事模式。高羅佩
在塑造中國形象時同樣在其小說中創設了兩組程式化了的敘事模式。

（1）外國人和中國人的衝突模式

　　高羅佩的狄公系列小說中寫到了很多外國人，這些外國人來自世界各
個國家。小說中外國人和中國人似乎總是在衝突，一部分外國人無視中國
法紀法規，違禁走私偷運貨物，蠶食中華財富；另一部分外國人心懷叵測
百般窺探，意圖侵略中國。不過最後，他們的詭計總是會被識破，勝利的
總是中國人。

　　《黃金案》和《紅絲黑箭》這兩本小說的故事發生地都是山東蓬萊縣。
該地區是中華帝國屏東海疆，那裡來華經商的外國人非常多，縣城東邊的
一塊區域更是常年聚集著眾多朝鮮商人、水手、造船工人等。鎮軍在海濱
深峻險要處駐有炮臺，設立軍寨，負責蓬萊海防靖安；蓬萊縣衙則在那設
關收稅，管理外國通商。盤踞在那的外國人專門成立了一個走私團夥，偷
運走私各種貨品，以此牟取暴利。《黃金案》中朝鮮商人們勾結中國內地船
商顧孟平走私黃金，擾亂中國貨幣市場。《紅絲黑箭》裡，朝鮮商人樸氏、
尹氏慫恿勾結地方軍鎮倉曹參軍施成龍貪污盜騙國家巨額軍款。三人狼狽
為奸，利用蓬萊炮臺公文管理的漏洞，假造蓬萊炮臺向朝鮮商人樸氏、尹
氏購買三條輜重軍船的公文，做著買空賣空的勾當。

　　《廣州案》裡狄公和其助手喬泰、陶甘等一行三人剛到廣州，就聽到
商人梁溥呈報曼瑟等阿拉伯人蓄謀在廣州暴亂的消息。

> 　　有人私下謠傳說曼瑟想在廣州當地製造一場極大的騷亂，趁機掠
> 奪這座城市然後滿載戰利品歸國，他如此巨大的功績勢必會增加阿拉
> 伯在世界各地的威望，哈里發必將重新吸納曼瑟，令其官復原職。[48]

曼瑟是廣州城裡穆斯林聚集區的首領，在阿拉伯，他也是一個非常重要
的人物。他是阿拉伯首領哈里發的遠房侄子，並且跟隨哈里發參加過多
次侵略別國的戰爭，其人戰功卓著，原本應封為阿拉伯某軍事佔領區的
軍事統帥，後因一次言語失當開罪了哈里發，因而被逐出朝廷，輾轉來
到中國。

---

[48] Robert Van Gulik, *Murder in Canton,* Chicago: the university of Chicago press, 1993, p.106.

《迷宮案》中，馬榮因白蘭一案獨自深入蘭坊城中胡人聚居區北寮，在胡人妓院碰到三個胡人嫖客。因為不懂胡語，妓院裡的四個胡姬又不會漢話，馬榮頓覺無趣，隨口問道這有沒有漢人女子，順便打探白蘭下落。其中一個名叫獵戶、略懂漢語的嫖客，聽到馬榮的話後迅速調轉頭顱攻擊馬榮，警告他別瞧不起胡女，並揚言他們的民族是一個非常優秀的民族，胡人的體魄也比漢人強健，誓將攻克整個中國。馬榮騙他自己是鄰縣一兵卡戍邊值巡，只因幾日前與同營一守卒爭辯逗趣，不小心失手傷人，為著害怕懲罰當了逃兵。

獵戶當即向馬榮引薦了正準備策劃攻佔蘭坊的番胡首領烏爾金郡王。烏爾金說：「我手下三路人馬正會師於界河彼岸平川之上，明日午夜就要攻佔此城。我們可以在我們喜歡的任何時候拿下它，只是我還想避免過多的血腥殺戮。」[49]得悉胡人圖謀攻城掠地的詭計後，馬榮立刻稟報狄公，當天又聯合喬泰設計生擒了烏爾金，狄公則指揮將士成功剿滅烏爾金同黨。第二天，喬泰下令手下士卒抓緊趕製竹槍竹箭，安排精壯兵卒在水門埋伏，佈置妥當一切守城事宜。傍晚時分，狄公親上水門門樓指揮迎敵，番軍望不見城內接應人馬起兵信號遲遲不敢發兵，漢軍不戰便告敉平。

《廣州案》中阿拉伯人的陰謀也在狄公強有力的偵破下流產告結，陰謀的製造者曼瑟最後被狄公一刀了結性命。《黃金案》和《紅絲黑箭》裡朝鮮商人的不良居心同樣被聰明心細的狄公識破，意圖擾亂中國貨幣市場和盜騙中國巨額軍款的朝鮮商人悉被繩之以法。

來華外國人似乎總與中國人衝突不斷，通常挑起爭端的是外國人，他們要麼想蠶食中國財富，要麼想侵略中國領土，不過最後他們的陰謀必定敗壞，獲勝的總是中國人。高羅佩精心設計了以上這一外國人和中國人的衝突模式，以此向西方人展示了一個強盛富饒的中國。「古代中國是一個生機勃勃的文明國家，而不是一個國際列強遊戲中的卒子。」[50]中華民族不是任由別人欺負蹂躪的民族，他們能夠堅強地捍衛自己的領土和維護國家的繁榮穩定。雖然近代以來西方殖民者的侵略使她衰落了，但她依然值得世界其他民族尊重。

---

[49] Robert Van Gulik, The Chinese Maze Murders, Chicago: the university of Chicago press, 1993, p.203.

[50] [美]唐納德‧F.拉奇著、陳來元譯：《〈大唐狄公案〉及荷蘭作者高羅佩》，見於[荷蘭]高羅佩著、陳來元、胡明等譯：《大唐狄公案》，海口：海南出版社，2008年版，第3頁。

（2）異國女與中國男的戀愛模式

異國女子到中國後，難免會接觸到中國男子。在高羅佩的狄公系列小說中，凡是和中國男子有過交往的異國女性無不把愛戀的目光投向中國男性，堅決冷落本國追求者。異國女性與中國男子的戀愛故事一般遵循以下模式：異國女對中國男一見鍾情，異國女倒追中國男，最後異國女要麼被中國男拒絕，要麼在短暫的相戀後分手。

《廣州案》中，喬泰在小酒館結識了波斯血統的廣州商人倪天濟，後受其邀請前往倪宅赴宴，當晚碰到倪天濟的養女，兩個波斯女孩丹納和汀耶，二女對喬泰一見傾心，設誓相約要一起嫁給他，當面請求喬泰娶她們姐妹倆，後遭喬泰拒絕。

如果說這兩個小女孩是因為不懂事才會做出如此唐突之舉，可是就連深諳人情世故的阿拉伯舞女珠木奴，在曼瑟家中見過喬泰後也對他一見鍾情，宴會中就百般殷勤，不但主動告知自己住處，還力邀喬泰前往私會。

第二天清早，喬泰尋路找到珠木奴住處，兩人當即成就好事。珠木奴告訴喬泰自己的身世，其父是一名阿拉伯水手，後在中國結識了她的母親並生下她，幾年後扔下她們母女倆獨自回阿拉伯。她從來沒有去過自己的國家，也不喜歡那個沙漬荒漠之地。對於同為阿拉伯人的曼瑟，雖然他一直百般追求，但始終沒能贏得她的芳心。

> 曼瑟提出要帶我回國，並願娶我為妻。但我不喜歡他，我也不喜歡我聽別人講過的父親的國度，你想我怎麼會願意待在像火爐一樣熾熱的沙漠裡的帳篷中，成天伴隨著駱駝群和驢群？[51]

珠木奴急切地渴望擺脫曼瑟，擺脫自己阿拉伯人的身份，不停要求喬泰帶自己跟他一起回京，並請求喬泰幫她獲得中國國籍。

> 「帶我和你一起回京城吧，這樣我就能取得中國國籍。」她半閉著眼睛慢慢浮現出一個微笑，「做一個真正的中國女性，穿錦著

---

[51] Robert Van Gulik, *Murder in Canton,* Chicago: the university of Chicago press, 1993, p.81.

翠，擁有屬於自己的女僕和花園。與此同時，作為回報，我會盡我
最大的能力伺候好你。」[52]

在珠木奴心中，最大的願望就是嫁一個中國人，取得中國國籍，做一個中
國女性，擁有屬於自己的女僕和花園，可是這一切始終沒能如願。因為對
喬泰的愛，她被嫉妒的情人殺死。

雖然異國女性總是傾心中國男子，可中國男性卻很難接受他們，他們
或者堅決拒絕，或者在短暫相愛後因發現她們無法改造得如中國女子一樣
果斷分手。《紫光寺》中，馬榮不顧同事反對與胡女土爾貝相戀，六個月後，
雙方戀情宣告結束。

土爾貝是一個維吾爾族的妓女，馬榮在六個月之前曾經狂熱地
與她相愛，這是一段短暫的風流韻事，因為他很快就膩煩了她身上
刺鼻的體味，她無比頑固地喜歡吃那種酸臭的奶茶，同時還不可救
藥地厭惡洗澡。[53]

雖然有些中國男子可以突破種族界限接納異國女性的愛，但是，因著異國
女子自身一些無法改造的因素，這種異國戀常常以分手告終。以土爾貝為
例，雖然她願意接受中國的改造，還學會了說漢話，但是卻始終無法改掉
她不講衛生的習慣。她常年不洗澡，飲食上又離不開酸臭的奶茶，以致周
身氣味刺鼻，令人作嘔。總之，只要異國女性沒有辦法變得與中國女性一
樣，中國男子就始終無法接受他們。

《紫光寺》中，馬榮因案情需要再次見到了被他遺棄的胡女土爾貝。
在土爾貝開的粥店裡，兩人會面，此時的她已嫁做人婦，衣衫不潔，身邊
還拖著兩個小孩。

馬榮注意到那種熟悉的令人作嘔的黃油味道，並且看到她的鼻
子也不乾淨。她又長胖了。他在心裡默默感謝憐憫的上帝讓他早脫
離了這一切！[54]

---

[52] Robert Van Gulik, *Murder in Canton,* Chicago: the university of Chicago press, 1993, p.82.

[53] Robert Van Gulik, *The Phantom of the Temple*, Chicago: the university of Chicago press, 1993, p.38.

[54] Robert Van Gulik, The Phantom of the Temple, Chicago: the university of Chicago press,

時間沒能改變土爾貝，最後她嫁給了一個蒙古人，依舊延續著自己熟悉的生活方式；時間也沒能改變馬榮，很多年後的再次相見只是更加證明當初決定的正確。其實，異國女對中國男子的愛戀背後折射的是高羅佩自身對中國文化的深沉眷戀，異國女子對中國國籍的熱望反映的也是高羅佩自身對中國文化的肯定與認同。在高羅佩的狄公系列小說中，外國人和中國人的衝突模式，異國女與中國男的戀愛模式反覆不斷地出現在不同的文本中。正是借著這兩個敘事模式高羅佩表達了自身對中國的熱愛與敬重。

高羅佩熱情洋溢地讚美和肯定了中國，小說裡的中國繁榮富庶、強盛偉大、文明有序、生機勃發，這一美好形象又明顯是受到馬可·波羅和耶穌會士們的影響，其中有著 13 世紀至 17 世紀以來西方人塑造的理想化中國的很深的影子。狄公系類小說中的美好中國完全迥異於西方近代以來將中國視為原始、野蠻、低劣的集體想像，直接影響了二十世紀六十年代後期西方人對中國看法，有利地促進了其後中國和西方的平等對話。

三、高羅佩《大唐狄公案》對中國形象的描述

高羅佩的偵探小說《大唐狄公案》與西方同類作品有很大的不同，他的小說主人公是一個生活在中國唐朝時期的法官——狄仁傑，其小說的背景也是中國。高羅佩設定故事發生在唐王朝，但小說中描述的中國古人生活狀況和社會習俗卻完全是按照明朝的世態風俗寫就的，高羅佩巧妙地「把 7 世紀晚期的政治局面與明朝最後 100 年間的社會文化狀況熔於一爐。」[55] 在具體塑造他的中國形象時，高羅佩主要是從中國吏治、男女兩性關係、神秘的民間信仰這三個方面展開敘述。

那麼高羅佩到底會塑造了一個怎樣的中國形象？這個形象哪些是歷史的真實複呈？哪些只是他出於個人需要而杜撰、想像出來的？為什麼高羅佩會有這樣的一些想像？他是依據什麼原則來選擇他要使用的素材？高羅佩的狄公系列小說有著馬可·波羅的影響，高羅佩的好友——中華民國外交官陳之邁先生說「他處處維護中國人，維護中國文化。」[56]他會否與馬可·波羅一樣將中國徹底地烏托邦化？本章主要回答以上問題。

1993, p.57.

[55] [荷蘭]伊維德、程瑛譯：《高羅佩研究》，見於任繼愈主編：《國際漢學·第五輯》，鄭州：大象出版社，2000 年版，第 54 頁。

[56] 陳之邁著：《荷蘭高羅佩》，見於嚴曉星編：《高羅佩事輯》，北京：海豚出版社，2011

1.中國吏治

西方人對中國吏治問題的觀察始於十七世紀，在此之前，西方人的注意力聚焦在中國的財富與繁榮。耶穌會士進入中國傳教後，西方人的目光轉向中國的政治制度，強調中國公正、井然有序的行政管理成為耶穌會士所描繪中國形象的主要特徵。這個新的中國形象是「是一個強大、自給自足、受到一位仁慈的專制君主統治的國家，這位君主不僅按照儒家經典所規定的道德和政治規範行事，而且任命那些通過了科舉考試、熟諳治國之道的行政人員組成的機構進行治理。」[57]在治國之術和治國方式方面世上無一國可與它媲美。十八世紀時，西方人對中國的崇拜達到了異乎尋常的高度，伏爾泰曾把中國的政治制度譽為人類精神所能夠設想出的最良好的政府。

對於中國這些優點的讚譽到十九世紀不復存在，鴉片戰爭的失敗，使得中國政府徹底暴露在西方人的視線下，其政府制度的諸多方面開始遭到西方人士的猛烈批判。外國人普遍覺得中國吏治腐敗，官員們終日無所事事，驕奢淫逸，率領一幫手下強取豪奪，到處搜刮民脂民膏。人民受到專制政府異常殘酷的統治，中國的法庭存在著極端不公正的行為，貪污受賄、敲詐勒索、徇私舞弊、黑白顛倒等現象比比皆是，案件的審理過程充滿了慘無人道、鮮廉寡恥、令人髮指的野蠻行為，官吏們對不肯招供的百姓濫加刑罰，不少清白無辜的被告人活活被折磨死，僥倖活下來的人多數屈打成招，無辜蒙受不白之冤。高羅佩在其狄公系列小說中一改西方的流俗之見，用如椽巨筆為西方讀者呈現了一幅別樣的吏治圖。

（1）中國官員

高羅佩在其狄公系列小說中塑造了眾多中國官員形象，他們出生不同、官階各異，清一色由科舉考試選撥而來，作為他們的代表——大法官狄仁傑是所有故事的主人公。狄仁傑早先在京師擔任大理寺丞，風雲叱吒，前程遠大，長期的京官生涯讓他覺得自己脫離民生疾苦，因此主動請求外放地方政府擔任州官、縣令。在地方為官期間，他仁慈愛民、公正無私、扶善除惡、勘破疑案無數。

年版，第 45 頁。
[57] [英]雷蒙・道森著、常紹民、明毅譯：《中國變色龍——對於歐洲中國文明觀的分析》，
北京：中華書局，2006 年版，第 45 頁。

　　狄仁傑外放地方政府的首個職務是擔任山東登州蓬萊縣縣令。蓬萊是個海邊小城，剛到蓬萊的狄公覺得無所作為，心緒煩躁，甚至懷疑自己的人生選擇和職業價值。在短篇小說《雨師秘蹤》裡，高羅佩詳細地展示了其內心的波動，一樁發生在廢棄譙樓上的人命案最終讓狄公堅定了自己的職業選擇。命案發生在一個叫做黃鶯兒的半傻不癡啞巴姑娘家門口，死者是城裡開質鋪的大商人鍾慕期，嫌犯是住在譙樓下河岸邊的漁夫王三郎。年輕的漁夫被疑情妒殺人，官府將其關押在監，木訥的王三郎找不到辦法為自己開釋罪行，黃鶯兒又是啞巴幫不上忙。經過一番艱苦的偵查後，狄公找到真凶林嗣昌，王三郎的冤案勘破。這時狄公對助手洪亮說：

　　　　洪亮，我從這個案子中收穫了很大的益處，它對我而言非常重要。我必須承認今天一大早我的情緒還很低落，並且有一刻我甚至懷疑這是否真的是最適合我的職業。我真是個傻子，這是一個偉大的、高尚的職業，因為我正是要為那些不能為自己說話的善良百姓說話。[58]

「要為那些不能給自己說話的善良百姓說話」，這是狄公為自己找到的工作價值，也是他一生的職業追求。在其所到的每個任所，狄公處處為民請命，斬奸除惡，正直無私。

　　《朝雲觀》裡作惡多端的孫天師原是前朝國師，著名的道教聖人。這個淫魔在宮裡穢亂宮娥，事發後離開皇宮躲到朝雲觀裡繼續作惡，誘姦無知少女，五條人命慘死在他手中。狄公勘破孫天師的罪行，可是這個狂徒卻倚著自己貴為國師享有法律特權趾高氣揚地警告狄公不要插手他的案件：

　　　　我警告你忘了今天的事，然後帶著愉快的心情回漢源，因為你為自己解決了一些非常麻煩的事情，在康小姐的事上你也勝了我。我將繼續在這觀中過著平靜的生活，你不准明裡暗地限制我將來的行動。你很聰明，不至於不知道我在京師還是很有影響力的。現在你學到了寶貴的一課，狄仁傑，法律和習俗是為平民百姓準備的，它們不適用於像我這樣高貴的人。我是屬於那少數的精英群體，這些人因著他們卓越的見識和才能遠在法律管轄之外。[59]

---

[58] Robert Van Gulik, *Judge Dee at Work*, Chicago: The University of Chicago Press, 1992, p.72.
[59] Robert Van Gulik, *The Haunted Monastery*, London: sphere books limited, 1988, p.111.

為捍衛社會的正義，保護當地民眾的生活，狄公探尋到法律之外的途徑懲戒了這一淫魔。他把孫天師騙進道觀建在懸崖峭壁間的塔樓，禁閉回去的通道，結束了他罪惡的人生。

對待惡人，狄公懲惡必快；對待被害人，狄公處處為他們保全。在小說《銅鐘案》中，浦陽當地普慈寺一幫惡僧假借觀音大士有靈，多年來騙奸前往寺裡求子的良家婦女。淫僧們在寺裡建有六幢裝有暗門的香閣，要求前來求子的婦女夜宿香閣。每至深夜，那些惡僧輪流從暗門進入香閣奸辱婦女，受害的婦女不計其數卻不敢告訴家人。狄公勘破全部香閣的暗門，明曉宿寺婦女盡皆難保清白，為保護那些無辜女性的尊嚴以及她們受辱後生育的兒女，狄公請求同來辦案的觀察副使、軍鎮司馬等四位官員說：

> 我希望你們跟我一樣憐憫這些無辜受辱的婦人，請大家同意我扭曲一下事實真相，我想告訴那些在底下等著聽調查結果的百姓說，並非所有這六幢香閣都設有暗門，還是有兩幢香閣未設暗門的。[60]

狄公設身處地為受辱婦女及其兒女們考慮，在「還有兩幢香閣未設暗門」的善意謊言保護下，挽救了多少無辜受害者的家庭。相反，如果據實公佈調查結果，將有無數婦女要為之隕命，所有在寺廟中求得的兒童也將慘遭拋棄或殺戮，不知其數的家庭面臨破裂。

具有高度的使命感、正直無私、仁慈愛民，作為中國官員的代表，狄公這一優美形象表達了高羅佩對於中國古代官員的認同和肯定，而官員們使命感和正義感的充滿恰恰又是中國古代吏治良好的表現。如此以來，這也使得高羅佩筆下的中國形象不同於西方意識形態的描述，有悖於西方集體描述的框架。

其實在述及中國古代官員時，高羅佩明顯帶有一種情感偏向，高羅佩自己多次指出，《大唐狄公案》中的狄公形象正是他自己想要成為的那種人，高羅佩賦予其自己的理想和雄心，他的身上有著很多高羅佩自身的投射。研究高羅佩的傳記我們可以發現，高羅佩是一個非常特別的人，他首先把自己視為公務員，其次是個學者。他對自己職務的尊嚴和它給自己帶來的責任，都認識地非常清楚。但在外交部，他卻經常被作為懶惰、不正

---

60 Robert Van Gulik, The Chinese Bell Murders, London: Sphere Books LTD, 1988, p.71.

統、和似乎對任何事情都不很認真的人而出名，老上司帕布斯特更是認為高羅佩作為公務員是個廢物。[61]

　　高羅佩有意把狄公塑造成一個的治績斐然、萬民愛戴的官員形象，狄公代表了他內心對自我的一種期待和設定。在狄公這個投射身上，高羅佩想像著自己正是一名如他一樣優秀的公務員，具有無上的使命感和正義感，能夠嫻熟自如地處理一切公務，並且深得人們愛戴。「我想言說他者，但在言說他者時，我卻否認了他，而言說了自我。」[62]高羅佩對以狄公代表的中國官員的肯定，其實源於他對自身的一種確認。

（2）中國古代監察

　　中國的法庭開庭審判案子時，既沒有陪審團的存在，也不見有什麼律師。監察制度的缺少，官吏們胡作非為，濫施刑罰，這是近代以來屢被西方人指責中國的地方。作為一名漢學家，高羅佩非常瞭解中國，他也深知這種指責的霸道與失察。

　　《鐵釘案》中，狄公懷疑民婦陳寶珍謀殺親夫，自請開棺驗屍，起屍出驗後未找到有力證據。圍觀案件審理的民眾紛紛要求狄公釋放陳寶珍並還其清白，憤怒的百姓成群結隊擁向衙門吆喝、叫嚷、辱罵，並向州衙官吏投擲石子，士卒們不敢上前勸阻。狄公心裡明白，倘若再不站出來向北州百姓宣告辭職，交出印璽，摘下烏紗，北州的百姓絕不會善罷甘休。他命陶甘撰寫一紙告示，擬定第二日早衙當堂宣佈辭去刺史官職，上表吏部，戴罪待命。之後他帶著自己那三個忠心耿耿的親隨前往家廟祭祖，為自己的罪失在列祖列宗面前謝過：

　　　　偉大的狄氏家族不孝子孫狄仁傑，已故御史大夫狄成元的長子，在此恭敬地向列祖列宗稟告，他在工作中失誤愧對國家和人民，今天他要上表辭職。同時，他還指控自己犯了兩宗大罪，分別是褻瀆神聖的墳墓和誣告謀殺罪。他的本意是好的，但是他無能無法找到有力的證據來證明自己的判斷是正確的。陳明以上事實希望列祖列宗寬宥。[63]

[61] [荷蘭]]C. D.巴克曼、H.德弗裡斯著、施輝業譯：《大漢學家高羅佩傳》，海口：海南出版社，2011年版，第49頁。

[62] [法]達尼埃爾－亨利‧巴柔著，孟華譯：《從文化形象到集體想像物》，見於孟華主編：《比較文學形象學》，北京：北京大學出版社，2001年版，第123頁。

[63] Robert Van Gulik, *The Chinese Nail Murders*, Chicago and London: the university of Chicago

祭畢列祖列宗，他讓親隨們趁著中午時分把自己簽押的辭呈複寫了到州城的各個角落張貼，憤怒的群情才平息下來。等到陶甘等人離開衙門後，狄公親自上表申明自己犯下的兩宗罪，革職待命。在這裡「誣告反坐」的責任追究制從制度的內部約束了官吏們的行為，民眾的輿論又起到了外部監督的作用，二者共同發力確保了司法的公正。

《銅鐘案》裡蕭純玉案、普慈寺淫僧案、廣州商人林藩案等都涉及到判處死刑，但是人命關天，國家並沒有賦予地方官員判處死刑犯的權力，狄公都必須將死刑案如實上報刑部，直到皇帝親自批復方可執行死刑。這種做法在一定程度上減少了錯案的發生率，同時對地方官員的治績又起到了有效的監督作用。在高羅佩的《大唐狄公案》後記裡，他為此還專門聲明：

> 在中國古代，法律是神聖不可侵犯的，但制定、執行法律的法官並非神聖不可侵犯。縣令不能因為他是官員就可以要求自己有豁免權，或享有任何其他特權。他們同樣要受到古老的中國法律原則「反坐」的制約。總而言之，中國古代的司法制度施行的相當不錯。上級官府的嚴格控制阻止了司法程式中的過度行為，同時公眾輿論對那些惡毒的或不負責任的縣令的行為也可起到遏制的作用。死刑必須得到朝廷的批准，被告可以向上級官府直至皇帝提出申訴。此外，縣令不能私下審問被告，包括預審在內的審訊都必須在公堂上公開進行。審訊情況被一一記錄在案，並上報上級官府審核。[64]

雖然中國沒有律師和陪審團制度，但這並不意味著中國官員監察制度的缺失。官員們審案必須公開審理，審訊情況也須逐項記錄，允許百姓旁聽和監督案件審理，刑罰不得過度，死刑必須皇帝欽批，官員指控嫌犯罪名不成立時須反坐其罪，被告蒙冤可以向上級政府部門或皇帝申訴。這些措施都是國家用來監督、約束各級官吏的行為規範，官員們不得瀆職、失職，為非作歹。

實際上，中國歷代皇帝都非常重視對官員工作的督察，從一個放牛娃、貧方僧起家做到皇帝的朱元璋更是注意吏治的整肅工作。朱元璋深諳民間

---

press, 1977, p.178.

64 [荷蘭]高羅佩著、陳來元、胡明等譯：《作者後記》，見於[荷蘭]高羅佩著、陳來元、胡明等譯：《大唐狄公案》，海口：海南出版社，2008 年版，第 672 頁。

疾苦，瞭解官員徇私枉法對社會的危害，在明朝開國之初，他就制定了一整套遠較以往朝代更為成熟、更為嚴密、更為系統的監察制度。首先，朱元璋在中央設立專門的監察機構——都察院，取代歷代所設的御史台。大力提高監察機構的地位，都察院長官為正二品，與六部尚書的品級相同。其次，擴充都察院的監察事權，察的內容包括官吏的賢愚、兵民的利病、邢賞的輕重等等，涉及的領域非常廣泛。審案有御史參與，用兵有御史核奏。全國上下大大小小官吏的一切違法之事，都可糾察彈劾。明人何孟春說「御史從前代重矣，監察之尤重未有如我朝者。」[65]再次，地方官員還得接受總督巡撫、監察御史、巡按等多方監察。此外，明王朝還鼓勵地方百姓參與監察，允許民眾上京告狀，規定任何官吏都不准阻攔或打聽狀告的內容，對於告御狀百姓的一應飲食政府負責供應。

總體而言，中國古代對官員的監察制度較為完善，民眾的外部監督與制度內部的監督雙管齊下，如此一來反較西方陪審團的監督更為完善有效。政府官吏們也大都嚴謹自律，輕易不敢為非作歹，徇私枉法。這種描述和西方對中國的集體想像大異其趣，在這裡，高羅佩對中國的古代吏治又一次豎起了讚美的大旗。

（3）官場的腐敗

近代以來，不少西方人撰文批評中國官吏貪污受賄，腐化墮落，經常利用職務之便對百姓進行敲詐和盤剝。

> 受顧的胥吏和衙役是上級手中壓榨人民的工具，所有官府都有許多不同職責、不同等級的雇員、薪金微薄，每一件呈送上司的申請書都得經過他們的手，只要有賄賂就可以送上去。私吞挪用公有基金，盜竊佔用各種物質、政府儲藏、配給物品、工資津貼，中國官員算是行家裡手，如遇揭發，絲毫不足為奇。[66]

對此高羅佩又是如何看待的呢？高羅佩能夠在西方人指責中國法庭多有冤枉不平之事，官吏們為非作歹，政府失察等問題上竭力為中國人辯護和主

---

[65] [明]王圻撰：《影印本續文獻通考·職官考》，北京：現代出版社，1986 年版，第 1345 頁。

[66] [美]衛三畏著、陳俱譯、陳絳校：《中國總論》，上海：上海古籍出版社，2005 年版，第 331 頁。

持公道，那麼他是否同樣會在自己的小說中駁斥西方人對中國官場上的種種不正之風的指責呢。

《銅鐘案》中，狄公新調浦陽當縣令，剛一到任，他就仔細查閱縣衙錢銀存庫的簿冊，一一核覆出納款項，最後發現衙員的薪俸多支取了一貫銅錢。狄公連忙質問管賬的銀庫司吏，見他戰戰兢兢，支支吾吾說不出個名目來，狄公怒斥該銀庫司吏，責令他從自己的薪俸中扣除一貫銅錢以補足公庫的銀兩，並且曉示其餘眾人，公衙錢銀之事尤其不可含糊，倘有閃失，餘皆典賣家私也不可少了公庫一文銅錢。在狄公的治理下，浦陽縣眾衙員各司其職，循規蹈矩，沒有人敢徇私舞弊，貪污公家或者黎民百姓的財富。狄公不但嚴格要求自己的隨從和衙役，嚴禁損公肥私，他自己同樣兩袖清風，絕無貪污受賄之舉。

是否只有狄公治下的差役們才如此廉潔自律？《銅鐘案》中浦陽縣衙衙役長的話是最好的回答：

> 過去三年我們在馮縣令手下做事，他對遺失的任何一兩銀子都要求解釋。我原本認為自己在一個一絲不苟的縣令手下幹活的日子熬到頭了！上帝保佑，現在這個繼任的狄縣令連多支取一貫銅錢的薪俸都要皺眉。我們這些衙役的命怎麼這麼苦啊！[67]

由於縣令們大都廉潔奉公，儘管地方縣令三年要一調任，但普通的胥吏和衙役們通常都很規矩老實，不敢輕舉妄動，也不敢私自挪用公家財產或侵害黎民百姓利益。

當然任何事情都有特例，龐大的官僚群體中難免也會出現一兩個腐敗分子，《紅閣子》中狄公好友金華縣縣令羅寬沖即為一例。羅寬沖與狄公同年同秩，兩人在不同的治所為官。羅縣令的轄區金山埠樂苑紅閣子先後出現兩樁命案，恰逢狄公路過此地，羅寬沖因與當地名妓秋月感情糾葛臨時溜之大吉，一切公務委託狄公。案件告破後，狄公重新啟程回治地，臨行前交代羅縣令說當地有名的古董商溫文元在公堂上做假證，又查實他曾百般苛虐一名妓女，依律當受鞭刑，責杖五十，但考慮到他年邁體弱，不堪刑罰，建議只在樂苑各處貼出告示，曉示溫文元惡跡即可，剩下的五十罰棍，暫緩執行，他日若再有惡行劣跡，舊賬新罪一起課罰。羅寬沖一聽這

---

[67] Robert Van Gulik, *The Chinese Bell Murder,* London: sphere books limited, 1988, p. 42.

一消息，頓時明白自己抓住了溫文元的把柄，滿肚子盤算的就是要如何借機敲詐他。

> 我很樂意那樣做！那個惡棍有很好的瓷器，但是要價太狠。現在我猜他肯定願意降價出售了！[68]

利用職務之便，借機敲詐治下百姓，惡意壓低商品市價，侵吞他人財富，羅寬沖縣令是整個廉潔奉公的官僚群體中的異類。其次，在自己的治地發生命案，作為行政長官，羅寬沖縣令臨陣脫逃，轉將自己的職責委任他人，這又是一種失職瀆職的表現。高羅佩在自己的狄公系列小說中並沒有回避中國古代官場某些腐敗不正之風，但另一方他又強調這種現象非常少有，大部分官員們是兩袖清風、廉潔奉公、忠於職守的。

總體而言，高羅佩在他的狄公系列小說中為西方讀者塑造了一幅廉潔公正的吏治圖。在他的小說裡，中國的司法制度執行得相當不錯，國家對地方官員制定了嚴密的監察制度，有效地確保了公正的實現。官員們具有無上的使命感和正義感，他們大都仁慈愛民、廉潔奉公，腐敗瀆職等只是個別現象。不難發現，高羅佩描述的中國形象與明清時期的歷史史實基本不符，有著明顯的刻意美化的痕跡。作為一個明清史專家，高羅佩應當清楚明清時期是中國吏治最為腐敗的時候。

明太祖支給官員們難以接受的低廉俸祿，明朝官俸以糧米為標準。

> 一品官月俸一百二十石，以下遞減至從九品月俸五石。部分發放米麥，部分折合寶鈔或絹帛發放。明後期正一品官年俸一百八十兩銀子，遞減至從九品年俸不過三十兩銀子。一個知縣正七品年俸才四十五兩銀子，按明清時的一般伙食費用約可養活三個人。[69]

如此低廉的俸祿難免會使官員們權力尋租，貪贓枉法。雖然嚴苛的監管與殘酷的刑罰暫時能遏制官吏們的瀆職和腐敗。但到明中後期，國家制度日漸鬆懈，政治黑暗。荒淫貪婪的明神宗、玩樂無度的明熹宗無暇監管，致使整個官場的腐敗登峰造極。

---

[68] Robert Van Gulik, *The red Pavilion*, Chicago and London: The University of Chicago Press, 1994, p.173.

[69] 郭建著：《國古代官場百態》，上海：東方出版中心，1997年版，第16頁。

　　隆慶、萬曆之交明朝廷推廣「一條鞭法」，將諸項賦役歸併後折銀繳納，本意在於減化賦役制度，減輕人民負擔，然而各級官吏為中飽私囊，在正稅外濫行科派。臭名昭著的「火耗銀」便源於此時，其少則占正稅的十之二三，多則達正稅的數倍。明朝末年，國家日近敗亡，政府財政陷入極度危機和混亂的狀態，崇禎皇帝公開賣官鬻爵，這一政策又被後來的清政府延續。「那些花費大量的錢財捐得官職的人更加會挖空心思大肆搜刮民脂民膏，以期在短短的任期之內將原來捐官的錢連本帶利撈回來，他勒索他的下級官員，這些人反過來勒索他們的下屬，最終的結果只能是百姓們的錢財被搜刮一空。」[70]紗帽底下無窮漢，官吏們權利自肥，貪污受賄，是非顛倒，民眾有冤難申，「衙門八字朝南開，有理沒錢別進來」，這樣的風氣愈演愈烈，最終造成整個吏治的徹底敗壞。

　　高羅佩為何不像其他西方人那樣對中國吏治大肆撻伐呢？首要原因當然是高羅佩在創作中加入了自身的投射，他需要塑造一名傑出優秀的官員形象來完成其對自身的確認。其次這也和高羅佩一直以來對中國保持著一種「親善」的態度密切相關。高羅佩十分敬重中國文化，作為一個中國通，他太瞭解中國，不管是她的好還是她的壞，高羅佩熟知於心，但是出於對中國的敬重，高羅佩有意在自己的文本中維護中國。這樣一來，高羅佩筆下的中國形象必然和當時西方人對中國的意識形態化的描述迥異，但是他又沒有將中國徹底烏托邦化，在他筆下的中國，吏治腐敗的現象依然留存，官員們貪污受賄、敲詐勒索、失職瀆職等現象也沒有銷聲匿跡，並非所有的官員都能廉潔奉公，不徇私情。高羅佩儘量將一個美好的中國展示在西方讀者面前，在一些中西方人士都看到的陰暗的地方他也沒有刻意隱藏。

2.男女兩性生活

　　作為中國性學研究第一人，高羅佩對中國人的兩性關係有過湛深的研究，並於 20 世紀 50 年代出版過《中國古代性學考》這一巨著，在自己的著作中他曾詳細考證過西元前 206 年到西元 1644 年中國古代性生活的歷史，自然他的狄公系列小說也難逃男女兩性生活的描述。那麼，在他的狄公案中，古代中國人的兩性生活會是怎樣的一幅圖景呢？這個形象哪些是真實存在的？哪些是出於高羅佩個人需要而杜撰、想像出來的呢？

---

[70] [美]古德諾著、蔡向陽、李茂增譯：《解析中國》，北京：國際文化出版公司，2005 年版，第 99 頁。

（1）風流任情的男性

美國人唐納德・F.拉奇在《〈大唐狄公案〉及荷蘭作者高羅佩》一文中這樣寫道「雖然婚外性行為及其描寫性生活的小說一般被認為是儒家文人的禁區，但這些文人君子又明顯地喜歡婚外情，欣賞這種生活，並就這類題材杜撰小說。高羅佩通過作畫撰文告訴人們，中國傳統的士大夫知識份子雖在口頭上常講崇高的道德準則，但在他們的個人生活中所表現出來的，卻是到處可見的道德缺憾。」[71]

在高羅佩的狄公案中這種性道德的缺憾尤以金華縣縣令羅寬沖大人為代表。他性喜揮霍，秉性風流，放浪疏禮，詩酒女人一步都離開不得，風流韻事不斷。他家中妻妾成群，還時常在外面狎妓快活。《紅閣子》一案中他在自己的轄區金山埠樂苑，搭上花魁娘子秋月，後發現秋月心性促狹傲慢、性情乖戾，為躲避糾纏，竟不顧紅閣子裡的命案，臨陣脫逃，將自己的職責轉托狄公處理。秋月死後，他聽聞樂苑新來一位窈窕豔麗的小娘子，色藝壓倒群芳，遠在秋月之上，又偷偷潛回樂苑風流。《跛腿乞丐》中，名動京師的名妓梁文文自己積下私房錢自贖了身子潛來浦陽想找一個合適的富戶結為夫妻，他聽到消息後立刻追逐到浦陽，暗裡與梁小姐結為鴛盟。他就像一隻蒼蠅一樣，聽到哪裡有嬌娘美婦，立刻奔往追花逐浪。

納妾和狎妓是士人們的合法消遣，並沒有什麼不光彩的。只要他們願意並且經濟上允許，他們可以隨意娶進自己喜愛的女子，沒有數量的限制。士大夫普遍過著一妻多妾的家庭生活，即使如狄公這樣保守的人也擁有一妻兩妾，夫婦生活和諧。此外，他們也可以恣意結交妓女，男人之間舉行的各種歡宴酒席及慶祝活動常常邀請妓女參加，每個地方都有自己的「官妓」，藝伎被認為是一種正當的職業，這些女子統一歸政府管理，她們的收入也被政府合法保護。

非但士大夫們如此，富賈鉅賈們更是風流快活、任情縱性，民間窮困的男子娶不起媳婦的也多在外面狎妓。狄公的助手馬榮，原本是江蘇一以打漁為生的人家的子弟，家裡窮困潦倒為了生計做了綠林好漢，後與喬泰同被狄公招安，宣誓效忠狄公，忠心耿耿為狄公辦案、緝剿嫌犯。馬榮武

---

[71] [美]唐納德・F.拉奇著、陳來元譯：《〈大唐狄公案〉及荷蘭作者高羅佩》，見於[荷蘭]高羅佩著、陳來元、胡明等譯：《大唐狄公案》，海口：海南出版社，2008年版，第5頁。

功高強，最大的缺點即是喜好粗俗的肉慾，跟隨狄公辦案，所到之處無不與當地妓女有染。

社會風氣非常開放，男人們不但可以享受男女兩性之間的性愛，男人之間的同性戀同樣也被習俗接受。社會尊重人民的各種性取向和性愛觀，同性戀們兩情相悅，只要不做出違反社會法律的事情，彼此完全可以自由交往。短篇小說《太子棺柩》中高羅佩就寫了一對男性同性戀者，蘭坊駐軍周都督手下的青年軍官潘校尉是個男同性戀者，他愛上了本部隊的一名帥氣勇武的年輕校尉——吳校尉。父母不知道他是個同性戀者要求他娶妻，潘校尉被逼無奈和父母選好的女子成親，他所喜愛的吳校尉後來與部隊駐地的一個妓女相戀。看到自己所愛的人移情別戀，吳校尉衝動之下親手掐死了自己的妻子，試圖嫁禍吳校尉以報復他對自己的背叛。狄公偵破案情，冷冷地揭露他的暴行：

> 潘校尉，你根本就不適合結婚。你不喜歡女人。你喜歡你同事吳校尉，但他卻一腳踢開了你。你為了報復親手掐死了自己的妻子，嫁禍吳校尉。[72]

法律並沒有因為潘校尉的同性戀行為懲罰他，狄公也沒有指責他的同性戀行為。潘校尉最終落得被砍頭的原因也只是在於其殘忍地謀殺了自己的妻子。可以這麼說，在高羅佩的《大唐狄公案》中，書裡的男性們享有最充分的性愛自由，他們過著一妻多妾的生活，還被允許在家庭之外狎妓縱樂。此外，如果兩情相悅，他們也可以和同性之間享受性愛，社會賦予男人們縱慾廣闊的自由空間。

一夫多妻、納妾狎妓、同性戀，這一直都是西方人攻擊中國人性習俗墮落反常的流俗之見，那麼高羅佩帶給西方讀者的這幅中國男性「性愛狂歡圖」到底是否符合歷史真實呢？這是否僅是其本人的杜撰？他又為什麼要描述這樣的一幅男性「性愛狂歡圖」？

我們知道，明清兩代可以說是中國歷史上性愛觀念最為混亂的時期，尤其是在明中晚期至清代這四百多年間。明朝開國後近百年間社會風氣都很淳樸，明太祖朱元璋曾定下尊孔崇儒、以朱注四書取士標準的原則，這一

---

[72] Robert Van Gulik, *Judge Dee at Work,* Chicago and London: The University of Chicago Press, 1992, p.160.

標準的實施使得程朱理學成為當時的官學，理學「存天理，滅人欲」的思想隨之浸透到社會生活的各個角落，全社會禁慾之風盛行，民風整肅。明初宣德年間官方還曾對娼妓制度進行大改革，廢除了唐代以來的官妓制，嚴禁官員挾妓宿娼。「官吏宿娼，罪亞殺人一等，雖遇赦，終身弗敘。」[73]政府嚴厲處理官員宿娼事件，禁妓之令的頒行天下，明令士大夫們謹守遵行，官員們為了政治上的前途不得不要顧忌。同時，對於自古以來男子納妾的特權，明朝政府也制定法律加以限制。東漢學者蔡邕曾概括古代男子納妾標準說「卿大夫一妻二妾，士一妻一妾，」[74]庶人則一般不納妾。明朝法律明確規定「其民年四十以上無子者方聽娶妾，違者笞四十。」[75]男人納妾的理由僅限於延續子嗣，而且必須等到妻子生育功能基本喪失，男子年滿四十歲以後才可以行。雖然社會上難免還是會有違禁縱慾的個別事例，但總體的社會風氣趨於收斂。

> 大約在正統至成華年間，經濟的恢復和財富的積聚使社會上逸樂風氣開始抬頭，兼之以陰陽心學的流行，士界思想受到極大震動，長期被壓抑的慾望終於從沉悶中掙脫出來，造成了晚明社會上人欲橫流的局面。士人嗜談情性，以縱情逸樂為風流，所謂「一日受千金不為貪，一夜御十女不為淫」。社會上狹邪小說氾濫，春宮畫、褻玩品及春藥公開在市面上流行，青樓妓院一片興隆，出現了一批領時代風騷的名妓。不少顯貴巨賈更自置家樂，養一班歌兒舞女，日日沉酣其中。在這個時期，人欲受到極大的肯定，任何形式都得到寬容甚至縱容。[76]

社會上普遍盛行縱慾風氣，人們毫無顧忌。妓禁令形同虛設，妓業十分發達，廣大士庶商賈普遍以狎妓為風流。社會上富有階層中的男子普遍納妾，納妾的理由更是千奇百怪，延續子嗣、改善家政、用為服侍、滿足情欲不一而足，只要男人們願意並有足夠的金錢支持，他們可以任意「收用」奴

---

[73] [明]王錡撰：《寓圃雜記‧卷一》，北京：中華書局，1984 年版，第 7 頁。

[74] [漢]蔡邕著：《獨斷‧卷上》，見於[清]紀昀編纂：《景印文淵閣四庫全書部一五六雜家類》，臺北：臺灣商務印書館，1986 年版，第 80 頁。

[75] [明]李東陽等撰：《明會典‧卷一百四十一》，見於[清]紀昀編纂：《景印文淵閣四庫全書史部三七六政書類》，臺北：臺灣商務印書館，1986 年版，第 414 頁。

[76] 吳存存著：《明清社會性愛風氣》，北京：人民文學出版社，2000 年版，第 2 頁。

婢，贖買妓女，購買市場上出賣的女子以及娶「良家」女子為妾。不管是在南方還是北方妾買賣市場都很發達，貧困農家的女子就像牲口一樣放在市場等著有需要的人論價購買。張瀚在《松窗夢語》中對明代社會習俗概括道「人情以放蕩為快，世風以侈靡相高，雖逾制犯禁，不知忌也。」[77]

縱慾之風完全打開，廣大士庶商賈更覺慾壑難填，以致到了明朝後期玩弄金蓮已皆不能滿足其怪異的欲求，人們紛紛尋找新奇的性刺激，一時間男風盛行，縱慾之風又與男同性戀交纏在一起。酒樓戲園，大量的陪酒歌童充斥各種娛樂場所，晚明社會上還出現了男性同性戀賣淫專營場所——男院，這種風氣一直延續到清朝且愈演愈烈，著名的相公私寓制因此誕生，以致社會上更有「不重美女重美男」、「有歌童而無名妓」之說。專為同性戀為題材的長篇小說《品花寶鑑》標誌著這種同性戀風氣的發展達到了頂點。「明清兩代南新同性戀風氣歷時達四百餘年，身處其中的士人非但對同性戀持寬容態度，且時加倡揚，認為它與異性戀一樣是一種正常的性愛方式，挾童蓄優成了他們風流生活中最大的快樂。」[78]縱慾任情，恣意享受性愛正是明、清時期社會的普遍風氣。

高羅佩的《大唐狄公案》中男性「性愛狂歡圖」正是中國明、清兩朝社會風氣的真實反映。但是高羅佩並沒有站在西方的立場斥責其為墮落反常、道德敗壞，相反他在自己的巨著《中國古代房內考——中國古代的性於社會》寫道「外界認為古代中國人性習俗墮落反常的流俗之見是完全錯誤的……總的說來，他們的性行為是健康和正常的。」[79]中國無論哪個朝代，都沒有出現古羅馬時期那種全社會的淫亂，也沒有出現歐洲中世紀那種殘酷地懲罰同性戀的現象，形形色色的性變態也比西方歷史上少得多。

高羅佩沒有像某些西方人那樣挾裹著道德的潔癖指責中國，他尊重中國的歷史史實，如實地向西方人呈現自己的中國印象。在這種陳述與建構的過程中，他和自己的讀者群共同分享了自己對中國這個國家的理解和尊重，同時盡其所能地減少西方人對中國文化的誤解和偏見。

---

[77] [明]張瀚撰、蕭國亮點校：《松窗夢語·卷七風俗記》，上海：上海古籍出版社，1986年版，第123頁。

[78] 吳存存著：《明清社會性愛風氣》，北京：人民文學出版社，2000年版，第4頁。

[79] [荷蘭]高羅佩著、李零等譯：《作者序》，見於[荷蘭]高羅佩著、李零等譯：《中國古代房內考——中國古代的性與社會》，北京：商務印書館，2007年版，第3頁。

（2）開放自我的女性

高羅佩充分肯定人的慾望，中國的男人風流任情，擁有著最為廣泛的性權利。女性也同樣如此，他在自己的狄公系列小說中塑造了眾多開放自我的女子形象。

《四漆屏》中滕縣令的妻子銀蓮不堪和丈夫無愛的婚姻，多次背著丈夫與青年畫家冷德私通。年過半百的富商柯興元的少妻柯謝氏主動勾引上他們家偷東西的小偷，最後夥同蕭亮謀殺了自己的丈夫。在為丈夫守靈期間，又與誤撞上門的喬泰發生一夜情。《銅鐘案》裡，半月街蕭屠戶之女純玉與對街住的秀才王仙穹相愛，兩人經常在自己的閨房私會，私下打得火熱。《黃金案》裡，衙門范二爺田莊的佃客裴九之女村姑淑娘，背著父親暗中與家裡臨時雇的幫工阿廣私通。《柳園圖》中 16 歲的少女藍白因在河中被水草絆住雙腳，被馬榮救起，為表示感謝當晚即將自己的身體作為謝禮獻給了馬榮。激情過後，她的話更是令人震驚。

> 「這種事情早晚不得不發生，」她漫不經心地說。「此外，在這樣一個多事的夜晚，這不過是另外的一次小事故，不足掛齒。」[80]

在馬榮表示要對她負責，並準備娶她為妻的時候，她這樣說道「如果你認為這是一段簡單而便宜的情愛事件的開始，都統大人，那我必須打消你的幻想。你救了我的性命，我已經回報了你。一切都已經結束了，明白嗎？」[81]

在高羅佩的狄公系列小說中，女人堅持自己的身體只屬於自己，個人有權任意處置。選擇給誰或不給誰，完全是出於女性個人的意志，性不需要另一方負責，也不與婚姻掛鉤。女人享有充分的性自主權，她們有權以自己喜歡的方式滿足自身慾望。性對她們而言沒有任何聖潔的意義，它只不過是一個早晚會發生的事情，至於具體發生在什麼時候，和誰發生，根本就不重要。它可以是一次交易，也可以是一次感恩的行動，過去了也就結束了，對生活不會有任何特殊的影響。

---

[80] Robert Van Gulik, *The Willow Pattern,* Chicago and London: The University of Chicago Press, 1977, p.85.

[81] Robert Van Gulik, *The Willow Pattern*, Chicago and London: The University of Chicago Press, 1977, p.87.

這種開放自我的女性性愛觀和中國明、清時期的歷史史實嚴重不符，它更多的只是高羅佩個人的想像。在中國漢、唐及漢唐以前，中國人的性曾有過一段時間很開放，那時男女雙方交往自由，郊外野合對於下層百姓而言實乃平常之舉。人們可以隨意嫁娶，離婚或再嫁聽由個人。但是到了宋朝中期以後，情況就改變了。「宋代出了幾個大儒，創立了以『闡釋義理，兼談性命』的方法治經的理學，使中國的學術思想以致風俗制度出現了很大的變化，同時對社會的婚姻道德也產生了極大的影響。理學家以『窮天理，滅人欲』作為理想的道德原則，因而把貞節問題看得比以往任何時候都要嚴重。」[82]社會上婦女離婚或改嫁的事情已經多有忌諱。北宋仁宗年間，理學家程頤更將貞節觀念推向極端。他在回答「當孀婦窮而無所依託，是否可改嫁」時，斷然說道：「只是後世怕寒餓死，故有是說。然餓死事極小，失節事極大。」寧可餓死也不能失節，朽儒們大乖人情、滅絕人性的思想以驚人力量摧毀了先前自由開放的性文化，中國歷史上長達幾百年的對女子的性壓迫由此開始。

明太祖朱元璋以朱注四書作為天下取士的標準，牢牢確立了程朱理學的「官學」地位，「餓死事小，失節事大」的思想佔據社會的主導。女性禁慾風氣在這種氛圍中逐漸形成並愈趨嚴重，節烈婦女備受社會的關注和稱譽。明洪武元年（西元 1368 年）明太祖朱元璋下了詔令，旌表節婦，同時規定了「凡民間寡婦，三十以前，夫亡守志，五十以後，不改節者，旌表門閭，除免本家差役。」[83]這是中國有史以來第一個為嘉獎貞節而發佈的特別命令，該詔令從政治和經濟兩方面推動了全社會把女子貞節作為家族光榮的象徵。此詔一出，民間男子紛紛借本家女子的節烈來光耀門楣，社會對女子節烈的要求更是被推到瘋狂的地步，但凡有寡婦本人不願守節的，家庭中其他成員為了家族利益多強迫其守節，甚至逼迫她殉夫，以此換取貞節牌匾，抬高自身門第和免除徭役。

由於統治者大力推行禁慾的觀念及對節婦烈女的極力褒揚，程朱的貞節觀遂演變為迷信，成了天經地義、無可更改的教條。貞操成了女子的立身之本，稍有玷污便不成其人，為了維護自身貞操，窮困、災難、甚至生命都在所不惜。結了婚的女子夫死要「誓不再適」或「以死殉夫」，「值變

---

[82] 顧鑒塘、顧鳴塘著：《中國歷代婚姻與家庭》，北京：中國國際廣播出版社，2011 年版，第 112 頁。

[83] [明]李東陽等撰、[明]申時行等重修：《大明會典‧卷七十九旌表》，揚州：廣陵書社，2007 年版，第 1254 頁。

不得從權以偷生，不得惜死以改節。」[84]婦人犯奸尤其是不可容忍的罪行，在七出之列，因犯奸被夫家休掉的女子其娘家人也不接納，大都被社會拋棄。此外因奸而謀殺親夫懲罰尤重，這「和謀殺祖父母、父母、期親尊長，外祖父母及夫之祖父母，父母同罪，已行者不問有傷無傷皆斬，以殺者皆凌遲處死。」[85]對於未婚的年輕姑娘，父母要對其嚴加約束，並令其從思想意念到行動都得潔白無瑕。如果少女在婚前與別的男子有染，父親對其有生殺權，此外法律連帶還要懲罰其父。總之，「家族、官府對『失貞』的女子嚴加懲罰，輕則趕出族門，重則施以沉潭、火燒甚至處死等酷刑。」[86]

　　社會同樣也要求男子不准觸碰失節婦，更不能結為夫妻。

> 「明朝天順年間，山西提刑按察司僉事（正五品）劉翀娶再婚之婦朱氏為妻，由於違背了女子貞節的規範，被人檢舉，一直告到京城。就是這麼一件事，明英宗竟直接干預，下令將劉翀逮捕來京，下獄審訊。後經訊明，朱氏原繫安陸侯吳傑之妾，吳死，改嫁張能為妾，張死，再嫁程鵬為妾，後來程又因罪被殺。劉翀慕朱氏姿色，不拘一格地娶以為妻。應該說朱氏是十分不幸的，最後嫁劉為妻，算是得到了一個較好的歸宿，但竟因此獲罪。明英宗斥二人『忘廉恥，配失夫婦』，『有玷風憲』，並命令將劉翀削職為民。」[87]

明朝社會上女性禁慾風氣盛行，以女性為重心的縱慾是絕對不可能為社會所寬容。實際上「明清兩代的各種性愛風氣其實可以很清晰地分為兩個大類，亦即女性的和男性的，其界限通常是嚴格而不可逾越的。正統、保守、禁慾在明中期之後基本上屬於女性的性愛風氣，節烈、貞操和纏足都是單方面就女性而言的；而縱慾的、尋求刺激的性愛風氣屬於男性，基本上與女性無緣。」[88]

　　在高羅佩的狄公系列小說中，女性們大膽追求慾望的滿足和獨立的個人價值，節操不是束縛女性的枷鎖。《黃金案》中曹芳被錄事范仲強姦，無

84　吳存存著：《明清社會性愛風氣》，北京：人民文學出版社，2000 年版，第 29 頁。
85　瞿同祖著：《中國法律與中國社會》，北京：中華書局，2008 年版，第 115 頁。
86　劉達臨、胡宏霞著：《中國性文化史》，上海：中國出版集團東方出版中心，2007 年版，第 142 頁。
87　劉達臨、胡宏霞著：《中國性文化史》，上海：中國出版集團東方出版中心，2007 年版，第 142 頁。
88　吳存存著：《明清社會性愛風氣》，北京：人民文學出版社，2000 年版，第 5 頁。.

家可歸的曹芳並未因此自絕於世，更不覺得自身有什麼不光彩的地方。她怔怔有詞地解釋：

> 我的確知道按照我們社會神聖的法則我應當自己了結自己。但我必須要說即使在被強暴的一刻，我也沒有閃過自殺的念頭。如果說在那個農場中我想到了什麼，那也只是如何才能活命。這不是因為我怕死，縣令大人，只是因為我討厭做我不認為有意義的事情。[89]

女人有獨立於男人之外的個人價值，失貞並不意味著就要自絕於世。作為負責教化當地老百姓的父母官，狄公也不認同婦女失節就得自裁這一違背人性的教條。

> 根據儒家的教導，婦女的確應當保守自身的純潔無瑕疵。然而對此我也經常疑惑，難道這一教導不是更應指的是要人保持心靈純潔而非肉體聖潔嗎。儘管如此，孔聖人也教導我們說，『讓人性成為最高的標準』，這一點我完全贊同，曹小姐，我認為所有的教條都必須在這個總的原則指導下。[90]

他強調一切的教導都以人性為本，滅絕人性的教導可以不遵守。狄公同情曹芳無家可歸，令其暫時先住自己家裡。在高羅佩後來寫的短篇小說《雨師秘蹤》裡，他更安排狄公愛上曹芳，狄夫人也特別喜歡這個聰明漂亮的女子。在得知丈夫愛上曹芳後，她還力促狄公娶曹芳為第三房太太。

> 對曹英小姐的事情他必須做個決定了。昨天晚上，在和妻子共寢時，他的第一位夫人已經又一次催促他娶曹英小姐做第三房太太了。她和他的第二房妻子都很喜歡曹小姐，她說，並且曹小姐本人也認為無不可。[91]

---

[89] Robert Van Gulik, *The Chinese Gold Murders*, Chicago and London: the university of Chicago press, 1979, p.171.

[90] Robert Van Gulik, *The Chinese Gold Murders*, Chicago and London: the university of Chicago press, 1979, p.171.

[91] Robert Van Gulik, Judge Dee at Work, Chicago and London: The University of Chicago Press, 1992, p.44.

最終，狄公娶了失貞的曹芳為妻。高羅佩在《大唐狄公案》中建構了一個非常寬容、開放的兩性世界。男性風流任情，社會賦予他們眾多合法的管道滿足自身的欲求。女性同樣開放自我，勇於追求自身慾望的滿足和獨立於男人的個人價值。

形象從來都不是自在的、客觀化的產物，而是自我對他者的想像性製作。高羅佩筆下寬容、開放的男女兩性生活畫卷並非中國現實的複呈，其中有關男性風流任情的描寫基本與歷史真實相符，而開放自我的女性群像則純粹是他本人的杜撰和虛構。

高羅佩完全是按照他自己的理解來建構中國男女兩性生活圖景，在《中國古代房內考——中國古代的性於社會》一書中，他指出中國古人的性生活是非常健康和正常的。人們不像西方人那樣對性充滿原罪感，道家對陰陽的同等重視更使女性能夠享有和男性平等的性權利，社會不存在任何壓抑的精神狀態。

> 中國人認為性行為是自然秩序的一部分，而且性交是每個男人和女人的神聖職責，性行為從來和罪惡感及道德敗壞不相干。也許正是這種幾乎不存在任何壓抑的精神狀態，使中國古代性生活從總體上講是一種健康的性生活，它顯然沒有像其他許多偉大的古老文化那樣有許多病理和心理的變態。[92]

這樣的社會心理自然容易在全社會形成一種平等、包容、開放的男女兩性關係。由此概念出發，高羅佩虛構了有關中國古代的男女兩性生活，創造了一幅平等、尊重、開放的兩性生活畫卷。

此外，這個平等、寬容、開放的男女兩性世界也是高羅佩自身慾望的一種投射。他在自傳中坦言「馬榮代表了我有點缺少道德的一面，在這一方面，對女人的興趣和波西米亞生活方式佔據主導地位。」[93]高羅佩本人非常喜歡女人，熱衷於情感上的探險。他常常將抓大使館工作和事物的時間減到最低限度。工作之餘，他喜歡出差和旅行，每當此時，「他都要享受女人之美，他對自己的助手說：家裡發生的事情是神聖的，在外面是另一

[92] [荷蘭]高羅佩著、李零等譯：《中國古代房內考——中國古代的性於社會》，北京：商務印書館，2007年版，第56頁。

[93] [荷蘭]C.D.巴克曼、H.德弗裡斯著、施輝業譯：《大漢學家高羅佩傳》，海口：海南出版社，2011年版，第216頁。

回事。只要另一方不知道，不會造成傷害。」[94]作為高羅佩慾望的投射場，狄公系列小說的創作也是他為自己「低俗的本能」找到的一條出路。

不過，這種平等、寬容、開放的男女兩性生活，儘管塑造地極其美好，但高羅佩並沒有將其完全地烏托邦化。《黃金案》中，曹芳身體被歹人所汙，雖然她自身對此並不在意，可是社會的習俗卻要求她守貞自裁。當狄公在公堂上了清冤案，判令其夫顧孟平將她領回家時，顧孟平以妻子曹芳失節，玷辱了世代以來家風，嚴詞斥責她為什麼沒有立即自殺，堅決拒絕同她回家，還當堂公開要求休妻。曹芳的父親曹鶴仙也反感女兒遭受強暴後苟全性命，執意認為她的行為給家庭帶來奇恥大辱，毅然不顧父女親情拒絕領女兒回去。雖然女性自身漠視貞操並積極追尋自身獨立價值，可是社會並沒有賦予女性平等的性權利，不管她們如何的開放與自我，習俗始終如達摩克裡斯之劍緊緊地懸在她們頭頂。如此一來，所謂的平等、寬容、開放的男女兩性生活只不過是一種表面的假像。

對於中國古代男女兩性生活的描述，高羅佩出於對中國的維護，一方面竭力美化它，並試圖構築一幅寬容開放的男女兩性生活畫卷，另一方面作為中國明清問題的專家，他又深知古代中國男女兩性實際上性的不平等現象長期和廣泛的存在，這種學者式的對於客觀真相的執著，使得高羅佩在具體建構他的中國式男女兩性生活畫卷時又徹底地與烏托邦化中國扯清了界限。

3.民間信仰

隨著第一批來華的傳教士出現，中國人的信仰問題開始受到西方人的關注。早期的傳教士們清一色的羅馬天主教士，他們相信在這一新的龐大的傳教之地傳播福音能夠取得豐饒的成果，他們致力於採取漸進措施，對於當地的宗教習俗多採取寬容態度，在另外一些次要問題上，他們也傾向於採取自由的態度。以上種種使得他們的傳教在中國獲得巨大成功，不少達官貴人皈依基督教，宗教教義也隨著信徒的增多傳播到了帝國的許多地區，同時他們還向西方人傳達了一個按照孔子的道德和政治智慧進行統治的理想中國形象。

---

[94] [荷蘭] C. D.巴克曼、H.德弗里斯著、施輝業譯：《大漢學家高羅佩傳》，海口：海南出版社，2011 年版，第 237 頁。

　　近代以來，隨著老牌天主教國家西班牙、葡萄牙等的衰落，以基督教新教作為國教的英國等新興資本主義國家開始登上向世界傳播基督教的舞臺。新教的傳教士們強調信仰的純潔性，他們不再像以前的天主教士那樣對中國的宗教習俗採取寬容態度，相反他們竭力指責中國人諸如祭祖等習俗。在他們眼中，中國是一個沒有照到上帝真理之光的國度，那兒充滿了各式各樣的偶像崇拜，各路妖、魔、鬼、怪、仙齊聚一堂，人們生活在愚昧和恐懼中，迷信的思想紮根於每個人心中，侵入到生活的方方面面，人們從精神到肉體全被其腐蝕，正如美國傳教士何天爵所言：

> 　　如果有人想尋找一個地方研究一下迷信給人類帶來的種種影響和結果，那麼中國也許是比地球上其他任何地方都更恰當的選擇。中國人整個民族的思維結構和精神心態似乎都浸透著迷信的觀念。迷信彌漫浸透了中國社會的各階層，從最高統治者到低級平民無不如此。它影響和支配著生活中的每件事情甚至人們的一舉一動。它歪曲了人們的正常理智和思維，在嚴密的邏輯之間挑撥離間、顛倒黑白、撥弄是非。[95]

整個國家因之停滯不前，社會生產力始終得不到進步和發展。

　　高羅佩的狄公系列小說十分完好地保持了古代中國人的生活方式，這當中肯定也包括對中國古人信仰生活的描述，那麼高羅佩又呈現給西方讀者一幅怎樣的中國古人信仰圖像呢？他會否複製同時期西方人對中國的集體描述？還是徹底背離西方對中國集體想像的框架？

（1）鬼、神崇拜

　　高羅佩在自己的狄公系列小說中不厭其煩地為西方讀者介紹了中國古人日常生活中的信仰狀況。芸芸眾生相信天上住著許許多多的神，他們分別負責管理人類生活相關的某一方面，有的負責司雨，有的負責莊稼的豐收，有的負責保境安民，各路神靈分工不同，集體受到民眾的崇拜。

　　小說《柳園圖》中，高羅佩詳細地描述了長安地區民眾的「龍王」信仰。龍王負責給人類司雨，如果老百姓按時祭拜龍王，他就會保佑該地風

---

95 [美]何天爵著、鞠方安譯：《真正的中國佬》，北京：光明日報出版社，1998年版，第106頁。

調雨順，一旦人們得罪了龍王，大地就會久旱不雨或者洪災連連。每當這時候，民眾紛紛跑到龍王廟去祈求龍王的憐憫，為了愉悅龍王，老百姓每天都抬著他的塑像在街道遊行。《雨師秘蹤》裡蓬萊縣的民眾崇拜「雨師」，《御珠案》中浦陽縣的民眾崇信河神娘娘，為此還專門給她修建了一座河神廟。《銅鐘案》則寫了民間婦女對送子娘娘的敬拜，為了求得子嗣，人們紛紛前往寺廟拜祭送子娘娘。《黑狐狸》中，金華縣的老百姓信奉狐仙，人們相信狐狸經過長久的修煉可以變成狐仙，這些得道的狐仙們充滿著正義感。在宮殿、寺院、古老的樓閣等地供奉狐仙的神龕可以祛除邪惡。金華縣縣令羅寬沖大人就專門在自己的衙門供奉一尊狐仙的神龕，借此保護官印。

除了這種對神靈的崇拜，人們還祭拜鬼魂，有錢的人家常設家廟，裡面擺滿了已逝祖先的牌位。各個村莊都有自己的祠堂供奉著全村人的祖先牌位。人們相信死去人的魂靈依然遊蕩在他們的住處周圍，而且他們死後也要與那些魂靈為伍。同時，眾生還相信，雖然人類的肉眼在平時看不到這些鬼魂，但是在一些特殊的場合它又能以不同的方式向人們顯示自己的存在和力量。

《黃金案》中，狄公因白雲寺智海和尚涉嫌當地一樁謀殺案，決定親自前往那裡查明究竟。白雲寺在縣城東門外佛趾山下，寺後山有著名的佛趾泉，山半腰有一座六尺高的無量壽銅佛，寺廟的主持法師在佛趾山半腰一小小石塔內居住。進寺之後，狄公見寺廟後殿西廡一處庭院內聳立著一座巨大的火爐，裡面火光耀眼，熱氣蒸騰，一時心生疑惑遂命看門小和尚領他去見住持僧圓覺法師。小沙彌帶他上了石級山道，在離銅佛龕不遠的地方就先行離開去找主持。見小和尚許久不回來，狄公獨自漫步到佛龕前。佛龕前有一斷崖，下臨淵谷，深不見底，斷崖兩邊峭壁上架著一道木橋。狄公抽步正待上橋，忽聽一陣低沉的喊叫聲傳來，遂止步傾聽，見周圍無人，也就毫不介意，抬腳上橋，剛走兩步就驚住了。

> 從斷崖間的薄霧中他看到已故的前任縣令站在橋對面。狄公嚇得膽戰心驚，他一動不動地盯著這個穿著灰袍的鬼魂。他的眼窩看起來是空的，那空洞的眼神及在他瘦削的臉頰上那塊腐爛的可怕的黑斑令狄公心中充滿了難以名狀的恐懼。鬼魂慢慢地舉起那瘦削的、透明的手臂，指著腳下的木橋，然後搖了搖頭。狄公低頭看著

> 鬼魂指著的地方，只見到橋上那些寬寬的木板，再往上看時，鬼魂
> 正在霧氣中逐漸消失。然後什麼都沒有了。[96]

見到剛剛死去的前任縣令鬼魂，狄公不由地渾身戰慄。正待抬起右腳繼續趕路，腳下的木板突然墜落深淵。狄公猛省，嚇出一身冷汗，這明明是有人暗中在這做了手腳，想要斷送他的性命。幸好已故的前任縣令王立德的鬼魂及時出現救了他一命。

同樣，在小說《銅鐘案》的前面部分，明朝茶葉商喜歡收集古董，尤其偏愛刑偵方面的文物。一日在那家經常光顧的古董店碰到了大法官狄仁傑在世時使用過的一面衣帽鏡，在它下面的小抽屜裡還發現一頂狄仁傑判案時佩戴的烏紗帽。茶葉商忍不住拿起那頂烏紗帽戴在自己頭上，這時狄公的鬼魂在衣帽鏡中現形並直直地盯著他，商人的耳朵很快閃過一陣轟鳴隨即失去知覺地倒在了地板上。

通常，魂靈們都具有神秘的力量，能對人類施以禍福。因此，一定要經常對魂靈供奉祭祀，以博得它們的好感。每年的七月，是民間相傳的鬼節，這一天陰間的大門打開，各種鬼魂出沒人間。人們要給那些已逝之人的鬼魂搭設祭壇，擺放供品，在小說《紅閣子》裡，高羅佩通過馬榮的眼睛詳細地描寫了中元節這天中國人的習俗：

> 馬榮在臨近本地最大的賭館旁一個高高的木壇前停住了。它上滿堆滿了一堆堆的各種各樣的盤子和碗，裡面盛滿了各樣的糖果和香甜的水果。祭壇的上面還擺放著一個腳手架用來放一排排的紙折的模具，有房子、馬車、船，各式各樣的傢俱，還有用紙折的衣服。這是一年中從第個七月開始就搭建的眾多類似祭壇中的一個，這些祭壇是為了方便那些已經離開了人世的魂靈，在整個鬼節期間，他們可以在人世間自由穿行。鬼魂們可以品嚐獻給他們的食物，選擇他們在冥界生活需要的各種紙質用具。在 7 月 30 號那天，鬼節就要結束了。祭壇上的食物常被分給窮人，祭壇及其上堆放的各種紙折的用具都要燒掉，燃燒的煙霧將把鬼魂們選好的各樣東西帶到冥界。[97]

---

[96] Robert Van Gulik, *The Chinese Gold Murders,* Chicago and London: the university of Chicago press, 1979, p.72.

[97] Robert Van Gulik, *The red Pavilion*, Chicago and London: The University of Chicago Press, 1994. p.32.

鬼魂們依靠民間老百姓的供品生活。人們相信，得到供品的鬼魂會保佑自己在世親人們的生活，否則他們就要給人間降下災殃。

　　高羅佩真實地表現了中國民眾複雜的信仰，對於西方人普遍斥責中國人迷信這一點他沒有回避。短篇小說《雨師秘蹤》裡，蓬萊地方百姓崇拜雨師，質鋪老闆鐘慕期大雨之夜假扮雨師前往啞巴姑娘黃鶯兒的譙樓與其廝會，並玷污了她的身體。黃鶯兒深信和自己交好的是從天上下來的雨師，為此還將此事告訴了自己的男友王三郎。黃鶯兒說雨師常在晚上光顧她家，有時還給她錢。王三郎覺得能夠和雨師沾上關係是一件非常榮耀的事情。[98]任何頭腦清醒的人都應當清楚神是不會化作人形降臨人間與民女交媾的，然而王三郎不但深信不疑，還為女友能被雨師臨幸感到光榮。高羅佩在這裡毫不遮掩地描寫了迷信擾亂人的理智，禁錮人的頭腦，使人喪失正常的判斷能力，無法參透各種騙人把戲的悲劇。

　　迷信的危害遠不止這些，它甚至還要侵吞人的性命。《御珠案》中，浦陽縣民崇信河神娘娘，當地有個傳統：

> 　　在古代，人們常常要在龍舟賽後於神廟中殺一個年輕的男子來祭奠河神娘娘。這個被殺的年輕男子被稱作「河神娘娘的新官人」，那貢了犧牲的人家還把這認作是難得的風光。[99]

端午節龍舟賽上打鼓的青年後生董梅不幸身亡，漁民們異常高興。「他們說，河神得到了她該得的獻祭，今年肯定能打到很多的魚。」[100]由於科學技術的落後，古代中國下層民眾中的確存在很多盲目迷信行為，給河伯娶妻，給河神娘娘配郎君的事曾在不少地區發生過。《史記·滑稽列傳》中記載的西門豹治鄴的故事講的即是歷史上曾經發生在河北臨漳一帶的迷信害人現象，臨漳當地百姓每年都要挑選一個年輕漂亮的姑娘祭奠漳河伯，如若不然，「水來漂沒，溺其人民，」[101]為此害得不少貧苦農家的女子白白賠上性命。

---

[98] Robert Van Gulik, *Judge Dee at Work,* Chicago: The University of Chicago Press, 1992, p.71.
[99] Robert Van Gulik, *The Emperor's pearl,* New York: Charles scribner's sons, 1963, p.8.
[100] Robert Van Gulik, *The Emperor's pearl,* New York: Charles scribner's sons, 1963, p17.
[101] [漢]司馬遷撰、[南朝宋]裴駰集解：《史記》，上海：上海古籍出版社，2011 年版，第 2421 頁。

迷信使人愚昧，給各種惡人惡勢力以可乘之機，連累無辜百姓遭害。高羅佩在小說中毫無遮掩地展現了中國古代民眾對各種鬼神的信仰，對於其中的陰暗面他沒有刻意抹去，而是真實地呈現在西方讀者面前。

（2）靈異現象

除了展示中國人對鬼神的崇拜之外，高羅佩還在其狄公系列小說中描寫了大量的靈異事件。在《鐵釘案》的開頭部分，高羅佩講了一個明朝官員的小故事。這名官員非常喜歡搜集探案故事，熱衷於給古代的法官們寫傳記，當時他正在為狄仁傑做傳，恰好他的兄長在狄公工作過的北州縣衙擔任縣任，因此打算給哥哥寫信讓他幫忙搜集狄公辦案素材。信還沒送到，突然某天深夜兄長獨自一個人出現在家裡的花園中。兄弟相逢喜不自禁，兩人對坐把酒聊天。哥哥給他講了自己瞭解到的有關狄仁傑在北州處理的三個案子，弟弟酒醉不知不覺間睡著了。醒來後趕緊把哥哥講給他聽的故事記錄下來，一連幾天都在忙著這件事情。一日家裡僕人來報，其兄長已經死在北州的任上，具體的死亡時間正是兄弟倆在家裡庭院相逢的那天。

《湖濱案》中杏花被殺一案審查結束，事情水落石出，就在杏花被殺的南湖上，狄公與自己那三個忠心不二的助手在湖面上垂釣談論杏花的案子。

> 不，洪亮，我有一種感覺這個案子還沒完。這個高級歌妓身上蘊藏一種難以釋懷的仇恨，我害怕劉飛波的自殺不能令她滿意。很多劇烈、殘酷、暴力的情感，在它們居於其中的肉體死亡之後，卻還擁有自己獨立的生命，並且在很長一段時間之內都具備傷害人的能力。據說這種黑暗的力量有時可以附在一具屍體上，利用屍體來達到他們險惡的目的。[102]

剛對他的助手們講完這段話，狄公傾下身子朝湖底看了一眼，猛然發現湖底深處正有一雙可怕的眼睛正使勁盯著他看，那正是杏花的陰靈。他禁不住打起寒戰，嚇出一身冷汗。

---

[102] Robert Van Gulik, The Chinese Lake Murders, Chicago: The University of Chicago Press, 1979, p.215.

　　《四漆屏》中狄公讓助手喬泰去調查柯興元被殺一案，案件涉及到一個占卜先生，這位先生名望很高，算命占課非常嚴肅，也甚靈驗，人們管它叫卜半仙。喬泰請他為自己看手相算命，卜半仙說他必將死於刀劍之下。《廣州案》中，為救狄公，喬泰遭刺客撲殺，斃命於雨龍劍下。這結局與先前半仙算的絲毫不差。

　　從中國古代文化來看，中國人很早就有了鬼神概念，對鬼神的崇拜更是由來已久。由於統治者們「神道設教」，歷朝歷代的皇帝對各種民間的信仰普遍採取比較寬容的態度，明太祖更是建立了完整的官方祀典制度，一切「有功於國家，及惠愛在民者」[103]的神靈都得到朝廷祭祀，光是列入官方祭祀的神祇就有上百種，其中既有對自然神靈的崇拜，也有對人格神及偶像的崇拜。下層百姓對各種神靈更是趨之若鶩，民間的信仰呈現出十分突出的「多元化」的特徵。「林林總總的中國神祇與寺廟宮觀在中國人的日常生活中佔有極重要的位置：政治統治離不開它，宗法統治離不開它，思想教化離不開它，經濟生活、文化娛樂，甚至求學、生子、夫妻關係等，都離不開它。它們已構成中國人的風俗習慣，融入其思維與行為方式，是傳統文化的重要組成部分。」[104]對於鬼魂的崇拜和祭祀更是因為和宗法人倫、孝敬祖先有關世世代代被後人傳承。

　　高羅佩的狄公系列小說中鬼魂現身，靈異事件頻現，這些與偵探小說智慧、理性的文學宗旨背道而馳的東西令小說充滿了神秘主義的色彩，但是卻不符合西方讀者的口味。然而高羅佩本人似乎並不想擯棄這些東西，他不但沒有如他在翻譯《武則天四大奇案》前三十回那樣去除有關閻羅殿陰魂的描寫，反而有意無意暗示或承認其真實性。《黃金案》中，狄公在偵破顧孟平一夥奸黨勾結朝鮮人走私黃金的案件後，和自己的助手們在內衙書齋聊天，這是已故的前任縣令王立德的胞弟──京師戶部度支郎中王元德前來拜訪，兩人交談案件偵破過程中的細節。王元德請求狄公原諒他先前假扮其兄長王立德的鬼魂在縣衙出沒以致驚嚇了眾人之事。狄公笑言不介意，反過來還說自己還得感謝他在白雲寺冒充前任縣令鬼魂救了他一命，這話把王元德嚇了一跳。

[103] 陳寶良著：《明代社會生活史》，北京：中國社會科學出版社，2004 年版，第 490 頁。
[104] 趙世瑜著：《狂歡與日常──明清以來的廟會語民間社會》，北京：三聯書店，2002 年版，第 147 頁。

你說我假扮兄長鬼魂在你面前第二次出現過？你肯定是弄錯了！我從來沒有假扮我哥哥的鬼魂去那過。[105]

兩人都驚呆了，這時他們心裡都明白當時出現在白雲寺木橋對面的果真是已故縣令王立德的鬼魂。同樣在《四漆屏》中通過喬泰之口一再強調算命占課非常嚴肅，也很靈驗，卞半仙對他自己那一行是非常嚴肅的，以及後來高羅佩安排喬泰果然死於劍下的結局，都是在反覆強調、肯定鬼魂及中國人相信的冥冥之中的神秘力量的真實性。在這裡我們沒有看到何天爵式的指斥，也沒有見到對中國人「迷信、愚昧」等的謾罵，更沒有故意的歪曲或妖魔化。他只是「盡量以其本身面貌呈現在西方讀者面前，讓西方讀者瞭解其在中國人生活中的重要地位。」[106]

高羅佩的這一做法顯然是受到家族神秘主義信仰的影響，高羅佩的家族從其祖父開始都是神秘主義者，他自己本人也「相信超自然事物的存在，」[107]他的周圍總是被一種神秘化的氣氛籠罩著。第一次到日本工作期間，他認為自己的屋子以前的居住者中有一些人死於暴力，為此專門延請了一個日本法師來家中驅鬼。此外，高羅佩夫婦日常生活中會就某些難以抉擇的事情徵求算命先生的意見，也會為自己家人的前途命運卜卦算命，他和妻子水世芳最小的孩子湯瑪斯出生後，他就為湯瑪斯請過兩次算命先生卜問前程。由於這種神秘主義信仰的影響，高羅佩與標榜理性和清晰邏輯的大部分西方人不同，他能夠深入到中國文化的內部，從它的內部來觀察它們，他也善於使自己完全沉浸於它們之中。[108]這種來自對中國文化內部的體認使他對中國的民間信仰有一種難能可貴的寬容和理解。同時也使他能對那些被西方人歪曲的歷史真相予以公正的書寫。

高羅佩在作品中如實地呈現了中國民間信仰裡形形色色的鬼神崇拜，並予以了充分的尊重和理解。對於與此信仰相關的某些迷信危害，他沒有

---

[105] Robert Van Gulik, *The Chinese Gold Murders*, Chicago and London: the university of Chicago press, 1979, p.214.

[106] 張華、張萍著：《試論中國鬼神文化與高羅佩的〈狄公案〉》，《中國文化研究》，2009（2），第 208 頁。

[107] [荷蘭] C.D.巴克曼、H.德弗里斯著、施輝業譯：《大漢學家高羅佩傳》，海口：海南出版社，2011 年版，第 278 頁。

[108] [荷蘭] C.D.巴克曼、H.德弗里斯著、施輝業譯：《大漢學家高羅佩傳》，海口：海南出版社，2011 年版，第 45 頁。

回避，但也不像一般的西方人士那樣站在所謂理性、科學、進步的立場恣意醜化、貶低中國，並以一種憎惡的態度構築一個邪惡的、陰暗的、落後的中國形象來迎合西方的意識形態，而是儘量予以客觀、真實地再現，以便讓西方讀者瞭解中國民間信仰的全貌。

「凡按本社會模式、完全使用本社會話語重塑出的異國形象就是意識形態的；而用離心的、符合一個作者（或一個群體）對相異性獨特看法的話語塑造出的異國形象則是烏托邦的。」[109]總體而言，高羅佩在構築自己的中國形象時始終自覺地和當時的西方集體想像保持著距離，儘量在自己的作品中將中國的全貌原樣展示在西方讀者面前。由於他本人對中國有著深厚的感情，作品中難免會出現一些維護和美化中國的地方，但高羅佩並非完全不顧中國現實狀況，一味地將中國理想化和烏托邦化，在涉及到中國古代社會的陰暗面時，他同樣給予了毫無保留的暴露。換句話說，高羅佩的中國形象既不是意識形態化的，也不是烏托邦化的，而是巧妙地處於二者之間的張力上。

結語

高羅佩的狄公系列小說是二十世紀五、六十年代西方人認識中國的第一手資料，也是進行比較文學形象學研究的一個極為珍貴的文本。他的非意識形態化、也非烏托邦化的中國形象打破了西方人集體妖魔化中國的局面。伴隨著狄公這位「中國的福爾摩斯」深入歐洲千家萬戶，中國的正面形象得到了廣泛地傳播，有力地促進了西方和中國的交流與對話。

依據巴柔的總結，形塑者在製作異國形象時無一例外要受到自身情感態度等因素的影響，他將形塑者對他者所持的態度概括為「狂熱、憎惡、親善」[110]三種。

第一種態度是完全不顧異國現實狀況，將異國文化視為一個絕對優越於本民族的文化，作家們常常在自己的文本中極力貶低自己的本土文化，而將遙遠的異國塑造成人間的天堂，據此態度製作出來的異國形象通常具有濃重的烏托邦化色彩。

---

[109] [法]讓-馬克·莫哈著、孟華譯：《試論文學形象學的研究史及方法論》，見於孟華主編：《比較文學形象學》，北京：北京大學出版社，2001 年版，第 35 頁。
[110] [法]讓-馬克·莫哈著、孟華譯：《試論文學形象學的研究史及方法論》，見於孟華主編：《比較文學形象學》，北京：北京大學出版社，2001 年版，第 174 頁。

第二種態度與第一種正相反，異國文化現實被視為低下和負面的，作家出於對其的憎惡常常將他者置於無足輕重或構成威脅的地位，在具體的形象製作過程中，形塑者常常將注視者社會的群體基本價值觀投射到他者身上，不惜調節他者現實，醜化、妖魔化對方，以適應群體中通行的象徵性模式，在此態度影響下製作出來的異國形象往往都是意識形態化的。其目的如曼海姆所言多是為消解和改造他者，「實現和維持事物的現存秩序，」[111]鞏固注視者文化現實。

第三種態度是將異國文化現實和注視者自身文化同樣視為正面的、積極的，二者地位平等，彼此相互尊重。抱持這種態度的作家常常會平等地承認他者文化獨特和不可替代的地位，並給予其充分的尊重，積極尋求與對方的互認和理解。

高羅佩在自己的狄公系列小說中始終對中國保持一種「親善」的態度，這種態度反映到作品中即至始至終對中國文化的尊重和理解。他將中國放在一個與西方國家平等的地位，力圖將其全貌原樣展示給西方讀者，對於中國傳統文化裡優秀的地方他沒有吝嗇自己的讚揚，對其深處的陰暗面他也絕不回避。在他筆下，中國既不是人間的天堂，也不是黑暗墮落的淵藪。高羅佩沒有烏托邦化中國，同樣也沒有將其意識形態化，而是巧妙地令其處於二者的張力之間。

高羅佩製作的中國形象除了受到其自身對中國抱持的「親善」態度影響外，還受到西方 13 世紀的馬可‧波羅和 17 世紀耶穌會士們的影響，其對中國遍地財富和開明君主的讚揚與西方先賢們如出一轍。

此外，高羅佩的中國形象也是其私人慾望、夢想等的投射，他在自己的創作中加入了很多個性化的東西，完整的十六個中篇和一個短篇集近 140 萬的狄公系列小說中許多地方純粹是高羅佩個人的杜撰與想像，並非對中國真實客觀的複現。整個寫作的過程既是在書寫中國，也是在書寫、反視高羅佩自己。

---

[111] [德]曼海姆著、黎鳴、李書崇譯：《意識形態與烏托邦》，上海：上海三聯書店，2011年版，第 192 頁。

In a tension between the Ideological and Utopian ——an analysis of imagology to the Judge Dee Mystery of Robert Van Gulik

WANG Wenjuan

Abstract: The Judge Dee Mystery of Robert Van Gulikis the primary source for westerners to get acquainted with china in the age of 1950s to 1960s, However, in the novel, Robert Van Gulikdoesn't display china in its true image as it is, the china image of this novel is not the duplicate of the reality, but an imagined vision of his reflection, selection and re-construction.

In the novels of Robert Van Gulik's Judge Dee Mystery, China is neither a heaven on earth, nor a hell on earth. The Chinese image of the novel is neither ideological nor utopian, but cleverly in a tension between the two. There are three reasons for Robert Van Gulik to deal as such: he is influenced by Marco Polo and Jesuit missionaries; his attitude towards China is kind, this is reflected in his respect and understanding of Chinese culture all the time; Robert Van Gulik throws his desires, dreams and fascination into text.

Key Words: Robert Van Gulik, Judge Dee Mystery, Imagology of Comparative Literature, Image of China

Notes on Author: WANG Wenjuan (1983-), female, in Comparative Literature at Fudan University. Major research interests areComparative Literature and Cross-Culture Studies.

文學與藝術的跨學科研究

重讀《拉奧孔》：
兼論中西比較語境中的「詩畫合一」

施　錡

[論文摘要] 本文以萊辛等西方人提出的詩畫關係理論為切入口，通過辨析中西詩歌之間的差異，揭示了西方詩畫關係理論與中國古代詩畫關係之間存在著錯位。同時，通過與西方詩畫的比較，本文辨析了中國古代詩畫中「虛」的境界及書法在詩畫中的應用這兩處與西方詩畫不同的差異，層層深入，詳盡地解析了中國古代繪畫之所以「詩畫合一」的原因。最後揭示了「詩畫合一」所造成的中國古代繪畫與西方繪畫的表像差異。

[關 鍵 字] 敘事詩；抒情詩；詩畫合一

[作者簡介] 施錡（1978-），女，上海戲劇學院視覺文化研究方向博士，復旦大學中國語言文學流動站比較文學與世界文學方向博士後，上海戲劇學院副教授。

　　在中西思想發展歷程中都曾出現過認為詩畫互通的觀點，在此略舉一二。古希臘哲學家，凱奧斯島（Ceos）的西蒙尼德斯（Simonides）曾把繪畫稱為無聲的詩，把詩成為有聲的畫。[1]文藝復興時期義大利畫家達·芬奇（Leonardo di ser Piero da Vinci）曾說：「畫是啞巴詩，詩是盲人畫。」[2]北宋郭熙說：「更如前人言，詩是無形畫，畫是有形詩。」[3]北宋錢鍪《次袁尚書巫山十二峰二十五韻》中云：「終朝誦公有聲畫，卻來看此無聲詩。[4]類

---

[1]　楊絳譯：《歐美古典作家論現實主義和浪漫主義》，北京：中國社會科學出版社，1981年，（一），第 56 頁。

[2]　伍蠡甫、胡經之主編：《西方文藝理論名著選編》，北京：北京大學出版社，1985 年，上卷，第 162 頁。

[3]　[宋]郭熙撰：《林泉高致》，見於盧輔聖主編：《中國書畫全書》，上海：上海書畫出版社 1994 年版，第 500 頁。

[4]　[清]厲鶚撰：《宋詩紀事》，上海：上海古籍出版社，1983 年，第 1486 頁。

似的例子不勝枚舉，可見中國人和西方人都曾認為詩畫互通。中國古代文人尤將詩與畫的融合程度作為評判畫作高明程度的標準，明董其昌在將中國古代繪畫分南北宗之時曾道：「文人之畫，自王右丞始。」[5]將王維定義為文人畫的始祖，而王維正是一位著名詩人。蘇軾曾有名言：「味摩詰之詩，詩中有畫；觀摩詰之畫，畫中有詩。」[6]這是蘇軾對王維詩畫的最高評價，理由是王維將繪畫與詩歌融為一體，蘇軾的觀點與唐宋起登上畫壇的文人畫家的審美趣味是一致的。

雖然「詩畫合一」說源遠流長，然事實上，在中西語境下詩與畫都屬不同的藝術門類。兩者雖有互通之處，但也有因藝術門類而形成的差異。畫是視覺的藝術，詩是想像的藝術；畫是靜態的藝術，詩是動態的藝術；畫是空間藝術，詩是時間藝術……畫使用形象進行表達，詩使用文字進行表達。唐代詩人李白的《北風行》中有這樣的詩句——

> 燕山雪花大如席，紛紛吹落軒轅台。

現實生活中的雪花再大，也不可能「大如席」，然在詩中作此誇張之描寫，卻會使讀者對大雪磅礴而下的氣氛感同身受，因為詩人將自身對大雪的主觀感受誇張放大了。正如魯迅所說：「『燕山雪花大如席』，是誇張，但燕山畢竟有雪花，就含著一點誠實在裡面，使我們立刻知道燕山原來有這麼冷。」[7]魯迅口中的「這一點誠實」指的就是雪花之大給予詩人的主觀感受。王朝聞也曾說：「李白用席子來形容雪花之大，這樣的誇張是既虛且實的。就李白對雪花之大的感受來說，席的借喻對雪景的描繪當然是虛的。但這樣的大雪，和『今我來思，雨雪霏霏』的小雪相比較，和『雨雪瀌瀌，見晛（日氣）日消』那即將融化的雪相比較，分明是有特殊性的。」[8]他仍是從人的主觀感受出發，認為詩中關於雪花「大如席」的描寫確有其道理。文學可以作既虛又實的處理，但在繪畫中要表現這樣的場面，如果按照詩的字面涵

---

[5] [明]董其昌撰、毛建波校注：《畫旨》，杭州：西泠印社出版社，2008年，第41頁。

[6] [宋]蘇軾撰、王其和校注：《東坡畫論》，濟南：山東畫報出版社，2012年，第50頁。

[7] 魯迅撰：《漫談「漫畫」》，見於魯迅著：《魯迅論美術》，北京：人民美術出版社，1956年，第72頁。按：魯迅先生原意是要用此詩句說明漫畫的創作除了誇張之外，也要有根據。筆者在此引用，則是為了以魯迅先生對此詩句的理解，來說明這句詩的誇張的特點。

[8] 王朝聞著：《審美基礎》（The Basis of Aesthetics），北京：生活・讀書・新知三聯書店，2011年，上卷，第297頁。

義描繪,是荒唐可笑的,因為這樣的誇大雖然沒有背離人的心理感受,卻大大地背離了人的視覺感受。

詩也是動態的藝術,它可以描繪一個運動變幻的場景,繪畫中的視覺形象則是靜止的。如北宋詩人林逋在《山園小梅》中有這樣的詩句──

> 疏影橫斜水清淺,暗香浮動月黃昏。

從這句詩中,我們可以感受到月光閃爍地浮動在淺淺的水中,同時隱隱傳來梅花的清幽芬芳的氛圍。但這樣的動態情境,即浮動的光影與飄揚的梅香,又如何用靜態的繪畫來描繪呢?

另外,繪畫作為空間的藝術,也無法如詩般描繪時間的徐徐展開過程。沈括在《夢溪筆談》中有這樣的句子。

> 《國史(譜)[補]》言:「客有以《按樂圖》示王維,維曰:『此《霓裳》第三疊第一拍也。』客未然,引工(桉)[按]曲乃信。」此好奇者為之。凡畫奏樂,止能畫一聲,不過金石管弦同用一字耳。何曲無此聲?豈獨《霓裳》第三疊第一拍也?或疑舞節及他舉動拍法中別有奇聲可驗。此亦不然。[9]

沈括在這裡指出「凡畫奏樂,止能畫一聲」,也就是說,繪畫作為空間藝術,只能表現最小限度的時間,只能表現一頃刻的物態和景象。所以宋人邵雍說畫只善於表現物的靜態(「形」),而不善於表現物的動態(「情」)。他在詩中寫道:「史筆善記事,畫筆善狀物。狀物與記事,二者各得一。」他看到了繪畫只適於在時間發展序列中截取一個瞬間進行表現。事實上,沈括在後文中繼續敘述的關於名曲《廣陵散》「有數聲他曲皆無,如『潑攞聲』之類是也。」[10]並認為觀畫者能以此判斷出彈奏的曲子,也應為虛妄之談,因為類似指法的曲子未必永遠只有《廣陵散》一曲,通過畫面的指法判斷樂曲也只能停留在主觀猜測上。

從上述所舉的例子來看,十八世紀德國文藝理論家萊辛(Gotthold Ephraim Lessing)關於詩與畫之差別的觀點應是無可懷疑的。即「繪畫在它

9　[宋]沈括撰:《夢溪筆談》,湖南:嶽麓書社,2002年,第120頁。
10　[宋]沈括撰:《夢溪筆談》,湖南:嶽麓書社,2002年,第120頁。

的同時並列的構圖裡，只能運用動作中的某一頃刻，所以就要選擇最富於孕育性的那一頃刻，使得前前後後都可以從這一頃刻中得到最清楚的理解。」[11]這段話曾無數次地被引用，均為證明詩與畫作為兩種藝術門類存在著不可忽視的差別。同樣，德國哲學家黑格爾（Georg Wilhelm Friedrich Hegel）也曾表達過類似的觀點：「繪畫不能像詩或音樂那樣把一種情境、事件或動作表現為先後承續的變化，而是只能抓住某一頃刻。從此就可以見出一個簡單的道理：情境或動作的整體或精華必須通過這一頃刻表現出來，所以畫家就須找到這樣的一瞬間，其中正要過去的和正要到來的東西都凝聚在這一點上。」[12]在黑格爾看來，詩與畫存在著本質上的不同，畫只能描繪事物的某一頃刻，詩能表現事物先後承續的變化，他的觀點與萊辛的是一致的。

雖然西方人的詩與畫的理論是已無可懷疑的。然我們卻仍然存著些許疑問。疑問在於萊辛和黑格爾畢竟是在西方語境下提出詩畫相異之觀點的，然處於中西語境下的兩種詩畫關係之間是否存在差異？

1.中西語境下詩畫關係之差異

黑格爾在其著作《美學》中，將詩分為三類，即史詩、抒情詩、戲劇體詩。其中史詩、戲劇體詩都講述故事，可歸為與抒情詩形成對應關係的敘事詩，西方前現代詩也大都為韻文體的敘事詩，相反，中國古代詩歌主要為抒情詩。那麼，西方繪畫表現的詩是什麼詩呢？據筆者統計，萊辛在《拉奧孔》中共以詩為例舉 39 例，其中敘事詩（史詩、戲劇詩、編年史、民間傳說、故事中的部分情節等）34 例，抒情詩 5 例，哲理詩 1 例。錢鍾書也曾說：「《拉奧孔》所講的主要是故事畫。」[13]錢鍾書的判斷與事實吻合，萊辛談論的詩確然主要為敘事詩。

我們緊接著要辨析的是，萊辛在提到了 34 例敘事詩之外，也提到了 5 例抒情詩，1 例哲理詩，萊辛為何要提到這些詩呢？這些抒情詩與繪畫之間又存在著什麼關係呢？

---

[11] [德]萊辛著、朱光潛譯：《拉奧孔》，北京：人民文學出版社，1979 年，第 85 頁。

[12] [德]黑格爾著、朱光潛譯：《美學》，北京：商務印書館，1979 年，第三卷上冊，第 289 頁。

[13] 錢鍾書撰：《讀〈拉奧孔〉》，見於錢鍾書著：《七綴集》，北京：生活・讀書・新知三聯書店，2002 年，第 48 頁。

萊辛曾提到西元一世紀羅馬詩人和唯物主義思想家盧克萊茨（Lucretius）的哲理詩《自然事物》[14]，這首詩描繪的是一年四季的變化。萊辛舉這首詩為例是要說明，詩人不必依靠視覺形象，而只需依靠細緻的體會和豐富的想像，便可進行創作。萊辛接著提到英國詩人湯姆遜（James Thomson）的抒情詩《四季》，說：「一個畫家如果根據湯姆遜的描繪作出一幅美的風景畫來，他比起直接臨摹自然的畫家在成就上還更大。」[15]他舉這首詩為例是為了說明對詩人來說，構思比表達更重要；對畫家來說，表達比構思更重要。在這一章的末尾，萊辛說：「我承認，自從拉斐爾以來，畫家所請教的課本如果是荷馬而不是奧維德，他們就准會有更大的成就。」[16]意為畫家應創作在西方文本中經典的舊題材，以精湛的技藝將此題材表達得盡可能完善，而非創作抒情詩中主觀的並不為人們熟知的題材。由此看來，萊辛認為畫家應該表現敘事詩中的經典故事，不應表現抒情詩。同樣，萊辛提到瑞士詩人哈勒（Albrechtvon Haller）的《阿爾卑斯山》和古羅馬詩人維吉爾（Vergil）的《田園詩》時，認為詩不宜於描繪並列存在於同一時空的物體，因為語言所用的符號是先後承續的，他說：「因為詩特別要能產生逼真的幻覺，而用語言來描繪物體，卻要破壞這種逼真的幻覺。」[17]「詩的圖畫的主要優點，還在於詩人讓我們歷覽從頭到尾的一序列畫面，而畫家根據詩人去作畫，只能畫出其中最後的一個畫面。」[18]這些「詩的畫面」，指的就是敘事詩中故事發展的情節。在萊辛看來，詩不是用來描繪物體的，而是應具有前後連貫的情節。可見萊辛欣賞的是敘事詩。他在提到阿納克里昂的《頌歌》[19]、奧維德的《情詩集》[20]時，則認為詩人應就美的效果來寫美，而非描寫美的物體的各個部分，細讀這個觀點，我們發現萊辛仍然是從敘事詩，而非抒情詩的角度出發來談論詩。我們從分析上述萊辛以 4 例抒情詩，1 例哲理詩的舉例來看，萊辛認為抒情詩，尤其是描寫景物的抒情詩的地位低於敘事詩，也是無法由局部還原成整體，再用繪畫來進行表現的。類似的認為抒情詩低於敘事詩的觀點，曾出現在許多其他西方人的論著中。英國人約翰・巴羅（John Barrow）認為中國古代詩歌中雖有華麗的詞

---

[14] [德]萊辛著、朱光潛譯：《拉奧孔》，北京：人民文學出版社，1979 年，第 48 頁。
[15] [德]萊辛著、朱光潛譯：《拉奧孔》，北京：人民文學出版社，1979 年，第 65 頁。
[16] [德]萊辛著、朱光潛譯：《拉奧孔》，北京：人民文學出版社，1979 年，第 68 頁。
[17] [德]萊辛著、朱光潛譯：《拉奧孔》，北京：人民文學出版社，1979 年，第 96 頁。
[18] [德]萊辛著、朱光潛譯：《拉奧孔》，北京：人民文學出版社，1979 年，第 76 頁。
[19] [德]萊辛著、朱光潛譯：《拉奧孔》，北京：人民文學出版社，1979 年，第 119 頁。
[20] [德]萊辛著、朱光潛譯：《拉奧孔》，北京：人民文學出版社，1979 年，第 123 頁。

藻，但這並不能成為詩之為詩的理由。他說：「對歐洲人而言，中國語文算不上優雅：它缺乏叫歐洲語文雅致而有活力的一切小附加成分。⋯⋯在中國人眼裡，一個蘊藉著美好意義的字會引起同樣的愉悅感覺，就像一條以符號表示的普遍定理在數學家眼中一樣。」[21]「相對詩歌的高雅，這種語言更適合於簡潔的道德箴言文體。」[22]約翰‧巴羅同時認為，中國古代詩歌對西方人來說枯燥乏味的原因在於它的非寫實性。雖然約翰‧巴羅對中國古代詩歌並不深入瞭解，但他的評價中明顯體現出西方人重敘事詩，輕抒情詩的態度。

由以上分析可見，萊辛所提出的西方的詩畫關係與中國古代的詩畫關係存在著三處不同。

首先，從《拉奧孔》中所舉的舉例的數量和舉例的目的來看，萊辛所談論的主要是敘事詩，而非抒情詩。而中國古代詩歌大都為抒情詩。第二，萊辛認為，繪畫即使表現敘事詩中的內容，也應當表現人們熟知的敘事詩，因為這才能讓觀者很快地理解其內容。然而與萊辛的觀點正相反，中國古代抒情詩中表達的意象，相比西方敘事詩來講，遠為含蓄與陌生。明張岱曾說：「故詩以空靈才為妙詩，可以入畫之詩，尚是眼中金銀屑也。」[23]何謂「可以入畫之詩」呢？無非是有確定形象的詩。張岱認為「王摩詰〈山路〉詩：『藍田白石出，玉川紅葉稀』，尚可以入畫，『山路原無雨，空翠濕人衣』，則如何入畫？」[24]我們依稀可見張岱與西方人正相反，頗有貶敘事詩褒抒情詩之意，至少對具體形象的抒情詩不以為然。有趣的是，他進而貶描繪具體形象的畫，褒表現空曠虛靈的畫。如後文所言：「畫如小李將軍，樓臺殿閣，界畫寫摩，細入毫髮。自不若元人之畫，點染依稀，煙雲滅沒，反得奇趣。」[25]張岱的詩畫觀點之環環緊扣可見一斑。正如宗白華所言：「⋯⋯中國古代抒情詩裡有不少是純粹的寫景，描繪一個客觀境界，不寫出主體的行動，甚至於不直接說出主觀的情感，像王國維在《人間詞話》裡所說的『無我之境』，但卻充滿了詩的氣氛和情調。」[26]可見中國人崇尚陌生化

[21] [英]約翰‧巴羅著、李國慶等譯：《我看乾隆盛世》，北京：北京圖書館出版社，2007年，第 202 頁。

[22] [英]約翰‧巴羅著、李國慶等譯：《我看乾隆盛世》，北京：北京圖書館出版社，2007年，第 203 頁。

[23] [明]張岱著：《瑯嬛文集》，湖南：嶽麓書社，1985 年，第 152 頁。

[24] [明]張岱著：《瑯嬛文集》，湖南：嶽麓書社，1985 年，第 152 頁。

[25] [明]張岱著：《瑯嬛文集》，湖南：嶽麓書社，1985 年，第 152 頁至 153 頁。

[26] 宗白華著：《美學散步》，上海：上海人民出版社，1981 年，第 11 頁。

的抒情詩，西方人喜愛具體化的敘事詩，中西詩的審美趣味截然不同。而上文提到的蘇軾所說的「味摩詰之詩，詩中有畫；觀摩詰之畫，畫中有詩。」一句中所指的詩也絕然非敘事詩中的故事，而是抒情詩中的意象。第三，萊辛在《拉奧孔》中也談論了抒情詩，尤其是描寫物體的抒情詩，卻認為這樣的詩無法使讀者產生整體的印象。萊辛認為，「物體連同它們的可以眼見的屬性是繪畫所特有的題材。」而「動作是詩所特有的題材。」[27]相對敘事詩來說，此觀點誠然不誤，但相對中國古代的抒情詩來說，恰有許多都是歷數景物的詩，而且大多數抒情詩的內容並沒有明顯的先後關係，不存在構成萊辛所謂「動作」的「全體或部分在時間中先後承續的事物」。[28]如王維詩《送使至塞上》中的「大漠孤煙直，長河落日圓。」何來動作，即前後關係一說。朱光潛尤其清醒地看到了這一點，他說：「……萊辛以為詩只宜於敘述動作，這因為他所根據的西方詩大部分是劇詩和敘事詩，中國詩向來就不特重敘事。史詩在中國可以說不存在，戲劇又向來與詩分開。中國詩，尤其是西晉以後的詩，向來偏重景物描寫，與萊辛的學說恰相反。……在事實上，萊辛所反對的歷數事物形象的寫法在中國詩中也常產生很好的效果。」[29]但朱光潛更多地關注的是中西詩之間的差別，並未詳論中西詩與畫關係的差別。

以上三處中西詩畫關係的差異最終都指向一點，即萊辛認為繪畫更擅長表現敘事詩，而非抒情詩。黑格爾也持相同觀點，他說——

抒情詩主要地表現內心情緒，因此在涉及外在界時，不須把它寫得很詳盡。史詩則不然，它要說出發生的事情是什麼，在什麼地方發生和怎樣發生，所以在各種詩之中，史詩最需要寬廣而明確的描繪，就連在外在地點方面也應如此。由於它的性質，繪畫在細節描繪上比任何其他藝術都較詳盡。[30]

可見雖然西方人注意到了兩個不同的藝術門類——詩與畫的差別，即由於詩與畫作為不同藝術門類的性質不同，對同一事物的表現力不同，但在他們看來，首先，敘事詩的地位是天然高於抒情詩的。第二，繪畫是天然地

---

27 [德]萊辛著、朱光潛譯：《拉奧孔》，北京：人民文學出版社，1979 年，第 84 頁。
28 [德]萊辛著、朱光潛譯：《拉奧孔》，北京：人民文學出版社，1979 年，第 84 頁。
29 朱光潛著：《詩論》，桂林：灕江出版社，2011 年，第 140 頁。
30 [德]黑格爾著、朱光潛譯：《美學》，北京：商務印書館，1979 年，第一卷，第 324 頁。

與敘事詩聯繫在一起的，繪畫的功能是表現敘事詩中的情節。雖然情節未必是真實發生的，但繪畫要做到讓人們信服並理解情節，則盡力採用真實的事物形象進行表現並使人們產生「歷史真實感」。與中國古代詩畫觀念截然不同的是，西方人很少考慮繪畫與抒情詩之間的聯繫，上述宗白華的感受與萊辛的理論闡述矛盾的關鍵所在，便是因為中西方詩的性質之不同，以及中西方詩與畫的關係之不同。也正因為如此，在詩與畫辨析的問題上，萊辛及其他西方人雖提出了具有真知灼見的觀點，但也留下了一處「小小的裂縫」，即他們談論的主要是敘事詩，而非抒情詩。

與萊辛等西方人的觀點相反，歷數事物形象的寫法在中國古代的抒情詩中常產生很好的效果。如唐朝詩人王昌齡的《初日》就是一例。

> 初日淨金閨，
> 先照床前暖；
> 斜光入羅幕，
> 稍稍親絲管；
> 雲發不能梳，
> 楊花更吹滿。

宗白華認為這很像一幅印象派大師的畫，理由是「日光是這幅畫中最活躍的主角」。[31]但印象派畫家真能貼切地表現這首詩嗎？眾所周知，印象派旨在以科學的方式再現自然界的光影效果。印象派大師莫內曾說：「越是深入進去，我越是清楚地看到，要表達出我想捕捉的那『一瞬間』，特別是要表達大氣和散射其間的光線，需要做多麼大的努力啊！」[32]後印象派[33]的高更也曾說過：「他們（印象派畫家）只注意眼睛，忽視思想的神秘核心，不可避免地要陷入科學的論證。」[34]然他們或能表現「斜光入羅幕」的光影變幻效果，但又如何表現「雲發不能梳，楊花更吹滿」這樣純主觀的感受呢？我以為，宗白華此觀點是有待商榷的。另外，萊辛曾在《拉奧孔》中一再強

---

[31] 宗白華著：《美學散步》，上海：上海人民出版社，1981年，第11頁。

[32] 遲柯編：《西方美術理論文選》，成都：四川美術出版社，1993年，第480頁。

[33] 按：後印象派(Post-Impressionism)並不是印象派的延續，實際是對印象派(Impressionism)的一種反動，他們不滿足於刻板片面的追求光色，而是將形式主義藝術發揮到極致，幾乎不顧及任何題材和內容。

[34] 呂澎譯：《塞尚、凡高、高更書信選》，成都：四川美術出版社，1984年，第62頁。

調，因為詩的語言有先後承續性，而用語言來描繪物體，則會破壞這種逼真的幻覺，使得整體被轉化成部分，部分卻很難還原成整體。同時，他也認為對物體所作的並列的詳細描繪的詩並不是優秀的詩。他說：「……對物體的詳細描繪（如果不用上述荷馬所用的技巧，即把物體的並列情況轉化為先後承續的）就會被最好的批評家看成一種枯燥的戲法，用不著什麼天才，頂多只須用很少的天才，就可以辦到。」[35]但王昌齡的《初日》卻正是這樣的詩，照理說是無法「還原成整體」的，那為何在宗白華的心目中，能被還原成渾然之畫意呢？看來宗白華的感受又與萊辛的理論相互矛盾了。

如果我們從萊辛的理論為視角，出發來看中國古代繪畫，也會存在三種情況。

第一種情況便是與萊辛的理論相符，繪畫表現了「最富於孕育性的一頃刻」。如傳唐代閻立本所作《鎖諫圖》摹本中，劉聰居中坐，怒目視鎖於樹幹的陳元達，兩位衛士曳之不能下，劉後見劉聰怒氣升高，正欲勸解。畫面正表現著人物、動作、情節組成的「最富於孕育性的一頃刻」。正如臺灣學者石守謙所言：「《鎖諫圖》並未將整個故事按照情節發展的時間順序，對此故事作完整的描述，而只選取了其中最具戲劇性的高潮。」[36]值得注意的是，同樣表現「最富於孕育性的一頃刻」，中西繪畫仍存在差異。相比西方繪畫，大多故事性的中國古代繪畫對於「一頃刻」的描繪有避開高潮，歸於平淡的趨勢。南宋畫作《卻坐圖》、《折檻圖》就是這樣的例子。在此二幅畫作中，雖有表現動作和情節，但人物表情祥和平靜，畫面情節發展先後順序有所調整。[37]這又是另一個值得深入研究的課題，限於篇幅，筆者不再贅述。

第二種情況，中國古代繪畫似乎表現的是「最富於孕育性的一頃刻」，但畫面中實際並不存在有特定含義的動作和情節，只是一些「表現一種氣氛或闡明某種景物」的靜態情景中偶發的動態描繪。如五代黃荃的《蘋婆山鳥》，野蘋果樹的枝葉上立一小鳥，展翅欲飛；五代徐熙作《寫生梔子》，一隻馬蜂藏在梔子花的蓓蕾邊，已有一隻小鳥密切注視著馬蜂，正要向它撲去；北宋崔白所作《雙喜圖》中，兔子闖入了兩隻山喜鵲的領地，遭到

---

[35] [德]萊辛著、朱光潛譯：《拉奧孔》，北京：人民文學出版社，1979 年，第 97 頁。
[36] 石守謙著：《風格與世變：中國繪畫十論》，北京：北京大學出版社，2008 年，第 74 頁。
[37] 石守謙著：《風格與世變：中國繪畫十論》，北京：北京大學出版社，2008 年，第 120-127 頁。

了喜鵲的大叫驅逐。從這些繪畫中所表現的事件來看，觀者確實可以聯繫到「前一頃刻」與「後一頃刻」，但這些描繪與敘事情節無關，更多地是對某種「情趣」或「情致」的表達。畫中選取什麼形象，如何進行表達，純粹由畫家構思，沒有特定的敘事形象、動作、情節之限定。

第三種情況，絕大多數的中國古代繪畫，如五代《秋林群鹿》、北宋崔白的《寒雀圖》、宋人《梅竹聚禽》等，只是單純地表現某個情境，無人物、動作、情節，也沒有前後發展的線性邏輯事件。從畫作所表現的內容來看，實不存在「最富於孕育性的一頃刻」。

第一種情況下的中國古代繪畫與西方繪畫一樣，多為記錄故實的畫作，而第二、三種情況下的中國古代繪畫則占了中國古代繪畫的大多數，尤其是幾乎所有的中國古代文人畫都屬於後兩種情況。

根據王雲在其著作《西方前現代泛詩傳統：以中國古代詩歌相關傳統為參照系的比較研究》中的觀點，西方前現代的詩大都是韻文體的敘事詩（如史詩、戲劇詩等）。而萊辛所說的西方繪畫之所以能表現「最富於孕育性的一頃刻」，是因為敘事詩中存在著由情節決定的關鍵的一頃刻，通過「這一頃刻」可以想見「前一頃刻」和「後一頃刻」，這些頃刻連貫一氣便形成具有敘事性的、連續的動作和情節。

我們還要弄清一點，在西方人看來，繪畫是否就不能表現抒情詩呢？黑格爾曾談到過這個問題。他說：「談到理想與自然的對立，人們心裡往往著重某一種藝術，特別是繪畫，這一門藝術的範圍是眼睛看得到的個別事物。……繪畫卻還是表現過顯然屬於詩，特別是屬於抒情詩的東西，這種內容確實有詩的意味。」[38]從這段話來看，黑格爾似乎認為繪畫是可以用來表現抒情詩的。然而，我們要辨析清楚的是，黑格爾所說的繪畫表現的是理想，即「屬於抒情詩的東西」，並非抒情詩本身。根據黑格爾的觀點，藝術是理想與自然的統一體，而理想也並不只存在於抒情詩中，同樣也可以存在於敘事詩中。黑格爾隨即對德國的「杜塞爾多夫派」作了一番評論：「……這些畫都取材於詩，當然只取詩的情感可以描繪的那一方面。我們看它們次數愈多，看得愈仔細，我們就會感覺到它們甜蜜而枯燥。」[39]對於這段話，我們來讀一下朱光潛先生所譯的英譯本的注釋就會理解得更為透徹：「黑格爾提到有些人主張一幅畫如果以理想因素為主，它就一定是幅好

---

[38] [德]黑格爾著、朱光潛譯：《美學》，北京：商務印書館，1979年，第一卷，第207-208頁。
[39] [德]黑格爾著、朱光潛譯：《美學》，北京：商務印書館，1979年，第一卷，第208頁。

畫，要得到理想因素，只須從詩裡借用；接著黑格爾就舉了一個實例證明
這話不正確。」[40]可見，在黑格爾看來，繪畫除了表現詩中的普遍與抽象的
理想之外，還應表現與之相統一的自然，即不能離開外在的那種真實的定
性。如果說在這段論述中，黑格爾還未明確地將抒情詩本身不能作為繪畫
表現的內容這個觀點明確表達出來，在他在另一處的論述中，我們可更清
楚地看到這個觀點。黑格爾說：「我們已經見過，藝術首先要把神性的東西
當作它的表現中心。但是神性的東西本身既然就是統一性和普遍性，在本
質上只能作思考的對象，而且它本身既是無形的，就不能納入藝術想像所
造的圖形，所以猶太人和伊斯蘭教徒就禁止畫神像，來供感官觀照。造型
藝術絕對要求形象的具體生動，所以不適合於表現神；只有抒情詩才能在
感發興起中歌頌神的威武莊嚴。」[41]黑格爾在這裡談論的「神性的東西」，
其實就是自由的、無限的、絕對的理想。他認為造型藝術（包括繪畫）是
不能僅僅表現理想的，而是必須有具體的生動的形象使理想獲得定性，即
表現理想與自然的統一體。而抒情詩則是可以表現理想本身的可以並只表
現理想，因為它本身也具有理想的普遍性和抽象性，它的內部也不存在太
多的確定的形象（或者可以說，形象的定性在抒情詩內並不那麼重要。如
形容一件事物很珍貴可以用黃金的形象，也可以用珍珠的形象。）同樣，
黑格爾也認為，抒情詩中常用的隱喻是「跳開題旨和意義」的，也就是使
用非本義詞的。他說：「古人在散文方面要求語言明白流暢，在詩方面要求
靜穆鮮明的藝術性，所以他們不肯把隱喻用得太過分。」他認為「最愛用
非本義詞，彷彿非如此不可的是東方人。尤其是晚期伊斯蘭教詩。歐洲近
代詩也有此病。」[42]而理想，則是個別偶然的，須同具體的外在形象結合才
能被表現出來。「因此理想就是從一大堆個別偶然的東西之中撿回來的現
實，因為內在因素在這種與抽象普遍性相對立的外在形象裡顯現為獲得個
性。」[43]由這些觀點可見，在黑格爾看來繪畫是是不適宜於表現抒情詩本身
的，因為抒情詩本身已經灌注滿了普遍、抽象的理想，卻缺乏具體、生動
的事物形象。

---

[40] [德]黑格爾著、朱光潛譯：《美學》，北京：商務印書館，1979 年，第一卷，第 208 頁
注②。

[41] [德]黑格爾著、朱光潛譯：《美學》，北京：商務印書館，1979 年，第一卷，第 223 至
224 頁。

[42] [德]黑格爾著、朱光潛譯：《美學》，北京：商務印書館，1979 年，第一卷，第 132 頁。

[43] [德]黑格爾著、朱光潛譯：《美學》，北京：商務印書館，1979 年，第一卷，第 201 頁。

其實，黑格爾說的「理想」和「形象」，在中國古代詩歌中常用作「情趣」與「意象」解。朱光潛說：「情趣是可比喻而不可直接描繪的實感，如果不附麗到具體的意象上去，就根本沒有可見的形象。」[44]其實，所謂意象，就是黑格爾所說的理想與自然的統一體，只是抒情詩中的意象不似敘事詩那樣，是確定的，而是如黑格爾所說，是「非本義」的，是「意在象外」的。為了說明敘事詩中也有「情趣」，朱光潛曾在著作中援引了美學家克羅齊的一段話——

> 藝術把一種情趣寄託在一個意象裡，情趣離意象，或是意象離情趣，都不能獨立。史詩和抒情詩的分別，戲劇詩和抒情詩的分別，都是繁瑣派學者強為之說，分其所不可分。凡是藝術都是抒情的，都是情感的史詩或劇詩。[45]

克羅齊此觀點可以說明，在抒情詩和敘事詩中，都存在「理想」或是「情趣」。他的觀點與我前文所述一致，但他說抒情詩和敘事詩不可分，也有將事物混淆一談之嫌。如果我們只是簡單地看到凡是藝術都是抒情的，那麼區分藝術門類的意義又何在呢？還是朱光潛說得好：「抒情詩雖以主觀的情趣為主，亦不能離意象；史詩和戲劇詩雖以客觀的事蹟所生的意象為主，亦不能離情趣。」[46]可見，抒情詩和抒情詩中都存在「情趣」，即理想，但顯見，抒情詩以「情趣」為主，敘事詩以客觀故事為主。黑格爾認為，同樣表現理想，表現抒情詩中的理想的繪畫，就如德國的「杜塞爾多夫派」那樣，是「甜蜜而枯燥」的，因為抒情詩中雖也有形象，但是「非本義」的，缺乏如敘事詩那般的由形象、情境、動作共同組成的「具體生動的形象」。相反，敘事詩中既有理想，還存在著由形象、情境、動作組成的「具體生動的形象」。在黑格爾看來，繪畫中的「動作」是必不可少的。他說——

> 近代人大談畫中的詩，這不能指別的，只能指題材是憑想像來掌握的，情感是通過動作揭示出來的，而不是作為抽象的情感來把

---

[44] 朱光潛著：《詩論》，桂林：灘江出版社2011年，第47頁。
[45] 朱光潛著：《詩論》，桂林：灘江出版社，2011年，第47頁。
[46] 朱光潛著：《詩論》，桂林：灘江出版社，2011年，第47頁。

握和表現出來的。詩本來可以按內在狀態來表達情感，就連詩也要借助於許多表像、觀照和審察。[47]

從這段論述可見，黑格爾認為繪畫即使要抒情，要表現理想，也是不能離開動作的。而動作是敘事詩特有的要素。我們在此又一次證明了，19 世紀前的西方繪畫表現的大都是敘事詩，而非抒情詩。事實上，在印象派興起之前，絕大多數西方人的畫作表現也確是敘事性的題材。由此可見，由於中西詩種類不同所形成的這條「小小的裂縫」確然存在。

在中國，不少學者也都曾辨析過詩與畫，他們也都承認，萊辛的詩畫辨析是正確的。但出於種種原因，他們也都沒有從中西語境之比較出發，來更深入地辨析萊辛的理論。錢鍾書認為，就敘事和抒情兩方面來說，文學的創造範圍要比繪畫來得寬廣，因文學使用的工具是語言，它不經過物化的過程，而繪畫不得不經過物化的過程。他說：「寫一個顏色而虛實交映，有時還進一步製造兩個顏色矛盾錯綜的幻象，這似乎是文字藝術的獨家本領，造型藝術辦不到。」[48]「文字藝術不但能製造顏色的假矛盾，還能調和黑暗和光明的真矛盾，創辟新奇的景象。」[49]認為在繪畫中表現文字藝術所表現的矛盾是不可能的。應該說，錢鍾書進一步發展了萊辛的觀點，即認為「詩歌的表現面比萊辛所想的可能更廣闊幾分。」[50]從藝術門類區分的角度來說，此話誠然不錯。但如若我們擺脫萊辛所設定的西方詩與西方畫的語境，緊緊抓住中西語境下對詩與畫關係理解的這條小小的裂縫，深入辨析下去，是否會發現其中另有一番天地呢？

2.從「小小的裂縫」看中西詩畫關係之差異

從錢鍾書的另一篇文《中國詩與中國畫》中，我們或能窺得些許端倪。錢鍾書認為中國古代的南宗畫，即文人畫（主流的中國古代繪畫）與南宗

---

[47] [德]黑格爾著、朱光潛譯：《美學》，北京：商務印書館，1979 年，第三卷上冊，第293 頁。

[48] 錢鍾書撰：《讀〈拉奧孔〉》，見於錢鍾書著：《七級集》，北京：生活・讀書・新知三聯書店，2002 年，第41 頁。

[49] 錢鍾書撰：《讀〈拉奧孔〉》，見於錢鍾書著：《七級集》，北京：生活・讀書・新知三聯書店，2002 年，第42 頁。

[50] 錢鍾書撰：《讀〈拉奧孔〉》，見於錢鍾書著：《七級集》，北京：生活・讀書・新知三聯書店，2002 年，第57 頁。

禪有某些相似之處。他說:「南宗畫的原則也是『簡約』,以經濟的筆墨獲取豐富的藝術效果,以減削跡象來增加意境。」[51]那麼,這種「簡約」風格的畫作又如何使人理解呢?錢鍾書用休謨的理論解釋為:「對象『蔽虧』正是『筆不周』,在想像裡『完足』正是『意周』。」[52]在這段論述中,中西詩與畫之間的這處裂縫又一次顯現了出來。表現敘事詩的西方繪畫中生動具體的形象是有助於人們展開對情節的理解的。正如萊辛所說:「如果藝術不在某種程度上做它們(詩)的翻譯,詩就會口吃,而修辭術也就變成啞巴。」[53]而中國古代繪畫則並非如此,它的主旨僅僅為表現抒情詩中的意象。而非敘事詩中的形象。正如朱光潛所說:「一切藝術,無論是詩是畫,第一步都須在心中見到一個完整的意象。而這意象必恰能表現當時當境的情趣。」[54]朱光潛認為萊辛忽視了詩與畫,尤其是中國詩與中國畫之間的共通之處。筆者對此深以為然。那麼,這種意象在「筆才一二,像已應焉」的中國古代繪畫中如何實現呢?便如錢鍾書所說的,依靠想像。但這想像與西方繪畫中的想像又不同,中國古代繪畫的想像是指向畫中如詩般的情趣的,西方繪畫的想像是指向與此相關的敘事詩中的情節的。

我們要繼續追問下去,大多數中國古代繪畫的背後並沒有人們熟習的故事情節,人們是根據想像來理解畫面的意象的,這種想像又是如何展開的呢?

我們應注意到,在中國古代繪畫與中國古代詩歌之間存在一處共同點,是西方繪畫與西方詩歌之間所不具備的,那就是它們都存在著「虛」的境界,即含蓄化,陌生化的境界。關於中國詩的這一特點,古今中外都有論述。早在老子的時代,中國古人就已經發現了「虛」的價值。老子云:「鑿戶牖以為室,當其無有,室之用。故有之以為利,無之以為用。」[55]「恍兮惚兮,其中有象。恍兮惚兮,其中有物。窈兮冥兮,其中有精。甚精甚真,其中有信。」[56]老子認為「虛」要比「實」來得更有價值。蘇軾曾在《書

---

[51] 錢鍾書撰:《讀〈拉奧孔〉》,見於錢鍾書著:《七綴集》,北京:生活・讀書・新知三聯書店,2002 年,第 12 頁。

[52] 錢鍾書撰:《讀〈拉奧孔〉》,見於錢鍾書著:《七綴集》,北京:生活・讀書・新知三聯書店,2002 年,第 13 頁。

[53] [德]萊辛著、朱光潛譯:《拉奧孔》,北京:人民文學出版社,1979 年,第 121 頁。

[54] 朱光潛著:《詩論》,桂林:灕江出版社,2011 年,第 138 頁。

[55] [春秋]老子撰、沙少海、徐子宏譯注:《老子全譯》,貴州:貴州人民出版社,2009 年,第 16 頁。

[56] [春秋]老子撰、沙少海、徐子宏譯注:《老子全譯》,貴州:貴州人民出版社,2009 年,第 34 頁。

黃子思詩集後》中說:「予嘗論書,以為鐘、王之跡,蕭散簡遠,妙在筆劃之外,⋯⋯至於詩亦然,⋯⋯獨韋應物、柳宗元發纖穠於簡古,寄至味於澹泊,非餘子所及也。唐末司空圖崎嶇兵亂之間,而詩文高雅,猶有承父之遺風。其詩論曰『梅止於酸,鹽止於鹹,飲食不可無鹽梅,而其美常在鹹酸之外。」[57]可見蘇軾認為書法的妙處在「筆劃之外」,而詩的妙處也在「鹹酸之外」,所謂「之外」,應就是「虛」的境界。美國學者劉若愚(James L.Y.Liu)曾說過:「中國詩詞所得到的精煉性,正是它所失去的明確性。⋯⋯中國詩人對表現一種氣氛或闡明某種景物的實質尤其感興趣。此外,漢語因缺少時態,更使詩人不是根據特定時間中的某一點,而是依照一種超越時空的永恆觀念來表現景物。」[58]於治中也說:「必須指出的是,不僅文學的學科源自西方,以語言革命為起始的中國新文學,也是利用西方的語法架構將文言文改造為白話文。⋯⋯與在西方從語言絕對性概念出發正好相反,使得以精確性與真實性為主調的白話文學,基本上與西方現代文學觀念衍生形式之一的寫實主義同構。」[59]而馮友蘭說得最為直白:「中國昔日禮教甚嚴,被壓之欲多;而人亦不敢顯然表出其被壓之欲;所以詩中常用隱約之詞,所謂『美人香草,飄風雲霓』,措詞多在可解與不可解之間,蓋作者本不欲令人全知其意也。」[60]相比之下,西方的敘事詩多為直抒胸襟之作,只有採用精確的語言進行描述,才能將前後連貫的動作情節表達得絲絲入扣。

中國古代繪畫中同樣存在與中國古代詩歌一樣的「虛」的境界。蘇軾《王維吳道子畫》詩中有這樣的句子:「吳生雖妙絕,猶以畫工論。摩詰得之於象外,有如仙翮謝籠樊。吾觀二子皆神俊,又於維也斂衽無間言。」在《書林次中所得李伯時歸去來、陽光二圖後》中有:「龍眠獨識殷勤處,畫出陽關意外聲。」明顧寧遠《畫引》中有:「氣韻或在境中,亦在境外。」清王原祁在《雨窗漫筆》中寫道:「雲林纖塵不染,平易中有矜貴,簡略中有精彩,又在章法筆墨之外,為四家第一逸品。」清戴醇士《題畫偶錄》中有:「筆墨在境象之外,氣韻又在筆墨之外,然則鏡象筆墨之外,當別有畫在。」如詩歌一樣,繪畫中的「章法筆墨之外」、「象外」、「意外」、「境

[57] [宋]蘇軾撰:《蘇軾文集》,北京:中華書局,1986 年,第 2124-2125 頁。
[58] [美]劉若愚著:《北宋主要詞人》(*Poet in Song Dynasty*),新澤西:普林斯頓大學,1974 年,第 107 頁。
[59] 于治中撰:《全球化之下的中國研究》,見於《讀書》,2007 年,第 3 期,第 5 頁。
[60] 馮友蘭著:《哲學的精神》,西安:陝西師範大學出版社,2008 年,第 210 頁。

外」、「鏡象筆墨之外」指的都是「虛」的境界。清笪重光《畫筌》中有：
「空本難圖，實景清而空景觀；神無可繪，真境逼而神境生。位置相戾，
有畫處多數贅瘤；虛實相生，無畫處皆成妙境。」亦即不必將畫面填滿才
是好畫。英國學者貢布里希（Sir E.H.Gombrich）也說：「或許恰恰是中國藝
術的視覺語言有限，又跟書法是一家眷屬，鼓勵藝術家讓觀看者進行補充
和投射。閃亮的絹素上的空白跟筆觸一樣，也是物像的一部分。」[61]華裔法
國學者弗朗索瓦‧程說：「在畫面上，『虛』絕不是無為地存在，正是它賦
予整幅畫以活力……」[62]其實，笪重光所說的「妙境」，貢布裡希所說的「物
像的一部分」，弗朗索瓦‧程所說的「活力」亦是想像而成。而西方繪畫總
是將畫面填滿，總是避免「虛」的空白。如英國學者比尼恩所說：「虛，
空——這是概念，又是觀念，我們的本能對此退避三舍；因為彼此互相抵
觸。」[63]英國學者蘇立文（Michael Sullivan）也說——

> 中國畫家的目標幾乎總是抓住本質的、典型的物象。這些物象
> 表達的並非自身，而是它們背後的意義，即暗示隱含在視覺形象背
> 後的那層含義。[64]

他認為在中國古代繪畫的畫中事物背後，隱藏著「象外之象」，而長久以來，
西方繪畫，尤其是風景畫是「所見即所得」的。「得注意的是即使是西方人
物畫背後的風景，大都也是某個地區的實景。」[65]如文藝復興時期義大利畫
家喬凡尼‧貝里尼（Giovanni Bellini, 1427-1516）的油畫《牧場聖母》中，
聖母背後的景色就是義大利托斯卡納地區景色的直接描繪。即使西方人所

---

[61] [英]E.H.貢布里希著、范景中譯：《藝術與錯覺：圖畫再現的心理學研究》，長沙：湖南科學技術出版社，2007 年，第 151 頁。

[62] [法]弗朗索瓦‧程著：《中國繪畫一千年》，見於《外國學者論中國畫》（*Foreign Scholars on Chinese Painting*），長沙：湖南美術出版社，1986 年，第 67 頁。

[63] [英]比尼恩（Binyon，L.）著、孫乃修譯：《亞洲藝術中人的精神》（*The Spirit of Man in Asian*），瀋陽：遼寧人民出版社，1988 年，第 49 頁。

[64] Michael Sullivan,「Xiang wai zhi Xiang in Chinese Landscape Painting, and the Impact of Western Art」（中國山水畫中的象外之象及其受西方藝術之影響），見於《二十世紀山水畫研究文集》（*Studies on 20th Century Shanshuihua*），上海：上海書畫出版社，2006 年，第 273 頁。

[65] Michael Sullivan,「Xiang wai zhi Xiang in Chinese Landscape Painting, and the Impact of Western Art」（中國山水畫中的象外之象及其受西方藝術之影響），見於《二十世紀山水畫研究文集》（*Studies on 20th Century Shanshuihua*），上海：上海書畫出版社，2006 年，第 273 頁。

畫的背景並非實景,但並不產生「虛」的空間,即「象外之象」。值得注意的是,我們不應僅僅把「虛」的境界直觀地理解為畫面上的空白,中國古代繪畫中的「虛」的境界實際是指超越畫中物體形象的某種含義,即供人們進一步闡釋畫面的想像空間。

華裔法國學者程抱一曾這樣評論中國古代詩歌與中國古代繪畫的這一特點:「在詩歌中,虛的引入通過取消某些語法詞──這些詞恰恰被稱為虛詞,以及在一首詩的內部設立一種獨創性的形式──對仗來實現。……不過,正是在繪畫中,虛以最可見和最全面的方式得以展示。在宋代和元代的某些畫作中,人們可以看到虛(沒有畫跡的空間)直至佔據了三分之二的畫面。」[66]美國學者姜斐德(Alfreda Murck)認為,中國古代繪畫背後的涵義比畫作的內容本身要深遠。她說:「在繪畫中,他們使用了與文學創作基本相同的方式處理圖像,並同樣以含蓄為美,與他們在詩中所追求的相似,他們有意使繪畫具有一個尚未入門的觀眾不能盡窺的深長意味。」[67]這種「不能盡窺」的現象是因為中國古代繪畫並不如西方繪畫那樣是「所見即所得」的,而是更為含蓄,更具有想像的空間。高居翰也看到了中國古代繪畫的這一特點及與中國古代文學的密切聯繫,他說:「畫就是畫面上我們看到的;沒有寓言,也沒有附加於其上,與題旨無關的東西──例如幽默、戲劇性、激情、感傷──這些在西洋人像畫中是十分常見的。用這樣一種疏離的態度來描繪日常生活……他所關心的並不是有限的氣氛,而是某種更深越更普遍的東西:一種經常在中國早期文學藝術中出現的,強烈地感覺到時光悠忽無常的本質。」[68]他在其著作《詩之旅:中國與日本的詩意繪畫》中又以黃庭堅的詩句「梅影橫斜人不見,鴛鴦相對浴紅衣。」為例說道:「『人不見』一語很好地指出了這類畫的一個特徵:一方面,詩意畫帶給觀者強烈的情感,使之昇華,很像後來被歸為倪瓚一類繪畫的效果;而另一方面,其表現效果取決於畫面上觀看者的空缺。」[69]筆者以為,所謂「人不見」的效果,正是一種空間廣闊的「虛」的境界。中國古代詩與畫

[66] [法]程抱一著:《中國詩畫語言研究》,南京:江蘇人民出版社,2006 年,第 322 頁。
[67] [美]姜斐德著:《宋代詩畫中的政治隱情》(*Poetry and Painting in Song China: The Subtle Art of Dissert*),北京:中華書局,2009 年,第 48 頁。
[68] [美]高居翰、李渝譯:《中國繪畫史》,臺北:雄獅圖書股份有限公司,2009 年,第 25 頁。
[69] [美]高居翰著、洪再新等譯:《詩之旅:中國與日本的詩意繪畫》(*The Lyric Journey: Poetic Painting in China and Japan*),北京:生活‧讀書‧新知三聯書店,2012 年,第 4 頁。

的這種「虛」的境界，是西方詩與畫中都不存在的。這也是中國古代繪畫中的山水畫，比西方早出現一千三四百年之久的原因之一，因為山水表現的是自然的空間，最能提供使人暢神的虛擬空間，而暢神中包含了主觀意義上的想像和闡釋。明人薛岡曾道：「畫中唯山水義理深遠，而意趣無窮。故文人之筆，山水常多。若人物禽蟲花草，多出畫工，雖至精妙，一覽易盡。」[70]可見中國古代文人同樣認為，能使人暢神的畫作並非「一覽易盡」的畫工畫，換句話說，中國古代文人認為，畫中充盈著具體而形似的物象，「所見即所得」，反而缺少了暢神的審美意趣。

如前所述，既然中國古代的詩與畫都講究「虛」的境界，欣賞者就必須充分利用自身的想像力，將「虛」的部分進行審美再創造，從而獲得一種類似於「暢神」的快感，也即顧愷之《論畫》中提到的「遷想妙得」。這種想像是超越了畫中物體的形狀的。如徐復觀所言：「此時所把握到的，未嘗捨棄由視覺所得之形，但已不止是遊視覺所得之形，而是與想像力所透到的本質相融合，並受到由其本質所規定之形；在其本質規定以外者，將遺忘而不顧。」[71]可見高居翰所說的「更深更普遍的東西」，應就是「妙得」之本質。

需要注意的是，對於西方人來說，欣賞西方詩與畫的審美再創造的空間並非不存在，但遠遠不如中國古人那麼大。因此，相比古代的中國人，西方人在探討詩與畫之問題的時候，欣賞者的因素就顯得較為次要。從朱光潛對萊辛的批評來看，他也認為萊辛沒有將審美再創造的因素考慮進去，他說：「從萊辛的觀點看，作者與讀者對於目前形象都只能一味被動地接收，不加以創造和綜合。這是他的基本錯誤。」[72]由於中國古代詩與畫中的「虛」的境界要甚於具有特定人物、情節的西方詩與畫，因此欣賞者的審美再創造的空間也更多。既然中國古代詩歌所表現的意象是不明確的，那麼中國古代繪畫所可表現的詩的意境，相比西方繪畫來說，自由度也要寬泛許多。這種自由度體現在畫家的創作心態、內容、技法上，也體現在作畫不必拘泥於外在事物之形象與形狀上。這與西方繪畫必須客觀地表現敘事詩中的人物、動作、情節，並使欣賞者產生「歷史真實感」是不同的。正如北宋李公麟所言：「吾為畫如騷人賦詩，吟詠情性而已，奈何世人不察，

---

[70] 徐復觀著：《中國藝術精神》，桂林：廣西師範大學出版社，2007 年，第 167 頁。
[71] 徐復觀著：《中國藝術精神》，桂林：廣西師範大學出版社，2007 年，第 146 頁。
[72] 朱光潛著：《詩論》，桂林：灕江出版社，2011 年，第 138 頁。

徒慾供玩好耶？」[73]其他中西方學者們也曾表達過類似的觀點，高居翰就這個問題說──

> 將繪畫等同於詩歌，使得藝術家和理論家將對詩歌的主張延伸到繪畫：即真正的內容是詩人或畫家的經歷和內在生命。[74]

朱光潛也曾說──

> 「文人畫」的特色就是在精神上與詩相近，所寫的並非實物而是意境，不是被動地接收外來的印象，而是熔鑄印象於情趣。」[75]

可見，相比西方繪畫表現的故實，中國詩與中國畫表達的是意象，這種意象更多地發自創作者的主觀感受。朱光潛說：「一首詩中的意象好比圖畫的顏色陰影濃淡配合在一起，烘托一種有情致的風景出來。李商隱和許多晚唐詩人的作品在技巧上很類似西方的象徵派，都是選擇幾個很精妙的意象出來，以喚起讀者的多方面的聯想。」[76]可見意象之聯想是自由的，是未必要切具體之題的，如中國古代詩歌中「滄海月明」可表現消逝渺茫的悲哀，而唐宋後中國古代繪畫的題材中，不具有具體特徵的，不表現故事情節的山水、花鳥、魚藻題材大大多於較多地具有具體特徵的，更多地表現故事情節的人物畫。這些山水、花鳥、魚藻題材都作為意象，而非實景存在於畫面中。相反，萊辛的《拉奧孔》中所談到的繪畫大都是人物畫。朱光潛先生也批評了這一偏頗之處：「他（萊辛）相信理想的美僅能存於人體，造型藝術以最高美為目的，應該偏重模仿人體美。花卉畫家和山水畫家都不能算是藝術家，因為花卉和山水根本不能達到理想的美。」[77]然而如前文所述，相比其他繪畫題材，人物畫對於畫家形似的技巧的要求是最高的。

[73] [宋]李公麟撰：《宣和畫譜》，臺北：國立故宮博物院景印元大德吳氏刻本，民國六十年，卷七人物三。

[74] [美]高居翰著、范景中、高昕丹編選：《風格與觀念：高居翰中國繪畫史文集》（*Style and Idea: An Anthology of James Cahill's Writings on Chinese Painting History*），杭州：中國美術學院出版社，2011 年，第 100 頁。

[75] 朱光潛著：《詩論》，廣西：灕江出版社，2011 年，第 140 頁。

[76] 朱光潛著：《詩論》，廣西：灕江出版社，2011 年，第 89 頁。

[77] 朱光潛著：《詩論》，桂林：灕江出版社，2011 年，第 137—138 頁。

我們也應注意到，視覺想像的審美再創造畢竟是過於自由的。它時常不能使中國古代詩歌中的意象和中國古代繪畫中的形象完全貼切地對應起來，總具有不可盡述之處。因為儘管中國古代詩歌是含蓄的，仍然存在一些具體而明確的事物，是繪畫所難以表現的。如「目送歸鴻」這四字就無法用視覺想像來補充。因為無論如何想像，都未必能想到這是「歸鴻」，而非「去鴻」。再如，北宋郭熙曾在《林泉高致》中說：「嘗所誦道古人清篇秀句，有發於佳思而可畫者。」可見，畫家對要表現的詩歌也是有所選擇的。造型藝術和語言藝術實有客觀意義上的差別。那麼，即便存在著與西方語境形成差異的這處「小小的裂縫」，中國詩與中國畫之間，是否仍不可能做到「詩畫合一」呢？

3.中國詩與中國畫如何做到「詩畫合一」

我們注意到一個有趣的現象。西方自萊辛之後，再無人堅持將詩與畫等同起來。然在中國，萊辛的理論雖為大家所接受，但認為「詩畫合一」的聲音卻仍然嫋嫋不絕。不免有些遺憾的是，這些提出「詩畫合一」觀點的學者們大都沒有深入說明詩畫是如何合一的。讓我們來看一些類似的例子。

宗白華曾道：「中國畫以書法為骨幹，以詩境為靈魂，詩、書、畫同屬於一境層。西畫以建築空間為間架，以雕塑人體為對象，建築、雕刻、油畫屬於一境層。」[78]他將中西方相近的藝術門類作了區分，中國古代繪畫最接近的是詩歌、書法；西方繪畫最接近的是建築、雕刻。從這個分類上可見，中國古代繪畫與語言藝術（詩歌、書法）、造型藝術（書法）的關係都很密切，而西方繪畫則與同樣為造型藝術的建築、雕刻的關係更密切。可見中西方繪畫與詩的具體關係上是不同的。他還說：「詩和畫各有它的具體的物質條件，局限著它的表現力和表現範圍，不能相代，也不必相代。但各自又可以把對方儘量吸進自己的藝術形式裡來。詩和畫的圓滿結合（詩不壓倒畫，畫也不壓倒詩，而是相互交流交浸），就是情和景的圓滿結合，也就是所謂的『藝術意境』。」[79]聽上去很有道理，但不免讓人產生些許疑問，從這段話的前半部分來看，宗白華亦是認為詩與畫是無法相互代替的，但這段話的後半部分又認為，詩與畫是可以相互融合的。那麼究竟應如何

---

[78] 宗白華著：《美學散步》，上海：上海人民出版社，1981年，第100頁。

[79] 宗白華著：《美學散步》，上海：上海人民出版社，1981年，第13頁。

融合？宗白華並沒有明確回答。徐復觀也曾這樣說：「詩由感而見，這便是
詩中有畫；畫由見而感，這便是畫中有詩。」[80]所言誠然不差。然而西方的
詩與畫，豈不也具備「由感而見」，「由見而感」之特徵的嗎？但用這八個
字來概括中國詩與中國畫，彷彿略缺乏些說服力。潘天壽曾云：「唐宋以後
之繪畫，是綜合文章、詩詞、書法、印章而成者。其豐富多彩，非西洋繪
畫所能比擬……故吾曰：畫事不須三絕，而須四全，四全者，詩、書、畫、
印章是也。」[81]可見潘天壽也認為詩是畫中不可缺少的因素。黃賓虹也曾道：
「中國畫有三不朽：一、用墨不朽也；二、詩、書、畫合一不朽也；三、
能遠取其勢，近取其質不朽也。[82]亦是持詩畫合一之觀點。孔新苗在談到中
西方繪畫在藝術創作形式上產生形態差異的文化史的原因時同樣曾說：「中
國繪畫在形成這種獨特的藝術審美思維與創作表現特徵的過程中，主要有
兩個相鄰的藝術門類對其產生了根本性影響。一是書法，一是詩。」[83]他也
道出了中國古代繪畫與詩歌的密切關係，但他並未詳論產生什麼樣的影響
及如何產生影響。關於「詩畫合一」說得最為直接的是陳師曾，他說：「……
文人以其材料寄託其人情世故、古往今來之感想，則畫也，謂之文亦可，
謂之畫亦可……」[84]

　　西方學者中，也不乏有相近之觀點。法國國立科學研究院學者柯安娜
曾在論文中提到，法國巴黎吉美博物館的創始人艾米爾・吉美曾說：「在中
國，所有的畫家都是文人。」柯安娜說：「這種對於一種詩性或哲學性藝術的
印象主義的品味永遠不會從法國消失。」[85]可見在她的眼中，中國古代繪畫
是融合著詩與哲學的要素的。方聞也曾說：「……文人畫家大都身兼文人、
詩人、書法家，某些顯赫的還是頗有聲望的達官貴人……」[86]確實，中國古
代文人畫家往往具有多重身份，尤其精於書法，這一點與西方畫家大多是
職業畫家有很大差別。[87]美國學者馬克・蓋特雷恩（Mark Getlein）也說：

[80] 徐復觀著：《中國藝術精神》，桂林：廣西師範大學出版社，2007 年，第 365 頁。
[81] 葛路著：《中國繪畫美學範疇體系》，北京：北京大學出版社，2009 年，第 10 頁。
[82] 葛路著：《中國繪畫美學範疇體系》，北京：北京大學出版社，2009 年，第 11 頁。
[83] 孔新苗著：《中西美術比較》[修訂版]，山東：山東美術出版社，2008 年，第 37 頁。
[84] 陳師曾著：《中國繪畫史》，北京：中華書局，2010 年，第 143 頁。
[85] [法]柯安娜撰：《巴黎收藏的中國畫》，見於杜大愷主編：《清華美術.卷 2：多元視界
　　中的中國畫》，北京：清華大學出版社，2006 年，第 69 頁。
[86] [美]方聞著：《心印：中國書畫風格與結構分析研究》（Images of the Mind），西安：陝
　　西人民美術出版社，2004 年，第 5 頁。
[87] 按：西方的職業畫家與中國古代文人畫家之間的差別一直是學者熱議的話題，如荷蘭
　　繪畫大師倫勃朗與中國古代文人畫家很不一樣，他如工匠一般，依靠繪畫訂單賺取生

「他們（文人畫家）的畫幾乎無一例外地都有款題，有時還會題上一首詩。在他們看來，書畫同源，因為兩者的用筆都能顯示個性。」[88]英國學者C.A.S.Williams 曾說：「詩歌、繪畫和書法藝術是緊密相聯的藝術門類，從那裡我們可以看出中國人與生俱來的對自然的深深熱愛。」[89]「根據中國人的說法，畫是『無聲詩』」[90]美國華裔學者李鑄晉則從畫論的角度出發來談論這個問題：「現已多少注意到了畫論，但主要是在整個中國畫史的上下文中進行。需要進一步發展的是，將三方面（詩書畫）結合起來看作品，因為中國文人把它們視為密不可分的整體。」[91]在畫史上有無數例子表明，一幅中國古代繪畫如果不具備這樣的詩、書、畫三者合一的意境，會被畫評界稱為「匠氣」，甚至被認為是失敗的作品。

　　如果我們進一步細緻分析上文所舉的觀點，就會發現中西學者們在談論中國詩畫時，都有意無意地都談到了一個介於詩畫之外的共同點，這就是我們解開中國詩與中國畫如何做到「詩畫合一」的鑰匙，這個共同點是書法。其實，如宗白華所說的「中國畫以書法為骨幹」、孔新苗所說的對中國古代繪畫產生根本性影響的「一是書法，一是詩」、方聞所說的「文人畫家大都身兼……書法家」無非都將書法拉入了詩與畫的關係中。英國學者赫伯特‧里德（Herbert Read）曾說：「對於中國人來講，美的全部特質存在於一個書寫優美的字形裡。一個人如果書法好，他的繪畫也不會差。所有中國古代繪畫都是強調線條的，這些構成繪畫基本形式的線條，就像書法線條一樣，能夠喚起人們的判斷、欣賞和愉悅之感。」[92]赫伯特‧裡德的觀點或不夠深刻，但他說出了中國古代繪畫與書法在形式方面有統一之處的特點。書法是中國特有的藝術門類，它既負擔語言藝術的功能，又負擔造型藝術的職責。因此，中國古代繪畫中的書法承擔了調和造型藝術和語言藝術之間鴻溝的功能。中國古代繪畫的畫面中可以出現書法的元素，書法

活來源，生前未留下多少文字。被記錄下來的隻字片語中卻有一封完整的討賬信，這都是清代之前的中國古代文人畫家不屑為之的（至少在表面上）。

[88] [美]馬克‧蓋特雷恩著、王瀅譯：《與藝術相伴》（*Living with Art*），北京：世界圖書出版公司，2011 年，第 478 頁。

[89] C.A.S.Williams, *Chinese Symbolism and Art Motifs*, Singapore: Tuttle Publishing, 2006, P.296.

[90] C.A.S.Williams, *Chinese Symbolism and Art Motifs*, Singapore: Tuttle Publishing, 2006, P.298.

[91] [美]李鑄晉著：《元代繪畫研究綜述》，見於曹意強、邁克爾‧波德羅等著：《藝術史的視野：圖像研究的理論、方法與意義》，杭州：中國美術學院出版社，2007 年，第507 頁。

[92] [英]赫伯特‧里德著、王柯平譯：《藝術的真諦》（*The Meaning of Art*），北京：中國人民大學出版社，2011 年，第 70 頁。

的筆法融於畫中，成為審美的要素；書法又可獨立題寫在畫中，成為傳達意旨的要素。這傳達意旨的要素，就是題畫文和題畫詩。蘇軾曾在《題文與可畫墨竹屏風贊》中說：「詩不能盡，溢而為書，變而為畫，皆詩之餘。」可見中國古代詩與畫可通過書法融合成一體。部分因為這個原因，中國古代繪畫之創作過程被稱之為「寫」，這個「寫」字，也就將詩與畫融為一體。黃山谷在《次韻子瞻、子由憩寂圖二首》中有「李侯有句不肯吐，淡墨寫出無聲詩」[93]的句子。清初姜紹書為明代畫人作史，即自稱其書為《無聲詩史》。都可以說明「詩畫合一」與「寫」有關，而之所以將「畫」作「寫」有許多原因，筆者以為，最基本的原因是因為繪畫之工具與書寫之工具一致，繪畫之形式與書法之形式互通所致。相反，西方繪畫和西方書寫的工具是完全不同的，繪畫與文字在造型上的形式感也全然不同，若西方人在西方畫中題字，是達不到如中國古代繪畫與書法那樣的形式上的和諧統一感的，只會破壞畫面的統一性和完整性。在西方，直到繪畫發展到了現代主義的階段，才開始注意到中國古代書法與繪畫之間的密切聯繫。如法國學者幽蘭所說：「首先引起西方藝術家興趣的並不是書法藝術本身，而是中國文字與書寫，尤其是引起了歐洲抒情抽象派（abstraction lyrique）與美國抽象表現派（expressionism abstrait）藝術家的興趣。」[94]

　　要補充說明的是，書法並非從一開始便與繪畫融為一體。應該說，書法在最初的意義仍然是作為文字的書寫方式存在，即使脫離了刻寫的方式，早期的書畫仍然呈現分離狀態，書法真正與繪畫融合是在唐宋之後開始的。正如徐復觀所言──

　　　　我以為書法是在此種狂潮（魏晉時代對草書的欣賞與學習的狂潮）中才捲進了藝術的宮殿。書法從實用中轉移過來而藝術化了，它的性格便和繪畫相同。加以兩者使用筆墨紙帛等同樣的工具。而到了唐中期以後，水墨畫成立，書與畫之間更大大地接近了一步，於是書畫的關係便密切了起來，遂使一千多年來，大家把兩者本是藝術性格上的關聯，誤解為歷史發生上的關聯。[95]

[93] [宋]黃庭堅撰：《黃庭堅全集》，成都：四川大學出版社，2001 年，第 212 頁。
[94] [法]幽蘭撰：《西方抽象、抽象藝術與亞洲書法、書象藝術等之相會》，見於杜大愷、張敢主編：《清華美術．卷 12：文字、書法與相關藝術》，北京：清華大學出版社，2011 年，第 48 頁。
[95] 徐復觀著：《中國藝術精神》，廣西：廣西師範大學出版社，2007 年，第 109 頁。

但徐復觀的這番話也說出了一個事實，草書出現之後，書法和繪畫有了相似性格。草書使書法的性格向繪畫靠攏，唐宋之後，文人畫中開始講究筆法，反過來又是繪畫的性格向書法靠攏。繪畫和書法彼此靠攏的結果是它們在形式上融為一體，正因如此，在中國畫上題寫書法，絲毫不覺得有突兀之處。

現在我們就可以把「這處小小的裂縫」，作為中國古代「詩畫合一」的切入口進一步深入下去了。法國學者艾黎・福爾在其《世界藝術史》中曾寫道：「最早的中國畫家也是作家，除了詩人而外沒有其他畫家。詩人用同一支筆作畫和寫作，並且不停用畫和文評論形象和詩歌。」[96]我們注意到，艾黎・福爾提出了一個很有新意的觀點，即中國古代的文人畫家並不是單單用文學來評論畫，也用畫來評論文學。然艾黎・福爾也忽略了一點。最早的題詩畫恰恰並非源自文人畫，而是源自北宋院體畫。到了南宋，院畫中仍有不少題詩畫。如李嵩的《月夜看潮圖》上就題寫了蘇軾《詠中秋觀夜潮詩》的末兩句：「寄語重門休上鑰，夜潮留向月中看。」筆者以為，這與北宋畫院對畫家文學修養和繪畫技巧的嚴格訓練這一契機是分不開的，而雖然當時的文人畫家雖已步入畫壇，但繪畫技巧畢竟相對比較業餘，畫作的精美程度不能與院畫家相比，我們由此辯證，「詩畫合一」始作俑者並非文人畫家，但卻由文人畫家繼承並發揚光大。石守謙看到了這一點：「……雖說不能抹殺北宋中期以後蘇軾等文士提倡『以詩入畫』的開創之功，但其對詩情意境之細膩講究，以及對形象畫面之極致經營，都達到一種以高度專業之繪畫技巧為支撐的表現高峰，非業餘者所可望其項背。在整個南宋時期，文士們（包括有深度人文素養的宗教僧侶）雖在思想、文學上仍締造了傲視其他時代的表現，惟獨在詩意山水畫上，卻不得不讓位給宮廷。」[97]有趣的是，不少文人畫評家卻反過來對院畫家的評價極低。如南宋趙希鵠就曾斷言：「近世畫手絕無，南渡尚有趙千里、蕭照、李唐、李迪、李安忠、栗起、吳澤數手，今名畫工絕無，寫形狀略無精神。士夫以此為賤者之事，皆不屑為。殊不知胸中有萬卷書，目飽前代奇跡，又車轍、馬跡半天下，方可下筆，此豈賤者之事哉？」（《洞天清錄・古畫辨》）試問

---

[96] [法]艾黎・福爾著、張譯乾等譯：《世界藝術史》，湖北：長江文藝出版社，2004年，上冊，第187頁。

[97] 石守謙撰：《從馬麟〈夕陽秋色圖〉談南宋的宮苑山水畫》，見於上海博物館編：《千年丹青：細讀中日藏唐宋元繪畫珍品》（*Masterpieces of Ancient Chinese Paintings: Paintings from the Tang to Yuan Dynasty in Japanese and Chinese Collections*），北京：北京大學出版社，2010年，第172—173頁。

宮廷畫家如何能做到「胸中有萬卷書，目飽前代奇跡，又車轍，馬跡半天下」，趙希鵠此話明顯是為抬高文人畫家的地位而說。再加上宋代後宮廷畫院衰落，使用畫解釋詩的專長，最後仍落於文人畫家之手。從中我們也再次能體味出文人畫評對畫壇發展之影響。

　　文人畫家與院畫家不同，院畫家對於詩意的闡釋，要受到皇帝與宮廷貴族的品評，雖然在畫中題詩，其中不少作品仍需迎合他意，是精細寫實的。而文人畫家常為三五好友品評而作畫，心態更為自由，往往「墨戲」，不受職業畫家職責束縛，不必做到形似，意到即可。在這樣的情況下，畫中題詩更起到了彌補畫面的作用。而前文提到的艾黎・福爾的觀點也補充了容易被我們忽視的一面，即中國古代繪畫是與中國古代詩歌之間互相作用的（互相評論、互相解讀，互相映襯），而非像西方繪畫那樣，繪畫作為詩中情節與動作的單向呈現方式。由此，從繪畫創作的角度來看，中國古人在畫面上題詩文，使得中國古代的詩與畫處於雙向並列的關係，詩可以幫助人們理解畫，畫可以幫助人們體味詩。而西方人從不在畫面上題詩，西方的詩與畫處於單向內外的關係，畫確實可以作為詩的注解和呈現，但如果人們沒有讀過詩，那也無從理解畫的內容。僅僅觀賞畫，是絕不能領會詩中的情節的。也正因為中國古代抒情詩中的形象是含蓄的，不確定的，所以才能和畫面形成了相互映襯的關係。而敘事詩的形象和動作、情節都是確定的，試想如將敘事詩題入畫面，整幅畫便成為插圖了。更何況，西方的敘事詩要交代故事，篇幅很長，不如抒情詩可以拆分成句子，又如何能「題」在畫面中？因此，這種題寫詩文的方式特別適合於中國古代繪畫。在畫中題詩和題文的做法解決了中國古代詩與畫中因缺乏具體形象、動作和情節，以及它們的意義過於深遠和複雜，難以使人理解的難題，同時也使詩與畫產生了雙向的互動與滲透。

　　同時，運用書法的技巧進行題詩、題文又是文人畫家（而非元代以後的職業畫家）最擅長的技藝，因此這種藝術形式雖源自院體畫，卻在文人畫中得以長久的保留。正如杜樸等在《中國藝術與文化》中所說的：「（中國古代）詩詞是非再現性藝術，只有稚嫩的讀者才會批評一首詩缺乏逼真感，此外，不像技術性較高的繪畫，文學和詩詞是文人士大夫階層所擅長的範疇。因此，在這些文化爭論中，繪畫越接近詩詞的情形，對文人士大夫便越有利。」[98]從這段評述中可見，題詩、題文又有助於彌補文人畫家繪

---

[98] ［美］杜樸、文以誠著、張欣譯：《中國藝術與文化》（*Chinese Art and Culture,2e*），北

畫技能的不足。因為有了題詩、題文，畫中的物體進一步由精確的形似中
解放了出來，可自由地追求神韻。因為畫意不到的所在，可以用詩意補足。
這就成為中國古代繪畫中「詩畫合一」的第一種方式，也是最重要的一種
方式。

　　從中西方詩的種類的差異上來看，如前所述，西方的「詩畫合一」中
的詩指的是敘事詩。中國古代的「詩畫合一」中的詩指的大都是抒情詩。
敘事詩中的事物形象多為具體確定的形象，畫家自由發揮的空間較小。抒
情詩中的事物形象則有更多的普遍性和偶然性，畫家自由發揮的空間較
大。黑格爾曾說：「史詩和造型藝術還較接近，無論它表現給我們看的是對
象的實體性和普遍性，還是按照雕刻一般繪畫刻畫出來的生動的現象，觀
照和觀感的主體（詩人）在他所創造的客觀性的作品裡就要消失掉，自己
不露面，至少在史詩達到高度完美時是如此。」[99]按字面意思理解，這段話
說的是繪畫更適宜於表現史詩，然若深入，我們可解讀出兩個觀點，首先，
在黑格爾心目中，繪畫表現的應是史詩，而非抒情詩。第二，史詩中具有
公眾均能想見的「公共形象」，這個形象是基本確定的，是不能為畫家所推
翻的，如阿喀琉斯的形象必然是一位青年戰士，而非其他。而黑格爾在談
到抒情詩的時候，曾說：「它的對象和內容都是完全偶然的，它之所以引人
入勝，全在於主體的掌握方式和表現方式，抒情詩的這方面的樂趣有時是
來自心情的一陣清香，有時由於新奇的觀照方式和出人意外的妙想和雋
語。」[100]從這段話中可見，抒情詩所表現的事物形象是偶然的。於是畫家
便有更大的自由度來表現心靈的內容。舉例來說，菊花和竹子都可以表現
高尚的人格，那麼畫家便可以選取自己擅長的事物進行創作，不必掌握所
有物形的畫法，甚至不必接受嚴格的形似技法的訓練。

　　由於抒情詩中事物形象的不確定，除第一種「詩畫合一」的方式之外，
在中國古代繪畫發展的歷程中還產生過兩種類似於「詩畫合一」的方式。

　　美學家周來祥在比較中西古典藝術時曾指出：「相對來說，西方是
『畫』的故鄉，古代的再現藝術比較發達，在雕塑、戲劇、小說等領域中
取得了很高的成就；而中國是『詩』的國度，古代的表現藝術比較發達，

　　京：世界圖書出版公司，2011 年，第 238 頁。
[99] [德]黑格爾著、朱光潛譯：《美學》，北京：商務印書館，1979 年，第三卷下冊，第
　　138 頁。
[100] [德]黑格爾著、朱光潛譯：《美學》，北京：商務印書館，1979 年，第三卷下冊，第
　　192 頁。

在書法、詩歌、樂舞等領域得到了長足的發展。」[101]道出了西方「再現型」的造型藝術較中國古代同類造型藝術更發達，而中國古代的「表現型」的詩歌要比西方同類詩歌更成熟。中國描寫自然的詩起於西元五世紀左右的晉宋之交，比西方起於西元十八世紀左右的浪漫主義運動初期的描寫自然的詩早了大約一千三百年。中國古代詩歌中的意蘊也遠比西方的敘事詩來得複雜和深遠。朱光潛曾道：「中國素以謎語巧妙名於世界，拿中國詩和西方詩相較，描寫詩也比較早起，比較豐富，這種特殊發展似非偶然。中國人似乎特別注意自然界事物的微妙關係和類似，對於它們的奇巧的湊合特別感到興趣，所以謎語和描寫詩都特別發達。」[102]所以，「讀許多中國詩都好像在猜謎語。」[103]這種謎語的現象是如何造成的呢？它們大都由中國古代詩歌中「比喻」和「雙關」的現象造成。「比喻」即意義上的關聯。如駱賓王《在獄詠蟬》中「露重飛難進，風多響易沉。」暗射小人進讒言，使他受冤。「比喻」可使繪畫避開了對詩義的直接表達，借用另一形象表達意義。再如，杜甫曾在《園官送菜》一詩的序中寫道：「菜不足道也，比而作詩。」意為具體詠什麼蔬菜並不重要，關鍵的是要做到「詩言志」，借著吟詠蔬菜抒發個人觀點。當然，這種表達方式是隱晦的，但畢竟是與詩歌的隱晦保持一致性的。「雙關」即聲音上的關聯。如《子夜歌》中「霧露隱芙蓉，見蓮不分明。」「芙蓉」與「夫容」，「蓮」與「憐」雙關，這兩句詩歌的實際涵義並非詠芙蓉和蓮花，而是思念丈夫。如果我們把文學意義上的「玉堂富貴」用中國古代繪畫來表現的話，畫面中不會出現富貴的人物，而是常出現四種花：玉蘭、海棠、牡丹、桂花，除了牡丹取其象徵意義（富）之外，另三種花均取其諧音為「玉（玉蘭）、堂（海棠）、貴（桂花）」。此特點應用到畫面中，使繪畫可以用具有諧音的物體來相互替代，從而使繪畫從必須表現複雜意蘊的枷鎖中進一步解放了出來，可以用簡單來表達複雜，畫家的自由度進一步得到了擴大。這就是第二種「詩畫合一」的方式，我們可以將「比喻」和「雙關」合起來稱之為象徵的方式。

除此之外，還有一小部分中國古代繪畫（主要是徽宗時期的院體畫）採用了巧妙地描繪物體之間的關係來表現某種情趣的方法。這種方法源自於徽宗選拔宮廷畫家的考試。姜斐德曾描述過徽宗時宮廷繪畫的考試制度：「發達的繪畫考試制度獎勵對詩歌題材的機智的視覺呈現，並有助於控

---

[101] 周來祥、陳炎著：《中西比較美學大綱》，合肥：安徽文藝出版社，1992 年，第 173 頁。
[102] 朱光潛：《詩論》，桂林：灘江出版社，2011 年，第 34 頁。
[103] 朱光潛：《詩論》，桂林：灘江出版社，2011 年，第 36 頁。

制意義的兩個載體——主題和風格。」[104]這種視覺呈現方式實際是第二種「詩畫合一」方式的延伸，但相比第二種「詩畫合一」的方式更為巧妙，更側重以詩中事物之間發生的關係來表達詩意。如用馬蹄旁飛舞的蝴蝶來表現「踏花歸來馬蹄香」，可謂巧妙而貼切。但具有這樣的才華的畫家並不多見。因為這既需要相對扎實的繪畫功底，又需要相對廣博的文學功力，除這兩者之外，還需要畫家本人具有敏捷的才思。因此，這種方式只能在精心選拔人才和培養人才的徽宗畫院中興盛一時，並未廣為流傳。這就是第三種「詩畫合一」的方式。

（1）第一種「詩畫合一」的方式

在這三種方式中，第一種「詩畫合一」的方式運用得最為普遍，它也可以與第二、第三種「詩畫合一」的方式組合使用。第一種「詩畫合一」的方式也是最為有效的，因為畫中所題詩文給予畫作內容明確的「破題」。第二、三種「詩畫合一」的方式也是中國古代特有的方式，亦是西方詩與畫所不具備的。接下來，讓我們深入討論這三種「詩畫合一」是如何進行的，以及它們所造成的對繪畫的影響。

第一種方式是在畫上題詩，題文，並蓋上相應的印章。正如英國學者蜜雪兒・康佩・奧利雷所說：「隨著 11 世紀詩詞畫的發展，繪畫作品上常配以相關的題詩題詞，這樣兩種藝術形式（繪畫與書法）實現了統一。」[105]此種方式可以使詩與畫相互解釋、相互評論、相互補充、相互映襯。目前一般認為現存最早的文字與繪畫同存的作品是傳顧愷之的《女史箴圖》，此畫文字與圖畫交替穿插出現，且文字位於畫之先，畫起到的應是圖解文字內容的作用，類似於我們今天理解的「插圖」，書和畫作為兩種藝術門類，雖然同列於手卷上，但它們的審美意境和藝術精神並未真正融合，換言之，將書法改成鉛印字體，將畫改成連環畫，也能達到同樣的功能。因此只能被理解為「書畫同列」的形式，而無法作為「詩畫合一」的整體作品。正如美籍華人學者傅申所說：「通常文字在畫之先，因此不是在『畫』上題字而是用畫來說明文字。」[106]人們所能看到的中國古代的題詩畫，大約產生在北

---

[104] [美]薑斐德（Alfreda Murck）：《宋代詩畫中的政治隱情》（*Poetry and Painting in Song China : The Subtle Art of Dissert*），北京：中華書局，2009 年，第 163 頁。

[105] [英]蜜雪兒・康佩・奧利雷著、彭海姣等譯：《非西方藝術》（*Art beyond the West*），桂林：廣西師範大學出版社，2004 年，第 132 頁。

[106] [美]傅申著、葛鴻楨譯：《海外書跡研究》，北京：紫禁城出版社，1987 年，第 71 頁。

宋年間。徐復觀認為，最早在繪畫作品上題詩的畫家就是宋徽宗：「從形式上把詩與畫融合在一起，就我個人目前所能看到的，應當是始於宋徽宗。」[107]宋徽宗趙佶曾在他的畫作《臘梅山禽圖》上題下了這樣的詩句──

> 山禽矜逸態，
> 梅粉弄輕柔。
> 已有丹青約，
> 千秋指白頭。

在這幅畫作中，趙佶畫的是一種叫作白頭翁的鳥類，但如果沒有題詩的話，我們只能欣賞他畫技的高超，不可能領會到畫家希望通過畫中白頭翁的形象來表達的深意，即願意與自己熱愛的繪畫藝術締結白頭到老的海誓山盟之約。在這裡，詩歌為畫面作了注釋。同時，單純的詩歌畢竟是想像的藝術，如果沒有畫面的直觀形象，這種對繪畫藝術的深情雖亦能表現，卻不可能得以如此生動形象地表達。這種表達方式也為詩歌抽象的意蘊增添了形象的審美情趣，使詩歌之美得到了外在生動形象的映襯。白頭翁因有「白頭」二字，被趙佶巧妙地借用來作為詩意的載體，可謂匠心獨運。正如姜斐德所對傅心畬之畫作所說的：「……僅僅出於為記錄這首詩歌尋找一個適當的美學載體的目的，他才創作了以萬苣為題的畫作。在這種情況下，文本和典故引導了詩畫互文的解讀。」[108]她說的這番觀點也可應用在宋徽宗此畫上。同樣，美國學者畢嘉珍在論及中國古代墨梅畫的時候說：「我們將會看到，藝術作品被當作是圖畫與題跋的統一體。視覺與文本元素在意味深長的交互中共同參與著。」[109]可見畫面題詩也使得畫面傳達意蘊的自由度得到了擴展，使複雜文學內涵有可能用簡單的形象來表達。正如徐復觀所言：「……徽宗生於文人畫家、社會畫家鼎盛之日，於是在山水畫方面，也不能不受到超出於形似之上的『高逸』的影響；而這種高逸，他非直得之於自然的關照，而系得之於詩的揣摩啟發。」[110]可見，「詩畫合一」對繪畫的影響是超越物體本身的形狀，來反映某種更複雜的意蘊的。

---

[107] 徐復觀：《游心太玄》，北京：北京大學出版社，2009 年，第 239 頁。
[108] [美]姜斐德撰：《以萬苣、白菜和野草為畫：杜甫菜園的隱喻》，見於杜大愷主編《清華美術.卷 2：多元視界中的中國畫》，北京：清華大學出版社，2006 年，第 24 頁。
[109] [美]畢嘉珍：《墨梅》（Ink Plum），南京：江蘇人民出版社，2012 年，第 16-17 頁。
[110] 徐復觀著：《中國藝術精神》，桂林：廣西師範大學出版社，2007 年，第 341 頁。

　　在畫上題詩，題文，對畫面的形式也起到了補充和完善的作用。自從宋代後在畫上題詩的創作方式出現後，中國古代繪畫的構圖的形式也向著「詩畫合一」的方向靠攏，為題詩、題文留下了空間。徐復觀就這個問題言道：「由此不難推想，將詩寫在畫面的空白上，一方面固然是詩畫在精神意境上已經完成了融合以後，在形式上所應當出現的自然而然的結果；但同時寫在畫面空白的詩的位置，實際也是出於意匠經營，故因而得以構成畫面的一部分，以保持藝術形式上的統一。」[111]。宋代早期及之前的中國古代繪畫的構圖大致與西方繪畫相似，畫中物體的形象佔據了幾乎整個畫面。如五代董源的《龍袖驕民圖》、荊浩《匡廬圖》、北宋郭熙的《早春圖》都是如此。然自此時起，一大部分中國古代繪畫的構圖開始改變，由佔據畫面的中軸線變為中分線，又由中分線進步成為對角線。即畫面的一個整體由一分為二，如南宋夏珪被稱為「夏半邊」，馬遠被稱為「馬一角」，構圖變化的原因並不能盡知。有學者認為，這種構圖演變的形式是與南宋移都臨安有關，北方風景多崇山峻嶺，而南方風景多空茫山水，因此構圖也變得空靈了起來。也有學者認為，畫面之所以出現了題詩的空間，是因為文人畫家想通過題詩來彌補畫技的不足。如徐建融所說：「當然，此時的繪畫強調要在畫面上題詩，不僅僅因為由於形象塑造的欠缺無法傳達意境，所以需要用題詩來表達。而且在形式方面，尤其是構圖章法方面，由於三維空間營造也即整體形象的欠缺，轉而謀求平面化的筆墨構成，所以要用題詩來經營位置。」[112]不論原因如何，構圖之演變的結果使得畫面上有了題詩文的空間。越來越多的題詩文的繪畫出現之後，文人畫家們發現，這種創作方式可以使詩與畫相互補充，畫作因為題詩擴大和深化了原有的內容，在畫作中題詩又使得畫面更為豐富。用文人擅長的書法技巧來題寫詩文，一幅畫作的好壞就不僅僅取決於繪畫中的造型技巧了。題寫詩文彌補了業餘的文人畫家所畫的寫意型畫作「逸筆草草」，缺乏細節的缺陷，也增添了畫作的情趣。這種傾向發展到後來，許多畫作已經失去了繪畫本身的獨立性，繪畫形象離不開與之相關的詩文，不題詩文便覺畫面不完整，而畫家在作畫時也已留下了題詩的空間。中國古代的晚期，這樣的例子很多，尤其出現在一些以墨竹、花鳥、瓜果為題材的寫意畫中。如倪瓚《修竹圖》、徐渭《榴實圖》、鄭燮《墨竹圖》都是這樣的畫作。畫給了詩一個理想化的

---

[111] 徐復觀著：《游心太玄》，北京：北京大學出版社，2009年，第240頁。
[112] 徐建融著：《宋代繪畫研究十論》，上海：上海大學出版社，2008年，第126-127頁。

境界，使詩的想像落地，詩又擴大了畫的意境，它們彼此相加的值大於它們中的任何一種。

如前所述，中國古代的書法作為「調和劑」造就了「詩畫合一」在形式上的和諧。中國古代書寫和繪畫的工具都是毛筆，書法的筆法既融入畫面，又能和由書法題寫的詩文在視覺形式上融為一體，不顯得突兀。相比之下，西方書寫和繪畫的工具並不一致，文字與圖像無法在形式上取得一致。西方人也從不在畫面上題字。即使畫面上出現文字，也要將其表現為畫面物體造型的一部分。如法國畫家路易·大衛所畫《馬拉之死》，就將文字寫於馬把手裡握著的書信上，唯有這樣，才能使畫面具有統一感。

中國古代畫家在畫面題詩文，通過書法這種調和劑，將語言藝術和造型藝術在形式層面上完善地融為一體。王朝聞曾說：「假定有人願意把杜甫《望嶽》的詩意用繪畫的形式來表現，假定畫一個老人在泰山絕頂俯覽眾山，畫中那許多視覺特徵雖能引人注目，但對詩人那曠達的襟懷的表現，未必能比讀書更便於領會。」[113] 此觀點絲毫沒錯，然而，中國古代繪畫恰恰就是將詩題在畫面上的，觀賞者既可看畫，又可讀詩、讀文。因此非但可以領會，還可以更深入地領會。同時，這種領會還增加了審美的意趣。因為畫面為詩境增添了視覺特徵，詩文又為畫境又增添了文學意蘊。題詩，題文可以大大地加強畫面的表現力。再如宋高宗曾在趙大年（趙令穰）的冊頁上題寫蘇軾的詩句──

> 荷盡已無擎雨蓋，
> 菊殘猶有傲霜枝。
> 一年好景君須記，
> 正是橙黃橘綠時。

這四句詩非常難以用視覺語言表達，畫家不可能將「殘荷」、「殘菊」、「橙黃橘綠」這些形象一股腦都表現在畫面中，事實上，在趙大年的畫中也確實沒有這些形象，他只是畫了兩片橘林，上面長滿了橘子，色彩也很簡單。但是有了詩，畫的意義便得到了擴充。再如，明代文嘉也曾畫出《題杜甫詩意》這樣的畫，上題杜甫的詩：「藍水遠從千澗落，玉山高立兩峰寒。」

---

[113] 王朝聞著：《審美基礎》（*The Basis of aesthetics*），北京：生活·讀書·新知三聯書店，2011 年，上卷，第 217 頁。

畫中並沒有藍色的流水和玉色的高山，然這些看似無可能畫出的視覺意象，卻為畫面所表現出來了，這個例子中還只是對視覺意象的表現。另有許多畫作中表達的是多重感受，除了表現視覺感受（繪畫、書法）外，還可以表現其他感官的感受，如聽覺、觸覺、嗅覺等。如馬遠的《山徑春行圖》中有題詩：「觸袖野花多自舞，避人幽鳥不成啼。」這兩句詩其實是無法畫出的，「野花」舞動是動態的，鳥兒啼鳴又是聽覺經驗，但這兩句詩與畫面一旦結合，就相互映襯了起來。明代唐寅有一幅立軸《山路松聲圖》，畫的內容在中國古代的山水畫中很多見，是山水中有行人路過的畫面，唐寅在上面有七絕題詩——

> 女幾山前野路橫，
> 松聲偏解合泉聲，
> 試從靜裡閑傾耳，
> 便覺冲然道氣聲。

在這首詩中，有松聲、泉聲兩種不同的聽覺感受，又有「冲然道氣」的主觀感受。如果沒有題詩，任何繪畫，包括印象派繪畫、現代主義繪畫都是無法表現出如此複雜的感受的。由此，中國古代繪畫也衝破了必須表現詩中確定形象的桎梏。關於這一點，美國學者 Susan E.Nelson 曾說道——

> （畫面的）題名和題詞暗指了聲音和傾聽，（畫面中）對傾聽的面部和身體的表現，人的形體位置與周圍環境的和諧共鳴，以及（畫面中）自然的形式自身在觀看者的心中和體內喚起了關於聲音的感受和理念——這些都是畫家將聲音的主題加入自然的畫面的方法。[114]

可見，在畫中題寫詩文是使畫面具有除視覺體驗以外的多重感官體驗的方法。美國學者羅樾（Max Loehr）在其文《中國繪畫中的個性問題》中曾就此種「詩畫合一」的方式說道——

---

[114] Susan E.Nelson,「Picturing Listening:The Sight of Sound in Chinese Painting,Archives of Asian Art」, in *Archieves of Asia Art*, Vol.51(1998/1999),pp.30-55.

> 這就把畫家的作品從純視覺世界轉向介乎於藝術與文學的天
> 地。這種形象與文字的結合體，在西方藝術中還找不到確切的對應
> 物。畫家的語詞不加修飾地展示出畫家對自我實現的關心。可以想
> 像，在他感到形象的魅力消退時，畫家將更強烈地依賴於語詞和書
> 法的感人力量。[115]

羅樾的這段話說到了幾個問題。首先，西方繪畫和中國古代繪畫不同，沒有在畫面中題文字的習慣。第二，中國古代繪畫中題詩文的方式使語詞和書法成為畫面形象的補充。其實，雖然我們今天看到的西方繪畫都不在畫面上題字，但據說古希臘人（宙克西斯）也曾利用過題詩來增強畫面的效果。只是這種方法由於種種原因沒有流傳下來。而宙克西斯要表達的畫面效果，也如同中國古代描寫景物的抒情詩一般，是描寫特洛伊戰爭中海倫之美的詩句。萊辛在論及「詩與畫的交互影響」時，曾經提到過宙克西斯的名畫《海倫》[116]。在注解中，他提到了宙克西斯曾在這幅畫上面抄下荷馬寫海倫的那行詩——

> 沒有人會責備特洛亞人和希臘人，
> 說他們為了這個女人進行了長久的痛苦的戰爭，
> 她真像一位不朽的女神啊！[117]

由於詩歌能夠從各個角度（而非直接）地更廣泛，更深入地描繪對象，宙克西斯採用這些詩句的目的，應是為了增添畫面表現力。但萊辛在論及「詩與畫的交互影響」時，只是一筆帶過，並沒有深入地由這個角度出發進行思索（可能萊辛未接觸過中國古代繪畫）。萊辛舉這個例子只是為了說明畫家在創作時如能抓住詩人對自然的敏銳的摹仿，並受到啟發，就能創作出

---

[115] [美]羅樾著：《中國繪畫史的一些基本問題》（*The Question of Individualism in Chinese Art*），見於洪再辛選編：《海外中國畫研究文選（1950-1987）》，上海：上海人民美術出版社，1992年，第91頁。

[116] [德]萊辛著、朱光潛譯：《拉奧孔》，北京：人民文學出版社，1979年，第126頁。

[117] 見於[德]萊辛著、朱光潛譯：《拉奧孔》，北京：人民文學出版社，1979年，第122頁引文。

優秀的作品。然我們卻可從這段「題畫詩」中看到，希臘人也曾使用過類似中國古代題畫詩的方法來增添畫面的表現力。

在畫面題詩文，也是一個畫作不斷「完善」的過程。在文人圈子中相互交換、流傳畫作，可以起到與他人交流，發表自己觀點的作用。許多文人借助在畫上題詩文表達內心的觀點和情感，甚至是希望表達，卻又不能直接表達的，「不足以外人道」的人生態度。正如方聞所說：「藝術家的詩篇──多數是題在他們畫上的──是他們隱秘的思想情感最直接的流露，極大程度上都賦有孤獨、抑鬱或者絕對苦悶的主題。」[118]徐渭在《榴實圖》的題詩就表達了類似的人生態度：「山深熟石榴，向日笑開口；深山少人收，顆顆明珠走。」這些題畫詩日後之所以能成為人們熟悉的名篇，不能不部分歸功於畫作對詩的映襯。正如鄭為在《中國繪畫史》中所言：「他（徐渭）的題畫詩，無論是形式還是內容，不僅與畫渾然一體，而且真正達到相輔相成，畫不足，詩表之；詩不顯，畫形之。」[119]可見詩畫確實融合，並形成了某種意義上的互動。再如沈周在一幅小冊頁上畫了山巔上站著一個人，但這幅圖景並不是他要表現的內容，他題寫的詩句才是創作此畫的真意：「白雲如帶東山腰，石磴飛空細路遙，獨倚杖竿舒眺望，欲因鳴澗穀吹簫。」[120]觀者將詩畫結合起來看，才能瞭解畫作表現的是他不求功名利祿，心境空靈逍遙的狀態。人們通過欣賞畫作，也讀出了畫家的心聲。如果畫作的受贈者或流覽者、收藏者繼續在上面題字，畫面便有了不斷生長的可能性。英國學者柯律格（Craig Clunas）曾在著作中援引了一段有關文徵明為贈予黃雲的畫作賦詩的文字──

　　　余為黃應龍先生作小畫，久而未詩。黃既自題其端，復微拙作漫賦數語。畫作於弘治丙辰（1496），距今正德辛未（1511）十有六年矣。[121]

[118] [美]方聞著：《心印：中國書畫風格與結構分析研究》（*Images of the Mind*），西安：陝西人民美術出版社，2004年，第5頁。

[119] 鄭為著：《中國繪畫史》，北京：北京古籍出版社，2005年，第451頁。

[120] [美]高居翰著：《江岸送別：明代初期與中期繪畫》（*Parting at the Shore: Chinese Painting of the Early and Middle-Ming Dynasty*），北京：生活‧讀書‧新知三聯書店，2009年，第418頁。

[121] [英]柯律格著、劉宇珍等譯：《雅債：文徵明的社交性藝術》（*Elegant Debts: The Social Art of Wen Zhengming*），北京：生活‧讀書‧新知三聯書店，2012年，第70頁。

可見，當畫作完成的時候並不意味著這幅畫的創作過程便結束了。這與西方繪畫是截然不同的，西方繪畫完成之後，即使後人修改，也只是復原前人所畫的原貌而已。而中國古代繪畫，尤其是文人畫，在畫面完成之後，即進入了一個新的創作過程，即文人、收藏家、品鑒者們品評題寫詩文的過程，畫的價值和含義也隨之發展變化。正如柯律格所言：「這幅作品因為原本尚無題跋，所以就某種標準來說是『未完成的』作品，或至少因尚未完成而提供進一步修改的可能，此亦使該畫成為兩往來交情持續不斷的象徵。」[122]另外，文人、收藏者和品鑒者們在知名的畫作上留下了自己的文字後，他們的思想也能與該畫作同時流傳青史（這或許也是為什麼乾隆帝總是樂此不疲的原因）。在畫作上題詩文既可以與同一時代的人對話，也可以與不同時代的人（曾經欣賞和收藏過此畫的前人）對話。這種現象對西方人來說無疑是陌生的，《加德納世界藝術史》中這樣描述此類現象：「一些歷史悠久、受人仰慕的帶有所有這些附加文字的畫作歷經多次收藏，在西方人看來可能有些眼花繚亂。然而在中國，這些題字和收藏品的歷史重要性是中國繪畫鑒賞的要素。」[123]西方人之所以「眼花繚亂」，正是因為西方任何一幅繪畫上都未曾有過這麼多前人留下的印跡。而辨認這些前人的印跡並津津樂道，也是中國古代文人品畫的一大樂趣。

因此，中國古代繪畫中的第一種「詩畫合一」的方式，是將文學與繪畫通過書法的作為形式上的中和劑進行融合，形成了兼具兩種藝術門類，即詩與畫的審美特質的藝術品。高居翰曾對元代畫家吳鎮的畫作發表如是評論：「中國人欣賞吳鎮的畫卷，除了欣賞圖畫之外，同時也是欣賞文學。」[124]可見中國古代繪畫中的「詩畫合一」確使繪畫具有了多重欣賞的功能。程抱一說：「中國畫在畫作的空白空間題寫詩文。使繪畫演變成一種更「完整」的藝術，在這樣的藝術中結合了意向的造型性和詩句的音樂性，也即，更加深邃地結合了空間和時間維度。」[125]雖然我們不能肯定觀畫者

[122] [英]柯律格著、劉宇珍等譯：《雅債：文徵明的社交性藝術》（*Elegant Debts: The Social Art of Wen Zhengming*），北京：生活·讀書·新知三聯書店，2012年，第70頁。
[123] [美]弗雷德·S·克萊納等編著、諸迪等譯：《加德納世界藝術史》（*Gardner's Art through the Ages*），北京：中國青年出版社，2007年，第805頁。
[124] [美]高居翰著：《隔江山色：元代繪畫》（*Hills Beyond a River: Chinese Painting of the Yuan Dynasty*），北京：生活·讀書·新知三聯書店，2009年，第70頁。
[125] [法]程抱一著、塗衛群譯：《中國詩畫語言研究》，江蘇：江蘇人民出版社，2006年，第21頁。

是否必能感受到「音樂性」，然程抱一認為題詩文使繪畫超越了造型藝術的審美範疇，融入了其他藝術門類的審美範疇，也與我的觀點有相似之處。

反過來說，中國古代繪畫的畫面也是對詩文的補充、解釋和映襯。在某種意義上說，文人要題寫的詩句，畫反而是次要的，是作為將詩句更豐富地呈現出來的形式而存在的。如柯律格在著作中所提到的：「……因為賦詩是精英不可或缺的必備條件，繪畫卻只是額外的能力，甚至可能隱然損及其精英身份。」[126]在畫面題寫詩句，相比單純的文學作品，更讓人們有展玩、回味的空間。人們首先通過詩文聆聽畫家的內心獨白，同時欣賞書法的形象之美以及畫面的形象之美。英國學者保羅‧詹森（Jonnson. P.）也持類似的觀點：「中國人認為詩與畫兩者在根本上沒有差別，例如有句約西元 1100 年的俗語說，『詩為無形之畫，畫為有形之詩』；由於詩以書法寫下，書法也是大部分畫作裡不可分割的一部分，因而這三者是一體。中國傳統觀念認為，凡是偉大的君子—藝術家，都應該能寫詩作畫，書法一流，而事實上他們也總是如此。」[127]他說出了中國古代繪畫通過題詩文做到「詩畫合一」。但他忽略了一點，這並不僅僅是「中國傳統觀念」。在萊辛之前，西方人也曾發表過「詩畫等同」的觀點。但萊辛之後，西方便再無類似的觀點了，但許多中國學者直到今天還持這樣的觀點。從這裡的差別，我們應該能得出中西方詩與畫的關係是不能簡單地由西方人的視角出發一概而論。

此種「詩畫合一」的方式還對中國古代繪畫帶來一處影響。在畫中所題詩文除了完善了畫作之外，也促進了詩歌的發展，一些題畫詩由此成為名篇，而文人對詩文的創作熱情反過來又促進了繪畫的創作。如徐渭的《葡萄圖》上面的題詩就道出了他鬱鬱不得志，卻又清高自傲，不願與俗世合流的人生態度。「半生落魄已成翁，獨立書齋嘯晚風；筆底明珠無處賣，閑拋閑擲野藤中。」題畫詩之所以能成為人們熟悉的名篇，不能不部分歸功於畫作對詩的映襯。《加德納世界藝術史》曾針對這個問題寫道：「在更為具體的作品內涵中，著名詩作都曾經為繪畫提供了素材，同時詩人們也從著名畫作中受到啟發，下筆成文，兩種做法都促使了在詩畫作品上留下題

[126] [英]柯律格著、劉宇珍等譯：《雅債：文徵明的社交性藝術》（*Elegant Debts: The Social Art of Wen Zhengming*），北京：生活‧讀書‧新知三聯書店 2012 年版，第 64 頁。
[127] [英]保羅‧詹森著、黃中憲等譯：《藝術的歷史》（*Art: A New History*），上海：上海人民出版社，2008 年，第 409-410 頁。

字。」[128]此種詩與畫的相互促進的現象，也是西方繪畫發展史中從未出現過的。

第一種「詩畫合一」的方式，是詩與畫同時呈現在畫面上的。在第二、第三種「詩畫合一」的方式中，詩文不一定直接出現在畫面中，但同樣在繪畫中表達了詩（文學）的意境。

（2）第二種「詩畫合一」的方式

第二種「詩畫合一」的方式是使得中國古代繪畫中的物體成為一套具有象徵意義的符號，這些符號背後各有其所指的含義。直白地說，很像一套內行人才能解讀的密碼，而所謂內行人就是能領會這些象徵意義的文人畫家及欣賞者。如果對中國文化不熟悉，是很難真正讀懂這些繪畫的。前蘇聯學者葉·查瓦茨卡婭就曾說：「一個最常見的題材——一枝盛開的梅花，歐洲觀眾往往把它理解成一幅輕鬆的抒情性畫圖，覺得它充滿印象派的新鮮感與真切感；而在中國的欣賞體系中，這個題材卻是一種對於天體演化論與形而上學等複雜問題的象徵性的藝術理解，其中極少『超功利的快感』。[129]」可見此種「詩畫合一」的方式是將畫中事物作為符號，具有能指和所指。

高居翰認為，中國山水畫之作畫的功能可分為這幾種，一是生日，二是離別，三是隱逸。他說——

> 在這樣認讀繪畫的意義時，我們採用了一種可以被泛泛地稱為符號學（semiotic）的方法：即我們把特定母題和構圖特徵視為含有意義的符號。符號學認為有一種表意系統（system of signification），一種代碼（code），是藝術家的同時代人無須細想或無須相互解釋就能理解的。[130]

---

[128] [美]弗雷德·S·克萊納等編著、諸迪等譯：《加德納世界藝術史》（*Gardner's Art through the Ages*），北京：中國青年出版社，2007 年，第 805 頁。

[129] [蘇]葉·查瓦茨卡婭著、陳訓明譯：《中國古代繪畫美學問題》，長沙：湖南美術出版社，1987 年，第 5 頁。

[130] [美]高居翰著、范景中、高昕丹編選：《風格與觀念：高居翰中國繪畫史文集》（*Style and Idea: An Anthology of James Cahill's Writings on Chinese Painting History*），杭州：中國美術學院出版社，2011 年，第 46—47 頁。

可見，高居翰也注意到了中國古代繪畫有這種類似於符號的特徵。實際上，這種特徵並不僅限於山水畫領域，還包括其他的畫類，涉及的含義也遠不止高居翰提到的這幾種。

中國古代繪畫中的這種現象與中國古代詩歌中的「隱語」[131]很相似。中國古代詩歌不像西方敘事詩那樣詳細地描寫事件發生的過程。它會使用「隱語」來象徵某個潛在的意義。如清人詠紫牡丹「奪朱非正色，異種亦稱王。」來隱射異族（愛新覺羅氏）入主中原，是將紅色的「朱」與姓氏的「朱」互換所形成的隱語。這樣既可以表達作者的觀點，又相對較為含蓄和隱蔽。姜斐德曾說：「在中國古代，隱喻似的表達和旁敲側擊是神聖原則。把詩歌和意象變成隱語，更增進了表達的曲折，因為它以選擇性的理解為前提。」[132]再如杜樸等在《中國藝術與文化》一書中所說得：「詩畫的等同或許也表明繪畫像詩詞有時所能做到的一樣，可以承擔某些相同的政治傾訴和批評功能，但付諸於無聲，因而並非很危險的公開方式。」[133]總而言之，這種方式可以使作者不必直抒胸襟便可表達觀點及情感。如劉禹錫《竹枝詞》中「東邊日出西邊雨，道是無晴卻有晴。」則是「晴」與「情」的讀音一致所形成的隱語。以至於後人在許多文中直接寫為「道是無情卻有情。」而西方敘事詩表達的都是明確的故事情節，將整個故事直接說清楚。詩中雖然也會出現一些有象徵意義的事物，如復仇女神的毒蛇等。但這些事物是都是外在依附於情節的，即使將這些事物去掉，也並不影響故事情節的表達。而相對於中國古代詩歌來說，詩歌本身就是由這些象徵意義構建而成的，如果去掉了象徵意義，詩歌便失去它本身的目的。

如同中國古代詩歌一樣，在中國古代繪畫中，許多物體是象徵性的。蓮花象徵著出淤泥而不染，梅花象徵著清高與孤傲，竹子象徵著剛正不阿，蘭花象徵著純潔的心地，岩石象徵著剛直和拙樸的性格等等。文徵明曾在其畫作《關山積雪》卷末寫道：「古之高人逸士，往往喜弄筆作山水以自娛，然多寫雪景者，蓋欲假此以寄其孤高拔俗之意耳。」不瞭解中國文化的西方人並不能理解這些事物背後的象徵意義。美國學者潔西嘉·羅森（Jessica Rawson）曾說：「由於輸入和運用中國圖案到西方的人不諳中文，所以他們

---

[131] 朱光潛著：《詩論》，桂林：灕江出版社，2011 年，第 36 頁。

[132] [美]姜斐德著：《宋代詩畫中的政治隱情》(*Poetry and Painting in Song China: The Subtle Art of Dissert*)，北京：中華書局，2009 年，第 217 頁。

[133] [美]杜樸、文以誠著、張欣譯：《中國藝術與文化》(*Chinese Art and Culture*)，北京：世界圖書出版公司，2011 年，第 239 頁。

並不知道這些圖案含有強烈的文字和語言元素。在西方典型的中國式牆紙上，常可以見到竹、梅、牡丹、喜鵲、雛雞等圖像。」[134]她接著介紹了牡丹花是富貴的象徵，雛雞是貞潔和堅定的品格象徵，喜鵲象徵著喜慶吉祥等。高居翰也注意到了這一點：「此種畫類單用水墨，對象是某些特定的植物：如松、竹、其他樹木、著花的梅枝、以及蘭葉。畫的象徵意義遠大於裝飾效果。」[135]通過這樣的現象，我們可以得知，為何中國古代繪畫中會出現一些西方繪畫中從不出現的主題，如金代王庭筠的《幽竹枯槎圖》中畫了西方人很少單獨表現的枯樹和竹枝。宋代學者歐陽修形容梅堯臣的詩作時說：「尤古硬，咀嚼苦難嘬，又如食橄欖，真味久越在。」他認為，這些評語也可以用來描寫蘇東坡、文同及米芾的畫。米芾曾評論蘇軾的《枯木怪石圖》：「子瞻作枯木，枝幹虬屈無端，石皴硬，亦怪怪奇奇無端，如其胸中盤鬱也。」為什麼中國古代文人畫家選擇這些拙樸之事物作為繪畫的內容呢。因為這些事物要表達的意義並非事物本身，而是其背後的意義。蘇立文認為，傳蘇東坡的《古木竹石圖》的筆觸乾枯而靈敏，故意避開能討好觀眾的效果，是一種毫不造作，自發自覺表現個人的作品，也表露出畫這棵古樹作者的風度及氣質。蘇東坡本人也曾說過：「文以達吾心，畫以適吾意也。」朱熹也曾說過：「蘇公此紙出於一時滑稽詼笑之餘，初不經意，而其傲風霆、閱古今之氣，猶足以想見其人也。」（《跋張以道家藏東坡枯木怪石》）可見蘇軾的畫已並非只畫枯木與怪石，而是在畫自己的心境。再如宋代學者歐陽修形容梅堯臣的詩作時說：「尤古硬，咀嚼苦難嘬，又如食橄欖，真味久越在。」他認為，這些評語也可以用來描寫蘇東坡、文同及米芾的畫。文人畫家在某種程度上，是將視覺語言當作文學語言一樣實用的。如包華石所說：「在大量北宋繪畫中，那些表皮粗糙的古松即隱喻此類文人，他們不羈於流俗，人格獨立，冷對風雲霧靄……」[136]高居翰也說：「在諸如此類組合性主題的繪畫中，綜合竹子、古木、奇石的畫，因為經常出

---

[134] [美]潔西嘉·羅森、鄧菲等譯：《祖先與永恆：潔西嘉·羅森中國考古藝術文集》（*Ancestors and Eternity: Essays on Chinese Archaeology and Art*），北京：生活·讀書·新知三聯書店，2011 年，第 506 頁。

[135] [美]高居翰著：《隔江山色：元代繪畫》（*Hills Beyond a River: Chinese Painting of the Yuan Dynasty*），北京：生活·讀書·新知三聯書店，2009 年，第 174 頁。

[136] [美]包華石著：《溪山無盡：上海博物館藏〈溪山圖卷〉》，見於上海博物館編：《千年丹青：細讀中日藏唐宋元繪畫珍品》（*Masterpieces of Ancient Chinese Paintings: Paintings from the Tang to Yuan Dynasty in Japanese and Chinese Collections*），北京：北京大學出版社，2010 年，第 179 頁。

現在早期文人畫運動的代言人蘇軾的筆下，而具有特殊地位。此三者各擁有不同層次的剛毅德行：竹子富有韌性，屈而不折；古木外表雖已乾枯，內在卻緊握著生機；岩石則堅貞不移，歷久長存。」[137]在杜樸等的著作中談到：「畫面處理表現了密切相關的象徵聯繫，似乎要保存思想、過程和圖像之間的直接關係。」[138]道出了蘇軾畫這些通常不為西方人所注意的奇怪的物體背後的象徵意義，而這些西方人對枯樹的理解基本是正確的。另還有許多類似的例子。如李霖燦認為清代羅聘的《蜂巢圖》正是「行於所當行，止於所不能不止」之良好處理[139]。這些枯枝、怪石、蜂巢在形象上並非很有美感，但因為畫中物體背後的象徵性，成為中國古代文人畫家樂於創作的主題。

再如元代任仁發的畫作，大都為以理性的科學精神所畫出的精確形似的作品，但也都蘊含有象徵意義。其中的《二馬圖》，其中出現了兩匹肥瘦不一的馬，這兩匹馬在此畫中是有象徵意義的，任仁發的在畫中題下了這樣的文字——

> 肥者骨骼權奇，縈一索而立峻坡，雖有厭飫芻豆之榮，寧無羊腸踏蹴之患。瘠者皮毛剝落，齕枯草而立風霜，雖有終身擯斥之狀，而無晨馳夜秣之勞。世之士大夫，廉溢不同，而肥瘠繫焉。能瘠一身而肥一國，不失其為廉；苟肥一己而瘠萬民，豈不貽淤濫之恥歟？

他在畫中用籠頭脫落的肥馬象徵「肥一己」的貪官，而用系著籠頭的瘦馬象徵「瘠一身」的清官，價值取捨昭然若揭。事實上，馬在中國文化中本身就與官吏相關，因為中國古代有「伯樂識馬」的典故，因此和選拔官吏的眼光是密切相關的，再如，馬有忠誠、吃苦耐勞的品質，也與官吏需具有的敬業精神密切相關。這也是任仁發畫馬的寓意所在。同樣，任仁發所畫的九馬圖，在馬廄的形狀上和馬夫的衣著、馬的配飾上都顯示出皇家的特徵。美國學者 Maxwell K.Hearn 就曾說：「任仁發的畫可以被解讀為有才華的人被帝王賞識的隱喻。」[140]

[137] [美]高居翰著：《隔江山色：元代繪畫》（*Hills Beyond a River: Chinese Painting of the Yuan Dynasty*），北京：生活・讀書・新知三聯書店，2009 年，第 182 頁。

[138] [美]杜樸、文以誠著、張欣譯：《中國藝術與文化》（*Chinese Art and Culture*），北京：世界圖書出版公司，2011 年，第 241 頁。

[139] 李霖燦著：《中國美術史稿》，臺北：雄獅圖書股份有限公司，2008 年，第 290 頁。

[140] Maxwell K.Hearn,「Painting and Calligraphy under the Mongols」, in James C.Y.Watt, *The World of Khubilai Khan: Chinese Art in the Yuan Dynastyt*, New York: Yale University Press,

再如郭熙、郭思父子在《林泉高致》中，將松樹比作君子，將大山比作君王。

> 大山堂堂為眾山之主，所以分佈以次岡阜林壑，為遠近大小之宗主也。其象若大君赫然當陽，而百辟奔走朝會，無偃蹇背卻之勢也。長松亭亭，為眾木之表，所以分佈以次藤蘿草木，為振挈依附之師帥也。其勢若君子軒然得時，而眾小人為之役使，無憑陵愁挫之態也。[141]

但這些象徵性的解讀並非一成不變，而是可以隨著畫家要表達的內容的不同而改變的，以中國古代繪畫中的竹子為例，英國學者所著的《世界美術史》中如是說：「在文人畫家那裡，一些題材具有強烈的象徵性含意，例如，有彈性的常青之竹就像是受過良好教育的文人士紳，他能屈身於環境，適應於社會然又維護自身人格的完善。」[142]然雷德侯看到的另有含義：「一枝竹子或可以表現遁世之隱士所用的魚竿，或可意味新生兒精力旺盛的生長。」[143]英國學者蜜雪兒・康佩・奧利雷也看到中國古代繪畫中的竹子可以表現多種不同的含義，她是從畫家的性別方面來辨析的——

> 由於外形和其象徵意義。竹子一直是中國繪畫常見的主題。它細長漸尖的葉子給畫家們提供了展示他們對筆法控制的舞臺。竹子表面的脆弱掩飾了它在最惡劣的環境下頂風逆水而彎曲生存的能力。對於男性畫家來說，這種身處逆境而不屈服的能力被認為是男性的美德。但在管道升的筆下，竹筍表現為對婚姻的忠誠，象徵著傳說中一位明君的忠誠的妻妾，她們在他死後，即棲身於河邊的竹林中。[144]

2010, P.203.

[141] [宋]郭熙撰、周遠斌校注：《林泉高致》，濟南：山東畫報出版社，2010 年，第 26 頁。

[142] [英]休・昂納、約翰・弗萊明著、毛君炎等譯：《世界美術史》（*The Visual Arts: a History*），北京：國際文化出版公司，1989 年，第 415 頁。

[143] [德]雷德侯著：《萬物：中國藝術中的模件化和規模化生產》（*Ten Thousand Things: Module and Mass Production in Chinese Art*），北京：生活・讀書・新知三聯書店，2005 年，第 212 頁。

[144] [英]蜜雪兒・康佩・奧利雷著、彭海姣等譯：《非西方藝術》（*Art beyond the West*），廣西師範大學出版社，2004 年，第 143 頁。

但中國古代繪畫中的物體的象徵意義之變化也並非漫無邊際的，一般來說，這些象徵型的物體的褒貶之意是基本確定的。《宣和畫譜》中的花鳥敘論曾有如是說：「花之於牡丹、芍藥，禽之於鸞鳳、孔翠，必使之富貴；而松竹梅菊、鷗鷺雁鶩，必見之幽閒，至於鶴立軒昂，鷹隼之擊博，楊柳梧桐之扶疏風流，喬松古柏之歲寒磊落，展張於圖繪，有以興起人之意者，率能奪造化而移精神遐想，若登臨覽物之有得也。」[145]高居翰也曾道：「諸如竹、蘭和梅這些文人業餘畫家喜好的題材，它們的象徵意義可能過於籠統……它們慣常都被理解為通過象徵的形式和富於表現性的用筆來表達畫家高尚的儒家情操。」[146]馬嘯鴻說：「竹與各種理想的、人倫道德之行為相聯繫，例如竹子的均勻分佈的竹節與其四季常綠的特質隱含了永遠年輕、永遠充滿希望的品質，其中體現了儒家的中庸思想。」[147]杜樸等在《中國藝術與文化》中也寫到：「已確立的母題可以傳達文學、歷史或道德的特定指涉，並伴有相關含義。如『歲寒三友』——松、梅。竹，關聯範圍從學術到情欲，但核心意涵類比人的品格：凌霜傲雪、堅忍不拔。」[148]可見中國古代繪畫中事物的象徵性可以變化，但褒貶之意基本不變。

　　文字是語言的符號，中國古代繪畫中事物的象徵性，進一步使畫面中的形象成為文字的符號，進一步延伸了畫面的含義，起到了「雙關」的作用。如戴進的《長松五鹿》中出現了五隻帶有棕斑的白鹿於松林溪畔飲水。鹿在中國古代為吉祥的象徵，因為與意指福氣的「祿」諧音。文徵明在其上的題詩即強調這幅畫的象徵內容，其中提到「麋鹿為群五福全」與「平地有神仙」等句，據高居翰猜測，可能是受邀題詠於某位高官的壽宴上，以為祝壽之用。[149]根據黑格爾在《美學》中針對藝術發展歷程所提出的觀點，這樣的藝術應屬於「象徵型藝術」，他在談論埃及的象形文字時，也提

[145] 王伯敏著：《中國繪畫史》，北京：文化藝術出版社，2009 年，第 247 頁。

[146] [美]高居翰著：《畫家生涯：傳統中國畫家的生活與工作》（*The Painter's Practice: How Artists Lived and Worked in Traditional China*），北京：生活・讀書・新知三聯書店 2012 年，第 21 頁。

[147] [英]馬嘯鴻著：《從江西到日本：元代隱逸畫家羅稚川及其〈雪江圖〉》，見於上海博物館編《千年丹青：細讀中日藏唐宋元繪畫珍品》（*Masterpieces of Ancient Chinese Paintings: Paintings from the Tang to Yuan Dynasty in Japanese and Chinese Collections*），北京：北京大學出版社，2010 年，第 286 頁。

[148] [美]杜樸、文以誠著、張欣譯：《中國藝術與文化》（*Chinese Art and Culture*），北京：世界圖書出版公司，2011 年，第 241 頁。

[149] [美]高居翰著：《江岸送別：明代初期與中期繪畫》（*Parting at the Shore: Chinese Painting of the Early and Middle-Ming Dynasty*），北京：生活・讀書・新知三聯書店，2009 年，第 32 頁。

到一種常用的辦法，即「用和實物名稱第一個字母同音的字來表達所要表達的意義。」而朱光潛先生在作注時，認為漢語中的芙蓉代表「夫容」，蝙蝠代表「福」，鹿代表「祿」就是這樣的情況（用同音字來象徵）。[150]黑格爾在談到「象徵型藝術」中的「謎語」時說「……謎語主要地屬於語言的藝術，儘管它在造型藝術裡，在建築、園藝和繪畫裡也可以有地位。」[151]可見這種語言的「雙關」也可以體現在繪畫中，這與劉勰在《文心雕龍》中《諧隱》篇中對謎語提到的：「『謎』也者，回互其辭，使昏迷也。或體目文字，或圖像品物；纖巧以弄思，淺察以衒辭；義欲婉而正，辭欲隱而顯。」[152]即認為謎語可以用於造型藝術中的觀點是基本一致的。黑格爾還曾說，「此外還有奇思妙想的無限廣闊的領域也可以附在謎語範圍裡，例如文字遊戲（音義雙關之類）以及就某一情況、事件或事物所作的雋語。」[153]黑格爾在這一部分兩次提到相關的內容，將語言的「雙關性」在文學藝術、造型藝術中的體現歸入「象徵型藝術」。然黑格爾認為西方的繪畫和詩應屬於「浪漫型藝術」。他說：「藝術家可以忠實地描繪儘管處在極端偶然狀態而本身卻具有實體性的自然生活和精神面貌，通過這種真實以及奇妙的表現本領，使本身無意義的東西顯得有意義。」[154]那麼，在黑格爾看來，什麼藝術門類需要「忠實地描繪……自然生活和精神面貌」呢？他又說——

> 　　在各門藝術之中運用這類題材的主要是詩和繪畫。因為一方面它們用作內容的是本身特殊的事物，另一方面它們用作表現形式的是雖偶然而卻具有一定特徵的外在現象。建築、雕刻和音樂都不適宜於完成這種任務。[155]

黑格爾在這裡談到的詩描繪的是本身特殊的事物，其實就是西方的敘事詩。而他談到的繪畫，則是他非常推崇的荷蘭人的風俗畫，這些風俗畫，乃是西方傳統繪畫中最為接近現實世界的，也是極其形似的畫作。可見，中國古代詩與畫與西方詩與畫並不能完全等同起來，它們之間存在著由於

---

[150] [德]黑格爾著、朱光潛譯：《美學》，北京：商務印書館，1979 年，第二卷，第 73 頁。
[151] [德]黑格爾著、朱光潛譯：《美學》，北京：商務印書館，1979 年，第二卷，第 121 頁。
[152] [梁]劉勰撰、龍必錕譯注：《文心雕龍全譯》，貴州：貴州人民出版社，2008 年，第 144 頁。
[153] [德]黑格爾著、朱光潛譯：《美學》，北京：商務印書館，1979 年，第二卷，第 121 頁。
[154] [德]黑格爾著、朱光潛譯：《美學》，北京：商務印書館，1979 年，第二卷，第 367 頁。
[155] [德]黑格爾著、朱光潛譯：《美學》，北京：商務印書館，1979 年，第二卷，第 367 頁。

中西不同語境所產生的「裂縫」，如果我們單純以西方人的視角來看待詩與畫的關係，就會將忽視許多它們之間的差別所造成的不同的藝術現象。

中國古代繪畫中事物由「隱喻」和「雙關」而形成的象徵性，使得中國古代繪畫表達意蘊的自由度遠遠大於西方繪畫。用符號學的理論來說，這種自由度是建立在中國古代繪畫中的事物形象的「能指」的重要性的下降與「所指」的重要性的上升之上的。

中國古代繪畫史上有關戴進被讒事的記載從另一個側面反映了中國古代繪畫中的事物形象的「能指」的重要性的下降與「所指」的重要性的上升。這使得解讀繪畫本身成為一種富有創造力的活動，姜斐德說：「對那些意識到存在潛在隱喻的士大夫，以破解繪畫和詩歌的謎語來自驗所學，一定頗具吸引力。得到的回報就是解悟內涵的樂趣，以及與天才的詩人畫家心有靈犀的感覺。」[156]然想像的自由度過大，也可能讀出許多偏離畫家本意的含義。關於戴進被讒言所貶的記載很多，姜紹書在《無聲詩史》中認為是戴進被讒因為他所畫的《秋江獨釣圖》中穿紅袍人垂釣水次。孫承澤在《庚子銷夏記》中則不同意這種說法，而《虞初新志》載郎瑛《七修續稿》中又是另一種說法。郎著云：「宣廟召畫院天臺謝廷循評其（指戴進）畫，初展《春》、《夏》，謝曰：『非臣可及。』至《秋景》，謝遂忌心起而不言。上顧，對曰：『屈原遇昏主而投江，今畫原對漁父，似有不遜之意。』上未應，復展《冬景》，謝曰：『七賢過關，亂世事也。』上勃然曰：『可斬。』是夕，戴與其徒夏芷飲於慶壽寺僧房，夏遂醉其僧，竊其度牒，削師之髮，黈夜以逃歸，隱於杭之諸寺。」[157]幾幅山水畫中的事物形象，便能引出如此複雜的詮釋，並使宣德帝信以為真，可見「能指」的重要性將低以及「所指」的重要性升高導致的想像空間之大，這種自由想像空間的出現，恰恰是因為中國古代繪畫表現的並不是有確定故事情節的敘事詩。

西方繪畫中也常出現具有象徵意義的物體。如十五世紀楊‧凡‧艾克（Jan Van Eyck, 1380-1441）的《阿爾諾芬尼夫婦像》中就有許多物體具有象徵意義。在《加德納世界藝術史》中，是如此描寫這些物體的——

> ……幾乎畫面中的每個物體都表達了事件的純潔性、特殊性以及婚姻的神聖。阿爾諾芬尼和他的新娘賽納米手把手在做結婚儀式

---

[156] [美]姜斐德著：《宋代詩畫中的政治隱情》（*Poetry and Painting in Song China: The Subtle Art of Dissert*），北京：中華書局，2009 年，第 219 頁。

[157] 見於王伯敏著：《中國繪畫史》，北京：文化藝術出版社，2009 年，第 335 頁注。

的宣誓。放在一邊的木底鞋顯示出這個事件有著神聖的基礎，小狗象徵著忠誠（犬科的名稱 Fido 源自拉丁文 fido，意為『信任』）。而在他們身後，婚床的簾子打開了。床柱的頂端是一個聖瑪格麗特的小雕像，她是分娩的保護神。床柱頂端還掛著一個小掃帚，象徵著對家庭的照料。窗下櫃子上的橘子象徵著多產，而無所不見的上帝之眼被提到了兩次。一次是由華麗的吊燈上惟一點亮的蠟燭暗示的，在鏡中觀眾可以看到整個房間的映射。嵌入鏡子邊框的徽章狀的畫面裡表現的是基督受難的場景，代表了上帝對反映在鏡子裡的人物救贖的允諾。」[158]

西方繪畫中的物體看似也有象徵性，但這並不能與中國古代繪畫中物體的象徵性混為一談。因為這些具有象徵性的物體僅僅是圍繞並附著於著畫面的，只起到了加強畫面內容的作用。如象徵婚禮的神聖、忠誠的木底鞋、小狗只是加強了畫面的內容──一場基督教神聖的婚禮意義。即使去掉這些事物，仍然不影響畫作整體意義的表達。

但在一部分中國古代繪畫中，如去掉這種象徵性的物體，畫作本身的意義也就失去了。可以試想，如將倪瓚《六君子圖》中象徵君子人格的六種植物去除，畫作立刻不能切合《六君子圖》這個名稱了，也不能表達其背後的意義了。這頗為類似於王雲提出將中西方詩歌進行比較的「第三級隱性隱喻」的理論。關於這一點，王雲曾進行過一番辨析──

　　如果我們用明喻、顯性隱喻、第一級隱性隱喻、第二級隱性隱喻和第三級隱性隱喻這五個指標來衡量西方前現代抒情詩和中國古代抒情詩，我們可以清楚地看到，西方前現代抒情詩使用的比喻主要是明喻、顯性隱喻和第一級隱性隱喻，而第二級隱性隱喻和第三級隱性隱喻則非常少見。反觀中國古代抒情詩，我們可以發現，它不僅頻繁使用明喻、顯性隱喻和第一級隱喻，而且還頻繁地使用了第二級和第三級隱性隱喻，其中第二級隱性隱喻最為常見。這樣的差異正是導致西方前現代抒情詩和中國古代抒情詩在抒情方式上直露與含蓄之別的本質原因之一。[159]

---

[158] [美]弗雷德・S・克萊納等編著、諸迪等譯：《加德納世界藝術史》（*Gardner's Art through the Ages*），北京：中國青年出版社，2007 年，第 578 頁。
[159] 王雲撰：《三級隱性隱喻理論》，《修辭學習》，2006 年第 5 期。

王雲比較的範圍，是在中西方的抒情詩範疇之內的。實際上此觀點也適用於西方的敘事詩。而相對於中國古代繪畫和西方繪畫的比較，在某種意義上來說，這種理論亦是適用的。中國古代繪畫中，許多畫作的整體就與「三級隱喻」很相似，如「雨前雲山圖」就是如此。「雨前雲山圖」象徵的含義是，對於一方的百姓來說，降臨一位賢明的官員就如「久旱遇甘霖」一樣。因此，這類圖畫的「霖雨」都是為了讚頌官員的賢良。再如《人馬圖》也並非畫人與馬，而是讚頌上級慧眼識人的賢良。《寒江獨釣圖》則是為了表現逃避名利的精神狀態。據高居翰在著作中援引的楊新之觀點，《貨郎圖》暗示的也是仁政，小販象徵的是皇帝本人，他「荷天負地」，在百姓中施捨豐富的物品。[160]包華石認為中國古代繪畫中曾出現過的類似於「江山圖」的畫作是有所比喻的，他說：「『江山圖』並不只是代表君主，它還代表著政權，包括官吏和賦稅人，即『民』。這是一個有關臣民的延伸的比喻，君主雖處於主導地位，但仍然被納入到一個更大的體系中。當同時期的歐洲君主掌控著封邑時，類似的中國山水畫卻並沒有暗示帝國全然屬於君主。」[161]我們可以看到，包華石在這裡流露出了對當時中國先進文化的欽慕之意。不可否認，中西方繪畫藝術與文學藝術的共通性，在這裡又一次顯現了出來。

另外，西方繪畫中的物體之象徵意義都來自於宗教和民俗觀念，相對是固定的，是具體的。正如《加德納世界藝術史》中的描述：「西方藝術家經常使用寓言——給故事。圖像和人物注入象徵含義——來傳達道德原則和哲學理念。為了觀眾從寓言的圖像裡得出深層含義，特定圖像的象徵意義必須作為文化習俗被固定下來。」[162]根據朱光潛先生的觀點，上訴所引這段話裡的「寓言」更應該翻譯成「寓意」[163]。而中國古代繪畫中物體的象徵性則可以層層引申，畫作所要傳達的意義取決於對畫中具有象徵性的

---

[160] [美]高居翰著、范景中、高昕丹編選：《風格與觀念：高居翰中國繪畫史文集》(*Style and Idea: An Anthology of James Cahill's Writings on Chinese Painting History*)，杭州：中國美術學院出版社，2011 年，第 27 頁。

[161] [美]包華石：《溪山無盡：上海博物館藏〈溪山圖卷〉》，見於上海博物館編《千年丹青：細讀中日藏唐宋元繪畫珍品》(*Masterpieces of Ancient Chinese Paintings: Paintings from the Tang to Yuan Dynasty in Japanese and Chinese Collections*)，北京：北京大學出版社，2010 年，第 194 頁。

[162] [美]弗雷德・S・克萊納等編著、諸迪等譯：《加德納世界藝術史》(*Gardner's Art through the Ages*)，北京：中國青年出版社，2007 年，第 700 頁。

[163] 按：[德]黑格爾、朱光潛譯：《美學》，北京：商務印書館 1979 年版，第二卷，第 121 頁注②：寓意（Die Allegorie）在漢語中也有譯為「寓言」的，在西方，寓言（Fabel）專指以動植物影射人事，寓意則指抽象概念的人格化。

事物在一定範疇內的解讀，它不是一成不變的。正如法國學者弗朗索瓦·於連（François Jullien）在著作中所作的比較：「在希臘世界的形式，突出、固定且絕對，是一種稱霸的形式；而中國採取相反的態度將注意力放在隱晦且持續的事物之中。」[164]英國學者馬嘯鴻（Shane McCausland）也就不同文化背景下物體的象徵性作過一番比較——

> 　　在不同文化中，烏鴉都是一種意味深長的鳥。較為知名的例子包括，在古代西方傳統中，有著閃亮羽毛的烏鴉是虛榮和高傲的代名詞——在《伊索寓言》的《狐狸與烏鴉》中，狡猾的狐狸用花言巧語輕易地欺騙了高傲但愚蠢的烏鴉。偉大的英國劇作家威廉·莎士比亞（1564 年-1616 年）有時也被戲稱為「自命不凡的烏鴉」，那是因為曾有一位懷有妒意的競爭者用這樣的稱呼嘲笑他。在中國文化中烏鴉有多種寓意，聒噪的鴉群常被與普通人相聯繫。一群經過一整天的覓食而後歸巢的烏鴉可以被與那些必須努力賺取薪俸（食物）並操心自己職位（它們棲息的樹枝）的低級官員聯繫在一起。他們的食物與地位都是由政治家及統治者（高大的樹）通過仁政給予的。然而，羅稚川繪製了一種特別種類的烏鴉，這種有白色脖子的白頸鴉，通常被視為凶兆。[165]

由這個例子可見，中國傳統文化中，物體的象徵性比西方豐富，而西方文化中物體象徵性比中國傳統文化相對固定，西方繪畫中的物體的象徵性意義很少被誤讀，也幾乎不會發生類似「戴進被讒」的事件。如在希臘神話主題的繪畫中，維納斯的象徵永遠是鴿子，宙斯的象徵永遠是鷹。但去掉了鴿子和鷹，也大致不影響畫面要表達的內容。義大利畫家丁托列托的名畫《銀河的起源》中，出現了鷹、孔雀、枷鎖、弓箭、羅網等象徵性的物體。如鷹是宙斯的象徵，孔雀是赫拉的象徵。枷鎖象徵著牢不可破的婚姻關係等等。但丁托列托要表現的故事，則與這些物體沒有直接的關聯。這

---

[164] [法]弗朗索瓦·于連：《本質與裸體》（De l'essence ou du nu），天津：百花文藝出版社，2007 年，第 81 頁。

[165] [英]馬嘯鴻：《從江西到日本：元代隱逸畫家羅稚川及其〈雪江圖〉》，見於上海博物館編《千年丹青：細讀中日藏唐宋元繪畫珍品》（Masterpieces of Ancient Chinese Paintings: Paintings from the Tang to Yuan Dynasty in Japanese and Chinese Collections），北京：北京大學出版社，2010 年，第 285 頁。

些物體也只是進一步加強了故事的表現力而已，整幅畫面的內容仍然是敘事性的，所見即所得的。一旦西方繪畫中出現了整幅畫面都沒有敘事性，都由象徵性物體組成，西方人就會覺得乏味、晦澀。狄德羅就曾說：「我永遠認為寓意畫只是一個思想空虛、貧乏的人的看家本領，他沒有利用現實，不得不求助於難以理解的圖形……」[166]

在二十世紀初曾進入清宮為慈禧太后畫像的美國女畫家凱薩琳・卡爾的回憶中，曾發生過這樣的一件事情，從中亦可見中國人和西方人的思維之不同——

> 太后摘掉護指，又走到一個大花瓶前，采下一朵蓮花並優雅地拿在手裡，問我畫上蓮花是否合適，說這種花卉符合她的性格。如果加上這朵蓮花，畫面上的色調會顯得不太協調，對此我心裡雖然不以為然，表面上卻只能推說還沒有想好怎麼去畫。[167]

蓮花在中國古代文化中象徵著出淤泥而不染的清雅品格，所以慈禧才會認為蓮花符合她的性格，然而美國女畫師在繪畫時，首先注意的卻是畫面的效果，而非畫面背後的象徵意義。如果畫面中的物體影響了畫面的效果，這種物體即便具有象徵性，也是可以去掉的。這個例子也可證明，在西方人看來，具有象徵性的物體只是起到了加強畫面內容的作用，並不能直接組成畫面的內容。

那麼，在中國古代繪畫中，只要能夠解讀出物體背後的象徵意義，繪畫就能表達超越物象之外的複雜含義，相比西方繪畫，也更接近於文學的功能。高居翰曾辨析過一幅並沒有題寫詩文的，與隱逸有關的山水畫——

> 如果我們暫時這樣確定該畫的題材，我們怎樣來證明它？這幅畫上沒有題款，也沒有與之相關的文字。但畫中的某些題材出現在一些可以確定的道家場景中……確定了這一構圖類型之後，我們便可以尋找其他的例子——或者是部分對應。或是極為相同的例子……[168]

---

[166] 《狄德羅美學論文選》，北京：人民文學出版社，1984 年，第 530-531 頁。

[167] [美]凱薩琳・卡爾著、王和平譯：《美國女畫師的清宮回憶》（*With The Empress of China*），北京：紫禁城出版社，2009 年，第 30 頁。

[168] [美]高居翰著、范景中、高昕丹編選《風格與觀念：高居翰中國繪畫史文集》（*Style and Idea: An Anthology of James Cahill's Writings on Chinese Painting History*），杭州：中國

高認為，這些題材就是「背景上的青綠山峰」、「松樹」、「高臺上下圍棋的人」、「可能是仙閣的建築物」、「可從前景中穿過的山洞」、「帶著隨從正在行進的男人——一位隨從背著盛滿酒的葫蘆。」由此可見，正是這些事物以及它們的相互作用，構成了整個畫面的含義，即對「隱逸」境界的追求。

因此，這套存在於中國古代繪畫中的符號系統，大大擴充了繪畫的表現範圍。使繪畫成為非「所見即所得」的，並承擔了許多繪畫以外的功能，而在西方，這些功能是只有文學才能承擔的。高居翰說——

> 我的觀點是潛藏於明清繪畫中豐富而多重的符號和含義系統，使藝術家創作的作品不僅適用於多種場合、傳達不同資訊、承擔多樣用途，而且能夠發揮其承載意義的功能，參與討論各種有關經濟社會問題、宗教與知識信仰、地域自豪感之類的問題，以及當時人們所關注的其他問題。[169]

高居翰談論的範圍僅限於明清繪畫。事實上，唐宋後的中國古代繪畫中，尤其是文人繪畫中多有這種符號，甚至繪畫中物體組成一個符號，來指向某種含義。這種「詩畫合一」的方式使文人業餘畫家具有了職業畫家所不具備的優勢，那就是對畫面意義的解讀能力。這種能力並不來自於扎實的繪畫功底，而是來自於文人畫家的文學修養。同時，繪畫所能表達的情感更豐富了。正如姜斐德所道——

> 繪畫作為受人尊敬的精英士人文化，以畫訴怨為其體現之一。繪畫這種私密用途的發展，不但涉及士大夫在視覺文化領域的參與從書法拓展到繪畫的歷史，以及在文學價值驅動下的繪畫轉型，而且涉及士大夫內部的認同問題。那些交換並賞識此類作品的人自認為他們是一個團體，他們的認同並非根據財富或官階，而是根據其對服務於共同政治觀點的文學和視覺文化的掌握。[170]

美術學院出版社 2011 年版，第 47-48 頁。

[169] [美]高居翰著、范景中、高昕丹編選《風格與觀念：高居翰中國繪畫史文集》(*Style and Idea: An Anthology of James Cahill's Writings on Chinese Painting History*)，杭州：中國美術學院出版社，2011 年，第 111 頁。

[170] [美]姜斐德著：《宋代詩畫中的政治隱情》(*Poetry and Painting in Song China: The Subtle Art of Dissert*)，北京：中華書局，2009 年，第 220 頁。

眾所周知，符號的能指與所指是分離的。那麼，在中國古代繪畫中，具有象徵性的事物構成了畫面的主體，而它們象徵的含義又是與畫中事物本身直接呈現的形象也是有所分離的，這種分離就給予畫家一種自由度，畫家只需用能指類似含義的符號性的事物畫出即可，甚至不必精細地進行描繪，便可達到目的。如陳師曾所說：「庖丁解牛，中其肯綮，迎刃而解，離形得似，妙合自然。其主要之點為何？所謂象徵 Symbol 是也。」[171]所以，這種象徵性對於中國古代畫家的形似技法的要求也較西方畫家要寬。西方畫家必須精確地畫出「最富包孕性的一瞬間」的所有物體，這些物體都必須是形似的。而中國古代畫家只需畫出能表達意義的物體，這些物體大都被表現為具有山、水、花、鳥、人的共相，不需要做到精確的形似。

（3）第三種「詩畫合一」的方式

由於中國古代詩歌並非敘事詩，而抒情詩要表達的是一種意象，而非故事，因此還曾出現過第三種表達「詩畫合一」的方式。這種方式是最有趣的，它有點類同當代廣告圖形的設計方法，巧妙地表現出物體之間關係的實質。張彥遠在《歷代名畫記》中曾道：「顏光祿雲，圖載之意有三：一曰圖理，卦像是也；二曰圖識，字學是也；三曰圖形，繪畫是也。」這種類似廣告圖形設計的方法，可以將非常豐富的內涵，用簡潔的圖形語言呈現出來。它可以比文字更直觀，但又比繪畫更具有內在的圖理意義，但它又不完全是抽象的圖理，應屬於圖形與圖理之間的中間狀態。這類繪畫創作的方法出現在宋徽宗的畫院考試中。宋代畫院錄用畫家都經過嚴格的選擇，到了徽宗一朝，更以考試的方式嚴格選用畫院人才。北宋官吏鄧椿曾在完成於 1167 年的《畫繼》中記載，「圖畫院，四方召試者源源而來」。可見當時畫院考試之盛況。而畫院考試的方式，就是如俞成在《螢窗叢說》中所記載的「徽宗政和中，建設畫學，用太學法補四方畫工，以古人詩句命題，不知掄選幾許人也。」可見考試的方式是讓畫家用畫面表現古人的詩句，中選是有一定難度的。為什麼畫家中選並不容易呢？鄧椿在《畫繼》卷十中記載了徽宗時期宮廷畫家應詔、取士和培養的軼事——

> 益興畫學，教育眾工。如進士科，下題進士，複立博士，考其藝能……所試之題，如《野水無人渡》、《孤舟近日橫》，自第二人以

---

[171] 陳師曾著：《中國繪畫史》，北京：中華書局，2010 年，第 146 頁。

> 下，多系空舟岸側，或拳鷺於舷間，或棲鴉於蓬背，獨魁則不然。畫一舟人，臥於舟尾，橫一孤笛，其意以為非無舟人，止無行人耳，且以見舟子之甚閑也。

可見徽宗雖然重視畫技，但更重視的是畫家巧妙地表現事物之間關係的實質能力。陳師曾先生在《中國繪畫史》中也有一段關於徽宗時期畫院考試的敘述──

> 以敕令公佈畫題於天下，試四方之畫人。其試法以古詩命題，使之作畫。今舉例，如「踏花歸去馬蹄香」之句，則有畫一群蜂蝶追蹤馳馬者，以描寫香字。又「嫩綠枝頭紅一點，惱人春色不須多」，其時畫手有畫花樹茂密以描寫盛春光景者然不入選。惟一人畫危亭美人紅裳倚闌，傍有綠柳相映，是能寫出詩中之意者，遂為上選。又「蝴蝶夢中家萬里，杜鵑枝上月三更」，蓋欲形容蘇武遠使匈奴、夢想歸漢一段情景，月影朦朧，草木荒涼，若有杜鵑啼血之意。[172]

其實，蘇武牧羊假寐，畫面中並無出現蝴蝶，但卻有「蝴蝶夢中家萬里」之意。可見在畫中表達的含義已經遠遠超出了畫面的內容。李霖燦也曾提到過一則類似的故事，他說──

> 北宋的徽宗皇帝曾經以詩文考試畫家，據說一次他以「竹鎖橋邊賣酒家」為題，叫應試的藝術家作畫，結果李唐以橋畔竹林中出一「酒」旗奪得了第一。眾人皆伏其巧，因為這樣才深深表達了「鎖」字的意義，若畫一個酒館只露其半，那就淺近沒意思了。[173]

再有一些試題，如「落日樓頭一笛風」，要求應試者在畫中表現出「笛」；「午陰多處聽潺緩」，要求應試者在畫中表現出水流潺緩的聲音。這些實際上都已經超出了繪畫這種藝術門類的表現範疇，進入了文學的表現範疇。可見，徽宗除了重視畫家形似的能力之外，也重視畫家的創意能力。雖然陳師曾也曾說過：「徽宗專尚法度，取形似……」[174]然畫盛春光景、酒館一角的畫

---

[172] 陳師曾著：《中國繪畫史》，北京：中華書局，2010 年，第 55 頁。
[173] 李霖燦著：《中國美術史稿》，臺北：雄獅美術出版社，2008 年，第 121 頁。
[174] 陳師曾著：《中國繪畫史》，北京：中華書局，2010 年，第 56 頁。

家單在形似的技法方面，未必就輸給了畫美人倚闌、酒旗出林的畫家，再說，考試題目改成直接讓參試者畫人物，豈不是更容易判別畫技之高下，從中亦可見徽宗取士的重點並非只取決於畫家形似的。正如高居翰所說：「12 世紀早期的宋徽宗可能是最後一個因圖畫逼真而讚譽畫家的重要人物，但即使是他也強調繪畫中詩的意境。」[175]可見，徽宗雖然重視形似，也極重視詩意的構思，甚至重視構思甚於形似。據傳，徽宗還出過一些創作的題目，如「亂山藏古寺」，一般人畫的都是山林掩映中露出建築的端角，獲得第一名畫作畫的是滿紙的荒山，僅僅現出佛寺的標記幡竿，將古寺藏得更加徹底。可見第一名因其構思高妙而奪魁。徐復觀也曾說：「由當時取捨的標準看，所重者乃在畫家對詩的體認是否真切，及由體認而來的想像力所能達到的意境。至此而可以說畫與詩的融合，已達到了公認的程度。」[176]也說明，徽宗重視構思比形似更甚。

此種考題既與當代的廣告圖形創作相似，對畫家的要求也是最高的。徽宗取士既需要畫家具有非同凡響的創意能力，又需要畫家具有高超的表達能力。等同於要求畫家既具有文人的文學素養，又具有職業畫家的造型技巧。實際上，此種考試是在同時考畫家的創作才能與想像力、文學修養，即如何通過視覺形象處理只有文學才能描繪清楚的場面，也可看作「為文學繪畫」。畫家若有一定的文學修養，會更適合北宋院體畫的模式。正如蘇軾所說：「世之工人，或能曲盡其形；至於其理，非高人逸才不能辯。」這種考試方法正是區分「工人」和「高人逸才」的方法。傳郭熙曾任試官，出過「堯民擊壤」題。擊壤是中國古代的一項投擲遊藝，相傳遠在帝堯時代已經流行。晉皇甫謐《高士傳》卷上中曾記載：「壤夫者，堯時人也。帝堯之世，天下太和，百姓無事。壤夫年八十餘而擊壤於道中，觀者曰：『大哉！帝之德也』壤夫曰：『吾日出而作，日入而息，鑿井而飲，耕田而食，帝何德與我哉！』」但如有人畫「擊壤」者作今人衣幘，便責為「不學」。[177]徽宗甚至出過如「萬年枝上太平雀」[178]這樣的題目，眾考生大多不能解題，其實「萬年枝」是冬青木，太平雀是吉祥鳥迦陵頻伽，是佛教中的一種神

---

[175] [美]高居翰著、范景中，高昕丹編選：《風格與觀念：高居翰中國繪畫史文集》（Style and Idea: An Anthology of James Cahill's Writings on Chinese Painting History），杭州：中國美術學院出版社，2011 年，第 159 頁。

[176] 徐復觀著：《中國藝術精神》，桂林：廣西師範大學出版社，2007 年，第 362 頁。

[177] 王伯敏著：《中國繪畫史》，北京：文化藝術出版社，2009 年，第 193 頁。

[178] 尚剛著：《林泉丘壑：中國古代的畫家與繪事》（修訂本），北京：北京大學出版社，2007 年，第 112 頁。

鳥。這樣的題目絕不是在單純考察畫家的畫技,它同時在考察畫家的學識。據因此,北宋徽宗時期的院體畫家素質很高,創作的院體畫數量很多,品質很高,但在徽宗畫院衰落之後,這種創作方法便不多見了。

這種繪畫的創作方法,是西方人的繪畫中未曾出現過的。因此在西方人看來,中國古代繪畫的含義是晦澀的。義大利新前衛畫家法蘭西斯科·克萊門特(Francesco Clemente, 1952-)曾說:「……當中國人非得說『椅子』不可時,他們卻不說椅子。……他們所尋找的是他們所欲描繪之物的處境。他們發現一連串相類似的事情在進行著,而只描繪其中的一種。誰也不知道他們為什麼偏選這一種而非那一種……」[179]德國哲學家謝林認為整個藝術可以分為兩類,一類是以實在的統一為基礎的,他稱為實在系列,這就是造型藝術。另一類是以理性的統一為基礎的,他稱為理想的系列和觀念的系列,這就是語言藝術。謝林認為還存在著第三種藝術,是前二種的綜合,但並沒有指出其為何物。徐曉庚曾在他的博士論文中指出,謝林所說的第三種藝術就是當代的設計藝術。[180]而宋徽宗時宮廷畫家的創作方法,應是非常接近實在的統一與理性的統一的綜合的,即非常接近當代的設計藝術的。這種「詩畫合一」的方式對畫家形似的技法要求是較高的,不然即使畫家具有創意,也是無法恰當地實現的。但是相比西方繪畫,這種創作方式對形似的要求又是較自由的,因為畫家可以通過表現事物之間的關係的實質,來隱喻某種意義。不像西方繪畫,必須精確地表現出「具有包孕性的一頃刻」。

4.中西詩畫關係中「寬闊的鴻溝」

我以為,詩與畫必不能混為一談,不然就失去了區分藝術門類的意義。但我們若將中國詩與畫的關係與西方作深入比較,我們不可忽視因中西方詩性質的不同而造成的這一處小小的差別,否則便將會造成對中西詩與畫之關係「差之毫釐,謬之千里」的誤解。

相比中國古代繪畫,詩與畫的差別在西方繪畫中體現得更為明顯。這是因為西方前現代的詩是敘事詩,繪畫只能表現「具有包孕性的一頃刻」,

---

[179] [美]H.H.阿納森著、曾胡等譯:《西方現代藝術史·80年代》,北京:北京廣播學院出版社,1992年,第111頁。

[180] 徐曉庚著:《黑格爾關於造型藝術一般問題的考察》,中央美術學院,2006年5月,第21-22頁。

不可能發展出如中國古代繪畫中的三種「詩畫合一」的方式。而這三種方式使中國古代畫家，尤其是文人畫家在創作上獲得了更大的自由度。正如姜斐德所說——

> 山水、松樹和梅花的詩中採用了博學而隱晦的話語（discourse），這也有助於解釋，為何後來的文人們感到文人畫家的繪畫與宋代宮廷畫院的同題材繪畫有著天壤之別。畫院畫師富於作品視覺上的精美，而對文人畫而言，心領神會的鑒賞家可能對它的文學內涵更感興趣。士大夫把文人繪畫與詩歌互相參照，認為象徵性的表達比畫面細節上的真實再現更有價值。[181]

此三種「詩畫合一」的方式將人們評判繪畫的標準從繪畫本身擴充到繪畫、書法、文學三者，畫中事物是否形似的重要度降低了。在第一種「詩畫合一」的方式中，在畫中題詩，題文可以幫助文人畫家更方便表達畫作的意義，即使畫中事物只是「草草數筆」，不精確形似，但和詩文優美的書法及富有文學韻味的語言結合起來，並不妨礙整幅畫作的完整性。而第二種「詩畫合一」的方式則將本來應表達的複雜內容符號化，實際上是將畫中物體的形象盡可能地固定了，畫家只要掌握畫幾種物體的方法，就可以畫出一系列類似的畫。如高居翰就認為：「鄭燮的畫作幾乎總是描繪同樣具象徵意涵的題材：竹、蘭、石。」[182]事實上，許多文人畫家確實只需要學會描繪一些類似竹、蘭、石的簡單事物，加上書法的功力和題詩文的文學修養，就可以進行創作。第三種「詩畫合一」的方式對畫家的要求是最高的，需要畫家既有創意能力，又有一定的造型能力。但這種創作方法畢竟不似西方表現敘事詩的繪畫那樣「所見即所得」，只是需要利用畫家的巧思來表達出事物之間的關係。由於這種方式需要畫家具有很高的綜合素質，相當於一種高級的智力遊戲，徽宗畫院衰落之後，或因為這種創作方式對畫家的要求太高，它並沒有成為中國古代繪畫主要的創作方法。西方的敘事詩中

---

[181] [美]姜斐德著：《宋代詩畫中的政治隱情》（*Poetry and Painting in Song China: The Subtle Art of Dissert*），北京：中華書局，2009 年，第 156 頁-157 頁。

[182] [美]高居翰著：《畫家生涯：傳統中國畫家的生活與工作》（*The Painter's Practice: How Artists Lived and Worked in Traditional China*），北京：生活·讀書·新知三聯書店 2012 年版，第 22 頁。

大都表現的是人物，所以表現故事情節的西方繪畫以人物為主體。因此西方繪畫中地位最高的也是人物畫。黑格爾就曾說——

> 按照普通的看法，選取人的形象來摹仿，這彷彿是一種偶然的事。我們反對這種看法，認為藝術到了成熟期，按照必然規律，就必須用人的形象來表現，因為只有在人的形象裡，精神才獲得符合它的在感性的自然界中的實際存在。[183]

但中國古代繪畫並非都是人物畫，尤其是唐宋後的文人畫，取山水、花鳥題材為多，因為即便不出現人物，也可以營造出「詩畫合一」的意境。但正是在反覆研究人體的姿態、動作、結構時，西方發展出了幫助畫家做到精確形似的解剖學，並在摹仿說的影響下精確地摹仿客觀世界。

由此可見，長久以來，中國古代繪畫總是給人們留下「詩畫合一」的印象，並不是因為人們混淆了詩與畫作為兩種藝術門類的差別，根源在於中西方語境下的這處「小小的裂縫」，造成了中國詩與中國畫確然具有三種「詩畫合一」的方式。然而我們也應清醒地認識到，中國詩並不能全然取代中國畫，中國畫亦不能全然取代中國詩。它們只是在某一種語境下，詩與畫的審美效果達到了某一層次，才可融為一體。若請一位全然不懂中文，又沒有接觸過中國傳統文化的外國人觀賞，「詩畫合一」的效果便不存了。即便並非如此，如畫力不夠，反而會破壞詩的意境，詩情不夠，亦會影響畫的品味。

最後不得不提到，有趣的是，關於「詩畫界限」的問題，萊辛曾有過一段論述。如果將這段論述來衡量中國古代詩歌與繪畫，這處「小小的裂縫」就將成為「寬闊的鴻溝」了。萊辛是這樣說的——

> 這種壞影響在詩中表現為描繪狂，在畫中表現為寓意狂。人們想把詩變成一種有聲的畫，而不能確切地知道詩能夠描繪什麼，應當描繪什麼；人們也想把畫變成一種無聲的詩，而不能確切地知道畫應否描繪思想，或是應描繪哪種思想。[184]

---

[183] [德]黑格爾、朱光潛譯：《美學》，北京：商務印書館，1979年，第二卷，第166頁。
[184] [德]萊辛、朱光潛譯：《拉奧孔》，北京：人民文學出版社，1984年，第186頁。

這段被萊辛自己稱作「這章和下章是《拉奧孔》的精華，……是萊辛用精確的形式把全書的中心問題表達出來的最成熟的嘗試。」[185]的論述。黑格爾也曾有過一段類似意思的論述，他說——

> 「詩如此，畫亦如此」誠然是一句人所喜愛的格言，特別在理論上多次被人強調提出，而且由描繪體詩在描寫季節、時辰、花卉和山水風景中加以運用。但是用文字來描寫這類事物和情境，一方面很枯燥無味，如果逐一臚列，那就永遠臚列不完；另一方面這種描繪也不免歪曲。[186]

蘇立文則說——

> 實際上，那些以哲學態度對待繪畫，或解釋繪畫的西方畫家大都是失敗的畫家。[187]

如果在本章的一開始就這些西方人的觀點羅列出來，相信中國讀者是斷然不能同意的，也使得論證難以理性冷靜地按步驟進行了。之所以在最後陳列這些觀點，是因為我們必須承認，萊辛和黑格爾都為美學理論的發展乃至詩畫關係的認識作出了重要的貢獻。然而，由於中西方語境的不同，他們對詩畫關係的認識，如果落實到中國古代詩畫關係，是會由最初的一條「小小的裂縫」，進而發展而一條「寬闊的鴻溝」的。我們能夠站在巨人的肩膀上瞭望遠方，不代表我們比巨人更有見識，但我們也不該對這條「寬闊的鴻溝」視而不見。無論如何，我們應給予這些智者們對詩畫分界的辨析莫大的敬意，然我們不應忘記的是，任何有真正有生命力的理論都是值得我們進行不斷發展，甚至反覆證偽的。

---

[185] [德]萊辛、朱光潛譯：《拉奧孔》，北京：人民文學出版社，1984 年，第 186 頁注②。
[186] [德]黑格爾、朱光潛譯：《美學》，北京：商務印書館，1979 年，第三卷，第 289-290 頁。
[187] Michael Sullivan（蘇立文）：*Xiang wai zhi Xiang in Chinese Landscape Painting, and the Impact of Western Art*（中國山水畫中的象外之象及其受西方藝術之影響），見於《二十世紀山水畫研究文集》（*Studies on 20th Century Shanshuihua*），上海：上海書畫出版社，2006 年，第 276 頁。

Rereading *Laocoon:* the Combination
of Chinese Poetry and Painting with Western
and Eastern Comparation as Context

SHI Qi

Abstract: This article put forward Lessing and other westerners' theory of relation between painting and poetry as the entry point to discriminate the differences between Chinese and Western poetry and reveal the derangement existing between Western theory of relation between painting and poetry and the relation between Chinese ancient poetry and painting. At the same time, it discriminated two different points to interpret the reason of the combination of Chinese ancient poetry and painting deeply and fully. The first different point is the 「empty」 in Chinese ancient painting and poetry. The second different point is the application of calligraphy in Chinese painting. At last, the article revealed the appearance differences between Chinese and Western Painting caused by the influence of the combination of Chinese poetry and painting.

Key Words: narrative poetry, lyric poetry, the combination of Chinese poetry and painting

Notes on Author: SHI Qi (1978-), female, postdoctoral in Comparative Literature at Fudan University, associate professor of Shanghai Theatre Academy

從小說到電影
——《一個中國人在中國的遭遇》裡的中國形象變遷研究[1]

陸辰葉

[論文摘要] 法國作家、「科幻小說之父」儒勒・凡爾納於 1879 年創作了一部以中國為背景的小說《一個中國人在中國的遭遇》。這是西方人寫作的第一部以中國人為主人公、以中國為故事發生地的小說。本文以《一個中國人在中國的遭遇》的法文原著、中譯本及兩部改編電影《殺手鬧翻天》和《少爺的磨難》為研究對象，結合相關中、英、法文獻資料，運用比較文學形象學理論和翻譯研究等理論方法加以研究。小說《一個中國人在中國的遭遇》模擬了一幅引人入勝的中國圖景，並在其中安排西方化的中國人展開奇遇冒險。法國電影《殺手鬧翻天》將奇遇故事升級為更具有西方娛樂特色的流行鬧劇，這是順應法國電影新浪潮的產物。中國電影《少爺的磨難》則化奇遇故事為嬉鬧的自我敘述，這和當代中國電影史上的主旋律電影與娛樂片之爭相關。一條 19 世紀末到 20 世紀末的中國形象的流傳行徑如下：從遊記資料到小說，從小說到戲劇和電影。從中國視角出發，一個故事經歷了一次「我—他—我」流轉，形成了中外語境之間環形的文化交流。這過程中，凡爾納所塑造的晚清中國形象經過其作品本身和他人改編，展現出「奇遇的國度」、「西方遊樂場」及「虛構的回憶」三種不同的面向，由此從文學藝術這個角度反映出中國被認識與自我認識的不同。從想像中國到中國想像，中國形象經過一個「他者自我化」與「自我他者化」的張力場域的動態變化。最終，隨著創作者身份的變化、歷史事件描述的虛化和藝術表現形式的突破，一個具象的又富於遐想空間的中國形象被淡化。

---

[1] 本文基於筆者的碩士學位論文修改而成，特此感謝宋莉華教授的指導。研究過程中，得到 Peter Schulman 教授的支持與鼓勵。感謝兩位譯者威廉・鮑卓賢（William Butcher）博士與王仁才教授的幫助。另外，感謝劉耘華教授、嚴明教授、李平教授、宋炳輝教授以及楊乃喬教授等給予的寶貴意見。

[關 鍵 詞] 《一個中國人在中國的遭遇》；中國形象；凡爾納；形象學

[作者簡介] 陸辰葉（1988-），女，中國人民大學國學院博士生，主要從事印藏佛教與歷史、中法文學文化關係及戲劇影視藝術等領域的研究。

　　舉世聞名的法國作家、「科幻小說之父」儒勒‧凡爾納（Jules Gabriel Verne, 1828.2.8-1905.3.24）在 1879 年出版了小說《一個中國人在中國的遭遇》（*Les Tribulations d'un Chinois en Chine*）。[2]這是他一生中唯一一部完全以中國為背景的作品。該書在法國問世的同年，美國三個出版社迅速推出英譯本（*The Tribulations Of A Chinaman In China*），之後又出現了多個英譯本，直到 2007 年依然有新版問世。[3]距離首版後的一個多世紀，該小說於 2010 年經王仁才及凡爾納研究專家威廉‧鮑卓賢（William Butcher）翻譯成中文出版。鮑卓賢撰寫了譯者序，名為《凡爾納與中國天朝》。[4]序言首段提及：「他的大量作品被譯成中文，在中國出版發行，其中有一部作品描寫過香港，另一部則主要以廣東、上海和北京為背景。」[5]後者說的正是 TCC 一書。

　　在 TCC 存世的一百多年間，有兩部根據該小說改編而成的電影。第一次被搬上大銀幕是在 1965 年，該影片的中譯名為《殺手鬧翻天》或《香港追蹤》。這部電影由法國和義大利兩國合拍，導演為菲力浦‧德‧普勞加（Philippe de Broca, 1933-2004），即最經典的《七宗罪》集錦電影（*Les Sept Péchés Capitaux*, 1962）的導演之一。有意思的是，第二部即出自國人之手。早在小說 TCC 被譯成中文版之前的 1987 年，吳貽弓與張建亞兩位中國著

---

[2]　Jules Verne, *Les Tribulations D'un Chinois En Chine*, Paris: J. Hetzel, 1879.
　　按：下文中，該小說簡稱 TCC。
[3]　按：三家出版社分別為 New York: G. Munro, Lee and Shepard, Boston: C.T. Dillingham。譯者為 Virginia Champlin，存疑。其中一個譯本譯名略有不同：*The Adventures of a Chinaman in China*, Trans. Virginia Champlin, Boston: Lee & Shepard, 1889。2007 年新版來自 Kessinger Publishing, LLC。
[4]　按：出版的序言是刪改版，有錯漏。由王仁才翻譯的中文完整版，詳見鮑卓賢個人網站，<http://www.ibiblio.org/julesverne/books/TCC%20in%20Chinese%20intro%20and%20chs%201-3.pdf>。中文版序言譯自鮑卓賢一篇英文論文的主要內容，參見：William Butcher,「*The Tribulations of a Chinese in China*: Verne and the Celestial Empire」, *Journal of Foreign Languages* 165 (2006): 63-78.
[5]　威廉‧鮑卓賢撰：《凡爾納與天朝中國》，見於[法]凡爾納（Jules Verne）著：《一個中國人在中國的遭遇》（*Les Tribulations d'un Chinois en Chine*），王仁才、威廉‧鮑卓賢譯，合肥：安徽教育出版社 2010 年版，第 1 頁。

名導演已經將故事引進中國,並頗具慧眼地選中了喜劇演員陳佩斯主演該片,名為《少爺的磨難》(*The Tribulations of a Young Master*)。該影片為廣大中國觀眾所熟知。

對 TCC 一書專題研究論文,臺灣研究者首當其衝。1997 年賴貞君的《米勒・韋爾納〈一個中國人在中國的苦難〉裡對中國及中國人之所見》一文,集中論述了小說裡描寫中國的部分。[6]2006 年,來自臺灣中央大學蔡仁富的碩士論文《異國形象探討:凡爾納的〈一個中國人在中國的苦難之旅〉》,主要從東方主義中的異國形象理論來探討文本,詳細分析了小說的情節、人物及關於中國風土人情的描寫,論證了凡爾納對中國的想像並不屬於資本主義殖民的先遣部隊——社會學家╱人類學家——的宣傳手段。[7]譯者王仁才在出版中譯本的同年,在《儒勒・凡爾納〈一個中國人在中國的遭遇〉及其中國情結》一文中明確地表明,他認為凡爾納懷有嚮往中國的友好態度。[8]2011 年南京師範大學劉欣的碩士論文,以《凡爾納與中國——以〈一個中國人在中國的遭遇〉為例》為題,認為凡爾納描繪了一個幸福中國的形象,研究的視角亦不出薩義德的東方主義。同年,劉欣的導師劉陽的《儒勒・凡爾納對中國的想像》一文,認為凡爾納塑造了正面的中國形象,這與凡爾納淵博的知識和豐富的想像力有關。[9]

中法文學關係的研究學者孟華對凡爾納該小說的評價截然不同。在《19世紀法國文學中的中國形象》(2009)和《永遠的圓明園——法國人眼中的「萬園之園」》(2010)兩篇論文中,她皆提及凡爾納的 TCC 屬於貶抑醜化中國的作品。她指出凡爾納的意識形態傾向:「只有經受了西化的中國人方可成為其作品的主人公。可以說,整部小說字裡行間都充斥著『文明』的歐洲人遠勝於『野蠻』的中國人的優越感。這部作品既反映了歐洲人的殖民擴張心態,反過來也為這種政策提供了精神層面的支持。」[10]這種絕對的認識與原著精神是否一致需要再思考。

---

6 Anne-Marie Lai, 「La Chine Et Les Chinois Vus Par Jules Verne Dans *Les Tribulations D'un Chinois En Chine*」, Taipei: Fu Jen University, 1997.

7 Tsai Jen-Fu, 「Image Exotique dans *Les Tribulations D'un Chinois En Chine* de Jules Verne」, Taipei: National Central University, 2006.

8 王仁才撰:《儒勒・凡爾納〈一個中國人在中國的遭遇〉及其中國情結》,《湖南涉外經濟學院學報》,2010 年第 3 期,第 69-72 頁。

9 劉陽撰:《儒勒・凡爾納對中國的想像》(未刊稿),中國比較文學學會第 10 屆年會,2011 年。

10 孟華著:《中法文學關係研究》,上海:復旦大學出版社 2011 年版,第 293 頁。

　　兩種南轅北轍的結論導向了對該小說的重新解讀。本文以《一個中國人在中國的遭遇》的法文原著、中譯本及兩部改編電影《殺手鬧翻天》和《少爺的磨難》為研究對象，結合相關中、英、法文獻資料，運用比較文學形象學理論和翻譯學等理論方法加以研究，旨在為中法文學文化關係的探討提供些許新的見解。

一、紙上奇遇：混雜的小說

　　小說 TCC 是作家雜糅中西文化的產物，充滿混雜性（hybridity）。同樣是向讀者展示中國故事，法文原著作者本著面向西方讀者的思路進行創作，譯者則遵循面向中國讀者的思路。前者用法國現代語言描繪作為同時期的遠東帝國，後者則在漢語的「文」「白」之間游離。這與作品面世的年代和國界兩者所代表語境之間的關係密不可分。通過細讀小說的法文和中文可以發現，這部小說除了敘述一個奇遇故事之外，其自身在時代與地域間也經歷著奇遇。

　　「實際上，異國形象中的意識形態與烏托邦之別，在於拉丁文代詞『ALTER』與『ALIUS』的區別，它們分別包含在相異性的元類型和法文字『他者』（AUTRE）之中。ALTER 是雙雙成對中的一方，取之一個狹窄的相對領域。在此領域內確立起了一個相同性，那麼其反面也就確立了。ALIUS 則是無限的他者，是相同性及一切相關因素的他者，與所有簡單的結合都保持距離，是烏托邦的他者。ALTER 歸屬於一種以群體為中心的世界觀；ALIUS 則是遠處的、離心的，達到有利於此群體以外的地步。ALTER 是群體文化的反映；ALIUS 則從根本上拒絕群體自身文化。」[11]而另一方面，「我們只有通過錯誤意識的面孔才能觸及到社會集體想像物。」[12]這使得在對比作家的一次誤讀和譯者的二次誤讀的文本雙方，有了更好地去把握從文本到文本的想像變異和理解過去與當下的可能。

---

[11] [法]讓-馬克・莫哈（Jean-Marc Moura）撰：《試論文學形象學的研究史及方法論》（L'imagologie littéraire: Essai de mise au point historique et critique），孟華譯，見於孟華主編：《比較文學形象學》，北京：北京大學出版社 2001 年版，第 37-8 頁。

[12] [法]保羅・利科（Paul Ricœur）撰：《在話語和行動中的想像》（L'imagination dans le discours et dans l'action），孟華譯，見於孟華主編：《比較文學形象學》，北京：北京大學出版社 2001 年版，第 62-3 頁。

1.巧思與紛繁：中國題材的來源

　　1879 年 6 月 2 日，TCC 首先在《時代》（*Le Temps*）發表，連載至 8 月 7 日。凡爾納生前，僅該書的精裝版在法國的銷量就是 28000 冊。[13]在《八十天環遊地球》（*Le Tour du Monde en quatre-vingts Jours,* 1873）和《十五歲的船長》（*Deux Ans de Vacances,* 1878）大賣之後，這是凡爾納書籍銷量的最高峰。法國南特凡爾納博物館對該書的描述為「一場在中國的流浪式的哲思之旅」。[14]

　　TCC，在身兼凡爾納專家和譯者的鮑卓賢看來，是一部輕鬆喜劇與哲理性冒險結合的作品。[15]他在小說序言中如此評價道：

> 雖然凡爾納醫生沒到過中國，但他對中國瞭解甚多。與同時代其他歐洲作家不一樣，凡爾納在《一個中國人在中國的遭遇》中積極地塑造了一個中國主人公的中國式生活，他把各種文化、歷史、政治、社會、語言資訊等和評論都融合在一起，創作了一部集旅遊、冒險為一體的幽默小說。很明顯，凡爾納也談及了中國當代文明。[16]

這裡所指的「中國當代文明」實際上是與凡爾納同時代的中國晚清文明。

　　在我們中國讀者看來，「中國」，才是這部作品的亮點和親切之處。我們似乎應該意識到：TCC 是否是西方文學史上第一部完全以中國為場景、以中國人為主人公來撰寫的現代小說，而他的作者正是科幻之父凡爾納？[17]這是一個意料之外、情理之中的發現。但，凡爾納並非一開始就想寫一個關於中國的故事。凡爾納的孫子讓・儒勒－凡爾納如此描述凡爾納創作 TCC 前的構思：

---

[13] [法]讓-保羅・德基斯（Jean-Paul Dekiss）著：《儒勒・凡爾納：進步的夢想》（*Jules Verne : Le Rêve du progrès*），王海洲、李佶譯，上海：上海譯文出版社 2007 年版，第 168 頁。

[14] 「Un voyage picaresque et philosophique à travers la Chine.」見於法國南特凡爾納博物館官方網站：<http://www.nantes.fr/julesverne/fond_voyages.htm>.2013 年 4 月 1 日檢索。

[15] William Butcher,「*The Tribulations of a Chinese in China*: Verne and the Celestial Empire」. *Journal of Foreign Languages* 165 (2006): 66.

[16] 威廉・鮑卓賢撰：《凡爾納與天朝中國》，見於[法]凡爾納（Jules Verne）著：《一個中國人在中國的遭遇》（*Les Tribulations d'un Chinois en Chine*），王仁才、威廉・鮑卓賢譯，合肥：安徽教育出版社 2010 年版，第 1 頁。

[17] 按：就這一點，來自鮑卓賢博士在 2012 年 11 月 15 日郵件中的提醒。

　　1878 年在地中海巡遊時，聖蜜雪兒號的船主一邊消遣，一邊草擬「一個像《牛博士》的幻想故事」的創作提綱。這個故事將描寫一個「故意讓人殺害的人」。起初，這個故事大概發生在美洲。但經仔細考慮，他又似乎覺得，在一位美洲百萬富翁的頭腦中興許難以產生假第三者之手進行自殺的念頭，因為這種富翁對豪富不大可能感到厭倦；這事可能發生在一個懶散成性的人的身上，而這又不符合大西洋彼岸人的性格。他認為，一個篤信孔教的哲學家倒是善於作出這樣一種規勸，而一個腰纏萬貫的中國人更有可能接受這種規勸。「他把故事移到中國，在一個比美國更富於色彩的背景中寫，」而且，「他眼前擺著二十卷書，現在只需把這部作品寫出來。」[18]

「美洲」的設想在後來的 TCC 中體現為美國壽險公司、美洲淘金業、美國人老闆和保鏢等相對次要的內容。這些與中國主人公們在中國的一些列活動形成了雜糅的效果，對中國讀者而言略顯彆扭，法國讀者則一視同仁——他們都是有趣的異國形象。而「懶散成性」與「腰纏萬貫」則是當時法國人對中國人的想像。凡爾納的《布朗里肯太太》（*Mistress Branican*, 1891）中也有兩位中國人物，其中一個名叫李晉奇（Gin-Ghi Li）的人物也是一個懶漢。但 TCC 的主人公金福（Kin-Fo）並不能用「懶漢」一詞來概括。這段帶有濃重偏見的文字也不能完全代表凡爾納本人的思想。

　　作家的作品中往往隱含著自傳性質的成分。不少凡爾納研究者會根據凡爾納自身的經歷而如此評論：「《一個中國人在中國的苦難》（一八七九年）是一部輕鬆愉快的作品，集中描寫了金福為了給自己的生活增加一些刺激，為了給自己打算娶的寡婦留下生活費而自殺的故事。每當凡爾納需要描寫愛情時，總喜歡給他筆下的人物安排一個年輕的寡婦。」[19]

　　創作異國形象的來源，無非親身經歷或閱讀相關文本，凡爾納屬於後者。鮑卓賢對 TCC 的研究提供了很多有關成書過程的資訊，包括書中描寫中國的細節的資料來源。這些資訊有些來自於 1999 年起陸續發表的凡爾納

---

[18] [法]讓‧儒勒-凡爾納（Jean Jules-Verne）著：《凡爾納傳》（*Jules Verne: A Biography*），劉扳盛譯，長沙：湖南科技大學出版社 1983 年版，第 319 頁。

[19] [法]彼得‧科斯特洛（Peter Costello）著：《凡爾納傳》（*Jules Verne: Inventor of Science Fiction*），徐中元、王健、葉國泉譯，桂林：灕江出版社 1982 年版，第 179 頁。

與出版商的通信，[20]有些則來自作品手稿。相對這些難以企及的一手資料來說，鮑卓賢的研究成果起到了很好的梳理作用，給予了我們很大幫助。從中我們可以明確瞭解到的是：凡爾納參考了各方面資料，閱讀了大量介紹中國的作品。這些作品是非虛構的，大多來自當時著名遊記的作家，在 TCC 中能直接找到他們的名字，比如「湯姆遜」（John Thomson, 1837-1921）、[21]「羅塞特」（Léon Rousset）、「朱茨」（T. Choutzé）、「波伏娃」（Ludovic de Beauvoir）等。約翰‧湯姆遜是 19 世紀著名的英國攝影家，他的作品有《中國國土與人民：簡述地理、歷史、宗教、社會生活、藝術、工業與中國政府及人民》（*The Land and the People of China : a short account of the geography, history, religion, social life, art, industries, and government of China and its people*, 1873）、四卷本《中國和中國人影像》（*Illustrations of China and its People: a photographic odyssey of China*, 1873）和《馬來西亞、印度支那和中國海峽》（*The Straits of Malacca, Indo-China and China*, 1874）等。羅塞特著有《穿越中國之旅》（*A travers la Chine*, 1878），朱茨著有《北京與中國北方》（*Péking et le nord de la Chine*, 1873），[22]路德維克‧波伏娃著有《北京、江戶、三藩市：世界各地旅行》（*Pékin, Yeddo, San Francisco: voyage autour du monde*, 1872）。[23]鮑卓賢認為，以上作品皆為凡爾納的主要參考資料。鮑卓賢從凡爾納作品中的地方性描寫發現，凡爾納引用資料可能還有鮑狄埃（Guillaume Pauthier）的《現代中國》（*Chine moderne*, 1853）、著名探險家佩雷‧大衛（Père David）的作品、[24]艾達‧法伊弗（Ida Pfeiffer）的《一個女人的環

---

[20] Olivier Dumas, Piero Gondolo della Riva and Volker Dehs ed., *Correspondance inédite de Jules Verne et de Pierre-Jules Hetzel (1863-1886)*, Tomes. I-III, Genève: Slatkine, 1999-2002.

[21] Jules Verne, *Les Tribulations D'un Chinois En Chine*, Paris: J. Hetzel, 1879, p.37.
按：在原著中，出現了一個明確的注釋，並標明引用「J. THOMPSON. (Voyage en Chine.)」，這裡將 Thomson 寫錯。所指出處應是 John Thomson, *Voyage en Chine*, Trans. A. Talandier, Paris: L. Hachette et Cie., 1875.

[22] T. Choutzé, ou Gabriel Devéria, 「Pékin et le nord de la Chine」, *Revue Le Tour du Monde*, Tomes. XXXI et XXXII, 1876.
按：TCC 中明確提及了該著作，名稱上略有差異：「Péking et le nord de la Chine」；並提及了恭親王（le prince Kong），參見：Jules Verne, *Les Tribulations D'un Chinois En Chine*, Paris: J. Hetzel, 1879, p.112-3, n.1. 凡爾納引用的關於恭親王的內容可在「Pékin et le nord de la Chine」一文中的 XII 找到對應文字。

[23] Ludovic de Beauvoir, *Pékin, Yeddo, San Francisco: voyage autour du monde*, Paris: H. Plon, 1872.

[24] 按：這點凡爾納傳記作家科斯特洛也提到過，參見：[法]彼得‧科斯特洛（Peter Costello）著：《凡爾納傳》（*Jules Verne: Inventor of Science Fiction*），徐中元、王健、葉國泉譯，桂林：灕江出版社 1982 年版，第 179 頁。

球之旅：從越南到巴西、智利、大溪地、印度斯坦、波斯和小亞細亞》
（*A Woman's Journey Round The World : from Vienna to Brazil, Chili, Tahiti, China, Hindostan, Persia, and Asia Minor,* 1850）、布林布隆（De Bourboulon）的
《自上海經過北京到莫斯科的旅行故事》（*Relation de voyage de Shanghaï à Moskou, par Pékin,* 1864）、亨利‧羅素－基魯古（Henry Russel-Killough）的
《橫跨亞洲與東方的一萬六千里：於 1858 至 1861 年間實行的旅行》第一卷
（*16,000 Lieues à travers l'Asie et l'Océanie: voyage exécuté pendant les années 1858-1861.‧I. série.,* 1864）等。另外，根據凡爾納與戈蒂埃的交往，鮑卓賢推斷，戈蒂埃為女兒裘蒂特請的中國語言文化的家教丁敦齡對凡爾納作品中的教師有影響，甚至中國的《四庫全書》都有可能是凡爾納的參考資料。鮑卓賢認為凡爾納是有意識選擇了一些較為健康的歐洲作家們的作品，或相對正面描繪中國的內容。這些豐富的材料使得凡爾納的 TCC 及其他描寫過中國的作品裡的中國不只是簡單的想像，而是展現中國人的日常生活，顯得生動真實，猶如身臨其境，從而提供一個可以令西方人接納的中國形象。[25]然而，鮑卓賢沒有提供進一步的實證結果：他沒有進行文獻的比對，以證明那些凡爾納可能使用的資料與作品本身有多大程度上的關聯。筆者由於能力所限，也無法一一考證。但從凡爾納回溯到這些遊記材料，卻給出了一個明顯的啟示：中國對十九世紀末的歐洲探險家來說，有著不小的吸引力。而只有遊記盛行同時也說明，當時歐洲對中國的瞭解可能僅止於此。

2.知識未消化：雜糅中西觀念的中國人

　　眾多遊記提供了凡爾納豐富的寫作素材，也正是這種豐富，造成了小說創作上的的千頭萬緒。「異域形象往往是本土文化根據自身的傳統模式進行重組、重寫，滲透著本土情感與觀念的創造物。因此，異域形象，既有真實，也有虛構；既能反映異域文明，又能表現本土文化精神。」[26]以寫地理冒險小說而自豪的凡爾納在以中國為背景的 TCC 中，無疑塑造了一個異域形象──中國。而這個凡爾納筆下的中國，通過具體的人物形象躍然紙上。

---

[25] William Butcher, 「*The Tribulations of a Chinese in China*: Verne and the Celestial Empire」. *Journal of Foreign Languages* 165 (2006): 71-73.

[26] 周寧撰：《前言》，見於周寧著《2000 年西方看中國》，北京：團結出版社 1999 年版，第 1 頁。

　　凡爾納的創作以讀者至上，讀者群必然是以法國人為主的西方人。基於小說的美國背景，美國人自然也成為了重要的目標受眾。TCC 一書共分為二十二章，每一章以一句話為題。這是凡爾納的習慣，在他的其他作品中常見。中譯本的章節譯名譯自原著頁眉的簡寫，現試將原章節名按目錄逐一翻譯過來，與方括號內的中文章節譯名對照如下：

（1）　主人公們的性格與國籍逐漸顯現。[人物相繼登場]。

（2）　其中，金福（Kin-Fo）和王哲人（Le Philosphe Wang）指出更為明確的方式。[金福與王哲人]

（3）　讀者瞥一眼上海可能不累。[上海一瞥]

（4）　其中，金福在已經過了八天之後收到一份重要信件。[一份重要的通知單]

（5）　其中，蕾嫵[27]（Lé-Ou）收到了一封意想不到的來信。[給娜娥的信]

（6）　讀者可能希望去「百歲」（La Centenaire）公司走一遭。[訪百歲壽險公司]

（7）　天朝的特殊習俗，那將是非常悲傷的。[中國人的特有習俗]

（8）　金福向王哲人做了一個鄭重的提議，後者沒那麼鄭重地接受了。[鄭重的提議]

（9）　決定很奇怪，或許讀者並不驚訝。[奇異的決定]

（10）其中，克雷格（Craig）和弗雷（Fry）正式向新客戶介紹「世紀」（《La Centenaire》）公司。[壽險公司新客戶]

（11）其中，可以看到金福成了天朝中最著名的人。[金福出名了]

（12）其中，金福、兩個隨從和他的僕人開始冒險。〔走上漫遊之路〕

（13）其中，聽到了著名的悲歌《百歲爺五更天》（《Cinq Veilles du Centenaire》）。[「百歲爺五更天」之歌]

（14）讀者一下子跑遍四個城市可能不累。[遊歷北京]

（15）這對金福肯定是個意外，可能對讀者也是。[意料之外的婚禮結果]

（16）其中，金福依然單身，重新追求更美好的。[金福又要奔波]

（17）其中，金福的商業價值再次受到損害。[金福的價值又陷險境]

---

[27] 按：該譯名參考孟華撰：《19 世紀法國文學中的中國形象》，見於孟華著：《中法文學關係研究》，上海：復旦大學出版社 2011 年版，第 292 頁。

（18）克雷格和弗雷在好奇心的推動下探視了「三葉」（《Sam-Yep》）號船的底艙。[「三葉」號船的底艙]

（19）「三葉」號的殷船長和船員不得善終。[「三葉」號船長及船員慘遭毒手]

（20）我們可以看到人們使用波頓（Boyton）船長的儀器。[「波頓」救生裝備]

（21）其中，克雷格和弗雷心滿意足地看到月亮升起。[企望午夜的月亮升起]

（22）讀者都能自己動手寫，一個不那麼令人意外的結局！[可想而知的結局]

　　透過這種語句完整的章節名，可以推測凡爾納是從故事敘述者角度出發、根據讀者期待視野來進行創作的，「讀者」（le lecteur）、「其中」（dans lequel）字眼的多次出現說明了這一點。章節名稱以小說敘述人的口吻表達了每一章的內容，這種淺白的方式表明了一種教育性的態度。簡單翻譯自頁眉章節名的中譯本雖然言簡意賅，但也大大削減了凡爾納的這種意識。

　　小說的結構與情節顯示出凡爾納那簡單之中略帶巧思的頭腦。根據這些章節名稱，用完形心理足以拼湊出這部小說的全部情節：一個名叫金福的中國人在一個姓王的哲學家的安排下，完成了他的一次騙保逃亡的冒險之旅。金福帶著自己的僕人和保險公司的兩位人員一同踏上旅程，途中遭遇各種奇妙驚險的人事，最終抱得美人歸。這樣的概括和閱讀整本書的實際效果相差無幾。此類冒險故事的大團圓結局是凡爾納一貫的風格，故事的看點在於冒險路上的曲折離奇，與開頭的懸念設定、結尾的打破迷團不會產生太大的心理落差。小說主人公的冒險之路穿越了大半個中國，從廣東出發，途徑上海、南京、北京、西安等多個省市，將中國的風土人情描繪得身臨其境，當然，也不乏想像誤差。[28]這個自南向北的逆時針遊歷路徑的主線，與湯姆遜的《中國人與中國人影像》中的大體一致。在該書自序中，湯姆遜提到了他的路線：香港、廣州、臺灣、汕頭、潮州、廈門、上海、寧波、南京、夔州、白河、天津和北京等。[29]可見，湯姆遜的遊記可

---

[28] 按：相關地理風物描寫的詳細分析，參見：Tsai Jen-Fu,「Image Exotique dans *Les Tribulations D'un Chinois En Chine* de Jules Verne」, Taipei: National Central University, 2006, pp.36-79.

[29] [英]約翰・湯姆遜（John Thomson）著：《中國與中國人影像：約翰・湯姆遜記錄的晚清帝國》（*Illustrations of China and Its People*），徐家寧譯，桂林：廣西師範大學出版社 2012 年版，第 11-3 頁。

能是凡爾納創作該小說時主要的參考資料。[30]請注意引發整個冒險故事的原因——騙保。這個如今司空見慣的故事靈感，對當時的西方讀者可能很新鮮。1805 年，東印度公司的達衛森（W. S. Davidson）在廣州發起創建「諫當保安行」（Canton Insurance Society），標誌著中國保險業的開端。鴉片戰爭之後，上海被迫成為通商口岸，取代了廣州成為保險業的中心。[31]小說中的保險公司設定在上海美租界內。金福到保險公司與保險經理洽談。後來同他的西席王哲人商量「自殺」計畫。頓時，偵探小說的性質浮現——借保險之名，設置死亡懸念，吸引讀者。但是這樣的事情發生在晚清中國人身上，無論古今中國人看來都不免覺得有些不可思議。這種不可思議正是凡爾納的創意所在。然而故事內容實際上仍是一個關於水陸兩棲的冒險活動，從保險公司到「三葉」號船，一頭一尾都是不折不扣的西方產物。值得一提的是，船隻是凡爾納最為重要的寫作元素之一，在這裡「三葉」號就是一例。無論是《海底兩萬里》（*Vingt Mille Lieues sous les Mers*, 1869-70）、《格蘭特船長的兒女們》（*Les Enfants du Capitaine Grant,* 1865-7）還是《八十天環遊地球》，船隻幾乎成了凡爾納的一個標誌性意象。

中國，作為整體形象，在小說有為數不少的直接描寫。第二章裡有最為明確的表述：

> 我們知道，事實上，中國（Chine）人口極其豐富，和它土地的廣袤成正比。但它有著各式各樣詩意的稱呼，如天朝（Céleste Empire）、中原帝國（Empire du Milieu）、花朝或花土（Empire ou Terre des Fleurs）。[32]

在這段美好的描述之後，凡爾納指出了中國與英、法、美等國的政治經濟關係：中國過剩的人口中，不少通過英法槍炮而打開的壁壘縫隙，逃往美國淘金。美國政府對中國勞動力的湧入採取了一定的限制措施，但仍然攔不住這股趨勢。[33]這裡，凡爾納不諱言法國和英國一樣對中國使用武力：「英法大炮作用於中國物質和精神上的高牆。」[34]中譯本卻為凡爾納遮羞似的轉

---

[30] 按：這裡並不確定凡爾納提及的湯姆遜的 *Voyage en Chine* 與 *Illustrations of China and its People: a photographic odyssey of China* 的關聯如何，待考。

[31] 參見：譚文鳳撰：《中國近代保險業述略》，《歷史檔案》，2001 年第 2 期，第 103 頁；王淑撰：《清代保險業與商會》，《歷史教學》，2003 年第 3 期，第 14 頁。

[32] Jules Verne, *Les Tribulations D'un Chinois En Chine*, Paris: J. Hetzel, 1879, p.12.

[33] Jules Verne, *Les Tribulations D'un Chinois En Chine*, Paris: J. Hetzel, 1879, pp.12-3.

[34] Jules Verne, *Les Tribulations D'un Chinois En Chine*, Paris: J. Hetzel, 1879, p.12.

言之：「從道義上講，法國的干預、英國的大炮及其他國家的虎視眈眈所造成的影響不亞於天朝大國的封閉的城牆。」[35]翻譯的曲解有將凡爾納美化之嫌——免得被劃歸為受批判的殖民主義者。這句話不過是引渡到主人公金福的經濟來源：繼承父親忠豪（Tchoung-Héou）從中美運屍行業中賺得的錢財。這與凡爾納原先設想將故事場景安排在美國有關。奇怪的是，凡爾納雖然寫到了中國勞動力流向美國以及美國限制黃皮膚人（「la peste jaune」）的情況，[36]卻沒有流露出對 19 世紀下半葉美國盛行的「黃禍論」（Yellow Peril）及排華運動的太多看法。[37]這點其實凡爾納在故事開頭就已經表態了——法國人不談論政治。[38]或者說，至少凡爾納本人如此。中國與美國在凡爾納眼中上同是向讀者描繪的「他者」形象，都有著物化與固化的傾向。他具有忠於現實材料的相對客觀的寫作風格。相比黃禍論影響下的典型代表作品「傅滿洲」（Dr. Fu Manchu）系列小說和電影對中國的妖魔化，可以看出這種相對積極的特徵是與法國傳教士一路以來對中國的好感相一致，這是作家凡爾納鮮為人知的一面。這與操持英語的英美作家觀念有所不同。

　　小說中的人物形象與觀念卻體現出凡爾納文化誤讀與自我投射。凡爾納寫到主人公金福的面貌特徵：高大、膚色白皙、鼻樑挺直、非扁平臉等，即使在西方人中也很出眾。[39]凡爾納還寫到，這是沒有和韃靼人（Tartare）即滿族人通婚過的純種中國北方漢人的模樣。[40]這個觀點實際上來自湯姆遜對蒙古族人的認識：「這種臉型為北方人所特有，面部輪廓較純正的中國人

[35] [法]凡爾納（Jules Verne）著：《一個中國人在中國的遭遇》（*Les Tribulations d'un Chinois en Chine*），王仁才、威廉·鮑卓賢譯，合肥：安徽教育出版社 2010 年版，第 14 頁。

[36] Jules Verne, *Les Tribulations D'un Chinois En Chine*, Paris: J. Hetzel, 1879, p.12-3.

[37] 參見：呂浦、張振鶤等編譯：《「黃禍論」歷史資料選輯》，北京：中國社會科學出版社 1979 年版，第 191 頁。

[38] Jules Verne, *Les Tribulations D'un Chinois En Chine*, Paris: J. Hetzel, 1879, p.4.

[39] Jules Verne, *Les Tribulations D'un Chinois En Chine*, Paris: J. Hetzel, 1879, p.11.

[40] 按：在清代，滿族人，通常也被西方人稱作韃靼人（Tartare）。參見：[英]約翰·湯姆遜（John Thomson）著：《中國與中國人影像：約翰·湯姆遜記錄的晚清帝國》（*Illustrations of China and Its People*），徐家寧譯，桂林：廣西師範大學出版社 2012 年版，第 97 頁。而 Tartares（韃靼人的複數形式），是西方人直到 19 世紀仍在使用的對所有亞洲民族的統稱。參見：[法]米麗葉·德特利（Muriel Détrie）撰：《19 世紀西方文學中的中國形象》（Image de la Chine et de Pékin transmise par la photographie aux Occidentaux [1844-1900]），羅湉譯，見於孟華主編：《比較文學形象學》，北京：北京大學出版社 2001 年版，第 241 頁。

粗重一些，實際上，這種臉型從整體上來看與歐洲人更為接近。」[41]其後，凡爾納給出了一系列具有社會集體想像物性質的描述：

> 事實上，如金福所代表的中國人那樣，他的腦袋非得被細緻地剃光，前額和脖頸上沒有一根毫毛，華麗的尾巴從後腦勺生出，在背脊上鋪展開，如同烏黑的蛇一般。他的身材保養得很好，有著些許的鬍鬚，長在嘴唇的上半圈，和唇下的一撮小鬍子，形狀酷似音樂符號中的休止符。他的指甲超過一釐米，證明他是那種有錢人，不用幹任何事情。也許，步態的漫不經心，態度的傲慢，更增加了他那渾身上下散發出來的「理所當然」。[42]

這種富含比喻和誇張的描寫，意味著凡爾納在向讀者描繪一個典型的中國人。法文中給出了「音樂符號中的休止符」這樣的喻體，針對的明顯是西方讀者。這種以己喻彼、類似況義的闡釋他者的思路，在小說中時常出現。有趣的是，中譯本在翻譯時，不僅保留了這點，還多出了一些中國特有的詞彙：「八字鬍」、「飯來張口、衣來伸手」等語彙。[43]這種創造性翻譯的屢次出現，也在拉近著文本同中國讀者的距離。以及，金福出生在北京（Péking），[44]會驕傲地表示「我是從上面來的」（「Je suis d'En-Haut!」），[45]凡爾納準確地抓住了中國人的地域優越感。也正是這段文字，被法國學者視為「太明顯不過地告訴我們當時的種族歧視」。[46]孟華的觀點顯然是承襲法國學者。這種觀點其實是法國學者對西方殖民主義的自我反思，中國人在接受這種道歉似的反思時，需要停頓一下：任何一個作家所代表的立場未必那麼簡單明瞭，可能是受到他人的影響，乃至不加分析地認同。

---

[41] [英]約翰・湯姆遜（John Thomson）著：《中國與中國人影像：約翰・湯姆遜記錄的晚清帝國》（*Illustrations of China and Its People*），徐家寧譯，桂林：廣西師範大學出版社 2012 年版，第 212 頁。

[42] Jules Verne, *Les Tribulations D'un Chinois En Chine*, Paris: J. Hetzel, 1879, p.11.

[43] [法]凡爾納（Jules Verne）著：《一個中國人在中國的遭遇》（*Les Tribulations d'un Chinois en Chine*），王仁才、威廉・鮑卓賢譯，合肥：安徽教育出版社 2010 年版，第 12 頁。

[44] 按：現作 Pékin。

[45] Jules Verne, *Les Tribulations D'un Chinois En Chine*, Paris: J. Hetzel, 1879, p.11.

[46] [法]米麗葉・德特利（Muriel Détrie）撰：《19 世紀西方文學中的中國形象》（Image de la Chine et de Pékin transmise par la photographie aux Occidentaux [1844-1900]），羅湉譯，見於孟華主編：《比較文學形象學》，北京：北京大學出版社 2001 年版，第 249 頁。

對女主人公蕾嫵舉止與外貌的描繪，最能體現凡爾納的婚姻觀念以及對女性的態度。這位在第五章出現的美麗寡婦，伴隨她出現的還有她的「老媽子」（vieille mère）南姑娘（mademoiselle Nan）。[47]這位寡婦十八歲時嫁的人是一位編纂《四庫全書》（Sse-Khou-Tsuane-Chou）的文人。在這裡，凡爾納特地為《四庫全書》做了一個注解：「這部作品，開始編寫於 1773年，計畫收錄 16000 卷，結果只收錄了 78738 卷。」[48]這點和清乾隆三十八年開始編纂的事實相差無幾，除了在卷數上有些許出入。目前實際卷數是79337 卷。蕾嫵與金福的相識是由王哲人撮合的，家庭教師的此舉令人不解。凡爾納認識到，天朝的寡婦不能改嫁，否則就不能從牌坊（paé-lous）下走過。[49]凡爾納舉了三個立牌坊的寡婦的例子，一個為丈夫守墳墓的宋夫人（Soung），一個為丈夫砍手的孔伉（Koung-Kiang），還有一個自毀容貌的嚴嬋（Yen-Tchiang）。[50]尚不確定這三位的人名是否能回譯成中國歷史上確有其事的人物，至少可以肯定，凡爾納對這方面做過一定的調查。他隨後提及了兩部中國女性要閱讀的書篇 Li-nun 和 Nei-tso-pien。[51]鮑卓賢將前者譯為《理論》，[52]讀音類似，但不知所指。中譯本認為對應的則是《儀禮》和《內操篇》。[53]《儀禮》作為儒家十三經之一，文字艱澀，內容枯燥乏味，雖然詳盡地記述了古代宮室、服飾、飲食、喪葬之制，但就一般女子而言並不是傳統意義上的必讀書目。《內操篇》則更為莫名。明朝時選太監在宮中授甲操練，謂之內操。這與閨房婦女毫無相關。家教典範《顏氏家訓》有《風操篇》，內容涉及家庭倫理道德，或許是音譯上的混淆。另外，凡爾納還提到了女性行為準則的書──Nushun，[54]中譯為《女

[47] 按：中譯本譯為「蘭媽」，參見：[法]凡爾納（Jules Verne）著：《一個中國人在中國的遭遇》（Les Tribulations d'un Chinois en Chine），王仁才、威廉‧鮑卓賢譯，合肥：安徽教育出版社 2010 年版，第 40 頁。

[48] Jules Verne, Les Tribulations D'un Chinois En Chine, Paris: J. Hetzel, 1879, p.36.

[49] 按：從讀音上來看，「牌樓」更接近。

[50] Jules Verne, Les Tribulations D'un Chinois En Chine, Paris: J. Hetzel, 1879, p.37.

[51] Jules Verne, Les Tribulations D'un Chinois En Chine, Paris: J. Hetzel, 1879, p.37.

[52] William Butcher, 「The Tribulations of a Chinese in China: Verne and the Celestial Empire」, Journal of Foreign Languages 165 (2006): 71.

[53] [法]凡爾納（Jules Verne）著：《一個中國人在中國的遭遇》（Les Tribulations d'un Chinois en Chine），王仁才、威廉‧鮑卓賢譯，合肥：安徽教育出版社 2010 年版，第 41 頁。

[54] Jules Verne, Les Tribulations D'un Chinois En Chine, Paris: J. Hetzel, 1879, p.39.

訓》，[55]在中譯本序言未刊行的部分中譯為《六順》。[56]從小說下文摘出的語句來看：

> 一年之計在於春，
> 一日之計在於晨。
> 早睡早起，不要賴床，
> 多採桑葉和黃麻，
> 每日織布和紡紗，
> 女人的美德是勤勞節儉，
> 左鄰右舍把她誇。[57]

顯然，無關乎蔡邕《女訓》或《左傳》中石碏諫衛莊公中所提出的六種順應，即「君義、臣行、父慈、子孝、兄愛、弟敬」，反似雜取《增廣賢文》之類的中國古代兒童啟蒙讀物。[58]另外，法語在音譯中文名稱時，可以看到有「l」、「n」不分的現象，這對回譯成中文也產生了一定影響。

就外貌特徵而言，凡爾納懂得將蕾嫵塑造成一個極具古代中國特色又令西方人滿意的美人：

> 年輕的蕾嫵是一個迷人的女人。漂亮，即使是在歐洲人眼中。膚色白皙不黃。她有著柔和的雙目，烏黑的頭髮上裝飾著幾朵用碧玉別住的桃花，牙齒細小潔白，眉毛用中國墨暈開一條細線。她有著天朝美人普遍的風格，既不在臉上塗抹含有蜂蜜和西班牙白的粉，也不畫胭紅的圓形唇線，也不描眼線，沒有用任何化妝品，然而這些在宮廷中每年要耗費十萬銅錢。[59]

---

55 [法]凡爾納（Jules Verne）著：《一個中國人在中國的遭遇》（*Les Tribulations d'un Chinois en Chine*），王仁才、威廉・鮑卓賢譯，合肥：安徽教育出版社 2010 年版，第 44 頁。

56 參見：<http://www.ibiblio.org/julesverne/books/TCC%20in%20Chinese%20intro%20and%20chs%201-3.pdf>。

57 [法]凡爾納（Jules Verne）著：《一個中國人在中國的遭遇》（*Les Tribulations d'un Chinois en Chine*），王仁才、威廉・鮑卓賢譯，合肥：安徽教育出版社 2010 年版，第 44 頁。

58 [周]左丘明傳、[晉]杜預注、[唐]孔穎達正義：《春秋左傳正義》，見於《十三經注疏》整理委員會整理、李學勤主編：《十三經注疏》，北京：北京大學出版社 1999 年版，上冊，第 81 頁。

59 Jules Verne, *Les Tribulations D'un Chinois En Chine*, Paris: J. Hetzel, 1879, p.38.

這種天生麗質的形象，顯得非常理想主義。在描繪中國人物時，小說中頻繁出現「歐洲人」（européen）、「西班牙」（Espagne）等西方詞彙，說明凡爾納一直在做中西文化之間的比較。凡爾納還對中國女人纏足的現象作出了描繪與批判。他以為裹小腳可能是來自某位殘廢的公主（princesse estropiée）。[60]這個看法明顯來自湯姆遜的《中國與中國人影像》。[61]清朝盛行的說法是，南唐李後主因為喜歡宮嬪窅娘的小腳，就讓她纏足做新月狀，並因此成為皇宮裡最受寵的女人。[62]兩者之間雖有差別，但皆指向宮廷之惡的意圖顯而易見。凡爾納認為這是對女性的摧殘。他也為當時這種惡習的逐漸消亡而慶幸。[63]

　　凡爾納筆下的中國存在著意識形態與烏托邦互為張力的態勢：一方面讚美中國，一方面批評中國。中西雙方文化被凡爾納雜糅進故事情節，對人物觀念也不乏誤讀和偏見，以上這些都是凡爾納為了迎合西方讀者的閱讀期待，讓西方讀者更順暢地接受小說中的中國文化。其中必然蘊含了作者對中國的美好想像，也混有當時西方的殖民主義意識。凡爾納在小說中沒有很好地處理中國文化的複雜性，沒有親自去過中國、深刻反思過中國的凡爾納，無法跳脫由大量遊記構成的社會集體想像物的局限。

二、詩非詩：歸化而未化的翻譯

　　「創作是直接取景拍照，翻譯則是翻拍。」[64]中譯本與原著之間存在較多出入，經過上一節的分析可見一斑。[65]從小說書名亦可知曉，《一個中國人

---

[60] Jules Verne, *Les Tribulations D'un Chinois En Chine*, Paris: J. Hetzel, 1879, p.39.

[61] 參見：[英]約翰・湯姆遜（John Thomson）著：《中國與中國人影像：約翰・湯姆遜記錄的晚清帝國》（*Illustrations of China and Its People*），徐家寧譯，桂林：廣西師範大學出版社 2012 年版，第 234 頁。

[62] 參見：[清]余懷撰：《婦人鞋襪考》，見於[清]蟲天子（張廷華）輯：《香艷叢書》，上海國學扶輪社清宣統元年至三年鉛印本，上海書店 1991 年影印刊，第一冊第二集卷四，第十六頁。

[63] Jules Verne, *Les Tribulations D'un Chinois En Chine*, Paris: J. Hetzel, 1879, p.39.

[64] 張今著：《文學翻譯原理》，開封：河南大學出版社 1987 年版，第 8 頁。

[65] 按：需要特別說明的是 TCC 中譯本的情況。這本由中國學者王仁才和定居香港的英國學者鮑卓賢合作完成。在 2004 年，王仁才已經根據埃文斯（I. O. Evans）的刪節版英譯本翻譯了《一個中國紳士的遭遇》，由中國廣播電視出版社出版。該譯本影響力不大，現今難見於世。鮑卓賢得到該譯本後，與王仁才商議根據法文原著重新翻譯。兩人合作方式是：由中文能力有限但精通法文的鮑卓賢負責將法文譯成英文，再由王仁才將英文譯成中文。於是，2010 年便出現了由安徽教育出版社出版的「首次面世」

在中國的遭遇》，這是一個相對陌生的名字，一般譯介凡爾納的書籍中都將該小說譯為《一個中國人在中國的苦難》。「Tribulations」本是「苦難」的意思，可見譯者從一開始就想將該作品定位在比較中性的基調上。這與凡爾納抑揚先抑、設置懸念的創作理念相左。不過從讀者接受層面來說，卻和凡爾納有著一致性——他們都本著取悅本國讀者的意願。這裡就小說中主要的兩首詩歌進行細讀評析，進一步明確原著與譯本之間對中國文化的理解差異。

1.含蓄抑或直白：「蛋家」女船工

在中國福建、廣東、海南及港澳等地存在一個民系，名曰疍家。疍，古字「蜑」、「蜒」，最早見於東晉常璩《華陽國志・巴志》：「……其屬有濮，賨，苴，共，奴，獽，夷蜑之蠻。」[66]此處「蜑」，唐稱「蜑蠻」，宋元稱「蜑戶」、明清稱「蜑家」，即現居於閩粵一帶的疍民、疍家人。[67]疍家民系中，以福州疍民和廣東疍家人為主。他們終生以船為家，創造了鹹水種植方法。在捕魚閒暇時光，漁民們以歌酬答，交流感情，形成了自己的一套漁歌文化。福州疍民稱「漁歌」，廣東疍家人稱「鹹水歌」。

在 TCC 第七章「中國人的特有習俗」中，凡爾納描寫了疍民唱漁歌的場景：「Une jeune Tankadère, conduisant son sampan à travers les sombres eaux du Houang-Pou, chantait ainsi」。[68]中譯本譯作：「一位年輕的『蛋家』女船工，劃著一隻小舢板在黃浦江上飄蕩。她一邊搖動雙槳，一邊哼著小調。」[69]此處的「蛋家」中的「蛋」字不准。鮑卓賢注意到了「Tankadère」一詞在《八十天環遊地球》中出現了二十五次，也注意到了在 TCC 中的具體描寫。鮑卓賢發現這詞非法語也非英語，或為凡爾納自造。鮑卓賢將「Tankadère」英譯為「a Tanka boat girl」，繼而王仁才中譯為「『蛋家』女船工」，只是「蛋」

的全譯本《一個中國人在中國的遭遇》。以上資訊來自 2013 年 1 月 5 日王仁才教授回覆筆者的電子郵件。

[66] [晉]常璩著、劉琳校注：《華陽國志校注》，成都：巴蜀書社 1984 年版，第 28 頁。

[67] 按：疍民的來源仍紛繁不一，但如今的疍民習俗沿襲傳統，彼此相近。參見：陳序經著：《疍民的研究》，上海：商務印書館 1946 年版；羅香林著：《百越源流與文化》，臺北：國立編譯館中華叢書編審委員會 1978 年第 2 版。

[68] Jules Verne, *Les Tribulations D'un Chinois En Chine*, Paris: J. Hetzel, 1879, p.59.

[69] [法]凡爾納（Jules Verne）著：《一個中國人在中國的遭遇》(*Les Tribulations d'un Chinois en Chine*)，王仁才、威廉・鮑卓賢譯，合肥：安徽教育出版社 2010 年版，第 69 頁。

字不夠精確，應是「疍家」。[70]對於特殊名詞的翻譯，需要具備目的語的文化知識。這方面的功夫，即使是生活在中國香港的凡爾納學者鮑卓賢也會疏忽。[71]然而，凡爾納本人也有不當之處：在上海黃浦江（Houang-Pou）上出現舢板是合理的，出現疍家欠妥。疍家民系中，除了存在質疑的浙江九姓漁民之外，江浙滬一帶不存在疍民聚集。這可能是將水上人家混淆的一種想像性移植。疍家漁女撐槁唱情歌的情景是中國人的特有習俗（coutumes particuliers au céleste empire）之一，但地理位置發生了偏差。

　　根據鮑卓賢的研究，在 1863 年出版的歌曲集《音韻與曲調》（*Rimes et Melodies*）中，凡爾納編寫了一曲《中國之歌》（*Chanson Chinoise*），歌詞大意與之相似。該歌曲的靈感可能來自於一幅名為《疍家船女》（*Tanka Boat Girl*）的木版畫，或藝術家喬治‧錢納利（Geogre Chinery）的水彩畫《澳門舢板姑娘的肖像 1825-1852》（*Portrait of Macau Sampan Girl 1825-1852*）。[72]這說明凡爾納早在成為著名作家之前已經對中國產生了一定的興趣。確切地說，這首原名為 *Le Tankadère* 的詩歌早在 1862 年寫作完成，之後凡爾納將其稍作修改，融入到小說中去。[73]鮑卓賢具體指出：名為 *Tanka Boat Girl* 的木版畫出自《*Narrative of the Expedition... to the China Seas and Japan... under... M C Perry (Vol. 1-1856)*》。[74]該書即馬修‧佩里的《美國小艦隊前往中國海域與日本的探險故事：1852 年與 1853 年在 M. C. 佩里海軍準將的指揮下的執行情況》，作者隸屬美國海軍，該書寫作是美國政府的安排。[75]此圖在書中第 141 頁。但歌曲靈感的這一猜測未完全證實，法文首版原著第 57 頁的插圖「Un jeune Tankadère」與二者不太相似：前者為上半身人像，

---

[70] William Butcher, 「*The Tribulations of a Chinese in China*: Verne and the Celestial Empire」, *Journal of Foreign Languages* 165 (2006): 65.

[71] 按：香港疍家是香港四大民系之一，其他分別是客家、圍頭與河洛。在香港，「疍家」寫作「蛋家」。參見：張壽祺著：《蛋家人》，香港：中華書局（香港）有限公司 1991 年版。

[72] William Butcher, 「*The Tribulations of a Chinese in China*: Verne and the Celestial Empire」, *Journal of Foreign Languages* 165 (2006): 66.

[73] Volker Dehs, Jean-Michel Margot and Zvi Har'El ed., 「The Complete Jules Verne Bibliography」. <http://jv.gilead.org.il/biblio/poems.html>.2012 年 11 月 25 日檢索。

[74] William Butcher, 「*The Tribulations of a Chinese in China*: Verne and the Celestial Empire」, *Journal of Foreign Languages* 165 (2006): 66.

[75] Matthew C. Perry, *Narrative of the Expedition of an American Squadron to the China Seas and Japan: Performed in the Years 1852, 1853, and 1852, under the command of Commodore M. C. Perry*, Washington: A. O. P. Nicholson, 1856.
按：該書同年另有 Washington: Beverley Tucker, Senate Printer 版，兩版排版一致。

圖中女子裹著頭巾；後者為全身像，圖中女子梳著長辮劃著舢板。另外，在湯姆遜的《中國人與中國人影像》中也有一幅疍家女孩和一幅疍家老婦與小孩的照片，[76]也可能成為凡爾納的參考資料。

疍家女唱的漁歌借用疍家女之口、模擬蕾嫵的口吻，唱出的卻是想騙取保險金主人公金福的心聲——渴望早日返回家中與未婚妻蕾嫵團聚。這段歌詞原文如下：

> Ma barque, aux fraîches couleurs,
>   Est parée
> De mille et dix mille fleurs.
> Je l'attends, l' âme enivrée!
> Il doit revenir demain!
> Dieu bleu veille! Que ta main
> A son retour le protège,
> Et fais que son long chemin
>   S'abrège!
>
> Il est allé loin de nous,
>   J'imagine,
> Jusqu'au pays des Mantchoux,
> Jusqu'aux murailles de Chine!
> Ah! que mon cœur, souvent,
> Tressaillait, lorsque le vent,
> Se déchaînant, faisait rage,
> Et qu'il s'en allait, bravant
>   L'orage!
>
> Qu'as-tu besoin de courir
>   La fortune?
> Loin de moi veux-tu mourir?

---

[76] 參見：[英]約翰・湯姆遜（John Thomson）著：《中國與中國人影像：約翰・湯姆遜記錄的晚清帝國》（*Illustrations of China and Its People*），徐家寧譯，桂林：廣西師範大學出版社 2012 年版，第 50-55 頁。

Voici la troisième lune!
Viens! Le bonze nous attend
Pour unir au même instant
Les deux phénix, nos emblèmes!
Viens! Reviens! Je t'aime tant,
　　　　Et tu m'aimes! [77]

中譯文為：

> 我以百花飾舟，數日以待，
> 數日以待──
> 面對藍天祈禱，
> 願情郎望一眼故鄉，
> 我激動的心在呼喚，
> 明天他可會回來？
>
> 我不知他的足跡，
> 曾在怎樣的大地上流浪，
> 寒冷抑或乾涸；
> 在古老的中原城牆之外，
> 徘徊著哪種危險，它終將會降臨；
>
> 啊！我啼血的召喚他可否聽見，
> 明天他就會回來，
> 君為何久處異鄉？君為何遲遲不歸？
> 是為了追求財富；
> 歲月在流逝，
> 鴛鴦依依，待結月老紅線，
> 回來，啊，明天就回來！[78]

---

[77] Jules Verne, *Les Tribulations D'un Chinois En Chine*, Paris: J. Hetzel, 1879, pp.59-60.

[78] [法]凡爾納（Jules Verne）著：《一個中國人在中國的遭遇》(*Les Tribulations d'un Chinois en Chine*)，王仁才、威廉·鮑卓賢譯，合肥：安徽教育出版社 2010 年版，第 69-70 頁。

這首漁歌的中文翻譯在內容上太過自由。凡爾納在歌詞中為「Les deux phénix, nos emblèmes」做了註腳:「Les deux phénix sont l'emblème du mariage dans le Céleste Empire.」[79]即「兩隻鳳凰在天朝是婚姻的象徵。」此處譯作「鴛鴦」尚可,但「鳳凰」已有「佳偶」之意。中法兩段的篇幅與意義有著一定的差別,詩歌的不可翻譯性在這裡異常明顯:從字詞到語序,都存在不對應的情況。第二段中「pays de Mantchoux」(滿洲的國土)被簡單地譯作「大地」;第二段中間的「Ah!」不見了,而第三段起首的「啊!」又不知何處得來;第三段中「Voici la troisième lune!」(這就是第三個月)譯作「歲月在流逝」;「Le bonze nous attend」(我們期待的僧人)成了「待結月老紅線」。[80]獨立來看,這首中文詩歌言辭之間帶有效仿「君問歸期未有期」之意,對照法文而言,就謬之千里。

在詩歌形式上,譯者也沒有作仔細的分析。細讀法文原詩可以發現,它的格律分明:由三組九行的詩節(strophe)構成,每一個詩節以數量相同的音節(syllable),按照 ababccdcd 的方式押尾韻(assonance)。漁歌的中譯卻分為六行、五行和七行的三段不規則排列。是否需要嚴格按照原詩的形式來翻譯,這點並沒有定規強求,但筆者力圖還原該詩原貌,在此試重新直譯如下:

> 我的船,用些鮮花,
> 被裝扮
> 成千上萬的花。
> 我等他,我的情郎!
> 明天必須回轉頭!
> 藍神守夜!願你手,
> 保護他的返還,
> 使他那漫漫長路
> 被縮短!
>
> 他離開我們遠去,
> 我想像,

---

[79] Jules Verne, *Les Tribulations D'un Chinois En Chine*, Paris: J. Hetzel, 1879, p.60.
[80] 按:或許,僧人在凡爾納那裡猶如神父一般,可以主持婚禮。

　　　　直到那滿洲的國土，
　　　　直至那中國的城牆！
　　　　啊！我的心臟，經常
　　　　在顫抖，每當狂風
　　　　大作，怒吼的時候，
　　　　他所到之處，抗爭
　　　　暴風雨！

　　　　是什麼使你忙碌
　　　　是財富？
　　　　遠離我，會否死去？
　　　　這就是第三個月！
　　　　來吧！我們等和尚
　　　　來同一時刻結合
　　　　兩隻鳳凰，象徵你我！
　　　　來吧！回來吧！我很愛你，
　　　　你也愛我！

不難看出，這首漁歌其實是一首融入中國元素卻又非常直白的西方情歌。
這與疍家漁女的性格也有相符合之處：不少疍家人受到天主教影響，用
「Dieu」（天主）一詞也合乎邏輯。但是提到「滿洲的國土」的意象，與彼
時清人的自我認同相違背，更像是一個法國人在想像著遙遠的中國。這又
是凡爾納的一次錯位嫁接。

2.悲哀抑或戲謔：「百歲爺五更天」之歌

　　第十一章中，主人公金福改變主意，他想取消自殺——登報讓失蹤的
王哲人不要繼續執行謀殺自己的計畫。這一行為使得全國百姓都知道了金
福和王哲人的名號，還陰差陽錯地將金福誤認為是一個一天到晚只想著活
到一百歲的人，於是金福淪為全國婦孺皆知的「笑柄」。[81]這又是中譯本走

81　[法]凡爾納（Jules Verne）著：《一個中國人在中國的遭遇》(*Les Tribulations d'un Chinois*
　　en Chine)，王仁才、威廉·鮑卓賢譯，合肥：安徽教育出版社 2010 年版，第 98 頁。

得較遠的地方。法文原意止於：「這些問題很快掛在每個人嘴邊。」（Ces questions furent bientôt dans toutes les bouches.）[82]

於是，全國百姓給金福編了一首類似民謠式的「悲歌」（complainte）——《百歲爺五更天》（*Les Cinq Veilles du Centenaire*）。這首詩歌在凡爾納的設想中，來自《滿江紅》（Man-tchiang-houng），意思就是「來自柳林的風」（le vent qui souffle dans les saules）。[83]這個聯想從何而來不得而知，卻使得中譯本再次發揮：「有人根據《滿江紅》、《柳林風嘯》的調子編了一首打油詩。」[84]這種民間性質的詩歌在中譯本中就等於「打油詩」。事實上，法文中沒有出現「limerick」（五行打油詩）之類的字樣，而是「它似是一首悲歌，卻被可笑地上演。」（Il parut une complainte, qui le mettait plaisamment en scène.）[85]或者說，這更接近於古代街頭的民謠。凡爾納的解釋在中譯本中沒有得到貼切的對應。不過用「打油詩」一詞體現了翻譯需要呈現目的語的民族性這一點。

到第十三章，可以看到整首《百歲爺五更天》的內容。我們不能奢望一個法國人懂得詞牌《滿江紅》是雙調九十三字，更別提具體的用韻、平仄與對仗：前闋四仄韻，後句五仄韻，前闋五六句，後闋七八句要對仗，例用入聲韻腳。即使這首詩歌有實質的來源，經過凡爾納的翻譯與改寫，再回譯成中文也很難實現一首完美的詞。何況凡爾納很可能沒有這個企圖。凡爾納寫了一首五個詩節的詩歌，除了最後一節是五句外，每節四句，為金福每二十年概述一遍，形成所謂的「五更」（Cinq Veilles）。「五更」的概念顯然是類比的結果，此處顯得比較合理，而原意為「五夜」。

以原文第一節為例：

A la première veille, la lune éclaire le toit pointu de la maison de Shang-Haï. Kin-Fo est jeune. Il a vingt ans. Il ressemble au saule dont les premières feuilles montrent leur petite langue verte![86]

[82] Jules Verne, *Les Tribulations D'un Chinois En Chine*, Paris: J. Hetzel, 1879, p.83.

[83] Jules Verne, *Les Tribulations D'un Chinois En Chine*, Paris: J. Hetzel, 1879, p.83.

[84] [法]凡爾納著、王仁才、威廉‧鮑卓賢譯：《一個中國人在中國的遭遇》，合肥：安徽教育出版社 2010 年版，第 98 頁。

[85] Jules Verne, *Les Tribulations D'un Chinois En Chine*, Paris: J. Hetzel, 1879, p.83.

[86] Jules Verne, *Les Tribulations D'un Chinois En Chine*, Paris: J. Hetzel, 1879, p.106.

試譯為：「一更天時，月亮照亮上海的房子那尖尖的屋頂。金福正年輕。他二十歲。他像柳樹般，第一批葉片展現著它們翠綠的嫩芽！」

以下是中譯本《百歲爺五更天》的第一節：

> 一更天，從上海開始歌唱，
> 銀白的新月發出柔和的光芒，
> 嬌嫩的柳芽，
>
> 剛剛含苞欲放，
> 金福現在二十歲。[87]

它將原本四句散文體的內容重排，翻譯成了五句。整首詩歌從五小節變成了六小節，原本的後一節被一分為二，除了第一節是五句外，其餘每節四句。而且，它調換了每節並不牽涉定語或狀語的語句順序，使得最後一句在前四節中都呈現為「金福現在 xx 歲」，起到類似《詩經》中重章疊唱或者現今的副歌重複的效果。

由此可見，翻譯風格與原著風格很不一致。譯者企圖回譯成帶有古詩韻味的現代詩歌，然而作者本身的詩歌直白通俗，僅僅帶有中國元素而已。從法文原著到中文譯本，經歷了從「中國元素」到「中國化」的轉變。如果說，中國元素在凡爾納那裡給讀者帶來的是「異域風情」或「異國情調」，那中譯者則帶來了「中國特色」。中譯本的歸化策略並不成功，反而模糊了凡爾納小說中本身的一些問題，讓讀者分不清究竟是哪一方誤讀了中國。

三、「看」與「被看」：應運時代的電影改編

在研究改編電影時，「看」與「被看」的論述中，「被看」的客體仍然是中國。「看」的主體經過改編者的變換，除了西方人，又多了中國人自身。如果說，凡爾納借助遊記資料的「望遠鏡」來看中國的話，那麼電影的西方改編者則是親臨現場的遊戲玩家，而電影的中國改編者有著借古諷今的

---

[87] [法]凡爾納（Jules Verne）著：《一個中國人在中國的遭遇》（*Les Tribulations d'un Chinois en Chine*），王仁才、威廉・鮑卓賢譯，合肥：安徽教育出版社 2010 年版，第 124 頁。

意味。「研究西方的中國形象，有兩種知識立場：一是現代的、經驗的知識立場，二是後現代的、批判的知識立場。」[88]就 TCC 一書而言，我們更在乎凡爾納作為一個經驗知識傳播者這一點，因而前者構成了文本研究的主要立場，也不排除後現代的研究眼光。就改編作品而言，批判的知識立場扮演起了主要角色：看出一部文學作品的戲影改編者的意圖，是研究中國形象的關鍵。

事實上，首先應該被注意的是凡爾納自己對於 TCC 的戲劇改編的意圖。「他在創作中才有戲劇結構；將某些故事寫成戲劇形式，有時甚至先為戲劇創作，然後再改寫成小說。《八十天環球旅行》（1872）便是如此，《固執的蓋拉邦》（1883）可能也是。」[89]凡爾納在 TCC 完成之後，一直想著將這個戲劇故事搬上舞臺。「1879 年，《時報》的讀者終於讀到了《一個中國人在中國的苦難遭遇》。這個幻想故事包含了相當多的戲劇情節，使故事充滿天真的情趣，讀後不禁令人發笑。」[90]

這個改編計畫在 1888 至 1890 年間，由當納里（Adolphe d'Ennery）執行。在《凡爾納傳》中，提到了這點：

> 1889 年，儒勒·凡爾納到了昂蒂布角，大概還在考慮他的這位中國人；他跟當納里合作，試圖將這部作品改編成劇本。這事作起來可不容易。1889 年 1 月底，劇情梗概搞出來了，這位小說家說，「如今我只需把劇本寫出來」。
>
> 1890 年 9 月，他把這個關於中國人的劇本寫出來了，但跟原作有不少出入；德凱納爾要求得到這個劇本，羅夏爾也希望得到這個劇本，以便在 1891 年 10 月聖馬丁門劇院開張時演出。克洛德·法雷爾也被這個題材所吸引，想在 1925 年前後將這部作品搬上舞臺；薩拉·伯恩哈特劇院的演出非常動人，但並不成功：倘若不使這位中國人歐化，那是很難獲得觀眾讚賞的。[91]

[88] 周寧著：《天朝遙遠：西方的中國形象研究》，北京：北京大學出版社 2006 年版，第 3 頁。

[89] [法]奧維里埃·迪馬（Olivier Dumas）著：《凡爾納帶著我們旅行：凡爾納評傳》（Voyage à travers Jules Verne: Biographie），蔡錦秀、章暉譯，桂林：廣西師範大學出版社 2003 年版，第 134 頁。

[90] [法]讓·儒勒-凡爾納（Jean Jules-Verne）著：《凡爾納傳》（Jules Verne: A Biography），劉扳盛譯，長沙：湖南科技大學出版社 1983 年版，第 320 頁。

[91] [法]讓·儒勒-凡爾納（Jean Jules-Verne）著：《凡爾納傳》（Jules Verne: A Biography），

遺憾的是，這個計畫進行得並不順利。人們往往低估與忽視了凡爾納在戲劇方面的作為：

> 為了把小說《一個人在中國的苦難遭遇》改編成劇本，凡爾納到昂第布角的當納里家去了很多次，但嘗試了三次也不能令作家滿意。由此倆人徹底鬧翻。因此，1883 年凡爾納獨自寫成劇本《固執的蓋拉邦》。評論界對劇本表示不滿，認為缺少當納里的合作是不行的。羅伯爾・普爾瓦耶爾發現這個未發表劇本，由儒勒・凡爾納研究會出版。劇本《固執的蓋拉邦》證明了凡爾納的戲劇才能。它在商業上的失敗可能是由於讀者只願接受作為科學小說家的凡爾納。同樣的偏見導致比利時的讀者欣賞不了《拉東一家》的精彩。[92]

所幸的是，這個劇本在 1931 年由克勞德・法爾（Claude Farrère）和克里斯汀・梅瑞（Christian Méré）完成，劇本篇幅為 48 頁。[93]可惜筆者力有不逮，只能證明凡爾納有戲劇改編意圖的事實，尚未得見戲劇文本內容、演出以及更多的評論。可以肯定的是，凡爾納對這部小說的自我期待植根於他原初創作的戲劇性。他一直沒有放棄在戲劇方面的追求，可惜他在這方面的發展始終不如在小說領域中的成就。而中國形象在戲劇改編中的變化情況可能不大。

凡爾納作為戲劇家的一面始終在他創作生涯中若隱若現。早期的戲劇作品使他嶄露頭角，後來小說改編成戲劇的作品同樣不乏其數，為數最多的改編形式當屬電影。[94]凡爾納的作品可以改編成不同類型，正與其作品自身類型的多樣性一致。中國電影人也早早地看到了凡爾納作品的改編潛力。比較中西兩方的不同改編，「中國」在被當成他者或自我被敘述的視角凸顯無疑。應被認清的是，所有的、非作者本人改編的影像作品，無非改編者借屍還魂式的己見抒發。

劉扳盛譯，長沙：湖南科技大學出版社 1983 年版，第 320 頁。

[92] [法]奧維里埃・迪馬（Olivier Dumas）著：《凡爾納帶著我們旅行：凡爾納評傳》（*Voyage à travers Jules Verne: Biographie*），蔡錦秀、章暉譯，桂林：廣西師範大學出版社 2003 年版，第 135 頁，注①。

[93] Claude Farrère and Christian Méré, *Les Tribulations d'un chinois en Chine*, Paris: Hachette, 1931.

[94] 按：20 世紀凡爾納作品電影改編情況統計表，參見：Herve Dumont and Andrew Nash ed.，「Jules Verne Filmography」，<http://www.julesverne.ca/jvmovie.html>,2012 年 12 月 20 日檢索。

1.西方遊樂場：《殺手鬧翻天》

1950 年代末至 1960 年代初，法國電影掀起了「新浪潮」（La Nouvelle Vague）。法國導演菲力浦・德・普勞加（Philippe de Broca）參與的集錦電影《七宗罪》（1962）是新浪潮中一部經典代表作。隨後，普勞加導演的《里奧追蹤》（*L'Homme de Rio*, 1964），獲得了 1964 年美國紐約電影評論協會（New York Film Critics Circle Awards）最佳外語片獎及 1965 年第 37 屆奧斯卡（美國電影學院獎）最佳原創劇本提名。法國動作巨星讓－保羅・貝爾蒙多（Jean-Paul Belmondo）最走紅時，主演了這部節奏緊湊俐落的冒險動作片。

《殺手鬧翻天》（*Les Tribulations d'un Chinois en Chine*, 1965），又稱《香港追蹤》，[95]即借凡爾納 TCC 小說改編而成的《里奧追蹤》的續集。兩部電影從內容到風格上一脈相承，有著導演普勞加明顯的個人特色。電影和小說之間最為接近的只有小說主線──主人公自編自導的「自殺」逃亡。故事中的「騙保」成分消失，純粹是主人公厭倦生活的無理取鬧。溫婉的中國寡婦蕾嬤在電影裡變成了白天學習考古學、晚上從事脫衣舞工作的法國金髮女郎。其故事內容跳脫原著，在娛樂程度上升級換代，更加刺激、搞笑與混搭，有著濃郁的後現代風格。

研究西方電影中的中國形象，實為研究西方人的思想觀念。具體來說，即研究西方人的觀看方式，以及如何設計產生這種觀看方式。實際上，就是建構異己的「他者」的過程。「中國形象是特定時代西方文化無意識的象徵」，[96]在經歷半個世紀之後的 1960 年代的西方，TCC 中的中國形象發生了不言而喻的變化。在小說中，無論時空背景或是主要人物形象，都取材自中國。而在《殺手鬧翻天》中，主人公除了王哲人的形象保留了之外，其他男女主角全部換成了西方電影創作者容易操作的西方人。原本的中國背景雖然也被保留，但只濃縮到了與西方聯繫較為密切的香港，以及對西方充滿神秘色彩的西藏。這其中不排除電影拍攝方面的實際因素，畢竟在尚屬英國管轄的香港取景拍攝相對容易許多，在印度和尼泊爾的喜馬拉雅山脈南部模擬中國西藏也易於操作，而且還免去了啟用眾多中國演員的麻煩。本來在凡爾納筆下用著口吐著法語的中國人突然能到了一種解放──

---

[95] 按：這部電影另外還有幾個譯名：中譯名《烏龍王大鬧香港》，英文名 *Chinese Adventures in China*，義大利名 *L'Uomo di Hong Kong*，美國上映時名為 *Up to His Ears*。

[96] 周寧撰：《前言》，見於周寧著：《天朝遙遠：西方的中國形象研究》，北京：北京大學出版社 2006 年版，第 5 頁。

讓中國人看著清朝人說法語的異樣感有了消滅的可能。然而,故事的性質也因此從塑造一個奇遇國度轉變為一個冒險遊樂場。這兩者在對中國沒有認識基礎的外國人眼中,只是細微的差別。在電影中,這與敘述者「我」(西方)和被敘述者「他」(中國)密切相關。這種二元對立的關係又在中國立場中被調轉,就該電影而言,我們中國人看到的是「他中有我」。從中國人的視角看去,會產生一種不言而喻的心理落差——我們不再是被關注的對象。這是西方人不以為意的「無意識」。

中國這片土地,在這部電影中,不再是原著所有場景的依託,而是主要場景之一,儼然成為西方遊樂場之所在。影片中,將主人公逃亡的路線,從中國的南方,延伸到了更為廣闊的地域。影片取景地包括香港、印度、馬來西亞和尼泊爾。二十世紀至今西方都極為熱衷的西藏,是該影片中的一大亮點。導演通過在喜馬拉雅南坡的取景,呈現出富含神秘色彩的西藏面貌。這裡的「西藏」是指受到西藏歷史文化影響廣義的西藏。凡爾納在 TCC 中沒有對西藏的相關描述,但在《征服者羅比爾》中曾描繪過「信天翁號」飛行器飛過西藏,經過喜馬拉雅地區到達印度的情況。凡爾納對喜馬拉雅地區的地理特徵和山上的動植物進行過描繪,例如瞪羚羊、小嘴烏鴉等,總體篇幅較短。[97]就《殺手鬧翻天》電影構思來看,對法國導演來說,著名的系列漫畫與系列電影《丁丁歷險記》(*Les Aventures de Tintin*)更具有影響力。例如在《丁丁歷險記:丁丁在西藏》(*Les Aventures de Tintin: Tintin au Tibet*, 1960)中,雪山和藏傳佛教寺廟等畫面,可以在影片中找到完全對應的鏡頭。[98]後者進行了大膽改編,情節如下:主人公和他的僕人來到藏區一個寺廟所在地,為了尋找自己的家庭教師。鏡頭轉向了寺廟的外形和內中的佛像。夜裡,正當主人公在用火把照亮未曾見過的佛像時,一道道無來由的火光把他們團團圍住,鏡頭轉眼間切到他們被綁成獵物被兩撥藏民抬走。一路上經過崎嶇的山路和熱鬧的集市,在第二天白天達到一個篝火旁邊,主人公和僕人被放到地上,雙手仍然被捆綁著。此時,他們趁當地人轉向一旁的一個間隙,利用篝火把手上的繩子燒斷,浸到旁邊的水池,弄亂篝火堆。奇跡或者說巧合出現了:一個熱氣球從天而降,放下了一根看似纜繩實則鐵錨的「救命稻草」。兩人及時抓住繩索,經過一路跌跌撞撞,翻牆越房,終於逃出升天。有趣的是,在他們最後即將抓住鐵錨離開這個

---

[97] 參見:[法]儒勒·凡爾納(Jules Verne)著:《征服者羅比爾》(*Robur-le-Conquérant*),何友齊、陶滌譯,北京:中國青年出版社 1985 年版,第 109 頁。

[98] 參見:Hergé, *Les Adventure de Tintin: Tintin au Tibet*, Tournai: Casterman, 1980.

差點讓他們成為祭品的地方時，熱氣球一度下沉，他們從鐵錨上跌落，主人公居然隨口說了幾句「bkra shis bde legs（拉丁轉寫）」（即「扎西德勒」，藏語，意為「吉祥如意」）。霎時，熱氣球上的同伴扔下了一堆雜物落在主人公頭上，氣球借此減重而順利騰起，將主人公和其僕人帶回雪山境地，然後再次返回城市。這段情節可以看作是對《丁丁歷險記》的「致敬」，也可看作當時歐洲人對藏區的一種異想天開的想法。主人公被藏民無緣無故地捆綁起來，意味著當地人民的野蠻——在沒有與外來人士的溝通的情況下，便將他們獻祭於神壇，這和文明世界的交往方式有著天差地別。那場未能圓滿完成的祭祀典禮，摻雜了一些類似金剛舞等密宗儀軌的特徵——戴著魔鬼面具圍繞篝火起舞、吹號等。值得注意的是，藏民們沒有一句臺詞，只有各種令人無法理解的動作，彷彿他們不會言語一般——失語。正是這種情況下，主人公卻說出了一句藏語，令人百思不得其解——他是通過何種管道習得？電影本身不提供合理的解釋，彷彿他們天生就具有全能的屬性。這恰恰說明電影作者對西藏或者說喜馬拉雅地區的臆想揣度。這點反映了1960年代西方大眾對中國西藏及周邊地區的一種膚淺與狂妄的認識情況。由《丁丁歷險記》而來的靈感，在《殺手鬧翻天》中沒有更為繁複的演繹，相同點除了場景之外，就屬它們的漫畫化特徵了——誇張的人物語言動作和跳躍的情節編排。這種特徵不止在藏區歷險這段中體現，而是貫穿整部電影：快速跳接的場景，人物不需要任何心理鋪墊，就來到了新的地方，或回到原處。這種節奏屬於「新浪潮」電影。而這種節奏達到極致的話就塑造了一種即時娛樂的快速消費品——商業電影。

中國人，在電影中明顯屬於陪襯地位，有些甚至可有可無。這點與原著借中國人之口傳播中國文化知識，或抒發法國人觀點的方式，有著天壤之別。王哲改名為「高先生」（M. Goh），[99] 有著「高人」的意味，其身形上則恰好相反。他的首次亮相是身穿清朝官服。然而當他一開口說起了法語，一種布萊希特（Bertolt Brecht）所謂的「間離效果」（Verfremdungseffekt）油然而生——觀眾即刻出戲，意識到他不過是披著中國人外衣的法國人。這點在高先生之後的出場有著明確的呼應：或是在中國的澡堂裡享受著按摩服務，或是西裝革履、叼著煙斗，揮桿打高爾夫球。正是這位衣著西化的中國人，給主人公出謀劃策的能力，儼然與原著一致，屬於阿爾讓斯（Jean-Baptiste Boyer d'Argens, 1704-1771）的《中國人信札》（*Lettres*

---

[99] 按：該姓氏通常也被譯為「吳」。

chinoises）[100]中教導歐洲人的中國人一類。而這種「高人」的特色必須存在於西化的外表下，可見西方人對中國人的尊敬與認同，也必須來自西方化的中國人。而電影中，生長在中國、說著中國話（粵語）的中國人，是與西方無關的他者，甚至沒有受到平等對待。這在電影中呈現為不與主角發生交流的路人們。至多可以聽到的一些中文臺詞不過是「你有陰功」（粵語，意為「你倒大霉」、「不積陰德」）之類的過場話，用於搭訕或回應主人公與當地人發生一些的短暫接觸。這些臺詞缺乏明確的內涵，與電影主題無涉，大多不與主角發生對話關係，不構成真正的交流。此外，小說中相當一部分篇幅的對中國器物、風俗等的細節描寫便只能在片頭字幕的背景鏡頭中若隱若現，失去了精妙的文字刻畫所帶來的想像空間。這些來自原著而又脫離原著的重新編排，實際上同魯迅所言的「拿來主義」異曲同工：電影作者重視的是可為我所用的部分，足以表現一個刺激娛樂的東方冒險故事所用即可。那些在凡爾納原著中整體化的中國形象，被破碎化和元素化地鑲嵌進電影中去，時時提醒著西方觀眾：我們是在一個充滿新奇事物的東方遊樂場裡玩耍。在中國觀眾看來，影片中人所代表的西方世界只是在自說自話：構造的中國人物形象或是西方化，或是非實際交流對象；影片場景營造的故事環境亦是如此。

有一點要說明的是，該電影對中國觀眾而言是較為陌生的。即使在當下，瞭解該片的中國觀眾也為數不多。這是由於電影在商業運作上的失利，它沒有逃脫續集不繼續輝煌的電影界慣例。然而，我們有必要在當下語境中對其進行結合凡爾納與中國改編電影的重新審視。作為中國觀眾，我們應當意識到自己國家被作為想像的遊樂場之外的一點是，西方人在將中國為主的東方視為遊樂場的同時，遊樂場中的西方人自身，實際上自我娛樂化了。中國被視為另類的、異己的他者，意味著西方與中國之間存在某種的區隔。西方人願意跨越這種區隔、投入異己的世界中去，是冒險，是刺激，並產生了一種自虐自娛的奇妙樂趣。這點對西方人而言，較之凡爾納原著的中描寫中國人在中國的遭遇，更加有帶入感。觀賞此類電影的西方人，能夠從中體驗到更加身臨其境的快感。而對這種快感的不假思索，是需要警惕的：中國是否在商業電影中淪為純粹的消費品？所幸的是，這種

[100] Jean-Baptiste Boyer D'Argens, *Lettres chinoises ou correspondance philosophique, historique et critique, entre un chinois voyageur à Paris et correspondans à la Chine, en Moscovie, en Perse et au Japon, par l' auteur des Lettres juives et des Lettres cabalistiques*, Tomes. 1-5, La Haye: Paupie, 1739-1740.

可能性在其後真正的消費主義（Consumerism）浪潮中，即當下，沒有隨之
增大。

　　形成這種將他者自我化的文化語境，是《殺手鬧翻天》改編意圖與改
編效果的根源。在西方後啟蒙運動時代的中國形象，在周寧的《天朝遙遠》
一書中被劃分為「停滯的中華帝國」、「專制的中華帝國」和「野蠻的中華
帝國」三種形象。[101]這三種形象都是西方世界將中國這個「他者」意識形
態化的結果。《殺手鬧翻天》中的中國形象，按時段劃分，可以歸屬於第三
種形象，「野蠻的中華帝國」。但《殺手鬧翻天》中的中國，歷史年代是模
糊的。影片中沒有像原著那樣明確提及「西太后駕崩」（Mort de l'Impératrice
douairière）等歷史事件，[102]因此無法確定故事講述的年代，只能從人物的
服裝、地方建築特色等來推斷。如福柯（Michel Foucault）名言：重要的不
是故事講述的年代，而是講述故事的年代。於是，我們又回到了「新浪潮」。
在二次世界大戰之後的法國，起初佔據電影界主流的主要有三類：根據文
學作品改編的電影、劇情緊張的偵探片和反映資產階級悲劇的電影，代表
作有克洛德·歐唐－拉蠟（Claude Autant-Lara, 1901-2000）的《紅與黑》（Le
Rouge et Le Noir, 1954）。[103]法國電影在二戰之前就秉承這樣的傳統，不過同
時，「新浪潮」的潛流在戰後早已開始，並在 1950 年代末期蔚然成風。那
些代表傳統的、主流的電影及電影人成為「新浪潮」青年人想要推翻的標
靶。被當做靶子的，有讓·德拉諾瓦（Jean Delannoy, 1908-2008）、克利斯
蒂安－雅克（Christian-Jacque, 1904-1994）和克洛德·歐唐－拉蠟等電影藝
術家。「主張電影新秩序的人，面對這種他們認為業已過時的風格，一心想
代表現代性！他們的前輩精雕細琢情節或對話嗎？他們則要強調電影語
言。……事實上，他們標誌著兩代人之間的轉變時刻，進入了要求電影作
為獨立文化的年齡段，希望電影尤其要擺脫書面的表達形式。」[104]因此，「新

[101] 周寧撰：《前言》，見於周寧著：《天朝遙遠：西方的中國形象研究》，北京：北京大學
　　出版社 2006 年版，第 12 頁。
[102] Jules Verne, *Les Tribulations D'un Chinois En Chine*, Paris: J. Hetzel, 1879, p.130.
　　按：這裡的「西太后」不可能指慈禧太后（1835-1908），卻有可能是慈禧的母親，其
　　卒於同治九年（1870 年）。
[103] [法]讓-皮埃爾·里烏（Jean-Pierre Rioux）、讓-弗朗索瓦·西里內利（Jean-François
　　Sirinelli）主編：《法國文化史 4 大眾時代：二十世紀》（*Histoire Culturelle de La France
　　Tome 4: Le temps des masses, Le vingtième siècle*），吳模信·潘麗珍譯，上海：華東師
　　範大學出版社 2010 年版，第 255 頁。
[104] [法]讓-皮埃爾·里烏（Jean-Pierre Rioux）、讓-弗朗索瓦·西里內利（Jean-François
　　Sirinelli）主編：《法國文化史 4 大眾時代：二十世紀》（*Histoire Culturelle de La France*

浪潮」電影在風格上表現為快速切換鏡頭的手法，或稱「跳接」。這種風格使得整部電影在敘事過程中會出現突兀、不連貫的效果。雖然《殺手鬧翻天》未被視作一部經典的「新浪潮」電影，不可否認的是，該電影是在「新浪潮」的氛圍中產生的。由此，我們可以為《殺手鬧翻天》與凡爾納原著相差甚遠的現象提供一個合理的解釋：在「新浪潮」時期的法國電影更強調電影語言這種講故事的形式，為了配合新形式而出現的內容，是符合法國電影現代性的。換句話說，中國形象在「新浪潮」中，並不是關注的重點。《殺手鬧翻天》的改編傾向於一次解構。與其說是西方觀看中國，不如說是西方在表達自我。

2.虛構的回憶：《少爺的磨難》

如果說法意合拍片《殺手鬧翻天》仍然是西方人以他者眼光看待中國的作品，那麼中國電影《少爺的磨難》則是中國人通過他者反觀自我的方式。也許，很多觀眾並沒有意識到這部電影改編自凡爾納的作品，即使片頭字幕明確表明了「根據 J·凡爾納同名小說改編」，因為名稱差異較大，更不知道作品名稱為《一個中國人在中國的遭遇》。中國第四代導演吳貽弓和第五代導演張建亞合作的這部電影，在 1987 年放映之後，電影評論界口碑糟糕，卻受到廣大觀眾的熱烈追捧。作為他們的探索作品，這部電影和同時期的《神秘的大佛》、《峨眉飛盜》、《颶風行動》和《代號美洲豹》等電影，形成了一股新的潮流——娛樂片。這些電影的出現，引發了評論界對娛樂片的大討論，「主旋律影片」和「娛樂片」的概念登上舞臺。[105]在當年的《當代電影》第三期刊登了陳懷皚、謝添、吳貽弓、饒曙光、田壯壯、石曉華、徐銀華和楊延晉等人的討論——《對話：娛樂片》。他們主張電影功能的多樣化。[106]顯然，《少爺的磨難》是中國電影走向娛樂化、商業化的代表作之一。

這部電影和《殺手鬧翻天》同樣用了具有探索性、顛覆性的方式重新敘事。首先，故事講述的年代變了，從 19 世紀後半葉移到了一戰期間，即

Tome 4: Le temps des masses, Le vingtième siècle），吳模信·潘麗珍譯，上海：華東師範大學出版社 2010 年版，第 275 頁。

[105] 范麗珍撰：《談談電影的多樣化和商業化》，《中國電影市場》，2011 年第 11 期，第 13 頁。

[106] 陳懷皚、謝添、吳貽弓、饒曙光、田壯壯、石曉華、徐銀華、楊延晉撰：《對話：娛樂片》，《當代電影》，1987 年第 3 期，第 28-47 頁。

20 世紀初。其次，講述故事的年代也變了，即 1980 年代，或可理解為當代。再次，講述故事的那位「敘述者」從小說中隱含的身份中，直接化身為一個電影中的人物：一個 20 世紀初在中國經營人壽保險公司的商人威廉・皮特甫之孫。影片序幕用黑白默片的形式模擬早期中國電影，以音樂的變化刻畫出主人公金福的父親去世時的一段情景，隨後用「萬花筒鏡頭」銜接到一個外國人在長城的彩色畫面，由此構成了影片的開場。[107]這個外國人即敘述者，他從一開始就表明立場：他從祖父那裡繼承了對中國的熱愛。這裡，我們發現，電影改編者看似沒有放棄西方語境來講述故事。「那一次又一次打斷觀眾欣賞的外國佬的評論，卻有分明在不和諧中訴說故事的假定。」[108]這裡，我們又一次看到了布萊希特所說的間離效果：打破故事與觀眾之間的距離，使得觀眾從表演（在電影裡是鏡頭）營造幻覺中跳出來，反思故事的內涵與意義。[109]在電影術語而言，這部電影運用了插敘蒙太奇（montage）的手段。這種利用他者陳述故事的假借方式，是一種來自中國現代性的假借，其中蘊含了一種複雜的現代性眼光——電影藝術所代表的西方修辭被融入進來。

改編行為本身是一次解讀。當我們讀到一個描寫中國的文本，猶如看到了他人描寫自己一樣，從他人的眼光中，特別容易發現自己所忽視或自認為不同的地方。因此，在改編過程中，我們容易將對自我認同度高的部分保留。這裡指的是電影將人物中國化：中國人在這部凡爾納原著改編的電影裡說出的臺詞完全是中國人自己的語言。電影中不再出現「讓我們都成為哲人吧」之類的臺詞。[110]為了達到吸引電影觀眾目光的效果，一些新奇有趣的部分也會被保留，甚至誇大。和《殺手鬧翻天》一樣，電影中都出現了小鳥叼簽的鏡頭，這顯示出了中國的民間信仰。事實上，《少爺的磨難》改動最大的部分是添加了李都督一家作為「壞人」這一行動範疇。在結構主義敘事學鼻祖弗拉基米爾・普羅普（Владимир Яковлевич Пропп）那裡，故事中的七個行動範疇中第一個便是「壞人」。凡爾納原著中往往不存在「壞人」角色，相形之下，小說 TCC 略顯平淡。為了電影好看的效果，

---

[107] 按：實際上，這是一次「燒片事故」，「放映時竟令專家們也大驚失色」。參見：彭新兒撰：《〈少爺的磨難〉圓不圓？》，《電影評介》，1988 年第 4 期，第 6 頁。

[108] 彭新兒撰：《〈少爺的磨難〉圓不圓？》，《電影評介》，1988 年第 4 期，第 6-7 頁。

[109] 參見：[德]貝・布萊希特（Bertolt Brecht）撰：《間離效果》（Verfremdungseffekt），邵牧君譯，《電影藝術譯叢》，1979 年第 3 期，第 157-163 頁。

[110] [法]凡爾納（Jules Verne）著：《一個中國人在中國的遭遇》（*Les Tribulations d'un Chinois en Chine*），王仁才、威廉・鮑卓賢譯，合肥：安徽教育出版社 2010 年版，第 1 頁。

壞人李都督一家作為主角金福的對立面的登場，使得《少爺的磨難》中的戲劇衝突因素大大增強。這覬覦金福錢財與「美色」的軍閥人物，在文藝作品中很自然地劃歸為扁平型反面角色，導演的處理簡單粗暴：一路壞到底，最後被擊斃。通過這麼一個角色，起的最大作用，仍然是逗樂觀眾。因此，中法兩部電影改編構思，無不抓住了凡爾納原著中幽默的成分，並予以誇大。

中國形象在中國人自己的手中，已經褪去了他者的光環，恰如「只緣身在此山中」的感受，無法洞見中國本身。當金福逃到南京後，一次與兩個外國保鏢夜遊集市。保鏢們穿著長衫，帶著瓜皮帽，笑稱自己「看起來不像外國人」時，觀眾才會在一個鬧劇故事中意識到：這部電影裡存在著中西文化的交融與差異。除去那個外國人敘述者的主觀敘述之外，這種外國人表露他者身份的例子在電影故事中呈現的次數並不多。這種自我觀照、自我扮演的改編方式，與作為他者的外國作者無關。《少爺的磨難》同樣沒有宏大敘事的背景，形成了一種和《殺手鬧翻天》同樣虛化歷史的效果。稱 TCC 的故事為歷史事件有一點言過其實，但 TCC 故事中有這明確的對晚清時代特徵的描寫，這個故事構造了一定的歷史框架：金福父親經歷了鴉片戰爭、王哲是太平天國運動的成員等，跨度為 19 世紀 40 年代到 70 年代。而兩部電影都消解了這種歷史性描述，使得故事發生時代不明，由人物的遭遇經過擴大到填滿整個故事的廣延。於是，人物不再承擔歷史使命，故事變得完全個人化，乃至小人物化。因此，要賦予小人物故事以歷史性的魅力，創造一個在 1980 年代屬於新鮮面孔的外國人敘述者角色，是一種有效的手段。這也成了電影的一大亮點。聽著外國人時不時插入的夾敘夾議，和中國傳統的說書先生又有一定程度上的同構性質。1980 年代的中國電影使用後期配音，外國人一角使用了普通話配音，故事中的外國人角色也是如此。這和原著 TCC、電影《殺手鬧翻天》中讓中國人說法語的情況截然相反，卻都是為了迎合受眾而做的他者自我化想像。借助他者自我化和虛化歷史的手段，可以看出這次改編所作的是虛構回憶——構造一個即非西方也非中國的鬧劇故事。

導演吳貽弓對這部作品的預設主題是關於幸福的人生應該選擇生命還是選擇金錢的哲學思考。這種預設沒有受到電影評論界的認可。當時具有代表性意見的是：

從內容看，《少爺的磨難》半真半假，它像法國的輕喜劇，例如《虎口脫險》；從形勢看，《少爺的磨難》喧鬧誇張，它像美國的輕喜劇，例如《大獨裁者》。我們得承認自己沒有能力正面評價這部影片，尤其是它在吳貽弓作品系列中的地位。我們只是覺得，在我國自己的理論武庫中，尚沒有現成的詞彙能夠涵蓋這部影片不倫不類，似熟又生的特點。就是說，即使沒有任何藝術特色，影片僅樣式特點便有資格被稱為在我國前所未見，《少爺的磨難》是一顆「沒有見過的月亮」。[111]

可見，這個故事內容及其內涵意義被探索電影新形式的「光芒」所遮蔽：形式大於內容太多。人生哲學的命題，在生命與財產受到危機時變得異常突出。焦慮、惶恐、百思不得其解之後，金福終於幡然悔悟——珍惜，方是人生真諦。結尾在原著中有個引申：「應該到中國去看看！」[112]電影結尾則是：「我的故事講完了。再見了，再見！」伴著京劇配樂，敘述者走出畫面，鏡頭通過搖桿移向長城一段風景，以中國大好風光的空鏡頭收場。在這點上，中國電影和原著 TCC 一樣，都寄託著創作者對中國的深遠懷想。事實上，《殺手鬧翻天》最後主人公帶領一船親友駛向遠方，這也意味著，中國適合讓人去遊歷一番，因為那裡能夠讓人重新思考人生。因此，三部作品或多或少在主題上達成了一致。

值得注意的是，兩部電影都去掉了金福等人在海上遇險，啟用救生設備的段落。為了保證故事脈絡的清晰，編導割捨或放棄在當時屬於未來科技的部分，也不無道理。而這佔據小說五分之一篇幅的部分，恰恰彰顯著凡爾納作品特有的科幻色彩。去科幻化，是兩部電影改編上的共同點。顯然，科幻電影的時代，在 1960 年代的法國與義大利或 1980 年代的中國尚未到來。

---

[111] 彭新兒撰：《〈少爺的磨難〉圓不圓？》，《電影評介》，1988 年第 4 期，第 7 頁。
[112] Jules Verne, *Les Tribulations D'un Chinois En Chine*, Paris: J. Hetzel, 1879, p.203.

結語

　　理解帶來傳承，誤讀導向創新。一條 19 世紀末到 20 世紀末的中國形象的流傳行徑如下：從遊記資料到小說，從小說到戲劇、電影；從那些到中國來的人，到想像中國的人，再到中國人自身。小說《一個中國人在中國的遭遇》體現了凡爾納在創作方面獨具匠心，書寫了一個中國背景下的奇遇故事。法國電影《殺手鬧翻天》將奇遇故事升級為更具有西方娛樂特色的流行鬧劇，這是順應法國電影新浪潮的產物。中國電影《少爺的磨難》則化奇遇故事為嬉鬧的自我敘述，和當代中國電影史上的主旋律電影與娛樂片之爭相關。到了新世紀，中英兩國學者合作的中譯本，又一次喚醒了我們對凡爾納的興趣，並將興趣拓展到了凡爾納與中國的關聯性。就中國人看來，一個簡單的故事經歷了一次「我─他─我」流轉，形成了中外語境之間環形的文化交流。這過程中，凡爾納所塑造的中國形象經過其作品本身和他人改編，展現出「奇遇的國度」、「西方遊樂場」及「虛構的回憶」三種不同的面向，由此從文學藝術這個角度反映出中國被認識與自我認識的不同。從想像中國到中國想像，中國形象經過一個「他者自我化」與「自我他者化」的張力場域的動態。隨著創作者身份的變化、歷史事件描述的虛化和藝術表現形式的突破，一個具象的又富於遐想空間的中國形象被淡化。最終，流傳的核心落在了引人注目的戲劇衝突上。這既是戲劇影視改編的必然思路，也說明凡爾納的小說體現出了很強的戲劇性。

　　凡爾納在法國社會集體想像物的影響中，描繪了一個豐富多彩而又混雜著法國文化的中國，使得其小說 TCC 呈現出了一種混雜的風格，乃至一種文化奇遇的效果。西方抱著對中國的好奇心，欣然接受了這種雜糅。在今天的中國，這種西方修辭卻有被視為惡搞之嫌。這種對異國文化粗疏地選擇與介紹，確實引起了讀者的好奇心，卻不免夾雜一知半解的錯誤，既有知識性的錯誤與疏漏，也有觀念上的誤讀。所謂的文化奇遇，正是在對他者文化的熟悉與陌生之間產生的。

　　TCC 的中譯本翻譯很大程度上美化了凡爾納作品中所謂的殖民主義傾向，並且試圖抬高凡爾納對中國的瞭解程度，採取了歸化的翻譯策略，使得中譯本的文風更接近中國作家。這種歸化在詩歌的翻譯上表現得尤為明顯。在翻譯雜糅中國文化的西方作品時，除了考慮文字風格外，還原作家寫作的時代背景，並配合精準用詞，是需要非常審慎把握的關鍵所在。

翻譯會影響到作品本身的藝術性，甚至讀者對西方作家文化素養的認可度和對西方作家想像力的感知度。中譯本的這種改造實際上偏離原著。導致這種結果的原因，和「法—英—中」二次轉手的翻譯操作也不無關係。雖然譯者的翻譯意圖是好的，卻客觀上造成了不理想的結果。出現此類問題，意味著譯者對語言文化的掌握不足。然而，作為對凡爾納非科幻小說的譯介，此次翻譯活動依然有著使讀者瞭解一個更為全面的凡爾納的重大意義。

當電影創作試圖進行一次藝術表達形式上的創新時，選取此類內含他者文化的小說是一種方法。只要抓住了小說故事的核心衝突，再借助其中他者文化的渲染，或者直接調侃被視為他者的自我，都有可能獲得突破。這對於影視文化產業來說，是一種在改編方面的啟發。在借屍還魂式的改編電影中，對原作的突破往往更勝於繼承。從凡爾納原著所宣導的地理知識及其背後的他者文化，到兩部改編電影借原著中他者國文化來更新電影的呈現方式，這種拿來主義的二次創作思路是基於作品本身包涵的啟發性，可見凡爾納的小說《一個中國人在中國的遭遇》所蘊含的豐富性。

一個努力創作的文學藝術家，會涉足他所能施展才華的各個領域，凡爾納如是之。如同法國凡爾納研究會會長奧利維埃・迪馬（Olivier Dumas）引用的凡爾納本人的言論：「我希望人們能看到我做過的或嘗試做過的一切，而不要再無視故事作者背後的藝術家，我是一名藝術家。」[113]在我們言說凡爾納時，時常運用「科幻小說之父」之類的標籤來指稱其人，實則此類標籤與套語等同，也意味著陷入某種社會總體想像物的枷鎖之中。也許，我們還應該更多地意識到凡爾納身上藝術家乃至博物學家的氣質。這說明認識一個外國作家的過程中，想像是必然的一環。凡爾納想像著遙遠的中國，我們也想像著遙遠的凡爾納。可見，中國人對凡爾納的認識仍然有著很大的拓寬空間。首當其衝的，便是扎實認真的作品翻譯工作。我們應該將這種想像化為彼此溝通的實踐，落實到對一個作家和一種他者語言文化的深入研究中去。

---

[113] [法]奧維里埃・迪馬（Olivier Dumas）著：《凡爾納帶著我們旅行：凡爾納評傳》（*Voyage à travers Jules Verne: Biographie*），蔡錦秀、章暉譯，桂林：廣西師範大學出版社 2003 年版，第 7 頁。

From the Novel to the Movies:
A Study of the Changes of China's Image
In *Les Tribulations d'un Chinois en Chine*

LU Chenye

Abstract: The French writer Jules Verne, 「the Father of Science Fiction」, wrote the novel *Les Tribulations d'un Chinois en Chine* in 1879. It is the first novel written by a western writer in which the hero is a Chinese man and the story also happens in China. The novel *Les Tribulations d'un Chinois en Chine*, the French and Chinese film adaptations are the main objects of this study. The study is also combined with the Chinese translation and the relevant English and French literatures, in which imagology and translation theories are used as methodologies. The novel *Les Tribulations d'un Chinois en Chine* simulates a fascinating picture of China, and in which the westernized Chinese people are arranged to experience an adventure. The French movie *Les Tribulations d'un Chinois en Chine* upgrades the adventure to a more entertaining western farce, which is the result going with the tide of 「La Nouvelle Vague」. The Chinese one changes the adventure into a frolic self-described narrative, which is related to the controversy between the Theme Movie and the Entertainment Movie in the history of Chinese films. A circulating path of the images of China from the late 19th century to the late 20th century as follows: from the travel notes to the novel, from the novel to the plays and movies. In the view of China, a story has experienced a circulation as Self-Other-Self, forming an annular route of cultural exchanges between Chinese and foreign contexts. In this process, the images of Late Qing shaped by Verne show three different features from the novel itself and the other people's adaptations, such as 「Adventure Kingdom」, 「Western Carnival」 and 「Fictional Memories」, which reflect the differences of understanding and self-awareness about China from the view of literature and art. From imagining China to Chinese imagination, China's image has undergone a dynamic change in the tension field of 「Otherness Self-oriented」 and

「Self-othering」. Ultimately, a definite and imaginative China's image fades along with the changes of the artists' identities, the weakening of historical description and the breakthroughs of the art expression.

Key Words: *Les Tribulations d'un Chinois en Chine*; China's Image; Jules Verne; Imagology

Notes on Author: LU Chenye (1988-), female, PhD student in School of Chinese Classics at Remin University of China. Major research interests are Indo-Tibetan Buddhism and history, Sino-French literary and cultural relations, theatre & film arts, etc.

世界文學研究

《尋找丟失的時間》中的
敘事形式與存在形式

郭曉蕾

[論文摘要] 普魯斯特的長篇敘事《尋找丟失的時間》從三個方面，對將「時間」翻譯為「歷史」的「時間性敘事」的合法性展開了質疑：作為敘事「元主語」的時間性的主體存在形式、「我」（包括第二人稱和第三人稱）；作為根本敘事手段的「回憶」；以及作為「回憶」基本因數的「記憶」。這部敘事提出了一個新的敘事「元主語」：「超時間性的」主體存在形式、「真我」；以及一種新的敘事手段：「非主動記憶」。「尋找丟失的時間」不是尋找「過去」、「歷史」，而是尋找超越「一維」形式的、時間的「第四維」形式：「真我」。

[關 鍵 字] 普魯斯特；敘事形式；存在形式；時間性；超時間性

[作者簡介] 郭曉蕾（1977-），女，法國巴黎第十二大學法國文學與比較文學專業博士，主要從事文學現象學、敘事學、法國現代小說、歐洲小說史研究。

引言

　　《尋找丟失的時間》[1]最後一卷中，敘述者「我」在遠離社交界若干年後重返蓋爾芒特家的聚會。但當「我」步入宴會廳時卻發現，那些原本熟識的人們竟已變得面目全非：整個聚會就像一場「化妝舞會」。[2]而更令敘述

---

[1] 馬塞爾·普魯斯特（Marcel Proust）的小說 *A la recherche du temps perdu* 通常被譯作《追憶似水年華》，但我們更傾向於將其直譯為《尋找丟失的時間》；我們將在討論中闡明「追憶」一詞有違小說本意。

[2] M. Proust, *A la recherche du temps perdu*, coll. 《Quarto》, sous la direction de Jean-Yves Tadié, Paris, Gallimard, 1999, texte intégral en un seul volume（全七卷單行本），本文中

者驚訝的是，他發現那些熟人們竟也同樣認不出他。的確，這些年過去，「我」已不再熱愛蓋爾芒特夫人、吉爾貝特、或阿爾貝蒂娜；但對這些事實性改變的理性認知，卻並未促成「我」在感性上對自身變化的清醒覺察，以至「我」在被他人指出「變老了」的時候，驚詫異常；而那些熟人們，同樣認為自己風華永駐。「是的，我們是在不知不覺中，完成這些變化的。」[3]

　　從事實角度考量，《尋找》的敘事在時間上的跨度不小於四十年，但敘事本身卻並未令我們明顯地覺察到時間的行進。如果說，「我」因長時間遠離社交界而錯過了目睹他人變化的過程，對發生在自己身上的變化，「我」卻從未缺席。事實上，就在進入蓋爾芒特家的宴會廳前，敘述者經歷了他一生中也許最為重要的、類似神啟的一系列瞬間；他還由此對自己的人生做出了一個結論：「感召」（la vocation）。[4]可是，哪怕就在前一刻，他還對此「感召」茫然無知；他完全無法明白自己是如何被「感召」的，或者說，他無法追蹤到自己是如何從那個對此「感召」全然無知的「我」，變成了此刻這個領會了「感召」的「我」的軌跡──過去、歷史，似乎「丟失」（perdu）了。所謂「不知不覺」，即是指對自身變化、變形，直至成為目下這個自我的整個過程的含糊不清。「我曾像一名畫師，沿著一條本可俯瞰湖面的道路行走，而身旁的峭壁和樹木卻像屏障一樣遮住了他的視野。但突然，他從一個豁口瞥見了湖面，接著，整個湖泊呈現在了他的眼前，他立刻提起畫筆。可就在此時，夜色降臨了……」[5]他來時的道路也隨即消失了。

　　「我」曾為了佔有阿爾貝蒂娜而將她近乎軟禁於自己家中，後者最終成功地逃離了，但卻在一次騎馬中意外身亡。阿爾貝蒂娜消失後，「我」對她的愛情也逐漸消失了；雖然後來，曾有一個模糊的資訊令「我」以為她還活著（其實是我誤會了），但此時已不再愛戀她的「我」卻說：「…… 我無法使阿爾貝蒂娜死而復生，因為我無法使我自己、那個曾經的自己復活；那個迷戀阿爾貝蒂娜的「我」似乎已然「丟失」了：「過去的那個『我』，

　　　有關這部小說的引文均摘自該版本，引文的翻譯由筆者完成，vol. VII, *Le temps retrouvé* （《重獲的時間》），p.2304.

3　M. Proust, *A la recherche du temps perdu*, coll. 《Quarto》, Paris, Gallimard, 1999, vol. VII, p.2265.

4　M. Proust, *A la recherche du temps perdu*, coll. 《Quarto》, Paris, Gallimard, 1999, vol. VII, p.2288.

5　M. Proust, *A la recherche du temps perdu*, coll. 《Quarto》, Paris, Gallimard, 1999, vol. VII, p.2391.

那個金髮的年輕人，已然不復存在，「我」已經是另一個人了」。[6]這一「過去」與「現在」的斷裂，並非第一次出現，也並非只發生在某一事件結束之後，它隨處而生，即便當「我」正糾纏於和阿爾貝蒂娜的戀情時。即如斯萬，前一晚還因對奧黛特的猜忌痛不欲生，第二天醒來，前日的痛苦卻了無痕跡，是模糊的「記憶」（la mémoire）使他首先意識到他昨天很痛苦，卻又一時想不起那痛苦自從何來，接著，「回憶」（le souvenir）使他一步步接續上前日的懷疑，重新墜入自我折磨的境地。同樣的早晨或夜晚或某個瞬間，同樣地在「我」身上一次次演歷。只是，雖然在歷史時間的座標上，「我」對阿爾貝蒂娜的愛情發生在對吉爾貝特和蓋爾芒特夫人的愛情之後，但當「我」回顧這三段戀情時，那個愛戀阿爾貝蒂娜的「我」，反而更令此時的「我」感到陌生。這個聚會上，敘述者在他人身上看到的「過去」與「現在」的斷裂，使一直以來同樣發生在他自己身上的「斷裂」徹底客觀化。

貝克特（Samuel Beckett）將普魯斯特在《尋找》中對此一「斷裂」的曝露，稱為「普魯斯特式告陳」（l'exposé proustien）。我們當然可以從中得出「自我」（le moi）多重性的推論，但這一推論指向的是自我的斷面空間結構；而普魯斯特的「告陳」直接指向的，卻是自我的歷史時間結構。普氏的「告陳」使我們不得不質疑自我的「一致性」、或「同一性」（l'identité）到底是否存在。在貝克特看來，《尋找》證實了「時間改變著作為主體的人，其所謂的永恆的存在，如果存在的話，也只能是一種回朔性的假設。」[7]現代理想賴以矗立的基石，即是個體「主體性」（la subjectivité）的「存在」。[8]如依貝克特所言，普氏的這部小說是在撼動整個現代理想的合法性：當自我的「一致」不再是「永恆」的，「我」的「存在」就只能一個「假設」；而此一「假設」在邏輯上必然導向存在的犬儒或虛無。那麼，《尋找》是否會將我們推向一個虛無的深淵？

---

[6] M. Proust, *A la recherche du temps perdu*, coll. 《Quarto》, Paris, Gallimard, 1999, vol.VI, *Albertine disparue* （《消失的阿爾貝蒂娜》）, pp.2088-2089.

[7] S. Beckett, *Proust* （《普魯斯特》）, trad. Edith Fournier, Minuit, Paris, 1990, p.25.

[8] 「現代」不是一個單純的歷史概念、或靜態概念，而是一個多語義的動態概念，主要描述著三個面向的變化——現代化（la modernisation）：社會經濟政治結構、制度的變化；現代主義（le modernisme）：人文藝術領域思想觀念和美學形式的變化；現代性（la modernité）：存在形式（la forme existentielle）的變化。本文主要是在「現代性」的意義上使用「現代」一詞。事實上，「現代」一語所描述的諸種面向的變化，並非絕對起自歷史時間的「現代」；尤其在「現代性」的意義上，於「近代」發生的神學言說的整體式微引致的對存在形式的理解危機，一直構成著「現代性」問題的核心，直至當下。

　　敘述者雖然清楚地認識到他已不再是那個終日因阿爾貝蒂娜惶惶不安的金髮小夥，卻並未由此陷入分裂：他仍舊將那個金髮小夥稱為「我」；也就是說，當他在重複地經歷一次次自我同一性斷裂的同時，卻確認著當年的「我」與此時的「我」是同一個意識、行為主體——這一二律背反的現實究竟是怎麼發生的？這一問題包含著兩個指問：我們怎麼會變得以至於難以自我辨認；我們又到底依憑什麼「自視同一」（s'identifier soi-même），或說，主體性的「存在」，是否真的只是一種「假設」？蓋爾芒特家的「化妝舞會」向敘述者、也是向我們拋出的問題還有：我們怎麼會對自身的變化無所察覺？「過去」是否真的只能隨時間而逝去？我們又到底如何從「過去」變成了「現在」？

　　吉爾・德勒茲（Gilles Deleuze）曾對《尋找》中的敘事時間做出了一種類型學的劃分：他將「我」在社交界裡度過的時間稱為平庸的、無意義的、「被浪費的時間」（le temps que l'on perd）；將「我」在愛情中度過的時間，視為「被丟失的時間」（le temps perdu）；而諸如「小瑪德萊娜點心」這樣真實的、感性的「符號」（le signe），則幫敘述者「重又找回／重獲時間」（retrouver le temps）；最後，所有這些有意義、無意義的時間都在諸如「凡德依奏鳴曲」等藝術作品中，成為了「重被找回的時間／重獲的時間」（le temps retrouvé）。[9]我們暫不討論此一劃分是否合理，只是，既然某些「過去」根本就是被荒廢的，「找回」這些時間，又有什麼意義？「尋找丟失的時間」，是否就是尋找那些被「我」在社交場上和愛情中「浪費」和「丟失」的時間？

　　《尋找》的敘述者坦陳，他的這部小說就是要寫出「一個人的一生」，寫出它的「真相」。[10]作為西方小說初發形態的「希臘小說」（roman grec）既已明確地將敘事中心鉚定在了個體，並將「再現」（représenter）個體生命的度過時間作為敘事的主要內容，而且，開啟了一種綿延至近代小說的「非時間性敘事」（le récit intemporel）的範型，即將存在「再現」為「不在時間中變化」的敘事形式。[11]雖然相較於神話、史詩和戲劇，希臘小說自出

9　Gilles Deleuze, *Proust et les signes*（《普魯斯特與符號》）, Paris, PUF, 1964, chapitre I, II.
10　M. Proust, *A la recherche du temps perdu*, coll.《Quarto》, Paris, Gallimard, 1999, vol.VII, p.2388.
11　古希臘時代並未有「小說」（roman）這一文學體裁概念。後人基於考古發現，將希臘西元前一世紀到西元四世紀（大致推斷）殘留下來的若干區別於神話、史詩、戲劇，

現，便呈示出鮮明的「世俗」（profane）特質，但希臘小說忠誠地延繼了之前文學敘事的「元主語」（le méta-sujet）：「命運」（le Destin），準確地說，是「必然」（la Nécessité）。並且，正是在希臘小說中，命運和其傳言者才具有了恒定且盡善、即完全抽象的存在形式；而小說主人公「靜止」和「完美」的時間、道德形式，正是「必然」的擬人形式。一直存在於古希臘文學織體中的「傳言」敘事，在希臘小說中發展成為了與讚美詩敘事「互文」的形式：希臘小說中抽象的「神在」（le Dieu）傳言著「必然」，即如上帝傳言著永恆的善；雖為凡身卻生而不滅的小說主人公具體踐行著「神在」的傳言，即如雖具肉身卻不朽的耶穌踐行著上帝的言喻。由此，我們不僅看到了日後希臘和希伯來融匯的潛在線索，同時，也對這一持續至流浪漢小說、甚至巴羅克小說和德國浪漫主義小說的「非時間性敘事」有了進一步的理解：這是存在之外的某一主語（「必然」／上帝）的「獨語」（le monologue）──中世紀小說雖是神學時代的世俗言說，卻與宗教敘事具有著共通的敘事法理。[12]

自近代小說開始的「時間性敘事」（le récit temporel）範型，即將存在「再現」為「在時間中變化」的敘事形式，正是對此一「獨語」的顛破；但我們下面的討論將會說明，這一敘事形式卻成就了另一種「獨語」：作為新的「元主語」的存在自身的「獨語」。巴赫金當年提出的「複調對話」（le dialogisme polyphonique）的敘事美學，即通過實現人物聲音與作者聲音的平起平坐，反轉作者作為敘事統馭者的地位，其根底是一種存在論層面的呼籲：呼籲我們平視自身之外的存在。但在創作層面，這一美學理想的徹底實現，就意味著人物的話語不再是作者的虛構（思考、想像、綜合的結果），而完全出自人物自身（此時，我們已不應再稱「人物」，而應稱「某人」，因為「人物」本身就是作者的虛構）。所以，「複調對話」的實現，根本意味著小說作者必須陷入精神分裂。也正因如此，巴赫金借陀思妥耶夫斯基小說著重強調的「複調對話」的敘事理想，從未、也不可能在小說創作中得到完整的實現，而只能在象徵層面得到某種體現。

以虛構和散文敘事為基本美學特徵的文學樣本，定名為「希臘小說」。主要作品有 Xénophon d'Ephèse 的 *Les Ephésiaques*，Chariton 的 *Chairéas et de Callirhoé*，Longus 的 *Daphnis et Chloé*，Achille Tatius 的 *Leucippé et Clitophon*，Héliodore 的 *Ethiopiques*。文藝復興時期，因為對「希臘小說」的考古發現，出現了眾多的模仿之作；這些模仿作品對歐洲近代小說的形成產生了直接的影響。

12 關於古希臘文學敘事的「元主語」、「必然」，和其基本敘事策略、「傳言」，以及二者對小說敘事形式變遷的影響，筆者會在另文中詳述。

　　「去中心化」、「去中心主義」，已經成為了國際流行話語。「去中心」
必然意味著「多元」。「多元」，在政治、倫理、文化層面，均已具有了可見
的實踐形式。但就思維形式本身而言，無論是哲學、文學，甚或自然科學，
我們思考的標的，始終是我們自身：我們對一切事物的探索，最終，還是
為了解答關於我們自身的問題──這一「中心」不可能撼動。但問題是，
由此一「中心」出發的理論探索和實踐，往往不可避免將此一「中心」之
外的存在置於「次等」的地位，比如，人之外的自然，本國之外的他國，「我」
之外的他人；而這恰恰是對「去中心化」的背離：「去中心」在意味著「多
元」的同時，更意味著「平等」。任何一種「獨語」敘事，本質上，都是一
種中心論言說，是敘述者（無論是作者，還是人物）對存在的不平等肢解。
可是，自我中心，似乎是我們無可規避的一種存在形式，那麼，我們是否
真有可能在不拋棄自我的同時，對他者一視同仁？

一、敘事的外觀：靜止的螺旋

　　《尋找丟失的時間》是從「我」在貢布雷家鄉的童年生活開始的，但
「我」的童年遠不是一段寧靜的時光。「在貢布雷，每當日近黃昏，雖還遠
不到我上樓睡覺的鐘點，我便開始擔心到時即便睡不著也得上去一個人呆
著，而且離母親和外祖母那麼遠，而我的臥室，就成為了這所有擔心裡，
一個固定的痛點。」小說的第一個敘事環節，即是圍繞著這「擔心」（la
préoccupation）展開的。家人們對他的這份愁緒了然於心，為了讓他有所消
遣，給他找來了一盞幻燈；小敘述者就此展開了一段對這幻燈充滿奇思妙
想的描寫。但很快，那「擔心」又回來了，「唉！晚飯結束了，我得立刻跟
媽媽分開了，她要留下來和別人聊天。」[13]接下來，小說的敘事便圍繞著這
些「別人」們展開，從外祖母、父親、外祖父、直到兩個姨祖母，可再一
次，敘事又回到了那份「擔心」。小敘述者上樓後，便習慣地等著母親來給
他一個晚安之吻，並奢望著母親能陪伴他入睡，但母親通常來去匆匆，在
他房裡不過停留片刻，因為父親認為這種入睡儀式是「我」的一個惡習，
不許母親過分縱容；如果遇到有客來訪，母親甚至可能拒絕上樓來跟他道
晚安，這更加重了他的「擔心」。而那晚，來訪的客人便是斯萬──《尋找》

---

[13]　M. Proust, *A la recherche du temps perdu*, coll. 《Quarto》, Paris, Gallimard, 1999, vol. I,
Du côté de chez Swann（《在斯萬家那邊》）, partie I, *Combray*（《貢佈雷》）, pp.17-18.

中一位與「我」精神氣質頗多相似的重要人物。接下來的敘事一邊圍繞著
斯萬展開，一邊又不斷地被「我」的「擔心」打斷；這「擔心」變得更加
稠密了，因為母親果然表示出拒絕上樓跟「我」道晚安，但「我」絕不甘
心。於是，在老傭人佛朗索瓦絲的配合下，「我」不斷地展開戰略迂迴、戰
術進攻；在經過「我」一晚上艱苦的鬥爭和焦灼的等待後，母親終於來了，
並且，不僅給「我」帶來了那珍貴的晚安之吻，還讓「我」在她溫柔的閱
讀聲中安然入睡。小說的第一個敘事環節結束了。

　　「我」持續整晚的「擔心」，終於融化在了感激母親到來的淚水裡。但
這「擔心」將很快再次出現，雖然引起他擔心的原因和其所擔心的具體內
容不斷變化，作為一種心理狀態的「擔心」卻始終持續著；而且，愈演愈
烈，因為不幸的是，他之後想要得到的，遠不止是母親的一個吻了，而那
些對象物，在他看來又遠比母親遙不可及，也遠不像他母親那麼仁慈。繼
爭取母親的晚安之吻後，第二個敘事環節，是「我」去劇院看拉貝瑪演出
的要求受到家人的阻撓。繼對戲劇的熱情後，「我」又燃起了對旅行的憧憬，
對作家貝戈特的崇拜，對斯萬的女兒吉爾貝特和對蓋爾芒特公爵夫人的愛
慕，至此，小說第一卷第一章《貢布雷》的事實性記述結束了。

　　在講述「我」童年的小說第一章裡，之後將被剝露的成人世界中的種
種「慾望」（le Désir）形式，虛榮、攀附、愛慕、嫉妒、仇恨，都已逐一登
場；《尋找》敘事的主要構成，就是發生在「我」及其他人物身上各式各樣
的慾望經歷。熱內・吉拉爾（René Girard）曾借現代小說對慾望的描摹，
就慾望的生成和演發機制進行了詳盡的分析；確如吉拉爾所說，慾望的發
生往往經由了某種「介體」（le médiateur）的挑唆。[14]比如，「我」熱切地想
去看拉貝瑪的演出，想去巴爾貝克旅行，因為斯萬曾對「我」多次盛讚拉
貝瑪的表演和巴爾貝克的古風遺存；「我」還熱切地想結識作家貝戈特，因
為同學布洛赫對之推崇備至；而「我」之所以想得到吉爾貝特的垂青，正
是因為「我」得知這位姑娘竟能隨時見到「我」心中高居神壇之上的貝戈
特，後者甚至還經常為她做嚮導，給她講解名勝古跡：「……她要是想去參
觀哪座城市，貝戈特便會如那不為人知的神祇降臨凡間，身披華光，陪伴
她左右。一想到這兒，我便不禁覺得能成為她那樣的人是何等榮光，而自

---

14 René Girard, *Mensonge romantique et vérité romanesque*（《浪漫的謊言與小說的真實》），
　Grasset, 1961.

已與她相比是多麼粗陋無知。我越發想做她的朋友了……」[15]敘述者對吉爾貝特的愛情，實在與虛榮、攀附無異；就如他對蓋爾芒特夫人的愛情，是誕生於對後者顯赫家世和貴族頭銜的傾慕。

《尋找》中的各種慾望不僅具有著同構的生成機制，慾望中主體的心理感覺也極為類似。人物一旦燃起慾望，便會如童年時為得到母親晚安之吻的「我」一樣，陷入一種持續的「擔心」和「焦慮」（l'angoisse）。比如斯萬，「……他一生中也曾飽受此般焦慮的折磨，沒有誰能比他更理解我……這焦慮也許註定是愛情的專利，並會在愛情中變得更加清晰和強烈；但它卻也鑽進了像我這樣一個還沒有經歷愛情的人的心裡，它漫無目的、四處遊蕩，並無一定的對象，只等著有一天為某種情感效勞，這情感也許是對父母的依戀，也許是對同伴的友誼。」[16]《尋找》敘事的基本內容就是那「四處遊蕩」的「焦慮」，在不同地理緯度、時間經度上，於不同人物身上的變形演繹。《尋找》中紛繁的慾望事件，可以說，都是「我」童年時在貢布雷臥室裡祈盼母親來道晚安這一敘事、亦即心理事件的變體。當敘述者展開對吉爾貝特的追求時，為了確證吉爾貝特對他的愛情，為了贏得與她的某一次見面，他將自己為得到母親的晚安之吻所施展的諸般伎倆又重新演練了一番；而這些伎倆，也總在陷於某個慾望的其他人物那裡，以更巧妙、或更笨拙，更簡單、或更複雜的方式，被反覆使用。

如果我們將《尋找》的敘事比喻成一部慾望的交響，小說的第一個環節，就是這部交響的呈示部。而「擔心／焦慮」不僅構成著呈示部的主題句，也構成著整部交響的一個主題句（即如一部交響通常具有兩個主題句，我們將在下文中看到這部小說的另一個主題句）。在呈示部中，「擔心／焦慮」不僅是敘事的原點，更是敘事的圓心：敘事由此一心理策動，牽引出事實性的記述，敘事半徑在延展一段後又回到主題句，如此往復，但並非平面移動──伴隨敘事半徑在往復中或延展、或收縮，主題句在重複的出現中被不斷加強，於是，其作為敘事圓心所處的緯度，隨著敘事半徑整體上的擴張而不斷提升，由此，形成了一個循環而又開放的、螺旋的敘事結構。

[15] M. Proust, *A la recherche du temps perdu*, coll.《Quarto》, Paris, Gallimard, 1999, vol. I, p.87.

[16] M. Proust, *A la recherche du temps perdu*, coll.《Quarto》, Paris, Gallimard, 1999, vol. I, p.33.

不同於第一環節中「擔心」得到了完滿的解除，在第二環節中，敘述者雖在經過艱苦卓絕的努力和鬥爭後去了劇院，但拉貝瑪的演出卻令他很失望；而所幸的是，這失望，在他看完演出後，又被德‧諾布瓦先生對拉貝瑪的一番讚揚意外地、暫時拯救了。整部小說中，除了第一個環節，其他環節中的「擔心」都以最終的失望、甚或絕望收場。相較第一環節，第二環節裡「擔心」的度過軌跡變得更加崎嶇不平；在之後的各個慾望環節中，敘述者的「擔心」都將經歷反覆的上下顛簸。悖謬的是，他愈是與慾望對象接近，愈是與之平起平坐，甚或事實上已經佔有了對象物，他那「擔心」非但不會平復，反會愈加濃密，跌宕的起伏反會愈來愈大，頻率亦會愈來愈高。相較第一環節，之後的每個環節的敘事的半徑都更加綿長：因為母親拖延跟「我」道晚安而引起的「擔心」只持續了一個晚上，相關敘事也很快首尾相合；但由企圖獲取吉爾貝特的青睞引起的「擔心」，其牽引出的敘事軌跡，在小說的第一卷第一章裡遠沒有完成，不過是剛剛啟動；而事實上，德‧諾布瓦也要等到小說經過漫長的兩章，進入第二卷時才登場，並就「我」對拉貝瑪表演的印象進行糾正。「呈示部」之後的每一場「擔心」，都被不斷產生的、別的「擔心」打斷，但又總會被敘述者接續起來，在某一段時間裡，再次佔據他精神世界的中心。

《尋找》中的「我」似乎從來也沒有長大過，因為「我」總是像兒時那樣在「擔心」與「焦慮」中度日；或說，「我」從來也沒有過我們通常理解中的純真歡樂的童年——這正是吉拉爾所說的「浪漫的謊言」（le mensonge romantique），而「我」那充滿「擔心／焦慮」的童年，才是「小說的真實」（la vérité romanesque）。正是因為這一橫亙在「我」、同時也是其他人物內心的「擔心／焦慮」，和由此產生的諸般行為的類似，「我」和那些熟人們才會產生自己青春常駐的錯覺；也正是這一外在事實性環節下，內在心理、行為的同構機制，直接造成了小說敘事在時間上沒有感性演進的結果。

在《尋找》的每一個慾望環節內部，敘事都依如小說的第一環節一樣，圍繞著各自的「擔心／焦慮」形成一個螺旋的敘事軌跡。同時，所有這些環節，又以對「主題句」不同的變奏形式，和各自延伸、擴張程度不一的螺旋曲線，相互交錯、網織，結構而成了一個更大的敘事螺旋。作為敘事圓心的「擔心／焦慮」，隨著每一個變奏的、螺旋曲線的展開，於不同面相、不同層級上，膨脹、強化，並在「我」與阿爾貝蒂娜的愛情中升騰至頂點；

而「擔心／焦慮」的本質，也隨著它所處緯度的提升，一步步被剝露，直至全然曝露。

普魯斯特多次強調其小說中的人物或事件並非取自什麼具體的原型。[17]但《尋找》中多次提到的「凡德依七重奏」，在結構上明顯地與 César Franck 於 1889 年創作的提琴四重奏具有同源性。這一四重奏採取了嚴格的循環結構，由第一樂章開啟的主題句貫穿之後的三個樂章，每個樂章圍繞這一主題句，在不同方向上對之展開演繹，並將其在最後一個樂章中推至頂點。[18]這也正是《尋找》基本的敘事結構。《尋找》的螺旋敘事結構，當然可以被理解為作者的一種精心的美學設計，可是，普魯斯特不惜在小說敘事中跳脫出來，直接告訴讀者，他的小說沒有「虛構」（inventer），只有對現實的「翻譯」（traduire），因為這部小說本身「已經存在於我們每個人身上」。[19]那麼，這一螺旋展開的敘事形式，與「我們每個人」的存在真相到底有著怎樣的關聯？為什麼「我」總是那樣「焦慮」、「擔心」？「我」到底為何「焦慮」，又到底在「擔心」著什麼？這些問題，與蓋爾芒特家的「化妝舞會」向「我」拋出的一系列問題，又是否有關？所有這些問題，到底是如何在《尋找》螺旋的敘事中被「翻譯」的？

二、時間性存在的空間形式：「慾望」

1.「慾望」的美學形式：擴張的螺旋

如吉拉爾所說，慾望主體與客體的關係，並非直線，而是經由「介體」，呈現出由主、介、客三端構成的「三角」形式（le désir *triangulaire*）；比如騎士小說之於堂吉訶德對神武騎士的景仰，浪漫小說之於艾瑪・包法利對巴黎貴婦的祈羨，斯萬、德・諾布瓦、布洛赫之於「我」對拉貝瑪和貝克特的崇拜，等等。但這裡需要立刻澄清並強調的是，騎士小說、浪漫小說、斯萬、德・諾布瓦、布洛赫，這些「介體」向主體實際介紹的，並不是客體本身，而是客體的「客觀性」（l'objectivité）：某種依附於客體，且主體不

[17] René Peter, *une saison avec Marcel Proust* （《追憶似水年華之前：普魯斯特之夏》，人民文學出版社，由筆者翻譯，2008），Gallimard, 2005, p.149.

[18] Jean Petitot, *Quelques rappels sur les modèles de Proust*（《關於普魯斯特作品中若干原型的回憶》）in *Morphologie et esthétique*, Paris, Maisonneuve et Larose, 2004, p.147.

[19] M. Proust, *A la recherche du temps perdu*, coll. 《Quarto》, Paris, Gallimard, 1999, vol. VII, p.2281.

具有的東西;同時,主體實際想佔有的,也並不是騎士、貴婦、拉貝瑪、貝克特本人,而是這些客體「外在」或「內在」的客觀性:是騎士神勇的武力和威震四方的盛名,是巴黎貴婦光鮮、刺激的社交生活,是拉貝瑪卓越的演技和知名度,是貝克特的才華和文壇地位。客觀性,才是慾望的賓語。這一事實在「我」對吉爾貝特和蓋爾芒特夫人的愛慕中,就更加清晰了:從一開始,「我」想佔有的就不是吉爾貝特或蓋爾芒特夫人本人,而是吉爾貝特擁有的那個在「我」看來遙不可及的、連貝克特這樣的偉大作家都身處其間的風雅的社交圈,是蓋爾芒特夫人那可資榮耀的家族歷史和上流貴族的頭銜。

如此看來,如果客體不具有、或不再具有某種主體或缺的客觀性,主體便不會對客體產生欲求、或者停止欲求。但《尋找》曝露出的現實卻並非如此。《尋找》中,最令敘述者最刻骨銘心、也是最痛不欲生的愛情對象,並不是具有著客觀優勢的吉爾貝特或蓋爾芒特夫人,而是一個不論在社會位階還是個人資質上都極為平庸、與「我」全然無法持平的阿爾貝蒂娜。阿爾貝蒂娜之於「我」的絕對的客觀落差,即如奧黛特之於斯萬:就如阿爾貝蒂娜既沒有吉爾貝特那誘人的社交關係,也沒有蓋爾芒特夫人上等貴族的家世和頭銜,既沒有什麼才華、樣貌也很一般,甚至沒有什麼可愛的性格特徵一樣,奧黛特也不過是個極其平庸的女人,而且還是個交際花。斯萬總為自己愛上這樣一個聲名、地位、容貌都不怎麼樣的女人感到不值得。但有一天他發現,奧黛特竟與文藝復興時期佛羅倫斯畫派代表畫家波提切利筆下的那幀塞芙拉的肖像很相似,立時間,他覺得為自己的愛情找到了理由。

「『佛羅倫斯畫派的作品』,這個名稱可對斯萬產生了巨大的作用。它就像一個頭銜稱號,使他把奧黛特的形象幻化進了一個她以前根本無緣進入的夢想的世界,在那裡,她身披華彩,榮貴端莊。以前,當他純粹從肉體的角度打量她時,總是懷疑她的臉、身材,乃至整體都算不上美,這就減弱了他對她的愛,而現在,他獲得了某種美學原則作為基礎,這些懷疑就煙消雲散了,這份愛情也就得到了確證……」[20]斯萬的心理/行為邏輯是:因為奧黛特缺少引起他慾望的必要的「客觀性」,所以,他便殫精竭慮地為她尋找、發明某種「客觀性」;這也是「我」對阿爾貝蒂娜荒謬的愛情邏輯,

---

[20] M. Proust, *A la recherche du temps perdu*, coll. 《Quarto》, Paris, Gallimard, 1999, vol. I, partie II, *Un amour de Swann*(《斯萬的愛情》), p.185.

「我」也曾同樣努力尋找過阿爾貝蒂娜身上可資圈點、比附的優點。「我」或斯萬的愛情故事，不僅再次證明了慾望的實際賓語是什麼，還說出了這樣一個事實：當此一賓語萎縮、至消失時，主體便可能會陷入對之的「虛構」。

《尋找》中，相較其他慾望名詞，「愛情」的出現頻率最高，是各種慾望形式的等價用語。[21]我們通常關於愛情的邏輯表述是：因為他／她如何可愛，所以，我愛上了他/她；但《尋找》的敘述者卻說：「愛情早已存在，正四處遊走，它停在哪個女子身上，無非因為這個女子顯得無法企及而已。」[22]客體「顯得無法企及」，即是主體感到被排拒。起初，斯萬並未對奧黛特這個普通的交際花多有好感，交往也不過就是社交場上慣例的敷衍，但有一天，奧黛特竟對他表現出了有意的疏離、欺瞞，立時間，他對她的感情發生了變化——他開始「愛」上她了；而「我」當初之所以會在巴爾貝克海灘上那一群如花的少女們中間唯獨被那個姿色平平的阿爾貝蒂娜吸引，別無其他，只因為她當時對「我」表現出了一絲冷待。《尋找》中紛繁複雜的愛情故事始終在向我們講述著：愛情、慾望，先於客體；客體「顯得無法企及」是「我」的愛情得以落腳的必要條件。

表面上，敘述者對吉爾貝特和蓋爾芒特夫人的愛情，是起自她們所擁有的社交特權、或社會位階和頭銜——某種現實的客觀性；對此一現實客觀性的佔有心理，就是虛榮、攀附。而事實上，相較於阿爾貝蒂娜對我「有形的」排拒，吉爾貝特或蓋爾芒特夫人擁有的這些現實的客觀性，從一開始即對「我」構成了一種對「無形的」排拒。每當「我」一想到吉爾貝特的朋友是像貝戈特那樣的大作家，就感到「要成為她的朋友，是多麼不可能」；正是這一無形的被排拒感，具體、並直接地激起了「我」對她的愛情，準確地說，給「我」的愛情找到了落腳點：「我現在常常一想起她，就幻想著她站在一座大教堂的門前，為我講解那拱門上的各尊塑像，並帶著對我充滿嘉許的微笑，把我當作朋友引薦給貝戈特……我真是立刻就要愛上她了。」[23]

---

[21] 參 Etienne Brunet, *Le vocabulaire de Proust*（《普魯斯特詞彙表》）, Slatkine-Champion, Genève-Paris, 1983.

[22] M. Proust, *A la recherche du temps perdu*, coll.《Quarto》, Paris, Gallimard, 1999, vol. II, *A l'ombre des jeunes filles en fleurs*（《在如花的少女們身旁》）, p.673.

[23] M. Proust, *A la recherche du temps perdu*, coll. 《Quarto》, Paris, Gallimard, 1999, vol. I, p.87.

　　社交特權、社會位階、頭銜等現實客觀性對「我」構成的無形排拒，會隨著「我」努力接近客體，隨著「我」對這些客觀性的佔有而消失；而客體對「我」有形的排拒行為，則更具或然性，我們不能總指望被他人有意或無意地冷待、漠視甚至侵犯。也就是說，「我」的愛情隨時可能會因為缺少落腳點而無法著地——而這正是「我」對阿爾貝蒂娜、斯萬對奧黛特地的愛情面臨的最大危機。二人處心積慮地在兩位女子身上尋找她們異於常人的優點，正是在製造她們「不可企及」的幻象；但如此的牽強附會，很容易、事實上也很快就失去了效力，比如，奧黛特開始變胖了，實在不像塞芙拉了。此時，能夠使客體顯得「無法企及」、或說使主體感到被排拒的最直接、也是最有力的途徑，恐怕就是證明情敵的存在了；而這意味著，「我」和斯萬將不可避免地陷入嫉妒。

　　關於兩位女子是否擁有情人，從小說敘事中，我們一直無從確證。但因為不堪嫉妒的折磨，為了最大限度地將她們與那些情人相隔離，「我」終於軟禁了阿爾貝蒂娜，斯萬也終於將奧黛特、這個他瞧不起的交際花娶進了門。可是，「我」的嫉妒卻並未得到緩解，反而愈演愈烈：「……就如些許細微的誘因都能引起一種慢性病的復發，一點小小的機緣就能重新激起嫉妒者的邪惡……」敘述者坦陳，「我的嫉妒是被想像催生的，並非出自什麼可能性，簡直是為了自我折磨。」為了監視阿爾貝蒂娜，敘述者總陪她出行，但只要後者離開他片刻，他的「想像」便會不可抑制地啟動；為了抑制「想像」，讓自己獲得須臾的安寧，他終於決定將監視的工作委派給司機。但很不幸，「即便與外界生活隔絕，內心世界也會滋生出種種事端，即便我不陪阿爾貝蒂娜出去，獨自在家，我也會禁不住回想關於她的一切，而其中偶爾冒出的一些現實的蛛絲馬跡，便立刻像一塊磁鐵那樣，把不確知的世界牢牢吸附，將其變為痛苦的淵藪。」[24]

　　可見，嫉妒與生理性的傳染性疾病，二者的病理不僅不同，還截然相反：後者在切斷外界感染源後，即便不能立刻治癒，也會緩解；而嫉妒，即使切斷外界的感染源，也依舊能夠存活，還會不斷突破隔離，找尋可能的營養，在自我維繫的同時不斷壯大，而且看起來，越是隔斷傳染源，嫉妒的生命力反而愈加旺盛。將奧黛特娶進門後，斯萬倒是就此不再汲汲於充當偵探的角色、探查她生活行蹤的一切資訊；但這並不意味著他的嫉妒

---

[24] M. Proust, *A la recherche du temps perdu*, coll. 《Quarto》, Paris, Gallimard, 1999, vol. V, *La prisonnière*（《女囚》）, pp.1619-1621.

病痊癒了，他不過是轉移了「愛情」的對象：「斯萬愛上了另一個女人。他沒有任何理由嫉妒，但他仍然嫉妒著，因為他無法更新戀愛的方式，他將往日與奧黛特的戀愛方式應用到了另一個女人身上。」[25]深陷嫉妒中的斯萬時常懷疑自己能否在這場疾病中倖存，甚至希望對方有一天以某種物理性的消失、比如死亡，來解除他的痛苦。可是，敘述者與阿爾貝蒂娜的愛情歷險則讓我們看到，即便客體實際上已經消失，「我」也未見得會脫離苦海：即便當阿爾貝蒂娜真的已經亡故時，「我」仍然在試圖探明她活著時諸般可疑行徑的真相。

我們通常關於嫉妒發生的邏輯表述是：因為無法佔有客體、而實際上是某種客觀性，所以我嫉妒；但《尋找》向我們講述的嫉妒邏輯是：因為我嫉妒，所以，我需要找到一個嫉妒的客體，找到它的某種客觀性。但問題是，此一客觀性、我想佔有的實際賓語，是否真實存在？從一開始，「我」和斯萬就並不想佔有阿爾貝蒂娜和奧黛特本人，對他們來說，這是兩個近乎一無是處的女子；是她們對兩位男主人公也許無意間的一次輕慢、冷待，使她們立時間「顯得無法企及」。主體的被排拒，並不會給客體帶來任何「現實的」優勢、客觀性，但會給客體附著上一種在主體看來不為自身具有的、「抽象的」優勢——正是這樣一種「無形的」、並不真實存在的客觀性，吸引住了「我」和斯萬；而後來，他們更是通過「想像」她們的物理性優點、甚至情人，來維持這一她們並不真實具有的優勢。我們似乎可以說，正是因為她們不具有現實的客觀性，所以「我」和斯萬才會陷入對其客觀性的「想像」，但事實是，即便客體具有著現實的客觀性，主體同樣在「想像」。

比如，「我」與吉爾貝特其實處於同一社會位階，事實上，她還不如「我」，因為她是斯萬與交際花奧黛特的女兒，但她擁有的某些特別的社交關係使她立刻擁有了一種「無法企及」、但其實並不真實存在的社會位階優勢——而這，正是「我」想佔有的——一種被「我」自己「想像」出、並賦予她的所謂的客觀性。也就是說，即便客體具有現實的客觀性，直接激起主體欲求的，仍是抽象的客觀性；這也即是說，慾望的真實賓語，並非現實的、而是抽象的客觀性。這一真實賓語，在客體的客觀性相對現實時，常會被掩蓋；此時的慾望、「愛情」，就更多地表現為攀附。而一旦現實的客觀性變得不可指望，慾望的真實賓語便會昭然若揭；此時的「愛情」就

---

[25] M. Proust, *A la recherche du temps perdu*, coll. 《Quarto》, Paris, Gallimard, 1999, vol. II, p.418.

全然表現為了嫉妒。所謂嫉妒，即是主體在對客體之客觀性的臆造中產生的心理落差。顯然，「我」在攀附吉爾貝特的同時也在嫉妒著。

對艾瑪‧包法利而言，巴黎上流社會的確具有著某種她缺少的、現實的特權和優勢，她對之的嚮往、以及由此產生的虛榮、攀附和嫉妒，也因此顯得相對理固宜然。在艾瑪的想像中，生活在那裡的人應過著天堂般的日子，而不會像她那樣終日悶悶不樂。但在普魯斯特筆下，巴黎上流社會裡的人似乎比艾瑪還苦惱。在這裡，主體與客體間不存在真正的客觀差距，也就是說，客體並不具有主體或缺的、現實的客觀性，但那些「德」先生和「德」夫人們卻如愛情中的「我」或斯萬一樣，孜孜不倦地「想像」著客體身上並不存在的東西，不知疲倦、彼此焦灼地進行著各種沙龍競爭──此時的競爭，已全然袒露為由「抽象的」嫉妒策動的角力。

對「我」或斯萬而言，情敵存在的證據隨處皆是：只要阿爾貝蒂娜或奧黛特對他們表現出些許的不耐煩，他們便會臆想出某位情敵的存在；如此的情敵，可以前赴後繼，無有盡時。而「我」和斯萬如此的「想像」，又必然令他們的愛情對象心生厭惡，從而疏遠、排拒他們，於是，更令他們身陷嫉妒的折磨。無止境的折磨，終於使「我」和斯萬對阿爾貝蒂娜和奧黛特產生了極度的怨懟：仇恨。所謂仇恨，即是主體因客體之抽象的客觀性的不可佔有，而產生的極度的心理躁動。如此的仇恨，在蓋爾芒特夫人、維爾迪蘭夫人這樣的「德」夫人們之間，更是像流行病一樣，肆意蔓延。發生在「我」與阿爾貝蒂娜之間，斯萬與奧黛特之間，「德」先生、「德」夫人們之間，彼此緊張的精神施虐與受虐，在夏呂斯男爵和他的男伴們身上，更是演變成了肉體的折磨。

顯然，「我」對吉爾貝特或蓋爾芒特夫人的攀附、愛情，還能給「我」帶來實際的好處，比如結識貝克特，躋身貴族社交界；但「我」對阿爾貝蒂娜，或斯萬對奧黛特的愛情，則全然不會給敘述者或斯萬帶來任何實際的好處，相反，還會降低二人的社交地位，甚至與某些社交圈結仇。如此的愛情，吉拉爾將之稱為「形而上的」（métaphysique）慾望，因為它不以「現實的」、而以「抽象的」客觀性作為追求目標；相對的，「我」對吉爾貝特、蓋爾芒特夫人的愛情，則是「功利的」（utilitaire）。但如我們已見，「功利的」的慾望中始終包涵著一個「形而上的」內核：任何一個「功利」慾望的生成、展開的啟動馬達，都並非某一現實的客觀性，而是附著在此一客觀性對主體構成的「現實的」的排拒之上的「抽象的」客觀性；並且，「我」一旦達成了對現實客觀性的佔有，「我」便會因為缺少現實的排拒，無法讓

「愛情」落地，而直接展開「想像」：「虛構」客觀性、慾望的賓語。如此被「想像」出的賓語，當然永無被佔有的可能；這意味著，仇恨，是慾望的必然歸宿。

《尋找》講述的一個個因感被排拒而頓生愛情的故事，讓我們立刻聯想到《紅與黑》中於連的愛情發生史。於連起初對德‧萊納夫人心生慾望，絕非因為後者如何溫柔、美貌，而僅僅因為後者在他眼中具有著明顯的位階優勢：他不過是個農民子弟，而她不僅是貴族、還是市長夫人。無論德‧萊納夫人再如何善解人意、溫良禮讓，對於連來說，她的社會位階、這一現實的客觀性，先於她的任何性格特徵，對他構成了一種天然的排拒；於是，於連充滿憤怒地決心要征服她。相較於「我」對位階高於自身的德‧蓋爾芒特夫人那與攀附無異的愛情，於連的愛情簡直就是仇恨。可見，攀附與仇恨之間的距離，是多麼容易跨越。「愛情」註定要以痛苦結局：因為「愛情」的賓語從來都不是某個真實的人，而是那並不存在的東西。仇恨的種子早已埋下，只待有一天破土而出。

陀思妥耶夫斯基的《地下室手記》中，地下室人因被一個陌生人無意中撞了一下而沒有得到應有的道歉，便立時燃起了對這個人強烈的仇恨，甚至設想著如何對之施以肉體的報復，進而又設想著如何對其曉之以情、動之以理，將其感化；但兩種設想，都未付諸實踐。武力征服與道德宣化都是慾望的實現形式；「我」和斯萬倒是總在努力感化阿爾貝蒂娜和奧黛特，但結果不僅不理想、還很糟糕。如果說地下室人對陌生人的仇恨令人費解，那是因為相較於很多慾望主體，地下室人的慾望從一開始就擺脫了對現實客觀性的追逐、即慾望的「功利」形式，而直接呈示出了慾望的「形而上」形式、即對慾望真實賓語的追求：那抽象的客觀性——正是因為地下室人自一開始即直面著這個根本不可能被佔有的賓語，所以他才顯得暴躁異常。

面對具有顯在的、現實客觀性的客體，「我」必然會努力縮小與之的現實差距；而這意謂著，"我"將更加直接地展開對客觀性的"想象"，「我」的內心亦隨之愈趨跌宕不安，因為「我」正愈加逼近仇恨——《尋找》的敘事半徑和敘事的強度與密度，正是伴隨主客間距的縮小而不斷擴張、提升的。「我的幸運與不幸都是斯萬沒有經歷過的，因為在他正熱戀奧黛特並為其妒性大發的時候，他幾乎見不到她……而我卻相反，當我在為阿爾貝蒂娜妒火中燒時，我比斯萬幸運得多，因為阿爾貝蒂娜當時就住在我家裡，我已經得到了她……不過，我終究沒有像他留住奧黛特那樣留住阿爾貝蒂

娜。她逃走了，死了。」[26]在小說第五、六卷中展開的「我」與阿爾貝蒂娜的愛情，是小說第一卷第二章《斯萬的愛情》的繼續與發酵，後者是前者的預演和彩排；而集中出現在第二、三卷的「我」與吉爾貝特和蓋爾芒特夫人的愛情，又可看作是斯萬愛情的前傳；那圍繞若干同性之間彼此受虐與施虐的愛情故事展開的小說第四卷《索多姆和戈摩爾》（「索多姆」和「戈摩爾」是施虐狂和受虐狂的代名詞），則是我與阿爾貝蒂娜愛情的一個誇張的預言。伴隨《尋找》螺旋展開的敘事，慾望的「功利」外衣被一件件剝除，其「形而上的」內核終於盡然曝露。

如果說，從賽凡提斯、司湯達、福樓拜、陀思妥耶夫斯基、至普魯斯特，歐洲現代小說向我們呈示出了慾望的各個剖面，吉拉爾圍繞「慾望」主題對歐洲現代小說家族成員的研究，正是讓我們看到了這些慾望敘事之間的內在姻緣：它們以一種前後相繼的歷史線索，共同描刻出了慾望一步步擺脫「外在」的「功利」形式，呈現出其「內在」的「形而上」形式的變形過程。而普魯斯特的價值之一，恰恰在於將近乎由一部歐洲現代小說史成就的慾望發展軌跡，完整地呈現在了《尋找丟失的時間》裡；尤其是，將之結合進了對一個個體、「我」的變形過程的呈現與反思中，並且，將之實現為了一種具體的美學形式：螺旋。《尋找》逐層遞進、強化的螺旋敘事形式，是慾望自身必然由虛榮、攀附發展至嫉妒、仇恨的美學外觀。

2.「慾望」的形而上形式：「焦慮」的「需要」

現代小說敘事對慾望「真實賓語」的曝露，尤其是類似《尋找》對主體始終在「想像」、「虛構」此一賓語的事實的曝露，令讓現代個體神話對慾望「自主」（autonomie）的期待落空了：慾望並非直接生自於客體本身。[27]可是，「我」，為何會想要佔有一種並不存在的東西？當「我」深陷對阿爾貝蒂娜的愛情中時，「我的全部情感，都因為不能將阿爾貝蒂娜當作一個每晚來跟我道晚安的情人、或姐妹、或女兒那樣，更別提像母親那樣留在我身

---

[26] M. Proust, *A la recherche du temps perdu*, coll. 《Quarto》, Paris, Gallimard, 1999, vol. VI, p.1979.

[27] 關於慾望的「自主」與主體性「自足」的問題，可參 Jean Greisch, 在 *Ontologie et temporalité : Esquisse systématique d'une interprétation intégrale de Sein und Zeit*（《本體論與時間性：對《存在與時間》完整闡釋的系統化概述》, Paris, PUF, 1994）中相關的系統論述。所謂主體性的「自足」，至少在一個方面，意指整體無需任何條件，既已存在並能夠達成自身的顯現。

邊而顫抖，我重又開始感到兒時對母親的那種需要（le Besoin）。」[28]可即便阿爾貝蒂娜一時滿足了他的「需要」呢？就如他兒時對母親的「需要」，即便一時得到了滿足，第二天還是會舊戲重演，他對阿爾貝蒂娜的需要也將永無饜足之時。這一「需要」，在兒時體現為對母親的依戀，而逐漸地，轉變為對其他各種形式對象的依戀；但他「需要」這一事實，從未改變。而客體「顯得無法企及」，即是「需要」尋找獵物、或落腳點時必須的幻覺：就如「我」是因母親可能的拒絕，而感到了對她強烈的「需要」，「我」也是因被阿爾貝蒂娜、吉爾貝特、蓋爾芒特夫人有形、無形的拒絕，而感到了對她們的「需要」。

可當阿爾貝蒂娜正安全地待在「我」家中時，「我不再覺得她有什麼漂亮，我對她已經厭煩了，我清楚地感到我並不愛她。」[29]但「我」的愛情卻並未就此終止，「我」開始搜腸刮肚地「想像」情敵：尋找情敵，就是在為那「需要」尋找落腳點。而一旦明瞭某個落腳點永久性失效時，「我」便會開始會尋找新的落腳點：「嫉妒是一位盡職盡責的招募人，當我們的畫面上出現空白的時候，它便會在大街上為我們尋找那個必不可少的美人。她其實已經風華不再，但由於我們嫉妒她，她便重又顯得花容月貌，她將自然地填補上那個空白。」[30]「我」是那樣的不可救藥，因為嫉妒病真正的病原體存在於「我」自身體內。《尋找》的敘事始終在訴說著：我們如何「需要」著；現代人本主義關於主體性「自足」（auto-suffisant）的論斷，看來殊可質疑。

如果我們將小說自身的發演歷史作為一個參照系，會清楚地看到，慾望的形式在「希臘小說」中與現代小說中截然不同。在希臘小說中，男女主人公一定處於相同的社會位階，愛情客體不具有顯在的、主體不具有的、現實的客觀優勢；同時，男女主人公定是「一見鍾情」，沒有任何諸如因被冷待而被吸引之類曲折的愛情誕生過程；也就是說，在這些愛情關係中，不存在主體「虛構」客觀性的行為。這樣的愛情，顯然不同於《尋找》中的「我」、或諸多現代小說主人公們的慾望，相反，倒「似乎」符合現代人

---

[28] M. Proust, *A la recherche du temps perdu*, coll. 《Quarto》, Paris, Gallimard, 1999, vol. V, pp.1685-1686.

[29] M. Proust, *A la recherche du temps perdu*, coll. 《Quarto》, Paris, Gallimard, 1999, vol. V, p.1611.

[30] M. Proust, *A la recherche du temps perdu*, coll. 《Quarto》, Paris, Gallimard, 1999, vol. VII, p.2301.

本主義對慾望「自主」的期待。但至流浪漢小說，有著清白家世、甚至高貴血統的男女主人公降落為低微的地痞；隨著完美「外在」的破碎，流浪漢們也不再擁有完美的「內在」，他們在心存善念的同時，奸猾又狡詐。伴隨「完美」的裂解，「靜止」的存在原則也發生著變化：流浪漢們不再如希臘小說主人公們那般具有著絕對不變的恒心；但從整體上，流浪漢小說依舊延續著希臘小說「非時間性的」敘事形式：人物至敘事結束，從心性到樣貌都沒什麼改變。伴隨流浪漢們不完整的非時間性的存在形式，他們的欲求也不再那麼純粹了：在他們看似只為改變自身物質境遇的樸素的功利追求中，已然混雜著某種對高於自身的社會位階的祈羨，和因對之「無法企及」而產生的妒恨──上層社會已然對這些底層的流浪漢們構成了一種「虛構的」的魅力（此一話題暫不展開）。流浪漢們身上含混的「慾望」症候，將在之後的現代敘事中變為確切的現實；而他們身上含混的「慾望」與含混的「時間性」共生的事實，也將在之後小說敘事的演進中被一步步凸顯：伴隨個體時間性的完整復位，個體的慾望無限膨脹。那麼，「慾望」與「時間性」到底有著怎樣的內在勾連？

　　我，既是認知、行為的主體，同時也是自身認知、行為的客體。相應的，客體，同樣地同時具有著主格和賓格形式：客體之於主體的客體「身份」（l'identité），即是其賓格形式；而其主格形式，便是客觀性的屬格。依海德格爾（Martin Heidegger）考量，存在具有兩種基本形式，其一，是「現成在手邊的/現成在手的」（Vorhanden/Présent à la main）。海德格爾借用亞里斯多德做過的一個比喻來說明何為「現成在手的」：一個人想要蓋房，就會去尋找蓋房的材料，比如石頭或瓦礫；對這個人來說，石頭和瓦礫「作為」（Als/En tant que）建房材料的身份是既成的。[31]對以建房為目的主體而言，石頭和瓦礫便是一種具有「現成在手性」（Vorhandenheit/la Disponibilité）的存在。

　　於認識論層面，我們可以說，石頭和瓦礫的賓格形式，無須建房者與它們展開具體的「交道」（Commercium/Commerce），既已達成。就如在希臘小說中，男主人公對女主人公一見鍾情，後者「作為」男主人公愛慕對象的「身份」，無需被男主人公確證，而是既成的、「現成在手的」。但在《尋找》、以及諸多現代敘事中，對主體而言，客體能否「作為」愛慕的對象，須得經由主體與之「打交道」才能確定：「我」得經由被拉貝瑪和貝克特的

---

[31] 關於這一比喻，同參 Aristote, *La Nature*, (*Physique, chap. II*), éd. Gaya Scienza, pp.24-26.

才華、被吉爾貝特和蓋爾芒特夫人的社交特權或家世頭銜、被阿爾貝蒂娜的輕慢行為排拒，才能將他們視「作為」慾望的客體。此時，客體之賓格形式不再是既成的，而變為了海德格爾所說的「使用才能上手邊的/使用上手的」（Zuhanden / A-portée-de-la-main）。[32]既成的，即是靜止的，「現成在手的」即是存在的「非時間性」形式；而「使用上手的」則是存在的「時間性」形式。

於存在論層面，非時間性的存在，比如希臘小說的男女主人公，他們無需展開彼此的「交道」即能將對方視為愛情的對象；這「似乎」在說，他們的主格形式，即愛情心理、行為的屬格，是既成的。希臘小說主人公「一見鍾情」的愛情發生形式「似乎」在說，這些主人公的「自我」無須借助被他者排拒、「阻礙」而既已「存在」。若果然如此，這便是一些「自足」的主體性存在；從而，他們亦無需經由「介體」即可生成「自主」的慾望。自主慾望的生成和展開，自然無需借助現實、或抽象的客觀性的挑唆；希臘小說主人公的愛情，除個別人物外，整體上始終與虛榮、攀附、妒恨絕緣，這「似乎」更加佐證了他們的自我是自足的。如此看來，他們「完美／靜止」的品性和容顏正是對其自足、自主的存在形式絕佳的象徵修辭。（此句後段落另起）而時間性的存在，比如《尋找》中的「我」，此時，「我」得經由「被」有形或無形地排拒，才能確定愛情客體的事實卻是在說，「我」得經由與「周遭世界」（die Welt/le Monde）的「交道」，才能獲知自身愛慕什麼；也就是說，此時「主格的我」、即愛情心理、行為的屬格，並非是「現成在手的」，而得經由「交道」才能「顯現」（Erscheinen/Apparaître）。這一事實也佐證著休謨、康德、至費希特對自我主體性的理解：「當你注視某物卻受到其他事物干擾時，當你傾聽某種聲音卻受到阻礙時，正是這些阻礙

---

[32] Martin Heidegger, *Être et Temps*（《存在與時間》）, trad. Francois Vezin, Gallimard, 1986, § 15, 《L'être de l'étant se rencontrant dans le monde ambiant》, pp.102-108. 關於 Vorhandenheit 以及對應的 Zuhandenheit 的釋譯，一直以來即有分歧。該法文譯本將 Vorhandenheit 譯作 la subsistance（存在性），將 Zuhandenheit 譯作 la disponibilité（現成在手性）。但我們更傾向于將 Vorhandenheit 翻譯成 la disponibilité，而將 Zuhandenheit 譯為 l'utilisabilité（使用上手性）。本文同時參考了洪漢鼎對此組概念的翻譯（《詮釋學與詮釋學哲學的觀念──《真理與方法》譯後》in《德國哲學》，n°16，北京大學出版社，1997）；同參 Jean-François Courtine 在 *Heidegger et Phénoménologie*（《海德格爾與現象學》，Vrin，1990）, Jan Potocka 在 *Philosophie, Phénoménologie, politique*（《哲學，現象學，政治》，Jérôme Millon, 1992）中對此組概念的翻譯。海德格爾在《存在與時間》中對諸多存在論概念的闡釋分佈於各個章節；本文在引用這些概念的同時，意圖對之進行再闡釋；下文凡涉及該書中的概念，均不再逐一注釋，「另參」除外。

使你感受到『自我』作為一個實體的存在，感到『我』（le Je）與『非我』
（le Non-je）的區別……」[33]《尋找》中在「我「和其他人物身上一再上
演的因被排拒而心生慾念的「愛情「發生史說明此時「主格的我」只有經
由「賓格的我」的「在場」（Anwesenheit/Être présent）才能「感到」自身的
「存在」（Sein/Être）：正是那些現實的、或被「虛構」出的客觀性令「我」
感到「被」排拒、「被」阻礙，正是借助由此「顯現」出的「賓格的我」，「我」
的主格形式才得到了某種確認。也就是說，此時「主格的我」達成自身「顯
現」的必由路徑是自我的賓格化。「賓格化」的唯一途徑就是「被」；「被」
的主語，只能是「我」之外的他者。「我」童年時每日感到的對母親強烈的
「需要」，那在「我」之後漫長人生中萬變不離其宗的對他者的「需要」，
不是其他，正是「我」確證自我之「存在」的「形而上」的「功利」本能
──所謂「慾望」，即是時間性的「我」為使自身的主格形式得以「顯現」
而將自身賓格化的「需要」。

　　「賓格化」的形式主語是「主格的客體」，即客觀性的屬格。石頭和瓦
礫是非時間性的存在，它們的「內在」客觀性，質地、硬度等，是「現成
在手的」。而時間性的客體，首先，其內在客觀性不再是「現成在手的」：
這一事實在「我」對拉貝瑪和貝克特的才華的探測中，被一再地呈示；於
是，「我」對「賓格化」的主語、客體的主格形式的「需要」，便往往只能
經由客體的「外在」客觀性來達成。「我」在與吉爾貝特、蓋爾芒特夫人或
阿爾貝蒂娜的「交道」中始終在探查的，就是她們是否具有某種外在客觀
性，比如社交關係、頭銜、甚或是情敵。但問題是，此時，客體的外在客
觀性同樣不是「現成在手的」。從吉爾貝特、蓋爾芒特夫人到阿爾貝蒂娜，
當客體「現實的」外在客觀性由相對「現成在手的」變為了完全「使用才
能上到手邊的」（阿爾貝蒂娜完全不具有前二者之於「我」的明確的社交、
或頭銜等客觀優勢），「我」便徹底陷入了對情敵的「想像」：「虛構」客體
的客觀性。如此「想像」出的客觀性必不是客體「自身性的」（Eigentlich/
Propre）屬性，而是「外在」於客體的。

　　《尋找》的敘述者坦陳，「只要不是我自身的東西……在我看來都更寶
貴，更重要，更有生命力。」[34]而這一告白本身即在暗示著，「我」在展開

---

[33] Jean Grondin, *Kant et le problème de la philosophie : l'a priori*（《康德與哲學問題：「先
　　驗」》），Vrin, 1989, p.127.

[34] M. Proust, *A la recherche du temps perdu*, coll. 《Quarto》, Paris, Gallimard, 1999, vol. I,
　　p.130.

追逐客體之前，已經預設、「想像」出了客觀性的存在：也就是說，無論客體是否真的「不可企及」，在「我」的「想像」中，客體已然「顯得」不可企及，或說，已然具有著「更」的客觀性——此即抽象的客觀性，慾望的真實賓語，亦是「賓格化」的真實主語。而現實客觀性之於慾望發生的結構性功能，正是為「我」在「想像」中「虛構」出的抽象客觀性提供具象形式。比如貝克特的文學成就、吉爾貝特與貝克特的交情、蓋爾芒特夫人的家世地位，等等現實的客觀性令「我」感到被排拒，於是，「我」為那「想像」中的「更」找到了具象的形式，和「被」的形式主語：「更」的具象形式的「屬格」。當客體現實的客觀性日趨難覓，「我」和斯萬便義無反顧地陷入了對情敵的「想像」，這說明：如果抽象客觀性無法獲得具象的形式，時間性的「自我」便無法「顯現」。「慾望」的形而上形式，即是「我」對「被」的形式主語的功利「需要」。

深陷對阿爾貝蒂娜的愛情中的「我」坦言，「當我們的激動和焦慮還附著在她身上時，我們滿以為幸福全仰仗於她，但其實恰恰相反，這幸福只仰賴於我們自己的焦慮何時終止。」這看似由阿爾貝蒂娜引起的「焦慮」，敘述者其實早已飽嘗：「（它正是）那種當我母親因為生我的氣、或因為有客人在，只勉強向我道晚安，甚至不到樓上我房間裡來的那些夜晚裡，我感受到的焦慮。」[35]《尋找》通過對起自「我」童年的「需要」與「擔心／焦慮」的演變歷程的詳細記錄，向我們呈示出，「我」與客體的現實差距愈是縮小，「我」的「擔心／焦慮」反而愈趨強烈——因為此時，「賓格化」的真實主語、抽象的客觀性愈加難以獲得具象的形式；於是，「我」便愈加感到對客體的「需要」，由此引致的心理和物理行為亦愈加複雜和乖張；小說的敘事便愈加繁複和濃密，敘事半徑愈趨擴大。顯然，正是存在之「非現成在手的」存在形式，引致了伴隨「我」一生、且愈演愈烈的「焦慮」：對「被」的形式主語隨時可能的缺失的「擔心」；《尋找》的敘事螺旋，是「焦慮」的「需要」必然的發演形式。

3.「慾望」的衍生形式：螺旋的「異化」

在「非時間性的」關聯（關聯 I）中，比如之於建房者，石頭和瓦礫「作為」建房材料的「身份」是「現成在手的」；這即是說，石頭和瓦礫具有著

[35] M. Proust, *A la recherche du temps perdu*, coll. 《Quarto》, Paris, Gallimard, 1999, vol. VI, p.1929.

始終「一致」的賓格形式，或說，其賓格形式是前後「同一」的。但也正因如此，建房者無需對它們的構成成分、耐熱耐冷指數等「內在」客觀性展開探究；於是，石頭和瓦礫的屬己特質，在此一關聯中無法「顯現」而「被遮蔽」（Verschleiert/Voilé）、「被遺忘」（Vergessen/Oubli）了；或說，客體「自身性的」主格形式、即其內在客觀性的屬格，未有「顯現」。[36]即如在希臘小說、直至各類騎士小說、甚至德國浪漫主義小說中，個體是「既成的」傳言者：他們在傳言「必然」、或某種具體的世俗道德、或蘊於自然中的「元神」時，其本身的性格或心理特徵之於敘事的本質性功能，並非塑造人物，而是為「傳言」的達成提供一個必要的條件。客體之於主體的「現成在手的」關聯形式，是認知達成可能的一種必要、且首要的途徑，亦是主、客之「空間」關係得以展開的初始步驟。而這一空間上的第一步，在「歷史」的維度上，於文學創作上，整體地反映在了現代之前的文學樣體中。「傳言」敘事的本質，是對「賓格的我」之於「主格的我」的「現成在手的」關聯形式的「再現」。即便目下，「傳言」，也仍是一種不能完全規避的敘事策略。這一事實說明，「現成在手的」，是存在不可回避的一種存在形式。

　　而在「時間性的」關聯（關聯 II）中，客體的賓格形式不再是既成的，須得經由「主格的客體」與「主格的我」的交道才能「顯現」；在海德格爾，主、客間「使用上手的」關聯的建立，意味著存在開始「存在於世界之中」（In-der-Welt-sein/L'être-au-monde）。但又一問題恰此產生：此時，客體的賓格形式必得經由其主格形式、即客觀性的屬格，才能達成，而此時，客體的「內在」客觀性不再是「現成在手的」，於是，此時「主格的客體」便往往只能呈示為某種「外在」客觀性的屬格，故而是一種偏離客體「自身性」屬性的、「次生性的」（Abgeleitete/Dérivé）主格形式。即如我們已見，不論是阿爾貝蒂娜，或吉爾貝特、蓋爾芒特夫人，她們之於「我」的「使用上手性」的本質內容，是其各自是／否具有某種現實的外在客觀性。當「我」偶爾自問，阿爾貝蒂娜到底是個什麼樣的人時，卻幾乎連對方的容貌都想不清楚，能想起的，只是她的名字。[37]那個真實的阿爾貝蒂娜，被「遮蔽」、「遺忘」了。而當客體的外在客觀性一旦被確認，它將不可避免地再次成為「現成在手之物」，即「作為」此一客觀性的屬格：對「我」而言，

---

[36] 另參：Jean-François Courtine, *Heidegger et Phénoménologie*, Vrin, 1990, p.298.

[37] M. Proust, *A la recherche du temps perdu*, coll. 《Quarto》, Paris, Gallimard, 1999, vol. VI, p.1929.

吉爾貝特、蓋爾芒特夫人和阿爾貝蒂娜，只是擁有像貝克特那樣可資驕傲與炫耀的朋友、聖日爾曼社交圈、或某個情敵，這樣一種外在的、現實或抽象的客觀性的屬格而已。這即是在說，存在之時間性形式與非時間性形式，並非截然分離、對立，而是粘連在一起的；無論是「現成在手的」還是「使用上手的」，客體之於主體的關聯，都是「空間性」（Räumlichkeit/spatialité）的；所以，我們可以說，欲望、形而上的功利"需要"，是存在空間性之時間性的展開形式于主體心理上的必然症候。

我們似乎可以說，在關聯 I 中，主體無須借由自身的賓格化而達成「主格的我」的「顯現」，比如建房者。但事實上，此時，與建房者產生關聯的，僅是客體的「賓格形式」：之於建房者，石頭與瓦礫只是可以「被」用於建房的材料；而建房者，也只是「作為」建造房屋的人：此時，建房者的性格、氣質等等屬己特質，不直接不介入他與石頭、瓦礫基於以建房為目的的關聯中。就如在希臘小說中，男女主人公一見鍾情，之於男主人公，女主人公是一個既成的「被」愛慕的「賓格」，男主人公也是一個既成的「作為」她的愛慕者的「賓格」；他們各自的屬己特質，比如味覺、顏色偏好，思維、行為特徵等等，均不介入這一愛慕關係。在希臘小說中，不存在因為她如何、所以他愛上了她，或因為他喜愛什麼、所以她被愛上這樣愛情邏輯。也就是說，即如客體的屬己特質在關聯 I 中「被遮蔽」一樣，處於關聯 I 中的主體的屬己特質也同樣「被遺忘」了；或說，在關聯 I 中，主體「自身性的」主格形式，亦未「顯現」；更準確地說，此時的主體只「顯現」為賓格形式。而在關聯 II 中，經由自我的賓格化而「顯現」的「主格的我」亦並非「我」之「自身性的」形式。自我「賓格化」的「需要」必然的展開路徑是，「我」要成為慾望的賓語、「賓格化」的主語的屬格──此即「異化」（die Entfremdung/l'Aliénation）的發生：「我」欲成為、或成為了「我」之外的主語的屬格。存在之時間性、即客體之於主體「使用上手的」關聯形式的不可避免，意味著主體必然處於不斷被「異化」的過程之中──「異化」是時間性主體「在世界中」的存在形式。

顯然，經由「異化」而「顯現」的「主格的我」，亦是一種「非自身性的」、從而「次生性的」主格形式。需要區別的是，在關聯 I 中，「我」之「自身性的」主格形式雖未「顯現」，但「我」並未欲成為、也並未成為「我」之外的某一主語的屬格。而在關聯 II 中，如我們已見，此時的「主格的客體」是「我」在「想像」中預設出、而並非實際存在的「更」的客觀性的具象形式的屬格，所以，此時的「主格的客體」，根本是一種「虛構的」的

主格形式；因為此一「主語」是虛構的，此時「顯現」的「主格的我」便必然、也只能是虛構的。所以，關聯 II 中的主、客的主格形式，均是虛構的；或說，「次生性」的本質，是「虛構」。如果我們將經由「異化」而「顯現」的「我」亦「非我」，「非我」即是「我」之虛構的主格形式。

　　「異化」、即自我「虛構化」的直接後果，就是自我同一性的斷裂：「我」如何能與一個並不真實存在、虛構的主格形式「自視同一」？不僅如此。在與不同的「主格的客體」的關聯中，比如在與吉爾貝特和蓋爾芒特夫人的愛情中，「我」分別欲成為、或成為了抽象客觀性的兩個相異的具象形式的屬格，如此的兩個屬格必是相異的；吉爾貝特和蓋爾芒特夫人即是兩個相異的屬格的具象形式，所以，「我」對二人的愛情的展開方向，就是「我」欲成為吉爾貝特和蓋爾芒特夫人。也就是說，伴隨「異化」在不同慾望關聯中的展開，「我」欲將、或已將自我「虛構」為了若干相異的主格形式。就如吉爾貝特和蓋爾芒特夫人是兩個相異的主格形式，不會彼此視為「同一」，在兩個「愛情」關聯中「顯現」出的「我」，亦是兩個相異的主格形式——兩個虛構的「非我」的間距，就是兩個相異的「賓格化」的形式主語的間距——如此兩個相異的「我」如何可能「自視同一」？自我同一性的斷裂，是時間性主體必然的意識症候。

　　只是，時間性存在的主格形式的「虛構」本質須得在主、客的現實間距極度萎縮時，才會盡然「顯現」。伴隨《尋找》敘事螺旋地展開，從拉貝瑪、貝克特、吉爾貝特、蓋爾芒特夫人、至阿爾貝蒂娜，主、客間的現實差距不斷地縮小；但無論是當時，還是之後，相較於攀附、愛慕前幾位人物的「我」，那個熱戀阿爾貝蒂娜的「我」，都更令「我」感到陌生。這一「反比」結果的根由在於：「我」與客體的現實差距愈縮小，抽象客觀性的具象形式便愈加不確定，「我」便愈加「需要」展開對此一形式的「想像」——伴隨「主格的客體」與其「自身性的」主格形式的間距的擴大，「我」，與在向著此一「形式主語」運動中「顯現」出的「非我」的間距，便也只能愈漸擴大。從拉貝瑪至阿爾貝蒂娜，「我」從欲成為某種才華、盛名、社交地位、社會位階的屬格，直至欲成為那些或真或假的情人所擁有的特權的屬格——此時，慾望賓語的屬格甚至已經擺脫了慾望客體——我愈來愈認不得自己。伴隨「想像」的遞增，主、客各自的心理活動和彼此的心理角力也愈加複雜，小說對之的描摹亦愈加細密、漫長；與小說螺旋延展的敘事半徑成「正比」擴張的，正是「我」和「非我」的間距。《尋找》的敘事螺旋是「異化」自身發展的邏輯外觀。

三、時間性存在的時間形式：「四維」

1.「我」的「超時間性」形式：「真我」

　　普魯斯特將他尋找了近一生的小說命名為「尋找丟失的時間」；可如果「尋找」的賓語、「時間」，就是指「我」的「歷史」，「我」那必然一次次變為「非我」、必然充斥著「焦慮」與「擔心」、並最終通向仇恨的「歷史」，難道真的值得「找回」嗎？如我們之前所說，除了「焦慮／擔心」，《尋找》的敘事還有另一個「主題句」。小說第一章《貢布雷》的第一部分，幾乎完全圍繞著小敘述者對母親是否上樓來跟他道晚安的「擔心」而展開；但在「我」的第一場「擔心」，亦即小說的第一個敘事、心理環節結束後，敘事突然跳脫開去，完全擺脫了小說自開始便彌漫著的「焦慮」，出現了一個著名的「間歇」：一段關於一塊被熱茶水浸泡過的小瑪德萊娜點心的記述。至此，講述「我」童年的《貢布雷》的第一部分結束了。

　　《尋找》中的另一主題句，即是以「小瑪德萊娜點心」為代表的、一種「即時性」（immédiat）的「瞬間」（instant）體驗。在這些瞬間體驗內部，存在著兩個序列。第一序列，是童年敘述者在「一塊石頭的反光」、在「貢布雷的山茶花」、「馬丹維爾的鐘樓」和「巴爾貝克的三棵樹」前經歷的瞬間。當童年的「我」在蓋爾芒特家那邊散步時，總不時地因懷疑自己缺少成為一個大作家的天賦而「擔心」，可就在此時，「一個屋頂，反射在一塊石頭上的一縷陽光，一條小路的氣息，突然吸引住我，讓我感到一種特殊的快樂」；這「快樂」，在之後一次偶然的黃昏，當「我」看見馬丹維爾鐘樓時又再次出現：「我感到一陣特別的、與其他所有快樂全然不同的快樂」。[38]第二序列，是「我」在偶嘗「小瑪德萊娜點心」，在暮年重回蓋爾芒特公館，踏上它「高低不平的臺階」、嘴唇碰到「上漿的餐巾」、聽到「銀匙碰觸餐盤發出聲響」的瞬間。

　　這兩個序列的共同之處是，在這些瞬間裡，敘述者都感受到了一種難以形容的、「沒有理由」（irraisonné）的「快樂」（plaisir）。而兩個序列的區別是，在第二個序列中，他還看到了某段完整的過去。需要說明的是，第

---

[38] M. Proust, *A la recherche du temps perdu*, coll. 《Quarto》, Paris, Gallimard, 1999, vol. I, pp.147-148.

二個序列的瞬間集中出現在敘述者人生的後半段，而第一序列則出現在他的童年和少年。雖然「小瑪德萊娜」的瞬間出現在小說第一章《貢布雷》的尾聲，但它是發生在「我」成年之後：第一章裡，「我」在貢布雷度過的童年，正是在「我」成年後偶嚐小瑪德萊娜點心的一個瞬間裡「重被找回」的。而當暮年的敘述者踏上蓋爾芒特公館的臺階時，又一段時間、有一個地方「顯現」了，這次是威尼斯。當他再次經歷這些過往的時間時，他再次感受到了那「無理由」的「快樂」，並且更加強烈：這次，他將這種感受稱為「至福」（félicité）。[39]

可就如我們已見，即便是在童年，「我」都難得享有快樂，而被「我」在社交場上和愛情中「丟失」的時間，更是充斥著痛苦與折磨；這樣的「過去」，難道一經「重獲」，就能變成「至福」？如果這些「過去」在「重獲」中成為了「我」的溫柔鄉，那只能是作者的虛構。而事實上，《尋找》對這些「過去」的記述，近乎完全沒有溫情；可是，敘述者卻又一再明確地告訴我們，當他「重獲」這些「過去」時，他感到了一種無與倫比的滿足、幸福。那麼，那「無理由的快樂」到底是一種什麼樣的快樂？那「至福」到底從何而來？

在那些「瞬間」中，伴隨「快樂」產生的，是「我」對這一快樂緣由強烈的探究的熱情。小敘述者覺得，那屋頂、山茶花、鐘樓，「……這一切事物彷彿在我目所不及的什麼地方，隱藏著某種東西，邀請我去探取，但我竭盡所能卻無從覓得」。[40]這一「探取」的衝動在之後出現的類似瞬間中，尤其是在第二個序列中，變得越來越強烈、不可抑制。我們似乎可以說，在形式上，這些屋頂、山茶花、鐘樓之於「我」（關聯 III），就如石頭和瓦礫之於建房者，構成著一種「現成在手的」關聯：因為對「我」而言，屋頂、山茶花、鐘樓內藏著某種既成、靜止的「東西」，即如對建房者而言，石頭和瓦礫也是既成、靜止的存在。但問題是，如我們已見，在關聯 I 中，不論是石頭和瓦礫，還是建房者，二者都只「顯現」為賓格形式，其「自身性的」主格形式均「不在場」。

---

[39] M. Proust, *A la recherche du temps perdu*, coll. 《Quarto》, Paris, Gallimard, 1999, vol. VII, p.2262.

[40] M. Proust, *A la recherche du temps perdu*, coll. 《Quarto》, Paris, Gallimard, 1999, vol. I, p.147.

　　而在關聯 III 中，屋頂、山茶花、鐘樓之所以具有了客體的身份，是因為「我」在與它們「打交道」的過程中，發現在它們自身「內部」隱匿著某種不確知的「東西」；它們的「身份」、即賓格形式，是在「我」與它們的「打交道」中才形成的，而非既成的；而在關聯 I 中，石頭和瓦礫「作為」建房材料的身份是既成的，無需建房者通過與之「打交道」既已「在場」。而為了探知那「東西」，「我」必須、也只能對屋頂、山茶花、鐘樓的質地、形狀、氣味、等等「內在」客觀性進行辨認，因為此時的客體不具有顯見的「外在」客觀性；所以，在關聯 III 中，客體的主格形式更可能呈示為了其內在屬性的屬格。更重要的是，此時，對客體的探究，無法脫離「我」的「內在」客觀性展開：「我」的嗅覺、視覺、心理反應等等是「探取」那隱匿的「東西」這一行為得以展開不可或缺的條件；所以，此時的「我」的主格形式，亦呈示為自身內在屬性的屬格。也就是說，此時，「我」與客體，二者「自身性的」主格形式均可能是「在場」的。

　　那麼，關聯 III，和「我」與客體的「慾望關聯」、即關聯 II，又是否類同？敘述者坦陳，相較於他從這些屋頂、山茶花、鐘樓中體驗到的「快樂」，其他諸種快樂都名不副實，「它們或者顯得不能使我們得到滿足，比如社交界的歡樂……或者表現為隨著它們的滿足而來的憂傷，就像我被介紹給阿爾貝蒂娜的那天所感受到的……即便是一種更為深刻的歡樂，比如我在熱戀阿爾貝蒂娜時本應能夠感受到的那種，實際上也只有當她不在時，才能通過我心中的焦慮不安、以一種相反的方式被感知……」[41]的確，「我」在各種慾望關聯中同樣汲汲於展開對客體的各種探查，但此一探查與「我」在關聯 III 中展開的探查，二者的結果截然不同。在後一種關聯中，客體帶給「我」的是無條件的快樂；而在前一種關聯中，客體至少在形式上、永遠是「我」痛苦的淵藪。同時，在後一種關聯中，探查即便一時得不到滿足，「我」也不會就此淪入痛苦；而對阿爾貝蒂娜或奧黛特的探查、準確地說是偵查，只能帶給「我」和斯萬更多的困撓，並且，偵查即便一時獲得了令人滿意的結果，最終的結局仍然是苦不堪言的：「焦慮」無法息止，因為這是「我」那「形而上」的「需要」必然的存在形式。

　　表面上，就如「我」幼年時「被」母親拒絕道晚安，後來「被」阿爾貝蒂娜輕慢一樣，在關聯 III 中，「我」因無法確知那些客體中潛藏的那個

[41] M. Proust, *A la recherche du temps perdu*, coll.《Quarto》, Paris, Gallimard, 1999, vol. VII, p.2269.

「東西」而感到「被」排拒，從而「被」吸引，即通過自我的賓格化，達成了「主格的我」的「顯現」。但不同的是，在關聯 II 中，客體因為成了其「身外」某一客觀性的屬格，而變為了「次生性的」；而在關聯 III 中，客體只是其「身內」某種「東西」的屬格；所以，此時與「我」直接發生關聯的「主格的客體」，不再是「次生性的」，而是客體「自身性的」主格形式。如果我們將此時「我」對這些客體的「探取」衝動也稱為「慾望」的話，這一「慾望」與「我」的各種「愛情」截然不同，而是一種「自主」的慾望：即起自客體本身。

同時，在關聯 II 中，「我」與「世界」的空間性關聯展開的內在形式是，「我」欲成為抽象客觀性的具象形式的屬格；外在形式是，「我」欲成為此一屬格的具象形式、「主格的客體」，於是，「我」變為了「非我」。但在關聯 III 中，「我」要「探取」的賓語，是隱藏在那些客體內部的「東西」；而這一「探取」卻無法經由「我」成為那「東西」的屬格、那些客體來實現：「我」也絕無意成為屋頂、山茶花或鐘樓。而事實上，「我」也永無可能成為那「東西」的屬格：就如面對一道數學題，答案即便是被「我」揭曉的，這個答案的「屬格」也不可能是「我」，而只能是那道數學題──答案，是「數學題的」答案；不像那些社交關係、頭銜、盛名、抑或才華，「我」一旦佔有了這些外在、內在的具象的客觀性，「我」就是它們的屬格。這意味著，在與「探取」的賓語、那未知的「東西」的關聯中，「主格的我」沒有展開朝向成為賓語的屬格的運動，而只呈示為「我」自身的屬格，從而就「是我」（L'être-soi-même），而不是「非我」──這讓我們看到了「我」之「自足」的某種可能。

如果「異化」是時間性存在不可豁免的存在形式，《尋找》中的「瞬間」似乎在說，在一個時間性的「我」的內部，存在著某種對「時間性」的制約因素。顯然，在這些「瞬間關聯」中，「我」與客體的主格形式，均非「現成在手的」，但亦非完全「使用上手的」：因為此時二者的主格形式均非「次生性的」，也就是說，二者的屬己特質，均未如在「慾望關聯」中那般，被「遮蔽／遺忘」，而是「在場」的。所以，即便我們將關聯 III 和此時的「我」看作是時間性的，此一關聯與關聯 II，此一「我」與「慾望」中的「我」，也截然不同。「我」在偶嘗小瑪德萊娜點心的瞬間中再次感到那「沒有理由的快樂」，並說，「這快樂並非來自外界，它本就是我自己……我所追尋的

真相顯然不在茶水之中，而在我的內心。」[42]此時我們可以說，這「快樂」正是「我」因沒有變為「非我」而就「是我」，從而感到的「自我」的「存在」。

這些「瞬間」中的「快樂」是「沒有理由的」，因為「我」在各種「愛情」中體會到的快樂，都有著清晰的「理由」：因為「我」實現了對客體、實際上是對某種客觀性的佔有。但如此的快樂是那樣脆弱和速朽，因為現實的客觀性一旦被「我」佔有，「我」便會更加袒露地展開對抽象客觀性的具象形式的臆造，即對「賓格化」的形式主語的「想像」，於是再次、並且陷入更深的「焦慮／擔心」——因為此時，「主語」變得更加模糊了。而「我」從山茶花、鐘樓、小馬德萊娜中體驗到的「快樂」，卻與「佔有」那些客體、和客觀性毫無關係——於是，顯得「毫無理由」。即如敘述者所說，這「沒有理由」的「快樂」實在難得一見，「卻是唯一豐富和真實的」。[43]之所以「唯一」，因為只有在這些「瞬間」中，「我」才「是我」；之所以「真實」，因為此時的「我」不是「非我」。

當敘述者踏上蓋爾芒特家的臺階時，當他拿起蓋爾芒特家的餐巾碰到唇邊時，他感到重又踏上了威尼斯聖馬可教堂的臺階，拿起了巴爾貝克大酒店的餐巾，並看到了與他「記憶」中截然不同的威尼斯和巴爾貝克。在他的「記憶」中，這兩個地方「乾涸」而「單薄」，而此時，他卻感到它們美得令他恨不得立刻故地重遊。[44]而當銀匙碰觸餐盤發出聲響時，他又突然看到了他童年時在火車上透過車窗看見過的一片小樹林，並感到它是那般美好；而當時，他卻覺得那樹林很無聊。那麼，這些地方、景物，到底是無聊的，還是美好的？

對於當時坐在車廂裡的「我」來說，這片小樹林並不是一個單純的自然存在，而是一個時刻想著成為大作家的「我」意圖藉以鍛煉寫作技能的、描寫和刻畫的對象；他那時甚至設想著，這片小樹林也許會因為他的描寫，就像那些著名作家筆下的景致一樣，成為人們津津樂道的流覽聖地——他

[42] M. Proust, *A la recherche du temps perdu*, coll. 《Quarto》, Paris, Gallimard, 1999, vol. I, p.45.

[43] M. Proust, *A la recherche du temps perdu*, coll. 《Quarto》, Paris, Gallimard, 1999, vol. VII, p.2269.

[44] M. Proust, *A la recherche du temps perdu*, coll. 《Quarto》, Paris, Gallimard, 1999, vol. VII, p.2270.

不就是因為讀了那些著名的記述，才想要去某個地方旅行嗎？此時，車窗外的小樹林之於車窗內的「我」而言，只是「我」藉以實現自己野心的一個工具，某種「使用上手性／現成在手性」的「屬格」、一種「次生性的」存在，「自身性的」客體並「不在場」的：小樹林本身的「美」，被「遮蔽」了。坐在火車裡的「我」正為自己缺少文學稟賦而「擔心」著，而坐在巴爾貝克大酒店餐廳裡、和踏上聖馬可教堂臺階的「我」，正在因阿爾貝蒂娜而「焦慮」著：這些「我」，都並非「我」本身，而是一個個「非我」。

但當「我」基於描寫的需要觀察著這片小樹林時，沒有納入「我」觀察視野的鐵道工人用錘子敲打鐵軌的聲音，進入了「我」的感知範圍，因為無干，「我」便對這聲音聽而不見。多少年後，偶然間，銀匙碰敲湯盤的聲音讓「我」重又聽見了那個工人敲擊鐵軌的聲音，因為這兩種聲音相似的音質與音頻。因為那錘子碰擊鐵軌的聲音與當時的「我」之間，完全沒有建立起任何「使用上手／現成在手的」的關係，所以，被「我」視為觀察對象的小樹林，與在此一聲音中「重獲」的小樹林截然不同：聲音中的小樹林，因為與「我」無干，所以不同於「作為」觀察對象的小樹林，不是任何「使用上手性／現成在手性」的屬格，而就只「顯現」為其自身的屬格，故而是一種「非次生性的」存在──它自身的「美」才得以「顯現」。而聽到錘子敲擊鐵軌的聲音、在這個聲音中看著小樹林的那個「我」，也因為沒有展開朝向成為那聲音或樹林的某種「使用上手性／現成在手性」的屬格的運動，從而沒有變為「非我」，而就「是我」。

發生在蓋爾芒特公館的這些瞬間，令「我」重又體驗到了在「小馬德萊娜」和更早之前的那些神奇瞬間中體驗過的那「沒有理由的快樂」，並找到了此時的「快樂」與之前的「快樂」中「共同的東西」：「……我在此刻和某個遙遠的時刻共同感著它……以至我捉摸不定，不知是身處過去，還是現在」；這一次，敘述者肯定的說，這「東西」正是「快樂」的根由：一個「既存在於過去、又存在於現在」的存在。[45] 正處於某個慾望中的「我」，同樣可以立時體驗到他在之前某個慾望中曾感受過的同樣的痛苦：正為阿爾貝蒂娜焦慮不安的「我」，清醒地意識到他也曾為吉爾貝特和蓋爾芒特夫人飽受此種焦慮的折磨；「我」不僅能在後一次焦慮中「感性地」地辨認出前一次的焦慮，還能夠「理性地」辨識出兩次焦慮相同的生成、發展機制。

[45] M. Proust, *A la recherche du temps perdu*, coll.《Quarto》, Paris, Gallimard, 1999, vol. VII, p.2266.

但如我們已見，這一既感性又理性的辨認，無法彌補「現在的我」與「過去的我」之間的巨大裂痕。

而在蓋爾芒特公館餐廳裡聽到銀匙碰觸湯盤的「我」，立時感到此時的自己就是那個在火車包廂裡聽到錘子敲擊鐵軌的「我」，二者全無差別，彼此一眼即識，因為他們看到的是「同一片」樹林，或說，他們對那片樹林擁有著完全「一致」的「印象」（l'impression）：「此時在我身上品味這種印象的那個生命，品味的正是這一印象在過去的某天和此時此刻所共同具有的東西，一種超時間性的（extra-temporel）東西；而這個生命，也只有當他享用了各種事物的精華，借助現在和過去的某一共同之處，置身於他唯一能夠存活的那個界域時才會顯現，這個界域，就是時間之外（en dehors du temps）。」[46]這個「生命」，普魯斯特將之稱為「真我」（le vrai moi）。有必要說明的是，普魯斯特此處所說的「超時間性」、「時間之外」，即無所謂「過去」與「現在」，準確地說，是指「超歷史性」、「歷史之外」；我們接下來會看到，「歷史」不同於作者在小說開篇不久，特意以「大寫」形式寫下的「時間」。

在各種慾望關聯中，在朝向抽象客觀性不同的具象形式的屬格運動中形成的「非我」，必然彼此不同；而「真我」卻置身「時間之外」，也唯有如此，「真我」才有可能克服存在之「時間性」必然能引致的自我「異化」、變為「虛構的」的「非我」的命運。「是我」，即「我」之「自身性的」的主格形式，無論身處哪個時間座標，都必然可以彼此「視為同一」；前後「共同」的「真我」即「是我」。在關聯 I 中，「世界」之「自身性的」主格形式未得顯現。而在關聯 II 中，「世界」的主格形式，不僅是「次生性的」，還必然顯現為一個個彼此不同的「使用上手性/現成在手性」的屬格，從而無法具有「一致」的主格形式。但在「真我」終得「顯現」的瞬間、即關聯 III 中，「世界」顯現為其「自身性」的主格形式，即如「是我」，必然無所謂差異。一個個彼此「不同」的「非我」對「世界」的「印象」自然無法彼此「一致」；只有可以「自視同一」的「真我」，才可能葆有對「世界」始終「一致」的「印象」（l'impression）。

事實上，當正身處某一慾望關聯的「我」感到「此時」的「我」、或處於另一慾望關聯中的「過去」的「我」是「非我」時，這一事實本身即在

[46] M. Proust, *A la recherche du temps perdu*, coll. 《Quarto》, Paris, Gallimard, 1999, vol. VII, p.2266.

暗示著，在時間性的「我」自身內部，存在著某種同一性的基礎：否則，「我」又如何能夠判斷某時的「我」是「非我」，並在做出這一判斷時，未將那一個個「非我」認作是「我」之外的行為、意識主體？而如果我們認為，正是「真我」的存在，保證著「我」在不斷被「異化」的同時沒有陷入徹底的自我分裂，「這一存在，卻只會在與行動無關，與即時享樂無關，在我神奇地逃脫了現在的時候，才會顯現……」[47]「超時間性」的「真我」無法在陷入「行動」與「享樂」的「我」中「顯現」，即無法在「我」之「時間性的」的主格形式中「顯現」；或說，正是這一「虛構」的「主格形式」抑制著「真我」的「顯現」。「我」在童年時既已經歷了那奇妙的瞬間「快樂」，但當時的「我」並不明瞭那「快樂」的起因；而當「我」於暮年的那些瞬間中終於明曉了這緣由時，「快樂」即變為了「至福」。如果說，在早年的那些瞬間中，因為「真我」的「在場」，「我」感受到了「沒有理由的快樂」，但當時，「真我」卻並未被「我」切實地感知，即成為「我」之「顯在」的「主格形式」；而「我」在暮年的那些瞬間裡，則切實地感知到了「真我」的「顯現」：此時的「真我」不僅「在場」，更成為了「顯在」的「主格的我」。「快樂」之所以變為了「至福」，因為「真我」由「隱在」的變為了「顯在」的。

2.「因果」與「歷史」，「記憶」與「回憶」

　　《尋找丟失的時間》開篇不久，童年的敘述者「我」便坦言想寫出一部大小說、成為一個大作家；但整部小說中，卻罕見有關「我」如何鍛煉寫作技能、實現寫作計畫的記述，只有一些零星片段透露出「我」曾進行過一些創作實踐，雖也常生惰情。相對相關的，就是「我」如何費盡心機經由各種社交管道攀附上某位大作家，或結識某位能將「我」引入文學圈的人士。而當敘述者最終明白了自己追求近一生的小說該寫些什麼時，他清楚地坦白，這個「什麼」與他曾經的那些文學努力「毫不相干」：「因為文學在我的生活中並沒起過任何作用」。[48]是「我」在蓋爾芒特公館裡最終確切感知到的那個「真我」使「我」找到了那部大小說，並明白了該怎樣去寫。可是，在「我」確知這一「真我」之前，即便前一分鐘，對這個「超

---

[47] M. Proust, *A la recherche du temps perdu*, coll.《Quarto》, Paris, Gallimard, 1999, vol. VII, p.2266.

[48] M. Proust, *A la recherche du temps perdu*, coll.《Quarto》, Paris, Gallimard, 1999, vol. VII, P.2268.

時間性的」存在，「我」都一無所知，又怎談得上為發現它不懈努力呢。[49]事實上，即如我們看到的，「我」還總在「努力」（當然是無意識地）將這一存在「遮蔽」。敘述者幸運地實現了他的小說理想、人生初衷；但他與此一「結果」近乎全然「無干」的一生該如何被「解說」呢？

此時，我們碰到了一個邁斯特式的問題。威廉・邁斯特為了擺脫市民生活的庸常，為了尋找振興德意志之路，選擇了戲劇。但在經歷了漫長的戲劇和愛情歷險，重新回到市民生活中後，他發現自己並沒有不滿意，而是恰恰相反。這意味著他之前的人生過程，與他的人生結局之間，出現了直接的「因果」的斷裂。回歸市民生活的邁斯特回顧自己的過往，「便覺得望見了一片無限的空虛，從中毫無所得」。[50]我們似乎可以說，正是他之前動盪的遊歷生涯才使他得以認識到市民生活庸常外表下的可貴；也就是說，邁斯特之前的人生，正是在以一種「反向」的運動方式，將其導向他的歸所。依此邏輯，我們同樣可以說，正是因為那些被「我」在愛情和社交場上「浪費掉」、「丟失掉」的時間讓「我」體認到了存在的各種醜陋面向，所以「我」才能夠最終辨認出一個與慾望中的「我」截然不同的「我」的存在形式、「真我」。但這樣的解說不僅不能讓邁斯特或「我」滿意，更令我們感到危險。

依此解說，不僅他人、「世界」都成為了成就「我」這個「果」的「因」、一個個工具，「我」自身過往的生命時間，也同樣成為了一個個工具性階段；「因果」的成立，正是通過對存在的工具性解構達成了對存在的否定。而一旦「我」無法將「過去」與「現在」納入「前因後果」的關聯、哪怕是反向的，「我」的「過去」就只能成為「空虛」的、「毫無所得」的。無論「因果」是成立、還是斷裂，我們就此做出裁斷的前提，或說「因果」邏輯的暗語，是將時間的存在形式理解為一維的、即歷史的（過去、現在、將來）；而如果時間只是「一維的」，過去之於現在，就只能是或者有用／有意義，或者無用／無意義──「因果」無論成立或斷裂，都是時間一維形式、或說存在的時間性形式的一種認識論症候；也就是說，如果「歷史」即是時間完整的存在形式，存在本身就無法擺脫成為或有用的工具、或無用的虛無的必然命運。

---

[49] M. Proust, *A la recherche du temps perdu*, coll.《Quarto》, Paris, Gallimard, 1999, vol. VII, p.2288.

[50] 歌德（J.W.von Goethe），《威廉・邁斯特學習時代》in《歌德文集》（vol. II），人民文學出版社，1999，p. 397.

　　自流浪漢小說開始恢復個體存在的時間性形式後，現代小說越來越將敘事的標的瞄向了對個體形成、演變過程的「再現」和反思；自《魯賓遜漂流記》始，對這一過程的「再現」便實現為將時間「翻譯」為「歷史」的形式——此即所謂「時間性敘事」。這一敘事形式因為德國「成長小說」（Bildungsroman）的勃興而得到了全方位的確認，成為了時至今日仍具統禦地位的敘事範型：講述某個、某些個體在與「世界」的遭逢中，有何獲益，有何喪失，發生了何種改變，最終對自身和世界做出了如何的判斷——而此一判斷的展開路徑，就是尋找「歷史」的「因果」形式。但是，作為「成長小說」訂立者的歌德，卻已然對這一敘事形式表達出的對時間的理解提出了質疑：「我們所遇到的一切都會留下痕跡，一切都不知不覺地助成我們的修養；而要把它解釋清楚，是有害而無益的。」[51]可是，「歷史」的確是我們不可豁免的一種存在形式，那麼，「我」到底該如何「翻譯」自己的一生？「我」又如何才能跳脫出「歷史」必然導致的對「我」的否定？

　　置身蓋爾芒特公館「化妝舞會」上的「我」，面對著那些面目全非的「熟人」們，不由地回視自身：當年的那個「金髮小夥」、那個「過去了」的「我」（a），就如眼前的一個個「熟人」一樣，對「現在」的「我」（A）來說，都成了「陌生人」。並且，即便面對同一個曾經的「熟人」，當「我」被告知這是何許人也時，「我」發現，「這同一個人，被很長、很長的時間隔成了幾個形象（l'image），幾個由頗不相同的『我』分別保留下來的形象，這些形象各自具有的含義可謂迥異……」[52]那麼，A 應該遵循哪一個 a 眼中的「形象」來「翻譯」這「同一個人」呢？哪一個 a 眼中的「這個人」才是真實的？

　　《尋找》的敘述者最終認識到，他將要著手的這部小說，將致力於「重建真實的生活、恢復印象的生機。」[53]但如我們已見，當「印象」的主語是「歷史」中的「我」，客體，亦只能「顯現」為虛構的「形象」。在與不同客體的空間關聯中「顯現」出的「非我」，必無法彼此視為「同一」；而即

---

[51] 歌德（J.W.von Goethe），《威廉・邁斯特學習時代》in《歌德文集》（vol. II），人民文學出版社，1999，p. 397.

[52] M. Proust, *A la recherche du temps perdu*, coll.《Quarto》, Paris, Gallimard, 1999, vol. VII, p.2342.

[53] M. Proust, *A la recherche du temps perdu*, coll.《Quarto》, Paris, Gallimard, 1999, vol. VII, p.2285.

便同一客體，其還可能因為同時是若干不同的「具象」客觀性的屬格，而同時「顯現」出若干彼此相異的主格形式；也就是說，即便在與同一客體、同一歷史座標上的關聯中，「我」也可能同時地將自我「虛構」為若干彼此相異的「非我」；而在與同一客體於不同歷史座標上的關聯中，「我」更加可能被不同的「具象形式」牽引，從而「顯現」為一個個彼此相異的「非我」──此即那一個個「頗不相同」的 a。或者說，這一個個 a，是「我」在與「世界」的空間性關聯的展開中產生的「橫向的」自我同一的斷裂，「縱向的」、即「歷史性」的「形象」。同一客體在不同的「非我」的眼中，必不可能具有「一致」的「形象」──就如同一個「我」在不同的「賓格化」的形式主語、比如吉爾貝特和蓋爾芒特夫人眼中，會「顯現」出「迴異」的「形象」。只要「印象」的主語是「我」，「世界」便不可能具有「一致」的「形象」。

　　就在得知阿爾貝蒂娜去世後不久，「我」收到了她發生意外前寄出的兩封信，面對這兩封接連而至的信，「我」重又當起了偵探，首先偵查這兩封信是否是她同一時間寫下的：她也許為了某種面子的需要，而將兩封信標注為不同的時間？接下來，「我」又不住地猜測她寫信的意圖：「其實，她的意圖無非是想回到我身邊，對這一意圖，任何一個與此毫無干係的人，一個毫無想像力的人，一個和平條約的談判者或正在考慮交易事宜的生意人，恐怕都會比我判斷得更正確……」[54]即便面對如此明確的資訊，即便阿爾貝蒂娜已經亡故，「我」仍然無法在第一時間對之做出正確的判斷；看來，我們根本無法指望那個正與阿爾貝蒂娜熱戀的「我」，能對他的愛情對象持有如何「真實」的「印象」。事實上，我們始終無法從 a 的描敘中確知阿爾貝蒂娜到底長得什麼樣。A 對 a 所持有的這些「印象」的「過去時」表達，就是「記憶」。

　　《尋找》的作者反覆陳述，我們通常所謂的「回憶」，不是對人生的忠實「翻譯」，因為「回憶」是一種「主動的」（volontaire）選擇；而「回憶」之不可信，恰在於此。[55]

　　通常意義上的「回憶」，即是「我」將「過去」看作一個相對「客觀的」存在，一個相對對於「現在」的客體，於是，「過去」就變成了某些人、某

---

[54] M. Proust, *A la recherche du temps perdu*, coll. 《Quarto》, Paris, Gallimard, 1999, vol. VI, p.1963.

[55] M. Proust, *L'entretien avec Elie-Joseph Bois*（《普魯斯特與 Elie-Joseph Bois 的談話》）in *le Temps*（《時報》），12 novembre, 1913.

些事、某些地方;「我」執果索因地對「過去」展開「選擇」,從中「選擇」
出對形成作為「結果」的「現在」之直接、間接的「有用性」部分、即具
有「使用上手性」的部分,也就是「原因」,從而織構出一個邏輯線索;而
那「印象的生機」、「真實的生活」,「正是在我們對現實的觀察中日漸衰弱,
因為辨別力無法提供給它本質;它在我們對過去的考量中日漸衰弱,因為
智性擠幹了這個過去的水分;它在我們對未來的期待中日漸衰弱,因為主
觀意願在用現在和過去的片段拼湊成這個未來的同時,會抽去真實的過去
和現在,只保留其中符合功利主義結局的部分──狹隘的人的結局,意願
指定的結局。」[56]德勒茲對《尋找》中敘事時間的類型化區分,即是作為協
力廠商,根據「我」的人生結局,對「我」的一生進行的一次「回憶」,一
次「功利」的「選擇」:那些與「我」的人生結局無關、或背道而馳的一段
段過往的時間,就被宣判為了「被浪費的」、「被丟失的」。所謂「追憶」,
不過是對「回憶」的一種詩性表述。

　　置身於「過去」與「現在」、一維時間中的「我」,如要具體地「翻譯」
出、「找回」自己的過往人生 ,必然會遇到一個棘手的問題:比如,此時
的「我」、A,已經不再熱愛那個阿爾貝蒂娜了,A 無法在感性上,直接感
知 a 曾經因阿爾貝蒂娜而經受的各種切膚之痛和所謂的歡樂。於是,A 若想
「找回」那段愛情時光,或者展開對 a 的「記憶」的「回憶」,或者更為直
接地展開對 a 的「回憶」。a 的「記憶」本就是「虛構」,對這一「虛構」的
「回憶」,如何可能「重建真實的生活」?那麼後一種「回憶」呢?即如「周
遭世界」之於「我」,a 之於 A,本質上仍是一種「空間性」的關聯;對 A
而言,那一個個 a,就如一個客體、一個過去時的「世界」,只能「顯現」
為是/否是某種「使用上手/現成在手性」的屬格。

　　自我的賓格化是「我」與「世界」的空間性關聯根本的展開形式;而
「賓格化」的過程,便是以上兩種「回憶」同時展開的過程。尋找「賓格
化」的形式主語的具體展開路徑是,此刻的「我」、A,首先將某一客體、
比如阿爾貝蒂娜,「分解」為一個「過去時」的她(b),和一個「現在時」
的她(B);然後,A 出於對 B 是否是某一「具象形式」之屬格的「擔心」,
就前一刻、前一天的 b 展開偵查,而此一偵查只能經由 a 對 b 的「印象」
而展開;出於對自身「愛情」落腳點的「功利」的「需要」,a 選擇了 b 的

---

[56] M. Proust, *A la recherche du temps perdu*, coll.《Quarto》, Paris, Gallimard, 1999, vol. VII, p.2267.

某一「形象」：「無法企及」；而 A 又選擇將 a 對 b 的此一「印象」變為「記憶」，並根據、或說「因為」此一「記憶」，「所以」最終選擇、愛上了 B——由此確定了「賓格化」的形式主語。也就是說，A 與 B 的空間關聯的成立和展開，必得、也只能經由 A 對 a 的「記憶」的「回憶」來達成。「我」在蛛絲馬跡中「想像」情敵，即是此一「回憶」最極端的表徵。自我的賓格化本身，即是自我「橫向」的「客觀化」而「賓格化」之「時間性的」實現過程，即是存在「縱向」的「客觀化」：「世界」被客觀化為 b 與 B，「我」被客觀化為 a 與 A。

如果說「慾望」勾勒著時間性主體的空間性形式，這一自我「賓格化」的「需要」，必然、也只能經由「我」和「世界」的「客觀化」才能達成；「客觀化」的展開，就是存在的「工具化」。「歷史」中的「世界」之於「我」的「使用上手／現成在手性」，是二者空間關聯得以展開的基點；或者說，「世界」之於「我」的價值、意義根本的「顯現」形式，是為「我」提供「賓格化」的形式主語；也就是說，對「我」而言，「世界」的本質是實現「我」那形而上的、功利「需要」的「工具」。而「世界」的工具化，還須得經由 a 之於 A 的「使用上手／現成在手性」、即「工具性」的實現才能達成——B 之於 A 的空間性關聯，最終須得經由 a 之於 A 的空間性關聯才能展開。所以，時間性的「我」，本質上只是一個空間性的存在。b 之於 A、b 之於 a、B 之於 A，即構成著「我」與「世界」的三維空間關聯；而這一關聯必得經由 a 之於 A、「一維的時間」、「歷史」才能實現；所以，「三維空間」與「一維時間」是時間性存在的一種「互文」形式：過去之於現在，將來之於現在，過去之於將來，即構成著一維時間的三個空間向量；或者說，空間的「三維」形式，是時間之「一維」形式的一種認識論形式；亦或說，「歷史」的本質，是功利的空間。

無論 A 或 a，「歷史」中的「我」只能「顯現」為虛構的「非我」；由 A 與 a 構成的「我」對由 B 與 b 構成的「世界」，只能持有「選擇性的」、「次生性的」、虛構的「印象」。所以，如果「歷史」是時間唯一、完整的存在形式，我，將必然只能「顯現」為一個虛構的主格形式，且必然陷入自我的分裂；而「世界」亦將必然、且只能「顯現」出虛構、且必「不一致」的「形象」。「歷史」中的「我」對時間的根本「再現」形式，就是「回憶」，而「回憶」的基本因數，就是虛構的「記憶」——這也即是普魯斯特意欲拋棄「回憶」的根本原因：「回憶」，是虛構的「我」對自身和「世界」的「虛構」。

將時間「翻譯」為「歷史」的「時間性敘事」的本質形式，是虛構的「我」將時間「再現」為空間。在陀思妥耶夫斯基式的「複調對話」敘事中，構成「對話」的若干敘事主語，仍是一個個「歷史」中的「我」（或第二、第三人稱）；每一個時間性主語對時間的「再現」，只能實現為對時間功利的解構：此即巴赫金所說的「獨語」的本質──「我」對「世界」傲慢的宣裁；而那「真實」的「生活」與「印象」必在「獨語」中湮沒。如果沒有一個與「我」的存在形式截然相異的敘事主語，所謂的「對話」不過是一片「我」的「獨語」森林。那麼「我」到底該如何「重建真實的生活、恢復印象的生機」？

3.「非主動記憶」與時間的「重現」

在《尋找》的第一卷第一章裡，童年的「我」總盼望著週末去教堂做禮拜，這倒並非因為「我」有多麼虔敬的宗教情感，而是因為「我」知道自己一直神往卻還無緣一見的德・蓋爾芒特夫人偶爾也會來這裡；還有，那座宏偉的教堂建築本身似乎能斬斷「我」日常生活中種種的「焦慮」與「擔心」，帶給「我」一種特別的享受。在對貢布雷教堂的建築結構、聖徒塑像、彩繪玻璃、光影變化等做過一番極其詳盡的描述後，「我」突然意識到：「凡此種種，都使這座教堂對我來說，顯得與城裡的其他地方截然不同：一座教堂，可以說佔據了一種四維的空間──這第四維（le quatrième dimension），就是時間（le Temps）──一座教堂，穿過一根廊柱與又一根廊柱間的距離，從一座聖龕到又一座聖龕，在一個又一個世紀（le siècle）間，伸展著它的殿堂；這殿堂，似乎不只是戰勝、佔據了多少公尺，而且勝利地超越了一個又一個時代（l'époque），並由此將自己呈現了出來。」[57]世紀、時代，作為「歷史」的一部分，有始有終，並終將成為「過去時」；它們就像廊柱的間距、和那聖龕，是教堂的一個個組成部分，佔據著一定的公尺、三維空間；而殿堂，則象徵著「超越」這些公尺、三維空間的另一種存在：第四維空間。普魯斯特在此竭力向我們呈示的是：空間，還有三維之外的第四個維度；時間，也有一維之外的另一種存在形式。被普魯斯特在這裡特別用有別於「小寫」形式的「世紀」、「時代」，以「大寫」形式寫下並強調的「時間」，顯然不是指以「一維」為外在形式、以「三維」

---

[57] M. Proust, *A la recherche du temps perdu*, coll. 《Quarto》, Paris, Gallimard, 1999, vol. I, p.57.

為內在形式的「歷史」，而是指與「第四維空間」互文的、時間的另一種存在形式：我們將之稱為「第四維時間」。

時間性的「我」必然具有 A 與 a 的形式，現在時的「我」、還有那些熟人，一個個 A，就像一根根廊柱、一個個聖龕，只是一個空間性的存在，並終將變為前一根廊柱、前一個聖龕，一個個的過去時的 a。而前一根與後一根廊柱、前一個與後一個聖龕，a 與 A 交替排列、織構出的這個「殿堂」，在涵蓋著一個個 a 與 A 的同時，卻「超越」了它們，超越了一個個空間性的、亦即時間性的、一維的、歷史的「我」，從而是一個「既存在於過去、又存在於現在」的，無「過去時」與「現在時」之分的存在──這個「殿堂」，就是「真我」。

當「真我」終於「顯現」時，「我」便不再是時間性的那個「我」，而成為了「真我」：「超越時間序列的一分鐘……在我們身上出重現（recréer）出超越時間序列的那個人。」[58]也只有成為一個「超越時間序列」、即超越一維時間的存在，「我」才有可能克服自身之時間性形式的制約，擺脫為使自身的主格形式得以「顯現」而對「非現成在手」的客觀性的「需要」，從而擺脫那濃密的「焦慮／擔心」──也唯有如此，「我」才可能擁獲真正的「快樂」。時間性的「我」終將變成「過去了」的，所以「我」時常感到對死亡的恐懼。一維時間中「我」必然變為一個個「非我」，並被這一個個「非我」遺忘、丟失；而「真我」，卻因存在於第四維時間中，而不會隨「歷史」逝去：「我們明白『死亡』這個詞對他來說毫無意義」。[59]只有一個「超時間性的」存在才能夠克服時間性存在必然速朽的命運；只有無懼死亡的「快樂」才能被稱作「至福」。

隨著 A 在「歷史」中變為 a，「我」對自身和「世界」的「記憶」，會隨著一個個 A 與 a 的消亡而消亡；但對於僅存在於「凡俗」世界中的我們，「記憶」、和由「記憶」組成的「歷史」，是我們賴以存在的根基；而它們卻又恰恰因為是「歷史的」，而必然「被遺忘」、「被丟失」。普魯斯特提出「時間之外」的「真我」，即是在說，「我」既在「歷史」之中，又在「歷史」之外。因為存在於一維時間之外，「真我」對「我」和「世界」的「印象」便不會消亡──「歷史」也才可能得以「重獲」、「重被找回」。「記憶」、

[58] M. Proust, *A la recherche du temps perdu*, coll.《Quarto》, Paris, Gallimard, 1999, vol. VII, p.2267.

[59] M. Proust, *A la recherche du temps perdu*, coll.《Quarto》, Paris, Gallimard, 1999, vol. VII, p.2267.

「回憶」或「追憶」，都是時間性的「我」對「世界」和自身，基於其「使用上手／現成在手性」的「主動」的「選擇」、「行動」。在「回憶」的「行動」中，「我」在將自身與「世界」不斷地分解為 A/a，B/b 的同時，根據「我」那「功利」的「需要」，「主動地」將「世界」不斷地納入 b 之於 A、b 之於 a、B 之於 A 的「智性」的遊戲中：小樹林、巴爾貝克、威尼斯，就在其之於 a/A 的「使用上手／現成在手的」關聯中，在「我」無時無刻的「記憶／回憶」中，「顯現」為一種「次生性的」、虛構的「形象」──它自身的美「被隱匿」（caché）了。[60]不僅如此，在「回憶」中，世界的「形象」還會因為「記憶」的主語、不同歷史時間點上不同的「我」之相異的主格形式，而顯得「迥異」只有"真我"才能讓我們"找回過往的日子"。[61]

而在蓋爾芒特公館銀匙碰湯盤的聲音裡「顯現」出的那片小樹林，是那個在錐子敲擊鐵軌的聲響裡未將小樹林視為慾望客體的、擺脫了「行動」糾纏的「是我」對那片樹林的「印象」。在這一「印象」中，巴爾貝克、威尼斯就是海邊的兩個地方，有著各自特有的建築風格、佈局特色、氣味和溫度；而那片小樹林，就是鐵道邊一些綠色的樹木，在不同的光線和風向的作用下，變換著不同的顏色和形狀──這也即是敘述者在銀匙碰敲湯盤、嘴唇碰到上漿的餐巾、雙腳踩上高低不平的臺階的「瞬間」中「重又找回」的樹林、巴爾貝克和威尼斯。在這些瞬間中，「我」即是「真我」；「找回」的主語不是那一個個「非我」，而是「真我」、「是我」──也只有在必然「自視同一」的「是我」的「印象」中，「世界」才可能擁有「一致」的「形象」。

在「真我」顯現的瞬間，「過去與現在重重疊疊」，以至「我」分不清置身何時、何地。[62]因為「真我」不存在於「歷史」之中，所以，「真我」顯現的瞬間，就是「過去」與「現在」消失的瞬間；或者說，「真我」顯現的瞬間，是「過去」與「現在」共同「在場」的瞬間──在這個瞬間，只有時間，沒有時態在「時間性敘事」必然的展開形式、「回憶」中，事件、人物的出現，與敘事主語、「我」的「歷史」距離是確定的，於是，A 便會

---

[60] M. Proust, *A la recherche du temps perdu*, coll.《Quarto》, Paris, Gallimard, 1999, vol. VII, p.2267.

[61] M. Proust, *A la recherche du temps perdu*, coll.《Quarto》, Paris, Gallimard, 1999, vol. VII, p. 2266.

[62] M. Proust, *A la recherche du temps perdu*, coll.《Quarto》, Paris, Gallimard, 1999, vol. VII, p.2266.

根據它們出現的「先後」順序,「選擇」對應的敘事時態。但《尋找》的敘事整體上缺少歷史的刻度,敘事本身似乎總在有意模糊「歷史」的坐標,以致我們常常迷惑人物的年齡。直至小說尾聲,我們終於明曉,造成這一敘事迷局的根由,在於敘事的主語不是「我」,而是「真我」;「真我」既然存在於「歷史」之外,在他的敘述中,時間自然無所謂「先後」。

《尋找》的作者向我們呈示出了一種截然有別於「記憶」的、「非過去時」的「印象」形式:「非主動記憶」(la mémoire involontaire)。《尋找》是以「我」在半夢半醒間的囈語開篇的;普魯斯特對小說開篇的這一安排,即是在以一種「象徵的」方式示意讀者:你們即將看到的,不是「我」對時間「主動」的「回憶」,而是「記憶」在「非主動」狀態下的自我呈現——直到敘事尾聲,我們終於明瞭,這一「記憶」的主語不是「歷史」中的「我」,而是「歷史」之外的「真我」。「真我」的「記憶」不僅意味著對「美」的「不遮蔽」,還意味著對「醜」的「不遮蔽」。痛苦的經歷常會因為「時間性」的「我」之自我保護的「空間性」的「功利」本能而被柔化、被「主動地」忘卻;但「第四維時間」中「真我」,因為與「一維時間」中的「我」、「世界」處於不同的時間維度中,所以無從與之構成「空間」關聯;這意味著,「真我」根本無從對「我」和「世界」做出任何價值、意義裁判,或說,對「真我」而言,不論是「我」還是「世界」,本質上都是「無關」的。敘述者在「小瑪德萊娜」的瞬間裡獲得「快樂」的同時,看到了整個幾乎已經「被遺忘」的、在各種「擔心」中度過的童年;但那「焦慮」的痛苦只對「歷史」中的「我」存在,對「歷史」之外的「真我」而言,所有這些痛苦的時間都只是時間罷了,無有幸與不幸之分——只有「真我」能夠「無選擇」地、「記憶」時間。

殿堂,由廊柱和聖龕、以及它們的間距組成,但並不是那廊柱或聖龕;一根根廊柱和一座座聖龕,一個個三維空間中的「非我」、A/a,卻構築出了第四維空間、一個「超越」A 和 a 的第四維時間:「真我」。沒有殿堂,廊柱與聖龕只能是一根根石條和一個個石屋;而沒有廊柱和聖龕,殿堂又從何談起。一維時間/三維空間,只是時間的「一種」存在形式;缺少第四維空間,時間就只能「顯現」為「歷史」、空間。 廊柱、聖龕,和殿堂,構成了「教堂」;三維空間和第四維空間,構成著四維空間:時間;「非我」與「真我」,構成著我。

「真我」在「我」人生之初既已顯露,但卻總被一個個「非我」遮蔽、隱匿;或說,由於其存在於「第四維時/空」中,而無法在「三維空間/

一維時間」中盡然「顯現」，宛若「丟失」。「我們的真我，似乎已經死了很久，但卻並非全然死去」，當我們聽到、或呼吸到「某個曾經聽過的聲音、某種曾經聞過的氣味」，它便會「蘇醒」過來。[63]只有「真我」才能讓我們「找回過往的日子，找回我們的記憶和智性永遠無法找回的丟失的時間」。[64]「丟失的時間」的「顯現」，「會使我們突然呼吸到一種新鮮的空氣，而這正是因為我們從前曾呼吸過這空氣，這空氣，比詩人們枉費心機幻想著的天堂裡的空氣更加純淨，也只有我們曾經呼吸過的空氣，才能帶給我們如此深刻的煥然一新之感，因為真正的天堂是我們丟失的天堂。」[65]所謂「丟失的時間」，不是指那些「我」在社交場上和愛情裡度過的、被德勒茲稱作「被浪費／丟失」的，充斥著妒恨，令人「焦慮／擔心」的時間——這些時間，難道可以被稱為「天堂」？

　　「我」在「歷史」中不斷地從一個「非我」變為另一個「非我」，但橫亙於「我」心中的「焦慮／擔心」卻使「我」無法在感性上體認自身的這些變化，恍若置身「時間之外」、「歷史之外」；而「唯一」有別於這些變化的變化，就是「我」對「歷史」之外的「真我」的發現；但這「唯一」的變化卻遲至「我」人生暮年才真正發生：「超越時間序列的一分鐘」的「重現」（recrée），「是為了使我們感覺到這一分鐘」。[66]「這一分鐘」當然是「歷史」中的一分鐘：這「唯一」的變化的遲發，正是「我」恍若置身「歷史」之外最根本的原因。敘述者坦陳，只有在這一「唯一」的變化發生的時，「我」才可能回到「時間之中」（dans le Temps）[67]。普魯斯特在此處再次以「大寫」形式寫下的時間，與之前大寫的時間、即第四維空間，又有所不同；所謂「時間之中」，不僅是指「第四維空間」之中，更是指「四維空間」之中。因為第四維時間的「重現」，「歷史」、一維時間才得以「重現」；因為「真我」的「重現」，四維空間、時間，才終得以「重現」。「真我」存在於每一個「我」之中，但並非每一個「我」都會確知「真我」的存在。比如斯萬，

[63] M. Proust, *A la recherche du temps perdu*, coll.《Quarto》, Paris, Gallimard, 1999, vol. VII, p.2267.

[64] M. Proust, *A la recherche du temps perdu*, coll.《Quarto》, Paris, Gallimard, 1999, vol. VII, p.2266.

[65] M. Proust, *A la recherche du temps perdu*, coll.《Quarto》, Paris, Gallimard, 1999, vol. VII, p.2265.

[66] M. Proust, *A la recherche du temps perdu*, coll.《Quarto》, Paris, Gallimard, 1999, vol. VII, p.2267.

[67] M. Proust, *A la recherche du temps perdu*, coll.《Quarto》, Paris, Gallimard, 1999, vol. VII, p.2311.

他也曾有過與「我」類似的「瞬間幸福」的體驗，但他卻始終沒能終明曉這幸福的緣由；斯萬，還有《尋找》中那些對「真我」全然無知的人物，就只能永遠地被流放在時間之外了。當「真我」宛若「丟失」，四維空間便只能「顯現」為「歷史」，時間，便宛若「丟失」。[68]

當"我"暮年在蓋爾芒特公館那一系列瞬間中認出"真我"時，"我"終于找到了畢生尋找的小說的"形式"："我當初在貢布雷教堂預感到的形式，通常不為我們所見的時間的形式（la forme du Temps）"。「尋找丟失的時間」，不是尋找「歷史」，而是通過尋找「歷史之外」的「真我」、第四維空間，令我／時間，「重現」。

如果小說敘事的基本美學特徵是對時間的「再現」，一種「行動」，如果「再現」的主語是「我」，這一「行動」就必然具有「主動」和「被動」的形式：因為「歷史」中的「我」必然將自我賓客化；「我」對時間的「再現」，必然實現為「主格的我」對「賓格的我」的「回憶」，或「賓格的我」的「被回憶」。但《尋找》中「再現」的主語是「真我」；「真我」，既非希臘小說主人公那般，只「顯現」賓格形式，亦無須如「我」那般「需要」自身賓格形式的「在場」才能達成自身主格形式的「顯現」──在那些「瞬間」中，「真我」的主格形式是「在場的」──這意味著，「真我」拒絕著「賓格化」。普魯斯特提出的「非主動記憶」，是「真我」對時間的「翻譯」形式；此一「翻譯」不是「我」對「歷史」的「再現」，即「主格的我」對「賓格的我」的「回憶」／「賓格的我」的「被回憶」，而是時間、我的自我「重現」。

因為存在於「歷史」之外，「真我」拒絕著將自我時態化、客觀化為 a 與 A，從而亦拒絕著「因果」的邏輯。在早年第一序列的瞬間中，「我」對「真我」只有模糊的察覺，「我」是於發生在後來的第二序列的瞬間裡才確切地把握到了「真我」；雖然對「真我」、這一第四維時間的感知和體認發生在一維時間之中，但「我」在一生的慾望歷險中卻從未做出過任何向著此一發現的努力。敘述者坦陳，對「真我」的確知是他一生的「終點」，但若把這看作是他人生的「起點」，那就大錯特錯了。[69]「我」與「真我」、「起點」與「終點」之間「因果」的斷裂，根自「我」與「真我」截然不

[68] M. Proust, *A la recherche du temps perdu*, coll. 《Quarto》, Gallimard, 1999, vol. VII, p. 2399.

[69] M. Proust, *A la recherche du temps perdu*, coll.《Quarto》, Paris, Gallimard, 1999, vol. VII, p.2287.

同的存在形式：這是三維空間與第四維空間、一維時間與第四維時間的斷裂。但正是這一斷裂保證著「我」沒有淪為或有用的工具、或無用的虛無。在「真我」的「無選擇」的「記憶」中，所有被德勒茲稱作「被浪費」、「被丟失」的時間，和「真我」顯現的時間，二者具有著平等的價值、意義，如果一定要使用這些詞的話。所以，「真我」顯現的瞬間，即是「我」停止將自身和「世界」工具化，停止對自身、對「歷史」、對「世界」進行傲慢的功利切割和道德宣裁的瞬間。《尋找》對「真我」的呈示，其實是在說：我可以平視「我」，亦可以平視「世界」。「真我」的存在，不僅不是個體神話的強證，而是我之「謙卑」的證明。

如果時間性的「焦慮／擔心」構成了《尋找》敘事螺旋一個「顯在」、從而「實在」的動力圓心，「超時間性」的「真我」則構成了一個「隱在」、從而「虛在」的圓心。「實在」地「擔心」著的「我」在「歷史」中「顯在」地改變著，直至變成不可辨識的「非我」；而「虛在」的「真我」、「是我」，卻在漫長的「歷史」之外，「隱在」地、「如一」地葆有著對時間「真實」的「印象」。當時間，在「真我」的「記憶」中「重現」，我們似乎看到，被「實在」的「圓心」牽動的「螺旋」在旋轉中釋放出了一種「離心力」，將一個個「顯在」的「非我」拋棄，旋向一個一直「隱在」的「真我」：一直「虛在」的「圓心」變得愈來愈「實在」。「虛實互變」的兩個圓心牽引出的敘事「螺旋」，是《尋找丟失的時間》向我們呈示出的存在的"時間的形式"。

結語

現代社會的制度設計是基於這樣一個理想：人人都應享有平等的機會和公平的權利；也就是說，現代社會不僅在精神層面、更在制度層面，肯定了艾瑪、或於連式慾望的合法性：即鼓勵個體尋求他者具有、且自身不具有的現實的客觀性，這無疑將更加刺激個體慾望的繁榮。但如果艾瑪、或於連果真實現了他們出人頭地的夢想，成為了巴黎上流社會中的一員，他們是否會就此過上幸福的生活？有趣的是，《尋找》中幾乎每個人物的攀附企圖、奮鬥理想都實現了：「我」成了「德」夫人們的座上客，還成為了貝克特的朋友；阿爾貝蒂娜也借由與「我」的關係，邁進了上流社會的門檻；而奧黛特，因為嫁給了斯萬，不僅躋身貴族沙龍，還在巴黎社交界開闢出了一片與蓋爾芒特夫人和維爾迪蘭夫人的沙龍平起平坐的新領地。可

是，理想的實現卻遠沒有帶來幸福；因為此時，現實的客觀性已變得暗淡，慾望主體們便必然更加昭彰地、展開對抽象客觀性的具象形式的「想像」：「虛構」現實的客觀性；如此「現實」的「客觀性」，愈加不可能被佔有：這意味著，我們離「仇恨」又更近了一步。

當童年的「我」第一次在貢布雷教堂的彌撒中看見蓋爾芒特夫人時，「我」一直以來對她充滿仰慕的幻想瞬間破滅了：因為她長得實在不美，甚至稱得上難看，滿臉通紅不說，碩大的鼻子邊還長著一個小膿皰，就連衣著都堪與鄉婦媲美──「這就是蓋爾芒特夫人啊，原來不過如此！」但「我」是那般「需要」仰慕她，「我」不能抑制自己的「需要」；於是，「我」開始調動大腦裡的每個「想像」細胞，為她添姿加彩，「我」不住地告訴自己，「蓋爾芒特家族早在查理大帝前就聲名赫赫⋯⋯蓋爾芒特夫人是熱納維耶夫・德・布拉邦特的後代」，就連這座教堂也是她家族的，等等等等；終於，「我」對蓋爾芒特夫人的「印象」、或說她的「形象」，被「我」如此這般地一步步地挽救了──「我」不僅大聲叫出「她是多麼美呀！」[70]「我」和斯萬、還有那些「熟人們」，就是在這樣反反覆複對慾望對象的「幻滅」與「想像」中，度過了大半人生。

也許因為已躋身上流社會，較之以往，奧黛特對斯萬更加輕慢，她性格中的乖離也愈發凸顯，還不算那發胖的身容。面對這樣一個奧黛特，斯萬終於絕望地嚎叫到：「我浪擲了這麼多年的光陰，痛苦得恨不得去死，竟都是為了把我最偉大的愛情獻給一個我並不喜歡、與我根本不同道的女人！」[71]斯萬的憤怒，不僅是針對奧黛特，更是針對他自己：他怎會如此縱容自己為了這樣一個女人浪擲光陰，甚至差點自尋短見！？斯萬對奧黛特的仇恨，終於變為了仇恨自己！而「我」對阿爾貝蒂娜的仇恨，則最終逼走了她。

在盧卡奇（G. Lukács）看來，艾瑪、於連的故事講述的是個體理想被殘酷的社會現實撲滅的悲劇；但在吉拉爾看來，這些故事講述的，更多的，不是社會對個體的傾軋，而是個體自釀的悲劇。蓋爾芒特夫人和維爾迪蘭夫人的沙龍競爭，以及那些無休無止的「茶杯風波」，揭破了一個個關於「平等」、階層消弭可以息止人我之爭的幻覺。主、客間的慾望戰爭並不一定需

---

[70] M. Proust, *A la recherche du temps perdu*, coll. 《Quarto》, Paris, Gallimard, 1999, vol. I, pp.142-144.

[71] M. Proust, *A la recherche du temps perdu*, coll. 《Quarto》, Paris, Gallimard, 1999, vol. VII, p.305.

要物理的差異，也不必然會有物理的硝煙，但它不僅不會因為物理差異的消弭而終止，反會愈加激烈。如果我們依循盧卡奇的視角，將《紅與黑》、《包法利夫人》、《情感教育》這些講述個體奮鬥失敗的小說看作是「幻滅小說」，那麼，《尋找丟失的時間》就是一部「毀滅小說」：它並未否定艾瑪、於連式的個體理想實現的可能，但卻摧毀了我們對這一理想的憧憬──《尋找》的七卷本敘事孜孜不倦地向我們訴說著，這個理想的歸宿是仇恨，不僅仇恨他人，更是仇恨自己；並且，這仇恨的根莖，不在他人，不在異己的世界，而在「自我」內部。如果說，現代小說的慾望敘事一直在動搖著現代人本主義關於個體、「自我」的神話演繹，《尋找》的敘事則是在將這些神話連根拔起。

　　普魯斯特坦陳，他要通過《尋找》中各色人物在種種慾望中的痛苦經歷，讓我們看看「我們到底是由什麼構成的」。[72]如果說，《尋找》螺旋展開的慾望敘事曝露出了「我」的各種欠缺，普魯斯特對「真我」的呈示，則讓我們看到了存在於「我」自身內部、彌補這一欠缺的某種可能，讓我們看到了深植於我們體內的「平等」的種子。「真我」保障著《尋找》的敘事在拆毀關於存在的「浪漫謊言」的同時，沒有跌入虛無的深淵。「真我」顯現的瞬間，即是「我」之時間性、亦即空間性中斷的瞬間；也唯有如此，「我」才可能擺脫「愛情」必然通向「仇恨」的「歷史」命運──「真我」顯現的瞬間，是「我」與「世界」、與自身和解的瞬間。《尋找》將「我」體認、確知「真我」的過程，稱為「感召」───一個具有宗教意味的名詞。的確，「真我」向善、向美的認識論價值，和其「歷史」之外的存在形式，使其對於「歷史」中的「我」來說，具有著超驗存在可能具有的宗教意味；但「真我」不是超驗的，而是經驗的。參照奧古斯丁的《懺悔錄》，我們也可以將《尋找》看作「我」的懺悔錄，只是，「我」並非在向著某個超驗的存在懺悔，而是在向著自己。

　　《尋找》對存在形式各個面向的呈示，與現代現象學（不僅是海德格爾或吉拉爾意義上的）對存在形式的描述，有著諸多互文的勾連；但我們還想特別提及的是，普魯斯特提出的存在的四維形式，與閔可夫斯基（H. Minkowski）和愛因斯坦（A. Einstein）提出的時空理論亦頗有契合之處。閔可夫斯基結合愛因斯坦的《狹義相對論》和「洛侖茲變換」（Lorentz

---

[72] M. Proust, *A la recherche du temps perdu*, coll. 《Quarto》, Paris, Gallimard, 1999, vol. VII, p.2295.

transformation）等理論結果，提出了 3+1 維的時空設想、即「閔可夫斯基時空」，其中，光速在各個慣性參照系中均為定值 ；「閔氏時空」中光的存在形式，與《尋找》中的「第四維時／空」、始終「如一」的「真我」的存在形式，是否可相互發明？愛因斯坦又進一步結合「閔氏時空」，拓展出了《廣義相對論》。現代理論物理學對時空的探索實踐，是否也能為我們對由「我」與「真我」共同構成的我的存在形式的探索，提供相關的助益與啟發？

　　《尋找》借由「非主動記憶」、這一對時間的「翻譯」形式，向我們提出了一個新的敘事「元主語」：「真我」。因為是「超時間性的」，「真我」便不同於「時間性敘事」中第三、第一、甚或第二人稱的敘述者；同時，「真我」是我的一種存在形式，所以不同於「非時間性敘事」中的「元主語」，存在之外的「必然」、或上帝。然而，普魯斯特並未拋棄「我」，而是將之與「真我」同時呈示在了《尋找》的敘事中。也就是說，《尋找》提出了一種有別於陀思妥耶夫斯基小說式樣的、另一種「複調對話」的敘事動議：即「對話」不再僅展開於若干個「時間性」聲部之間，而同時展開於「超時間性」聲部與「時間性」聲部之間。但是，即如在陀氏的「複調」敘事內部，每一聲部的敘事仍是「獨語」，《尋找》中「我」（或「他」）的聲部，亦仍是一個個的「獨語」。雖然《尋找》的作者意圖以「非主動記憶」的形式煥新其時間性聲部的敘事，或說，以「真我」的聲音取代「我」的聲音，但這一敘事企圖卻只能在象徵層面達成，因為「真我」與「我」存在於不同的時間維度中。「真我」與「我」的「對話」的展開過程，就是「我」從對「真我」的無知到對其確知的過程，或說，是「真我」在「我」身上「顯現」的過程，抑或說，是「我」變為「真我」的過程。但《尋找》卻並未將這一過程實現為一種「顯在」的形式。相較於「我」的聲部，「真我」的聲部在敘事中只呈示為一種「虛在」的形式，並未「實在」地參與敘事的演進；造成這一事實的根本原因是，敘事的演進只能發生在「歷史」之中，而「真我」卻存在於「歷史」之外；於是，「我」與「真我」的「對話」就只能在象徵層面實現為一種美學形式：虛實互變的螺旋。

　　「歷史」中的「我」對時間的「再現」，只能實現為「虛構」的「回憶」、「功利」的「獨語」；而《尋找》因為引入了「歷史」之外的「真我」的聲部、「非主動記憶」的聲部，雖然只是象徵性的，而向時間性敘事造就的沉悶的「獨語」森林投進了一束光。如果《尋找》開啟了一種新的「複調對話」的形式，這部小說卻也只是推開了一道門縫；而《尋找》之後的小說創作實踐似乎始終沒有向我們呈示出這道大門內的景觀。當「我」終於瞥

見了那「湖面」時，夜色降臨了；尋找消失在夜色中通往湖面的那條「道路」，不僅是發展「複調對話」敘事形式的一個努力方向，也是我們探究自身存在形式的一個努力方向。

The narrative form and the existential form in *A la Recherche du temps perdu*

GUO Xiaolei

Abstract: Mainly from three aspects, Marcel Proust's *A la Recherche du temps perdu* (*In Search of lost time*) calls in question the legitimacy of the Temporal narrative, which translate the Time as the History. 1, the Meta-subject of this narrative: the subjective temporal existential form, the「I」(also in the second and the third person); 2, the Recollection (le Souvenir) as the fundamental narrative method; 3, the Memory (la Mémoire) as the fundamental factor of the recollection. *A la Recherche* proposes a new Meta-subject for the narrative: a subjective Ultra-temporal existential form, the 「True I」; and a new narrative method: the Involuntary memory (la Mémoire involontaire). *In search of lost time* is not in search of the Past or the History; what Proust's narrative searches is the time of the Fourth dimension, which is the 「true I」 transcending the Unidimensional time.

Key Words: Proust; narrative form; existential form; temporality; ultra-temporality

Notes on Author: GUO Xiaolei (1977-), female, PhD in French and Comparative literature at University Paris XII. Major research interests are literary phenomenology, narratology, French modern novel, History of European literature.

「乾草之味」與「芳草之香」 ——論朱天文、村上春樹小說的 嗅覺書寫與迷宮敘事

史 言

[論文摘要] 本文擬定「文學與嗅覺」議題作為研究視點,針對小說體裁的嗅覺書寫展開理論探究與批評實踐,在反思「感知－嗅覺－記憶」闡釋模式的基礎上,選取臺灣作家朱天文與日本小說家村上春樹筆下的兩例核心嗅覺意象－「乾草之味」與「芳草之香」－為分析範例,從比較研究的角度,結合現象學、迷宮論、神話原型批評、女性主義等理論,具體呼應我們初步建構的「身體感－嗅覺－想像」言說體系。

[關 鍵 詞] 嗅覺書寫;身體感;想像;朱天文;村上春樹

[作者簡介] 史言(1983-),男,香港大學中文系博士,廈門大學中文系現當代文學教研室助理教授,主要從事 20 世紀以來的東西方文藝理論及中國現當代語言文學研究。

一、引言

自 20 世紀下半葉以來,隨著「身體」主題成為眾多學科及媒體日漸注意的焦點,關於「嗅覺」的思考,也逐步在人文研究、社會學和文化理論諸領域,引起了廣泛的興趣。[1]將文學中的「嗅覺」書寫放置在當前身體研究的總體框架和宏大背景之下,已是必然趨勢。嗅覺課題的特殊地位造就了自身縱深維度的同時,也彰顯出其帶給文學的衝擊、啟示和研討價值。

---

[1] 斯威尼(Sean Sweeney, 1966-)、霍德(Ian Hodder):《緒論》(「Introduction」),《身體》(*The Body*),斯威尼(Sean Sweeney, 1966-)、霍德(Ian Hodder)主編,賈俐譯,北京:華夏出版社 2006 年版,第 2 頁。

然而，雙刃劍的另一側，則是文學批評從文藝批判之根上已然長出了各種理論的參天大樹，今時今日的文學批評正在走出文學。此一境況所引發的問題意識，落實到文學的嗅覺議題，便是如何具體而微地審視作家創作中的「嗅覺」書寫，如何使我們的文學批評於眾聲喧嘩的年代，在走出文學的同時，又不致走得離文學太遠。

有鑑於此，本文將延續筆者近期關於「身體－意識－文學想像」[2]的思考線索，嘗試有所側重地針對小說體裁的嗅覺書寫展開討論。理論層面，爭取在反思「感知－嗅覺－記憶」闡釋模式的基礎上有所突破，初步建構「身體感－嗅覺－想像」的言說體系；批評實踐方面，則會選取臺灣作家朱天文（1956-）與日本小說家村上春樹（HARUKI Murakami, 1949-）筆下的核心嗅覺意象——「乾草之味」與「芳草之香」——作為視點和分析範例，從比較研究的角度，結合現象學、迷宮論、神話原型批評、女性主義理論等，對身體研究範疇下的文學與嗅覺課題予以探討。

二、概論：作為「身體感」書寫的「嗅覺意象」

1. 東西方嗅覺研究的不足

應當承認，嗅覺議題至今仍是一個新興的研究領域。在西方，自古典時期以來，所謂的知覺研究主要是以人類五種外部感官為對象，按重要性排列，依次是視覺、聽覺、觸覺、味覺和嗅覺（後三者的次序並不固定，會隨所強調的感覺方面不同而不同）。哲學的這一「感官等級」，由柏拉圖（Plato, 428/427BC-348/347BC）制定出來，便成為根深蒂固的基本觀念，

---

[2]　「身體－意識－文學想像」的思考線索，是筆者在《論身體、意識及文學想像：一則概述與反思式的哲學討論》一文提出的基本觀點。我們認為，「心－身」之辯使「身體」在成為重要論題的同時，也成為一個難以徹底解決的困惑論題。至今為止，還沒有任何人、任何理論學派、任何科研成果能夠成功跨越精神和大腦，以及與此相關的主觀和客觀、內部和外部、心靈與物質的巨大鴻溝或解釋空白。而人類的意識之謎真正觸及了「心－身」問題的本質，並平添了討論它的難度。意識問題的核心是感覺器官的感知問題，或稱「現象意識」（可感性／主觀性）。現象學角度「身體感」概念具有高度「特殊性」，它立足於感官，而又超越感官，是我們所關注的意識研究的關鍵。「詩學想像」與「身體感」之間存在著雙向迂迴的辯證關係：「詩學想像」是一條介於「心－身」之間的認識之路，「身體感」則是開啟通向這條道路大門的秘匙。史言：《論身體、意識及文學想像：一則概述與反思式的哲學討論》，《輔大中研所學刊》2010年，第 23 期，第 259-284 頁。

但凡西方哲學奠基性著作無不依照這一等級次序排列。[3]其中，哲學對視覺的關注，更是其它幾種感官難以企及的，特別是觸覺、嗅覺和味覺，長期被認為是肉體的感官，遠離理智、知性，在知覺研究中往往一帶而過，只配享有低級地位。[4]嗅覺更因為尤其與性欲有關，處於底層，甚至西方傳統哲學思維對肉體的憎恨，往往伴隨著對嗅覺的根深蒂固的憎惡，蔑視氣味同厭惡肉體成正比。[5]近代古典現象學對嗅覺亦不感興趣，已有研究顯示，梅洛－龐蒂（Maurice Merleau-Ponty, 1908-1961）在其《知覺現象學》（*Phenomenology of Perception*）一書中幾乎沒有討論嗅覺問題。[6]但西方人往往受益於其強烈的反思精神，善於觸及自身文化中的邊緣現象。在味覺與嗅覺研究領域，近年來不斷推出視角、理論俱新的著作，像勒蓋萊（Annick Le Guerer）的《氣味》、考斯梅爾（Carolyn Korsmeyer）的《味覺：食物與哲學》、艾克曼（Diane Ackerman, 1948-）的《氣味、記憶與愛欲：艾克曼的大腦詩篇》[7]、瓦潤（Piet Vroon）等人合著的《嗅覺符碼：慾望和記憶的語言》[8]、赫茲（Rachel Herz, 1963-）的《氣味之謎：主宰人類現在與未來生存的神奇感官》[9]等，均給西方學界帶來不小的啟示與衝擊。

與西方相比，中國文化對嗅覺與味覺並沒有刻意的貶斥，相反，對「嗅」與「味」的強調非常突出，特別是對「五味」的重視程度至少不亞於「五聲」、「五色」。[10]日本學者笠原仲二（KASAHARA Chūji, 1917-）認為，味

---

[3] 周與沉：《身體：思想與修行──以中國經典為中心的跨文化關照》，北京：中國社會科學出版社 2005 年版，第 131-132 頁。

[4] 考斯梅爾（Carolyn Korsmeyer）：《導言》，《味覺：食物與哲學》（*Making Sense of Taste*），吳瓊、葉勤、張雷譯，北京：中國友誼出版公司 2001 年版，第 3-4 頁。

[5] 昂弗萊（Michel Onfray, 1959-）：《享樂的藝術：論享樂唯物主義》，劉漢全譯，北京：三聯書店 2003 年版，第 117-127 頁。

[6] 勒蓋萊（Annick Le Guerer）：《氣味》（*Le Pouvoir De L'Odeur*），黃忠榮譯，長沙：湖南文藝出版社 2001 年版，第 207 頁。

[7] 艾克曼（Diane Ackerman，1948-）：《氣味、記憶與愛欲：艾克曼的大腦詩篇》（*An Alchemy of Mind: The Marvel and Mystery of the Brain*），莊安祺譯，臺北：時報文化出版企業有限公司 2004 年版。

[8] 瓦潤（Piet Vroon）等：《嗅覺符碼：記憶和慾望的語言》（*Verborgen Verleider: Psychologie Van de Reuk*），洪惠娟（1965-）譯，汕頭：汕頭大學出版社 2003 年版。

[9] 赫茲（Rachel Herz, 1963-）：《氣味之謎：主宰人類現在與未來生存的神奇感官》（*The Scent of Desire: Discovering Our Enigmatic Sense of Smell*），李曉筠（1978-）譯，臺北：方言文化出版事業有限公司 2009 年版。

[10] 周與沉：《身體：思想與修行──以中國經典為中心的跨文化關照》，北京：中國社會科學出版社 2005 年版，第 132 頁。

覺與嗅覺孕育了中國人最原初的美意識，[11]在不與「善」這個概念混同的情況下，最初的「美」一定包含味和嗅。[12]同時，中國古人相信五種感官之間有著不可分割的聯繫，不存在「高卑、上下的審美價值觀念」。[13]許慎（58-147）《說文解字》有「美，甘也，從羊從大」，段注云：「甘部曰美也。甘者，五味之一，而五味之美皆曰甘，引伸之凡好皆謂之美。」又「甘，美也，從口含一」。[14]大羊即肥羊之意，且羊肉較腥羶，最能刺激味覺和嗅覺，由此可見文明初起時，中國人對美的定義。所以，味與嗅在古代中國不單純具備功利或實用意義，而是昇華為一種普遍相通的審美概念，[15]特別是魏晉之後，「味」更成為慣用的文學批評術語，南朝梁代鍾嶸（468-518）於《詩品》提出「滋味說」，劉勰（465?-?）在《文心雕龍》中也論及「滋味」。然而，考察中國當今文學評論界，在古典文學批評理論的「詩味論」以外，迄今仍未出現研究中國人之「味」與「嗅」觀的專著。[16]同時，受西方當代身體研究思潮的影響，中國雖然也開始重新審視身體感官問題，但往往集中在身體器官發展史、生命關懷等方面，對於身體器官功能的研究卻明顯不足，尤其是「嗅」、「味」、「觸」議題的討論仍屬薄弱環節。[17]此外，現有的研究成果也遠遠不足以配合新時期身體寫作的分析，即使是向「詩味論」取法，亦較少有論者系統應用於身體研究範疇，且「詩味論」本身對「味」覺的關注又多於「嗅」覺，講求「滋味」之味，以及「味外味」。[18]周與沉等學者在研討中國文學審美意識等問題時，談及「嗅覺」課題，就曾因目前研究的欠缺而明確表示「實在令人遺憾」。[19]

[11] 笠原仲二（KASAHARA Chūji, 1917- ）：《古代中國人的美意識》，魏常海譯，北京：北京大學出版社 1987 年版，第 2 頁，第 19 頁。

[12] 李澤厚（1930- ）、劉綱紀（1933- ）編：《中國美學史（卷 1）》，北京：中國社會科學出版社 1984 年版，第 79 頁。

[13] 笠原仲二：《古代中國人的美意識》，魏常海譯，北京：北京大學出版社 1987 年版，第 6-19 頁。

[14] [清]段玉裁（1735-1815），《說文解字注》，臺北：漢京文化事業有限公司 1980 年版，4 篇上，第 148 頁，5 篇上，第 204 頁。

[15] 張皓（1964- ）：《中國美學範疇與傳統文化》，武漢：湖北教育出版社 1996 年版，第 283-298 頁。

[16] 周與沉：《身體：思想與修行——以中國經典為中心的跨文化關照》，北京：中國社會科學出版社 2005 年版，第 132 頁。

[17] 趙之昂（1962- ）：《膚覺經驗與審美意識》，北京：中國社會科學出版社 2007 年版，第 35-36 頁。

[18] 許宏香：《「味」：古典美學範疇中感官用語的個案研究》，碩士論文，浙江師範大學，2004 年，第 1-36 頁。

[19] 周與沉：《身體：思想與修行——以中國經典為中心的跨文化關照》，北京：中國社會

2. 反思「感知─嗅覺─記憶」闡釋模式

當前較為流行的做法，是一反「嗅覺與性」的傳統觀念，把文學上的「嗅覺」議題拓展至「感官論」視域，多為創作型的學者和冒險家提倡，其倡議方式並非一絲不苟的學術性討論，而是以創作為主的生命經驗和想像。感官論者切實關注的是身體各種感官面對大自然時的生理、心理現象。法國符號學理論大師、結構主義思想家巴特（Roland Barthes, 1915-1980）曾以「游於藝」的美學觀點從飲食符號和遊樂器材中進行分析，然後引伸出與身體相關的「血的意象」、「口腹之欲」、「意識的遐想」、「食物的神話學」等議題。[20]感官論者的身體解讀策略往往是讓心靈「隨著冒險的身體神遊到想像之外的世界」，訓練「觀看事物的靈活角度」，「接受隨時可能來到的驚奇」，通過「再現經驗」介入讀者的身心秩序，教給讀者一種「積極的」、「正面的」、「驚喜的」觀看方式。[21]儘管「感官論」為嗅覺研究提供了一條切實可行的道路，卻也某種程度上造成了嗅覺議題在文學範疇裡的降格，嗅覺意象與嗅覺書寫多被視為純粹心理學以及記憶的附庸。鑑於此，我們先來對這種慣常的「感知─嗅覺─記憶」闡釋模式做一追溯。

（1）感官、感覺與知覺

「感官」（senses）是「感受器官」的簡稱，是人類和動物身上專司感受各種刺激的結構，是經驗的基本生物元素。這些器官反應外部刺激的結果，就是「感覺」（sensation），以心理學術語來說，就是指「刺激引起神經衝動而導致對身體內外狀況的體驗或意識的歷程」。[22]通常較為人們討論的感官及其產生的感覺可分六大類：眼睛的視覺、耳朵的聽覺、鼻子的嗅覺、口舌的味覺、身體肌膚的膚覺等。[23]此外，還有其它感覺，如肌肉、關節的

科學出版社 2005 年版，第 132 頁。

20 鄭慧如：《身體詩論（1970-1999·台灣）》，台北：五南圖書出版股份有限公司 2004 年版，第 21 頁。

21 鄭慧如：《身體詩論（1970-1999·台灣）》，台北：五南圖書出版股份有限公司 2004 年版，第 20-22 頁。

22 郭心怡：《氣味的基本屬性之探討》，碩士論文，明新科技大學，2006 年，第 4 頁。津巴多（Philip G. Zimbardo, 1933-）、格瑞格（Richard J. Gerrig）：《心理學導論》（*Psychology and Llife*），遊恒山編譯，臺北：五南圖書出版公司 1997 年版，第 168-169 頁。

23 我們認為，與「觸覺」相比，「膚覺」是一個更全面的概念，「膚覺又可分為觸覺、痛覺、溫覺、冷覺等多種」。張春興（1927-）：《現代心理學》，上海：上海人民出版社

運動覺（kinesthetic sense），半規管、前庭器官的平衡覺（vestibular sense）、內臟感覺（visceral sensation）等。彭聃齡（1935-）主編《普通心理學》也有這樣的分類：「外部感覺接受外部世界的刺激並反映它們的屬性，這類感覺稱外部感覺。……內部感覺接受機體內部的刺激並反映它們的屬性（機體自身的運動與狀態），這種感覺叫內部感覺。」[24]嗅覺屬於感官系統之一，感覺器官的運作以生理變化為基礎，所以嗅覺現象的產生也是以生理現象為基礎的。然而，「感覺」是一個比較低級的層次，它僅僅能夠覺察到刺激的存在和分辨出刺激的屬性，但不知道刺激所代表的意義。在心理學領域，比「感覺」更為複雜的另一個層次稱為「知覺」（perception），指「個體根據感覺器官對環境中刺激所收集到的訊息產生感覺後，經腦的統合作用，將感覺傳來的訊息加以選擇、組織並作出解釋的歷程」，[25]知覺在覺察到刺激的存在及屬性同時，也擔負著對刺激作出解釋的任務，因此知覺的產生不只是具備感官的生理基礎，還包含一種心理作用。

感覺與知覺雖然不同，卻關係密切，可用如下三點概括：（1）感覺與知覺之間是連續的，前者是形成後者的基礎，感覺經驗先於知覺產生；（2）感覺是以單一感官（如鼻子）生理作用為基礎的立即而簡單的心理歷程，知覺則屬於大腦綜合運作後所發生的複雜心理歷程，然而單從行為反應來看，兩者間的差異不易區別；（3）感覺是普遍現象（如鼻子正常的人均有嗅覺），而知覺則有很大的個體差異，相同程度的刺激被不同的人察覺到，或許在知覺上出現相去甚遠的情形。[26]可見，人的官能作用所呈現的內涵無法離開感覺與知覺的配合，只有感官或者只有感覺，不可能認識這個世界，而必須經由知覺的運作。奧地利心理學家馬赫（Ernst Mach, 1838-1916）在《感覺的分析》（The Analysis of Sensations）指出，感覺的對象離不開感官的作用，離不開人的感受、情緒、意志的作用，可感覺對象的性質存在於物理要素與心理要素的結合之中。[27]所以任何身體書寫表現在文學作品中，皆非

1994 年版，第 81 頁。

[24] 彭聃齡（1935-）：《普通心理學》，北京：北京師範大學出版社 2001 年版，第 176 頁。陳昌明：《先秦儒道「感官」觀念探析》，《成大中文學報》，2002 年第 10 期，第 99 頁。

[25] 郭心怡：《氣味的基本屬性之探討》，碩士論文，明新科技大學，2006 年，第 4 頁。

[26] 仇小屏：《論聽覺、嗅覺空間定位之模糊化：以唐宋詩詞為考察對象》，《文與哲》，2006 年第 9 期，第 193 頁。郭心怡：《氣味的基本屬性之探討》，碩士論文，明新科技大學，2006 年，第 4 頁。

[27] 馬赫（Ernst Mach, 1838-1916）：《感覺的分析》（The Analysis of Sensations），洪謙（1909-1992）等譯，北京：商務印書館 1997 年版，第 46-50 頁。

視、聽、嗅、味、膚五種簡單的感覺而已，必然要綜合感覺與知覺認定才較為合適。很多文學理論家和批評家均意識到這一點，中國六朝文學「感官性」研究專家陳昌明曾說：「只討論感官而沒有涉及知覺，顯然在文學的論述中，是沒有意義的」。[28]

（2）嗅覺、氣味與記憶

嗅覺（smell）是由有氣味的揮發性物質引起的，這些物質以分子狀態接觸嗅腔嗅覺感受器（主要指鼻腔上部粘膜中的嗅細胞），使人產生神經興奮，經嗅束傳至嗅覺皮層部位，進而產生嗅感覺。氣味的明顯程度通常與溫度高低有關，溫度越高的物質，分子運動越激烈，作用於嗅覺器官的效果就越明顯。又因為氣化物靠空氣擴散，不必直接與刺激起源相接觸即可產生嗅覺，所以嗅覺是距離性感覺。[29]嗅覺不論是在低等動物或人類，都充當著舉足輕重的角色。學術科研角度而言，嗅覺感官領域的相關知識以及氣味認知的基本特性均有待深入探討。嗅覺長久以來是身體上最令人迷惑的器官。人類能夠辨別及記得萬餘種味道的基本原理，直到 2004 年才被諾貝爾生理醫學獎得主阿克塞爾（Richard Axel, 1946-）及巴克（Linda Buck, 1947-）初步解開。[30]對某些氣味的喜好與厭惡（如香甜氣味令人舒適，腐敗氣味則令人反感）似乎存在生物演化過程的共同點，而其它一些情況，例如氣味與情境的制約聯結、飲食習性、文化特徵等，則顯示了氣味的某種個體後天感受經驗差異，造成不同的人對特定氣味的感受與認知頗為不同。如何認知及解釋氣味所攜帶的訊息，還是一個全新的領域。[31]

氣味刺激不單純是感官的活動與辨識，也牽涉到情緒和記憶，經由氣味連結的記憶常常伴隨著個體不同的生活經驗而摻雜了獨特的情感成分，[32]當人們嗅聞某些東西時，會自然而然的賦予氣味很多情緒上的、或者快樂

---

[28] 陳昌明：《沈迷與超越：六朝文學之感官辯證》，臺北：里仁書局 2005 年版，第 3-4 頁。

[29] 彭聃齡：《普通心理學》，北京：北京師範大學出版社 2001 年版，第 117 頁。張春興：《現代心理學》，上海：上海人民出版社 1994 年版，第 103 頁。廖汝文：《視覺與嗅覺之關聯性研究：以香水包裝為例》，碩士論文，中原大學，2005 年，第 30-32 頁。

[30] 阿克塞爾（Richard Axel, 1946-）、巴克（Linda Buck, 1947-）的研究主題是嗅覺接受器與嗅覺系統的組織整合。嗅覺衝動傳到大腦皮質嗅覺區域，經詮釋、分析產生嗅覺氣味認知，然而神經訊號傳遞到大腦之後的被解釋過程以及聯結的記憶區域，至今所知仍十分有限。郭心怡：《氣味的基本屬性之探討》，碩士論文，明新科技大學，2006 年，第 1 頁。

[31] 郭心怡：《氣味的基本屬性之探討》，碩士論文，明新科技大學，2006 年，第 1 頁。

[32] 郭心怡：《氣味的基本屬性之探討》，碩士論文，明新科技大學，2006 年，第 2 頁。

或者厭惡的聯想，從而產生所謂的嗅覺記憶（olfactory memory）。[33]艾克曼說：「世上沒有比氣味更容易記憶的事物。」[34]嗅覺的記憶過程有兩種基本形式，一是「情節記憶」（episodic memory），二是「語意記憶」（semantic memory），兩者的區別在於從記憶中提取訊息所需要的線索不同。[35]前者指保存有關個人經歷過的特殊事件（個人自身的知覺經驗）的記憶，是一種「自傳式」的記憶，著重於時間（何時發生）和環境背景（何處發生）方面的參考架構，這種記憶使人們記得多件事情，包括絕大部分生活史，例如一個人最快樂的生日、有關初吻的回憶等。後者指貯存無關於個人經驗的訊息或事實的記憶，是普遍的、無條件的記憶，是一種「百科辭典式」的記憶，例如各種概念和文字的意義對一個群體的大多數人而言，並不需要在提取時訴求於情節的線索或該記憶被獲得時的學習背景。「語意記憶」使人們可以辨識現象和物體，並用語言加以描述。[36]相比較而言，「情節記憶」特別容易被氣味喚醒，而語言在嗅覺方面扮演的角色並不重要，有太多的氣味是人類完全或幾乎不能描述的，同時，人們雖然擁有清楚的嗅覺感受，大多數情況下卻無法明確辨識氣味的來源或發出氣味的物質，這都意味著在語意範圍內，人們追溯氣味的能力非常有限。[37]因此，很多嗅覺研究者都承認，氣味常在舌尖，卻和語言距離很遠，甚至要向未曾嗅過某種味道的人描述此種氣味時，由於缺乏形容的字彙而幾乎成為不可能，稱嗅覺是「沉默的知覺，無言的官能」確實不算過分。[38]除了上述兩種記憶模式，「內隱記憶」（implicit memory）也在嗅覺上扮演某種角色。「內隱記憶」主要存儲那些無意識的、不費力的、或未察覺的東西。雖然人們往往不記得這些，但它們卻會影響人們的行為和心境，只要一觸及氣味的引線，回憶

---

[33] 郭心怡：《氣味的基本屬性之探討》，碩士論文，明新科技大學，2006 年，第 15 頁。

[34] 艾克曼：《氣味、記憶與愛欲：艾克曼的大腦詩篇》，莊安祺譯，臺北：時報文化出版企業有限公司 2004 年版，第 18 頁。

[35] 「情節記憶」和「語意記憶」均屬於「陳述性記憶」（declarative memory），「陳述性記憶」又與「程式性記憶」（procedural memory）並列為人類記憶的兩大分類。除了這種分類方式之外，記憶還可區分為「內隱記憶」（implicit memory）和「外顯記憶」（explicit memory）等。津巴多、格瑞格：《心理學導論》，遊恒山編譯，臺北：五南圖書出版公司 1997 年版，第 268-272 頁。

[36] 「語意記憶」的內容通常是一般知識和規律，例如法國首都這類事實，但人們對語意記憶的回憶並非總是正確的。津巴多、格瑞格：《心理學導論》，遊恒山編譯，臺北：五南圖書出版公司 1997 年版，第 278-279 頁。

[37] 郭心怡：《氣味的基本屬性之探討》，碩士論文，明新科技大學，2006 年，第 14-15 頁。

[38] 艾克曼：《氣味、記憶與愛欲：艾克曼的大腦詩篇》，莊安祺譯，臺北：時報文化出版企業有限公司 2004 年版，第 19 頁。

便同時浮現。[39]換言之，氣味具有活化記憶的效果，「就算無法說出氣味的名稱，或對此氣味作更精確的描述，嗅覺仍可扮演重要線索，讓人們記起遺忘的經驗和過去的事」。[40]根據羅德威（Paul Rodaway, 1961- ）的研究，嗅覺記憶可歸納為下列幾項特性：（1）嗅覺提供了「嗅覺景觀」（smell scape）的想像，嗅覺可以區別特殊的氣味，而這些氣味令人聯想到特別的事件或情境；（2）嗅覺記憶可以綿長久遠而且精確，亦令人回憶起現存或是過往的經驗（尤其是場所經驗）；（3）某些特殊氣味所形成的嗅覺經驗很容易引發人強烈的情感反應。[41]

3. 建構「身體感－嗅覺－想像」言說體系

嗅覺與記憶的密切關聯，體現出人體感官經由感覺綜合知覺的認知過程。然而，我們要強調的是，文學上對嗅覺意象的定位，不應將其設置為「感官意象」、「感覺意象」或「知覺意象」，這種定義方式更接近心理學的研究題目，而非文學的。心理學方面，「意象」一詞的含義強調過去的感覺或已被知解的經驗在心靈上的再生或回憶，「意象」便是意識中的記憶，換言之，人們將心裡的記憶和各種性質關聯的印象揉合在一起產生的反應造成「意象」。應該說，文學範疇的意象的確與感知、記憶等不可分割，英美意象詩派代表人物龐德（Ezra Pound, 1885-1972）就認為「意象是瞬間的知覺與情緒之複合的表現」，這種對意象的界定，顯然偏重意象的具體鮮明性以及可感知性。[42]儘管如此，假若延續這條思路，所推演出的嗅覺意象，雖然可以按照感官刺激的作用、通道之不同而區別於視覺意象、聽覺意象、膚覺意象、味覺意象等，也可以突顯嗅覺所獨有的重新尋回以為失去記憶的功用，[43]但是卻很容易使嗅覺書寫淪為一種「記憶意象」或「再現性意象」，

---

[39] 郭心怡：《氣味的基本屬性之探討》，碩士論文，明新科技大學，2006 年，第 15 頁。

[40] 郭心怡：《氣味的基本屬性之探討》，碩士論文，明新科技大學，2006 年，第 15 頁。

[41] Paul Rodaway (1961-), *Sensuous Geographies: Body, Sense, and Place*, London: Routledge, 1994, pp.64-65. 沈孟穎：《臺北咖啡館：一個（文藝）公共領域之崛起、發展與轉化（1930s-1970s）》，碩士論文，中原大學，2002 年，第 31-32 頁。張文信：《西洋繪畫藝術中「沐浴」的身心靈與空間研究》，碩士論文，中原大學，1999 年，第 100-101 頁。

[42] 韋勒克（René Wellek, 1903-1995）、華倫（Austin Warren, 1899-1986）：《文學論：文學研究方法論》（*Theory of Literature*），王夢鷗、許國衡譯，臺北：志文出版社 1976 年版，第 303-304 頁。袁行霈（1936-）：《中國詩歌藝術研究》，北京：北京大學出版社 1996 年版，第 49 頁。

[43] 李麗娟：《造形與嗅覺意象之關聯性研究：以香水為例》，碩士論文，大同大學，2003 年，第 8-9 頁。廖汝文：《視覺與嗅覺之關聯性研究：以香水包裝為例》，碩士論文，

同時，作家廣泛使用氣味的意圖則簡單化為純粹的記憶喚起，讀者的閱讀也隨之降格成了某種程度的聯想。我們對嗅覺意象的定位，首先就是要超越這種記憶層面的「再現性喚起」，而強調創造性或預見性的想像層面，並進一步視之為「身體感意象」，本質上來說，就是要在想像理念的平臺上，以想像與感知的詩學思辨作為終極論述目標。

（1）關於「身體感」的意涵

　　現象學意義上的「身體感」，是不同於「身體觀」但又與「身體觀」密切相聯的概念。一般來說，歷來的身體研究或身體史研究往往是指「身體觀」或「身體觀的歷史」研究，通常有兩大論述途徑：（1）借助文獻討論醫學觀念及其形成和變遷。例如氣、陰陽五行、心與氣等課題。這是一條思想史或社會史的取徑。（2）借助圖像，即與身體相關的圖解，分析醫學傳統對身體觀看的方式。例如研究古代醫學望診相法，從而瞭解醫學論述及其文化脈絡。不論是哪一途徑，均將「身體」當作一個客觀的考察對象。然而，「身體」不僅僅是研究者探索的客體，更是人感知主觀的載體。日本學者栗山茂久（KURIYAMA Shigehisa, 1954- ）便指出，「對於身體的看法不但仰賴於『思考方式』，同時也仰賴於各種感官的作用」，客觀知識的產生不可能從人類感知過程抽離，主體經驗與醫學論述之間有一層密切的關聯，「身體感」與「身體觀」存在著一種互賴關係。研究人們對身體的觀念，不但是在研究某種思想結構，也是在研究某種感官認知。[44]

　　雖然「身體感」一詞當前還沒有為學術界一致認可的定義，但根據龔卓軍（1966- ）等學者基於現象學發展脈絡的綜合考察，至少可以勾勒出如下幾個特點：[45]（1）「身體感」是種種身體經驗中不變的身體感受模式，即習成身體感受或身體經驗的項目（categories）。其項目繁多，凡日常生活中感受之身體經驗皆可包含在內，如冷／熱、軟／硬、明／暗、香／臭、骯

中原大學，2005 年，第 29 頁。

[44] 栗山茂久（KURIYAMA Shigehisa, 1954- ）:《身體的語言：從中西文化看身體之謎》（*The Expressiveness of the Body and the Divergence of Greek and Chinese Medicine*），陳信宏譯，臺北：究竟出版股份有限公司 2001 年版，第 17-18 頁。

[45] 西方現象學的身體觀（phenomenological view of body）認為，「身體」有別於「軀體」（flesh），軀體為一堆血肉組成，是純粹物理性的組成；「身體」則介於精神與軀體之間，是二者溝通的橋樑，是心靈與軀體的結合。「身體感」概念的意涵應該說以此為基本出發點。王岫林：《魏晉士人之身體觀》，博士論文，國立中山大學，2005 年，第 3-9 頁。龔卓軍（1966- ）:《身體感：胡塞爾對身體的形構分析》，《應用心理研究》，2006 年第 29 期，第 159-160 頁。

髒／清潔等；[46]（2）從空間角度來看，「身體感」是一個在內與外之間難以名狀的現象，既對應人們體驗外在對象時產生的動覺、觸覺、痛覺等知覺活動經驗，也牽涉身體運行知覺活動時內部產生的自體覺知。例如由陰暗感受到恐怖，從明亮與色彩感受到華麗，所以它是人們解讀感官接受到的訊息的藍本；[47]（3）從時間角度來看，「身體感」也是一個過去、現在、未來之間難以名狀的現象。身體當下感知模式與運作不僅來自過去經驗與習慣的積澱，也指向對於未來情境的投射、理解與行動，是人們處理每一時刻所接受到的龐雜感受訊息時，將其放入秩序，加以解讀、作出反應、展開另一種時空序列、另一種實在感受的根本，因而觸及了「身體運作經驗是否可能產生時間意識」的問題。[48]「身體感」具有高度「特殊性」，是一個「活的（vivant, living）中間介面」。[49]它既不等同於純粹內在的情緒感受，也不等同於外在物理的客觀身體，而是介於兩者之間的身體自體感受，伴隨第一人稱身體運作的經驗而發生，亦即反映出耐格爾（Thomas Nagel, 1937-）所說的意識之主觀性（subjectivity）或可感性（phenomenality）。[50]同時，「身體感」的項目及其間相互關係的連結以某種方式「儲存」在記憶中，且可以迅速「提取」，就像日常生活中人們總可以很快感知身體內外狀況，快速做出相應的判斷與反應，然而卻難以明確解釋，甚至缺少適當的言辭將其運作表達出來。「身體感」之存在是建立在某種非線性邏輯的、非語言的多重連接網路之中，也只有如此，人們才能以類似反射動作的方式不假思索地處理多重感官資訊，感知環境，發揮日常生活的基本功能。[51]

---

[46] 龔卓軍：《身體感與時間性：以梅洛龐蒂解讀柏格森為線索》，《思與言》，2006 年第 1 期，第 50-51 頁。余舜德：《物與身體感的歷史：一個研究取向之探索》，《思與言》，2006 年第 1 期，第 23 頁。

[47] 龔卓軍：《身體感與時間性：以梅洛龐蒂解讀柏格森為線索》，《思與言》，2006 年第 1 期，第 51-52 頁。余舜德：《物與身體感的歷史：一個研究取向之探索》，《思與言》，2006 年第 1 期，第 23 頁。

[48] 龔卓軍：《身體感與時間性：以梅洛龐蒂解讀柏格森為線索》，《思與言》，2006 年第 1 期，第 56 頁。余舜德：《物與身體感的歷史：一個研究取向之探索》，《思與言》，2006 年第 1 期，第 23-24 頁。

[49] 龔卓軍：《身體感與時間性：以梅洛龐蒂解讀柏格森為線索》，《思與言》，2006 年第 1 期，第 56 頁。

[50] 耐格爾（Thomas Nagel, 1937-）：《怎樣才像是一隻蝙蝠？》（「What Is It Like to Be a Bat?」），樓新躍譯，《自然科學哲學問題》，1989 年第 2 期，第 30-31 頁。龔卓軍：《身體感與時間性：以梅洛龐蒂解讀柏格森為線索》，《思與言》，2006 年第 1 期，第 52 頁。

[51] 余舜德：《物與身體感的歷史：一個研究取向之探索》，《思與言》，2006 年第 1 期，第 24 頁。徐璧𤧟：《間隙－流動的內在風景》，碩士論文，高雄師範大學，2006 年，第 48-51 頁。

（2）巴什拉的「感知－意象－想像」之辯

當身體現象學家梅洛－龐蒂考察知覺的時候，他曾圍繞「內在性」與「超驗性」提出這樣一則問題：「在知覺中就有一個內在性與超驗性的悖論。內在性說的是被知覺物不可外在於知覺者；超驗性說的是被知覺物總含有一些超出目前已知範圍的東西。」[52]在梅洛－龐蒂那裡，知覺、身體和被知覺物以及整個世界最終是氤氳聚合、生機勃勃地交織在一起的，這種心靈與身體渾然不分、心靈與身體在存在的運動中時刻結合的觀點，很大程度上與法國詩學家巴什拉（Gaston Bachelard, 1884-1962）的哲學思想如出一轍。而巴什拉本體論意義上的想像觀及其對想像與感知、意象與想像的獨到見解，激發出巴什拉詩學最具原創性、最具魅力的成分，這也正是我們在界定「身體感意象」時的重要理論借鑒之一。因此有必要佔用一點篇幅討論巴什拉詩學中的「感知－意象－想像」之辯。

巴什拉明確闡述「感知－意象－想像」三者的關係，始現於《空氣與幻想》（*Air and Dreams: An Essay on the Imagination of Movements*）的緒言：

> ……一般人總是認為想像力是形成（form）意象的能力；但是，將想像力視為把知覺所提供的意象加以變形（deform）的能力會更為確切，尤其想像力是使我們解放原初意象、改變意象的能力。如果沒有意象的變化，沒有出人意表的結合的話；就沒有想像力可言，也沒有想像活動（imaginative act）。如果眼前的（present）意象無法使我們想到未現身的（absent）意象的話；如果一個偶然意象，不能引起變化多端不可思議的意象、一個意象爆炸的話，就沒有想像力可言。而有的是知覺，知覺的回憶，熟悉的記憶，色彩與形式的習性。……在人類心靈論中，想像力正是開放的經驗、嶄新的經驗。與所有其它能力相比，想像力更能表明人類心靈論。[53]

---

[52] 梅洛－龐蒂（Maurice Merleau-Ponty, 1908-1961）：《知覺的首要地位及其哲學結論》（*The Primacy of Perception and Its Philosophical Consequence*），王東亮譯，北京：生活・讀書・新知三聯書店 2002 年版，第 4 頁，第 13 頁。

[53] Gaston Bachelard, *Air and Dreams: An Essay on the Imagination of Movements*, trans. Edith R. Farrell and C. Frederick Farrell, Dallas: Dallas Institute Publications, 1988, p.1. 中譯參彭懋龍：《巴什拉的想像力與在 Jean-Pierre Jeunet 電影〈艾蜜莉的異想世界〉的運用》，碩士論文，淡江大學，2007 年，第 6 頁。

巴什拉否認想像力是形成意象的能力，而認為想像力是改變知覺提供意象的能力，它使人們從常規性的意象中解放出來。一方面，對具體物象的關注退居到十分次要的地位，因為想像力的變形能力就體現在對物體（物象／對象）融入個人主觀感受的過程，透過想像將事物的形態加以變化，發揮一種個體的主觀能力。這強調了想像力不是來自客觀經驗與邏輯思維，而是屬於心靈世界、精神世界的產物。[54]意象源自人類內心世界，源自一種人類共同的「內在感受」，是一種潛伏在人心深處的「先天心象」。人們對大自然的感受，僅僅借助物象的客觀輪廓來解釋，是明顯不足的，並非對現實的認識或知識使人們熱愛現實的東西，而是出於感受或情感，這才是根本的首要價值。[55]除了將感知與想像的「內在性」相對比，巴什拉還將感知與想像的另一個面向放在一起討論：想像的「嶄新性」。嶄新就是創意、新意、創新、創造，巴什拉主張想像的全新的創造力必須從顛覆「感知」中獲得，《空氣與幻想》甚至斷言：「感知與想像是反命題的（antithetical），在場與不在場也是一樣的。想像力就是離開就是投入一種新生命。」[56]此處有必要強調，實現想像的創造力，使創意迸出火花，並不是摒棄感知，而是要摒棄感知的慣常習性，習性是創造性想像力的反論，習慣性的意象停滯想像力。[57]相反，唯有能令心靈翻新的「原初意象」才是真正的文學意象（即巴什拉所謂「詩意象」），才能引發「意象的爆炸」。這類意象往往隱而不彰，是外在感官無法覺察的，唯有想像力豐富且有敏銳感受的作家方可發現、感覺此類意象帶來的內在經驗，一旦隱蔽在人類內心深處的原始意象被解放出來，知覺給予想像力的限制才最終得以打破。

4. 審視「嗅覺」意象的三個原則

　　巴什拉對「內在感知」的強調，幾乎是建立在貶低「視覺」的基礎之上。視覺所提供的動力論恰恰是想像動力學的反面教材，它引發種種外在

---

[54] 彭懋龍：《巴什拉的想像力與在 Jean-Pierre Jeunet 電影〈艾蜜莉的異想世界〉的運用》，碩士論文，淡江大學，2007 年，第 10-11 頁。

[55] 巴什拉（Gaston Bachelard, 1884-1962）：《水與夢：論物質的想像》（*Water and Dreams: An Essay on the Iimagination of Matter*），顧嘉琛譯，長沙：嶽麓書社 2005 年版，第 127 頁。

[56] Gaston Bachelard, *Air and Dreams: An Essay on the Imagination of Movements*, trans. Edith R. Farrell and C. Frederick Farrell, Dallas: Dallas Institute Publications, 1988, p.3. 中譯參彭懋龍：《巴什拉的想像力與在 Jean-Pierre Jeunet 電影〈艾蜜莉的異想世界〉的運用》，碩士論文，淡江大學，2007 年，第 13 頁。

[57] 彭懋龍：《巴什拉的想像力與在 Jean-Pierre Jeunet 電影〈艾蜜莉的異想世界〉的運用》，碩士論文，淡江大學，2007 年，第 13 頁。

形式的變換不定，但僅能觸及外在的形式（即「會消亡的形式」）而不能感受發自於內的動力。《水與夢：論物質的想像》（*Water and Dreams: An Essay on the Imagination of Matter*）曾討論月光與水的實質帶來的「乳色水的形象」，並說明視覺的知覺感官不足以解釋作家歌詠這則意象的內在心緒，要想真正感受此意象，就要承認「並非是外界沉浸在月亮乳色光芒中，而正是觀賞者沉浸在幸福之中」，令人感動和陶醉的是那些看不到的、非視覺化的成分，而非外在形式與顏色的形體物象。[58]嗅覺與視覺感知層面上的不同，使嗅覺在很多情況下為人們提供了更多「看不見的成分」、「非視覺特性的成分」，這些成分與意象融合使意象超越「被感知的」層次，而成就創新的、原初的意象。

綜合前文，我們在理論建構層面的宏觀論述，基本觀點與思路簡言之，便是希望以「身體感－嗅覺－想像」的言說體系取代「感知－嗅覺－記憶」的闡釋模式。因此，探究文學作品中的「嗅覺」書寫，我們關注的焦點和重點皆在文本裡「嗅覺意象」的定位及把握。於此我們將主要遵循如下三項基本原則：

（1）將嗅覺意象視為身體感意象，意味著區別於古典心理學範疇的「看見的」、「複製的」、「在記憶中保存」的意象，而是要作為「想像的直接產物」進行觀測；

（2）處理嗅覺意象與「醜怪身體（grostesque）」意象[59]之關係時，我們儘量避免把精力過多投注在作家生平的考察。作家創作與自身的人生閱歷之間並不存在直接的「因果律」，發現其過去未必可以領會作品意境，掌握作家「話語間的幸福」，不需先親身經歷過作家的「痛苦」；[60]

（3）審視身體感範疇的嗅覺意象，應遠離實證主義的觀點，因為實證理智的態度往往導致讀者從自身的生活經歷中找尋類似的經驗，將閱讀限制在知覺與記憶結合的現實功用之下，無法進入想像的國度，無法喚醒「內

---

[58] 巴什拉：《水與夢：論物質的想像》，顧嘉琛譯，長沙：嶽麓書社 2005 年版，第 132-134 頁。彭懋龍：《巴什拉的想像力與在 Jean-Pierre Jeunet 電影〈艾蜜莉的異想世界〉的運用》，碩士論文，淡江大學，2007 年，第 18 頁。

[59] 「醜怪身體」是巴赫金（M. M. Bakhtin, 1895-1975）「狂歡化詩學」裡的重要概念，用以宣揚民俗、市場、歡會、非正統的次文化或潛存文化。指結合了通俗文化、儀典節慶中大吃大喝的意象及無憂慮的生命力，象徵低下社會反支配的力量。朱立元（1945-）：《巴赫金的複調理論和狂歡化詩學》，《當代西方文藝理論》，上海：華東師範大學出版社 1997 年版，第 259-266 頁。

[60] 巴什拉：《空間詩學》（*The Poetics of Space*），龔卓軍、王靜慧譯，臺北：張老師文化事業股份有限公司 2003 年版，第 49 頁。

在感知」。文學意象屬於想像的範疇，作家的創作意志是以非現實功用為動力源泉的。

三、乾草之味・芳草之香：管窺朱天文、村上春樹的嗅覺書寫

朱天文與村上春樹均是善於描摹感官細節的作家，其筆下大量的身體書寫歷來為評論界稱道。作為比較視域下世界文學的兩大研究重鎮，目前已有為數頗眾的專著、散論分別涉及到兩位小說家作品中的嗅覺議題。然而據我們觀察，至少中文學界在此問題上的大多著述，仍然是將小說的嗅覺書寫最終引導至記憶喚起的層次，仍然以「感知－嗅覺－記憶」的闡釋模式為分析取徑。誠如前文所言，本文希望可以於批評實踐中，針對這一境況有所突破。朱天文筆下的「乾草之味」與村上春樹小說的「芳草之香」呈現給我們的，恰好是嗅覺書寫作為身體感意象的絕佳範例，兩例典型意象不僅觸及到小說家的時間意識與空間意識，更突顯了獨有的創造性想像力特色。由於兩位作家嗅覺書寫所採用的技法不盡相同，因此後文將根據作家的創作特點選取相應的闡述策略，在朱天文，我們集中筆墨以其短篇小說《世紀末的華麗》（後文簡寫作《世》）進行文本細讀；於村上春樹，則從《挪威的森林》（後文簡寫作《挪》）部分章節談起，進而轉入《下午最後一片草坪》（後文簡寫作《下》）的討論。[61]

1.「乾草」及其氣味：朱天文《世紀末的華麗》之嗅覺書寫

《世》是朱天文創作於 1990 年的短篇小說，與另外六個短篇收入同名小說集《世紀末的華麗》，標誌著朱天文寫作成熟期的到來。[62]女主角米亞「是一位相信嗅覺，依賴嗅覺記憶活著的人」，儘管她「也同樣依賴顏色的記憶」，但「比起嗅覺，顏色就遲鈍得多」，對米亞來說，「嗅覺因為它

---

[61] 朱天文與村上春樹的小說作品均屬當今暢銷，因此本文對所選作品的故事情節、人物關係、創作背景等僅作簡介或略去不談。另外，村上春樹小說現存多個中譯本，關於優劣問題翻譯界亦多有爭辯，本文於此不做深入討論，因朱天文是臺灣作家，鑒於比較研究的題旨，我們傾向選用臺灣譯本。張誦聖：《朱天文與臺灣文化及文學的新動向》，高志仁、黃素卿譯，《性別論述與臺灣小說》，梅家玲編，臺北：麥田出版有限公司 2000 年版，第 323-347 頁。張明敏：《村上春樹文學在臺灣的翻譯與文化》，臺北：聯合文學出版社有限公司 2009 年版。

[62] 王德威：《小說中國：晚清到當代的中文小說》，臺北：麥田出版有限公司 1993 年版，第 167 頁。

的無形不可捉摸」，最為「銳利和準確」。[63]圍繞女主角，小說述及了米亞身邊許多人、事與物的氣味，並常常以這些氣味作為區分空間與人物的屬性標誌。

（1）從「安息香」到「迷迭香」：氣味、象徵與小說主題

　　從敘述的時間序列上來看，所謂「米亞常常站在她的九樓陽臺上觀測天象」的「常常」這個當下時間段，既是故事的開始，也是故事的結束，空間設定亦重新回到米亞的「屋裡」。小說是以「燒一土撮安息香」[64]開篇，最終以「蘿絲瑪麗，迷迭香」[65]收束，開端結尾之間穿插了眾多氣味的狀寫，如作家所言，不同的氣味代表著女主角不同時段「當時的心情」，揭示出米亞對自身際遇與周遭環境的不同態度。[66]假如對文中明顯出現過的氣味按其所屬進行簡要歸類，我們可大致得出下表，以便觀察：

《表一》

類別	舉例	說明	頁碼
草香	藥草茶的薄荷氣味	在米亞的樓頂陽臺鐵皮棚，米亞為老段沏茶的茶香	142
	迷迭香	米亞的九樓屋子	158
花香	繁複香味	寶貝（米亞的女性朋友之一）的花店	151
	荷蘭玫瑰的香味	米亞的九樓屋子、浴室	153-154
果香	百香果又酸又甜的甜味	米亞的九樓屋子	154
木香	安息香	米亞的九樓屋子裡的焚香而來的熏煙氣味	141
	肉桂與姜的氣味	米亞的辛辣姜茶與卡帕契諾咖啡	144-145
	乳香	「非中東部跟阿拉伯產的樹脂，貴重香料」	145-146
體味	太陽光味道	來自米亞的情人老段。小說中亦說是「白蘭洗衣粉曬飽了七月大太陽的味道」	143
	刮胡水和煙的氣味	老段體味的補充書寫	143
	良人的味道	老段體味的補充書寫	143

[63] 朱天文：《世紀末的華麗》，臺北：INK 印刻出版有限公司 2008 年版，第 141-142 頁。
[64] 朱天文：《世紀末的華麗》，臺北：INK 印刻出版有限公司 2008 年版，第 141 頁。
[65] 朱天文：《世紀末的華麗》，臺北：INK 印刻出版有限公司 2008 年版，第 158 頁。
[66] 朱天文：《世紀末的華麗》，臺北：INK 印刻出版有限公司 2008 年版，第 141 頁。張小虹：《城市是件花衣裳》，《中外文學》，2006 年第 34 期，第 176-181 頁。

	冷香	安（米亞的女性朋友之一）的氣質感覺	143
	香水氣味	寶貝的「愛情的氣味」、「陳腐氣味」	150
其它氣味	濕味	梅雨季節米亞的九樓屋子裡的氣味	144
	肥香沖鼻臭	寶貝的喜帖味	150
	店鋪的氣味	巷內小門面精品店	151
	茶咖啡香	寶貝的花店	151
	神秘麝香	寶貝花店對面拉克華	151
	異國奇香	火車途中	155
	耶誕節風味的香缽	米亞親手製作放在老段工作室	157

　　從一般的象徵意義上說，《表一》所舉列的草香、花香、果香、木香等均是較為常見的馨香類型，在人類史與文化史中其象徵意涵也比較固定。朱天文對這些香氣的書寫顯然有所側重，寫作上的有意經營無疑與小說所要表達的主題關聯密切。例如，慨歎女性青春消逝，抒發繼之而來的蒼涼感，以及面對「年老色衰」的無奈與極度悲傷，是《世》較為明顯的主題之一，對此主題的表達，小說至少選用了「迷迭香」、「薄荷」、「安息香」與「乳香」的某些象徵意涵。「迷迭香」（rosemary）與「薄荷」（mint）均是古老的永生象徵，[67]植物學上，二者屬於薄荷科，最早是來自地中海的香草，在古埃及文明、希臘羅馬時代均表徵靈魂永駐，因為其陽剛的清香足以掩蓋死亡的腐朽味。在中國，《本草拾遺》、《香譜》等古籍對迷迭香也都特別記載，魏文帝曹丕（187-226）有《迷迭香賦》，同時代「建安七子」的王粲（177-217）、陳琳（?-217）、應瑒（?-217）均以此為題留有詩篇。「安息香」（benzoin）與「乳香」（frankincense）則是樹脂製成的昂貴香料，由樹皮分泌而來的油脂經人工方法得到的香脂。[68]「乳香」具有神性，是古代許多民族祭神、祭祖、安葬等儀式最珍貴的焚香香劑，印度教、瑜伽、佛教、密宗等均使用乳香作為打坐時燒的香，具有平靜心情、均勻呼吸、進入空靈之境的作用，除了宗教用途，它亦可製造延緩衰老、祛除皺紋、改善皮膚的藥膏。[69]然而，像這種一般意義上的象徵闡釋，儘管在《世》一文還可更大範圍地從人類學、文化學角度進行追溯，但我們不打算以此作為

[67] 奚密：《芳香詩學》，臺北：聯合文學出版社 2005 年，第 27 頁，第 44 頁。

[68] 奚密：《芳香詩學》，臺北：聯合文學出版社 2005 年，第 133 頁。

[69] 奚密：《芳香詩學》，臺北：聯合文學出版社 2005 年，第 133-134 頁，第 140-141 頁。

我們下文的研究方向，因為，如何在「一般性」之中找到朱天文創作的「個性」或「特殊性」，才是我們研討的重點。

（2）「風乾」與「去濕味」的「巫女實驗」：「乾燥花草」嗅覺意象

若將朱天文對植物芳香的直接書寫視為嗅覺的顯性描摹，那麼在《世》還存在一種隱性的氣味，這些氣味往往是諸多氣味的混合氣息，並伴隨著對「乾燥花草」的強調和突出。「乾燥花草」意象在小說中多次重複出現，不得不引起我們的重視：

> 米亞的樓頂陽臺也有一個這樣的棚，倒掛著各種乾燥花草。[70]

> 米亞憂愁她屋裡成缽成束的各種乾燥花瓣和草莖，老段幫她買了一架除濕機。[71]

> 米亞恐怕是個巫女。她養滿屋子乾燥花草，像藥坊。[72]

> 的確她（米亞）也努力經營自己的小窩，便在這段日子與那束風乾玫瑰建立起患難情結。[73]

> 老段初次上來她（米亞）家坐時，桌子尚無，茶咖啡皆無，唯有五個出色的大墊子扔在房間地上，幾捆草花錯落吊窗邊，一陶缽黃玫瑰幹瓣，一藤盤皺幹檸檬皮柳丁皮小金橘皮。[74]

「風乾」花草植物以達到「去濕味」的目的，這種意願與操作過程，是女主角米亞成長經歷中標誌其心境逐漸老去的一種暗喻，在情人老段眼裡，米亞好像「巫女」，也恰是由於米亞所進行的各類屬花草的乾燥「實驗」，[75]而

[70] 朱天文：《世紀末的華麗》，臺北：INK印刻出版有限公司2008年版，第141頁。
[71] 朱天文：《世紀末的華麗》，臺北：INK印刻出版有限公司2008年版，第144頁。
[72] 朱天文：《世紀末的華麗》，臺北：INK印刻出版有限公司2008年版，第153頁。
[73] 朱天文：《世紀末的華麗》，臺北：INK印刻出版有限公司2008年版，第153-154頁。
[74] 朱天文：《世紀末的華麗》，臺北：INK印刻出版有限公司2008年版，第154頁。
[75] 朱天文：《世紀末的華麗》，臺北：INK印刻出版有限公司2008年版，第154頁。

對米亞來說，所有這些實驗，「全部無非是發展她對嗅覺的依賴」。[76]關於「實驗」的起因，小說是這樣解釋的：

> 所有起因不過是米亞偶然很渴望把荷蘭玫瑰的嬌粉紅和香味永恆留住，不讓盛開，她就從瓶裡取出，紮成一束倒懸在窗楣通風處，為那日日褪暗的顏色感到無奈。[77]

當目睹這束風乾玫瑰「花香日漸枯淡，色澤深深黯去」，直至「變為另外一種事物」，米亞好奇有沒有機會改變這種「宿命」，「好奇心」趨使她「啟始了各類屬實驗」。[78]從一路追蹤觀察「滿天星」、「矢車菊」、「錦葵」、「貓薄荷」等乾燥花，到製作藥草茶、沐浴配備，再到壓花、手制紙，小說至少有兩處十分詳盡地描寫了工序的細節：

> 老段……撿給她（米亞）一袋松果松針杉瓣。她用兩茶匙肉桂粉，半匙丁香，桂花，兩滴熏衣草油，松油，檸檬油，松果絨翼里加塗一層松油，與油加利葉扁柏玫瑰花葉天竺葵葉混拌後，綴上曬乾的辣紅朝天椒，荊果，日日紅，鋪置於原木色槽盆裡，耶誕節慶風味的香缽，放在老段工作室。[79]

> 將廢紙撕碎泡在水裡，待膠質分離後，紙片投入果汁機，漿糊和水一起打成糊狀，平攤濾網上壓幹，放到白棉布間，外面加報紙木板用擀面棒擀淨，重物壓制數小時，取出濾網，拿熨斗隔著棉布低溫整燙一遍。一星期前米亞制出了她的第一張紙箋，即可書寫，不欲墨水滲透，塗層明礬水。這星期她把紫紅玫瑰花瓣一起加入果汁機打，制出第二張紙。[80]

耶誕節風味的「乾草香缽」與摻入花香、果香的「壓幹紙箋」，強調的都是混合香氣的乾燥過程，因此我們認為在《世》眾多香氣書寫裡對「乾草之

---

[76] 朱天文：《世紀末的華麗》，臺北：INK 印刻出版有限公司 2008 年版，第 157 頁。
[77] 朱天文：《世紀末的華麗》，臺北：INK 印刻出版有限公司 2008 年版，第 153 頁。
[78] 朱天文：《世紀末的華麗》，臺北：INK 印刻出版有限公司 2008 年版，第 154 頁。
[79] 朱天文：《世紀末的華麗》，臺北：INK 印刻出版有限公司 2008 年版，第 157 頁。
[80] 朱天文：《世紀末的華麗》，臺北：INK 印刻出版有限公司 2008 年版，第 157 頁。

味」，即乾燥花草混合氣味的書寫，完全有理由作為核心嗅覺意象進行分析。對此，我們將在後文逐步詳述。

2. 從《挪威的森林》到《下午最後一片草坪》：村上春樹的「芳草之香」

相比朱天文《世》對「乾草之味」嗅覺意象的經營，村上春樹筆下就較少如此集中的嗅覺書寫，但「芳草之香」卻常常散見於村上春樹的許多小說。所謂「芳草」，在村上作品的形象，往往是「草原」、「芒草」、「蔓草」、「草屑」、「草坪」等整體意象，而不是具有個體形式的一花一草，所以，村上春樹的「芳草」更接近普普通通的草，「芳草之香」也是普普通通的草香。林少華（1952-）認為，村上小說的藝術魅力恰源自這種「普通」的現實性。[81]

（1）芳草氣息與模糊人影

《挪》開篇，男主角渡邊一度沉浸在 18 年前回憶之中，那是他與第一個戀人直子最後一次見面時，一起於山間草原散步的情形，而芳草的氣息正是將其帶進寧靜平和氛圍的媒介：

> ……我仍然還留在那草原上。我嗅著草的氣息，用肌膚感覺著風，聽鳥啼叫。那是一九六九年秋天，我即將滿二十歲的時候。[82]

當時草原的風光，對 18 年後的渡邊來說，「依然能夠清楚地回想起」，主人公也「沒想到在十八年後竟然還會記得那風景的細部」：[83]

> 草的氣味、微微帶著涼意的風，山的棱線、狗的吠聲，那些東西首先浮了上來。非常清楚。因為實在太清楚了，甚至令人覺得只要一伸手好像就可以用手指一一觸摸得到似的。[84]

81 林少華（1952-）：《村上春樹的小說世界及其藝術魅力》，《村上春樹和他的作品》，銀川：寧夏人民出版社 2004 年版，第 31-32 頁。

82 村上春樹（HARUKI Murakami, 1949-）：《挪威的森林》，賴明珠（1947-）譯，臺北：時報文化出版企業股份有限公司 1997 年版，第 8 頁。

83 村上春樹：《挪威的森林》，賴明珠譯，臺北：時報文化出版企業股份有限公司 1997 年版，第 8-9 頁。

84 村上春樹：《挪威的森林》，賴明珠譯，臺北：時報文化出版企業股份有限公司 1997 年版，第 9 頁。

然而，曾經讓渡邊那麼在意的直子以及他自己，卻在這片草原上消失無蹤，「沒有任何人在。直子不在，我也不在」。[85]渡邊「甚至沒辦法立刻想起直子的臉」，能想起的，「只是沒有人影的背景而已」，[86]「就像電影中象徵的一幕場景」：[87]風吹草原，「到處搖曳著芒草的穗花」，「連續下了幾天的輕柔的細雨」讓十月的草原風景帶上濃濃草香，只有這個景象在男主角腦海中不斷浮現，揮之不去。[88]

類似情形，在《下》也以雷同的方式得到了體現。小說講述主人公「我」憑記憶對 14 或 15 年前發生的事進行追溯，那時「我」剛與女友分手，開始了一段時期幫人家割草的工讀生日子。小說詳細記述了最後一次的外出工作，「野草的氣息」、「乾土的氣味」、「房間的氣味」均給男主角以鮮明的印象，然而小說中提到的兩個年輕女性——分手的女友與不在家的少女——卻如《挪》的直子一樣，成為主人公記憶裡極其「模糊」的存在：

> 我想起女朋友，並試著去想她穿什麼衣服，簡直想不起來。我能夠想起來有關她的事，都只有模糊的印象。我快想起她的裙子的時候，襯衫就消失了，快要想起帽子的時候，她的臉又變成別的女孩的臉。[89]
>
> 「她」的存在似乎一點一滴地潛入房間裡來，「她」像一團模糊的白影子似的，沒有臉、沒有手和腳，什麼也沒有。在光之海所產生的些微扭曲裡，她就在那裡，……[90]

由此可見，嗅覺的記憶喚起功能，在村上的創作裡，似乎成為對人物形象，特別是年輕女性形象的一種模糊化處理的手段。

---

[85] 村上春樹：《挪威的森林》，賴明珠譯，臺北：時報文化出版企業股份有限公司 1997 年版，第 9 頁。

[86] 村上春樹：《挪威的森林》，賴明珠譯，臺北：時報文化出版企業股份有限公司 1997 年版，第 9 頁。

[87] 村上春樹：《挪威的森林》，賴明珠譯，臺北：時報文化出版企業股份有限公司 1997 年版，第 10 頁。

[88] 村上春樹：《挪威的森林》，賴明珠譯，臺北：時報文化出版企業股份有限公司 1997 年版，第 8 頁。

[89] 村上春樹：《下午最後一片草坪》，《開往中國的慢船》，賴明珠譯，臺北：時報文化出版企業股份有限公司 1998 年版，第 147 頁。

[90] 村上春樹：《下午最後一片草坪》，《開往中國的慢船》，賴明珠譯，臺北：時報文化出版企業股份有限公司 1998 年版，第 148 頁。

（2）蔓草遮蓋的深井：芳草中的恐怖意象

除了鮮明芳草意象與模糊人物形象的對比式組合，村上春樹的小說還有另外一則更為重要的意象組合模式，即蔓草與遮藏其中的深井。「井」在村上春樹的作品，經常出現，至於理由，作家自言：「我自己也不太明白為什麼會懷有興趣。我想大概是因為地下的世界有某些刺激我的地方吧。」[91]《挪》對「蔓草／深井」組合有十分具體的描述，借直子之口，小說寫道：

> ……她跟我說到原野上井的事。……自從直子告訴我那井的事情之後，我變成沒有那井的樣子便想不起草原的風景了。實際上眼睛並沒有見過的井的樣子，在我腦子裡卻深深烙印在那風景中成為不可分離的一部分。我甚至可以詳細地描寫那井的樣子。井在草原末端開始要進入雜木林的正好分界線上。大地洞然張開直徑一公尺左右的黑暗洞穴，被草巧妙地覆蓋隱藏著。周圍既沒有木柵，也沒有稍微高起的井邊石圍。只有那張開的洞口而已。圍石被風雨侵蝕開始變色成奇怪的白濁色，很多地方已經裂開崩落了。看得見小小的綠色蜥蜴滑溜溜地鑽進那樣的石頭縫隙裡去。試著探出身體往那洞穴裡窺視也看不見任何東西。我唯一知道的，總之那是深得可怕而已。無法想像的深。而且在那洞裡黑暗——好像把全世界的所有各種黑暗都熔煮成一團似的濃密黑暗——塞得滿滿的。[92]

草原中這口被蔓草隱沒的「野井」，四周沒有護欄或石摒，是一個隨時可以吞噬生命的「黑洞」，無底的深邃混雜著「濃密黑暗」。井緣的石頭、割裂崩塌的痕跡、石頭縫隙裡飛快進出的綠蜥蜴等共同構成的「深井」意象，使寧靜平和的草原帶上恐怖的色彩。「井」是女主角直子想像的產物，直子甚至連跌落井底的死亡也描述給渡邊：

> 「很慘的死法啊。」她說著，把沾在上衣的草穗用手拂落。「如果就那樣脖子骨折斷，很乾脆地死了還好，萬一因為什麼原因只有

---

[91] 村上春樹世界研究會：《村上春樹的黃色辭典》，蕭秋梅譯，臺北：生智文化事業有限公司 2000 年版，第 11-13 頁。

[92] 村上春樹：《挪威的森林》，賴明珠譯，臺北：時報文化出版企業股份有限公司 1997 年版，第 10-11 頁。

> 腳扭傷了就一點辦法都沒有了。儘管大聲叫喊，也沒有人聽見，不
> 可能有誰會發現，周圍只有蜈蚣或蜘蛛在爬動著，周圍散落著一大
> 堆死在那裡的人的白骨，陰暗而潮濕。而上方光線形成的圓圈簡直
> 像冬天的月亮一樣小小地浮在上面。那樣的地方一個人孤伶伶地逐
> 漸慢慢地死去」。[93]

陰濕井底有蠕動著的「蜈蚣」、「蜘蛛」和散佈的死人「白骨」，村上春樹何
以要在記憶中的芳草圖畫裡添加恐怖的「深井」意象，以及這則恐怖意象
與芳草之香的關聯何在，就此，下文將展開進一步的討論。

四、迷宮敘事・嗅覺之旅：從深井原型到氣味差異

承接概論部分的觀點，僅僅發掘氣味在記憶中的呈現以及與記憶力的
互動，並不完備，對作家想像模式的揭示，才是我們研究預設的目標。村
上春樹將「深井」與「芳草」並置，不能不說是十分特殊的文學想像，我
們認為，這一意象搭配，並非《挪》獨有的書寫方式，《下》裡也可從此模
式入手分析。本節試從深井原型談起，進而論述迷宮敘事在村上春樹和朱
天文筆下的顯現，揭示兩位作家同中有異的想像模式，尤其關注嗅覺書寫
在小說家想像力展現過程的重要作用。

1. 兩種「深井」意象

上文提到《挪》中的「深井」，從小說細節上考慮，它屬於枯井意象，
這與一般意義上的「井」（well）應加以區別。比德曼（Hans Biedermann, 1930- ）
《世界文化象徵辭典》（*Dictionary of Symbolism*）指出，通常的「井」皆位
於有泉水的地方，泉水則往往象徵著「具有神秘威力的『深處的水』」，而
史前傳統中，來自地下的水具有療病作用，這深刻影響了後來的基督教神
學觀念，非基督教傳統也有「青春泉」的傳說，以及與象徵意義緊密關聯
的「淨身沐浴」習俗。[94]同時，比德曼亦寫道，與這種「井」相對立的，是
「《啟示錄》第 9 章裡的『無底洞』：火和硫磺從中噴湧而出，戰敗的魔鬼

---

[93] 村上春樹：《挪威的森林》，賴明珠譯，臺北：時報文化出版企業股份有限公司 1997
年版，第 11-12 頁。
[94] 比德曼（Hans Biedermann, 1930- ）：《世界文化象徵辭典》（*Dictionary of Symbolism*），
劉玉紅、謝世堅、蔡馬蘭譯，桂林：灕江出版社 2000 年版，第 158 頁。

被囚禁其中，達一千年之久」。[95]不論是「井」，抑或「無底洞」，均可被視為通往地下世界的道路。[96]

村上筆下掩藏在芳草中的枯井，既非嚴格意義上的「接通生命之泉的井」，因為並沒有那種具備起死回生作用或象徵輪回的「水」意象，另一方面，亦非「噴湧火焰的無底洞」，它雖然吞噬生命，卻也陰濕寒冷，生命在那裡，只能「一個人孤伶伶地逐漸慢慢地死去」。[97]應該說，這是一個介於「井」與「洞穴」（caves）兩則原型意象之間的「地穴」意象，它既有「井」的垂直向下的特徵，又具備「洞穴」的黑暗寓意。[98]因此，我們希望以「黑色深井」對村上小說的這一類意象加以指稱，並據此審視這一意象在《下》裡的體現。進一步地，我們也將揭示朱天文《世》的「藍色深井」意象，從而進行比較分析。

（1）村上春樹的「黑色深井」：「大地子宮－恐怖女性」二元組合

「黑色深井」在《挪》中，突顯為垂直向下的地穴形象，前面已對此做了初步闡明。而在《下》一文，情況就稍微複雜一些，但也更具原型解析的價值。目前已有論者留意到《下》「井」的隱喻，可惜尚欠缺更加深入的研究。[99]我們發現，《下》中那棟低矮的「古老房子」，以及「走廊－樓梯－閣樓房屋」的一系列空間意象，確實可以構成負面「大地子宮」的恐怖形象，而房屋女主人——一個「塊頭大得可怕的」中年女人——又以「恐怖女性」（terrible female）的無意識象徵加強了我們對此的論斷。

首先，所謂負面「大地子宮」意象，從神話與原型批評觀點來看，在一切人群、時代和國家的傳說與童話故事中，多表現為「地下致命的、吞噬的大口」、「地洞與山澗」、「深藏的暗穴」，等同於「地獄的深淵」、「墳墓和死亡吞噬的子宮」，其中「沒有光明、一片空虛」。[100]人類對這類意象的

[95] 比德曼：《世界文化象徵辭典》，劉玉紅、謝世堅、蔡馬蘭譯，桂林：灕江出版社2000年版，第158-159頁。

[96] 比德曼：《世界文化象徵辭典》，劉玉紅、謝世堅、蔡馬蘭譯，桂林：灕江出版社2000年版，第53頁，第158頁。

[97] 村上春樹：《挪威的森林》，賴明珠譯，臺北：時報文化出版企業股份有限公司 1997年版，第12頁。

[98] 比德曼：《世界文化象徵辭典》，劉玉紅、謝世堅、蔡馬蘭譯，桂林：灕江出版社2000年版，第54頁。

[99] 張羽：《〈下午最后的草坪〉：井的深處・冰樣的清楓》，《相約挪威的森林：村上春樹的世界》，雷世文主編，北京：華夏出版社2005年版，第183-188頁。

[100] 諾伊曼（Erich Neumann, 1905-1960）：《大母神：原型分析》（*Great Mother: An Analysis*

心理積澱，必然是負面的、恐怖的，且看《下》的空間書寫，時常可見對
黑暗與可怕氛圍的描摹：

> 我在門口停下萊特班，按了門鈴，沒回答，周圍靜得可怕，連
> 個人影也沒有。[101]

> 屋子裡依然靜悄悄的，從夏天午後陽光的洪水裡突然進入室
> 內，眼瞼深處繁繁地痛，屋子裡像用水溶化過似的漂浮著淡淡的陰
> 影，好像從幾十年前就開始在這裡住定了似的陰影，並不怎麼特別
> 暗，只是淡淡的暗。[102]

> 走廊裝有幾扇窗，但光線卻被鄰家的石牆和長得過高的欅樹枝
> 葉遮住了。……走廊盡頭是樓梯，她往後看看，確定我跟過來之後
> 開始上樓梯，她每上一級，舊木板就發出咯吱咯吱的聲音。[103]

> 我們進到房間裡，裡面黑漆漆的，空氣好悶，一股熱氣悶在裡
> 面，從密閉的遮雨窗板的縫隙，透進幾絲銀紙般扁平的光線，什麼
> 也看不見，只看見一閃一閃的灰塵浮在空中而已。[104]

另外，配合這棟「古老房屋」的可怖意象，小說還安插了「中年女主人」
這一角色，用以強化無意識中令人恐懼的方面。年齡上來說，這個女人「恐
怕有五十左右了」，外貌上來說，「塊頭大得可怕」，跟庭院中的「樟樹」一
樣，與「個子雖然絕對不算小」的男主角比起來，「還高出三公分」，「肩膀
也寬，看起來簡直像在生什麼氣似的」。[105]《下》多次重複她的「兩根粗壯

---

of the Archetype)，李以洪譯，北京：東方出版社 1998 年版，第 149 頁。
[101] 村上春樹：《下午最後一片草坪》，《開往中國的慢船》，賴明珠譯，臺北：時報文化出
版企業股份有限公司 1998 年版，第 132 頁。
[102] 村上春樹：《下午最後一片草坪》，《開往中國的慢船》，賴明珠譯，臺北：時報文化出
版企業股份有限公司 1998 年版，第 142 頁。
[103] 村上春樹：《下午最後一片草坪》，《開往中國的慢船》，賴明珠譯，臺北：時報文化出
版企業股份有限公司 1998 年版，第 142-143 頁。
[104] 村上春樹：《下午最後一片草坪》，《開往中國的慢船》，賴明珠譯，臺北：時報文化出
版企業股份有限公司 1998 年版，第 143 頁。
[105] 村上春樹：《下午最後一片草坪》，《開往中國的慢船》，賴明珠譯，臺北：時報文化出
版企業股份有限公司 1998 年版，第 132 頁，第 136 頁。

的手臂」、「她的手比我的手還大……手指是粗的」、「打著呵欠」、打嗝、不停地抽煙喝酒等細節，[106]她給男主角的第一印象，就「不是那種令人產生好感的類型」，「濃眉方顎，說出去的話不太會收回來的那種略帶壓迫感的典型」。[107]除了年齡與外貌，或許更重要的，恰是這個「大塊頭中年女人」作為陰暗房子女主人的身份，並且正是她，引領男主角從「門口」到「玄關」、再經過「走廊」、「樓梯」、最後到「二樓房間」，步步深入「古老房屋」的內部，牽引主人公「沒來由的悲傷」與「心頭沉甸甸」的感觸。[108]

通過上述引證，不論是「古老房子」還是「大塊頭中年女人」，無疑都與「子宮」的正面象徵意涵，即「正面女性特質」或「包容的母性空間」格格不入，[109]作為恐怖心理幻象的「地穴」，也指示出與代表生育繁衍的「善良母神」（Good Mother）截然相反的「恐怖母神（Terrible Mother）的死亡子宮」意象，[110]這是對大地母親（Earth Mother）否定方面的一種展現：萬物在大地中腐朽，地女神原本即是「人類屍體的吞食者」和「墳墓的女主人和主婦」。[111]古印度文化中，對恐怖母神的經驗，借由一例十分誇張的組合形式表達出來，便是「骷髏屋」與「佩戴骨環的骷髏屋女主人」迦梨（Kali）女神，她是「黑色」的代名詞，可以「吞噬一切的時間」。[112]《下》的「古老房子」與獨居其中的「大塊頭中年女人」，或許正展現了這樣一種原型組合模式。

[106] 村上春樹：《下午最後一片草坪》，《開往中國的慢船》，賴明珠譯，臺北：時報文化出版企業股份有限公司1998年版，第133頁，第139頁。
[107] 村上春樹：《下午最後一片草坪》，《開往中國的慢船》，賴明珠譯，臺北：時報文化出版企業股份有限公司1998年版，第132-133頁。
[108] 村上春樹：《下午最後一片草坪》，《開往中國的慢船》，賴明珠譯，臺北：時報文化出版企業股份有限公司1998年版，第146頁。
[109] 小森陽一（KOMORI Yōichi, 1953-）：《村上春樹論：精讀〈海邊的卡夫卡〉》，秦剛（1968-）譯，北京：新星出版社2007年版，第37-39頁。
[110] 諾伊曼：《大母神：原型分析》，李以洪譯，北京：東方出版社1998年版，第172頁，第179頁。
[111] Wilfred L. Guerin, *A Handbook of Critical Approaches to Literature*, New York: Oxford University Press, 2005, p.187. 諾伊曼：《大母神：原型分析》，李以洪譯，北京：東方出版社1998年版，第163頁。
[112] 印度神話中，黑神迦梨（Kali）是殘暴女神，她青面獠牙，猙獰恐怖，四隻手中的一隻拎著滴血的巨人人頭。她的耳環由小孩做成，項鍊由骷髏、蛇和她兒子們的頭穿成，腰帶由魔鬼的手結成。她是濕婆（Shiva）配偶德維（Deva）的一個化身。迦梨在漆黑的裸體上套上首骸，作為對西瓦（Siva）屍體的炫耀，以稱職于地獄的判官。艾恩斯（Veronica Ions）：《神話的歷史》（*History of Mythology*），杜文燕譯，廣州：希望出版社2003年版，第54-55頁。

（2）朱天文的「藍色深井」：「湖泊－無底洞－藍色」三位一體連結

　　與村上春樹「黑色深井」的「大地子宮－恐怖女性」二元組合不同，在《世》一文，我們看到了另外一種「深井」形象。有別於村上的「枯井」，朱天文筆下的呈現，似乎更接近比德曼所指出的那種與「水」相關的一般意義上的深井原型：

> 　　雲堡拆散，露出埃及藍湖泊。蘿絲瑪麗，迷迭香。……年老色衰，米亞有好手藝足以養活。湖泊幽邃無底洞之藍告訴她，有一天男人用理論與制度建立起的世界會倒塌，她將以嗅覺和顏色的記憶存活，從這裡並予之重建。[113]

　　「湖泊－無底洞－藍色」三位一體的連結，構成了朱天文「藍色深井」意象，女主角米亞年華逝去，漸漸變作「年老色衰」的女人，「井」（這裡以湖泊形式出現，亦屬於神秘地下之水的一個變體）的原型治癒作用，使「藍色深井」接近前文提到的「青春泉」意涵。但僅僅將其視作女性青春眷戀的歎老體現，遠遠不夠，深層次來說，它更像是主角米亞女性意識覺醒的一個標誌。

　　《世》中，「雲堡」與「藍湖泊」共築了天空意象，但二者之間，是遮蔽與被遮蔽的關係。「雲堡」暗喻「男人用理論與制度建立起的世界」，「藍湖泊」則代表了某種有待「重建」的女性意識，「雲堡」若不「拆散」，「藍湖泊」便難以「露出」，這或許就是「米亞常常站在她的九樓陽臺上觀測天象」[114]所悟出的道理。朱天文在《世》結尾安插「雲堡」及「藍湖泊」兩例暗喻，彰顯出米亞這一人物形象女性意識的覺醒，米亞用一系列「巫女實驗」實踐她的「解構 － 建構」策略：「以嗅覺和顏色的記憶存活」，將倒塌的世界加以重建。然而，必須指出，就像眾多女性意識覺醒者一樣，《世》表現出的米亞的女權精神也面臨重大的困境，簡言之，就是處於「女性激進主義」與「女性自由主義」的裂縫之中：[115]一方面，她們堅持自己的「革

---

[113] 朱天文：《世紀末的華麗》，臺北：INK 印刻出版有限公司 2008 年版，第 158 頁。
[114] 朱天文：《世紀末的華麗》，臺北：INK 印刻出版有限公司 2008 年版，第 141 頁。
[115] 童（Rosemarie Putnam Tong）：《女性主義思潮導論》（*Feminist Thought: A More Comprehensive Introduction*），艾曉明等譯，武漢：華中師範大學出版社 2002 年版，第 68 頁。

命者」身份，誠如第二浪潮女權主義旗手米利特（Kate Milett, 1934-）主張，父權制形成的根源，在於男性長期而普遍地控制了公眾領域和私人領域，因此解放婦女，必須通過徹底的革命根除男性統治；[116]另一方面，卻又站在自由主義立場上，迷戀「改良者」的角色，質疑如何確保性別評價的公正性，不致使得「解構－建構」策略演化為一半對另一半的極端行經。[117]因此，在反叛男性對於女性的界說、進而探索女性的真諦和出路時，難免矛盾重重：預設男性整體的墮落，從對立面發起攻擊，實質是否定了現存的這個由男權建立起來的社會，無異於於否定自身；但如果以女性的個體身份一味強調「分離」，使自己與社會完全隔絕，那麼女性勢必難以作為一個群體站在同一陣線，婦女解放便流於空談。[118]

當然，米亞的覺醒未必能夠達到上述層面的自我認知高度，這就更加導致了她的孤寂與痛苦，儘管在「以女性的經濟上的機會和公民自由為婦女充分解放的必由之路」[119]上，她是一個成功的個體，但「不拿老段的錢」、「有好手藝足以養活」[120]卻最終成為米亞進行自我隔離的條件和藉口。米亞拋棄家人關懷，「逃開大姐職業婦女雙薪家庭生活和媽媽的監束」，也「絕不要愛情，愛情太無聊只會使人沉淪」，[121]所以同齡的男性朋友，像楊格、歐、螞蟻、小凱、袁氏兄弟等，她最終也是一個都不愛。米亞選擇與「已婚男人」老段在一起，卻又絕非為了「做情人們該做的愛情事」，小說寫道：

> 他們過分耽美，在漫長的賞歎過程中耗盡精力，或被異象震慄得心神俱裂，往往竟無法做情人們該做的愛情事。[122]

---

[116] 米利特（Kate Milett, 1934-）：《性的政治》（*Sexual Politics*），鍾良明譯，北京：社會科學文獻出版社 1999 年版，第 36-39 頁，第 84-88 頁。

[117] 劉小莉：《女性主義的解構策略何以可能？》，《中國女性主義》，荒林主編，桂林：廣西師範大學出版社 2005 年版，第 93 頁。

[118] 陳曉蘭（1963-）：《關於女性主義批評的反思》，《蘭州大學學報》，1999 年第 2 期，第 167-172 頁。劉小莉：《女性主義的解構策略何以可能？》，《中國女性主義》，荒林主編，桂林：廣西師範大學出版社 2005 年版，第 92-94 頁。

[119] 劉小莉：《女性主義的解構策略何以可能？》，《中國女性主義》，荒林主編，桂林：廣西師範大學出版社 2005 年版，第 93 頁。

[120] 朱天文：《世紀末的華麗》，臺北：INK 印刻出版有限公司 2008 年版，第 143-144 頁，第 158 頁。

[121] 朱天文：《世紀末的華麗》，臺北：INK 印刻出版有限公司 2008 年版，第 153 頁。

[122] 朱天文：《世紀末的華麗》，臺北：INK 印刻出版有限公司 2008 年版，第 142 頁。

米亞也明白老段的年齡「會比較早死」,「她比老段大兒子大兩歲。二兒子維維她見過,像母親。她會看到維維的孩子成家立業生出下一代,而老段也許看不到」,所以米亞決定「必須獨立於感情之外,從現在就要開始練習」。[123]這裡,尤其需要強調的是,作為女性,米亞並沒有將希望寄託在女性群體認同上,她既無意遵循媽媽的傳統道德規範,也不贊許大姐的職業婦女雙薪家庭生活,而又有別於身邊安、喬伊、婉玉、寶貝、克麗絲汀、小葛等一眾「女朋友們」。威頓(Chris Weedon, 1952-)等學者曾指出,從20世紀末開始,女權主義理論正逐漸從追求男女平等轉向強調婦女之間的差異性和差異的複雜性,質疑以往那種一統性的「正宗的(authentic)女性主體意識」同時,積極發掘女性主體意識的多元性和不斷變化性,[124]米亞的特立獨行或許恰好展現出這種後現代多元性差異。[125]

2. 兩套「迷宮」敘事

米亞決意自我隔離,實際上仍是處於進退維谷間隙中的無奈選擇。小說末尾的細節頗具啟發意義:米亞意識到應該「獨立於感情之外」,是「城市天際線上堆出的雲堡告訴她」的,[126]而世界的「倒塌」與「重建」,卻是「湖泊幽邃無底洞之藍告訴她」的,[127]這很大程度上揭示出米亞「自我隔離」所蘊含的兩難迷途喻意。

(1)深陷「Maze」:困局中的迷宮探行者

其一,既然「雲堡」作為男權社會的暗喻,那麼「雲堡告訴她」無疑表明,女性在男權社會慣例的控制作用下,根本沒有多少選擇的餘地,以個體身份使自己與社會隔絕便成了一條宿命式的路途。就像小說所言,貌似「米亞願意這樣,選擇了這種生活方式」,其實「開始也不是要這樣的,但是到後來就變成唯一的選擇」。[128]其二,「藍色」又給米亞帶來啟示,生活在自己的世界裡,不在乎外界想法,但必須「隨著自我找尋的個性,依

---

[123] 朱天文:《世紀末的華麗》,臺北:INK印刻出版有限公司2008年版,第156-157頁。
[124] Chris Weedon(1952-), *Feminist Practice and Poststructuralist Theory*, Oxford: Blackwell, 1987, pp.102-107.
[125] 蘇紅軍:《成熟的困惑:評20世紀末期西方女權主義理論上的三個重要轉變》,《西方後學語境中的女權主義》,桂林:廣西師範大學出版社2006年版,第36-37頁。
[126] 朱天文:《世紀末的華麗》,臺北:INK印刻出版有限公司2008年版,第157頁。
[127] 朱天文:《世紀末的華麗》,臺北:INK印刻出版有限公司2008年版,第158頁。
[128] 朱天文:《世紀末的華麗》,臺北:INK印刻出版有限公司2008年版,第142頁。

照自己的規矩尋求自己完美的路徑」，走出「一條特立獨行的路」。[129]米亞無法抗拒神秘而夢幻的「埃及藍」誘惑，古代埃及的深藍色，「尼祿河源頭的守護神」之色，產生永恆的、生命的、輪迴的感覺，帶來冷漠的氣質。[130]當今許多色彩理論或色彩心理學理論大都認為，藍色是追求完美的顏色，具有完美主義者的性質，「有寧為玉碎，不為瓦全的執著」。而當「完美」不存在於現實中時，藍色便「發展出築夢的個性」，為了「找尋一個永恆的夢，即使路程孤獨坎坷也甘之如飴，絕不後悔」。[131]小說使用「藍色」作為「深井」意象主導色，配合米亞的自我獨立和自我隔絕，或許亦可得到解釋。由此可見，與其說米亞的女性意識有所覺醒，倒不如說是徘徊在半夢半醒的狀態，表面特立獨行的她，實則依然深陷充滿矛盾的局面，借用法國學者阿達利（Jacques Attali, 1943- ）在《智慧之路：論迷宮》（*Chemins de Sagesse: Traité du Labyrinthe*）一書的術語，女性自身意識與周圍的社會文化為米亞編織了一座「難以穿越的迷宮」（maze），[132]並將其困身於內。

迷宮本身可被視為一種最古老的原型及象徵，是「集體想像」的產物，是人類集體無意識的表現，「迷宮絕非局部現象」，它具有原型的力量和價值，它不獨屬於一種文化、一個地域，「早在數千年前人們就已在世界各地……發現了出奇相似的迷宮草圖」。[133]現實世界裡，迷宮是使人們得以擁有直接領悟的原型之一，因為人們可以切身行走在迷宮裡面，但它更是精神上的歷程，以「隱喻與符號作為轉變的鎖鑰」，[134]包含了從外部可見層面開始，最終到達內部不可見層面或內在核心的運動與過程，同時也包括了這樣的從外到內以及從內到外的循環。[135]「難以穿越的迷宮」也被阿達利

[129] 張志雄：《生命的密碼，色彩知道》，臺北：人本自然文化事業有限公司 2005 年版，第 129 頁。

[130] 布拉爾姆（Harald Bream, 1944- ）：《色彩的魔力》（*The Colour's Magic*），陳兆譯，合肥：安徽人民出版社 2003 年版，第 35 頁，第 45-50 頁。

[131] 張志雄：《生命的密碼，色彩知道》，臺北：人本自然文化事業有限公司 2005 年版，第 130 頁。

[132] 阿達利（Jacques Attali, 1943- ）：《智慧之路：論迷宮》（*Chemins de Sagesse: Traité du Labyrinthe*），邱海嬰譯，北京：商務印書館 1999 年版，第 18 頁。

[133] 阿達利：《智慧之路：論迷宮》，邱海嬰譯，北京：商務印書館 1999 年版，第 14 頁，第 26 頁，第 37 頁。鄭振偉：《詩歌和迷宮：黃國彬的詩歌創作》，《華文文學》，2001 年第 1 期，第 30-39 頁。

[134] 艾翠絲（Lauren Artress）：《迷宮中的冥想：西方靈修傳統再發現》（*Walking a Sacred Path: Rediscovering the Labyrinth as a Spiritual Tool*），趙閔文譯，臺北：商業週刊出版股份有限公司 1999 年版，第 216-218 頁。

[135] 申荷永（1959- ）：《心理分析：理解與體驗》，北京：三聯書店 2004 年版，第 297 頁。

稱作「走不出的迷宮」，這類迷宮所挑戰的，是人們「要做抉擇的部分」。[136]
可以說，它是宇宙與世界軌道的抽象，是「錯綜複雜」、「黑暗所在」與「無
規則性」之極致的代名詞。[137]身處其中的行進者，必將遇到許多繞到死胡
同的回環歧路，他們隨時都會迷路，甚至面臨根本找不到迷宮的中心和出
口的危險。這種行進者被稱為「迷宮探行者」（maze traders），他們置身迷
宮之中，對道路的情況模糊不清，不知其複雜性，只有在前進中才逐步領
悟，茫然無知與迷惘的感受無時無刻不伴其左右。[138]米亞就是這樣一個陷
落在青春迷惘、流行文化、大眾時尚、商品拜物所組建的現代迷宮中的「迷
宮探行者」，而九零年代臺灣社會政治圖騰、價值觀念、道德操守的急劇轉
化，更加深了這座「難以穿越的迷宮」之複雜多變。[139]年輕時代的米亞，
曾經「立志奔赴前程不擇手段」，「物質女郎」，追逐時尚，「拜物，拜金，
青春綺貌」，「崇拜自己姣好的身體」，耽溺於和男朋友們的遊戲之中，「不
知老之降至」。[140]環繞在米亞周遭的是數之不盡的多元時裝風潮，是快速堆
積與傾覆的流行商業品牌，是服食「大麻」與「符片」等毒品、藥物之後
的「激亢癲笑不止」。[141]米亞所見世紀末臺北市之華麗，便是這樣一幅聲光
絢爛、頹廢享樂、目眩神迷的浮世繪。阿達利說，「從古代起，城市就是迷
宮中的迷宮」，[142]《世》中的臺北意象，完全就是一個迷宮的縮影和喻象，
小說如是對其描繪：

> 終於，看哪，……前方山谷浮升出一橫座海市蜃樓。雲氣是鏡幕，
> 反照著深夜黎明前臺北盆地的不知何處，幽玄城堡，輪廓歷歷。[143]

米亞於山頂「氣象觀測台」鳥瞰臺北，說它像「海市蜃樓」、「幽玄城堡」，
具有很明確的迷宮所指。米亞曾一度嘗試擺脫這座迷宮，找尋出路，她毅
然「提了背包離家」，「買了票隨便登上一列火車」往南行，但「愈往南走，

---

[136] 艾翠絲：《迷宮中的冥想：西方靈修傳統再發現》，趙閔文譯，臺北：商業週刊出版股
份有限公司 1999 年版，第 89 頁。
[137] 阿達利：《智慧之路：論迷宮》，邱海嬰譯，北京：商務印書館 1999 年版，第 17 頁。
[138] 阿達利：《智慧之路：論迷宮》，邱海嬰譯，北京：商務印書館 1999 年版，第 17-18 頁。
[139] 黃文成：《感官的魅惑與權力的重塑：臺灣九○年代女性喚覺小說書寫探析》，《文學
新論》，2007 年第 6 期，第 77 頁。
[140] 朱天文：《世紀末的華麗》，臺北：INK 印刻出版有限公司 2008 年版，第 147-148 頁。
[141] 朱天文：《世紀末的華麗》，臺北：INK 印刻出版有限公司 2008 年版，第 147 頁。
[142] 阿達利：《智慧之路：論迷宮》，邱海嬰譯，北京：商務印書館 1999 年版，第 90 頁。
[143] 朱天文：《世紀末的華麗》，臺北：INK 印刻出版有限公司 2008 年版，第 147 頁。

陌生直如異國，樹景皆非她慣見」，在台中，她下車，「逛到黃昏跳上一部
公路局」，「外星人」的感觸趨使她「跑下車過馬路找到站牌，等回程車」，
踏出臺北市只有一天，「米亞已等不及要回去那個聲色犬馬的家城」。[144]米亞
的這次嘗試以失敗告終，卻讓她發覺了自己所在的這座迷宮的雙重辯證：
世紀末臺北的華麗既是囚禁她的監牢，又是保衛她的鄉土。迷宮作為監獄
的最原始形式，觸及到人類史的一項基本主題，即「監獄是一種保護」。[145]
對米亞來說，「離城獨處，她會失根而萎」，她熟悉的是「雪亮花房般大窗
景的新光百貨」、「塞滿騎樓底下的服飾攤」、「樟樹槭樹蔭隙裡各種明度燈
色的商店」以及「空中大霓虹橋」，回到臺北，「米亞如魚得水又活回來了」。
相比這座迷宮以外的「異國」，「臺北米蘭巴黎倫敦東京紐約結成的城市邦
聯」「才是她的鄉土」，米亞「生活之中，習其禮俗，遊其藝技，潤其風華，
成其大器」。[146]

（2）出入「Labyrinth」：單向道上的迷宮視圖者

迷宮作為米亞生活經歷和生存環境的隱喻，確實令我們體會到今時今
日的迷宮「無處不有。可以想像的迷宮圖像的數量是無限的」。[147]而不應忘
記，與「走不出的迷宮」相對的，還有另外一種迷宮，即「走得出的迷宮」
（labyrinth），它往往是一條單一的路線，只要有耐心探索路徑，就必能穿
越。這條明確的單向道通往一個出口或一個中心，它引導人們「走進中心，
接著再走出來；無須任何謀略與巧思，人們在裡面不會遇到死巷，也不會
看到任何交錯的路線」。[148]下面，讓我們來審視村上春樹《下》中，男主角
出入這類迷宮，也就是深入那棟「古老房屋」內部再從中出來的經歷。村
上作品評論家岑朗天（1965-）曾以「有入口，便有出口」定位村上春樹的
「後虛無主義」，[149]這裡，我們打算配合阿達利的出入迷宮四環節，與小說
中的描寫一一對應，探討主人公是如何從入口開始，最後走到迷宮出口的。

[144] 朱天文：《世紀末的華麗》，臺北：INK 印刻出版有限公司 2008 年版，第 155 頁。
[145] 阿達利：《智慧之路：論迷宮》，邱海嬰譯，北京：商務印書館 1999 年版，第 12 頁。
[146] 朱天文：《世紀末的華麗》，臺北：INK 印刻出版有限公司 2008 年版，第 155 頁。
[147] 阿達利：《智慧之路：論迷宮》，邱海嬰譯，北京：商務印書館 1999 年版，第 17 頁。
[148] 艾翠絲：《迷宮中的冥想：西方靈修傳統再發現》，趙閔文譯，臺北：商業週刊出版股
份有限公司 1999 年版，第 88-90 頁。阿達利：《智慧之路：論迷宮》，邱海嬰譯，北
京：商務印書館 1999 年版，第 17 頁。
[149] 岑朗天（1965-）：《村上春樹與後續無年代：影子、流浪者》，臺北：書林出版有限公
司 2005 年版，第 90-117 頁。

首先是「接近迷宮」，即阿達利所說的「站在迷宮的入口處，黑洞洞的豁口前」，這時的所見，往往只是一條「充滿陷阱、沒有出路的隧道」。[150]《下》中迷宮「入口」的標誌，準確地說，就是那扇「玄關的門」：

> 按了第三次鈴以後，玄關的門終於慢慢打開，出現一個中年女人。[151]

在這扇門打開之前，小說著實描繪了對迷宮外部的景觀：房子周圍的寂靜、房子的小巧精緻、法國式砌磚圍牆、玫瑰花綠籬等，而處於「玄關」的位置，男主角並沒有立即開始迷宮之旅，卻是「繞到院子裡」看草坪以及割草坪，真正開始「進入迷宮」的第二環節，是從「走廊」起始的。前文我們曾說到「古老房屋」內部的恐怖氣氛，主要也是集中由「走廊」範圍才出現，這時，小說又一次提到了房屋女主人的引導作用：

> 不過我沒有猶豫的餘地，她已經拔腳走開，也不回頭看我，我沒辦法只好跟在她後面走。⋯⋯「在這邊。」她說著，往筆直的走廊吧噠吧噠地走過去。[152]

「進入迷宮」後，緊接著便是第三環節「探遊迷宮」。阿達利說，「在有些迷宮探遊中，我們完全是由別人引導的」，[153]確實，「走廊」盡頭是「樓梯」，作為迷宮引導者，那個「大塊頭中年女人」「往後看看，確定我跟過來之後開始上樓梯」，[154]把迷宮內部的情形逐漸顯露在男主人公眼前：

> 二樓只有兩個房間，一間是儲藏室，另一間是正規的房間。她⋯⋯從洋裝口袋掏出一串鑰匙，發出很大的聲音把門鎖打開。⋯⋯「進來吧。」她說。[155]

---

[150] 阿達利：《智慧之路：論迷宮》，邱海嬰譯，北京：商務印書館1999年版，第110頁。
[151] 村上春樹：《下午最後一片草坪》，《開往中國的慢船》，賴明珠譯，臺北：時報文化出版企業股份有限公司1998年版，第132頁。
[152] 村上春樹：《下午最後一片草坪》，《開往中國的慢船》，賴明珠譯，臺北：時報文化出版企業股份有限公司1998年版，第142頁。
[153] 阿達利：《智慧之路：論迷宮》，邱海嬰譯，北京：商務印書館1999年版，第72頁。
[154] 村上春樹：《下午最後一片草坪》，《開往中國的慢船》，賴明珠譯，臺北：時報文化出版企業股份有限公司1998年版，第142頁。
[155] 村上春樹：《下午最後一片草坪》，《開往中國的慢船》，賴明珠譯，臺北：時報文化出版企業股份有限公司1998年版，第143頁。

這間「典型十幾歲 Teenager 少女的房間」正是迷宮的中心所在，原本是「一股悶氣在裡面」、「黑漆漆的」、「什麼也看不見」，後來中年女人引領男主角到來，便「把窗簾拉開，打開玻璃窗，又再咯啦咯啦地拉開遮雨板。眩眼的陽光和涼快的南風剎那間溢滿整個房間」。[156]女主角曾對男主角說：「有一點東西想請你看一下」，[157]所看的東西其實就是這個房間，這個迷宮的中心。小說進而十分細緻地敘述了房間中的書桌、小床、床單、枕頭、毛毯、衣櫃、化妝台、化妝品、梳子、小剪刀、口紅、粉盒、筆記本、字典、筆盤、橡皮擦、鬧鐘、檯燈、書籍、玻璃紙鎮、牆上月曆，以及衣櫥裡面掛著的和放在三格抽屜的衣褲、襯衫、皮包、手帕、手鐲、帽子和內衣、襪子等等，房間「樸素」、「清爽」、「很棒」、「一切都那麼清潔而整齊」，[158]這是男主角的第一感覺，但很快他亦意識到一種負罪感，認為「在一個女孩子不在的房間裡，這樣翻箱倒櫃地亂翻——就算得到她母親地許可——總覺得不是一件正當地行為」。[159]經歷了迷宮中的探遊，最後一個環節就是「走出迷宮」，《下》對此的書寫儘管十分簡練，卻突出強調了一點，即原路返回的循環：

> 我們又走下同一個樓梯，回到同一個走廊，走出玄關。走廊和玄關跟剛才走過時一樣涼颼颼的，被包圍在黑暗裡。[160]

「接近迷宮」、「進入迷宮」、「探遊迷宮」、「走出迷宮」，四個環節在《下》一文，的確可以找到相當明顯的對應，面對「古老房屋」這例迷宮意象，男主角完成了從其外部到達內部中心，再原路返回的運動過程，是一個由外到內，跟著又由內到外的循環軌跡。與「迷宮探行者」相比，《下》的男主角或者更近似「迷宮視圖者」（labyrinth viewers），因為即便他之前沒有來過這座「古老房屋」，但門、玄關、走廊、樓梯、二樓房間等仍是十分常

---

[156] 村上春樹：《下午最後一片草坪》，《開往中國的慢船》，賴明珠譯，臺北：時報文化出版企業股份有限公司 1998 年版，第 143 頁。

[157] 村上春樹：《下午最後一片草坪》，《開往中國的慢船》，賴明珠譯，臺北：時報文化出版企業股份有限公司 1998 年版，第 142 頁。

[158] 村上春樹：《下午最後一片草坪》，《開往中國的慢船》，賴明珠譯，臺北：時報文化出版企業股份有限公司 1998 年版，第 143-146 頁。

[159] 村上春樹：《下午最後一片草坪》，《開往中國的慢船》，賴明珠譯，臺北：時報文化出版企業股份有限公司 1998 年版，第 146 頁。

[160] 村上春樹：《下午最後一片草坪》，《開往中國的慢船》，賴明珠譯，臺北：時報文化出版企業股份有限公司 1998 年版，第 149 頁。

見的日本式房屋建構佈局，按阿達利的觀點，男主角「一開始便對其複雜性一目了然」，理應「體會不到絲毫茫然無知與迷惘的感受」。[161]

3. 兩種「氣味」差異

　　但《下》的男主角在探游「古老房屋」這座迷宮時，果真沒有一絲迷惑感觸嗎？情況似乎不能如是簡單化定論，前文提及男主角所意識到的負罪感和心頭沉甸甸的、沒來由的悲傷，無不說明，在經歷了這一次迷宮之旅，其內心發生的某種變化。村上春樹實則是將「迷宮探行者」的心態附加在了一個「迷宮視圖者」的身上，某種程度地，這是對傳統的兩套迷宮敘事模式的顛覆，而這種顛覆效果，正是利用迷宮內外的氣味對比得到了恰如氣氛的表現。

（1）舊生活的氣味 VS 芳草之香

　　「古老房屋」的氣味是什麼？小說給出相當明確的描摹：

　　　　走廊有各種氣味，每一種氣味都似曾相識，這是時間生出來的氣味。由時間所產生，而有一天也將由時間抹消的氣味。舊衣服、舊傢俱、舊書、舊生活的氣味。[162]

在男主角「接近迷宮」的環節，小說其實已然有所揭示這座老舊房屋所代表的「建築物的存在感」散發的「生活的氣息」。[163]這種生活的氣息透露出的陳腐的舊生活之味，若與村上筆下那些吞噬生命的黑色深井意象相配合，我們便不難領略吞噬年輕生命的，或許就是一口時間的深井。關於《下》中不在場的少女，男主角很肯定她處在「光之海所產生的些微扭曲」裡，「她就在那裡」，卻「沒有臉、沒有手和腳，什麼也沒有」。[164]這個「光之海」的「些微扭曲」，正象徵著時間長河中的小小的漩渦，它的引力足以把「一個感覺滿好而規規矩矩的女孩子」扯入其中，而這個女孩兒就是那

---

[161] 阿達利：《智慧之路：論迷宮》，邱海嬰譯，北京：商務印書館1999年版，第18頁。

[162] 村上春樹：《下午最後一片草坪》，《開往中國的慢船》，賴明珠譯，臺北：時報文化出版企業股份有限公司1998年版，第142頁。

[163] 村上春樹：《下午最後一片草坪》，《開往中國的慢船》，賴明珠譯，臺北：時報文化出版企業股份有限公司1998年版，第132頁。

[164] 村上春樹：《下午最後一片草坪》，《開往中國的慢船》，賴明珠譯，臺北：時報文化出版企業股份有限公司1998年版，第148頁。

種普普通通、隨處可見的女孩,「不大會強迫別人但是個性也不弱」、「朋友不是很多,不過感情很好」,但在時間的深井中,「她對很多事情都不太容易適應。不管是自己的身體、自己所追求的東西,或別人所要求的東西」。[165]在迷宮的中心——這個女孩兒的房間——男主角對他的這些發現感到十分迷惑:

> 我搞不清楚。我知道我說的是什麼意思,可是我搞不清楚這能指誰或誰。我覺得非常累、而且困。如果能就這樣睡著的話,或許很多事情就能搞清楚了吧。可是就算很多事情搞清楚了,卻不覺得有什麼輕鬆。[166]

迷惑、困倦、壓抑感,可以說,這些自從男主角進入迷宮,就一直未曾離開過他,「天氣熱得我有頭點迷糊」、[167]「一直盯著牆壁看時,竟感覺牆壁的上方像要倒到眼前來似的」、[168]「我有點迷惑不解」……[169]這一切均可視為迷宮心境的表現。而一旦走出迷宮,或是立足迷宮之外,男主角頓時便有全然不同的感受,當他在女主人的帶領下原路返回,在門口告別時,小說寫道:

> 我在玄關穿上網球鞋打開門時,真是鬆了一口氣。陽光灑滿我周圍,風裡帶著綠的氣息。[170]

「綠的氣息」便是我們前文提到的「芳草之香」嗅覺意象,在村上筆下,野草的氣息、蔓草的氣味、草坪的味道等皆是它的變體。前文,我們曾分

[165] 村上春樹:《下午最後一片草坪》,《開往中國的慢船》,賴明珠譯,臺北:時報文化出版企業股份有限公司 1998 年版,第 148 頁。

[166] 村上春樹:《下午最後一片草坪》,《開往中國的慢船》,賴明珠譯,臺北:時報文化出版企業股份有限公司 1998 年版,第 148-149 頁。

[167] 村上春樹:《下午最後一片草坪》,《開往中國的慢船》,賴明珠譯,臺北:時報文化出版企業股份有限公司 1998 年版,第 142 頁。

[168] 村上春樹:《下午最後一片草坪》,《開往中國的慢船》,賴明珠譯,臺北:時報文化出版企業股份有限公司 1998 年版,第 144 頁。

[169] 村上春樹:《下午最後一片草坪》,《開往中國的慢船》,賴明珠譯,臺北:時報文化出版企業股份有限公司 1998 年版,第 146 頁。

[170] 村上春樹:《下午最後一片草坪》,《開往中國的慢船》,賴明珠譯,臺北:時報文化出版企業股份有限公司 1998 年版,第 149-150 頁。

析《世》米亞擺脫迷宮束縛的一次失敗嘗試：逃離臺北的一次遠行。在《下》，我們同樣也看到了小說男主人公的遠行，即赴遠郊最後一次剪草坪工作。但他的遠行不是逃離迷宮，反而是「接近迷宮」的序幕。男主角「喜歡到遠一點的地方」，「喜歡到遠一點的庭院，去割遠一點的草」，「喜歡到遠一點的路上，去看遠一點的風景」，儘管小說講這「並沒有什麼特別的理由」，但越遠離市中心，「風變得越涼快，綠色變得更鮮明，野草的氣息和幹土的氣味越來越強烈」。[171]可見，老房屋裡「舊生活的氣味」與「芳草之香」所形成的鮮明嗅覺對比，是迷宮內外對比的一種指示，這也正是我們所謂嗅覺之旅與迷宮敘事密切關聯的表現。

（2）乾草之味→太陽光味道

　　依循上述思路，針對《世》的研討，我們曾在小說眾多的氣味書寫中提煉出「乾燥花草」嗅覺意象，並指明米亞不厭其煩、不斷操作的那些「風乾」與「去濕味」的「巫女實驗」，從迷宮論角度，完全可視之為女主角試圖走出迷宮的第二次嘗試。我們說，第一次以失敗而告終的遠行，使米亞意識到，臺北是座保護她的迷宮，它聲色絢爛且華麗，時尚與潮流的氣息是她再熟悉不過的。離開臺北一日，最先令她發覺不適應的，便是某種不知名的異國的「奇香」：

　　　　車開往一個叫太平鄉的方向，愈走天愈暗，刮來奇香，好荒涼的異國。[172]

對於迷宮外的這種氣味，米亞無法忍受，她返回迷宮之內，退守到自己的小天地：她「自己的小窩」，「自己這間頂樓有鐵皮篷陽臺的屋子」，[173]米亞開始在其中製造屬於自己的氣味，於是進行各類屬花草的乾燥實驗。之前我們認為，這種「以嗅覺和顏色的記憶存活」的「解構─建構」策略，本質上並不能達成對男性世界的徹底瓦解，因而導致米亞更深層次的困惑與迷茫，以及身處困境難以自拔。從嗅覺書寫的角度，此處恰好有一例代表

---

[171] 村上春樹：《下午最後一片草坪》,《開往中國的慢船》，賴明珠譯，臺北：時報文化出版企業股份有限公司 1998 年版，第 130 頁。

[172] 朱天文：《世紀末的華麗》，臺北：INK 印刻出版有限公司 2008 年版，第 155 頁。

[173] 朱天文：《世紀末的華麗》，臺北：INK 印刻出版有限公司 2008 年版，第 153-154 頁，第 157 頁。

男性世界的氣味意象：老段身上的「太陽光味道」，而它正是米亞不論如何努力都無法企及和人為製造出來的。

二十歲時，「米亞便不想玩了」，[174]正是此時她遇到老段，「老段使米亞沉靜」。[175]米亞被老段身上的兩個特點所吸引，第一是代表成熟男性的「浪漫灰」，第二是「良人的味道」。相比之下，後者更為關鍵，因為「五十歲男人」普遍具有的這種「風霜之灰，練達之灰」，是普遍意義上的「喚起少女浪漫戀情」，而老段身上獨有的氣味，卻是特別地被「很早已脫離童騃」的米亞所識別：[176]

> ……嗅覺，她聞見是只有老段獨有的太陽光味道。……一股白蘭洗衣粉洗過曬飽了七月大太陽的味道。……良人的味道。那還摻入刮胡水和煙的氣味，就是老段。[177]

「太陽光味道」是米亞自幼便曾接觸到的，在她幼小心智中，這種氣味又與男權社會不能違逆的「禁忌」緊密相連：

> 媽媽把一家人的衣服整齊迭好收藏，女人衣物絕對不能放在男人的上面，一如堅持男人衣物曬在女人的前面。她公開反抗禁忌，幼小心智很想試測會不會有天災降臨。[178]

老段是個集父親與情人於一體的男性人物形象，米亞「稚齡也夠做他女兒」，[179]他身上的「太陽光味道」既是天空的氣味也是男人的氣味。天空本身就是一種傳統的「男性－父親」象徵，[180]《世》中多次重複米亞「常常站在她的九樓陽臺上觀測天象」、「罩著藍染素衣靠牆欄觀測天象」。[181]與其

---

[174] 朱天文：《世紀末的華麗》，臺北：INK 印刻出版有限公司 2008 年版，第 149 頁。
[175] 朱天文：《世紀末的華麗》，臺北：INK 印刻出版有限公司 2008 年版，第 152 頁。
[176] 朱天文：《世紀末的華麗》，臺北：INK 印刻出版有限公司 2008 年版，第 143 頁。
[177] 朱天文：《世紀末的華麗》，臺北：INK 印刻出版有限公司 2008 年版，第 143 頁。
[178] 朱天文：《世紀末的華麗》，臺北：INK 印刻出版有限公司 2008 年版，第 143 頁。
[179] 朱天文：《世紀末的華麗》，臺北：INK 印刻出版有限公司 2008 年版，第 156 頁。
[180] 科爾曼（Arthur Colman）、科爾曼（Libby Colman）：《父親：神話與角色的變換》（*The Father: Mythology and Changing Roles*），劉文成、王軍譯，北京：東方出版社 1998 年版，第 11 頁。
[181] 朱天文：《世紀末的華麗》，臺北：INK 印刻出版有限公司 2008 年版，第 141 頁，第 157 頁。

說米亞的女性意識是要最終解構天空所代表的男權世界，不如說是先要企圖無限地趨近於天空，是要在天界佔有一席之地，進而以女性「藍湖泊」與男性「雲堡」分庭抗禮。米亞強調和看重她的九樓陽臺以及樓頂陽臺，堅守這一陣地，實質就是與天空拉近距離的不懈努力。老段曾想幫米亞訂一間「Dink 族與單身貴族的住宅案」，卻立即遭到婉絕，「米亞喜歡自己這間頂樓有鐵皮篷陽臺的屋子」，原因就是「她可以曬花曬草葉水果皮」，可以製造屬於她自己的乾燥花草氣味。[182]乾草之味雖然不能取代太陽光氣味，可對米亞來說，卻是實現她「解構－建構」策略不可或缺的手段，她要存活於嗅覺的記憶，以此作為走出迷宮的再次嘗試。

五、餘論：嗅覺意象的開源功能與想像的二維四向動力模式

當阿達利明確將迷宮的「啟蒙意義」區別於「旅行意義」、「考驗意義」和「復活意義」時，就已註定如下事實：不論是迷宮探行者，還是迷宮視圖者，只要一個人在迷宮中歷經探遊，便都具備變成「新人」的可能。阿達利說穿行迷宮的「一切考驗，一切犧牲，一切戰勝妖魔鬼怪的勝利，一切發掘寶藏的成功」均可看作「無意識或有意識的」啟蒙，這「是人類命運的一種表述形式」。[183]《世》中米亞面對生活的際遇，在第二次嘗試穿行迷宮的過程，表現出女性意識的進一步覺醒與切實的行動，而《下》的男主角則是無意識地經歷了一次完整迷宮之旅，在接受迷宮啟蒙奧義的層面上，他（她）們並沒有本質區別，二者皆「進入了一種新的生活」。[184]「乾草之味」與「芳草之香」兩例核心嗅覺意象的功用，恰在於開啟一種身處迷宮表裡以及穿遊迷宮進程的「內在感受」，恰在於喚醒那種潛伏在人心深處的圍繞迷宮古老原型而展開的最原始的想像。概論部分我們曾指出，巴什拉所謂的想像力，就是把知覺提供的意象加以變形的能力，具體則要求出人意表的意象結合與意象爆炸，從而解放原初意象、改變慣常意象。嗅覺意象的這種開源功能，在我們著重分析的兩位小說家筆下，或許可以從巴什拉「想像的二維四向動力論」上做更加深入的說明，而本節，我們僅試圖分三個層次進行宏觀性瞻望，作為本文將來拓展研究之伏筆。

---

[182] 朱天文：《世紀末的華麗》，臺北：INK 印刻出版有限公司 2008 年版，第 157 頁。
[183] 阿達利：《智慧之路：論迷宮》，邱海嬰譯，北京：商務印書館 1999 年版，第 42-43 頁。
[184] 阿達利：《智慧之路：論迷宮》，邱海嬰譯，北京：商務印書館 1999 年版，第 43 頁。

1.動力想像力的二維四向

巴什拉「動力想像力」（dynamic imagination）的關鍵，在於強調人類的詩意創造意志，想像的動力學思想將「物質的無限深入」與「精神的無限可塑性」對應起來。[185]「動力想像力」的提出是巴什拉早期詩學專著的重要創見，後來在其現象學轉向的作品裡更得到了加強和完善，這一改進很大程度地表現在對動力想像力的兩個維度、四重向度的研究和補充。所謂兩個維度，即「縱向意識」（consciousness of verticality）與「中心軸意識」（conciousness of centrality），所謂四個向度，即沿著「縱向意識」與「中心軸意識」分別展開的「上升」（rising）、「墜落」（falling）、「內向性」（introversion）、「外向性」（extroversion）四重想像。《空間詩學》（The Poetics of Space）在述及「家屋心理學」時，明確使用了「縱向意識」與「中心軸意識」兩例術語：「……家屋被想像為一種垂直的存有。它向上升起。它透過它的垂直縱深來精細區分自己，它求助於我們的縱向意識；……家屋被想像為是一種集中的存有，它訴求的是我們中心軸的意識。」[186]

2.縱向意識：上升、墜落的想像力

「縱向意識」主要表現為上升與墜落兩個向度的想像模式，《空氣與幻想》中，巴什拉比較了「上升的隱喻」和「墜落的隱喻」，提出「上升情結」（complex of height）[187]以及「向上墜落」等命題，進而討論了蒼空、星辰、雲彩、風等詩意形象。[188]後來《空間詩學》擴展至家屋的「地窖」和「閣

[185] 「動力想像力」與「物質想像力」（material imagination）是巴什拉詩學想像論的雙璧，二者互為內在形式上的對應。巴什拉通過想像的動力學提出，人類對四大物質元素（地、水、火、風）的夢想體現了人類的創造意志。巴什拉認為，文學意象「要動，或更確切的說，動力想像力全然是意志的遐想（夢想），它是意志在遐想（夢想）」。Richard Kearney, *Poetics of Imagining: Modern to Post-modern*, Edinburgh University Press, 1998, p.103. 彭懋龍：《巴什拉的想像力與在 Jean-Pierre Jeunet 電影〈艾蜜莉的異想世界〉的運用》，碩士論文，淡江大學，2007 年，第 23 頁。
[186] 巴什拉：《空間詩學》，龔卓軍、王靜慧譯，臺北：張老師文化事業股份有限公司 2003 年版，第 80 頁。Gaston Bachelard, *The Poetics of Space*, trans. Maria Jolas, Boston: Beacon Press, 1994, p.12, p.17.
[187] 巴利諾（André Parinaud, 1924-）：《巴什拉傳》（*Bachelard*），顧嘉琛、杜小真（1946-）譯，上海：東方出版中心 2000 年版，第 252 頁。Gaston Bachelard, *Air and Dreams: An Essay on the Imagination of Movements*, trans. Edith R. Farrell and C. Frederick Farrell, Dallas: Dallas Institute Publications, 1988, p.16, p.91.
[188] 金森修（KANAMORI Osamu, 1954-）：《巴什拉：科學與詩》，武青豔（1973-）、包國

樓」這兩個端點所確立的「垂直縱深」，並指明「這兩個端點為一門想像力現象學打開了兩種非常不同的觀點」。[189]對「縱向意識」的關注一直延續到巴什拉生前最後的作品《燭之火》(*The Flame of a Candle*)，其中討論火苗「沉醉於自身的擴大和上升」、「保存自己的垂直實力」、「燭火的上升存在的真正動力」[190]等章節，皆頗為可觀。

朱天文《世》「乾草之味→太陽光味道」這條線索所指示的對天界的無限趨近意識、女主角對於高處居所的堅守、米亞對天空「藍色深井」的凝視，確實展現出某種極其類似「上升情結」的遐想；村上春樹作品的「黑色深井」以及與此相關的「大地子宮－恐怖女性」二元組合，或許正隱含著向下的「墜落的隱喻」，而「古老房屋」中舊生活的氣味，確實引導我們體驗到垂直維度上「兩種恐懼」的綜合：「在閣樓中的恐懼，和在地窖中的恐懼」。[191]

3.中心軸意識：內與外的辯證

有關「中心軸意識」這一維度，牽涉到「縱深的私密感價值」及「遼闊的宇宙感」之間的辯證，巴什拉《空間詩學》直接把「中心軸」叫做「私密感凝聚的軸心」，一切文學想像在其看來，「就是在這些軸心上彙聚在一起的」。[192]「中心軸意識」觀念的形成，發端於下述兩部著作的構思，一是《大地與意志的夢想》(*Earth and Reveries of Will: An Essay on the Imagination of Matter*)，一是《大地與休息的夢想》(*Earth and Reveries of Repose: An Essay on the Imagination of Intimacy*)，前者集中討論「外向性想像力」，後者則偏重「內向性想像力」，[193]而《空間詩學》和《夢想的詩學》(*The Poetics of Reverie: Childhood, Language, and the Cosmos*)將二者進一步融合，《空間詩學》講

光（1965-）譯，石家莊：河北教育出版社 2002 年版，第 163-170 頁。

[189] 巴什拉：《空間詩學》，龔卓軍、王靜慧譯，臺北：張老師文化事業股份有限公司 2003 年版，第 80 頁。

[190] 巴什拉：《火的精神分析》(*The Psychoanalysis of Fire*)，杜小真（1946-）、顧嘉琛譯，長沙：嶽麓書社 2005 年版，第 138 頁，第 185 頁。

[191] 巴什拉：《空間詩學》，龔卓軍、王靜慧譯，臺北：張老師文化事業股份有限公司 2003 年版，第 82 頁。

[192] 巴什拉：《空間詩學》，龔卓軍、王靜慧譯，臺北：張老師文化事業股份有限公司 2003 年版，第 92-95 頁。

[193] 金森修：《巴什拉：科學與詩》，武青豔、包國光譯，石家莊：河北教育出版社 2002 年版，第 170-171 頁。

述「內與外的辯證」，提出「內部與外部」的想像「翻轉」，[194]《夢想的詩學》更以「童年」與「深井」兩則原型作為宇宙夢想的軸心。

對於「井」意象，巴什拉說：「井是一種原型，是人類心靈最嚴肅的形象之一」，[195]如果分別視朱天文「藍色深井」與村上「黑色深井」為作家想像「中心軸」的兩例呈現，那麼本文將其統攝和推演至「迷宮論」的層面，並以迷宮原型加以配合，或許更能突出「內向／外向」想像的動力模式。《下》中迷宮內部「舊生活的氣味」對比迷宮外部「芳草之香」，《世》「異國奇香」與「乾草之味」等諸多的差異，在揭開作家想像動力模式上，具有不可忽視的作用。應當指出，「縱向意識」與「中心軸意識」之間並沒有明確的界限，想像力的四個向度也不宜割裂考慮。

六、結語

本文擬定身體研究範疇下的文學與嗅覺議題作為討論視點，有所側重地針對小說體裁的嗅覺書寫展開理論探究與批評實踐。對文學文本的嗅覺意象進行觀測時，我們堅持以身體感意象的考察為首要審視原則，在反思「感知－嗅覺－記憶」闡釋模式的基礎上，選取臺灣作家朱天文與日本小說家村上春樹筆下的兩例核心嗅覺意象——「乾草之味」與「芳草之香」——為分析範例，從比較研究的角度具體呼應「身體感－嗅覺－想像」言說體系，同時涉及現象學、迷宮論、神話原型批評、女性主義等理論。本文是筆者延續近期「身體－意識－文學想像」思考路徑的一次專題討論，因此對將來進一步的研究，我們亦做了整體性的瞻望和學理上的鋪墊。

---

[194] 巴什拉：《空間詩學》，龔卓軍、王靜慧譯，臺北：張老師文化事業股份有限公司 2003 年版，第 328 頁。

[195] 巴什拉：《夢想的詩學》（*The Poetics of Reverie: Childhood, Language, and the Cosmos*），劉自強譯，北京：三聯書店 1996 年版，第 143-144 頁。

「Olfactory Descriptions」
and 「Maze/Labyrinth Narration」
in Zhu Tianwen and HARUKI Murakami's Fictions

SHI Yan

Abstract: Based on the thread of 「corporeality」 in 「body studies」, this paper focuses on 「olfactory descriptions」 in Zhu Tianwen and HARUKI Murakami's Fictions. It mainly examines and compares the important core olfactory imageries presented in the two fictionists』 literary works, seeking to describe some significant features. From a contrastive approach of East-West olfactory poetic, and discussed with Gaston Bachelard's imagination theory and his phenomenological reading, this paper also explores the meaning of 「corporeality——olfactory descriptions ——imagination」 combination and challenges the conventional 「perception ——olfactory descriptions——memory」 mode of explanation.

Key Words: olfactory descriptions; corporeality; imagination; Zhu Tianwen; HARUKI Murakami

Notes on Author: SHI Yan (1983-), male. PhD, MPhil, BA, The University of Hong Kong. Assistant Professor, Xiamen University. Primary research involves the study of 20th-century western literary theories, modern and contemporary Chinese and foreign literature, etc..

徵稿啟事

一、《比較文學與世界文學輯刊》於 2004 年在北京創立，從第三輯開始在臺灣秀威資訊科技股份有限公司出版。本刊致力於為國際學界提供一方開放的學術平臺，刊發具有國際性視域的文學研究論文，同時也刊發具有國際性視域的文學與相關學科跨界研究的論文，其研究方向包括比較文學研究、世界文學研究、比較詩學研究、國別文學研究（如中國古代文學、中國現當代文學等）、區域文學研究（如台港文學研究、華裔文學研究等）、文獻跨國整理、中外文學藝術理論研究、文化研究、文學與相關學科的跨界研究（文學與哲學、宗教、心理心學等，文學與視覺藝術、音樂、舞蹈、電影、戲劇等）。尤其鼓勵與支持中青年學者在本刊發表嚴肅、厚重與大篇幅的高質量學術論文。本刊公開印刷發行的同時，以電子書的形式在互聯網上向國際學界提供閱覽視窗（http://www.showwe.com.tw/）。特此長期徵收原創性學術論文、學術爭鳴、筆談與書評等稿件。

二、學術論文之撰寫要求、格式、順序及注意事項：

1、 來稿必須是未曾在任何公開出版物或網站上發表過的論文，論文字數限定在 16000 字以上與 50000 字以下，特別優秀的厚重論文不設字數的上限；

2、 首頁：中文題目、摘要（以 500 字為限）、作者簡介（含姓名、性別、出生年、國籍、工作單位、郵編、學位、職稱、研究方向等）、關鍵字（以 6 個為限）；

3、 末頁：與上述相應的英文題目、摘要（不必與中文摘要對應翻譯，約 250 個單詞）、作者簡介、關鍵字。請在論文最後保留作者永久通訊位址及聯繫方式（以便出版社為作者準確地遞送樣書）；

4、 來稿請嚴格遵循本刊「規範與格式」之要求。

三、本刊實行雙向匿名評審制度。編輯收悉來稿即登錄收稿時間，並與投稿人跟進稿件之評審進度與修改要求等相關事宜。三個月內未收到處理意見，作者可自行處理稿件。投稿本刊的著作人，其稿件一旦通過終審且同意由本刊發表，須與本刊簽訂《合約授權書》，以保障雙方之

權利義務。本刊杜絕論文抄襲現象，論文一旦刊發後發現有抄襲現象，其全部責任由作者自己承擔。

四、規範與格式：

1、 在文章中，首次出現的西方作家、人物及重要概念，其後必須加原文。如雷納‧艾田伯（René Étiemble），如「後當代」（post-contemporary），「解構主義」（deconstruction），「女權主義文化政見」（feminist culture politics）。在文章中，首次出現的西方著作與雜誌名稱，其後必須加原文，原文用全形小括弧標記。著作英文名稱原文使用斜體，如《東方學》（*Orientalism*），文章名稱原文使用正體，並加雙引號，如《從比較文學到比較詩學》（「From Comparative Literature to Comparative Poetry」）。

2、 如文章直接引用英語文獻，人名、地名採用通用譯名，若無，請以《英語姓名譯名手冊》（商務印書館出版）為准。

3、 文章無論引用漢語文獻還是英語文獻，請作者使用一手文獻，並根據原文進行準確核對，不得出現脫、奪、衍、誤等問題，更不得使用「轉引」。

4、 文章所有注釋均使用頁下注，小五號宋體字，每頁連續編號，以阿拉伯數字標於被注釋句最後的右上角，注文置於當頁下端。作者注中首次出現的重要作家、人物、著作、雜誌名後均注明英文原名，著作名、文章名與雜誌名同正文體例。本刊主張出注有份量與學養，在需要的情況下，請作者盡可能在注釋中進一步闡明相關學術問題。

5、 文章中不得涉及敏感的政治與宗教問題（即國家利益衝突的敏感話題、伊斯蘭聖戰問題等）。

6、 凡「像什麼」、「與……相像」、「毛澤東像太陽」、「好像」，均用「像」，而不得用「象」。關於數字用法，除必用「一、二、三、四、五、六、七、八、九、十」之外，其餘如世紀、年代、年月日、年齡等，都必須用阿拉伯數字。如「20 世紀」，「1998 年 7 月 2 日」，「50、60 年代」，「第 24 期」、「第 23 頁」。總的來說，阿拉伯數字的使用頻度高於大寫數字。但「一個人」，「七八個人」要用大寫，並且不能寫成「七、八個人」，只能寫成「四五十個人」。

7、 文章語言規範流暢，避免使用大而長的句子，文章表述合乎漢語語序與邏輯，標點使用規範。

8、 文章的主標題、一、二、三級標題與正文全部用小四號宋體字，標題用小四號宋體字加黑（B）。標題下空一行居中寫作者名。作者名、論文摘要、作者簡介與關鍵字用小四號楷體字；空一行即為正文。文章中獨立城段的長引文用小四號楷體（楷體_GB2312）標識，上下空一行，左邊空兩格，右邊正常與正文對齊。

9、 論文層次結構的大、中、小標須清楚標示，標號由上而下的順序建議為：一 → 1. → (1) →A→(a)。

10、文章中如有圖表，應該一併附上，並把圖表的編號標示清楚。作者在文章中有掃描的圖表與書面稿時，應該提供清晰的掃描文本；數位圖檔則解析度應為 350dpi 以上，編輯可藉由放大 200~300%來確認，以保證影像清晰可以正常印刷。

11、關於文章中特殊字的處理，常用字型不支持的字必須以造字方式得以表現，如果文章中有特殊字時（字形檔中沒有的中國古代文字、古希臘文、拉丁文、蘇美爾語、韓文、日文等），請事先告知，並統計數量，以清楚書寫的正楷字體掃描後，一一說明清楚發給本刊，以便排版人員造字。

12、註腳格式範例

（1）引用中文專著類：

[清]皮錫瑞著、周予同注釋：《經學歷史》，北京：中華書局 2004 年版，第 69 頁。

顧頡剛編著：《古史辨》，上海：上海古籍出版社 1981 年版，第一冊，第 77-79 頁。

（2）引用中文著作析出論文、期刊論文類：

徐中舒撰：《〈左傳〉的作者及其成書年代》，見於吳澤主編：《中國史學史論集》，上海：上海人民出版社 1980 年版，第一冊，第 71 頁。

湯一介撰《再論創建中國解釋學問題》，《中國社會科學》，2000 年第 1 期，第 86 頁。

（3）引用中文古籍類：

[晉]杜預注、[唐]孔穎達等正義：《春秋左傳正義》，見於《十三經注疏》，北京：中華書局 1980 年影印世界書局阮元校刻本，下冊，第 1824 頁下欄。

[漢]許慎撰、[清]段玉裁注：《說文解字注》，上海：上海古籍出版社 1981 年影印經韻樓藏版，第 50 頁上欄。

（4）引用外文著作之中文譯著類：

[古希臘]亞里斯多德（Aristotle）著：詩學（*Poetics*），陳中梅譯注，北京：商務印書館 2008 年版，第 125 頁。

[美]海登‧懷特（Hayden White）著：《元史學──十九世紀歐洲的歷史想像》（*Metahistory: The Historical Imagination in Nineteenth-Century Europe*），陳新譯、彭剛校，南京：譯林出版社 2004 版，第 162 頁。

（5）引用外語文獻類：

Richard E. Palmer, *Hermeneutics: Interpretation Theory in Schleiermacher, Dilthey, Heidegger, and Gadamer*, Evanston: Northwestern University Press, 1988, p.13.

Paul Ricœur, 「Between Hermeneutics and Semiotics: In Homage to Algirdas J. Greimas」, trans. David Pellauer, *International Journal for the Semiotics of Law* 3.8 (1990), pp.115-32.

（6）引用工具書類：

中國社會科學院語言研究所編：《現代漢語詞典》，第 4 版，北京：商務印書館 2002 年，第 2537 頁，「意境」。

Henry George Liddell and Robert Scott, comp., *A Greek-English Lexicon*, Oxford: Clarendon Press, 1996, s.v. *auxō*.

（7）引用報紙類：

李伯重撰：《「清華學派」與二十世紀初期的史學「國際前沿」》，《中華讀書報》，第 5 版，2005 年 4 月 20 日。

Michael A. Lev, 「Nativity Signals Deep Roots for Christianity in China,」 *Chicago Tribune* [Chicago] 18 March 2001, Sec. 1, p. 4.

（8）引用互聯網資料類：

http://udi.lib.cuhk.edu.hk/projects/archive-chu-bamboo-manuscripts-guodian/chapter-list-bamboo-manuscripts-chu-tomb-guodian?language=zh-hant 2014 年 1 月 16 日檢索。

（9）其他未盡之注釋類別，參照本刊已刊登之稿件。

五、出現以下幾種情況，不予審閱稿件：

　　1、不符合本刊格式體例的；

　　2、稿件存在明顯粗製濫造現象的；

　　3、經專用軟體進行網查具有抄襲嫌疑及確證現象的；

　　4、作者未能及時配合輯刊的編審及進行校對之正常流程的。

六、來稿一律以電子郵件方式寄至輯刊官方郵箱：jclawl@163.com。《比較文學與世界文學輯刊》不收取版面費，也不支付稿費，稿件採用並出版後，本刊贈送作者當期輯刊一份。

學術委員會

楊克勤：美國迦勒特神學院，美國西北大學（YEO Khiok-Khng, Garrett -Evangelical Theological Seminary, Northwestern University）

楊莉馨：南京師範大學（YANG Lixin, Nanjing Normal University）

楊乃喬：復旦大學（YANG Naiqiao, Fudan University）

查明建：上海外國語大學（ZHA Mingjian, Shanghai International Studies University）

張旭春：四川外國語大學（WANG Xuchun, Sichuan International Studies University）

張志慶：山東大學（ZHANG Zhiqing, Shandong University ）

趙小琪：武漢大學（ZHAO Xiaoqi, Wuhan University）

鍾　玲：澳門大學（CHUNG Ling, University of Macau）

周岫琴：臺灣輔仁大學（ZHOU Xiuqin, Fu Jen University）

周　閱：北京語言大學（ZHOU Yue, Beijing Language and Culture University）

文學視界 54　AG0177

比較文學與世界文學輯刊
——第一輯

主　　編/ 楊乃喬
責任編輯 / 林千惠
圖文排版 / 楊家齊
封面設計 / 陳怡捷

發 行 人 / 宋政坤
法律顧問 / 毛國樑　律師
出版發行 / 秀威資訊科技股份有限公司
　　　　　114 台北市內湖區瑞光路 76 巷 65 號 1 樓
　　　　　電話：+886-2-2796-3638　傳真：+886-2-2796-1377
　　　　　http://www.showwe.com.tw
劃撥帳號 / 19563868　戶名：秀威資訊科技股份有限公司
　　　　　讀者服務信箱：service@showwe.com.tw
展售門市 / 國家書店（松江門市）
　　　　　104 台北市中山區松江路 209 號 1 樓
　　　　　電話：+886-2-2518-0207　傳真：+886-2-2518-0778
網路訂購 / 秀威網路書店：http://www.bodbooks.com.tw
　　　　　國家網路書店：http://www.govbooks.com.tw

2014 年 9 月 BOD 一版
定價：670 元

國家圖書館出版品預行編目

比較文學與世界文學輯刊. 第一輯 / 楊乃喬主編. -- 一版.
 -- 臺北市：秀威資訊科技, 2014.09
   面 ； 公分
 BOD 版
 ISBN 978-986-326-282-4 (平裝)

 1. 比較文學　2. 視界文學　3. 文集

819.07   103015729

讀者回函卡

感謝您購買本書，為提升服務品質，請填妥以下資料，將讀者回函卡直接寄回或傳真本公司，收到您的寶貴意見後，我們會收藏記錄及檢討，謝謝！

如您需要了解本公司最新出版書目、購書優惠或企劃活動，歡迎您上網查詢或下載相關資料：http:// www.showwe.com.tw

您購買的書名：＿＿＿＿＿＿＿＿＿＿＿＿＿＿＿＿＿＿＿＿＿＿＿＿

出生日期：＿＿＿＿＿年＿＿＿＿＿月＿＿＿＿＿日

學歷：□高中 (含) 以下　　□大專　　□研究所 (含) 以上

職業：□製造業　□金融業　□資訊業　□軍警　□傳播業　□自由業
　　　□服務業　□公務員　□教職　　□學生　□家管　　□其它＿＿＿

購書地點：□網路書店　□實體書店　□書展　□郵購　□贈閱　□其他

您從何得知本書的消息？

　□網路書店　□實體書店　□網路搜尋　□電子報　□書訊　□雜誌

　□傳播媒體　□親友推薦　□網站推薦　□部落格　□其他＿＿＿＿＿

您對本書的評價：(請填代號　1.非常滿意　2.滿意　3.尚可　4.再改進)

　封面設計＿＿＿　版面編排＿＿＿　內容＿＿＿　文／譯筆＿＿＿　價格＿＿＿

讀完書後您覺得：

　□很有收穫　□有收穫　□收穫不多　□沒收穫

對我們的建議：＿＿＿＿＿＿＿＿＿＿＿＿＿＿＿＿＿＿＿＿＿＿＿＿

＿＿＿＿＿＿＿＿＿＿＿＿＿＿＿＿＿＿＿＿＿＿＿＿＿＿＿＿＿＿＿

＿＿＿＿＿＿＿＿＿＿＿＿＿＿＿＿＿＿＿＿＿＿＿＿＿＿＿＿＿＿＿

＿＿＿＿＿＿＿＿＿＿＿＿＿＿＿＿＿＿＿＿＿＿＿＿＿＿＿＿＿＿＿

11466

台北市內湖區瑞光路 76 巷 65 號 1 樓

秀威資訊科技股份有限公司　　　收

BOD 數位出版事業部

....

（請沿線對折寄回，謝謝！）

姓　　名：＿＿＿＿＿＿＿＿　年齡：＿＿＿＿　性別：□女　□男

郵遞區號：□□□□□

地　　址：＿＿＿＿＿＿＿＿＿＿＿＿＿＿＿＿＿＿＿＿＿＿＿

聯絡電話：(日) ＿＿＿＿＿＿＿＿＿＿＿　(夜) ＿＿＿＿＿＿＿＿＿＿＿

E-mail：＿＿＿＿＿＿＿＿＿＿＿＿＿＿＿＿＿＿＿＿＿＿